난세기록

난세 기록

조성기 장편소설

3

실크로드
silkroad

난세지록 3

1판 1쇄 발행 2011년 1월 20일
저자 | 조성기
펴낸이 | 황정필
펴낸곳 | 실크로드

출판등록 | 2010년 7월 9일 제 2010-000035호
주소 | 431-050 경기도 안양시 동안구 비산동 1163번지 임곡휴먼시아 203-1602
Homepage | www.silkroadbook.com
E-mail | adad1515@naver.com
전화 | (02)711-4114 팩스 | (02)929-7337

ⓒ2010 실크로드
ISBN 978-89-94893-12-9
ISBN (세트) 978-89-965057-8-5 04810 (전3권)

✽ 저자와의 합의로 인지는 생략합니다
✽ 잘못된 책은 바꾸어 드립니다

차례

등장인물 6
양이 호랑이를 대적하다니 9
책략가 장의의 말년 38
왕비의 시기심 50
도적들에게도 도가 있는가 74
낙양을 보면 죽어도 한이 없다 98
늦바람 난 태후 122
맹상군(孟嘗君)의 탄생과 성장 131
사람을 얻는 비결 141
의를 사가지고 왔습니다 171
맹상군(孟嘗君)의 말년 201
평원군(平原君) 주머니 속의 송곳들 234
오랑캐 옷을 입고 250
나라를 위해 나라를 배신한 신릉군(信陵君) 259
신릉군이 위나라로 간 까닭은 284
춘신군(春申君)의 빼어난 외교술 298
기상천외의 씨받이 작전 310
임금은 배요 백성은 물이니 −순자와의 대화 1 324
물역(物役)이냐, 역물(役物)이냐 −순자와의 대화 2 346
결단의 때에 결단하지 않으면 358
죽음을 벗어나 출세의 길로 369
진나라에도 왕이 있느냐 386
은혜 갚는 일과 원수 갚는 일 407
성공한 곳에는 오래 머물지 말라 429
진나라로 옮겨지는 구정(九鼎) 453

등장인물

굴원   초나라의 재상. 희왕이 장의를 석방하자 그 잘못된 점을 고하지만 희왕이 이를 무시함.

무왕   진나라의 왕. 혜왕의 아들로서 태자 때에 자신이 따랐던 진진이 장의의 모함을 받아 초나라로 피신해버리자 장의를 제거하려하나 그에게 속아 오히려 장의를 위나라로 보낸다.

맹분   진나라 무왕의 신하. 진나라 장수와의 씨름 경기에서 이겨 무왕의 신하가 됨.

정수   희왕의 부인. 장의의 계략에 속아 그를 석방하도록 해준다.

장교   초나라의 도척. 부패한 지방의 풍속과 의복을 개선하여 민심을 얻어 민중들로부터 전왕이라는 칭호를 얻음.

선태후   진나라의 태후. 소왕의 배후에서 섭정을 하며 권력을 휘두른다.

위추부   선태후의 정부. 후에 태후가 죽자 목을 매 자살한다.

맹상군   제나라의 재상. 소진 이후 합종책을 도모하며 제나라를 키워 나간다.

풍훤   맹상군의 식객으로 들어왔다가 위기에 빠진 맹상군을 구하고 제나라의 재상에까지 오르게 한다.

평원군   조나라의 공자(公子). 모수의 지략으로 초나라와의 합종에 공헌한다.

무령왕   평원군의 아버지. 기마전술을 발전시켜 조나라의 국력을 다짐.

신릉군   위나라 소왕의 아들. 뛰어난 용간술로 재난에 처한 위나라를 구하나 진왕의 계략에 의해 모함을 받고 탕아의 모습으로 쓸슬한 말년을 맞는다.

춘신군	초나라의 재상으로 진나라와의 친선을 맺는데 기여한다.
이원	춘신군의 식객으로 들어왔다가 여동생이 왕후가 되자 권력을 잡게 됨.
희미	이원군의 여동생. 춘신군의 첩으로 들어갔다가 임신을 하자 이원의 계략으로 왕후가 됨.
순자	조나라, 초나라의 사상가. 초나라의 춘신군을 섬김. 성선설을 주장함.
주영	초나라 춘신군파의 재상. 춘신군에게 이원을 견제할 것을 건의하다가 받아들여지지 않자 달아남.
범수	진나라의 재상으로 진나라 소왕을 도와 후일 대륙 통일의 기틀을 마련함.
채택	연나라에서 재상 범수가 곤란한 지경에 처하자 그를 위기에서 구해주고 자신은 진나라의 재상이 된다.
백기	진나라의 장수. 범수의 지시를 받아 조나라를 정복하지만 지나치게 세력이 커지는 것을 염려한 범수의 계략에 의해 자결하기에 이른다.
여불위	진나라의 객경(客卿)으로 들어와 있다가 조나라에 잡혀있는 자초를 계략으로 풀어주게 하여 후에 자초가 왕위에 오르게 하나, 그 후 아들이 즉위하자 독약을 마시고 자결한다.

양이 호랑이를 대적하다니

　소진이 죽었다는 소식에 여러 가지 착잡한 심정을 금할 길 없었던 장의는 곧 마음을 다져먹고, 이때야말로 소진이 이루어놓은 합종책을 무너뜨리고 자신의 연횡책을 널리 펼 절호의 기회라는 사실을 스스로에게 일깨워주었다. 먼저 여기 초나라에서부터 연횡책을 확실히 펼치고 싶은 야심이 일어났다. 초나라 회왕은 소진이 죽었다는 소식에 어느 정도 충격을 받았을 것이고, 무엇보다 아직 진나라에 약속한 검중 땅을 떼어주지 않고 있는 약점이 있는 것이었다.
　회왕의 마음 가운데 합종책에 대한 확신이 흔들리고 있는 이때에, 검중 땅을 아끼고 있는 점을 이용하여 파고 들어가면 감정적인 앙금에도 불구하고 회왕을 충분히 설득할 수도 있을 것 같았다.
　장의는 초나라를 떠나기에 앞서 인사차 회왕을 만나는 형식으로 궁궐 내실로 들어섰다. 회왕도 외교적으로 정리할 사항들이 있었으므로 다른 신하들을 물리치고 장의와 단독 면담을 가지고자 하였다.
　"저를 옥에 가두심으로써 대왕의 마음이 풀어지셨습니까?"

장의가 슬쩍 회왕의 눈치를 살피면서 약간 빈정거리는 투로 문안을 올렸다.

"음."

회왕은 길게 헛기침을 하고 나서 어깨를 뒤로 젖혔다.

"나를 속인 죄를 물을 것 같으면 사형을 받아 마땅하나, 왕비의 간곡한 호소로 사면을 얻게 되었으니 큰 은혜로 알아야 할 것이오."

"여부가 있겠습니까? 이 모든 것이 저의 부덕한 소치로 발생한 일인 줄 압니다. 대왕께서 제가 상·오 6백 리 땅을 드리지 않았다고 화가 나셨으나 그 6백 리 땅은 정말 아무것도 아닙니다."

"아무것도 아니라니?"

회왕은 장의의 말에 다시금 부아가 도지려 하는지 인상을 일그러뜨리며 반문하였다.

"대왕께서 저의 계략을 받아들이신다면 6백 리가 아니라 수천 리의 땅도 차지하실 수가 있습니다."

"또 무슨 거짓 계교로 나를 속이려 하는 것이오? 이제는 속아넘어가지 않소."

회왕은 고개를 절레절레 흔들기까지 하였다. 장의에게 속은 기억이 아직도 가슴에 응혈로 남아 있는 회왕이었다.

"대왕께서 자꾸만 제가 대왕을 속인 것처럼 말씀하시는데, 사실 저는 대왕을 고의로 속이고자 한 적이 없습니다. 전에도 대왕께 분명히 상·오 6리의 땅을 드리겠다고 약속한 것이었는데, 대왕과 신하들은 6리를 6백 리로 잘못 들었던 것입니다. 제가 무슨 권한으로 6백 리 땅을 드리겠다고 섣불리 말할 수 있겠습니까? 제가 말씀드렸던 것은 제가 봉지로 가지고 있던 6리의 땅을 조그만 선물로 드린다는 것이었습니다."

이런 식으로 장의가 정색을 하며 시치미를 떼자, 회왕은 정말 자기가

6리를 6백 리로 잘못 들은 것은 아닌가 혼동이 일어나기도 하였다. 지금 생각해보면 6백 리 땅이라는 것은 선뜻 떼어주기에는 엄청나게 넓은 땅이라 아니할 수 없었다. 그건 그렇다 치고, 방금 장의가 이야기한 수천 리의 땅을 차지할 것이라는 말은 무슨 뜻인가. 또 잘못 들은 것은 아닌가. 하여튼 무슨 이야기를 하나 일단은 들어보자 싶었다.

"지나간 이야기는 더 이상 논란하기도 싫으니 접어두기로 하고, 당신의 계략이나 한번 말해보시오."

장의는 회왕의 태도가 다소간 누그러진 것을 다행으로 여기며 심호흡을 두세 번 하고 나서 천천히 입을 열었다.

"우선 합종책의 어리석음을 말씀드리겠습니다. 합종을 맹약하는 자들은 맹호를 공격하는 양의 무리와 다를 바 없습니다. 아무리 양의 수가 많다고 한들 한 마리의 맹호를 당할 수는 없는 법입니다. 원래 호랑이와 양이 서로 대적할 수 없다는 것은 너무도 명백한 일입니다. 그런데 지금 대왕께서는 맹호와 확실하게 제휴하려고는 하지 않고, 자꾸만 양의 무리들에게 미련을 가지고 있습니다."

"아니, 내가 진나라에 두 개의 성을 바치고 화친을 청한 지가 얼마 되지도 않았는데 나보고 합종에 미련을 가지고 있다니."

회왕은 장의의 말을 일단 부인해보았다.

"그것은 진과의 전쟁에서 지고 할 수 없이 그렇게 한 것으로, 진정 대왕의 마음에서 우러나서 한 것은 아니지 않습니까? 대왕은 겉으로만 진과 화친했을 뿐 언제라도 기회를 얻으면 이전의 합종으로 돌아가려 하고 있습니다. 그런데 이것을 기억하셔야 합니다."

심중을 꿰뚫고 있는 장의의 말에 회왕도 어떻게 변명을 할 수가 없었다. 콧김을 불어내고 어깻숨을 쉬면서 장의의 얼굴을 빤히 바라보고만 있었다.

"합종론자들은 이상주의자들로 그럴듯한 말들을 늘어놓지만, 따지고 보면 그것은 현실을 무시한 공허한 변설에 지나지 않습니다. 그리고 자기네들만이 가장 진실한 척 거드름을 피우지만, 자기들의 말에 책임질 줄 모르는 무책임한 자들입니다. 그래서 막상 일이 닥치면 수수방관만 하고 있을 뿐입니다. 합종의 맹약을 굳게 지켜 함께 뭉쳐서 진나라에 대항하자고 목청을 높였다가도, 막상 진나라가 어느 나라를 공략하게 되면 슬슬 눈치나 보면서 꽁무니를 빼기 일쑤입니다. 결국 그들은 거짓말을 일삼는 무리에 불과합니다. 그들의 말은 한마디로 식변허사(飾辯虛辭)일 뿐입니다. 그리고 유세하는 상대방 군주를 지나치게 칭찬해주며 우쭐하게 만들어 합종책의 해악을 보지 못하도록 하고 있습니다. 그래서 자신들의 역량도 제대로 헤아려보지 않고 자주 군사를 일으켜 최강국을 친다고 하니, 이것이 멸망으로 치닫는 위망지술이 아니고 무엇입니까? 옛날 병법에도 병력이 모자라면 섣불리 전쟁을 일으키지 말라고 하였고, 보급 식량이 모자라면 지구전을 펼치지 말라고 하지 않았습니까? 그런데 이러한 병법의 원칙을 무시하고 가볍게 날뛰니 홍두깨에 머리를 갖다대주는 꼴이 되고 마는 것입니다."

합종책의 허점을 여지없이 폭로하는 장의의 언설에 회왕은 속으로 감탄하지 않을 수 없었다.

"합종론자들이 상황 판단을 잘못하고 뭉치기만 하면 된다는 식으로 무턱대고 나아가다가 깨지는 수가 왕왕 있지. 뭉쳤다고 해서 뭉친 만큼 힘이 더 세지는 것도 아니지. 그리고 오히려 기동력과 순발력이 둔화되어 효과적인 싸움을 못할 수가 많지."

회왕이 장의의 의견에 은근히 동조하며 혼잣말처럼 중얼거렸다. 그러나 아직은 장의에 대하여 안심하고 마음을 열어줄 수는 없었다. 장의는 회왕의 마음이 조금씩 기우는 것을 눈치채고는 얼마간 여유를 지니고 다음 말을 이었다.

"중원의 약한 나라들이 가장 두려워하고 있는 두 나라가 어느 나라인지 아십니까?"

"진나라와 우리 초나라란 말이오?"

"바로 그렇습니다. 그들 나라들은 어떻게 해서든지 진나라와 초나라가 서로 자주 싸워 둘 다 피폐해지기를 간절히 원하고 있습니다. 그래야 자기들이 진과 초를 누르고 중국을 지배하는 날을 기대할 수 있기 때문이지요. 지난번 한중(漢中) 전투와 남전(藍田) 전투에서 진나라와 초나라가 싸워 양편에서 막대한 손실을 입게 되었을 때, 속으로 좋아한 나라들이 바로 중원의 약소국들이었습니다. 그들은 호랑이 두 마리가 피투성이가 되도록 싸워 두 마리 다 쓰러지기를 은근히 바라고 있는 것이지요. 이런 이유로 해서도 진과 초는 손을 잡아야 합니다."

듣고 보니 과연 그러하였다. 지금껏 초나라가 합종의 종주국이 되는 꿈을 가지고 중원의 나라들과 손을 잡기도 했지만, 한·위·조를 비롯한 그 나라들은 다른 꿍꿍이속이 있다고 할 수 있었다. 그들은 초나라를 자꾸만 부추겨 세워 앞장서서 진나라와 싸우도록 해놓고는 자기들은 슬그머니 빠지기 일쑤였던 것이었다. 그리고 그 나라들은 자기들이야말로 문화적으로 앞서 있고, 중국 천자의 정통성을 이어받을 나라들이라는 자긍심을 가지고 진과 초를 은근히 멸시하는 풍조가 있기도 하였다.

"그럼 초나라가 진나라와 화친하면 얻게 되는 이익이 무엇이오?"

회왕은 장의가 서두에서 말한 수천 리 땅 운운한 것을 떠올리며 기대를 가지고 물었다.

"무엇보다 진나라와 대적함으로써 자초할 멸망을 피하는 것이지요."

조금 전에는 장의가 진나라와 초나라를 대등한 두 마리의 호랑이에 비유했다가, 이번에는 초나라를 낮추어 이야기하는 듯하여 슬그머니 불쾌해졌다.

"진나라와 대적하면 피해는 있을망정 그리 쉽게 멸망하지는 않을 것이오."

회왕이 단호한 어조로 말하자 장의가 얼른 말을 돌렸다.

"아, 제 말을 오해하셨군요. 제 말은 아까 말씀드린 대로 진과 초가 싸우면 둘 다 피폐해질 것이고, 그러면 중원의 약소국들에 의해 멸망당할지도 모른다는 것이지요."

회왕의 표정이 조금 풀어졌다. 그러자 장의가 다시 음성을 가다듬으며 분위기를 바꾸었다.

"지리적으로 볼 때 중국의 명치가 어디라고 생각하십니까?"

"명치? 가슴의 명치 말인가? 누르면 꼼짝을 할 수 없는 곳 말이지? 그곳이 어디쯤 될까?"

"바로 위(衛)의 양진(陽晉) 지역이지요. 진나라가 갑병(甲兵)을 내어 그 양진 지역을 명치를 누르듯이 누르고 있으면 주변의 제후들이 꼼짝을 할 수 없지요. 그때를 틈타 초나라는 송을 치는 것입니다. 그러면 한두 달도 안 되어 송을 몽땅 차지할 수 있을 것입니다. 그렇게 송을 취하고 나서 계속 동쪽으로 진군하여 사상(泗上) 지경으로까지 나아가면 그 근방의 열두 제후가 항복하고 말 것입니다. 바로 이것이 대왕께서 수천 리의 땅을 차지하실 수 있다는 의미입니다. 거기에다가 제가 이전에 말씀드렸던 대로 진나라 공주를 얻으실 수 있을 것이며, 1만 호의 성읍을 탕목읍(湯沐邑)으로 받아 그 땅의 세금으로써 능히 휴양을 즐기실 수 있을 것입니다. 이렇게 진나라와 평화 협정을 맺어 형제지국이 되면 얻게 되는 이익이 엄청난 것이지요. 이번에는 이 일들이 성사되도록 최선을 다하여 주선해드리겠습니다. 다만 대왕께서 이전처럼 애매한 태도를 취하지 마시고 이번만큼은 분명한 태도를 보이시기 바랍니다."

장의의 말대로라면 그야말로 수천 리의 땅이 수중에 들어온다 하여도 과언이 아니었다. 회왕은 잠시 침을 삼키며 생각을 정리하였다. 맨 처음에 회왕이 원했던 것은 장의를 석방해주는 대신 검중 땅을 진나라에 주지 않아도 된다는 확약을 받아내는 것이었는데, 이제는 검중 땅 정도는 문제가 되지 않았다. 그렇지만 뒷일을 생각해서라도 검중 땅 문제는 짚고 넘어가야 할 것이었다.

"그럼? 검중 땅은 진나라에 떼어주지 않아도 되겠소?"

"제가 석방되어 진나라로 돌아가는 판에 검중 땅이 무슨 문제가 되겠습니까? 저의 계략을 흔쾌히 받아들이신다면 진왕도 더 이상 검중 땅을 요구하지도 않을 것입니다. 그런데 화친의 맹세를 뚜렷이 한다는 뜻에서 초나라 태자를 진나라에 볼모로 보내고, 진나라 태자를 역시 볼모로 초나라로 보내는 데 동의해주시기를 바랍니다. 태자의 생명을 걸고 맺은 약속이니 지키지 않을 수가 없는 것이지요."

장의가 그렇게까지 나온다면 오히려 안심이 되는 일이기도 하였다.

"좋소, 동의하오. 태자를 서로 볼모로 잡고 있기로 합시다."

이제 장의로서는 초나라를 연횡책으로 끌어들이는 데 성공한 셈이었다. 다시 한번 마지막 다짐을 받아두는 것만이 남았다고 할 수 있었다.

"만약 대왕께서 진나라와의 약속을 지키지 않으시면 태자의 목숨이 위태할 것은 말할 것도 없고, 진은 반드시 군사를 내어 초나라를 총공격하고야 말 것입니다. 진나라가 큰 배에 보급품을 싣고 문산(汶山)에서 출발하여 장강을 따라 내려오면, 초나라 한관에 이르기까지의 3천 리 길을 10일이면 넉넉히 올 수 있습니다. 진나라 군사들이 한관에 상륙하여 진격하면, 검중·무군(巫郡) 지경은 금방 진나라 수중에 떨어지고 말 것입니다."

곧 회왕은 신하들을 불러놓고 장의의 계략을 받아들인 경위를 설명하였다.

"장의의 말을 받아들이는 대신 검중 땅을 내주지 않아도 된 것은 우리 초나라로서는 대단히 유익한 일이다. 그리고 진나라와 화친할 때의 이익이 진나라와 반목할 때의 이익보다 훨씬 많다는 것을 이번에 새롭게 확인하게 되었다. 이제 진나라와 화친하고 그 약속을 어기지 않는 것이 좋겠다."

회왕이 장의를 잡아 죽일 듯이 하다가 석방해주었을 뿐만 아니라 이제는 장의의 계략까지 받아들였다고 하니, 신하들은 회왕의 변덕에 의아해하지 않을 수 없었다. 그러나 초나라에 이익이 된다는 말에 어떻게 반박할 수도 없는 입장이었다. 진진도 장의가 처형됨으로써 야기될 사태들을 일단은 모면하게 되었기에 묵묵부답인 채로 있었다.

그런데 그 당시 초나라 조정의 신하로 있던 굴원(屈原)만은 회왕이 초지일관하지 않는 것에 대해 직언하였다.

"대왕은 장의에게 속으셨습니다. 장의가 초나라로 왔다고 하기에 저는 대왕께서 장의를 삶아 죽일 줄 알았습니다. 그런데 어떻게 된 판인지 장의는 멀쩡하게 살아남고, 대왕께서 장의의 계략을 받아들였다고까지 하니 어안이벙벙할 뿐입니다. 여러 가지 사정으로 지금 장의를 차마 죽일 수는 없다고 하더라도 그 작자의 공교한 사설만은 받아들여서는 안 됩니다. 당장 초나라에 이익이 좀 된다고 하여 장의의 계략을 받아들였다가는 언제 또 화를 자초 하게될지 알 수 없습니다."

굴원이 이렇게 강력한 어조로 간언하였지만, 회왕은 속으로 장의와 은밀하게 나눈 약속들을 떠올리며 굴원이 문사(文士)로서 현실 정치를 잘 모르고 저런 소리를 한다고 여길 뿐이었다. 굴원은 당대의 위대한 시인이라 할 수 있었지만, 정치적인 영향력을 끼치는 데는 여러 면에서 한계를 느낄 수밖에 없었다.

장의는 초나라 회왕을 연횡책으로 끌어들이는 데 성공하자, 더욱 자신감을 가지게 되어 진나라로 곧장 귀국하지 않고 한나라에 들러 이제 막 왕위에 오른 양왕(襄王)을 설득하려고 마음먹었다. 장의는 양왕을 만나기 전에 먼저 한나라에 대하여 다시 한번 조사를 하고 그 제반 조건들을 검토해보았다. 양왕을 설득하는 데 기본 자료로 활용하기 위해서였다. 장의는 주로 부정적인 방향에서 한나라 상황을 파악해나갔다.

한나라 땅은 대부분 험악한 산세를 이루고 있어 생산되는 작물이 형편없는 편이었다. 오곡이 모두 나고는 있지만 콩과 보리가 주류를 이루고 있었다. 그래서 백성들도 두반(豆飯 : 콩을 섞어 지은 밥)과 콩잎을 넣고 끓인 국을 주식으로 하며 어렵게 연명해가고 있었다. 한 해 농사가 잘못되는 날에는 지게미와 쌀겨도 제대로 먹지 못할 지경으로 떨어지기도 하였다.

국토의 면적도 좁아 사방 9백 리밖에 되지 않았고 유사시에 대비하여 비축해놓은 식량도 2년 치가 채 못 되었다. 그리고 군사들의 수효도 전투 병력이 아닌 시도(취사부), 부양(負養 : 잡역부)까지 다 포함해서 30만 정도에 불과하였다. 그중에서도 10만 정도는 변경 지대의 정차(亭次 : 역마을)나 요새를 수비하기 위해 파견되었기 때문에 기동력이 있는 현역 병력은 20만밖에 되지 않는다고 할 수 있었다.

이런 한나라의 상황과 진나라를 객관적으로 비교해 보이면 양왕도 어쩔 수 없이 장의의 연횡책을 받아들이지 않을 수 없을 것이었다.

장의는 양왕을 만나 소진과는 정반대로 한나라 상황이 얼마나 열악한 가운데 있는가를 우선 강조하였다. 그러고는 진나라의 상황을 열거해나갔다.

"진나라의 국토는 천하의 절반이나 되며, 그 군대는 4개국 병력을 합한 것과 맞먹습니다. 험준한 산악으로 둘러싸인 가운데 황하를 끼고 있어 천연의 요새라 할 만합니다."

장의는 계속해서 진나라가 얼마나 강대한가를 드러냈다.

"갑병 백만, 전차 천 대, 군마 만 필, 거기다가 병사들은 호랑이처럼 용감하여 맨발로 투구도 쓰지 않고 적진에 뛰어들어 적군의 머리를 베기도 하며, 턱에 화살을 맞고도 삼지창을 그대로 휘두르며 돌진하기도 합니다. 군마 또한 준마들로서 앞발로 땅을 긁으며 뒷발로 땅을 차고 달리면 한 번에 3심(尋 : 1심은 일곱 자)을 건너뛰기도 합니다."

장의의 말에 한나라 양왕은 점점 질리는 표정이 되어갔다. 그러나 애써 태연한 척하며 합종론으로 장의의 언변을 막아보려 하였다.

"물론 진나라가 강대하다는 것은 잘 알고 있지요. 비축 양식도 들리는 바에 의하면 이 창름 저 창름에 산더미처럼 쌓아놓았다고 합니다. 우리 한나라가 진나라를 대항한다는 것은 감히 상상도 못할 일이지요. 중원의 그 어떤 나라도 단독으로는 진나라를 대항할 엄두를 내지 못할 것이 분명합니다. 하지만 여섯 나라가 힘을 합하면 진나라를 대항하지 못할 이유도 없지요. 아까 재상이 진나라는 4개국의 병력에 맞먹는 군사력을 가지고 있다고 자랑하였는데, 6개국이 철통같이 하나로 합한다면 진나라도 깨뜨릴 수가 있는 것이지요. 그래서 소진을 비롯한 합종론자들이 열심히 유세하고 다녔고, 그 결과 합종 맹약이 맺어져 진나라도 감히 15년 동안이나 함곡관을 넘어와보지 못한 것 아니오? 그러니 너무 그렇게 큰소리를 치지 말라는 말이오."

양왕의 논리적인 항변에 장의는 다소 멈칫하였다. 합종책의 영향이 끈질기게 남아 있는 것을 느끼지 않을 수 없었다. 장의는 마음을 가다듬으며 더욱 또렷한 목소리로 설파하기 시작했다.

"진나라가 15년 동안 함곡관을 넘어가지 않은 것은 사실입니다. 그러나 그것은 합종 맹약을 맺은 나라들이 두려워서 그랬다기보다는 때를 기다려 천하를 병합하려는 원대한 구상이 있었기 때문입니다. 그동안 진나라는 무엇보다 나라 안을 튼튼히 하는 데 주력해왔습니다. 법령이 잘 시행됨으로써 백성들이 안심하고 생업에 종사할 수 있는 여건이 마련되도록 힘써왔습니다. 법령이 제대로 시행되지 않아 나라의 기강이 흔들리면 아무리 많은 군사들을 동원하여 전쟁을 치러보았자 소용없는 일이 아닙니까? 싸움터에 나간 병사들도 즐거이 목숨을 바치려고 하지 않을 것이며, 어떡해서든지 자기 목숨만 구하려고 도망하기에 급급할 것입니다. 그런데 지금 진나라는 군주가 현명하고 준엄하여 법령이 공평하게 시행되도록 하고 있기에 인민들은 기꺼이 싸움터로 나가 나라를 위해 목숨을 바치려 하고 있습니다. 이렇게 내부적으로 힘을 결속시킨 후 이제 때가 되어 천하를 향하여 세력을 뻗으려는 것입니다. 마침 합종책의 총수인 소진도 죽어 대세는 완연히 진나라 쪽으로 기울고 있는 것을 왜 모르십니까? 한나라는 그동안 자신들의 처지를 헤아리지 못하고 합종론자들의 감언호사(甘言好辭)에 유혹되어, 합종의 맹약에 참여하면 마치 천하를 제패하기라도 할 것처럼 착각하고 있었습니다. 그러나 오늘날에 이르러 합종책은 오합지졸들의 허황된 꿈에 불과했다는 것이 드러나고 있지 않습니까? 이제 진나라가 천 근의 무게로 새알을 누르듯이 한 나라 한 나라 눌러 나가면 머지않아 천하를 병합하고도 남을 것입니다. 사태가 이럴진대 진나라를 섬기기로 일찍 마음을 먹는 나라는 재앙을 면하게 될 것이고, 합종에 미련을 가지고 머뭇거리는 나라들은 재앙을 자초하고 말 것입니다. 그러므로 대왕을 위해 계략을 베푼다면, 진을 섬기는 것보다 더 좋은 것은 없다는 것입니다."

더 나아가 장의는 만약 한나라가 진을 섬기려고 하지 않고 버틸 경우, 진나라가 어떻게 한나라를 침략하여 국토를 분단시키고 유린할 것인가 상세하게 지명까지 들먹여가며 설명해나갔다. 그러자 양왕은 더 이상 어떻게 할 말이 없게 되었다. 양왕을 잔뜩 위협하고 난 장의는 슬쩍 분위기를 바꾸어 물었다.

"진나라가 제일 먼저 약화시키기를 원하는 나라가 어느 나라인지 아십니까?"

"진나라가 제일 먼저 약화시키기를 원하는 나라?"

양왕은 한 번 반문하고 나서 잠시 생각을 정리하였다.

"그야 합종 맹약국 중에서 최강대국이라 할 수 있는 초나라겠지. 진나라가 초나라에 대하여 위협을 느끼고, 어느 나라보다 초나라를 약화시키려고 혈안이 되어 있겠지."

혼잣말처럼 중얼거리는 양왕의 대답에 장의는 맞장구를 치며 말을 이었다.

"그렇습니다. 진나라가 제일 원하는 바는 초나라를 약화시키는 것입니다. 그런데 초나라를 약화시키는 데 가장 적합한 나라는 바로 한나라입니다."

"아니, 한나라가 얼마나 형편없는가를 지금까지 강조해놓고, 거대한 초나라를 약화시키는 데는 한나라가 적합하다니 앞뒤가 맞지 않는 말이잖소?"

양왕이 장의의 속셈을 알아보려는 듯 장의를 노려보다시피 하며 고개를 갸우뚱거렸다.

"그것은 한나라가 초나라보다 강해서 그런 것이 아니라 지세가 훨씬 유리하기 때문에 그렇습니다. 초나라와 접경해 있으면서 초나라를 굽어보는 위치에 있지 않습니까? 그리고 한나라가 초나라를 친다고 하면 어디까지나 진나라가 배후에서 지원해주게 되어 있다는 사실을 아셔야 합니다. 그렇게 초나라를 쳐서 진나라를 기쁘게 한다면 더 이상 안정이 보장되는 정책도 따로 없을 것입니다."

여기서 주목해야 할 것은 장의가 위나라의 애왕에게 유세할 때는 초나라를 약화시키는 데 위나라가 안성맞춤이라는 식으로 이야기한 사실이다. 그런데 이제 한나라 양왕 앞에서는 초나라를 약화시키는 데는 한나라가 적합하다고 말하고 있다. 더군다나 지금은 초나라와도 화친을 약속한 관계에 있는 것이 아닌가.

이렇게 볼 때 장의는 초나라를 속이고, 위나라를 속이고, 한나라를 속이고 있는 것을 알 수 있다. 진나라를 섬기도록 하기 위해서는 어떤 모양으로든지 속여도 된다는 사고방식이 그러한 권모술수를 낳게 하였을 것이었다. 그런데도 장의는 합종론자들을 가리켜 사기꾼이라고 매도하며 은근히 자신의 도덕성을 내세우고 있으니 가관이라 아니할 수 없다. 정치란 원래 거짓된 것들끼리의 싸움인지라 거기에서 무슨 도덕성을 찾을 근거는 존재하지 않는 법이지만, 거짓된 것들끼리 싸우더라도 규칙을 지켜가면서 싸우면 그나마 모양은 갖추게 되는 것이 아닌가.

전국 시대 종횡가들은 거짓 술수를 일삼으면서도 나름대로 논리를 세우고 모양을 갖추어가며 싸우는 것을 보게 되는데, 이 점은 정치하는 자들이 두고두고 배울 점이라 할 수 있다. 종횡가들은 자신들의 거짓 술수가 탄로나더라도 그것을 변명할 수 있는 또 다른 근거를 마련해놓고 유세하는 자들이었으며, 어디까지나 대화와 설득으로써 일을 풀어가려고 노력한 자들이었다. 그래서 그들의 말을 살필 때도 문자 하나하나에 매여 모순되는 점만을 볼 것이 아니라, 전체적인 맥락 속에서 그런 말을 하지 않으면 안 되었던 상황들을 염두에 두어야 할 것이다. 그렇게 보면 초·위·한을 한꺼번에 속인 장의를 도덕성의 차원과는 별개로 이해될 수 있을 것이다. 아무튼 장의의 분명한 목표는 천하의 모든 나라로 하여금 진나라를 섬기도록 하는 것이었다. 그러기 위해서는 연합체를 이루고 있는 집단 속에 상호 불신과 경쟁, 시기심을 심어 개별적으로 분리되도록 하면서 각개 격파로 부수어나가야 하는 법이었다.

역사적으로 볼 때 약한 집단들은 항상 힘을 합하여 강한 집단을 대항하려고 하였고, 그렇게 되면 강한 집단은 으레 연합체를 이룬 집단을 와해시키기 위해 총력을 기울이게 되는 것이었다. 대개 좌익에 속하는 부류가 지금 당장은 여러 가지로 힘이 약한 집단이 될 수밖에 없기 때문에 어떻게 해서든지 연합 전선을 펴려고 하고, 우익에 속하는 집단은 공권력이라는 기득권을 최대한 활용하여 그 연합체를 와해시키려고 하는 것이다. 그러니까 어느 시대이고 합종책과 연횡책의 암투와 갈등 투쟁은 존재한다고 보아야 할 것이다.

결국 한나라 양왕도 장의의 연횡책에 넘어가 진나라를 섬기기로 약조하였다. 이렇게 초나라와 한나라를 연횡책으로 끌어들이는 실적을 올리고나서 장의는 일단 진나라로 귀국하였다. 진의 혜왕은 장의의 공적을 인정하여 다섯 개의 읍을 봉지로 하사하고 무신군(武信君)이라는 칭호를 내렸다.

그러고는 장의에게 아직 연횡책을 받아들이지 않은 나머지 세 나라, 즉 제(齊)·조(趙)·연(燕)도 설득하라는 부탁을 하였다.

혜왕의 부탁을 받은 장의는 잠시 쉴 여가도 없이 곧장 제나라로 떠났다. 장의 자신도 연횡책이 먹혀들어가고 있는 추세에 마음이 사뭇 들떠 있다고 할 수 있었다. 이런 여세로 밀고 나가면 불원간 중국 전체는 자신의 영향권 안으로 들어와 이전에 소진이 그러했던 것처럼 천하를 주름잡는 막강한 실력자가 될 것이었다. 이제 곧 자신의 꿈이 실현되는 날을 목도할 것만 같았다.

장의는 제나라 민왕을 만나 먼저 제나라를 높이는 말을 늘어놓았다.

"천하의 나라들 중에 제나라를 능가할 강국은 없다고 사려됩니다. 대신들과 왕족들은 은성(殷盛)하고 수가 많으며, 부유하고 안락합니다."

장의의 칭찬을 들은 민왕은 기분이 좋아져 어깨를 으쓱하였다.

그러나 다음 순간 장의의 어조가 달라졌다.

"그렇지만 대왕을 위하여 계략을 베푸는 자들은 모두 일시적인 이익만 생각할 뿐, 장구적인 이익을 돌보지 않고 있습니다."

"아니, 그게 무슨 말이오? 제나라 신하들은 노심초사하며 어떡해서든지 국가 백년 대계를 위하여 계략을 짜기에 여념이 없는데."

민왕의 이맛살이 찌푸려졌다.

"대왕께서 지금 말씀하신 그 신하들은 소위 합종론자들을 가리키는 것이겠지요. 그 합종론자들은 대왕께 틀림없이 이렇게 말했을 것입니다. 제나라는 서쪽에 강대한 조나라가 있고 남쪽에 한나라와 위나라가 있으며 바다를 등에 지고 있는 나라로서, 국토는 넓고 백성들은 많고 군사들은 강하여 백 개의 진나라가 쳐들어온다고 하여도 끄떡도 없을 것이라고 말입니다."

"백 개의 진나라라고 그렇게 과장되게는 이야기하지 않았지만, 아무튼 진나라가 쳐들어오기는 힘들 것이라고 하였소. 그 합종론자들의 말에 일리가 있지 않소? 조나라, 한나라, 위나라 들을 거쳐서 제나라까지 오려면 진나라가 이미 지칠 것은 뻔한 일이 아니오?"

"대왕께서도 합종론자들의 이론에 세뇌가 되셨군요. 그럴듯한 말에 현혹되어 그들이 현명하다고 여기시는 모양인데, 사실은 실속이 없는 말장난에 불과합니다. 그들은 떼를 지어 도당을 만들고 합종이 좋다는 궤변들을 쉴 새 없이 늘어놓기 때문에 자칫 잘못하면 그들의 이론에 넘어가기 쉽지요. 그리고 그들은 합종론을 지지하는 자들이야말로 진정 나라를 생각하는 자들이라고 하며, 합종론을 지지하지 않는 자들은 매국노라는 식으로 몰아붙이고 있지요. 물론 합종을 하여 연합군을 조직

하여 싸우면 전쟁에서 승리할 수도 있겠지요. 하지만 전쟁에서 승리하면 무엇 합니까? 멸망이 기다리고 있는데."

"전쟁에서 승리하는데 멸망하다니? 그것이야말로 궤변이 아니고 무엇이오?"

민왕이 버럭 언성을 높이기까지 하였다.

"제 말씀을 잘 들어보십시오. 이전에 제나라와 노나라가 세 번 싸운 적이 있었지요? 그때 어느 나라가 승리하였습니까?"

"세 번 싸운 전투?"

민왕은 생각을 정리하더니 역사 상식을 자랑하듯 자신 있게 대답하였다.

"아, 그 전투? 내가 왕이 되기 훨씬 이전에 싸운 전투 말이지? 그땐 노나라가 세 번 다 승리하였지."

"그런데 지금 멸망한 나라는 어느 나라입니까?"

장의의 질문에 민왕이 고개를 갸우뚱거렸다.

"망한 나라가 어느 나라입니까?"

장의가 재차 물음을 던지자 그제야 민왕이 마지못해 대답했다.

"그야 노나라지."

"노나라가 전쟁에 승리해놓고도 망한 이유가 무엇입니까?"

민왕은 점점 대답하기가 곤란한 듯 입술을 비쭉거리기까지 하였다.

"노나라가 승리했다는 명예는 얻었지만 실상은 망하고 만 것은 다른 데 이유가 있었던 것이 아니라, 제나라는 크고 노나라는 작았기 때문입니다."

"제나라는 크고 노나라는 작았다? 그게 멸망과 무슨 관계가 있는지 한번 설명해보시오."

민왕은 장의의 입에서 어떤 말이 나오나 기대하는 눈치였다.

"제나라가 크다고 한 것은 전쟁에서의 패배를 감당할 만큼 크다는 뜻입니다. 그리고 노나라가 작다고 한 것은 전쟁을 승리로 이끌기 위해 치러야 했던 대가를 감당하지 못할 만큼 작다는 뜻입니다. 그래서 일시적으로 승리한 것 같았으나 승리를 위한 희생을 차후에 감당하지 못했기 때문에 결국 망하고 만 것입니다. 이것은 나라끼리에서만 일어나는 일이 아니라 개인끼리에서도 일어나는 일입니다. 승리 자체에만 목적을 두고 무리하게 일을 진행시키다가 승리해놓고 망하는 경우가 왕왕 있는 법입니다. 패배한 자는 오히려 망하지 않고 견뎌내는데 말입니다."

이렇게 설명을 해주자 민왕이 비로소 장의의 말귀를 알아듣고 고개를 끄덕였다. 민왕은 차츰 장의가 보통 인물이 아니라는 생각을 품게 되었다. 장의 또한 더욱 자신감을 가지고 말을 이어나갔다.

"이전에 진나라와 조나라가 싸웠을 때도 비슷한 결과가 초래되었습니다. 진나라와 조나라가 황하와 장수(漳水)가에서 두 번 전쟁을 치른 사건은 유명하지 않습니까. 그때 조나라가 두 번 다 승리하였지요. 그리고 번오(番五)성 밑에서 두 번 전투를 치렀을 때에도 조나라가 역시 승리하였지요. 그렇게 조나라가 도합 네 번을 승리하였는데도 조나라 전사자는 수십만이나 나왔고, 국도인 한단(邯鄲)은 겨우 명맥만 유지하게 되었습니다. 요컨대 전승의 명예는 있었지만 국토는 황폐화되고 만 것이지요. 반면에 진나라는 네 번이나 패전했지만 여전히 부강해져갔지요. 그것도 진나라가 크고 조나라가 작았기 때문입니다."

"그러니까 합종에 참여한 나라들이 연합군을 만들어 진나라와 싸워 승리를 한다고 하여 망하지 않으리라는 보장이 없다는 말이지?"

"바로 그렇습니다. 전쟁을 도모하여 승리를 하면 할수록 약소국들은 더욱 피해를 입게 된다는 말입니다. 그러니까 아예 전쟁이 없는 방향으로 나아가는 것이 사직을 오래오래 보존하는 길이 됩니다. 그리고 무엇보다 지금 진나라는 몇몇 나라들이 합종을 하여 대항한다고 해서 무너질 나라가 결코 아니라는 사실을 기억하셔야 합니다. 이미 한나라는 진을 섬기기로 하고 의양(宜陽)을 바쳤고, 위나라 역시 진을 섬기기로 하고 황하 서쪽을 내놓은 형편입니다. 초나라는 대왕도 아시다시피 제나라와의 외교 관계도 끊고 진나라와 서로 공주를 시집 보내는 형제지국이 되었습니다. 이런 판국인데 어떻게 몇몇 나라들이 힘을 합쳐 진나라에 대항한단 말입니까? 대왕께서 진나라를 섬기지 않으면 진나라는 자기 군대를 동원하지 않고 한·위의 군사들만으로도 제나라 남부를 넉넉히 공략할 수 있습니다. 그러면 임치와 즉묵(卽墨)이 곧 대왕의 수중을 벗어나고야 말 것입니다. 이렇게 일단 공격을 받은 연후에는 진나라를 섬기려 해도 이미 때가 늦고 마는 것이니, 대왕께서는 국가 백년 대계를 생각하여 선한 결정을 내리시기 바랍니다."

이러한 위협이 담긴 장의의 열변 앞에 민왕의 마음은 녹아나지 않을 수 없었다. 민왕은 마침내 이렇게 고백하고야 말았다.

"제나라는 멀리 동해가에 치우쳐 있어서 깨우치지 못한 나라인데, 이제야 나라의 장구한 이익에 합하는 계략을 듣게 되었소."

그 다음, 장의는 조나라로 들어가 무령왕(武靈王)을 만났다. 장의가 무령왕에게 유세한 방법은 다른 때와는 달리 특이한 면이 있어 주목할 만하다.

"폐읍(敝邑 : 자기 나라를 겸손하게 일컫는 말)의 군사들이 15년 동안이나 감히 함곡관을 나와보지 못한 이유가 무엇인지 아십니까?"

허리를 잔뜩 구부리며 무척 겸양한 어조로 말하는 장의의 질문을 받고, 무령왕은 가슴을 펴며 자신 있게 대답하였다.

"그야 우리 조나라를 중심한 합종의 세력이 무서워서 그랬던 것 아니오?"

"바로 그렇습니다. 대왕의 나라인 조나라가 합종 맹약국들을 거느리고 늘 진나라를 감시하며 버티고 있었기 때문입니다. 대왕의 위엄에 찬 명령 한마디면 산동 전역이 술렁거렸습니다. 그래서 우리 진나라는 두려운 나머지 숨도 제대로 못 쉬고 가만히 엎드려 갑옷이나 수선하고 있었습니다."

"하하하. 가만히 엎드려 갑옷이나 수선했다구?"

장의의 표현이 재미있는지 무령왕이 소리내어 웃으며 반문하였다.

"네. 갑옷이나 수선하고 병기만 날마다 닦고 갈고 하면서 세월을 보냈습니다. 그리고 전차 수레바퀴를 고치기도 하고, 기사술(騎射術)을 되풀이 익히기도 하면서 대왕의 눈치나 보고 있었습니다. 대왕은 늘상 합종 맹약국들과 더불어 진나라의 잘못을 꾸짖으며 노려보고 있는 듯하여 진의 군사들이 감히 출병할 엄두를 낼 수가 없었습니다. 그래서 그 기간 동안 군사들이 농사일에 동원되기도 하여 비축 양식은 오히려 많아졌습니다. 그리고 또한 대왕이 무서워 함곡관을 넘을 수 없게 되자 파(巴)·촉(蜀)을 빼앗고 한중을 병합하고, 백마의 나루터를 지키는 방향으로 나아가게 되었습니다. 그 결과, 국내의 기반은 튼튼히 다져지게 되었습니다."

그러고 보니 장의는 조나라 무령왕을 두려워하여 함곡관을 넘어오지 못한 진나라가 오히려 그동안 국력을 내부적으로 다져왔음을 은근히 내세우고 있는 것이었다. 자기를 두려워하여 꼼짝하지 못했다는 말에 속으로 우쭐해하던 무령왕은 장의의 이야기가 묘한 방향으로 흐르는 것을 눈치챘다.

"진나라는 먼 벽지에 위치해 있지만 오랫동안 분노를 품어왔습니다. 지금 진나라 군사들은 누더기 갑옷을 입고 초라한 형편에 있지만 면지에 포진하고 있습니다."

장의는 점점 이상한 말들을 늘어놓고 있었다.

"아니, 그게 무슨 말이오? 분노를 품어왔다느니, 면지에 포진하고 있다느니."

무령왕이 새삼 장의를 쳐다보았다. 장의의 표정이 심상찮게 돌변해 있었다.

"이제 때가 되었다는 말입니다. 여기 진나라 왕께서 대왕께 한 가지 제안을 하고 있습니다."

"제안이라니? 무얼 제안했단 말이오?"

이제 무령왕은 당황하기 시작했다.

"갑자일(甲子日)에 진나라 군대와 조나라 군대가 한단성 밑에서 만나자는 것입니다."

"갑자일이라면, 주(周)나라 무왕이 은나라 주왕(紂王)을 정벌한 날을 기념하는 날이 아니오?"

"그렇습니다. 우리 진나라 왕께서 무왕이 주왕의 잘못을 바로잡았듯이 바로잡기를 원하십니다."

"누, 누구의 잘못을 바로잡는다는 것이오?"

무령왕의 목소리가 떨려 나왔다.

"대왕의 잘못을 바로잡는다는 말입니다."

"무, 무엇이라구? 나를 은나라 주왕에다 비유하다니. 고얀지고."

무령왕은 금방이라도 장의를 체포할 듯이 화를 냈다.

"누가 무왕이 되고 주왕이 될지는 전쟁을 치러보면 알게 되겠지요. 대왕께서 그럴 의향이 있으시다면 진나라 군대는 황하와 장수를 건너 번오를 지나 한단성으로 갑자일에 맞추어 진군해 오겠습니다."

장의의 이 말은 조나라 지경을 쑥밭으로 만들면서 수도인 한단으로 진격해 와서 일대 회전(會戰)을 하겠다는 위협이었다.

"음."

성질 같아서는 당장이라도 진나라 군대와 일대 접전을 하는 것도 불사하고 싶지만, 이런 때일수록 감정적으로 나가서는 안 된다는 것을 무령왕은 잘 알고 있었다. 무령왕은 신음 소리 비슷한 것을 내뱉으며 한동안 침묵에 잠겨 있었다. 그러자 장의가 기회를 얻은 듯 더욱 끈질기게 파고들었다.

"조나라가 진과 전쟁을 치르게 되면 합종 맹약을 맺었던 나라들이 도와줄 것 같지만 절대 그렇지 않습니다. 이미 초나라는 진나라와 형제국이 되었고, 한·위는 스스로 진의 동쪽 울타리로 자처하며 진을 섬기고 있고, 제나라는 물고기와 소금이 나는 어염(魚鹽)의 땅을 바쳤습니다. 이것은 조나라로서는 오른팔이 잘린 것과 같습니다. 오른팔을 잃고 동지를 잃은 상태에서 아무리 싸워보았자 이길 승산은 조금도 없습니다. 고립되어 위태로워질 뿐입니다."

무령왕은 자신의 오른팔을 슬슬 만지면서 불안한 기색을 감추지 못했다.

"소진을 믿었던 게 불찰이로다."

무령왕은 자기도 모르게 이렇게 중얼거렸다. 장의는 무령왕이 무심결에 내뱉은 독백을 놓치지 않았다.

"그렇습니다. 대왕께서 합종책에 말려든 것은 소진을 믿었기 때문입니다. 소진은 제후들을 유혹하기 위해 그른 것을 옳다 하고, 옳은 것을 그르다 하기를 다반사로 하였습니다. 그러다가 자기 꾀에 자기가 넘어가 결국 길거리에서 거열형에 처해지는 수모를 당하고 말았습니다. 이제 천하가 하나로 합종을 이룰 수 없다는 것은 명백해졌습니다."

무령왕도 장의의 말을 인정하지 않을 수 없었다. 이런 시기에 합종에 미련을 가지는 것만큼 어리석은 일도 없을 것 같았다. 그렇다고 하여 조나라 단독으로 버틸 수도 없고, 진나라를 섬기는 굴욕을 받아들일 수도 없으니 그야말로 진퇴양난이었다. 장의는 이러한 무령왕의 마음을 꿰뚫어보고 은밀한 비밀을 속삭이듯이 목소리를 한껏 낮추었다.

"제가 대왕을 위하여 진의 작전 계획을 말씀드리겠습니다."

"작전 계획이라니?"

"진나라는 조나라가 말을 듣지 않을 경우에 대비하여 조나라를 칠 계획을 다 세워놓고 있습니다. 대왕께서 이러한 계획도 모르고 갑자기 일을 당하면 당황하실 것이 아닙니까?"

장의는 무령왕과 조나라를 염려해주는 척하고 있었다.

"조금 전에는 한단성 밑에서 만나자고 하지 않았나?"

"물론 한단성을 겨냥하고 진군하는 군대도 있지만, 사실은 다른 은밀한 계획이 세워져 있는 것입니다. 이것은 일급 비밀에 속하는 사항이지만, 대왕을 위하여 특별히 알려드리는 것입니다."

"음, 그걸 말해보시오."

무령왕으로서는 일단 듣고 볼 일이었다.

"진나라는 세 장군을 시켜 세 방향으로 조나라를 칠 계획을 가지고 있습니다. 한 장군은 군대를 이끌고 가서 조나라 동쪽 지경인 오도(午道)를 차단하고, 제나라로 하여금 군대를 일으켜 돕도록 하여 청하(淸河)를 건넌 후 한단의 동편으로 진격해 들어갈 것입니다. 또 한 장군은 성고(成皐) 방면으로 나아가 한·위의 군대와 합하여 하외(河外)로 진격해 들어갈 것입니다. 마지막 군대의 군사들은 면지에서 제·한·위 군사들과 연합하여 조나라를 쳐들어갈 것입니다 이렇게 네 나라 군대가 연합군을 이루어 조나라를 친 후 조나라 땅을 네 덩어리로 나누어 각각 차지할 것을 비밀 협정으로 맺어두었습니다. 지금 면지에 군대가 포진하고 있다고 제가 아까 말씀드리자 대왕께서 그게 무슨 뜻이냐고 반문하셨는데, 바로 이 작전과 관련하여 군대가 면지에 모여 있는 것입니다. 이제 저는 진나라의 은밀한 작전 계획을 다 말씀드렸으니 대왕께서 알아서 판단하시기를 바랍니다."

그러고 보니 장의가 비밀 작전 계획을 알려준 것은 무령왕을 위협하기 위함이었다. 무령왕은 진나라가 과연 조나라 지형들을 꿰뚫어보고 치밀한 작전을 짜두었음을 인정하지 않을 수 없었다.

이쯤 되자 무령왕도 슬그머니 장의에게 항복하고 말았다."

"선왕(先王 : 肅侯를 가리킴) 시대에는 선왕의 아우인 봉양군(奉陽君)이 권력을 장악하고 휘두르며 선왕의 마음과 눈을 흐리게 하는 바람에 나라 형편이 말이 아니었소. 그러나 그 당시에 과인은 사부(師父)의 지도 밑에 있었으므로 아직 정치에 참여하기에는 어린 나이였소. 그 후 봉양군도 세상을 떠나고 선왕도 승하하여 과인이 왕위에 올랐지만, 실은 나라 일을 맡은 지 얼마 되지도 않아 어떻게 이 나라를 다스려나갈지 고민하고 있던 참이오."

무령왕은 장의에게 인간적인 동정을 구하는 투로 말을 하며 장의의 의견을 좇겠다는 의사 표시를 간접적으로 하였다. 이것을 놓칠 장의가 아니었다.

"제가 대왕을 위해 계략을 베푼다면, 대왕께서는 날을 정하여 면지로 나아가서 직접 진왕(秦王)을 만나 화친 조약을 맺으시라는 것입니다. 이것보다 더 좋은 계책은 없습니다. 대왕께서 면지로 나아갈 때까지 진나라가 군대를 일으키지 않도록 제가 조치를 취해놓겠습니다. 대왕께서는 지체하지 마시기를 바랍니다."

이러한 장의의 권유를 무령왕이 받아들임으로써 조나라도 연횡책으로 정책을 바꾸기에 이르렀다.

이제 마지막 남은 나라는 연(燕)나라인 셈이었다. 장의는 연나라쯤이야 하는 자신감을 가지고 북쪽으로 나아가 소왕(昭王)을 만났다. 연나라는 바로 국경을 마주 대하고 있는 조나라를 의지하려는 경향이 많이 있었으므로, 장의는 무엇보다 연나라가 가지고 있는 조나라에 대한 환상을 깨뜨려야겠다고 생각했다.

"대왕께서 그동안 가장 믿을 만한 맹방으로 여겨온 나라가 조나라임은 누구나 다 알고 있는 사실입니다. 그래서 대왕과 연나라 백성들은 조나라라고 하면 무조건 좋게 이야기하고, 조나라의 단점과 결점을 보지 않으려고 해왔습니다. 조나라를 조금이라도 욕을 하면 반조(反趙) 사상을 가진 자라 하여 국가 안보를 위태하게 한다고 잡아 가두기까지 하였습니다. 그런데 잘 들어보십시오. 조나라가 얼마나 잔인무도한 나라라는 것을 역사적으로 실례를 들어 말씀 올리겠습니다."

그러면서 장의는 백 년도 훨씬 지난 사건 하나를 이야기했다.

조나라를 세운 조상이라 할 수 있는 조양자(趙襄子)는 대(代) 지방을 병합하고 싶은 야심을 가지고 있었다. 그런데 대왕(代王)은 좀체 조양자에게 항복하려고 하지 않았다. 그래서 조양자는 자기 누이동생을 대왕에게 아내로 주어 일단 환심을 사서 항복을 유도하려고 하였다.

하지만 대왕은 조양자의 누이동생만 차지했을 뿐 조금도 태도의 변화를 보이지 않았다. 조양자는 부아가 나지 않을 수 없었다. 조양자는 대왕에게 사자를 보내 구주산(句注山)에서 만나자는 내용의 서한을 전달하였다. 그러고는 공인(工人) 한 사람을 불러 급히 술잔 한 개를 만들도록 주문하였다.

"어떤 모양의 술잔을 만들기를 원하십니까? 재료는 무얼로 할까요?"

공인의 물음에 조양자가 비밀스럽게 속삭였다.

"재료는 순금으로 하도록 하여라. 그리고 술잔의 머리 부분은 시궁과 같은 모양으로 만들되 긴 자루가 달려 있도록 만들어라. 자루 끝을 날카롭게 하여 사람의 심장도 뚫을 수 있도록 만들란 말이다. 그런데 거기에 공교한 장식을 붙여 누가 보아도 그냥 술잔의 장식물 정도로 여기게끔 기술적으로 만들란 말이다. 알겠느냐?"

공인은 어떤 음모에 끼어들고 있음을 눈치챘지만 조양자의 명령에 순종하지 않을 수 없었다. 공인은 온갖 기술과 정성을 다하여 조양자가 주문한 술잔을 만들어 갖다 바쳤다. 조양자가 술잔을 손잡이삼아 집어 들자 그것은 하나의 정교한 칼로 변모하고 말았다. 그리고 술잔을 원래대로 놓자 그것은 감쪽같이 소의 머리 모양을 한 시굉 술잔으로 돌아와 있었다. 조양자는 회심의 미소를 지으며 공인에게 후하게 사례하였다.

조양자는 요리인으로 하여금 그 자루 달린 금 술잔을 챙겨 오도록 하고는 회합 장소인 구주산에 당도하였다. 대왕이 마중을 나와 조양자를 영접하였다. 대왕은 조양자가 무얼 요구할 것인가를 잘 알고는 있었지만, 일단은 처남으로서 대접해주어야 할 것이었다.

구주산 경치 좋은 누각에서 회합 겸 주연이 크게 베풀어졌다. 대왕은 대나라의 요리인들을 동원하여 맛있는 음식들을 내와 조양자를 대접하였다. 그러자 조양자가 너털웃음을 웃으며 음식 맛을 칭찬하였다.

"허허허. 이렇게 맛있는 요리는 처음 먹어보오. 나도 우리 조나라 요리인을 데리고 왔으니 대나라 왕과 신하들에게 조나라 요리를 맛보게 하고 싶소."

그리하여 이제는 조나라 요리가 나올 차례가 되었다. 요리인은 사전에 지시를 받은 대로 자루 달린 술잔을 대왕 앞에 갖다놓고 그 옆에 국그릇을 놓았다. 대왕도 조나라 음식들을 맛보고 칭찬을 늘어놓았다.

"아, 정말 별미입니다. 그리고 이 술잔의 모양이 정교하기 이를데 없습니다. 이렇게 멋있게 장식된 술잔은 내 평생 처음 보았습니다."

대왕은 술잔이 몹시 탐나는지 술잔의 구석구석을 요리조리 뜯어보았다.

"허허. 그건 조나라 최고의 공인이 특별히 대왕과 함께 가질 주연을 위하여 만든 것이오. 원한다면 그 술잔을 가지시오."

조양자가 인심을 베풀자 대왕은 무척 기분이 좋아졌다. 그런 순간을 놓치지 않고 조양자가 본론을 끄집어내놓았다.

"이제는 어떻소? 대나라와 조나라가 하나의 나라로 합쳐야 할 시기가 되지 않았소? 대나라가 조나라에 합병이 된다 하여도 그대가 누리던 영화는 계속 누릴 수 있도록 해주겠소."

그러자 대왕의 인상이 갑자기 굳어졌다.

"그 문제라면 이미 말씀드린 줄 알고 있습니다. 각각 독립된 나라로 있으면서 얼마든지 친목을 도모할 수도 있는데, 굳이 하나의 나라로 합병하려는 의도가 무엇인지 심히 저어하게 됩니다."

조양자는 대왕의 태도와 어투에서 다시 한번 대왕의 완강한 고집을 보았을 뿐이었다. 조양자는 이제는 할 수 없다고 생각하기에 이르렀다. 여동생의 남편이지만 원래의 계획대로 처치해야만 하였다. 조양자는 요리인에게 눈짓을 보냈다. 그러자 요리인이 뜨거운 국을 들고 대왕에게로 접근하였다.

"새로 양고깃국을 끓였는데 한번 드셔보시지요."

요리인이 대왕의 국그릇에다 김이 나는 양고깃국을 부어주었다. 대왕은 후후 불어가며 국을 들이켜려고 머리를 숙였다. 그때 요리인이 술을 술잔에 따르는 척하며 술잔을 돌려 잡아 눈 깜짝할 사이에 날카로운 술잔 자루로 대왕의 심장을 찔렀다. 대왕은 그 자리에서 즉사하고 말았다. 대나라 신하들은 혼비백산하여 도망을 가버렸다. 조양자는 대왕의 죽음을 더욱 확실히 하기 위하여 칼을 들어 대왕의 머리를 내리쳤다. 그러자 대왕의 두개골에서 뇌수가 쏟아져 나왔다.

　이 소식을 들은 대왕의 아내, 즉 조양자의 누이는 근방의 산으로 들어가 어여머리에 꽂고 있던 비녀를 뽑아 바위에 갈고 갈았다. 그러고는 그 날카로워진 비녀 끝으로 자신의 심장을 찔러 남편의 뒤를 따랐다. 그래서 사람들은 그 산을 가리켜 마계산이라고 불렀다. 마계라는 것은 비녀를 갈았다는 의미인 것이었다.

　이러한 조양자의 잔인한 행동을 폭로하면서 장의는 조나라가 얼마나 포악무도한 나라인가를 강조하였다.

　"조나라 왕들은 조양자의 후손들로 한결같이 이리처럼 간악한데도, 연나라는 조나라를 세상에서 제일 좋은 나라인 양 생각하고 있으니 참으로 희한한 일입니다. 아무리 나라의 안보 때문에 그런다고 하더라도 조나라의 근본을 똑똑히 보고 알아야지요. 조나라는 자기 나라 이익을 위해서는 맹방들조차 헌신짝처럼 버리는 나라라는 것쯤은 알고 있어야지요."

　장의의 언변은 연나라 소왕의 폐부를 찌르는 것 같았다. 소왕 역시 조나라의 간악한 속성을 알고 있었지만, 나라의 안보를 위하여 조나라를 의지하지 않으면 안 되는 것이었다. 장의의 말이 계속 이어졌다.

　"조나라를 믿을 수 없다는 것은 몇 년 전에 연나라를 침공해 온 사실만 보더라도 알 수 있는 것 아닙니까? 두 번이나 연의 국도를 포위하고 위협하지 않았습니까? 그때 연나라는 10개의 성읍을 떼어줌으로써 조나라를 달랬습니다. 지금 조나라가 연나라와 친한 척하고 있는 것도 그때 떼어준 10개의 성읍이 아직 효력을 발휘하고 있기 때문입니다. 그런데 얼마 있지 않으면 조나라는 트집을 잡아 더 많은 성읍을 요구하고 나올 것입니다. 그러니 조나라가 연나라를 돕는 척하며 맹방인 양하는 것은 연나라를 야금야금 집어삼키려는 술책에 불과합니다. 그리고 이제 조나라는 합종책을 버리고 면지로 나아가 진왕을 알현하고 진을 섬기기로 약정하였습니다. 그 증거로 하간(河間) 땅을 바쳤습니다. 그러니 이제부터는 진의 허락이 없이는 조나라가 군사를 동원할 수 없게 되었다는 것입니다. 이런데도 조나라 눈치를 보며 진나라 섬기기를 망설인다는 것은 어리석기 그지없는 일이 아닐 수 없습니다. 연나라가 진을 섬기게 되면 서쪽으로는 든든한 진의 후원을 받게 되며, 남쪽으로는 제·조의 우환을 덜게 되는 것입니다. 그러나 만약 연나라가 진을 섬기지 않고 천하의 대세를 거역한다면, 진나라는 갑병을 운중(雲中)·구원(九原) 지방으로 내려보내고 조나라 군대를 충동질하여 연나라를 공략하도록 할 것입니다. 그러면 삽시간에 역수(易水)와 장성(長城)이 진나라 수중에 떨어지고 말 것입니다."

이쯤 이야기하자 소왕은 벌써 잔뜩 겁을 집어먹은 얼굴이 되었다.

"과인은 미개한 벽지에 살고 있는 자로서, 몸은 비록 큰 어른이나 생각은 어린아이와 진배없소. 게다가 주변의 언론은 올바른 정책을 채택하는 데 도움이 되지 못하였소. 이러한 차에 선생께서 연나라의 살 길을 가르쳐주셨으니 천만다행이오."

결국 소왕은 항산(恒山) 기슭의 다섯 성을 진나라에 바치고 진을 섬기기로 하였다. 이리하여 한·위·조·연·초·제 여섯 나라들이 모두 장의의 연횡책을 받아들이고 진을 섬기기로 한 셈이었다. 소진이 간신히 묶어놓은 합종의 끈을 15년 만에 장의가 하나하나 풀어놓고야 만 것이었다. 이것은 진나라의 입장에서 볼 때 대단한 외교적인 성과라 아니할 수 없었다. 장의도 자신의 성공에 대하여 자기 도취에 빠질 정도로 기뻐하였다.

장의는 오랜만에 긴장을 풀고 연나라 소왕이 베푼 주연 석상에서 여희들의 시중을 받으며 술잔을 들이켰다. 취기가 오른 장의가 술잔을 손에 든 채로 벌떡 일어나더니 시를 한 수 읊었다.

    아내가 말하기를 닭이 우네요
    남편이 대답하기를 아직 어두운데
    일어나서 밖을 보세요
    샛별도 초롱초롱
    들언덕 한 바퀴 돌아
    오리랑 기러기랑 잡아 오세요
    쏘아 잡아서 가져오시면
    술안주 만들어
    당신과 술잔 주고받으며
    변치 않고 해로하리
    금(琴)과 슬(瑟) 옆에 있으니
    얼씨구나 좋을시고

"허허허. 재상도 평범한 부부 생활이 그리워서 그런 시를 읊는 것 아니오? 나도 어떤 때는 이런 거추장스러운 왕 노릇 집어치우고 민서로 돌아가 아내와 오순도순 살고 싶은 때가 있단 말이오."
  소왕이 장의가 읊조리는 시를 들으며 동감을 표시하였다.
  "그렇습니다. 사건도 많고 말도 많은 시국에 정치를 하려고 동분서주하다 보니 인간다운 삶을 누려볼 틈이 없습니다. 하지만 정치하는 재미도 있는 법이지요."
  장의가 묘한 미소를 떠올렸다.

책략가 장의의 말년

　장의는 하루속히 진나라로 귀국하여 혜왕에게 자신이 거둔 외교적인 성과를 보고해 올리고 싶었다. 그래서 서둘러 진나라로 향하는 길에 올랐다. 이제 장의로서는 출세의 기반이 든든히 잡혔다고 할 수 있었다.
　그러나 인간사는 항상 엉뚱한 변수가 도사리고 있는 법. 성공의 절정에 낭떠러지가 가로놓여 있기도 하는 것이었다.
　장의가 진나라의 수도 함양(咸陽)에 도착하기도 전에 혜왕이 갑자기 병을 얻어 죽고 말았다. 사람 목숨이라는 것은 끈질긴 것 같으면서도 어떤 경우는 바가지보다 더 깨지기 쉬운 것이기도 하였다. 그래서 한 사람의 갑작스러운 죽음으로 인하여 전혀 예상치 못했던 상황들이 전개되는 수가 왕왕 있는 법이었다. 그것도 왕과 같은 중요한 사람이 아무 예고도 없이 갑자기 죽게 될 때 상황의 심각성은 더욱 가중되는 것이었다. 장의 역시 혜왕이 이렇게 빨리 죽으리라고는 예상치 못하고 있었기 때문에 그 소식을 듣고 몹시 당황하였다. 지금껏 연횡책으로 끌어들이려고 애를 썼던 여섯 나라들이 장의의 책략을 받아들이겠다고 확약을 한 것도 진나라에서의 장의의 위치를 보고, 다시 말하면 진나라 혜왕과 장의와의 관계를 믿고 그렇게 한 것이라 할 수 있었다. 그런데 이제 혜왕이 죽고 그 아들 무왕(武王)이 섰으니 장의의 위치는 어떻게 될지 미지수인 상태가 되고 말았다. 더군다나 무왕은 태자(太子)로 있을 때부터 장의가 진나라 조정을 좌지우지하는 것을 못마땅하게 여겼던 인물이었다.

아니나 다를까, 장의가 함양으로 달려가는 여정에 있는 중에 벌써부터 진나라 조정의 뭇 신하들이 무왕의 환심을 사기 위해 장의를 헐뜯는 말들을 아뢰고 있었다.

"장의는 믿을 만한 위인이 못 됩니다. 자신의 영달을 위하는 일이라면 나라를 좌로 팔았다가 우로 팔았다가 하는 짓을 서슴지 않는 자입니다. 그리고 그는 원래 위나라 사람이기 때문에 언제 진나라를 배신할지 알 수 없습니다. 그를 다시 등용하면 어떤 화가 미칠지 모르니 유념하여주십시오."

장의가 함양에 도착해보니 조정의 분위기가 전체적으로 자기를 배척하는 방향으로 기울어져 있었다. 장의는 무왕의 마음을 돌려볼 작정으로 왕을 알현하였다.

"제가 천하 각국을 다니며 모든 나라들로 하여금 진나라를 섬기도록 연횡책으로 유세하였는데, 어인 일로 저를 이렇게 대우하십니까?"

"그것은 재상의 간교함 때문이오."

무왕이 단도직입적으로 무뚝뚝하게 대답했다.

"간교함이라니오? 언제 제가 간교하게 행동하였습니까? 만약 간교했다면 그것은 오직 진나라의 이익을 위해서 그러하였을 뿐입니다."

"진나라의 이익? 진진(陳軫)을 중상모략할 때도 진나라의 이익 때문에 그러하였소?"

무왕은 자기가 존경하던 진진이 재상 자리에 오르지 못하도록 장의가 술수를 부린 점을 아직도 기억하고 있는 것이었다. 장의는 속으로 뜨끔했지만 목청을 가다듬으며 될 수 있는 한 천천히 대답하였다.

"에, 저, 진진을 중상모략한 것이 아니라 진나라 발전을 위하여 누가 재상이 되는 것이 좋을 것인가, 저는 그런 점을 생각하여 말씀드린 것뿐인데."

그러자 무왕의 얼굴에 냉소가 스치고 지나갔다.

"그때 내가 태자로 있었다고 하여 그 당시의 상황을 모르는 줄 알면 크게 오해하고 있는 것이오."

장의는 무왕이야말로 오해하고 있다고 다시 한번 항변하고도 싶었지만 입을 꾹 다물었다. 그러다가 무왕이 물러가라고 할 적에 한마디 말은 남겨두었다.

"나라를 위하는 방법에는 여러 가지가 있습니다."

무왕이 장의를 좋지 않게 여기기 시작한 계기가 되었을지도 모르는 진진 모략 사건은 다음과 같았다.

장의가 진나라로 들어가 등용된 후 재상 자리까지 넘보고 있을 무렵이었다. 그때 진진도 진나라에 와서 유세를 함으로써 진 혜왕의 총애를 받아 등용되었다. 장의가 볼 때 앞으로 자기가 재상 자리에 오르는 데 있어 가장 위협적인 존재는 진진이라 아니할 수 없었다. 어떻게 해서든지 진진의 결점을 놓치지 않아야만 하였다. 그런 중에 장의는 진진이 초나라와의 외교 관계를 이루어가는 데 문제점이 있는 것을 발견하고 그 사실을 혜왕에게 고해바쳤다. 장의는 스스로 나랏일을 염려하는 마음에서 그런다고 생각하였지만, 다른 사람들이 볼 때는 영락없는 고자질일 뿐이었다.

"대왕께서 진진으로 하여금 많은 예물들을 가지고 진나라와 초나라 사이를 빈번히 오가도록 하는 것은 다름이 아니라 양국 간의 국교를 위함입니다. 그런데 초나라는 진나라와의 친선을 돈독하게 하려고는 하지 않고 진진만을 후대하고 있는 실정입니다. 진진을 초나라의 재상으로 끌어들이려는 수작인지도 모릅니다. 이렇게 볼 때, 진진은 그동안 그 많은 예물을 이용하여 진나라와 대왕을 위하여 일했다기보다 자기 자신을 위하여 일한 것이 분명합니다. 대왕은 결국 선물들을 쓸데없이 허비한 셈이 되고 말았습니다. 그리고 요즈음 진진의 기색을 살피니 그동안 길을 닦아놓은 초나라로 가려는 모양입니다. 진진이 초나라에 마음을 두고 있는 한 진나라의 이익을 위해서 마음을 쓰지 않을 것이 분명하므로, 대왕은 아예 진진을 초나라로 보내버리시는 것이 낫지 않습니까?"

초나라와의 외교 관계에 진전이 없던 터라 혜왕은 장의의 말에 동감이 되지 않을 수 없었다. 그만큼 진진을 신뢰하고 막대한 자금을 맡겨 일을 추진하라 하였는데, 결국 자기 자신의 이익만을 위하여 대의를 그르치다니. 혜왕은 섭섭하기 그지없었다. 당장 진진을 불러 그 진의를 따져물었다.

"과인은 그대가 진을 떠나 초나라로 가기로 했다는 말을 들었는데, 그게 정말인가?"

"그러하옵니다."

진진은 전혀 망설이는 기색도 없이 대답했다. 오히려 혜왕이 기가 찰 지경이었다.

"역시 그렇다면 장의의 말이 정말이로군."

혜왕의 입에서 장의라는 말이 들먹거려지자 진진은 순간적으로 인상을 찌푸렸다. 그러나 곧 확신 있는 어조로 말을 이어나갔다.

"이것은 장의 혼자만이 아는 것은 아닙니다. 길 가는 선비들 아무나 잡고 물어보십시오. 진진이 초나라로 가려고 하는 것을 다 알고 있을 것

책략가 장의의 말년 41

입니다."

이건 또 무슨 소리인가. 혜왕은 떨떠름한 표정을 지어 보였다.

"그대가 초나라로 가겠다고 방방곡곡 소문이라도 냈단 말인가?"

"그게 아니라 사람들이 나의 사정을 헤아린다면 그 정도는 다 알게 될 것이란 말씀이지요."

"그대의 사정이 어떠한데 그런 소리를 하는 건가?"

혜왕의 음성이 높아졌다. 진진이 혜왕의 눈치를 슬쩍 살피고 나서 더욱 차분한 어조로 대답해나갔다.

"옛날 오자서(伍子胥)는 그 군주에게 충성하였기 때문에 온 천하의 군주들이 그를 신하로 삼기를 원하였습니다. 그리고 증삼(曾參)은 어버이에게 효도하였기 때문에 천하의 부모들이 그를 아들로 삼았으면 하고 바랐습니다. 그래서 노비를 팔 때, 그 노비가 살던 마을을 다 지나가기도 전에 팔리면 그는 좋은 노비라고 하였습니다. 또한 이혼당한 여자가 자기가 살던 마을에서 재혼을 하게 되면 그 여자는 좋은 여자라고 할 수 있습니다. 그와 같이 지금 제가 주군에게 불충하고 있다면 초나라가 어찌 저를 신하로 받아들이기를 원하겠습니까? 제가 대왕께 온갖 충성을 다 바치고 있다는 것을 초나라도 알기 때문에 저를 자기들의 조정에 끌어들이려고 하는 것이 아니겠습니까? 저의 충성이 이러한데도 지금 내쫓김을 받으려 하고 있으니 이 몸 진진이 갈 곳은 초나라밖에 또 어디 있겠습니까?"

혜왕은 그만 감복하고 말았다.

혜왕은 진진의 충정을 헤아리고 이전보다 더욱 후하게 대우해주었다. 물론 진진은 초나라로 가는 것을 실행하지 않았다. 그러자 장의는 진진에 대하여 한층 위협을 느끼고 기회가 있을 때마다 더 끈질기게 진진을 모략하였다. 결국 혜왕의 마음은 다시 장의 쪽으로 기울어져 1년쯤 지난 후 장의를 재상 자리에 임명하였다. 장의가 재상에 임명되자 진진은 자신의 생명이 위험하다고 판단하고 그제야 초나라로 피신하고 말았다. 진진이 초나라 회왕(懷王)의 근신으로서 어떻게 활약했느냐 하는 것은 앞에서도 언급한 바 있다.

 아무튼 평소에 진진을 존경하고 따랐던 태자는 이런 사건으로 하여 장의에 대한 불만이 쌓여가고 있었는데, 이제 왕이 되자 장의를 시기해 왔던 신하들과 어울려 장의를 제거할 음모를 꾸미고 있는 것이었다.

 장의가 다시금 무왕을 만나 간언하였다.

 "천하로 하여금 진나라를 섬기도록 연횡책으로 유세한 저를 제거하신다면 진나라는 큰 손해를 입게 될 것입니다. 여섯 나라들이 연횡책에 동의한 것은 진나라 군주와 저의 관계를 믿고 그렇게 한 것인데, 제가 대왕으로부터 내쫓김을 받아보십시오. 연횡책으로 돌아섰던 그 나라들이 저를 믿지 못하겠다고 다시 합종책으로 돌아설 것이 뻔합니다. 진나라의 이익을 위해서라도 저를 소홀히 대하시면 아니 됩니다."

 국익을 앞세우고 자신을 변호하는 장의의 말에 무왕은 잠시 마음이 흔들리기도 하였으나 곧 결연한 태도로 말했다.

 "여섯 나라들이 연횡책을 받아들인 것은 단지 재상을 보고 그렇게 한 것이 아니라 진나라의 세력을 보고 그리하였을 것이오. 그러므로 진나라에서의 재상의 위치는 별 문제가 되지 않는다고 생각하오. 말하자면 재상이 재상 자리에서 물러난다 하여도 그 여섯 나라들이 연횡책을 버리지 않을 것이란 말이오. 천하를 연횡책으로 이끌어갈 인물들은 이 진나라에도 여럿 있다고 할 수 있소. 그러니 지나치게 국익을 내세워 자신을 변호하려 하지 마시오."

 무왕의 어투에서 장의는 무왕이 자기를 제거하기로 이미 마음을 굳힌 것을 읽을 수 있었다. 장의는 일단 입을 다물고 물러나왔다.

그런데 무왕과 장의의 사이가 좋지 않다는 소문이 퍼져나가자 여섯 나라들은 장의가 재상 자리에서 물러나기 전인데도 연횡의 약속을 저버리고 합종으로 돌아서고 말았다. 장의가 우려했던 대로 된 것이었다. 장의는 오히려 이러한 사태가 자기의 위치를 회복시켜주는 계기가 되지 않을까 생각하고 무왕의 마음이 바뀌기를 기대하였으나, 장의가 바라는 것과는 반대 방향으로 시국이 돌아갔다. 여섯 나라가 합종으로 돌아서게 된 원인도 장의에게 있다는 식으로 신하들이 참소하고 나선 것이었다.

"대왕이시여, 보십시오. 장의가 연횡책을 도모한 것도 결국은 진나라를 이용하여 자기 이름을 팔아 자기 영광을 구하기 위함이었습니다. 여섯 나라들을 진나라 군주와 연결되도록 하기보다 자기 자신과 연결되도록 해놓았기 때문에, 장의의 위치가 진나라에서 불안정하다는 소문이 나돌자 여섯 나라들이 얼른 합종으로 돌아선 것입니다. 더 이상 장의에게 권세를 키울 수 있는 발판을 허락해서는 안 됩니다."

이러한 신하들의 참소는 장의 자신이 진진을 모략하기 위해 써먹었던 술책과 비슷한 것이라 할 수 있었다. 게다가 제나라로부터 장의의 간교한 불신 행위를 규탄하는 서한이 무왕에게 전달되기도 하였다. 국내적으로, 국외적으로 진퇴양난에 처하게 된 장의였지만 그대로 주저앉고 말 그가 아니었다. 그는 곧 계략을 도모하여 무왕을 다시 만났다.

"저를 제거하려는 움직임이 조정에서 일어나고 있다는 것을 잘 압니다. 대왕께서도 저의 문제로 인하여 고심하고 계신 줄 압니다. 그래서 저의 우계(寓計)를 말씀드리고자 하니 허락해주십시오."

"그것이 무엇이오?"

무왕은 장의가 또 무슨 계략을 가지고 왔나 하고 경계하면서 귀를 기울였다. 장의가 은밀한 목소리로 진언하기 시작했다.

"저를 진나라 조정에서 물러나도록 하시려거든 이왕이면 위나라로 가도록 허락해주십시오."

"아니, 하필 위나라로 가려고 하는 이유가 무엇이오?"

장의가 자기 출신 지역으로 돌아가려는 게 아닌가 추측하며 무왕이 이맛살을 찌푸렸다.

"그것은 제나라 때문입니다. 여섯 나라 중에서 제나라가 저를 제일 미워하고 있는데, 제나라는 제가 들어가 있는 어떤 나라하고도 전쟁을 치르려 할 것입니다. 그런데 진나라의 이익을 위하여 제나라랑 싸움을 붙여야 할 나라는 위나라인 것입니다."

"다른 나라들도 많은데 왜 제나라와 위나라가 싸움이 붙어야 진나라에 유익이 된다고 하는 것이오?"

무왕은 진나라의 이익이라는 말에 혹하여 장의의 진언을 귀담아듣기 시작했다.

"진나라의 유익은 바로 주(周) 천자의 제기(祭器)를 손에 넣느냐 못 넣느냐에 달려 있습니다. 다른 나라들과 일일이 싸움을 벌이기보다 주 천자를 끼고 그 권위를 빌리는 것이 천하를 지배하는 첩경이기 때문입니다."

무왕으로서는 미처 생각해보지 못했던 방향으로 이야기가 전개되고 있었다.

"주 천자의 권위를 빌리는 것하고 제나라와 위나라 간의 전쟁이 무슨 상관이 있단 말이오?"

무왕은 나름대로 짐작을 하려고 고개를 갸우뚱거렸다.

"제나라가 위나라를 걸고넘어져 혼전을 이루고 있을 때, 그 틈을 타 진나라는 한(韓)나라 삼천(三川) 지경으로 진군하면서 함곡관 너머로 군대를 내보내어 공격은 하지 않는 채 주나라를 위협하는 것입니다. 그러면 주나라는 천자의 제기를 내놓지 않을 수가 없을 것입니다. 그러면 천자를 끼고 그 권위를 빌려 천하의 지도와 호적, 기타 문서들을 점검하며 제후들을 장악할 수 있을 것입니다."

주나라가 제기, 그중에서도 특히 구정(九鼎)을 내놓는다면 그야말로 천하를 호령할 수 있는 권위를 지니게 되는 것이었다. 그 당시에는 구정을 가지고 종묘(宗廟)의 제사를 주관하는 나라가 곧 천자국이 되는 셈이었다. 주나라는 천자국이면서도 실제적으로는 국력이 약하였기 때문에 형식적인 권위만을 지니고 있을 뿐이었지만, 진나라가 이번에 구정을 차지한다면 명실상부한 천자국이 될 것이었다. 무왕은 주나라 도읍인 낙양(洛陽)에 가서 구정을 한번 만져보기라도 하는 것이 소원이었는데, 구정을 차지할 수도 있다니 흥분되는 마음을 주체할 길이 없었다.

"과연 재상은 뛰어난 책략가요. 재상의 계략대로 하기 바라오."

무왕은 조금 전까지 장의를 제거하기로 마음먹었던 사실조차 잊고 장의를 칭찬하기에 이르렀다. 그리고 그 다음날, 진나라를 떠나도 좋다는 허락을 내리면서 전차 30대까지 갖추어 장의를 뒤따르도록 하였다. 장의는 진나라에서 축출당하는 것이 아니라 정중하게 대우를 받으며 파송되는 셈이었다.

위나라는 자기 고장 출신인 장의가 말년을 고향 땅에서 보내고자 왔다는 말을 듣고 크게 환영하였다. 그리고 재상으로 임명하여 위나라의 번영을 위해 일해주도록 부탁하였다. 장의가 위나라에서 환영을 받고 재상으로까지 임명되었다는 소식을 들은 제나라 왕은 화가 머리끝까지 치솟았다.

"같은 합종 맹약국이면서 장의를 받아들이다니, 위나라가 또 진나라를 섬기면서 우리를 배신하려 한다. 내, 당장 위나라를 치고 말리라."

제나라 왕은 곧 군사 동원령을 내렸다. 제나라가 군사를 일으켰다는 정보를 접한 위나라 애왕(哀王)은 어찌할 바를 모르고 당황해하며 장의에게 자문을 구하였다. 그런데 장의는 조금도 흐트러지는 기색이 없이 애왕을 안심시켰다.

"대왕께서는 아무 염려 마십시오. 제나라 군사가 자진해서 물러가도록 하겠습니다."

"어떻게 제나라 왕의 분노를 잠재울 수 있단 말이오?"

애왕이 염려스러운 표정을 풀지 않았다.

"아무튼 저에게 맡겨주십시오."

장의는 다시금 애왕을 안심시키고는 모략을 도모하였다.

장의는 충성스러운 가신(家臣) 풍희(馮喜)를 불러 단단히 지시하였다.

"그대는 지금 곧 초나라로 가라. 그리고 어떻게 해서든지 초나라의 사신(使臣)이라는 명의를 빌려 제나라로 가서 제왕에게 말하라."

그러면서 장의는 제왕에게 말할 내용을 일러주었다. 풍희는 장의의 지시대로 필요한 조건을 갖추어 제나라로 들어갔다. 제나라 왕은 풍희가 정말 초나라 사신으로 온 줄 알고 알현의 기회를 허락해주었다.

"어인 일로 초나라에서 여기까지 오셨소?"

"장의에 관해서 말씀드릴 일이 있어 왔습니다."

장의라는 이름이 들먹거려지자 제왕은 눈알을 번득이며 관심을 나타냈다.

"장의라고? 그 작자가 지금 위나라에서 꾸미고 있는 계략을 알고 있단 말이오?"

"그러니까 제가 대왕을 뵈오러 여기까지 온 것이 아닙니까? 제가 소문에 듣기로는 대왕께서 장의를 몹시 미워하고 계신다던데요?"

"그야 말해 무엇 하오? 그동안 장의의 감언이설에 속아넘어간 것만 생각하면 분통이 터져서 어느 나라라도 장의를 영접하는 나라가 있으면

땅끝까지 가서라도 응징할 것이오."

제왕의 결심이 대단하다는 것을 금방 알아차릴 수 있었다.

"그런데 대왕께서는 왜 장의를 아끼십니까?"

"뭐라구? 내가 장의를 아낀다구? 그건 무슨 풍딴지 같은 소리요? 지금 장의가 들어가 있는 위나라를 치려고 군사를 동원해놓고 있는 판국인데."

"대왕께서 위나라를 치려고 하는 것이 바로 장의를 아끼시는 처사입니다."

"갈수록 태산이군. 도대체 무슨 이야기를 하고 있는 건지 차근차근 설명을 해보시오."

제왕은 연방 어이없다는 표정을 지어 보였다.

"제가 설명해드리지요. 장의가 위나라로 들어간 것은 그냥 들어간 것이 아니라 진나라 왕과 모종의 은밀한 약속이 있었기에 그리한 것입니다."

"은밀한 약속? 그게 무어요?"

"장의는 위나라로 갈 때 진왕에게 말하기를, 자기는 동방에 큰 변란을 일으키기 위해 간다고 하였습니다. 동방에 변란이 일어나야 진나라가 얻게 될 유익이 크다고 하면서 말입니다. 특히 제나라와 위나라가 서로 전쟁을 하게 되면, 진나라가 한나라로 진격하여 주나라까지 위협할 수 있게 되므로 그렇게 전쟁을 붙이는 것이 좋겠다고 하였습니다. 그래서 제나라가 장의 자신을 미워하는 것을 이용하여 위나라와 전쟁을 일으키기 위해 위나라로 들어갔던 것입니다. 이런 은밀한 약속이 진왕과 장의 사이에 있었는데, 만약 대왕께서 장의가 노리고 있는 대로 위나라를 쳐들어가 전쟁을 치르게 되면, 진왕은 과연 장의가 예상했던 바와 같구나 하고 그를 다시금 신임하게 될 것이 아닙니까? 진왕과 장의의 사이가 좋아지면 장의의 출세는 더욱 확실해지고, 합종으로 돌아선 다른 나라들의 손해는 이루 말할 수 없게 될 것입니다. 이렇게 볼진대, 대왕께서 위나라를 치는 것은 장의만 좋게 해주는 결과를 초래하는 것이 아니고 무엇입니까? 그래서 제가 대왕께서 장의를 아끼신다고 말씀드린 것입니다."

"그대가 아니었다면 장의의 계략에 말려들어 큰 실수를 범할 뻔하였구나."

제왕은 풍희의 통찰력에 깊이 감탄하고 위나라 공격 계획을 취소하였다. 결국 장의가 위나라 애왕을 안심시킨 대로 된 셈이었다. 그런데 진나라 무왕에게 약속한 바는 이루어지지 않게 되었는데, 이로 미루어보건대 장의는 진나라를 무사히 빠져나와 위나라에 안주하기 위해 무왕을 교묘하게 속인 것이라 할 수 있었다. 장의는 자신의 계략대로 위나라에 안주하여 1년간 재상을 지내다가 소진과는 달리 평온한 죽음을 맞이하였다.

왕비의 시기심

이젠 전국 시대 당시 유세객의 대표라 할 수 있는 소진(蘇秦)과 장의(張儀)에 관한 이야기가 모두 끝난 셈이다. 소진과 장의에 얽힌 일화들은 여러 가지 형태로 여기저기에 남아 있어 후세 사람들의 흥미를 계속 자아내고 있다.

이제껏 합종이니 연횡이니 하여 어떻게 보면 좀 딱딱한 정치 유세가들의 이야기가 이어졌다고 볼 수 있는데, 잠시 그 당시 유명했던 왕비 정수(鄭袖)와 관련된 재미있는 일화들을 살펴보기로 하자.

장의가 초나라 회왕(懷王)에게 잡혀 처형되기 직전에 근상이라는 신하가 왕비 정수의 힘을 빌려 장의를 살려낸 사건은 이미 언급한 바 있다. 이때도 근상이 정수의 시기심을 교묘하게 이용한 셈이지만, 정수의 시기심이 그야말로 극적으로 드러난 한 사건이 있어 여기 소개한다.

위나라 애왕(哀王)이 초나라 회왕의 환심을 사기 위해 위나라에서 빼어난 미인을 골라 바친 적이 있었다. 원래 색을 밝히는 회왕은 그 미녀로 인하여 기분이 무척 좋아졌다. 왕비 정수도 매력적인 여자라 할 수 있지만, 아무리 매력이 있어도 자주 보다보면 그것도 식상해지는 법, 새로 생긴 젊디젊은 여자가 회왕의 마음을 사로잡지 않을 수 없었다. 완전히 위나라 미녀에게 빠져버린 회왕은 왕비 정수를 거의 잊어버린 듯하였다.

회왕은 밤마다 위나라 미녀를 살아 있는 인형인 양 가지고 놀았다. 회왕은 그녀가 위나라에서 선물로 왔다 하여 양선(梁膳)이라는 별명으로 불렀다. 그 당시는 대량(大梁)으로 수도를 옮긴 위나라를 양나라라고 일컫기도 한 것이었다.

회왕은 양선과 몸을 합치기 전에 양선과 더불어 술잔을 나누고, 양선으로 하여금 벌거벗고 춤을 추도록 하였다. 말젖으로 목욕을 하여 윤기가 자르르 흐르는 양선의 훤칠한 나체가 회왕이 흥얼거리는 콧노래에 맞추어 덩실덩실 신명나게 돌아가는 것을, 회왕은 비스듬히 누워서 구경하며 즐겼다.

"얼씨구 잘도 돌아간다. 가만가만, 이번에는 양선이 네가 말이다, 위나라에서 유행하는 노래를 부르면서 춤을 한번 춰보라구. 요즈음 위나라에서는 어떤 노래들이 유행하고 있나?"

양선이 잠시 멈춰 서더니 노랫말을 기억해내는 듯 눈을 지그시 감았다가 떴다.

"요즈음 위나라에서는 이런 노래가 유행하고 있습니다."

양선이 약간 느린 곡조로 노래하기 시작했다. 춤추는 몸짓도 자연 무거워질 수밖에 없었다.

쥐야 쥐야 큰 쥐야(碩鼠碩鼠)
우리 보리 먹지 마라(無食我麥)
삼 년이나 섬겼건만(三歲貫汝)

내 은혜 아니 갚을 건가(莫我肯德)

떠나가리 너를 두고(逝將去汝)
살 만한 곳 찾아가리(適彼樂國)
살 만한 곳 어디인가(樂國樂國)
거기 가서 살아보리(爰得我直)

"허허, 희한한 노래로고. 석서(碩鼠)라니, 도대체 석서는 누구를 가리키는 것인가? 그냥 큰 쥐를 말하는 것은 아닌 것이 분명하고."

"그 쥐를 삼 년이나 섬겼다고 했으니 누구를 가리키는지 알 만하지 않습니까."

양선은 직접 대답하지 않고 말을 돌렸다.

"허허허, 알겠어 알겠다구. 나라를 다스리는 자들을 가리키는 것이군. 백성들의 재물을 가렴주구(苛斂誅求)하는 위정자들을 풍자하는 노래로는 아무래도 이 노래가 으뜸이겠지. 위정자들을 큰 쥐들에 비유했으니 더 이상 말해 무엇 해? 떠나가리, 너를 두고 살 만한 곳 찾아가리. 이건 쥐 중에서도 제일 큰 쥐인 임금을 떠나서 살 만한 나라로 이민을 가겠다는 말이 아니고 무엇인가? 허허, 위나라 형편이 말이 아닌 모양이로고. 우리 초나라에서는 그렇게까지 비참한 노래는 아직 불려지지 않고 있지. 양선이 너도 그러니까 살 만한 곳을 찾아서 여기 초나라로 온 것이 아닌가?"

"살 만한 곳을 찾아왔다기보다 우리 임금님께서 저를 특별히 생각하시어 살 만한 곳으로 보내주었다고 할 수 있지요. 그리고 대왕께서 또 저를 사랑해주시니 저는 은혜받은 여자이지요. 위나라에서 고생하는 백성들을 생각하면 마음이 아프지만요. 우리 부모님들도."

양선의 얼굴에 언뜻 수심이 스치고 지나갔다. 회왕은 그것을 놓치지 않고 양선의 아픈 부분을 쓰다듬어주었다.

"위나라에 두고 온 식구들 생각을 하는군. 그건 염려 말라구. 내가 사람을 시켜 뒤에서 잘 돌보도록 해줄 테니까. 정 염려가 되면 식구들을 여기 초나라로 데리고 와도 좋고."

"이토록 저를 생각해주시니 무엇으로 이 은혜를 갚을지요?"

"허허. 무엇으로 은혜를 갚다니. 밤마다 충분히 은혜를 갚고 있는걸."

회왕은 양선과 어우러짐으로써 얻게 될 쾌락을 미리 떠올리며 흐뭇한 미소를 흘렸다.

"이제 침소에 드시지요."

양선은 회왕의 마음을 읽으며 가만히 무릎을 꿇고 앉았다.

"아, 아니야. 아직 잠자리에 들고 싶지 않아. 양선의 노래와 춤을 좀 더 즐기고 싶어. 위나라 노래 한 곡 더 불러보라구. 노랫말들이 재미있는데."

양선은 할 수 없이 다시 일어나 노래를 부르기 시작했다. 이번에도 조금 전에 부른 그 노래와 대동소이한 음조였다.

쿵쾅쿵쾅 박달나무 찍어
황하 물가에 쌓으면
강물은 맑디맑아 물결 일어나네

잠시 숨을 돌렸다가 양선이 약간 음률을 달리하여 다음 노랫말을 이어갔다.

심지도 거두지도 않으면서

어찌 삼백 배 더 많은 곡식 차지하나
겨울 사냥 밤사냥도 하지 않으면서
어찌 담비 가죽들을 걸어놓나
말 마소, 저 사람들이야
놀고 먹을 자격이 있을 테니까

"허허. 그 노래도 재미있는 노래로구나. 황하 물가에서 박달나무 찍으면서 고생하는 백성들이 있는 반면에, 빈둥빈둥 놀고 먹는 특권층들이 있음을 풍자한 노래가 아닌가?"
회왕은 그러한 특권층의 부류에 자기도 속한다는 것을 의식해서인지 표정이 조금 무거워졌다.
"위나라에서는 그런 노래들밖에 유행하는 것이 없나? 워낙 고생들을 하니까 그럴 수도 있겠지."
회왕은 은근히 양선이 다른 분위기의 노래를 불러주었으면 하는 뜻을 나타냈다.
"위나라 사람들은 고생들을 하면서도 사랑 노래를 부르기도 하지요. 대왕을 위해 그 노래 하나 불러드리지요."
양선은 목청을 가다듬고는 몸짓을 좀 빨리하면서 노래를 흥겹게 부르기 시작했다.

분수(分水) 강가에서
푸성귀를 뜯자니
님 생각 절로 나네
멋지기 그지없어라
멋지기 그지없어라

남자 중의 남자로다

빙그르르 돌기도 하며 육감적으로 춤을 추고 있는 양선의 모습에 회왕은 넋을 잃다시피 하고 자신도 어깨춤을 움찔움찔 추었다.
"미무도(美無度), 미무도, 너야말로 미무도로다. 이리 와서 내 품에 안겨라."
회왕이 색정을 이기지 못하고 두 팔을 활짝 벌리며 양선을 부르자, 양선은 새처럼 나비처럼 날아와 회왕의 품에 안겼다.

이렇게 회왕이 거의 밤마다 양선을 껴안고 돌아가자 왕비 정수는 시기심으로 인하여 미칠 지경이었다. 또 자존심이 상해 견딜 수 없었다.
"비천한 위나라 계집이 나를 꺾어? 어림도 없지. 어디 두고 보자."
정수는 밤낮으로 쉴 새 없이 양선에 대해 복수의 칼을 갈았다. 그러나 겉으로는 일체 그러한 기색을 나타내지 않았다. 오히려 양선을 무척 좋아하는 척하였다.
하루는 정수가 양선을 자기 궁실로 불러 다정스럽게 이야기를 나누었다.
"대왕을 모실 때 어려움은 없더냐?"
이러한 정수의 질문에 양선은 그저 얼굴만 붉혔다.
"여자들끼리인데 무슨 이야기인들 못하겠느냐? 하물며 같은 남자를 섬기는 여자로서."
"별 어려움은 없습니다. 다만 대왕께서 제가 입는 옷의 색깔에 신경을 많이 쓰시기 때문에 옷들을 장만해서 입는 일이……."
정수가 희미하게 미소를 떠올렸다.
"색을 좋아하는 남자들은 원래 색깔에 신경을 많이 쓰느니라. 대왕은 어제 입었던 옷의 색깔과 같은 것을 오늘 입고 있으면 영 싫은 얼굴이 되어버리지. 매일 다른 색깔의 옷을 입어야 되고, 모양도 다른 것으로 입어야 되지. 그런데 노란색은 절대 금물이지. 대왕을 섬기면서 안 것이지만, 대왕은 이상하게도 검은 옷을 특히 좋아하는 취미가 있지. 그래서 조정의 신하들도 모두 입조하려면 검은 옷을 입어야 하지. 아무튼 옷 걱정은 나에게 맡겨둬. 내가 대왕이 좋아하는 옷 모양과 색깔을 잘 아니 네가 입어야 할 옷들을 여기서 다 장만해주지."

"이렇게까지 저를 돌보아주시다니 뭐라 감사의 말씀을 드려야 할지."

양선은 진심으로 왕비에게 감사하고 있었다. 보통 여자 같으면 자기를 시기하여 상종도 제대로 하지 않을 텐데, 이렇게 대왕의 마음에 더욱 들도록 옷에까지 관심을 기울여주다니.

"방 안의 가구들도 더 들여놓도록 하여라. 내가 사람을 시켜 최고급 가구들을 너의 방으로 보내마."

"그렇게까지 하실 필요는 없습니다."

양선은 정말 몸둘 바를 몰랐다.

"아니다. 방 안의 분위기는 뭐니 뭐니 해도 가구가 결정하는 것이야. 대왕이 정무에 시달리다가 너의 방에 들어갔을 때, 가구가 안정된 분위기를 이루어 대왕의 마음을 편안하게 해준다면 그보다 더 좋은 충성이 어디 있겠느냐. 내가 이 방 못지않게 너의 방을 꾸며주마."

그러면서 정수는 자기 방을 한 번 둘러보았다. 대왕을 위해 정성껏 꾸며놓았건만 대왕이 들어와본 지도 꽤 오래되는 방이었다. 정수는 가슴이 찢어질 것 같았으나 전혀 그런 낌새를 보이지 않고 양선을 쓰다듬어주기까지 하며 계속 다정한 눈길을 보냈다.

"아유, 어쩌면 이렇게 피부가 고울까. 이슬로 씻은 복숭아 같아. 그리고 이 눈망울, 어쩌면 이리도 밝고 깊을까. 젖가슴도 탐스럽기만 하고."

사실 정수 자신도 같은 여자이지만 양선에게 반할 지경이었다.

양선이 정수의 방을 물러나가자, 정수는 주위 사람들을 물리친 후 침대에 엎드려 이불을 짓뜯듯이 두 손으로 움켜쥐고는 끄윽끄윽 흐느껴 울었다.

그날도 밤이 되자 회왕은 어김없이 양선의 방을 찾아들었다. 양선은 정수가 선물해준 새 옷을 입고 회왕을 맞이하였다. 방 안의 가구들도 새로워져 있었다. 회왕은 다른 때보다 더욱 기분이 좋아졌다.

"오늘 양선은 꼭 하늘의 선녀 같구나. 그리고 이 방도 멋지게 달라졌고. 양선은 내가 무엇을 좋아하는지 너무도 잘 알아서 처신한단 말이야. 그러니 내가 양선을 좋아하지 않을 수가 있나."

양선은 대왕에게 진실을 이야기해야 하나 어쩌나 망설이지 않을 수 없었다.

회왕은 새 옷을 입음으로써 완전히 달라진 것 같은 양선을 이리 돌려 세우고 저리 돌려 세우고 하면서 한참 감상한 후 잠자리에 들기 전의 놀이로 들어갔다. 이번에는 양선으로 하여금 옷을 벗도록 하지 않고 옷을 입은 채 춤추고 노래하게 하였다. 아무래도 오늘 양선이 입은 옷이 회왕의 마음에 쏙 든 모양이었다.

양선이 그 옷을 입고 얼마간 노래하고 춤춘 후, 회왕의 손짓에 따라 잠자리로 들어갔다. 회왕은 양선의 옷을 벗길 생각도 않고 옷의 무늬와 색깔들을 유심히 뜯어보며 감탄을 아끼지 않았다.

"네가 어떻게 이런 옷을 해 입을 줄 알았느냐? 너무도 내 마음에 드는구나."

계속 되풀이되는 회왕의 칭찬에 양선은 더 이상 숨길 수가 없어 자초지종을 털어놓고 말았다."

"사실은 제가 이런 옷을 해 입은 것이 아니라 왕비께서 저를 귀여워하신 나머지 저에게 선물로 내려주신 것입니다. 그리고 저 가구들도 왕비께서 방 안의 분위기를 위하여 친히 사람을 시켜 보내주신 것입니다."

양선의 말에 회왕은 숨이 턱 막힐 정도로 감격하고 말았다

"호. 왕비가 이런 데까지 신경을 써주다니."

회왕은 속으로 왕비에 대해 감격하였으면서도 양선에게는 그러한 내색을 드러내지 않으려고 하였다. 그것은 회왕 자신이 왕비를 너무 칭찬하면 양선이 같은 여자로서 시기심을 가지게 될 것이기 때문이었다.

다음날, 회왕은 지난밤의 방사로 인하여 약간 퍼석해진 얼굴로 왕비 정수를 찾아가서 그녀를 칭찬해주었다.

"부인이 지아비를 섬김은 색으로 하는 법이요, 다른 여자에 대한 질투심은 인지상정이거늘, 지금 그대는 내가 다른 새로운 여자를 사랑하고 있는데도 질투는커녕 오히려 나보다 그 여자를 더욱 사랑하니, 그것은 그 여인을 사랑하는 나의 마음을 헤아려줌이오. 이것이야말로 효자가 그 어버이를 섬김과 같고, 충신이 그 임금을 섬기는 것과 같다고 할 수 있소."

정수는 회왕의 칭찬에 짐짓 몸둘 바를 모르는 척하며 한술 더 떠 대답하였다.

"저는 지아비를 따르는 아녀자로서 지아비가 좋아하는 것을 좋아하고, 사랑하는 것을 사랑할 뿐입니다. 지아비가 좋아하는 것을 싫어하는 아내가 있다면 이미 아내로서 자격을 잃은 것이 아니겠습니까?"

"과연 그대는 현처(賢妻)로고. 내 그대의 무구한 마음을 가상히 여기노라."

다시 한번 상찬을 하고는 회왕은 자리에서 일어나 정수의 방을 나왔다. 정수는 회왕이 자기를 방문한 김에 껴안아주기라도 할 줄 알았는데, 그냥 나가는 회왕의 뒷모습을 보고는 속으로 이를 갈았다. 그러면서 얼

굴 전체에 싸늘한 미소가 번져나갔다.

"이제 왕이 나를 질투심이 없는 여자로 보았것다. 드디어 복수의 계획을 옮길 때가 되었다."

이렇게 중얼거리는 정수의 눈빛은 밤중의 고양이 눈빛처럼 희번덕거렸다.

하루는 정수가 양선을 이전과 마찬가지로 자기 궁실로 불러 정답게 대해주며 이야기를 주고받았다.

"대왕께서 그대를 너무도 좋아하시는 것 같아."

정수가 양선의 몸을 어루만지며 슬쩍 이렇게 운을 떼었다.

"황공하올 뿐입니다."

정수의 말에 양선은 정말 몸둘 바를 몰랐다. 이렇게까지 질투심이 없이 자기를 아껴주니 왕비의 사랑이 뼈에 사무칠 지경이었다. 왕비를 위해서라면 무엇이든지 해주고 싶은 기분이기도 하였다. 그러나 회왕을 정수에게 다시 양보하고 싶지는 않은 모순된 심정을 느껴야만 하였다.

"대왕은 나를 볼 때마다 그대의 아름다움을 칭찬해 마지않지. 그런데 대왕도 한 가지 점에 대해서는 불만이 있는 모양이야."

양선은 긴장하지 않을 수 없었다. 자기에게 한 가지 부족한 점이라니. 회왕은 거기에 대해 말해준 적이 없는데, 왕과 왕비 사이에는 그러한 이야기가 오고 갔단 말인가. 양선은 순간적으로 자존심이 상하기도 하였지만, 자기 자신이 정수에게 주고 있는 마음의 아픔에 비하면 그런 것은 아무것도 아닌 셈이었다. 양선은 마음을 가다듬고 될 수 있는 한 침착한 어조로 정수에게 물었다.

"저에게 어디 한 가지 부족한 점만 있겠습니까? 여러 가지 점에서 부족하기 짝이 없지요. 그런데 대왕께서 특히 불만스럽게 생각하시는 점이 무엇인지요?"

양선이 정수의 표정을 지켜보며 대답을 기다렸다. 정수는 밝은 표정을 잃지 않으며 별것 아니라는 투로 말했다.

"다른 것은 다 마음에 드는데 그대의 코가 마음에 안 든다나. 모든 이목구비가 다 완벽한 여자가 어디 있어? 대왕이 욕심이 많아서 불평을 하는 거지."

양선은 순간적으로 정수의 코와 자신의 코를 비교해보았다. 정수도 그것을 의식해서인지 얼굴을 좀 치켜든 자세로 코를 높이며 말하고 있었다. 양선이 볼 때 정수의 코는 과연 일품이었다. 다른 점에서는 정수보다 자기가 빼어나다고 하더라도 코는 정수가 낫다고 인정해야만 하였다. 회왕이 정수의 코를 대하다가 자기 코를 대하게 되니 불평할 만도 하였다. 양선의 코도 보통 여자들에 비하면 아름답기 그지없는 편이지만, 약간 콧등이 구부러져 있는 것이 흠이라면 흠이었다.

"제 콧등이 조금 구부러져 있는 것은 잘 알고 있습니다. 하지만 태어날 때부터 그렇게 생긴 코를 어떻게 합니까? 쇠라면 불에 달구어서라도 바르게 펼 수가 있지만 코는 떼었다가 붙일 수도 없고. 그저 타고난 대로 살 수밖에 없지요."

양선이 손끝으로 살짝 자기 코를 만져보며 체념조로 말했다

"그야 그렇지. 그러나 방법이 전혀 없는 것은 아니지."

양선은 정수가 무슨 특별한 방법을 알고 있나보다 하고 기대를 담은 눈길로 쳐다보았다.

"자기 약점을 고칠 수가 없다면 가리는 수를 써야지. 그러니까 대왕을 뵐 적마다 살며시 코를 가리고 대해보란 말이야. 그러면 대왕은 그대의 코에 신경을 쓰지 않고 더욱 그대를 사랑하게 되겠 지. 코를 살며시 가린 여자의 모습이 남자들에게 의외로 매력적으로 보일지도 모르지."

그러면서 정수 자신이 코를 살며시 가리는 흉내를 해보았다. 아닌 게 아니라, 그러한 정수의 모습이 무척 매력적으로 보였다. 얼굴 전체를 다 드러내놓고 다니기보다 일부를 살짝 가리는 것도 궁금증을 유발시켜 매력을 돋우는 구실을 한다고 볼 수 있었다.

"이렇게 말이죠?"

양선도 정수를 본받아 그러한 동작을 해 보았다.

"그래. 훨씬 더 미인으로 보여. 암, 천하 제일의 미인이고말고."

"정말이세요? 호호호."

양선은 기분이 좋아져 웃기까지 하였다.

"정말이고말고. 여기 구리 거울로 한번 보라구."

정수가 비쳐주는 거울로 자신의 얼굴을 들여다본 양선은 흐뭇한 표정을 지으며 고개를 끄덕였다.

그리하여 그 다음부터 회왕을 만날 적마다 양선은 코를 살며시 가리고 대하였다. 회왕은 처음에는 그러한 것을 의식도 못하고 양선과 어울리기만 하였다.

그러다가 하루는 양선이 손으로 코를 가리고 있는 것을 발견하고 별생각 없이 물어보았다.

"아니, 왜 그리 얼굴을 가리고 있나?"

그러자 양선은 말끝을 흐렸다.

"아, 아무것도 아니에요. 그저……."

"허허. 아직도 나를 대하기를 부끄러워한단 말인가?"

"아, 저……."

양선이 계속 말끝을 흐리자 회왕은 그러한 양선이 오히려 귀엽다는 듯이 그녀를 꼭 껴안아주었다.

"이젠 괜찮아. 이 순간만은 나를 임금으로 대하지 말고 그냥 평범한 지아비 정도로 여기란 말이야. 자, 자, 손 내리고."

양선은 손을 내리는 척하며 고개를 한편으로 돌렸다. 회왕은 그러한 양선의 몸짓을 별로 이상하게 생각하지는 않았다.

그런데 그 이후에도 양선이 손으로 코를 가리는 습관은 계속되었다. 회왕은 차츰 미심쩍은 생각이 들기 시작했다. 그냥 부끄러워 얼굴을 가리는 것 같지만은 않다는 느낌이 드는 것이었다. 그런 궁금증이 생기고 있던 차에 왕비 정수를 방문할 기회가 있어 회왕은 거기에 대해 물어보았다.

"요즘 들어 양선이 나를 대할 적마다 코를 가리는 습관이 생겼는데, 왜 그러는지 왕비는 아시오?"

정수는 금시초문이라는 듯이 여유 있게 웃기까지 하며 대답했다.

"코를 가려요? 그냥 부끄러워 그러겠죠."

"아무래도 그게 아닌 것 같소. 무슨 사연이 있는 것 같은데 그걸 통 말하려고 하지 않는단 말이오. 그러니 왕비가 양선을 조용히 불러다가 그 사연을 물어보란 말이오. 혹시 어디 아픈 데라도 있는지."

순간, 정수의 얼굴에는 차가운 미소가 스치고 지나갔다.

"대왕의 분부라면 그렇게 해드려야죠. 양선을 만나본 지도 제법 되니 내가 오늘 내일 불러서 그 사연을 알아보죠."

"꼭 그렇게 해주시오. 여자들끼리는 남자에게 못할 이야기들도 나눌 수 있을 테니까 말이오."

그러면서 회왕은 슬그머니 정수에게로 좀 더 가까이 다가갔다. 지금껏 양선에게 몸과 마음이 빼앗겨 있던 회왕인지라 양선에게 식상한 바도 있고 하여, 다시금 이전 정수의 몸이 그리워지는 것을 어찌하지 못했다. 사실 정수는 성적인 기교를 거의 다 익힌 여자로서 양선보다 더욱 농염한 면이 있다고 할 수 있었다.

"대왕께서 어인 일이십니까? 비천한 계집을 다 껴안으려 하시다니오."

정수가 뒤로 몸을 젖히며 약간 빈정거리는 투로 말했다.

"비천한 계집이라니? 그대는 이 초나라 대국의 왕비가 아니오? 그동안 그대에게 소홀히 대한 점 나도 미안하게 생각하고 있소. 자, 이리 오시오."

회왕은 두 팔을 벌리며 정수가 안겨오기를 기다렸다. 정수는 마지못해 안기는 것처럼 회왕의 품에 안겼다. 그러자 정수의 눈앞에는 회왕의 품에 안겨 아양을 떠는 양선의 모습이 어른거렸다. 왈칵 두 눈에서 눈물이 쏟아져내렸다.

"아니, 그대는 울고 있지 않소? 무슨 일이 있었소?"

정수의 마음을 다 헤아릴 길이 없는 회왕은 다소 당황해하며 울고 있는 정수를 내려다보았다.

"아니에요. 대왕의 품에 안기니 그저 감격스러워서. 저와 같은 계집은 대왕께서 다시 안아주시지 않나 생각했더랬지요."

"허허. 내가 그대를 잊을 리 있소? 양선은 양선대로 맛이 있고, 또 그대는 그대만이 지니고 있는……."

회왕은 말이 지나치게 나왔나 싶어 슬쩍 말꼬리를 감추어버렸다.

"양선에 대해서는 제가 시기하는 마음이 없다는 것을 잘 아시지요? 다만 대왕께서 저 같은 계집도 종종 돌아보아주십사 하는 것이지요."

"알다마다. 나의 불찰을 용서해주시오."

회왕은 홍화(紅花)를 짓이겨 만든 홍병(紅餅)으로 빨갛게 칠한 정수의 입술을 핥으며 그녀의 옷을 하나씩 벗겨나갔다. 오랫동안 욕정에 굶주렸던 정수의 몸은 금방 홍화처럼 달아올랐다.

다음날, 정수는 회왕에게 약속한 대로 양선을 자기 궁실로 불러 이야기를 나누었다. 양선이 왕을 대할 적마다 왜 코를 가리느냐 하는 것은 물어볼 필요조차 없었다. 오히려 정수는 양선에게 더욱 코를 가리도록 부추기는 말을 해주었다.

"양선이 코를 가리고 대왕을 대하니 대왕께 양선이 더욱 예쁘게 보이나봐. 대왕은 처음에는 이상하게 생각하기도 했지만 이제는 그런 모습이 참 매력적으로 보이는 모양이야. 내 말대로 된 것이지."

"그렇다면 다행이네요. 대왕께서 처음에는 내가 부끄러워서 그러는 줄 알고 자꾸만 손을 내리라고 하시더니 요즈음은 거기에 대해 아무 말씀을 하시지 않아요. 내가 대왕께 더욱 예쁘게 보였다면 그건 다 왕비님의 덕분이지요."

양선은 정수를 향하여 고마움의 표시로 허리를 구부렸다.

양선이 물러간 후, 회왕이 정수의 궁실을 방문하였다.

"양선을 불러 이야기를 나누었다면서? 그래, 도대체 왜 나를 볼 적마다 코를 가린다고 하던가?"

다급하게 묻는 회왕의 얼굴을 한 번 쳐다보고 나서 정수는 길게 한숨을 쉬었다.

"그러게 말입니다. 오늘 양선에게 그 이유를 물어보았는데도 양선은 고개만 숙이고 좀체 대답을 하려고 하지 않았습니다."

"허허. 답답한지고. 좀 더 캐묻지 않고."

"답답하기는 저도 마찬가지입니다. 같은 여자끼리니까 말못 할 사정이 어디 있느냐고 아무리 달래도 입을 열려고 하지 않았습니다."

"음. 필시 무슨 곡절이 있음에 틀림없어."

회왕은 더욱 궁금하여 견딜 수 없는 모양이었다.

"제가 다시 한번 양선을 불러서 물어보도록 하지요. 아마 다음번에는 대답을 하고야 말 것입니다."

정수는 그 이유를 꼭 알아내고야 말겠다는 의지를 표정에 떠올리며 회왕을 안심시켰다.

"제발 그렇게 해주시오. 코에 병이 생겼다면 편작(扁鵲)을 불러서라도 고쳐주도록 해야지."

"편작이라니오? 편작은 황제(黃帝)가 다스리던 시기의 명의로 고대 사람이 아닙니까?"

정수는 이미 죽은 편작이라는 사람까지 지하에서 불러내어 양선을 치료해주겠다는 회왕의 말에 속으로 말할 수 없는 시기심을 느끼며 이렇게 반문하였다.

"내가 말하는 편작은 황제 시대의 편작이 아니라, 지금 조나라에 살고 있는 진월인(秦越人)이라는 사람을 두고 하는 말이오. 그는 노(盧) 땅에 살고 있어 노의(盧醫)라고도 불리는데, 하도 오장육부의 병을 통견(洞見)하는 실력이 뛰어나 사람들이 옛날 편작이 다시 살아나지나 않았나 해서 편작이라는 별명을 붙여 부르는 거요."

"나도 그런 명의한테 진맥을 한번 받아보았으면 좋겠네요."

정수가 혼잣말처럼 중얼거리다가 짐짓 정색을 하며 말했다.

"아무튼 양선의 문제는 염려하지 마세요. 제가 다시 한번 알아볼 테니까요."

얼마 지난 후, 회왕이 다시 정수의 방을 찾아와서 양선에 대해 물어보았다.

"그래, 물어보았소? 왜 코를 가린다고 합디까?"

"어저께 불러 거기에 대해 다시 물어보니 영 머뭇거리면서 대답을 하지 않았어요. 그래서 내가 비밀로 할 테니 나한테만 말해보라고 끈질기게 달래자 그제야 입을 여는 것이 아니겠어요?"

정수가 얼핏 회왕의 눈치를 살폈다. 회왕은 궁금해 죽겠는지 코를 벌렁거리며 입술을 깨물기도 하였다.

"그래, 양선이 무어라고 합디까?"

"저, 말씀드리기가……."

정수가 뜸을 들이자 회왕은 이제는 초조한 기색까지 띠었다.

"빨리 말해보시오."

드디어 회왕은 언성을 높이고 말았다.

"이런 말씀을 드리면 제가 양선을 시기한 나머지 모함하기 위해 말하는 것으로 오해받을까 싶어서……."

정수는 될 수 있는 한 무게 있는 표정을 지어 보였다.

"내가 일전에 말하지 않았소? 그대는 시기할 줄 모르는 덕 있는 여자라고 말이오. 내가 그대를 그렇게 믿는데 오해하다니. 안심하고 말해보시오."

"그럼 말씀드리리다. 양선이 대왕을 볼 때마다 손으로 코를 가리는 것은 자기 자신에게 문제가 있어서 그러는 것이 아니라 대왕에게 문제가 있어서 그런다고 하였습니다."

"나에게 문제가 있어서 그런다고? 도대체 무슨 문제가 나에게 있다는 거요?"

"저, 말씀드리기 황송하오나 대왕에게서 냄새가 난다고 하였습니다."

"냄새? 어떤 냄새가 난단 말인가?"

"대왕의 몸에서 악취가 나서 코를 가린다고 하였습니다."

"무엇이라구? 저런 고이얀 일이 있나. 내 몸 냄새를 악취로 여기다니 그대는 어떤가? 내 몸에서 몹쓸 냄새가 나던가?"

회왕이 고함을 지르다시피 하였다.

"언제 제가 대왕 앞에서 코를 가리는 것을 본 적이 있으십니까? 저는 한 번도 대왕의 몸에서 악취가 난다고 느낀 적이 없습니다. 사람마다 누구에게나 살 냄새는 조금씩 있는 법, 저는 대왕의 몸에서 나는 살내를 그저 향기로운 내음으로 여겼을 뿐입니다."

"그런데 양선 그 계집은 내 몸에서 나는 냄새를 악취로 여기고 방자하게도 내 앞에서 코를 가렸단 말이지?"

"양선은 코가 예민해서 그런지 도저히 대왕의 몸 냄새를 참을 수가 없다고 하였습니다."

"이런 못된 것. 그동안 나를 좋아하는 양 나에게 아양을 떤 것도 다 거짓이란 말이군. 에이 에이."

회왕은 분을 이기지 못하고 씩씩거렸다. 양선이 옆에 있다면 당장이라도 요절을 낼 태세였다.

"대왕, 고정하십시오. 한낱 위나라 계집이 코를 가렸다고 하여 그리 흥분하십니까? 위나라 계집은 종자가 틀리니 초나라 남자의 냄새를 싫어할 수도 있겠지요."

"위나라 족속들은 할 수 없군. 내, 이년을 어떻게 처치할까?"

그동안 양선에게 쏟았던 정성만큼이나 부아가 치미는 모양으로 회왕은 안절부절못하였다.

"그러니까 이년이 나한테 코를 가리는 이유를 잘 말해주지 않았구나. 이년을 당장⋯⋯."

회왕이 벌떡 일어서서 나가려 하였다. 정수가 회왕 앞에 무릎을 꿇으며 사정하는 투로 아뢰었다.

"제발 양선의 목숨만은 살려주십시오. 제가 양선에게 비밀로 해주겠다고 약속을 하고 그 이야기를 들었는데, 대왕께서 양선을 문초하시면 양선은 저를 몹시 원망할 것입니다. 그러므로 대왕께서는 이 문제에 관하여 양선을 문초하여 자초지종을 따지시지 말기를 바랍니다."

"알겠소. 내가 왕비로부터 이야기를 들었다는 것은 말하지 않겠소. 하지만 이 위나라 계집을 처벌해야만 나의 분이 풀리겠소. 어떤 벌을 내리는 것이 좋겠소?"

정수는 회왕의 이 말을 듣고 몹시 기뻤지만, 전혀 내색을 하지 않고 오히려 근심 어린 표정으로 머뭇거리며 대답했다.

"대왕의 몸 냄새를 싫어한 죄를 물어 처벌하는 것은 신하들과 백성들이 보기에 가혹하게 느껴질 수도 있으니, 차라리 첩자의 누명을 씌워 벌하는 것이 훨씬 그럴듯할 것입니다."

"그대의 지혜는 참으로 놀랍소. 그래, 양선을 어떤 벌로 처벌하는 게 좋겠소?"

"그동안의 정분을 생각하시어 의형 정도로 분을 삭이시지요."

정수는 양선을 생각해주는 척하였다.

"의형? 코를 베란 말이오? 그년이 지은 죄에 합당한 벌이구먼."

"첩자들도 코로 냄새를 맡으니 첩자에게 내리는 벌로도 합당하지요."

그리하여 양선의 코는 여지없이 베어지고 말았다.

왕비 정수의 시기심과 관련하여 또 재미있는 이야기가 있다. 그것은 장의가 정수의 시기심을 교묘하게 이용하여 사기를 친 사건인데, 이렇게 보면 정수는 자신의 시기심으로 인하여 어리석음에 자주 빠졌다고 할 수 있다. 사실 시기심으로 눈이 먼 여자보다 더 어리석은 인간도 없지 않은가.

장의가 아직 출세의 기반을 잡지 못하고 이 나라 저 나라 기웃거리며 등용의 기회를 엿보고 있던 무렵의 일이었다.

장의가 초나라로 가는 길에 여비가 다 떨어지고 의관(衣冠)마저 해져 그 형색이 말이 아니게 되었다. 그러자 장의를 따르며 시중들던 하인이 장의를 떠나 자기 고향으로 되돌아가려 하였다.

"아니, 왜 그러는가? 갑자기 짐보따리를 싸고 그래?"

"이제 더 이상 주인님을 따라갈 수가 없습니다. 밥을 굶는 것도 하루 이틀이지 이젠 걸을 힘조차 없습니다. 주인님에게는 미안하지만 저는 되돌아갈 수밖에 없습니다. 그럼 안녕히 계십시오."

하인이 주섬주섬 짐보따리를 챙겨 들고 일어섰다.

"여보게, 내 말 좀 들어보게. 자네가 지금 내 의관이 낡았다고 내가 폐인이 된 것으로 생각하는 모양인데 절대 그렇지 않네. 내가 초나라에 들어가 초왕을 만난 후 어떻게 달라지는가 지켜봐주게. 자네에 대한 대접도 완전히 달라질 테니까."

장의가 간곡한 어조로 달래는 통에 하인은 또 한번 속는 셈치자 하고 다시 짐보따리를 풀었다.

"정말 이번 한 번만 주인님의 말을 믿어보겠습니다. 그러나 초나라에 가서도 별 뾰족한 수가 없으면 그때는 정말이지 눈물을 머금고 주인님을 떠날 수밖에 없습니다."

"자네 심정 알겠네. 내가 초왕을 만난 후에도 이 모양 이 꼴로 있으면 자네 마음대로 하게나. 그때는 나도 말리지 않겠으니."

이렇게 하인을 다독거려가며 초나라로 들어간 장의는 먼저 초나라 민심을 살펴보았다. 초나라 백성들은 온통 회왕과 왕비에 관한 이야기로 꽃을 피우고 있었다.

"임금이 여색을 좋아하더니만 정말 천하의 미인을 왕비로 맞아들였어."

"그런데 남후(南后 : 정수를 가리킴)보다 더 예쁜 여자를 만나게 되면 임금이 언제 또 왕비를 갈아치울지 모르지."

"아무튼 우리 임금은 복도 많지. 미녀들 속에 사니 말이야. 이래서 권력이 좋은 거지."

"그런데 남후가 시기심이 보통 아니라고 하던데. 임금이 다른 여자에게 눈길을 주지 않도록 온갖 아양을 다 떤다는 거야. 자기보다 예쁜 여자가 임금 앞에서 얼씬거리면 아마 그 여자의 코를 베고 말걸."

여기서 장의는 회왕의 색욕과 왕비의 시기심을 교묘하게 이용하는 술책을 은밀하게 구상해놓았다. 그러나 이것은 어디까지나 회왕이 자기를 등용해주지 않을 때 써먹을 차선의 방책인 것이었다.

장의는 일단 초나라 민심을 살핀 후 회왕을 알현할 기회를 간신히 얻어 유세하였다. 그러나 회왕은 장의를 별로 탐탁하게 생각하지 않았다. 결국 장의 자신도 초나라 조정에 등용될 수 없다는 것을 눈치채고 회왕에게 이렇게 말하였다.

"대왕께서 저를 써주시지 않는다면 저는 진(晉)나라 지경으로 가볼 작정입니다."

"그대 좋을 대로 하게나."

회왕은 무뚝뚝한 음성으로 짧게 대답할 뿐이었다. 장의는 잠시 아무 말 없이 서 있다가 천천히 입을 열었다.

"제가 삼진(三晉 : 한·위·조 세 나라를 가리킴)에서 등용이 된다면 대왕께 선물을 보내드리고 싶은데 뭐 필요하신 것 없습니까?"

"우리 초나라엔 없는 게 없는데 또 무엇을 진에서 구할 필요가 있겠는가? 황금도 있고, 주기(珠璣 : 둥근 진주, 모난 진주들)도 있고, 물소뿔도 있고, 상아도 있고 말이야."

회왕은 초나라에 풍부한 자원이 있다는 것을 자랑했다.

장의가 슬쩍 회왕의 말허리를 끊으며 끼어들었다.

"왕들은 도대체 색(色)도 좋아하지 않는단 말입니까?"

색이라는 말에 회왕은 눈을 크게 뜨며 호기심을 나타냈다.

"그게 무슨 말인가?"

"정(鄭) 지방과 주(周)나라 지역의 여자들이 곱게 분을 바르고 미묵(眉墨)으로 눈썹을 그리고 거리에 나서면 선녀들이 내려온 양 여겨져 사람들이 넋을 잃고 쳐다보기 일쑤입니다."

"그곳 여자들이 그토록 예쁘단 말인가?"

회왕은 침을 삼키기까지 하며 장의 쪽으로 몸을 기울였다.

"예쁘다마다요. 향나무를 살라 그 연기로 머리카락을 쬐게 하고, 향나무 이파리들을 찧어 그 즙을 온몸에 바른 여자들을 껴안고 있으면 그 향기에 취하여 정신이 아득해지고 맙니다."

장의가 짐짓 황홀한 표정을 지어 보이자 회왕도 덩달아 몽롱한 얼굴이 되었다.

"그래? 우리 초나라는 워낙 남쪽으로 치우쳐 있어 중원의 여자들이 그렇게 예쁜 줄은 미처 몰랐구나. 어찌 나라고 홀로 색을 좋아하지 말란 법이 있겠느냐."

"네, 알겠습니다. 그런데 여자들의 마음을 사려면……."

"알았어. 이걸 그대에게 줄 테니 중원의 미인들을 얻어보게나."

회왕은 온갖 빛깔들로 찬란하게 빛나는 주옥(珠玉)들을 장의에게 듬뿍 안겨주었다.

장의는 그 주옥들을 가지고 나와 왕비의 측근들에게 그 보물들을 얻게 된 경위를 들려주었다. 그리하여 그 이야기가 왕비인 정수에게까지 흘러 들어가도록 하였다.

정수는 장의가 정말 중원의 미인들을 회왕에게 선물하면 어쩌나 하고 초조한 마음을 달랠 길이 없었다. 그래서 사람을 시켜 장의를 은밀하게 자기 처소로 불러들였다.

정수 역시 단수가 높은 터이라 장의에게 구차하게 이것저것 요구하지 않고 왕비의 품위를 유지하며 고상하게 말하였다.

"내가 듣건대 장군께서는 진나라 지경으로 가신다면서요? 여러 가지로 고생이 많겠습니다. 요 근래 우연히 나에게 황금 천 근(斤)이 생겼는데 그것의 반을 장군에게 여비로 드리고자 하오. 부족한 성의나마 받아주셔서 말 먹이를 사는 데라도 보태 쓰기 바라오."

장의는 정수가 사실은 무엇을 요구하고 있는지 잘 알고 있었다.

"이런 과분한 은혜가 어디 있겠습니까? 진나라에 가서 성공하여 왕비의 은혜를 갚아드리고야 말 것입니다."

정수는 나중에 갚을 것은 뭐 있어요 지금 갚으면 되지, 하는 눈짓을 해 보이며 빙그레 웃었다.

다음날, 장의는 회왕에게 작별 인사를 하러 갔다.

"지금 각 나라들의 외교 관계가 얽혀 천하 관문(關門)들이 꽁꽁 닫혀 있으니 언제 다시 초나라로 돌아와 대왕을 뵈올 수 있을는지요. 하여튼 가능한 한 빨리 돌아와 대왕을 뵈옵기를 원하옵나이다. 이제 불초 소생이 초나라를 떠나는 마당에 술 한잔 내려주시기를 앙망하옵나이다."

"그렇게 하지."

회왕은 술을 준비해 오도록 하여 사상(賜觴)의 예로 장의를 대우해주었다.

장의는 취기가 돌자 회왕에게 재배(再拜)를 올린 후 다시 청하였다.

"여기 다른 사람들은 아무도 없는데, 원컨대 대왕께서 가장 아끼는 사람을 불러다가 함께 마셨으면 합니다."

"그것도 좋겠군."

회왕은 곧 정수를 불러 술잔을 나누었다. 어느 정도 세 사람 사이에 술이 오간 후 장의가 다시 재배를 하며 엎드렸다.

"제가 대왕께 죽을 죄를 지었습니다."

"그게 무슨 소리요?"

"제가 천하를 두루 돌아다니며 미인들을 보았지만, 오늘 이 자리에서 본 왕비만한 미인은 본 적이 없습니다. 그런데 이 죄인이 미녀를 구해 대왕께 드린다고 했으니 얼마나 어리석은 짓을 하려고 하였는지요."

이만하면 장의의 단수가 얼마나 높은지 알 만하다.

도적들에게도 도가 있는가

전국 시대에 도적들이 창궐했다고 하는 것은 여러 기록들을 통하여 널리 알려진 사실이다.

지금까지 살펴본 대로 전국 시대의 각 나라들은 보수파와 개혁파 간에 정권 다툼이 치열하였다. 보수파들은 대개 유교적인 경향을 띤 자들이었고, 개혁파들은 법가적인 경향을 띤 자들이었다. 소진·장의를 비롯한 종횡가들은 보수파와 개혁파 간의 갈등을 교묘하게 잘 이용한 자들이라고 할 수 있었다.

이렇게 정치적으로 혼란한 상황에서 일반 백성들, 특히 농민들의 생활은 말이 아니었다. 부세(賦稅), 지조(地租), 요역 등 일반적인 세금 이외에 각종 명목의 세금이 백성들에게 과중한 부담을 주어 백성들은 제대로 허리를 펴고 살 수가 없었다.

농사가 풍년이거나 평년작이 된 경우는 겨우 입에 풀칠은 할 수 있었지만, 흉년이라도 든 경우는 썩은 겨로도 배를 채우기가 힘들어 '조강불

염(糟糠不厭)"이라는 말이 유행할 정도였다. 먹고살기가 막막해진 백성들은 전에도 말한 것처럼 처자들을 팔아 넘기기도 하고, 유랑민이 되어 뿔뿔이 흩어지면서 동사(凍死)하거나 아사(餓死)하기도 하였다.

이렇게 농토를 버리고 유랑하는 백성들이 늘어가자 각 나라들은 이주 금지법을 만들어, 남자는 자기의 본향을 떠날 수 없도록 규정하고 여자는 출가한 곳을 떠날 수 없도록 하였다. 만약 그 규정을 어기면 판결에 의하여 노예로 전락시키기도 하였다. 그렇지만 생활고에 시달리다 못한 백성들은 법령의 규정에도 불구하고 계속 고향을 도망쳐 나왔는데, 어떤 때는 수십 수백 명씩 집단을 이루어 유랑하기도 하였다. 그렇게 고향을 떠나 방랑하는 사람들을 가리켜 민(岷) 또는 부맹(浮萌)·맹(甿)이라고 불렀다. 그들은 사람들이 접근하기 힘든 지형을 골라 그곳을 근거지로 삼아 약탈 등을 일삼는 경우가 많았으므로 그 당시 사람들은 그러한 약탈자들을 가리켜 '도(盜)' 또는 '적(賊)'이라고 불렀다. 여기서 도적(盜賊)이라는 말이 생겼음을 알 수 있다. 그러니까 부맹들이 도적들로 바뀐 셈이었다.

제나라 선왕(宣王) 때에는 평륙(平陸) 지방에서 농민 수천 명이 집단 탈출하는 사건도 있었다. 전쟁으로 인하여 생활이 더욱 어려워질 때는 여러 곳에서 집단 탈출 사건이 속출하였다. 그래서 각 나라마다 도적들을 진압하는 전담 기구를 만들어 그 책임자를 세우기도 하였다. 이렇게 그 시대에 도적들이 창궐했다는 것은 장자(莊子)라는 사상가가 자신의 저서에 도적들의 이야기를 많이 싣고 있는 것을 보아도 넉넉히 짐작할 수가 있다.

여기서 《장자(莊子)》에 나타나는 도적에 관한 이야기들을 살펴보고 넘어가는 것도 의미가 있겠다.

장자는 도적이라는 개념을 민간인들을 약탈하는 그러한 무리들에게

만 국한하여 사용하지 않았다. 장자는 거도(巨盜), 즉 큰 도적이라는 개념을 사용하여 정치 현실을 신랄하게 비꼬기도 하였다.

하루는 장자가 제자들에게 물었다.

"재물을 도둑맞지 않으려면 어떻게 해야 하느냐?"

제자 한 사람이 대답했다.

"재물이 자루에 들어 있는 경우는 노끈 같은 것으로 단단히 묶어두어야 하고, 재물이 궤에 들어 있는 경우는 빗장이나 자물쇠를 단단히 채워두어야 합니다."

그러자 장자는 빙그레 웃으며 말했다.

"그것은 상자를 열어보고 자루를 뒤지고 궤를 들추는 작은 도적을 막을 때 사용하는 방법이지. 사람들은 그렇게 재물을 간수해 놓고는 스스로 지혜롭게 방범(防犯)을 했다고 생각들을 하지."

장자의 어조가 이상하다고 느낀 한 제자가 고개를 갸우뚱거리며 질문했다.

"방금 작은 도적이라 말씀하셨는데, 그러면 큰 도적도 있다는 말입니까?"

"그렇지. 큰 도적들은 자루나 궤 속의 재물을 훔쳐 가는 자들이 아니라 자루째, 궤짝째 가져가는 자들이지. 그러한 도적들은 사람들이 자루를 더욱 단단히 묶어놓기를 바라고, 궤짝을 더욱 단단히 채워놓기를 바라지."

장자의 말이 계속 이어졌다.

"큰 도적들은 자루가 단단히 묶여 있어야 그것을 들고 가기가 편한 거지. 그래서 큰 도적들은 오히려 사람들이 자루를 단단히 묶어놓지 않았으면 어쩌나, 궤짝을 단단히 채워두지 않았으면 어쩌나 염려하는 거지."

제자들은 그제야 장자가 하는 말의 의미를 알아듣고 크게 고개를 끄덕였다.

"그러니까 작은 도적들을 막으려고 힘쓰는 것은 결국 큰 도적들을 위하는 것이군요."

"암, 그렇고말고. 작은 도적들을 막는 지혜는 결국 큰 도적을 불러들이는 징검다리에 불과한 거지. 소위 세상의 지혜니 성현의 지식이니 하는 것도 다 그 모양이라고 할 수 있지."

장자는 한 단계 더 높은 차원으로 대화를 이끌고 들어갔다. 제자들은 다시금 무슨 말인가 하고 의아한 표정들을 짓기 시작했다.

"그럼 성현들의 지혜라는 것도 작은 도적들을 막는 그 정도에 불과했다는 말입니까?"

"작은 도적을 막는 것으로 그쳤으면 그나마 유용했다고도 볼 수 있지만, 결국 큰 도적들이 들어오도록 길을 열어줌으로써 결과적으로 큰 도적들을 위해 봉사한 셈이지."

"성현들의 가르침과 세상의 학문이 큰 도적들을 위해 봉사하는 역할을 했다니오?"

제자들은 자기들이 닦기를 열망하고 있는 학문을 장자가 모독하고 있는 듯한 인상을 받지 않을 수 없었다.

"성현의 지혜라는 것은 작은 잘못들을 범하지 않도록 경계하는 것으로 가득 차 있지. 다시 이야기하면, 인륜(人倫)이 도둑맞지 않으려면 어떻게 어떻게 해야 한다는 식으로 되어 있지. 그래서 사람들은 인륜을 자루에 넣고 도둑맞지 않기 위하여 단단히 묶어놓기도 하고, 궤짝에 넣고는 단단히 자물쇠로 채워두기도 하지. 그러면서 스스로 성인군자가 된 양 으스대곤 한단 말이야. 그런데 큰 도적은 그 인륜이란 것을 자루째 훔쳐가버리고 만단 말이야. 그러니 그동안 사람들이 인륜을 성현의 지혜로써 단단히 묶어둔 것에 대해 큰 도적은 감사를 드릴 판이지."

이렇게 장자가 설명을 하였지만, 제자들은 알 듯 모를 듯하여 답답하기만 하였다. 제자들의 마음을 살핀 장자는 구체적인 예를 들어 보충 설명을 하기 시작했다.

"옛날 제나라는 마을들이 서로 바라다보이는 위치에 있어 이웃 마을의 닭 울음소리나 개 울음소리를 다 들을 수 있었지. 그렇게 마을들끼리 의좋게 지내고 상부상조하였지. 그리고 그물 치고 쟁기질하는 곳이 사방 2천 리나 되었지. 종묘 사직을 세워 조상들과 토지신들에 대한 제사가 끊이지 않도록 하였고, 읍옥(邑屋)과 주려(州閭)·향곡(鄕曲) 등으로 행정 구역 단위들도 잘 구분되어 있었지. 이 모든 것이 성현들의 지혜를 본떠 만들어진 것이었지. 말하자면 나라 전체가 잘 묶여져 있는 자루처럼 정돈되고 안정되어 있었단 말이야. 그러자 큰 도적이 나타나 나라 전체를 홀랑 삼켜버렸지. 자네들도 알고 있는 대로 제나라 대신인 전성자(田成子)가 제나라 왕으로 있던 간공(簡公)을 죽이고 나라를 몽땅 도적질하고 말았지. 나라가 풀려 있는 자루처럼 어수선했다면 그렇게 쉽게 전성자가 나라를 차지하지는 못하였을 거야. 성현의 지혜로 나라가 잘 다스려지고 있었기 때문에 아주 쉽게 나라를 접수할 수가 있었던 거지. 결국 성현의 지혜라는 것이 큰 도적을 위해 봉사한 것이 아니고 무엇인가."

이쯤 설명하자 장자의 제자들이 비로소 깨닫기 시작했다. 세상의 학문이라는 것이 자칫 잘못하면 탐욕스러운 정권에 봉사하면서 그 하수인 역할을 하기가 십상인 것이었다.

"전성자는 제나라를 차지한 후 더욱 성현들의 지혜를 높이며 그것들을 법으로 삼아 나라를 다스려나가지 않았습니까?"

"그렇지. 전성자는 나라를 도적질하였을 뿐 아니라 성현들의 지혜까지 도적질하여 자신의 도적질을 12대에 걸쳐 합리화시켜오고 있지. 그래서 그 어떤 나라들도 시비를 걸지 못하도록 하였지."

장자의 말을 듣고 보니 제나라를 훔친 전성자는 참으로 간교한 큰 도적이라 아니할 수 없었다. 그는 도적이면서도 요(堯)·순(舜)이 누렸던 평안함을 누리기까지 하였다.

이렇게 백성들이 세상의 지혜로써 작은 도적들을 경계하고 있는 동안, 큰 도적들은 나라 전체를 꿀꺽 삼키는 짓을 서슴지 않았음은 역사가 줄기차게 증거하고 있는 바와 같다. 그리고 소위 지식인이라고 하는 자들은 시대 시대마다 굵직굵직한 큰 도적들을 위해 봉사하느라고 자신들의 지식을 팔고, 정신을 팔아왔다고 할 수 있다. 지금도 세계 각지에서 일어나고 있는 쿠데타라고 하는 것은, 그것이 혁명적인 성격을 띤 것이든 합법적인 외양을 갖춘 것이든 거도들의 산적 행위에 불과하다 할 것이다. 어쩌면 민주적인 절차를 갖춘 것 같은 선거 제도라는 것도 나라를 통째로 도적질하는 거도들의 교묘한 술수인지도 모른다.

그러므로 백성들은 작은 도적들을 경계할 뿐만 아니라 큰 도적들을 경계하는 법을 배워야 할 것이다. 이것이 진정한 의미의 의식화(意識化)가 아니고 무엇인가.

학문이니 지식이니 하는 이름으로 큰 도적들을 위해 봉사해온 식자(識者)들을 통렬히 비난하고 비꼰 장자의 질책 앞에 그 누가 떳떳하게 설 수 있으리오. 장자가 볼 때는 그 당시 제자백가(諸子百家)니 하는 치들도 큰 도적들과 한패를 이룬 무리 정도로 여겨졌을 것이었다.

장자의 제자 중 한 사람이 이런 문제로 고민하다가 장자에게 와서 질문을 슬그머니 내놓았다.

"큰 도적을 막으려면 어떻게 해야 합니까? 어떻게 하여야 큰 도적이 끊어질 수 있는 것입니까?"

"성인이 죽지 않으면 큰 도적이 그치지 않는다."

장자는 더욱 노골적으로 말하고 있었다.

"그럼 성현들이 모조리 죽어야 큰 도적들이 없어진다는 말씀입니까?"

"성현들은 죽어도 그 지혜는 여전히 살아서 후대에 전해지는 법. 성현들이 죽어야 한다는 말은 성현들이 지혜를 버려야 한다는 말이지. 성현들이 지혜를 써서 나라를 다스릴수록 큰 도적들을 이롭게 할 뿐이지. 성현들이 됫박이나 저울 같은 도량형기들을 만들어놓으면 큰 도적들이 그것을 훔쳐 세금을 거두어들이는 데 사용하지. 그리고 부절(符節)이나 옥새(玉璽)를 만들어놓으면 그것마저 고스란히 훔쳐 나라를 삼켜버리지. 성현들이 인의(仁義)에 대해 힘써 말해놓으면 그 인의도 훔쳐서 인의를 자신의 철학이나 정책의 기본으로 삼는 양 그럴듯하게 내세우지. 사정이 이와 같으니 혁대 고리를 훔친 자는 사형에 처해지나, 나라를 훔친 자는 제후가 되어 영화를 누리게 되지. 내가 성현들이 죽어야 큰 도적들이 그친다고 한 말을 이해하겠느냐?"

제자는 아직도 장자의 말을 다 이해하지 못하여 안타까운 표정을 지어 보였다.

"그럼 성현들의 지혜가 이 세상에 아무 쓸모가 없다는 말씀입니까? 그동안 나름대로 유익하게 쓰인 점도 있지 않습니까?"

"허허. 아직도 성현들의 지혜에 미련을 가지고 있구나. 그런 사고방식을 버리지 못하고 있으니 큰 도적들이 창궐할 수밖에."

장자는 단호하게 제자의 항변을 꺾어버렸다. 제자는 당황한 기색을 띠고 장자가 좀 더 설명해주기를 기다렸다.

"보물을 부수어버리면 좀도둑들이 끊어지듯이, 부절을 태우고 옥새를 부수고 성인들이 만든 나라의 법을 없애고 되와 저울을 부수어버리면 큰 도적들이 끊어지게 된다. 백성들은 소박한 본성으로 돌아가 평화로운 사회를 만들기 위해 의논들을 할 것이며, 재물로 인하여 다투지 않게 될 것이다."

장자의 말이 일리가 있으면서도 너무 과격하다고 느낀 제자는 좀 언성을 높여 대들다시피 말했다.

"성현들의 예술은 어떻게 되는 것입니까?"

"성현들의 예술도 마찬가지이지. 6률이니 하는 음계의 구별도 없애버리고, 생황이니 금슬과 같은 악기들도 태우거나 끊어버리고, 진(晉)나라 최고의 악사인 사광(師曠) 같은 자들의 귀도 막아버리면, 사람들은 비로소 귀가 열려 진정한 음악을 듣게 될 것이다. 또한 장식들을 버리고, 오채(五彩)와 같은 색채들도 흩어버리고, 황제(黃帝) 시대 천리안을 가졌던 이주(離朱)와 같은 자들의 눈도 막아버리면, 사람들은 비로소 눈이 밝아져 진정한 색깔을 보게 될 것이다. 그리고 먹줄과 자를 버리고, 요(堯)나라 때의 최고의 목수였다는 공수와 같은 자들의 손가락을 꺾어버리면, 사람들은 비로소 손이 공교로워져 자기 손으로 쓸 만한 물건들을 만들 수 있을 것이다."

여기서 장자는 예술에 있어서의 선입견을 지극히 경계하고 있다 할 것이다. 원래 음악이 생기기 이전의 상태, 미술이 발달되기 이전의 상태로 돌아가 진정한 의미의 예술을 맛보기를 권고하고 있다고 볼 수 있다. 그동안 소위 대가라는 사람들로 인하여 얼마나 문학이나 음악, 회화, 건축, 조각들이 굴절되어왔는가. 장자는 그러한 대가들을 제쳐버리고 진정한 예술의 원모습을 되찾기를 바라고 있는 것이다.

장자의 제자는 장자가 무엇을 말하려고 하는지 어렴풋이나마 짐작할 수 있었다.

"그동안 머릿속에 틀어박혀 있었던 고정관념을 깨뜨리란 말씀이지요?"

"그렇다. 성현이니 대가니 하면 사람들이 깜빡 죽는 흉내를 내는데 전혀 그럴 필요가 없는 것이다. 너무 공교한 것은 서툰 것과도 같다고 하지 않았느냐? 증삼과 사추의 덕행을 배격하고, 양자와 목자의 변설을 봉하여버리고, 소위 인의(仁義)라는 것조차도 뿌리째 뽑아버려야만 사람들은 진실한 덕으로 돌아갈 수 있을 것이다. 그동안 성현들과 대가들이 자신들의 덕을 자랑하며 세상에 모범을 보이려고 하였기 때문에 오히려 이 사회는 큰 혼란에 빠지고 말았다. 그러나 사람들이 저마다 총명을 지니고 있으면 천하는 어지럽지 않게 되고, 저마다 지혜를 지니고 있으면 현혹되는 바가 없을 것이다. 그리고 골고루 덕을 지니고 있으면 편벽되는 바도 없을 것이다. 이와 같을진대 성현의 지혜를 굳이 취할 필요가 어디 있겠느냐?"

장자는 어떤 위대한 성현이나 대가의 지혜에 사람들이 굴복하여 무턱대고 따라가는 것을 철저히 배격하였다. 사람들마다 골고루 덕을 지니고 있는 법인데, 어떤 성현만이 덕을 지니고 있는 것처럼 호들갑을 떠는 것을 장자는 못마땅해하였다. 그러니까 장자는 영웅 시대를 거부하고 민중 시대를 열기를 소망한 셈이었다. 이것은 성현들을 정신없이 떠받들고 있는 어리석은 백성들에 대한 질책인 동시에, 성현들을 정치적인 야심에 이용해먹는 큰 도적들에 대한 엄중한 경고이기도 하였다. 물론 무정부적인 상태를 옹호하는 것 같은 발언을 한 점도 있지만, 그것은 어디까지나 사람들의 고정관념을 깨뜨리기 위한 과장법의 일종임을 염두에 두어야 할 것이다.

장자는 성현들이 없으면 태평성대가 열리리라는 것을 다시 한번 강조하기 위하여 이번에도 도적과 관련된 이야기를 제자들에게 들려주었다. 장자가 제자들에게 들려준 이야기는 다음과 같았다.

도척(盜跖)이라고 하는 유명한 도둑이 있었다. 그의 부하 중의 하나가 도척에게 물었다.

"도둑에게도 도(道)가 있습니까?"

그러자 도척이 양볼을 부루퉁하게 부풀렸다가 대답했다.

"어디 간들 도가 없겠느냐? 우리 도둑들로서는 방 안에 어떤 물건이 들어 있는가를 알아맞히는 것이 성(聖)이요, 맨 먼저 들어가는 것이 용(勇)이요, 맨 뒤에 나오는 것이 의(義)요, 상황 판단을 잘하는 것이 지(知)요, 골고루 나누는 것이 인(仁)이다. 이 다섯 가지의 도, 성·용·의·지·인을 체득하지 못하고서 도둑다운 도둑이 된 예는 없느니라."

도척의 부하는 거의 감격스러운 표정이 되었다.

도척은 자기 말에 도취되어 있는 부하들을 둘러보며 여유 있게 미소를 짓더니 부하들에게 되물었다.

"너희들이 생각하기에 나는 성·용·의·지·인, 이 다섯 가지 도 중에서 어느 것이 부족하다고 여겨지느냐?"

부하들이 서로 얼굴을 쳐다보며 어떻게 대답해야 될 것인가 망설였다. 두목이 다른 도는 다 갖추어져 있는데 골고루 나누는 인의 문제에 있어서는 아무래도 대도(大盜)다운 면모가 모자라는 것 같기도 하였다. 하긴 도적질한 물건을 골고루 나눈다면 따로 두목이 필요 없을 것이었다. 두목은 두목 나름대로 쓸 데가 많기 때문에 상대적으로 더 많은 재물을 갖게 되는지도 몰랐다. 그러고 보면 두목은 다른 도적들에 비해 월등하게 뛰어난 대도라고 하여도 과분한 칭찬은 아닐 것이었다.

"두목은 도둑 중에서도 도둑입니다. 모든 도를 다 갖추고 있는 대도입니다."

이렇게 도척과 부하들 사이의 대화를 들려준 장자는 제자들을 둘러보며 물었다.

"원래 도라는 말이 어디서 나왔느냐?"

제자들이 장자가 너무도 당연한 것을 묻는다는 표정으로 대답했다.

"성현들의 입에서 나온 말이 아닙니까? 그 구체적인 내용들도 성현들이 연구하여 지어낸 것이고요."

"그런데 방금 내가 들려준 바에 의하면, 그 성인의 도에 누가 의존하고 있느냐?"

"도둑들이 의존하고 있습니다."

제자들은 자기들의 대답이 스스로 이상하게 여겨져 서로 얼굴들을 멀거니 쳐다보았다.

"그렇다. 성인의 도에 도둑들이 의존하고 있다. 이와 같이 성인의 도라고 하여 착한 사람들만 의존하는 것은 아니다. 도둑같이 나쁜 사람들도 성인의 도를 활용하지 않으면 자기네 사업들을 해나갈 수가 없는 법이다. 그런데 너희들은 어떻게 생각하느냐? 이 세상에 착한 사람들이 많다고 여겨지느냐, 나쁜 사람들이 많다고 여겨지느냐?"

그 질문에 대해서는 제자들이 금방 대답했다.

"착한 사람들보다 나쁜 사람들이 더 많다고 여겨집니다."

"그렇다면 성인의 도에 어떤 사람들이 더 많이 의존하였겠느냐?"

"나쁜 사람들입니다."

"그렇다면 성현들이 자신들의 도로 이 세상에 이로움을 더 많이 주었겠느냐, 해로움을 더 많이 주었겠느냐?"

제자들은 지금까지의 논리로는 어떠한 대답을 내놓아야 하는가 명백하였지만, 차마 그대로 대답할 수가 없어 서로 눈치를 보며 망설였다.

그러자 장자가 대신 대답을 해주었다.

"그건 대답할 필요조차 없겠지. 성인이 세상을 이롭게 하는 일은 적으나, 세상을 해롭게 하는 일은 많은 법이다. 그러므로 성인들을 배격하면

이 세상은 한결 좋아질 것이고, 도적들도 자연히 없어질 것이다. 냇물이 다하면 골짜기가 마르고 언덕이 무너지면 못이 묻히듯이, 성인들이 없어지면 도적들도 자취를 감추게 되어 태평성대가 이루어질 것이다."

제자들은 이때껏 성인들이 도적들을 이 땅에서 줄이는 데 공헌한 것으로 알고 있었는데, 오히려 성인들이 도적들을 늘리고 있었다는 장자의 말에 어안이 벙벙할 정도로 혼란스러움을 느꼈지만, 장자가 이야기하는 도둑이 일반적인 그런 도적들뿐만 아니라 정치적 의미의 도적도 포함하고 있는 것이기에 뭐라 항변할 말이 없었다. 어떻게 보면 소위 성현들이라고 하는 자들은 사람들이 도적이 될 수밖에 없는 그러한 현실 여건에 대해서는 깊은 관심을 기울이지 않고, 도덕적이고 관념적인 옳은 소리만 늘어놓은 점이 많다고도 할 수 있었다. 더 심하게 이야기하면, 도적들이 성인들의 지혜를 훔쳐 사용한 것과 마찬가지로 성인들도 도적들을 이용하여 자신들의 출셋길을 열어왔다고도 할 수 있었다. 입술과 이처럼 서로 보완 관계에 있는 것이 성인과 도적의 관계가 아닌가.

"그럼 진정으로 지덕(至德)이 유지되던 시대는 어떤 시대였습니까?"

제자들의 질문이 이어졌다.

"아직도 그것을 모르고 있느냐? 그러한 시대는 아득한 태고 시대였느니라. 용성씨(容成氏)로부터 중앙씨(中央氏), 복희씨(伏羲氏) 등을 거쳐 신농씨(神農氏)에 이르기까지 사람들은 오랜 세월 동안 글자를 갖지 않고 줄을 매어 의사를 표시하였다. 그리고 그들은 음식을 맛있게 먹고 옷을 멋있게 입었으며, 풍속을 즐기고 안락하게 거하였다. 이웃 나라가 바로 건너다보이고, 닭과 개소리가 서로 들려도 그들은 늙어 죽을 때까지 서로 내왕할 필요성을 느끼지 않았다. 이러한 시대야말로 잘 다스려졌던 시대라고 할 수 있다. 누구나 있는 그대로의 생활에 만족하고 쓸데없는 욕심을 품지 않고 살았으니 말이다. 그런 시대에는 누가 나서서 내가 성인입네 하지도 않았다."

여기서 장자는 인간이 자연과 융화되어 살아가는 상태가 가장 이상적임을 강조한 것이었다.

"지금 이 시대는 어떻게 보십니까?"

제자들은 이러한 질문을 내놓고 장자가 이 시대를 어떻게 진단할 것인가 궁금증을 가지고 대답을 기다렸다.

"지금 이 시대는 사람들이 지식을 좇고 이익을 추구하느라고 잠시도 편할 날이 없구나. 어디에 박식한 현자(賢者)가 있나 하고 목을 빼고 발뒤꿈치를 들어 살피다가 무슨 소문이라도 들으면 아무리 길이 멀어도 양식을 싸들고 달려가니, 부모를 버리고 임금을 버리는 짓을 예사로 저지른다. 이렇게 사람들이 현자를 찾아 각국으로 돌아다니느라 수레바퀴의 흔적이 천 리 먼 곳까지 미치고 있구나."

장자는 한심하다는 투로 내뱉었다. 제자들도 사실 장자의 소문을 듣고 먼 길을 달려온 자들이라 은근히 부끄러워지기도 하였다.

"왜 사람들이 그렇게 지식을 좇아다닌다고 생각하십니까?"

"그것은 위에 있는 통치자들이 지식을 좋아하기 때문이다. 그들은 지식을 조금이라도 더 얻어 통치자의 마음에 들려고 동분서주하고 있는 것이다. 지도자들이 인위적인 지식, 남을 속이고 상대방을 은밀하게 해치는 방법에 관한 지식, 자기도 잘 모르는 궤변을 늘어놓는 지식 따위를 좋아하면서 참다운 도를 멀리한다면 세상은 자연 어지러울 수밖에 없는 것이다. 소위 지금 지식이니 지혜니 하면서 사람들이 좇고 있는 것들은 사실 따지고보면 인간들을 더욱 얽어매는 올무와도 같은 것들이다. 그물이 많으면 새들이 자유롭게 날아다니기가 힘들고 낚싯바늘이 드리워져 있으면 고기들이 자유롭게 다니기가 힘들듯이, 지식이니 지혜니 하는 것들이 많으면 사람들은 불편해지기만 할 뿐이니라. 죄는 지식을 좋아하는 데 있으므로, 헛된 지식이나 지혜를 좇는 것보다 본래의 자기를 잃지 않는 것이 가장 중요하느니라."

한창 지식욕과 출세욕으로 가득 차 있는 장자의 제자들은 참으로 감당하기 힘든 말들이었다. 장자는 곤혹스러운 표정을 짓고 있는 제자들을 잠시 돌아보며 의미심장한 말로 마무리를 하였다.

"세상 사람들은 모두 자기도 잘 모르는 바깥의 것을 찾을 줄만 알지, 이미 자기가 알고 있는 안의 것은 찾을 줄을 모른다."

결국 장자는 유별난 성인(聖人)이 되거나 도적이 되지 않고 진정한 자기를 찾아가는 길을 제시한 셈이었다.

《장자》에서 도적과 관련된 장엄한 이야기는 무엇보다 〈도척편〉에 실려 있는 공자와 도척 사이의 가상적인 대화 부분일 것이다. 이것은 역사적인 사실과는 거리가 먼 것이지만, 도척의 언변을 통하여 그 당시 지식인들을 통렬히 비꼬고 시대의 문제들을 날카롭게 논하며 역사를 재해석한 점에 있어 많은 것을 생각하도록 만든다. 그리고 또한 그 당시 도적들의 모습과 생활상들을 엿볼 수 있어 흥미로운 바 자못 크다 할 것이다. 그래서 좀 긴 부분들을 요약해가면서 〈도척편〉도 마저 살펴보는 것이 좋겠다.

공자(孔子)와 유하계(柳下季)는 친구지간이었다. 유하계의 본래 이름은 전금(展禽)이었는데, 버드나무 아래에서 나물을 먹는다 하여 그러한 별명이 붙은 것이었다. 이렇게 검소한 생활을 하는 유하계에게 동생이 하나 있었는데, 그 동생은 집을 뛰쳐나가 도적이 되어 도척이라는 이름으로 불리고 있었다.

도척은 도적 부하를 9천 명이나 거느리는 두목이 되어 천하를 누비고 다니면서 제후의 나라들을 침노하였다. 그 도적들은 남의 집에 구멍을 뚫고 지도리들을 벗기고 들어가서 마소를 몰아 가고, 부녀자들을 약탈해 가기도 하였다. 재물을 취하고자 하는 탐욕으로 인하여 친한 벗들도 잊어버리고, 부모 형제를 돌아보지 않으며, 조상의 제사도 지내지 않았다.

도척이 부하들을 거느리고 지나가는 곳곳마다 큰 나라든 작은 나라든 성을 지키느라 안간힘을 썼다. 도척으로 인하여 만백성들이 두려움에 떨며 고통을 당하고 있는 실정이었다.

이 무렵, 공자가 유하계를 찾아와서 말했다.

"무릇 아비 된 자는 반드시 그 아들을 경책해야 하고, 형이 된 자는 그 아우를 가르쳐야 합니다. 만일 아비 된 자가 그 아들을 타이르지 못하고, 형이 된 자가 그 아우를 가르치지 못한다면 부자와 형제의 친밀함이 어디에 있다고 하겠습니까? 그런데 선생은 세상의 재사로서 뭇사람들을 가르치면서도 아우 한 사람은 제대로 가르치지 못했으니, 내가 선생을 은밀히 부끄러워하는 이유가 여기에 있소."

공자의 말을 들은 유하계는 침통한 얼굴이 되었다. 공자는 유하계의 아픈 마음을 헤아리며 어조를 달리하여 말했다.

"내가 선생을 대신하여 선생의 아우에게 나아가 설득해보겠소."

그러자 유하계는 감사하다는 표정은커녕 고개를 설레설레 저었다.

"선생이 아까 말한 바도 옳지만 그 반대로 아들 된 자는 아비의 말을 들어야 할 의무가 있고, 아우 된 자는 형의 말을 들어야 할 의무가 있지 않습니까? 그런데 아우가 형의 말도 들지 않으려 하는 판국에 하물며 선생이 간다고 한들 무슨 소용이 있겠습니까?"

그러나 공자는 자신만만한 태도로 대꾸하였다.

"적어도 사람을 설득하는 면에 있어서는 내가 선생보다 더 낫지 않소? 이전에 내가 흉악한 도적을 설득하여 고향으로 되돌아가도록 한 적도 있다는 것을 선생도 잘 알고 있지 않소?"

유하계는 그 사건은 알고 있다는 표시로 고개를 두어 번 끄덕이기도 하였지만 표정은 영 풀리지 않았다.

"그런데 내 동생 도척도 만만치가 않습니다. 그 마음은 솟는 샘물과 같고 뜻은 회오리바람과도 같아서 누구도 그 마음과 뜻을 다스릴 수가 없으며, 그 완력은 얼마나 센지 능히 적들을 막아내며 언변 또한 뛰어나 자기 잘못을 얼마든지 그럴듯하게 합리화시킬 수가 있습니다. 그리고 자기 뜻을 따라주면 아주 좋아하고, 자기 뜻을 거스르면 불같이 화를 내며, 온갖 욕지거리로써 모욕을 하는 성미인지라 아예 상대를 하지 않는 것이 나을 것입니다. 그러므로 선생은 가시지 않는 것이 좋겠습니다."

이렇게 유하계가 간곡히 만류하였지만 공자는 고집을 피워 도척을 만나러 길을 떠났다. 〈도척편〉의 기록에 의하면, 안회(顔回)로 하여금 수레를 몰도록 하여 자공(子貢)과 함께 갔다고 한다. 그때 도척은 부하들과 함께 태산(太山) 남쪽 기슭에서 쉬면서 사람의 간을 회로 하여 점심을 먹고 있었다.

공자는 수레에서 내려 도척의 알자(謁者)에게 두 번 절하며 도척을 만나보러 온 뜻을 알렸다.

"나는 노나라 사람으로 공구(孔丘)라고 하오. 장군의 높으신 의(義)에 대해 듣고 이렇게 삼가 만나뵈러 왔습니다."

알자가 들어가 도척에게 공구라는 사람이 찾아와 만나보려고 한다고 하자, 도척은 두 눈에 불을 켜고 버럭 화를 내며 소리쳤다.

"그자는 노나라 협잡꾼 공구라는 자가 아니냐? 너는 내 대신 나아가 그 작자에게 이렇게 말하라."

도척이 얼마나 화를 내며 고함을 질렀던지 머리칼들이 일어나서 쓰고 있는 관을 밀어올릴 지경이었다. 알자는 당황해하며 몸둘 바를 몰랐다.

"어, 어떻게 말씀을 전해드릴까요?"

도척은 알자가 마치 공자라도 되는 양 언성을 더욱 높여 공자에게 전할 말을 일러주었다. 알자는 공자에게로 나아가 도척이 일러준 대로 고함을 질렀다.

"너는 머리에 빛나는 관을 쓰고 몸에는 쇠가죽 허리띠를 두르고서, 문왕이 어떻고 무왕이 어떻고 하면서 여러 가지 공교한 말들을 지어내는 자로구나. 함부로 입술을 놀려 무엇이 옳고 무엇이 그르네 하면서 천하의 왕들을 혹하게 하고, 천하의 학자들로 하여금 근본으로 돌아오지 못하게 하는구나. 효도를 운운하면서 쓸데없는 규칙이나 만들고 있는데, 그것은 모두 너의 출세를 위해 그러는 짓거리가 아니냐? 혹시나 제후의 자리가 주어지지 않을까, 부귀를 손에 넣지 않을까 요행만 바라고 있는구나. 너, 공구의 죄가 이토록 막중하거늘 냉큼 물러가렷다. 그렇지 않으면 너의 간을 꺼내 점심 반찬에 보태 먹겠다."

공자는 알자가 전하는 도척의 말에 기가 질릴 지경이었으나, 다시금 마음을 가다듬고 알자에게 사정하였다.

"나는 장군의 형님이신 유하계의 사랑을 받고 있는 몸이올시다. 형님을 봐서라도 나에게 장군의 발 아래 엎드릴 수 있는 귀한 기회를 주시라고 여쭈어주시오."

알자는 공자가 도척의 형과 친분이 있는 자라는 것을 알고는 냉정하게 내쫓지 못하고 다시 도척에게로 가 그 사실을 아뢰었다. 그러자 도척은 귀찮다는 듯이 인상을 찌푸렸으나 형님을 생각해서인지 결국 공자를 들어오도록 하였다.

"들어오라고 합니다."

알자의 안내를 받아 도척에게로 나아간 공자는 도척을 보자 조금 물러서서 두 번 큰절을 올렸다. 도척은 두 다리를 쭉 뻗은 채 칼자루를 쥐고는 눈을 부릅뜨고 소리를 내질렀다. 그 소리는 마치 새끼를 품고 있는 호랑이 소리 같았다.

"구(丘)야, 좀더 앞으로 나아오라. 만일 네가 하는 말이 나의 뜻에 맞으면 목숨을 그대로 가지고 돌아가려니와, 나의 뜻을 거스르면 뼈도 못 추릴 줄 알아라."

공자는 등골이 으스스했으나 어금니를 악물며 앞으로 나아가 도척에게 말하였다.

"내가 듣건대, 무릇 천하에는 세 가지 덕이 있다고 합니다. 나면서부터 키가 장대하고 얼굴이 잘생겨 뭇사람들이 보고 좋아하는 것을 상덕(上德)이라고 하고, 하늘과 땅을 잇는 지혜와 만물을 분별할 줄 아는 능력을 갖춘 것을 중덕(中德)이라고 하고, 용기와 결단력이 있어 많은 사람들을 거느릴 수 있고 군대를 통솔할 수 있는 것을 하덕(下德)이라고 합니다. 대개 한 사람이 이 세 가지 덕을 골고루 갖추기가 쉽지 않은 법인데, 장군은 이 세 가지 덕을 다 갖추고 있습니다. 그런데 도척이라는 이름으로 불리니 아까운 마음 금할 길이 없습니다."

"그래, 어떻게 하겠다는 건가?"

도척이 사람의 간을 한 점 집어서 입에 집어넣으며 공자를 뚫어지게 쳐다보았다.

"장군이 만일 내 말을 들어주실 의향이 있으시다면 나는 동서남북 어느 나라든지 사신으로 들어가서 장군을 위하여 수백 리 길이의 성을 쌓고 수십만 호의 읍을 만들어 장군을 제후로 높이 받들어 모시겠습니다. 그리하여 낡은 제도를 고치고 전쟁을 그치게 하며, 이산 가족들을 불러 모으고 조상들에게 제사를 드리게 하면 이보다 더한 태평성대가 어디 있겠습니까?"

이 말을 들은 도척은 다리를 뻗고 앉았던 자리에서 벌떡 일어서서 샷

대질까지 해가며 고함을 질렀다.

"구야, 너의 간사한 말에 속아넘어갈 내가 아니다."

도척은 공자가 얼마나 어리석은 말을 하였는가 하는 것을 역사적인 예를 들어가며 지적하기 시작했다.

도척이 한 말의 요지는, 결국 역사라는 것은 돌이켜보면 약육강식의 난장판으로 역대의 왕들과 제후들이 악질적인 도적 역할을 했다는 것이었다. 그런 왕들의 비위나 맞추려고 동분서주하며 부귀를 구하고 있는 공자도 도적의 무리에 속하는 것이 아니냐는 것이었다.

"이제 너는 문왕의 도니 무왕의 도니 해가면서 공교한 말로 제자들을 가르치고 있다. 소매 큰 옷을 입고 좁은 띠를 두르고 갖가지 현란한 수사 어구를 동원하여 천하의 임금들을 현혹시키며 부귀영화를 차지하려고 눈을 부라리고 있다. 이렇게 볼진대 도둑으로서는 너보다 더 큰 도둑도 없다고 할 수 있는데, 천하 사람들은 너를 두고 도구(盜丘)라 부르지는 않고 나만 도척이라고 부르니 불공평하지 않은가."

여기서 더 나아가 도척은 일반 사람들이 존경해 마지않는 역사적인 인물들도 자기 이름과 명예에 연연한 자들이라고 질책하였다.

"그들의 비참한 종말은 사지가 찢겨진 개새끼나 물에 떠내려가는 돼지와 같으며, 이름과 명예를 구하는 그들의 꼴은 쪽박을 들고 밥을 구걸하는 거지와 조금도 다름이 없다."

거침없이 쏟아져 나오는 도척의 말을 공자는 어떻게 반박할 길이 없었다. 백이·숙제니 개자추와 같은 인물들도 자기 이름과 명예를 탐한 나머지 귀한 생명을 허비해버린 자로 규정하는 도척의 말에도 일리가 없다고는 할 수 없었다. 공자가 하도 기가 막혀서 입을 떡 벌리고 있는 동안 어느새 도척은 공자를 가르치는 스승처럼 되어 기세를 올렸다.

"구야, 이제 내가 너를 가르쳐주어야겠다. 세월이 얼마나 빨리 지나가

나 보아라. 마치 기기(騏驥 : 대단히 빠른 말)가 달려가는 모습을 창틈으로 내다보는 것과도 같도다. 인생 팔십을 산다고 하여도 슬퍼하고 앓아눕고 근심 걱정들을 하느라 정작 유쾌하게 웃어보는 날들은 한 달에 네댓새밖에 없지 않은가? 우리 인생이 이럴진대 부질없는 이익과 이름과 명예에 얽매여 그 마음을 즐겁게 할 줄 모르고 그 목숨을 보존할 줄 모른다면 이보다 더 어리석은 일이 어디 있겠느냐? 흥, 나보고 제후가 되라구? 그건 나보고 역대 왕들처럼 권세에 얽매여 전전긍긍하라는 말밖에 되지 않는다. 구야, 너는 내가 싫어하는 말만 골라서 지껄이는구나. 너의 도는 사람으로 하여금 본성을 잃게 하고, 욕심을 위해 허덕거리게 하며, 거짓과 간사를 꾸미도록 하는 것에 불과하다. 나에게서 썩 물러가라. 너에게 살아서 돌아갈 수 있는 기회를 줄 때 빨리 달아나는 것이 좋을 것이다."

　도척이 손에 쥐고 있는 칼을 머리 위로 번쩍 들어올려 몇 번 휘둘렀다. 공자는 혼비백산하여 도척에게 절을 올리는 둥 마는 둥 수레로 뛰어올라 말고삐를 잡았는데, 공자의 손은 말고삐를 잡고 있는 게 아니라 그냥 허공에 떠 있었다. 정신이 완전히 나간 표정으로 눈에는 아무것도 보이지 않는 것 같았으며 얼굴빛은 잿빛이었다. 잠시 후 공자는 수레의 횡목(橫木)에 머리를 기대고 후유 후유, 거친 숨을 몰아쉬었다.

　노나라로 돌아온 공자는 동문 밖에서 유하계를 만났다. 유하계가 안부를 여쭈었다.

　"요새 며칠 뵙지 못했습니다. 수레의 형색을 보니 어디 먼 여행이라도 하고 온 모양인데, 내 동생 도척을 만나고 온 것은 아닙니까?"

　"그렇소."

　공자가 무뚝뚝하게 대답하였다. 유하계는 공자의 표정만 보아도 어떤 결과를 얻었는가 하는 것이 짐작되고도 남았다.

도적들에게도 도가 있는가　93

"내가 무어라 말하였습니까? 선생이 가셔도 소용없다고 하지 않았습니까?"

"말도 마시오. 아무 병도 없는데 온몸에 뜸을 당한 꼴이 되었소. 달려가서 호랑이 대가리를 쓰다듬고 그 수염을 잡아서 묶다가 호랑이 아가리에 들어갈 뻔하였소."

이상《장자》에서 도적에 관하여 언급된 부분들을 살펴보았다. 앞에서도 암시한 바 있지만, 장자의 말을 통하여 볼 때 그 시대가 정치 지도자로부터 시작하여 그 당시 지식인들과 아래 백성들에 이르기까지 온통 도적의 마음을 품고 있었던 것을 알 수 있다. 그래서 그런지 실제 도적들도 시대에 대하여 할 말을 가지고, 다시 말하면 나름대로 어떤 철학을 가지고 담대하게 도적질을 일삼고 있었음을 보게 된다.

전국 시대의 도적들 중에서 가장 유명한 도적으로 일컬을 만한 인물은 뭐니 뭐니 해도 초(楚)나라의 장교(莊蹻)를 들 수 있겠다. 그는 초나라 회왕(懷王) 때 사람으로 교라는 이름이 의미하듯이 짚신을 짜는 일로 생계를 꾸려가던 가난한 농민 출신이었다. 그 당시 초나라는 관료 임용이 혈연에 기초하여 부정부패가 심하였고, 백성들에게는 과중한 세금이 부과되었다. 그러자 농토를 버리고 유랑하는 무리들이 많이 생겨났기 때문에 농업 생산이 제대로 되지 않아 식량이 옥보다도 더 비싸게 거래되는 실정에까지 이르렀다.

이런 와중에서 백성들의 불만은 날로 쌓여갔고, 장교 역시 먹고살 길이 막막하여 유랑하는 무리들을 모아 도적질을 일삼았는데, 주로 그 당시 지배 계층의 재산을 털어먹었다. 그러니까 도적놈들이 도적님들의 재산을 노렸다고 할 수 있었다.

이 장교의 도적질이 얼마나 유명했던지《한비자(韓非子)》에도 언급되고 있다. 《한비자》〈유로편(喩老篇)〉에 보면, 초왕(楚王)과 신하인 두자(杜子) 사이에 다음과 같은 대화가 이어지고 있다.

두자가 초왕에게 간하였다.

"대왕께서는 왜 월(越)나라를 치려 하십니까?"

그러자 초왕이 자신감이 넘치는 표정으로 대답했다.

"지금 월나라는 정치가 어지러워 군사력이 무척 약화되어 있기 때문이오."

두자가 근심 어린 얼굴로 말했다.

"저는 지혜라는 것이 눈과 같음을 우려하옵니다."

"지혜가 눈과 같다니 그게 무슨 말이오?"

두자가 자기 눈을 보라는 듯이 두 눈을 크게 떠서 초왕을 바라보며 설명했다.

"눈이라는 것은 능히 백 보 밖을 내다볼 수 있으나 가장 가까이에 있는 것은 보지 못합니다."

"가장 가까이에 있는 것은 보지 못한다?"

초왕은 아직 두자가 무슨 말을 하는지 잘 모르겠다는 얼굴로 자기에게서 가장 가까운 거리에 있는 용상(龍床)의 무늬를 바라보았다.

"이렇게 잘 보이는데 가장 가까운 것은 보지 못한다니?"

"눈에서 가장 가까운 것이 무엇입니까? 다른 것이 아니라 속눈썹이 아닙니까? 대왕께서 속눈썹을 보실 수 있습니까?"

초왕은 속눈썹을 보려는 듯 몇 번 눈을 껌벅거리다가 그만두었다.

"그것 보십시오. 가장 가까운 것을 볼 수 없지요."

"그런데 그것이 월나라를 치는 문제와 무슨 관련이 있소?"

"제 말은 대왕께서 월나라가 정치적으로 어지러워 군사력이 약화된 것은 아시는데, 바로 대왕이 다스리는 이 초나라가 어지러운 상황은 제대로 보지 못하고 계시다는 말씀입니다."

"음, 음. 뭐가 어지럽다는 것이오?"

초왕이 약간 당황스러운 기색을 띠며 반문하였다.

"얼마 전에 초나라 군대는 진(秦)나라에 패하여 수백 리의 땅을 잃었습니다. 이것이 초나라 군대의 병력이 약화되었다는 증거가 아니고 무엇입니까? 그리고 장교라는 자가 무리들을 이끌고 초나라 전국을 누비며 도적질을 일삼아도 관리들은 막을 엄두를 못 내고 있습니다. 이것이 정치가 어지러워졌다는 증거가 아니고 무엇입니까? 제가 볼 때는 초나라의 약하고 어지러움이 월나라의 그것보다 더했으면 더했지 덜하지는 않다고 여겨집니다. 그런데도 월나라를 치려고 하는 것은 눈이 속눈썹을 보지 못하는 것과 다를 바가 없는 것입니다."

두자의 말에서도 나타나듯이, 장교의 무리는 그 당시 초나라의 국기(國基)를 흔들 만한 세력으로 전국을 유린하며 다녔음에 틀림없다. 특히 초나라가 진·제·한·위 네 나라의 연합군에 패하여 어수선할 즈음에는, 장교의 무리가 수도인 영도를 점령하고 통치 귀족들을 처형한 후 그들의 재산을 몰수하는 등 대대적인 개혁을 꾀하기도 하였다. 이러한 장교의 행동은 지배 계층에 대하여 불만을 품고 있던 민중들로부터 지지를 받고 의로운 거사로 평가받았다.

장교의 무리는 경양왕(頃襄王) 때까지 그 세력을 떨쳤는데 나중에는 전 지방으로 들어가 터를 잡았다. 장교는 전 지방의 불필요한 풍속과 거추장스러운 의복들을 개선하여 그곳 사람들로부터 민심을 얻어 전왕이라는 칭호로 불리기도 하였다.

장교에 대한 언급은 사마천이 쓴 《사기》의 〈유협열전(游俠列傳)〉에도 나온다.

사마천은 유협(游俠)을 정의하기를, 그 행하는 바가 비록 정의에 어긋

난다고 하더라도 그 말은 믿음성이 있고 그 행동은 과감한 자라고 하였다. 그리고 유협은 일단 약속한 일은 반드시 이행하며, 자기 몸을 아끼지 않고 위급한 상황에 처한 사람을 돌보며, 벌써 죽을 고비를 여러 번 넘겼는데도 그런 것을 자랑하지 않는 자라고 하였다.

사마천이 장교를 유협의 부류에 넣었는지는 분명하지 않지만, 장교를 지지하는 무리들이 장교를 유협의 한 사람으로 인정했음은 분명히 밝히고 있다. 사마천은 기록하기를, 도척과 장교가 말할 수 없이 포악했어도 그 무리들은 그들의 의리(義理)를 두고두고 칭송하였다고 하였다. 그러므로 장교는 보기에 따라서는 민중 항쟁을 일으킨 지도자로까지 부각될 수도 있을 것이다. 장자는 어쩌면 같은 시대를 살았던 장교를 모델로 하여 〈도척편〉 같은 것을 썼는지도 모른다. 누군가가 장교에 대하여 깊이 연구하여 전국 시대를 배경으로 작품을 쓴다면, 한국의 《장길산》과 같은 민중적인 성격의 대작을 쓸 수도 있을 것이다. 아닌 게 아니라, 지금 중국에서는 장교에 대한 연구들이 속속 진행되고 있으며 깊이 있는 논문들이 발표되고 있다.

아무튼 도적들이 얼마나 횡행하느냐 하는 것은 그 시대의 정치적이고 사회적인 상황들을 진단하는 데 있어 예나 지금이나 변함없는 척도인 셈이다.

이제 도적에 관한 이야기는 이만 하고, 장자가 말한 대도, 그러니까 왕들과 그 주변 이야기로 다시 넘어가보자.

낙양을 보면
죽어도 한이 없다

 진(秦)나라 혜왕(惠王)이 죽어 왕위를 계승하게 된 무왕(武王)은 왕 이름 그대로 무(武)에 관심이 많았다. 키가 크고 기운이 세서 씨름을 즐기는 자신의 성격 탓도 있겠지만, 그는 왕의 자리에 올라 무엇보다 먼저 이름 있는 천하의 역사(力士)들을 모집하여 무관직에 임명하려고 하였다. 그러자 그 소문을 들은 천하의 역사들이 진나라로 꾸역꾸역 모여들었다. 그중에 제(齊)나라 사람 맹분(孟賁)이라는 자가 있었다.

 맹분은 제나라에 있을 때 하루는 들판에서 황소 두 마리가 싸우고 있는 것을 보았다. 황소들은 서로 뿔을 맞대고 온 힘을 다하여 상대를 밀치려고 네 다리를 버둥거렸다. 황소들 주위에는 보얗게 흙먼지가 일었다. 그 싸움을 보고 있는 동네 사람들 중에는 소 임자들도 있었지만 어떻게 그 맹렬한 싸움을 말릴 도리가 없었다.

 "아이구. 저 실한 황소들 다 죽겠네."

 이렇게 염려하는 말들을 하며 조마조마한 마음으로 지켜보는 사람들도 있는 반면, 그 박진감 넘치는 싸움 구경에 온통 정신이 팔려 있는 사람들도 있었다.

"누구 저 싸움을 말릴 사람 없소?"

소 주인들이 동네 장정들을 향하여 소리쳐보았지만 아무도 선뜻 나서지 못했다. 이때 맹분이 앞으로 나섰다.

"내가 저 싸움을 말리리다."

동네 사람들이 다들 맹분을 바라보았다. 지나가는 나그네 같은데 그 몸피가 보통 우람한 것이 아니었다.

맹분은 미친 듯이 힝힝거리며 싸우고 있는 두 마리의 황소에게로 다가가 두 황소의 뿔을 각각 한 손에 잡고 그 사이를 벌리려고 하였다.

"으아악."

맹분이 비명 소리 같은 기합을 넣으며 힘을 쓰자 황소들도 밀리지 않으려고 뻗대었다.

"아악."

맹분이 온 힘을 다해 팔을 벌리자 황소들도 더 이상 견디지 못하고 뒤로 나자빠졌다.

"와아."

황소들과 맹분의 힘겨루기를 침을 삼키며 지켜보고 있던 사람들이 일제히 함성을 질렀다. 맹분도 의기양양하게 사람들 쪽으로 걸어 나왔다. 바로 그때였다. 한 마리의 황소는 그대로 자빠져 있는데, 다른 한 마리의 황소가 갑자기 일어나더니 맹분에게로 돌진해 달려왔다.

"황소가 달려와요! 위험해요!"

사람들이 고함을 지름과 동시에 맹분이 뒤를 돌아보니, 아니나 다를까 황소가 막 맹분의 등을 치받으려 하고 있었다. 맹분은 순간적으로 몸을 피하며 왼팔로 황소의 모가지를 감아쥐었다. 그러고는 오른손으로 황소의 뿔을 쥐고 아예 그 뿔을 우지끈 뽑아버렸다. 버둥거리던 황소가

뿔이 뽑히자 그만 땅바닥으로 풀썩 주저앉고 말았다. 죽은 황소의 주인은 맹분에게 감히 소 값을 물어내라고 요구하지 못했다. 오히려 동네 사람들의 융숭한 대접을 받은 맹분은 날이 밝자 서둘러 길을 떠났다.

"어디를 가시는 길이오?"

동네 사람들이 물으면 맹분은 이렇게 대답해주었다.

"진나라 임금이 천하의 역사들을 모은다고 하니 나도 거기 가서 벼슬 한 자리 할까 하오."

맹분이 진나라로 가는 길에 황하를 건너게 되었다. 그런데 맨 나중에 온 맹분이 해를 기다리고 있는 다른 선객들을 제치고 먼저 배에 올랐다. 그러자 배에 타고 있던 뱃사공이 노를 들어 맹분의 머리통을 후려치면서 고함을 질렀다.

"네 이놈, 맨 늦게 온 놈이 맨 먼저 배를 타다니. 이 고이얀 놈, 썩 내리지 못할까!"

노로 세게 머리를 맞았는데도 맹분은 끄덕도 하지 않고 뱃사공과 선객들을 노려보며 천둥 같은 소리를 내질렀다.

"이놈들! 천하의 장사를 몰라보다니."

그 소리에 놀란 뱃사공과 선객들은 앞을 다투어 황하 물 속으로 뛰어들어 몸을 피했다.

풍덩, 풍덩.

"어푸어푸."

사람들이 고함 한마디에 정신을 차리지 못하는 것을 보고는 맹분은 여유 있게 노를 잡고 혼자 배를 저어 황하를 건너기 시작했다.

"하하하. 내가 먼저 건너가리다. 나중에 건너편에 가서 배를 다시 보내줄 테니 당신들은 그때 건너오시오. 하하하."

맹분의 호탕한 웃음소리가 강가에까지 울려퍼졌다.

맹분이 진나라 함양에 도착하여 무왕을 만나뵈러 가니 무왕은 마침 궁궐 뒤뜰에서 장수들과 씨름판을 벌이고 있었다. 그 장수들 중에는 오확(烏穫)과 임비(任鄙)라는 유명한 역사가 있었는데, 무왕은 주로 그 두 역사와 씨름하기를 좋아하였다. 맹분이 무왕을 알현하며 고향과 이름을 대자 무왕은 듣는 둥 마는 둥하면서 오확과 임비를 가리켰다.

"호, 그래? 내가 역사들을 모집하고 있다는 소문을 듣고 왔다구? 그럼 좋아. 저 두 용사들과 씨름을 해보아라."

맹분은 먼저 오확과 맞붙게 되었다. 둘의 대결은 팽팽한 접전으로 보는 사람들로 하여금 손에 땀을 쥐게 하였다. 오확이 오른발로 맹분의 왼발을 슬쩍 옆으로 걷어차 가로딴죽 기술로 맹분의 균형을 허물어뜨리자, 맹분은 얼른 뒤로 궁둥이를 쑥 빼면서 균형을 되찾은 후 갑자기 궁둥이를 돌려대며 몸을 비틀어 오른발로 오확의 오른다리를 감아 궁둥배지기 기술로 와락 넘어뜨리고 말았다.

"와. 대단한 장사가 왔군."

사람들은 씩씩거리는 맹분의 어깻죽지를 바라보며 혀를 내둘렀다. 그 다음에는 임비가 맹분과 맞붙었다.

임비와 맹분의 씨름 시합은 오확과의 그것보다 더욱 흥미진진하였다. 무왕까지도 흥분이 되는지 고함을 지르기도 하며 응원을 보냈는데, 정작 누구에게 응원을 보내고 있는지는 무왕 자신도 잘 알지 못했다.

임비가 허리꺾이로 맹분을 제압하려 하였으나 맹분의 허리가 그렇게 쉽게 꺾일 리 없었다. 여러 가지 배지기 기술로 맹분을 공격하였지만 그때마다 맹분은 위기를 모면하며 역공을 해왔다. 마침내 맹분이 왼손으로 임비의 허리춤을 잡고 오른손으로 목덜미를 잡아 돌리는 망돌림 기술로 보기 좋게 임비를 넘어뜨려버렸다.

"대단하군. 대단하군."

무왕은 맹분의 완력과 기술에 감탄하여 그를 대관이라는 직책에 임명하였다. 이렇게 무왕은 역사들을 임용하는 한편으로 재상 자리에 합당한 인물을 물색하여 앉혔다.

그 당시 여러 나라들은 재상 자리에 해당하는 직책의 명칭을 나라의 사정에 따라 각기 달리부르고 있었다. 그냥 상(相)이라고도 하고, 상국(相國)이라고도 하고, 승상(丞相), 영윤(令尹)이라고도 하였다. 조나라 같은 데서는 상국, 초나라는 영윤, 진나라는 승상이라고 하는 식이었다. 특히 진나라는 승상을 좌우로 나누어 좌승상, 우승상의 직책을 두고 있었다.

무왕은 좌승상에 감무(甘茂)라는 인물을, 우승상에 저리질(樗里疾)이라는 인물을 임명하였다. 감무와 저리질은 혜왕 때부터 장군의 직책을 맡아 위장(魏章)이라는 장수를 보좌하는 역할을 감당하고 있었다. 그런 중에 혜왕이 죽고 조정 내에서 권력 다툼이 일어날 때 무왕의 측근 세력이 된 두 사람은, 선왕의 총애를 받고 있던 장의와 위장 같은 인물들을 하나하나 제거해나갔던 것이었다. 하루는 무왕이 좌승상인 감무를 불러 은밀히 자신의 소원을 말했다.

"과인이 전차가 통과할 수 있는 길을 삼천(三川:伊水·洛水·黃河)까지 넓히고, 주실(周室)이 있는 낙양(洛陽)을 볼 수 있다면 죽어도 한이 없겠다."

감무는 무왕의 심사를 재빠르게 읽고 대답하였다.

"그렇게 하려면 우선 한(韓)나라를 굴복시켜야 합니다. 그런데 한나라를 치면 위(魏)나라가 가만있지 않을 것입니다. 그러므로 한나라를 치기 위해서는 위왕의 마음을 달래놓든지, 아니면 위나라와 연합하여 한나라를 치고 이익을 나누는 방안을 강구하지 않으면 안 될 것입니다. 아무래도 제가 위나라를 한번 다녀오는 것이 좋겠습니다."

무왕도 그게 좋겠다 싶어 감무를 위나라로 보내며 상수(向壽)라는 신하를 부사(副使)로 딸려 보냈다.

감무가 위나라에 도착하여 협상을 벌인 후 상수에게 지시하였다.

"당신은 지금 속히 진나라로 돌아가서 왕에게 보고하시오."

"아, 네. 위나라와 협상이 되었으니 빨리 군대를 동원하여 한을 치라고 말이지요?"

상수가 감무의 지시 사항을 미리 짐작하고 선수를 쳤다.

"그렇게 보고하면 안 돼요. 대왕께 가서 정확히 이렇게 보고하시오. 위나라가 협상에 응했지만, 그렇다고 하여 한나라를 치기 위해 군대를 동원하지는 말라고 말이오."

상수는 앞뒤가 맞지 않는 감무의 지시 사항을 의아해하며 진나라로 돌아와 좌우간 감무가 시킨 대로 무왕에게 보고해 올렸다. 무왕도 이상하다는 듯이 고개를 갸우뚱하였다.

"아니, 위나라와 협상이 이루어졌으면 한나라를 칠 준비를 하는 것이 당연한데, 한나라를 칠 생각을 하지 말라니 거참 이상하군."

"저도 그 점을 이해하지 못해 감무 재상에게 물어보았지만, 재상은 아무 대답도 해주지 않았습니다."

"그래, 재상은 언제 귀국한다던가?"

"저도 잘 모르겠습니다."

"이거 사람이 답답해서 살 수가 있나? 재상이 빨리 돌아와야 그 이유를 물어보든지 할 텐데 말이야."

낙양이 빨리 보고 싶은 무왕은 초조한 마음을 달랠 길이 없었다.

무왕이 그렇게 초조한 마음으로 기다리는데도 감무는 위나라에서 돌아올 생각을 하지 않았다. 그러다가 무왕이 조바심이 나서 견딜 수 없을 무렵쯤 되어 감무는 귀국길에 올랐다.

감무가 돌아온다는 말을 들은 무왕은 신하들을 대동하고 함양에서 제법 떨어진 식양(息壤)에까지 감무를 맞이하러 나갔다.

"그간 옥체 만강하시온지요?"

감무가 드리는 문안 인사를 받는 둥 마는 둥하고 나서 무왕은 감무를 한쪽으로 데리고 가 궁금해하던 사항에 대하여 물어보았다.

"위나라와 협상이 이루어졌다면서 한나라를 치지 말라니 그게 무슨 말이오?"

"좀 더 은밀한 곳으로 가시지요."

감무가 주위를 둘러보며 나직하게 속삭였다. 무왕과 함께 관가의 깊은 내실로 들어선 감무는 그제야 무왕이 궁금해하는 이유에 대하여 설명하기 시작했다.

"한나라의 의양(宜陽)은 큰 현(縣)입니다. 이곳에는 상당·남양 지방에서 보낸 식량들과 재물들이 엄청나게 비축되어 있어 의양은 현이라고 하나 실제는 군(郡)에 해당됩니다. 지금 대왕께서 여러 험준한 지역들을 넘어 천 리의 행군을 감행하여 한나라 의양을 친다는 것은 몹시 어려운 일입니다."

"음, 그만한 어려움이야 각오를 하고 있소. 그런 고생도 하지 않고 낙양을 볼 수는 없는 것 아니오? 위나라도 협조를 해주겠다고 했으니 한번 모험을 해볼 만하지 않소?"

무왕은 결연한 의지를 얼굴에 떠올렸다.

"그래도 대왕은 우리 진나라의 기둥이십니다. 이번 원정에 혹시 변이라도 당하신다면 나라의 기둥이 무너지게 됩니다. 그러므로 제가 어려움을 무릅쓰고 한의 의양을 공격하겠으니 대왕은 제가 길을 닦아놓은 연후에 낙양으로 유람을 오십시오."

"아하. 재상이 직접 군대를 이끌고 가서 한나라를 공격하려고 나보고는 군사들을 동원하지 말라고 한 것이오?"

"그런데 문제는 다른 데 있습니다."

감무의 표정이 심각해졌다.

"문제가 다른 데 있다니?"

무왕은 감무의 입에서 또 무슨 말이 나올까 하고 긴장하며 기다렸다.

"대왕께서 저를 얼마나 신뢰하고 계시는가 하는 것이 문제이옵니다."

"아니, 내가 재상을 신뢰하지 않는다면 어떻게 좌승상 자리에 앉힐 수가 있겠소?"

무왕이 서운하다는 듯이 인상을 찌푸렸다.

"지금 대왕께서 저를 신뢰하고 있지 않다는 말이 아닙니다. 앞으로 어떻게 될지 몰라 이런 말씀을 드리는 것입니다."

"앞으로 어떻게 되다니?"

무왕은 감무가 점점 알 수 없는 말을 하고 있다는 투로 반문하였다.

"제 말씀을 들어보십시오. 옛날에 효도로 유명한 증삼(曾參)이라는 자가 노(魯)나라 비(費) 지방에 살고 있었다는 것은 대왕께서도 익히 들어 알고 계시겠지요? 그 증삼의 어머니는 아들 증삼을 깊이 신뢰하고 믿었습니다. 그런데 증삼과 똑같은 성과 이름을 가진 사람이 노나라에 있는데, 그자가 그만 저잣거리에서 다투다가 사람을 죽여버렸습니다. 그래서 증삼이 사람을 죽였다는 소문이 온 동네마다 퍼졌습니다. 증삼의 어머니가 베틀에 앉아 베를 짜고 있는데 이웃 사람이 달려와서 소리쳤습니다. '증삼이 사람을 죽였소' 그러나 증삼의 어머니는 조금도 동요하는 빛이 없이 베틀에 그대로 앉아 베를 짜나갔습니다. 그런데 조금 있으니 다른 사람이 달려와서 증삼이 사람을 죽였다고 또 외쳤습니다. 이때에도 증삼의 어머니는 역시 태연한 자세로 베를 짜기만 하였습니다."

"그만큼 증삼의 어머니가 증삼을 믿었던 게지."

무왕이 증삼 어머니의 마음을 알겠다는 듯이 고개를 끄덕였다.

"하지만 세 번째 사람이 달려와서 증삼이 사람을 죽였소 하자, 그때는 증삼의 어머니가 북을 내던지고 베틀에서 내려와 담장을 뛰어넘어 바깥으로 도망을 갔다고 합니다."

감무의 말을 듣고 있던 무왕의 표정이 무거워졌다.

"세 번째 사람마저 증삼이 사람을 죽였다고 하자 증삼에 대한 신뢰가 흔들리게 되었다는 말이지?"

"그렇습니다. 증삼을 그렇게 믿고 신뢰하였던 증삼의 어머니였지만, 세 사람이 의심을 심어주자 그녀의 믿음도 흔들리게 된 것입니다. 그런데 저는 증삼만큼 어질지도 못하고, 대왕 역시 저를 믿는 마음이 증삼의 어머니가 증삼을 믿었던 마음에는 미치지 못합니다. 그리고 저를 의심하여 대왕께 고자질할 무리가 어디 세 사람만 있겠습니까? 제가 한나라로 원정을 떠나 있는 동안 저를 의심하는 소리들을 듣고 대왕께서 북을 던지고 달아난 증삼의 어머니처럼 되실까 저어됩니다."

무왕은 비로소 감무가 염려하고 있는 바가 무엇인지 알 수 있을 것 같아 감무를 안심시키는 말들을 늘어놓았다.

"재상을 의심하는 자들이 있다니오? 그런 자들이 누구란 말이오?"

"우승상 저리자(樗里子:저리질을 가리킴)와 공손석(公孫奭)이 한나라의 핏줄을 타고난 자들이 아닙니까? 저리자는 선왕의 이복동생으로 그 어머니가 한나라 공주가 아닙니까? 그리고 공손석은 원래 한나라 왕족으로 있다가 진나라로 들어온 자가 아닙니까? 그러므로 제가 한나라를 치는 문제에 대하여 그런 자들이 대왕께 의심을 심어 줄 수가 있습니다. 또한 제가 진나라 태생이 아니라 채(蔡)나라 태생이기 때문에 여러 신하들이 의심을 하기에 좋은 표적이 될 수 있다는 말입니다."

"알겠소. 재상이 무슨 말을 하고자 하는지 짐작하고도 남겠소. 과인은 이제 앞으로 재상을 비방하는 어떤 말이라도 듣지 않기로 맹세하겠소.

이것을 '식양의 맹세'라고 합시다. 여기 식양에서 과인이 맹세를 했으니 말이오."

"그럼 좋습니다. 식양의 맹세를 믿고 저는 한나라로 출정하여 대왕께서 낙양으로 오실 길을 예비하겠습니다."

이렇게 단단히 무왕의 다짐을 받고 나서야 감무는 군대를 이끌고 한나라 의양으로 향했다.

과연 의양은 감무가 예상했던 대로 견고한 성이었다. 5개월 동안이나 포위하여 공략을 하였지만 도무지 항복할 줄 몰랐다. 그동안 진나라 조정에서는 감무에 대하여 말들이 많았다. 특히 저리질과 공손석이 무왕에게 감무를 헐뜯는 비방의 말들을 자주 아뢰었다.

"감무는 원래 기려지신(羈旅之臣)으로 어느 나라에서나 대우를 잘해주면 그 나라에 붙어 벼슬자리를 구하는 작자입니다. 지금 한나라 의양을 공략하는 데 5개월이나 걸리고 있다는 것은 아무래도 무슨 음모가 있기 때문일 것입니다. 한나라에서 감무에게 뭔가 미끼를 던지고 있음에 틀림없습니다. 감무가 의양을 공격하는 일을 중단하면 감무에게 큰 벼슬과 재물을 제공하겠다고 유혹하고 있는 것이 분명합니다. 그러므로 대왕께서 먼저 한나라 공격 명령을 철회하시고 감무를 불러들이는 것이 상책인 줄 아옵니다."

저리질과 공손석이 반복하여 이런 식으로 고하자 무왕도 마음이 흔들리지 않을 수 없었다. 마침내 무왕은 감무를 소환하고 그 군대를 철수시키고 말았다.

감무는 무왕에게 나아와 다른 말은 일체 하지 않고 죽간(竹簡) 하나를 들어 바치며 엎드렸다. 그 죽간에는 붉은 글씨로 단 두 글자가 적혀 있었다.

'식양(息壤)'

그 순간, 무왕은 식양의 맹세를 떠올리지 않을 수 없었다. 무왕은 눈을 질끈 감았다가 뜨며 소리를 높였다.

"내가 스스로 한 맹세를 저버리고 증삼의 어머니같이 되었구나."

무왕은 다시금 감무에게 이전보다 더 많은 군사를 맡겨 한나라 의양을 치러 가도록 하였다.

이번에는 감무도 더욱 분발하여 의양성을 공략하였다. 그런데 군사들이 지친 나머지 감무의 명령을 잘 따라주지 않았다. 한번은 감무가 북을 쳐서 공격 신호를 보냈으나 군사들이 도통 움직일 생각을 하지 않았다. 그렇게 세 번이나 신호를 보냈는데도 의양성을 기어오르는 군사는 한 사람도 없었다.

군사들이 자신의 명령을 따라주지 않자 감무는 대단히 화가 났다. 그러나 한두 사람이 아니라 군사들 전체가 꼼짝을 하지 않으니 어떻게 처벌할 도리도 없었다.

감무는 속에서 솟구치는 분노를 간신히 억누르며 군사들 앞에 서서 간곡한 심정으로 외쳤다.

"나는 기려지신으로서 진나라에 와 재상 자리에까지 올랐는데, 이번에 반드시 이 의양 땅을 들어 대왕께 선물로 바쳐드려야 한다. 지금 내가 의양성을 함락시키지 못한다면 안에서는 저리질과 공손석이 나를 꺾어버릴 것이요, 밖으로는 한나라 재상 공중치(公中侈)가 나를 궁지로 몰아넣을 것이다. 그러므로 내가 온 힘을 다하여 의양성을 함락시키지 않으면 안 된다."

이렇게 외쳤건만, 그건 당신 사정 아니오 하는 식으로 군사들의 반응이 냉담하기 이를 데 없었다. 이러다가는 군대에서 반란이라도 일어날 기세였다.

감무는 긴급 참모 회의를 소집하여 이 사태를 어떻게 수습할 것인지 의논하였다. 그때 우장군(右將軍) 휘하에 있는 한 위관(尉官)이 수습책을 제시하였다.

"재상께서 높은 상금을 걸어 병사들의 사기를 높여주지 않으면 반드시 큰 곤란을 당하실 것입니다."

다른 참모들도 다 같이 그 위관의 말에 동의하였다. 얼마 후 감무는 다시 군사들 앞에 서서 외쳤다.

"저 의양성을 맨 먼저 오르는 자에게는 상금 천 금을 주기로 하였다. 그리고 성안으로 들어가 궁실을 먼저 점령하는 부대에게는 상금 만 금을 내리기로 하였다."

감무가 사재(私財)를 털어 원래 나라에서 주는 상금인 공상(公賞)에 보태면서 금덩어리를 들어 보이자, 군사들이 일제히 환호성을 지르며 사기충천하였다. 거기에 힘입어 감무가 흥분된 목소리로 소리쳤다.

"내일 다시 북을 쳐서 저 성을 함락시키지 못한다면 저 의양 성곽을 나의 무덤으로 삼겠다."

"와 와."

군사들이 혼연일체가 되어 창과 칼과 방패를 높이 세워 흔들며 함성으로 응답하였다.

다음날, 감무가 공격 신호로 북을 치자 군사들은 서로 먼저 성을 오르려고 달음질쳤다.

'둥두둥두둥두두.'

의양성 위에서 화살들이 비 오듯 하였지만, 감무의 군사들은 조금도 두려워하지 않고 돌진하였다. 그 결과, 많은 사상자가 발생하였다. 감무는 일단 후퇴를 하였다가 다시 공격을 하는 것이 좋지 않을까 하고 후퇴 신호를 보내기 위해 징을 치켜들었다. 막 징을 치려고 하는데, 감무 옆에 있던 좌성(左成)이라는 참모가 징을 몸으로 감싸며 부르짖었다.
"그대로 공격하게 내버려두십시오. 바로 지금이 공을 세울 때입니다. 재상께서 지금 군사를 내어 공을 세우시지 않으면 영영 궁지에 몰리고 말 것입니다."
결국 감무는 징을 치지 않고 공격을 계속하도록 하였다. 수많은 병사들이 죽어 넘어졌지만 마침내 의양성을 함락시킬 수가 있었다. 의양성에서 적의 머리를 벤 것이 6만에 달했으니, 성안은 온통 피비린내로 진동하였다.

한나라 양왕(襄王)은 재상 공중치를 진나라에 보내 사죄하고 진나라와 강화하였다. 그리하여 무왕은 자신의 소원대로 삼천으로 통하는 도로를 건설하고 수레를 몰아 낙양에 유람을 갈 수 있었다. 주(周) 난왕은 사신을 교외까지 보내 무왕의 일행을 국빈으로 영접하지 않으면 안 되었다.
무왕은 유서 깊은 낙양으로 들어와 맨 먼저 천자국의 상징인 구정(九鼎)을 구경하러 갔다. 얼마나 보고 싶었던 구정이었던가. 구정은 주나라 태묘(太廟) 옆에 놓여 있었다.
무왕은 옛날 우왕(禹王)이 구주(九州)의 황금을 모아 만들었다는 세 발 달린 아홉 개의 솥을 하나하나 구경하며 감개 무량해하였다. 그런데 황금이 아니라 동철(銅鐵)을 잔뜩 모아 녹여 만든 솥들이었다. 이 구정에 관해서는 이미 맨 앞부분에서 언급을 하였으므로 더 이상 설명을 하지 않겠다. 아무튼 무왕은 감격한 나머지 구정 주위를 떠날 줄을 몰랐다.
"아, 여기 우왕이 다스리던 당시의 구주 이름이 적혀 있군."
무왕은 솥의 중간쯤에 음각되어 있는 구주의 이름들을 살펴나가다가 옹(雍)자가 적혀 있는 솥 앞에 와서 멈춰 섰다.
"여기 옹자가 새겨져 있는 솥은 첫날 우리 조상들이 우왕에게 황금과 동철을 바쳐 만든 솥이 아니냐? 그러므로 이 솥은 우리가 가져가도 되겠다."

무왕은 우왕 당시의 옹주(雍洲)를 자기가 지금 다스리고 있는 진나라 지경과 연관시켜 생각하는 모양이었다.

"이 솥들은 아홉 개로 갖추어져 있어야 하는 것으로, 그중 한 개를 가져가고 할 수 있는 성질의 것이 아닙니다."

무왕을 수행해 온 신하 한 사람이 이렇게 아뢰었으나, 무왕은 그 신하의 말을 듣는 둥 마는 둥하고는 태묘(太廟)에서 구정을 돌보고 있는 관리에게 옹자가 새겨져 있는 솥을 달라고 요구하였다.

관리는 하도 기가 막혀서 벌어진 입을 다물 줄 몰랐다.

"이 구정은 대왕께서도 아시다시피 천자국의 상징입니다. 아무리 천자국인 주나라가 약해졌기로서니 솥들을 하나씩 다른 나라에 떼어줄 수가 있겠습니까?"

"이제 얼마 있지 않으면 진나라가 천자국이 될 텐데, 솥 하나쯤 가져가는 것 가지고 그러는가?"

무왕이 눈을 부라리며 관리를 노려보자, 관리는 어처구니없다는 듯한 표정을 계속 지으며 고개를 저었다.

"이 솥을 가져가는 일이 그리 간단한 일인 줄 아십니까? 만에 하나 주나라 조정에서 허락을 해주었다고 하더라도 뭇 나라들 사이에 이해관계가 얽혀 있는 일이라 큰 전쟁이 일어나고야 말 것입니다."

"솥을 가져가는 것을 다른 나라들이 방해할 것이란 말이지? 그런데 진나라에 대항할 나라가 어디에 있단 말인가? 한 나라씩 쳐부수면서 이 솥을 진나라 함양까지 가지고 가겠다."

"저리자가 전차 백 대를 가지고 이 주나라 낙양으로 대왕을 모시고 왔지만 그 전차 백 대로는 다른 나라들과 전투를 치르면서 솥을 옮겨가기에는 역부족이 아닙니까? 지금 대왕께서는 전쟁을 치르기 위하여 군대를 동원해 가지고 오신 것이 아니라 낙양 유람차 수행원들을 데리고 오신 것이지요."

관리가 차분하게 상황 설명을 해주자, 그제야 무왕의 기세가 한풀 꺾이는 듯하였다.

"전령을 보내 진나라 군대를 일으키면 되지."

이렇게 중얼거려보았지만, 이미 무왕은 솥을 옮겨가기는 불가능하다는 것을 인정하지 않을 수 없었다.

"그럼 옹자가 새겨져 있는 솥뿐만 아니라 저 모든 솥들을 나중에 다 가져가기로 하고, 오늘은 옹자 솥을 한번 들어보기나 하세."

관리는 솥을 가져가겠다는 말을 들었을 때보다 더 어안이 벙벙한 얼굴이 되었다.

"솥을 들다니오? 지금껏 솥을 들어본 사람은 한 사람도 없습니다. 전해오는 말로는 솥 한 개의 무게가 천 균(鈞 : 1균은 서른 근)이나 된다고 합니다."

천 균이라는 말에 무왕은 주춤거리며 옆에 서 있는 임비와 맹분을 흘끔 쳐다보았다.

"어떤가? 자네들은 저 솥을 들 수 있겠는가?"

임비와 맹분은 서로 눈치를 보며 머뭇거렸다.

"저 솥이 전해오는 말로는 천 균이라고 하지만, 제가 볼 때는 그렇게까지는 나가지 않을 것 같습니다. 하지만 제가 최고로 들 수 있는 무게가 백 균에 채 못 미치는데, 거기에 비해서는 솥의 무게가 몇 배 더 나갈 것 같습니다."

임비는 이렇게 말하면서 일찌감치 포기할 의사를 비쳤다. 그러나 맹분은 침을 한 번 꿀꺽 삼키며 옷소매를 걷어붙이기 시작했다.

"제가 힘 미치는 데까지 들어올려보겠습니다."

맹분이 솥을 잡고 들어올려보려 하였으나 워낙 솥의 폭이 넓고 잡을 데가 마땅치 않아 머뭇거리다가, 어디선가 밧줄을 구해 와서 솥 귀에 걸고 그 밧줄을 이용하여 힘을 써보았다.

"어아아, 어앗."

얼마나 맹분이 힘을 썼던지 온몸의 근육들이 그대로 피부 바깥으로 튀어나올 듯이 꿈틀거렸고, 두 눈은 핏발이 설 대로 서 벌게졌다.

"아, 들린다. 들려."

주위에 섰던 사람들이 솥이 들리는 기이한 광경을 바라보면서 흥분된 목소리로 고함을 질러댔다. 솥은 한 반 자 정도 들어올려지더니 그 이상은 올라가지 않았다.

"아, 저 피. 맹분의 눈에서 피가 흐른다."

아닌 게 아니라, 맹분의 두 눈에서는 핏줄이 터져 두 줄기의 벌건 피가 흘러내리고 있었다.

"됐다. 그만하면 되었다."

무왕은 맹분을 저대로 놔두면 아예 두 눈알이 튀어나올지도 모른다고 생각하여 황급히 손짓을 하여 제지하였다.

쿵.

맹분이 밧줄을 잡은 손을 풀자 솥은 지축을 울리며 도로 땅바닥으로 내려앉았다.

"이번에는 나도 한번 들어보아야겠다."

무왕이 곤복(袞服)을 벗어젖히며 방금 맹분이 들어올렸던 솥으로 다가갔다.

"대왕께서는 옥체를 상하게 해서는 안 됩니다. 이런 일에 힘을 시험해서는 안 됩니다."

임비가 무왕의 팔을 붙들다시피 하며 간했으나 무왕은 막무가내였다.

"자네가 못한 것을 내가 하려 하니 샘이 나서 그러는가? 두고 보게나. 나는 솥을 들고 몇 걸음이라도 옮겨볼 테니까."

무왕이 힘을 써서 솥을 들어올리자 아까 맹분이 들어올린 만큼의 높이로는 들어올려졌다.

"와, 대단하시다!"

사람들이 입을 벌리고 있는 동안, 무왕은 온통 핏줄이 터질 듯한 얼굴로 발걸음까지 떼어놓으려고 움찔거렸다.

"야앗."

무왕이 기합을 넣으며 한 걸음 떼어놓으려는 찰나, 그만 솥의 무게를 견디지 못하여 손을 놓아버리고 말았다.

"아앗."

이번 소리는 기합을 넣는 소리가 아니라 비명 소리였다. 솥이 떨어지면서 무왕의 오른쪽 정강이뼈를 내리치고는 오른발을 뭉개버리고 만 것이었다.

"아이구."

무왕이 벌렁 나자빠지자 신하들이 달려가서 무왕을 떠메고 급히 영빈관으로 모셨다.

한편, 진나라 무왕이 주나라 낙양으로 들어간 사실로 인하여 주변 나라들은 신경을 곤두세우고 있었다. 특히 초나라는 주나라가 병졸들까지 동원해가며 무왕의 일행을 성대하게 맞이한 것에 대하여 노골적으로 분통을 터뜨리며 사신을 보내 주나라를 책망하였다. 주나라 조정은 초나라를 달래는 문제에 봉착하게 되었는데, 이때 유등(遊騰)이라는 유세객이 주나라 사절로 초나라에 파견되었다.

유등이 초나라 회왕을 알현하자, 회왕은 대뜸 언성을 높이며 주나라의 처사를 비난하였다.

"주나라는 천자국이면서도 쓸개가 있소, 없소? 진나라의 이리 떼들을 그토록 열렬히 환영하다니. 진왕의 일행을 맞이하러 나간 군사들만 해도 수만이 넘었다면서."

유등이 가만히 회왕의 책망을 듣고 있다가 대꾸하였다.

"주나라가 쓸개가 있기 때문에 그렇게 진나라를 맞이한 것입니다."

"아니, 그게 무슨 말이오?"

회왕은 버럭 화를 냈다.

"잘 들어보십시오. 옛날 진(晉)의 지백(知伯)이 오랑캐 나라 구유(仇猶)를 칠 때에, 대종(大鐘)을 만들어 운반하는 것처럼 대종을 광거(廣車)에 실어 보내면서 그 뒤를 군병들이 따르게 하여 불의에 구유를 덮치고 말았지요."

유등은 계속해서 한 나라가 속임수를 써서 다른 나라를 친 예들을 들어나갔다.

"제의 환공이 채(蔡)나라를 칠 때도 초나라를 주벌(誅伐)한다고 소문을 내놓고는 채나라가 방심하고 있는 사이에 채를 치고 말았지요. 지금 진나라 무왕이 낙양 유람차 주나라를 들렀다고 하지만 어떤 꿍꿍이속을 가지고 왔는지 모르지요. 저리자가 무왕을 수행한다는 핑계로 전차 백 대를 몰고 온 것도 수상하고요. 그래서 우리 주나라는 구유나 채와 같은 경우를 당하지 않으려고 무왕의 일행을 환영한 것이지요."

회왕은 유등이 하는 말을 잘 이해할 수 없다는 표정을 지었다.

"아니, 구유나 채와 같은 경우를 당하지 않으려면 더욱 진나라 무왕의 일행을 경계하며 그 속뜻을 헤아렸어야지, 군사들을 대대적으로 동원하여 그 이리 떼들을 환영하다니 앞뒤가 맞지 않는 말이잖소?"

"아니지요. 앞뒤가 들어맞는 말이지요. 우리 주나라 군사들은 무왕의 일행을 환영하는 척하며 그 일행을 앞뒤로 포위한 셈이었지요. 앞쪽에는 삼지창을 가진 군사들이 무왕의 일행을 인도한다는 핑계로 열을 지어 나갔고, 뒤쪽에는 쇠뇌를 지닌 군사들이 무왕의 일행을 호위한다는 핑계로 줄줄이 따랐으니, 저리자가 몰고 온 전차 백 대도 우리 군사들에게 둘러싸인 꼴이 되고 말았지요. 그러하였기에 무왕의 일행이 섣불리 다른 음모를 도모할 수 없었던 것이라고 사려됩니다. 이것이 우리 주나라가 진나라 왕을 환영한 전말입니다."

"음. 주나라에도 책략가가 있는 줄 미처 몰랐군."

결국 회왕도 주나라가 진나라 황을 환영하였다고 분통해했던 마음을 풀고 유등을 융숭하게 대접하여 돌려보냈다. 그러나 사실 주나라가 무왕의 일행을 환영할 당시에는 유등이 말한 것과 같은 책략은 생각지도 못하고, 다만 무왕에게 아부하기 위해서 허겁지겁 환영 행사를 벌였던 것이었다.

이렇게 유등이 초나라 회왕의 마음을 달래고 주나라로 다시 돌아오고 하는 어간에, 정강이뼈가 부러져서 몸져누워 있던 무왕은 다른 합병증까지 얻어 주나라에서 그만 객사하고 말았다. 저리자는 자기가 몰고 왔던 전차 백 대를 동원하여 어느 정도 장례 행렬의 격식을 갖추고는 무왕의 시신을 진나라로 옮겨갔다. 진나라의 위엄을 과시하며 무왕을 수행하기 위하여 몰고 왔던 전차들이 이렇게 장례 운구용으로 쓰이게 될 줄이야.

낙양을 보면 죽어도 한이 없다고 입버릇처럼 말하던 무왕이었는데, 과연 그 말이 씨가 되었는지 낙양을 보고 난 연후에 갑자기 죽음이 찾아오고 만 것이었다. 그러나 '낙양을 보면 죽어도 한이 없다'는 말에는 낙양에 유람을 와서 구경하고 싶다는 의미보다는, 진나라가 천자국이 되어 낙양을 차지하고 싶다는 의미가 더 많이 포함되어 있을 것이 틀림없었다. 그런데 그러한 원대한 꿈을 꾸었던 무왕도 솥 한 번 잘못 들어 솥다리에 정강이뼈가 부러져서 죽다니.

낙양 유람길에 무왕을 수행하였던 신하들은 무왕의 시신을 옮기면서, 자기들의 앞길에 드리워진 어두운 운명을 예감하여 침통한 기분이 되지 않을 수 없었다. 자기들이 무왕을 잘못 모셨기 때문에 무왕이 변을 당한 것이 확실하므로 어떤 모양으로든지 책임을 져야 할 판이었다. 저리자, 임비, 맹분을 비롯한 신하들은 무왕의 운구길이 마치 자기들의 장례 행렬이라도 되는 양 눈앞이 캄캄해져오기만 하였다.

무왕은 태자를 두지 않고 죽었으므로 배다른 아우인 직(稷)이 왕위를 계승하게 되었다. 그가 소양왕(昭襄王), 즉 소왕(昭王)이다. 소왕은 즉위 당시 나이가 어렸기 때문에 소왕의 어머니 선태후(宣太后)가 섭정을 하면서 조정을 좌지우지하였다. 저리질과 감무는 선태후의 마음을 사서, 무왕이 죽게 된 책임을 맹분 한 사람에게 뒤집어씌우고 자기들은 교묘하게 빠져나와 여전히 권좌에 눌러앉아 있게 되었다. 혜왕의 첩이었던 선태후의 입장에서는 무왕이 자기 친자식이 아니었고, 무왕이 갑자기 죽는 바람에 자기 친아들이 왕위에 오르는 행운도 차지하게 되었으므로, 무왕의 죽음에 대한 책임을 광범위하게 물어 정적(政敵)을 많이 만들어 놓을 필요가 없다고 할 수 있었다.

선태후는 맹분을 제외한 무왕의 측근들을 계속 잘 활용하면서 진나라 정국을 이끌어나가는 데 수완을 발휘하였다. 그리고 소왕과 친형제처럼 지내면서 자라난, 선태후의 일족인 상수를 높은 벼슬자리에 등용하여 이전 무왕의 측근들이 지나치게 권세를 부리지 않도록 견제하는 역할을 하게 하였다. 그런 와중에서 암암리에 권력 다툼이 일어나고, 그 결과 감무가 따돌림을 받는 가운데 급기야 진(秦)을 도망치지 않으면 안 되는 사태가 발생하였다.

감무는 진나라를 도망쳐 나와 함곡관을 지나서 제나라로 가려고 하다가 우연히 소대(蘇代)를 만났다. 소대는 저 유명한 소진(蘇秦)의 아우였다. 소대 아래에는 소려(蘇厲)라는 동생이 또 있었는데, 그 두 사람은 소진 형이 죽고 난 후 천하 각국을 유세하며 어느 정도 영향력을 미치는 정객들이 되었다. 감무가 소대를 만나자 이렇게 물었다.

"그대는 어디로 가는 길인가?."

"진나라로 들어가는 길이오. 진나라 왕이든지 태후든지 만나 제나라 왕의 친서를 전달해주려 하오."

소대는 자신만만한 얼굴로 대답하였다. 감무는 가만히 고개를 끄덕이다가 다시 물었다.

"그대는 강가의 처녀 이야기를 들어본 적이 있소?"

"그런 이야기는 들어본 적이 없소."

소대가 고개를 갸우뚱거렸다. 감무가 강가의 처녀 이야기를 소대에게 들려주었다.

어느 강가에 여러 처녀들이 살고 있었다. 그런데 그중 한 처녀는 너무도 가난하여 초를 살 수가 없었다. 그래서 그 처녀는 다른 처녀들의 촛불 근처에서 바느질도 하고 하면서 다른 처녀들이 가지고 있는 촛불 신세를 져야만 하였다. 그러자 다른 처녀들이 그 가난한 처녀를 미워하여 내쫓으려고 하였다. 가난한 처녀는 내쫓김을 당하면서 이렇게 항변하였다.

"나는 가난하여 초를 살 수 없어 여러분에게 신세를 지기 때문에, 그 신세를 조금이나마 갚으려고 늘 일찍 집으로 들어와 청소도 하고 자리도 털면서 보이지 않게 여러분에게 봉사해왔소. 그런데 여러분은 여러분들이 쓰는 촛불의 빛을 내가 옆에서 조금 빌려 쓴다고 아까워하고 있소. 내가 빌려 쓰지 않으면 그 촛불의 빛들은 그냥 사면 벽에 비쳐 소모되는 것이 아니오? 그렇게 없어지고 마는 빛을 내가 좀 나누어 가졌다고 나를 내쫓으려 하니 여러분은 어리석기 짝이 없소. 나를 그대로 둔다면 여러분에게 훨씬 이로울 텐데 말이오."

이 말을 들은 처녀들은 가난한 처녀를 다시 붙들면서 같이 살자고 하였다.

'어찌 사면 벽에 비치는 촛불의 빛까지 아까워하는가' 이 말은 인간의 인색한 심리를 극명하게 드러내는 경구인 셈이었다.

감무는 이러한 이야기를 소대에게 들려주고 나서는 자신의 처지를 하소연하였다.

"나는 지금 쫓기는 몸으로 곤궁한 형편에 처해 있소. 그런데 그대는 당당하게 진나라로 들어가는 제나라 사신의 몸이오. 지금 진나라에는 미처 빠져나오지 못한 내 처와 자식들이 있는데, 제발 그대의 남은 빛으로 그들을 구해주시오."

이 하소연은 소대가 좋은 형편 가운데 있을 때 그 강가의 처녀들처럼 인색하지 말라는 의미이기도 하였다.

소대는 감무의 부탁을 최대한 들어주겠다고 약속하고는 진나라로 들어가 소왕을 만났다. 더 정확하게 말하면 소왕과 선태후를 함께 만났다고 해야 할 것이었다. 소대가 소왕에게 감무에 대하여 말할 기회가 있어 이렇게 아뢰었다.

"감무는 보통 사람이 아니라 현인 중의 현인입니다. 진나라에서 대대로 중용이 된 것을 대왕도 잘 아시지 않습니까? 혜왕, 무왕을 거쳐 삼대째 중요한 직책에 있는 인물이 아닙니까? 그래서 그는 진나라 효산의 요새에서부터 시작하여 괴곡(槐谷)에 이르기까지 지형의 험준함과 평탄함을 훤히 꿰는 자가 되었습니다. 그런데 그러한 인물이 제나라로 들어가 벼슬을 하면서 한·위 같은 나라들과 맹약을 맺고 진나라를 친다면, 진나라는 대낮에 벌거벗은 아이처럼 당할 수밖에 없습니다."

소대가 이쯤 이야기하자 소왕은 벌써부터 얼굴이 파리해졌다.

"그, 그러면 어떻게 하는 것이 좋겠소?"

"빨리 손을 써서 그가 제나라에 정착하기 전에 많은 예물을 주고 다시 진나라로 모시고 와야 합니다. 물론 그에게 높은 벼슬자리와 후한 봉록(俸祿)을 약속해야겠지요."

"감무가 다시 벼슬에 오른다면 진나라 조정에 또 권력 다툼이 벌어질 것이 아니오?"

소왕은 감무의 정적들로부터 세뇌당한 여파가 있으므로 감무의 복귀에 대하여 부정적인 반응을 보였다.

"그러니까 감무를 벼슬과 봉록으로 유혹하여 일단 다시 진나라로 들어오도록 한 연후에 다음 조치를 취하는 것입니다."

"어떤 조치 말이오?"

"감무가 돌아오면 명목상의 벼슬자리와 일정한 봉록만 주면서 괴곡에 유폐시키는 것이지요. 괴곡 주위에 군사들을 배치하여 감무가 일생 동안 괴곡을 빠져나오지 못하도록 감시하는 것입니다. 그러면 진나라는 두고두고 태평성대를 누릴 수 있을 것입니다."

그렇다면 소왕도 소대의 건의를 받아들여볼 만하였다. 소왕은 감무를 더욱 확실하게 유혹하기 위하여 그동안 감금해두었던 감무의 식구들을 풀어주고, 그 식구들에게 몰수했던 재산과 함께 선물들을 안겨주면서 제나라에 있는 감무에게로 가서 소왕이 약속한 바를 전달하도록 하였다. 소왕은 감무가 진나라로 돌아오면 상경(上卿) 벼슬에다 재상의 인수(印綬)를 내리겠다고 약속한 것이었다.

이렇게 소대는 자신의 남은 빚으로 감무의 식구들을 구원해준 셈이었다. 감무의 식구들은 소왕의 계략을 눈치채지 못하고 감무에게 진나라로 돌아갈 것을 건의하였으나 그런 제의에 넘어갈 감무가 아니었다.

소대는 진나라에서의 일을 마치고 제나라로 건너와 제나라 민왕을 만났다.

"감무에 관한 이야기를 들으셨습니까?"

"감무라면 진나라에서 우리 제나라로 망명해 온 정객이 아니오? 그자에 관한 무슨 새로운 소문이라도 들었단 말이오?"

"네. 제가 진나라에 가서 들으니 진나라 왕이 감무라는 인물이 아까워 다시 진나라로 불러들이기로 하였다고 합니다. 그래서 상경의 벼슬과 재상의 인수를 내리겠다고 제의를 했는데도, 감무는 자기를 받아들여준 제나라의 은혜를 배신할 수 없다면서 진나라 왕의 제의를 거절하였습니다. 감무는 어떡해서든지 이곳에서 대왕의 신하가 되기를 소원하고 있습니다. 그런데 대왕은 감무를 어떻게 예우하고 있습니까. 그냥 망명객 정도로 내버려두고 있지 않습니까. 잘못하다가는 굴러들어온 보물을 다시 진나라에 빼앗기겠습니다."

민왕은 정신이 번쩍 드는 듯 눈을 끔뻑이며 소대에게 되물었다.

"감무가 그토록 인물이란 말이오?"

"감무는 현인 중의 현인입니다. 무엇보다 진나라에서 삼대의 왕을 모신 경력이 있으므로 진나라 사정이나 지형에 대하여 그만큼 밝은 사람도 드물 것입니다. 그를 잘 활용하기만 한다면 진나라도 능히 견제할 수 있을 것입니다."

"호, 그래?"

민왕은 감무에게 서둘러 상경의 벼슬을 주어 제나라에 정착하게끔 하였다.

늦바람 난 태후

이럴 즈음, 소왕의 어머니 선태후는 소왕의 배후에서 섭정을 하며 그 막강한 권력을 휘두르면서도 마음 한구석의 허전함을 달랠 길이 없었다. 자기를 애첩으로 받아들여 애지중지해주던 혜왕이 죽고 나자 한동안 지아비를 여읜 슬픔에 다른 남자에게 눈길을 줄 여유가 없었지만, 이제 어느 정도 세월이 지나 슬픔이 가라앉고 권력까지 장악하게 되면서 선태후는 자신의 내부에서 솟구치는 욕정을 주체하기가 힘들게 되었다. 정교하게 만든 여러 가지 자위 기구들을 가지고 자위 행위를 하면서 자신의 욕정을 달래는 데도 한계가 있었다. 원래 선태후는 장의의 계략에 의하여 진나라와 초나라 사이에 서로 공주를 시집 보내고 하는 관계가 맺어졌을 때 초나라 출신으로서 진나라 왕에게로 팔려오다시피 한 여인이기에, 그 몸속에는 초나라의 자유분방한 기질이 흐르고 있다고 할 수 있었다.

그러나 태후의 체면을 생각해서라도 섣불리 바람을 피울 수가 없는 형편이었다. 다른 사람들의 눈을 감쪽같이 속이면서 바람을 피우는 방법을 강구해야만 하였다.

선태후는 어느 날 궁정의 광대들을 새로 모집한다는 방문(榜文)을 진나라 전역과 천하 각국에 붙이도록 하였다. 그런데 방문에 씌어진 광대들의 자격 요건이 특이하였다.

'용모가 못생겨 다른 사람들이 보기만 하여도 웃음이 저절로 나오는 광대를 모집한다.'

그러니까 천하에서 제일 못생긴 광대들을 모집한다는 내용이었다. 이 방이 곳곳에 붙여지자 천하 각국에서 희한하게 생긴 자들이 진나라 궁궐의 광대가 되겠다고 꾸역꾸역 모여들었다. 그중에 위(魏)나라에서 온 추남(醜男)도 한 사람 있었다.

광대들의 심사는 선태후가 직접 했다. 광대들이 합격을 하려면 우선 먼저 선태후를 웃길 수 있어야만 하였다. 광대들은 심사받는 차례가 되면 그 못생긴 얼굴들을 찌푸려 기기묘묘한 표정을 지어내며 선태후를 웃기기 위한 온갖 재주를 다 피웠다. 원숭이 흉내. 여우 흉내, 다람쥐 흉내, 고슴도치 흉내 등을 내기도 하고 공중제비돌기로 몸을 날리기도 하고 우스운 만담을 지껄이기도 하였다.

"아하하, 호호호."

선태후가 부채로 얼굴을 가리며 웃음을 터뜨리면 일차 합격은 된 셈이었다. 그렇게 하여 일차적으로 걸러진 광대들은 이차 심사로 들어갔다. 그것은 일종의 신체 검사로 몸에 병이 있나 하는 것을 알아보는 것이었는데, 그러한 목적 이외에 선태후 나름의 음흉한 목적이 또 있었다.

선태후는 광대들을 은밀한 궁실로 인솔하여 데리고 들어가 옷들을 모두 벗도록 하고는 벌거벗은 몸으로 재주를 피우게 하였다.

"음."

한순간 선태후의 입에서 신음 소리 같은 것이 새어 나왔다. 선태후는 숨을 죽이고 한 남자를 주목하였다. 얼굴은 지독히도 못생겼지만, 그 남자의 남근은 놀이가 이어지면서 서서히 발기되더니 그 우람한 위용을 유감없이 드러내기 시작했다.

"음, 음, 됐어, 됐어."

뭐가 됐다는 뜻인지 선태후는 심사를 황급히 종결하였다.

"내일 최종 합격자를 발표하겠다. 오늘 수고들 했으니 환관들이 제공해주는 숙소에서 편히들 쉬도록 하라."

광대들이 주섬주섬 옷들을 주워 입고 숙소로 물러갔다.

다음날 선태후는 합격자들을 발표하였는데, 위나라에서 온 그 추남 광대가 합격자들 중에서 최고의 점수를 받았다. 그 광대를 보고 애정을 느낀다거나 성욕을 느낀다거나 하는 여자는 아마 이 세상에서 찾아보기 힘들 것이었다. 그런데 선태후는 바로 그 점을 교묘하게 이용하여 다른 사람들이 쉽게 눈치채지 않도록 하면서 광대를 가지고 놀았다. 누가 보더라도 광대는 태후의 면전에서 재주를 부리기 위해 태후의 궁실로 가는 것으로 여기지 않을 수 없었다. 그 못생길 대로 못생긴 광대를 상대로 태후가 성 놀음을 하리라고는 상상도 할 수 없는 일이었다.

광대의 별명은 위나라에서 온 추남이라 하여 위추부(魏醜夫)라 하였는데, 위추부가 그만큼 태후의 사랑을 받았으면 벼슬자리 하나 정도라도 차지할 수 있을 법한 일이나 끝내 광대로 머무를 수밖에 없었다. 태후는 광대와 자기와 사이의 관계가 들키지 않도록 그렇게 위추부를 광대로 묶어두었지만 꼬리가 길면 들키는 법, 태후와 위추부의 관계는 공공연한 비밀이 되어 궁중이나 민간에 갖가지 소문들을 자아냈다.

"태후는 변태라서 얼굴이 잘생긴 남자들은 이상하게 싫어하고, 못생긴 남자들은 몸이 달도록 좋아하는 해괴한 버릇이 있다고 하는구먼."

"위추부의 물건이 대단해서 거기에 태후가 반했다는 말이 정말일 거야. 위추부 그 작자, 그것 **빼놓고는** 태후의 마음을 사로잡을 수 있는 게 어디 있겠어?"

"근데 태후가 색을 너무 썼는지 요즘 몸이 안 좋다면서? 색상(色傷)한 거야."

"몸이 안 좋으려면 위추부 쪽이 안 좋아져야지, 왜 태후가 그래?"

"여자도 과다하게 색을 쓰면 하혈을 하고 그렇게 되는 거야."

과연 태후는 점점 몸이 안 좋아져서 자리에 눕고 말았다. 태후는 자신의 병이 쉽게 나을 병이 아님을 직감하였다. 어쩌면 이 병으로 죽을지도 모른다고 생각하기에 이르렀다. 그 당시 명의(名醫)로 이름을 떨치고 있는 진월인(秦越人)을 불러다가 진맥을 하고 석침(石鍼)을 놓게 하여도 색상한 태후의 몸은 회복될 줄을 몰랐다. 그런 몸이면서도 밤마다 위추부를 불러다가 재주를 부리게 한 후 자기를 애무하도록 하고 자기와 교접하도록 하였다.

"태후 마마, 몸도 안 좋으신데 이러시면 회복이 더디옵니다."

위추부가 거의 울상이 되어 사정을 하여도 막무가내였다.

"나는 이제 회복될 리가 없다. 이 병으로 내가 세상을 뜰 것을 알고 있다. 그러니 얼마 남지 않은 기간이나마 마지막까지 즐기다가 가야 하지 않겠느냐? 세상에 여러 가지 즐거움이 있다고 하지만 몸을 비비고 섞는 이 즐거움만 하겠는가?"

어느새 태후는 눈물을 주르르 흘리고 있었다. 죽음을 앞두고 눈물을 흘리고 있는 선태후를 바라보자 위추부의 마음은 찢어질 것만 같았다. 태후의 말처럼 태후가 세상에 머무는 동안 몸과 마음을 즐겁게 해드려야 한다는 생각으로, 위추부는 파리하게 말라가는 태후의 몸을 안았다. 태후는 마지막 힘을 다하여 마지막 쾌락을 몸으로 받아들이느라 식은땀을 흘리기도 하였다.

위추부는 인간의 성욕이라는 것이 죽음보다도 더 강하다는 것을 실감하지 않을 수 없었다. 아니, 죽음을 뛰어넘기라도 할 것처럼 도무지 죽음을 두려워하지 않았다. 그러나 쾌락의 절정에서 내려오면 거기 엄연히 죽음의 검은 그림자는 이미 드리워져 있었다.

태후의 몸이 점점 더 쇠약해져 도무지 교접하는 것이 불가능하게 되었을 때도, 태후는 늘 위추부를 자기 옆에 있도록 하면서 위추부의 손을 하염없이 잡고 있기도 하고, 위추부가 부리는 재주를 희미한 미소로 바라보기도 하였다. 이제 정욕이라는 것이 서서히 빠져나가자 태후의 눈에 비로소 위추부의 참모습이 보이기 시작했다. 위추부의 못생긴 얼굴 안에 감추어져 있는 위추부의 영혼을 보는 듯하였다. 그 영혼은 얼굴과는 정반대로 지극히 아름다웠다. 이제 태후는 위추부에 대하여 진정한 사랑을 느끼게 된 것이었다. 위추부 역시 죽어가는 태후를 이전과는 다른 애틋한 마음으로 대하게 되었다.

권세와 미모를 갖춘 왕녀와 비천하기 짝이 없는 천하의 추남, 이 두 사람은 정욕의 늪 지대를 빠져나와 이제 겨우 사랑의 들판에 이르게 된 셈이었다. 그러나 이미 그들 사이에는 이별의 강이 가로놓여 있었다.

위추부는 태후의 병상 옆에서 태후가 지정해주는 노래들을 부르곤 하였는데, 어느 날 태후가 위추부를 손짓해 가까이 오게 하더니 모기만한 목소리로 노래 한 곡을 지정해주었다.

"〈월출(月出)〉을 불러줘."

〈월출〉이라는 노래는 옛날 진(陳)나라 사람들이 많이 부르던 노래로 위추부도 잘 알고 있는 곡이었다.

위추부는 목청을 가다듬고 〈월출〉을 부르기 시작했다.

달이 떴네, 그 밝은 빛
어여쁘신 우리 님
그 몸매 고웁기도 하여
내 가슴 저려오네

달이 떴네, 그 허연 빛
아름다운 우리 님
그 몸매 우아하여
내 가슴 두근대네

달이 떴네, 그 환한 빛
아리따운 우리 님
얌전한 그 몸매에
내 가슴 쓰려오네

"너도 내가 이 세상을 떠나면 달빛을 보면서 나를 그리워하며 가슴 태우겠는가?"
태후의 눈가에는 축축한 물기가 배어 있었다.
"그러하고말고요, 태후 마마. 태후 마마가 없는 이 세상을 산다는 것은 생각만 하여도 섬뜩합니다. 태후 마마가 돌아가시면 저도 따라 죽어 저승에 가서도 태후 마마 앞에서 재주를 넘으며 기쁘게 해드리겠습니다."
"그게 정말인가?"

태후의 입가에는 슬며시 미소가 번졌다. 그것은 무슨 음흉한 미소가 아니라 진정한 사랑의 기쁨을 맛본 자의 얼굴에 번지는 미소였다.

마침내 태후의 임종이 가까워왔다. 태후의 의식이 가물가물해질 무렵, 아들인 소왕과 신하들이 모여들었다. 위추부는 왕궁 장례법의 규정상 마땅히 그 자리에 있어서는 안 되었지만, 평소에 태후가 가까이 두던 광대라 하여 특별히 임종을 지키도록 허락해주었다.

다시 의식이 돌아온 태후는 위추부를 찾는 듯 흐릿한 눈망울을 몇 번 움직거리다가 소왕과 신하들에게 제법 또렷한 목소리로 유언을 말하기 시작하였다.

"내가 죽어 장례를 치를 때 반드시 위자(魏子 : 위추부를 가리킴)도 함께 무덤에 넣어 순장시켜다오."

위추부를 함께 순장시켜달라는 선태후의 유언에 신하들은 당황하지 않을 수 없었다. 그 당시 진나라에서는 순장 제도가 없어진 지 꽤 오래 되었다. 그리고 선태후가 요구하고 있는 것은 노예 한 사람을 순장시켜달라는 정도의 말이 아니라 위추부와 합장을 시켜달라는 의미라고 할 수 있었다. 어떻게 태후의 무덤에 광대를 합장시킨단 말인가. 그때 용예(庸芮)라는 신하가 태후에게 말했다.

"태후께서는 죽은 자에게도 지각이 있다고 생각하십니까?"

태후는 천천히 고개를 저으면서 가는 목소리로 대답했다.

"죽은 다음에는 아무것도 모르겠지."

"그럼 한 사람이 죽었고 한 사람이 살았거나 두 사람 다 죽었다고 한다면, 아무리 사랑하는 사이였다 하더라도 사랑을 이어가는 것이 가능하겠습니까?"

죽은 후에 지각이 없다면 사랑은 불가능할 것이 당연한 이치였다. 태후는 잠시 침묵 속에 있다가 방금 자기가 한 말을 번복해버렸다.

"죽은 다음에도 지각이 있을지 모르지. 아무도 죽은 다음에 어떻게 될지 모르는 것이 아닌가?"

다시 용예가 태후에게 아뢰었다.

"만약 죽고 나서도 지각이 있다고 한다면 이미 승하하신 혜왕께서 저승에서 몹시 노해 계실 것이 아닙니까? 태후께서 저승에서 선왕을 만나시면 백 번 사죄하고 용서를 빌어도 모자랄 텐데, 거기다가 위추부까지 저승으로 데리고 가서 사통(私通)을 한다면 선왕의 노여움이 어떠하겠습니까?"

그러자 태후는 고개를 끄덕이며 용예의 간언을 받아들였다.

"좋다."

위추부는 태후와 용예의 대화를 옆에서 엿들으며 침통한 얼굴로 어금니를 악물었다.

"아, 인생은 한 오라기 연기 같구나."

드디어 선태후는 탄식과도 같은 말을 중얼거리며 눈을 감았다. 신하들은 일제히 곡을 하며 엎드렸다.

위추부는 선태후의 빈소를 밤낮으로 지키다가 장례식을 마친 날 밤, 가만히 궁실을 빠져나와 얼마 전부터 보아두었던 뒤뜰의 느릅나무 밑으로 다가갔다. 그 느릅나무는 하얀 껍질을 뒤집어쓰고 있어 달밤에 바라보니 더욱 괴기로웠다. 느릅나무 근방에는 잡초들이 무성하게 자라고 있었다.

위추부는 옅은 구름에 가리어 있는 달을 나뭇가지 너머로 올려다보며 슬픈 목소리로 노래를 부르기 시작했다.

가시나무 칡이 뒤덮고
거지풀 무덤에 뻗네

내 님 여기 안 계시니
나 홀로 남은 몸

여름은 낮이 길고
겨울은 밤이 긴데
내 언제 숨이 져
님을 곁에 모시리

어느새 위추부의 두 눈에는 눈물 줄기가 드리워지고 있었다. 위추부는 나무 밑으로 큼직한 돌을 굴려 그 위에 올라서서 준비해 간 칡끈으로 느릅나무 윗가지에 올가미를 만들어 걸었다. 그러고는 목을 매고 두 발로 돌을 밀쳐버렸다. 두 발이 공중에 뜨게 된 위추부는 잠시 버둥거리다가 혀를 한껏 내밀며 숨을 거두었다.

사람들은 위추부의 시체를 거두어 선태후의 무덤이 있는 골짜기 한 모퉁이에 묻어주었다. 그 장소는 서로 은밀히 바라볼 수 있는 위치인 셈이었다.

사람들은 밤이면 위추부와 선태후의 무덤이 있는 골짜기에서 광대가 재주 부리는 소리, 깔깔대고 웃는 여자의 웃음소리들이 들려오곤 한다고 하였다. 그런 장면을 혜왕의 망령은 어떤 심정으로 내려다보고 있었을까.

선태후와 위추부의 사랑에 관한 이야기는, 둘의 관계가 얼마나 뜨거웠던지 두고두고 사람들의 입에 오르내려 《전국책》에까지 기록되기에 이르렀다. 그 책에는 위추부가 순장당할 것을 걱정했다는 구절이 있지만, 여기서는 위추부의 사랑을 좀 더 지순한 것으로 그려보았다.

맹상군의 탄생과 성장

　전영(田嬰)은 많은 첩들을 거느리고 있었다. 여러 첩들을 번갈아가며 밤마다 안아보는 재미로 노년을 보내고 있다고 하여도 과언이 아니었다. 여자들의 맛은 제각각 달라서 인생의 묘미를 더해주는 것 같았다. 얼굴이 예쁘다고 해서 몸매까지 좋으라는 법도 없고, 몸매가 좋다고 해서 잠자리에서의 쾌감이 더해진다는 보장도 없었다.
　첩들에 대하여 신체의 구석구석까지 다 파악하고 있는 전영은 그날 기분에 따라 첩을 골라잡아 잠자리에 들곤 하였다.
　오늘 밤, 전영은 그 어느 날보다도 온몸에 기운이 뻗치는 것을 느끼지 않을 수 없었다. 아마 며칠 전에 삶아 먹은 거북 고기 덕분임에 틀림없었다. 거북은 《예기(禮記)》에 따르면 기린·봉황·용과 더불어 네 가지 신령한 생물, 즉 사령(四靈)으로서 장수와 인내와 힘의 상징으로 사람들로부터 숭배를 받기도 하였으나, 기린·봉황·용과는 달리 현실 세계에서 실제로 보는 동물이기 때문에, 사람들은 거북을 잡아먹으면 신비한 효험이 있을 것으로 믿고 거북에게 제사까지 드리면서 그 고기를 끓여 먹곤 하였다. 특히 연한 껍질을 지닌 민물 거북은 끓여 먹기에 안성맞춤이라 할 수 있었다. 그리고 껍질 부분은 빻아서 분말을 만들어 환약을 만드는데 강장제, 강심제 등으로 활용되며, 관절염과 신장병에도 효험이 있다고 하였다.

전영은 오래 전에 거북을 여러 마리 사와서 키우며, 수챗구멍 같은 것이 막혔을 때 땅을 잘 파들어가는 거북의 습성을 이용하여 막힌 구멍을 뚫기도 하면서, 정력제로 잡아먹으려고 벼르고 있었던 것이었다. 또한 일반 사람들의 관습대로 거북의 등껍질에 구멍들을 내고는 거기에 금반지, 은반지, 옥반지들을 끼워 넣어 약효를 더욱 높이기도 하였다.

이렇게 거북은 신령한 존재로 숭배를 받기도 하고 신비한 약제로 귀히 여김을 받기도 하는 한편, 일부에서는 배우자의 부정을 상징하는 동물로 경멸을 받기도 하였다. 거북을 경멸하는 사람들은 거북을 가리켜 망팔(忘八)이라고 불렀는데, 그것은 여덟 가지 귀중한 덕, 즉 예의염치(禮義廉恥), 효제충신(孝悌忠信)을 망각한 존재라는 의미이다. 아마 거북 고기나 껍질을 먹으면 정력이 솟구쳐 바람을 피우게 마련이라 그런 별칭이 생겼는지도 몰랐다.

전영 역시 오늘 밤만은 망팔을 하고 마음껏 정욕을 불태우고 싶어졌다. 이런 경우에 어울리는 첩으로서는 방희(房喜)라는 계집을 들 수 있었다. 방희라는 이름도 방사(房事)의 희락이란 뜻으로 전영이 붙여준 것이었다. 방희는 원래 천하디천한 백정의 딸이었는데, 전쟁 중에 제나라로 잡혀와 전영의 집에서 하녀 노릇을 하다가 우연히 전영과 교접을 하게 된 이후로 첩으로까지 승격된 계집이었다. 얼굴은 못생긴 편이었지만 하도 잠자리 기술이 좋아 전영의 몸을 그대로 녹이고 말았다. 그런 비밀을 모르는 다른 사람들은 전영이 추녀인 방희에게 빠지는 이유를 잘 알지 못했다.

전영은 이른 저녁부터 마신 술로 거나하게 취한 채 방희의 방으로 천천히 다가갔다.

방희는 전영이 오늘 밤 자기 방으로 들를 것이라고 예감하고 있었던지, 나름대로 곱게 단장을 하고 향낭(香囊)까지 허리춤에 차고 있었다. 전영은 방희의 얼굴이나 몸매에는 관심이 없었으므로 곧 불을 끄도록 하고는 방희의 옷을 벗겨나갔다. 전영은 청춘이 다시 돌아온 듯 저 깊은 곳에서 새로운 기력이 용솟음쳤다. 늙어갈수록 젊은 계집과 교합을 해야 건강에도 좋다는 말은 동서고금을 막론하고 진리라 아니할 수 없었다. 허약한 양(陽)은 건강한 음(陰)을 먹고 살아날 수 있는 법이었다.

방희는 이름 그대로 전영에게 넉넉한 희락을 제공하고 자신도 거북 고기의 혜택을 톡톡히 보았다. 그리고 무엇보다도 오늘 전영으로부터 받은 씨가 자기 뱃속에서 열매를 맺게 될 것을 예감하면서 어떤 행복감에 젖었다.

전영은 새벽녘이 되어 눈을 떴다. 방희는 아직까지 세상 모르고 자고 있었다. 희붐하게 밝아오는 방문을 바라보며 전영은 잠시 오늘 할 일들을 생각했다. 그리고 자신이 지금 누리고 있는 권력과 부(富)에 대하여 생각했다.

50여 년 전 전씨(田氏) 일가가 강씨(姜氏) 일가를 몰아내고 명실공히 정권을 장악함으로써 전씨가 대대로 왕위에 오르는 제(齊)나라가 되었고, 그 덕분으로 전영도 왕족으로서 지금 부귀영화를 누리고 있다고 할 수 있었다. 후궁에는 아름다운 여자들, 물건 좋은 여자들이 그득하고, 곳간마다 곡식들과 음식들이 쟁여져 있고, 장롱들마다 비단옷들이 찬란한 빛을 발하고 있으니 부족한 것이 있을 리 없었다.

오직 부족한 것이 있다면 전영의 기력이었고 수명이었다. 아, 하늘은 왜 인간에게 늙음과 죽음의 운명을 내려 이 부귀영화를 세세 무궁토록 누리게 하지 않는 것인가. 전영은 자기가 죽으면 처첩들과 40여 명의 아들들이 자기 재물들을 차지할 것을 생각하니 억울한 심정을 가눌 길이 없었다. 그러나 한번 태어난 인생은 빈손으로 무덤 속에 들어갈 수밖에 없는 법. 전영은 길게 한숨을 쉬며 옷을 챙겨 입기 시작했다. 방사가 끝난 후에 못생긴 방희의 얼굴을 바라본다는 것은 견딜 수 없는 일이기도 하기에 전영은 서둘러 방을 나와 본처가 기거하고 있는 안방으로 건너갔다. 그런데 한 달 후 전영이 방희의 방에 다시 들렀을 때 방희는 입덧을 하며 임신의 기미를 보였다.

"아니. 네가 왜 이러느냐? 혹시 임신이라도 하였다는 말이냐?"

전영이 당황해하며 물었다.

"네, 그러합니다. 저도 주인님의 아이를 배게 되었습니다."

방희는 전영과는 달리 행복한 표정으로 대답했다.

"뭣, 뭣이라고!"

전영은 불쾌한 기색을 감추지 못했다.

"주인님의 아이를 배는 것이 소원이었는데, 주인님은 기쁘지 않으십니까?"

"기쁘지 않냐구? 아이구, 너같이 천하고 못생긴 계집이 아이를 낳으면 어떤 아이를 낳겠느냐? 제발 우리 가문 망신시키지 말고 아이를 지우도록 하여라."

방희로서는 청천벽력이 아닐 수 없었다.

방희는 큰 슬픔에 젖었지만 마음을 굳게 먹고 지금 뱃속에서 자라고 있는 아이를 낳기로 결심하였다. 전영은 방희가 아이를 배었다는 말을 들은 이후로는 방희의 방에 거의 들어가지 않았다.

어느 날 우연히 마당에서 방희를 만나게 되었는데, 방희의 배가 눈에 띄게 불러 있는 것이 아닌가.

"아니, 이게 어떻게 된 일인가? 아이를 지우라고 하지 않았느냐?"

전영은 버럭 화를 냈다.

"아이를 지우려고 여러 가지 방법을 써보았지만 제대로 되지 않았습니다. 팽나무 잎까지 구해와서 달여 먹어보아도 지워지지 않았습니다."

방희가 이렇게 말하는데 전영으로서도 어찌할 수 없었다.

"그럼 좋다. 아이는 낳도록 하되, 아이를 낳으면 내다버리도록 하여라. 5월에 낳는 아이는 집안에 좋지 않다고 하였느니라. 아이가 정 불쌍하면 아이 없는 집 대문간에 버려두고 오든지. 알겠느냐?"

"네."

방희는 주인의 엄명을 그 자리에서 거부할 수 없어 고개를 푹 떨군 채 대답하였다.

마침내 해산일이 되어 방희는 아이를 낳았다. 5월 5일이었다. 아이를 보니 방희 자기를 닮아 그렇게 잘생긴 편은 아니었다. 방희는 아이를 버리라는 주인의 엄명이 있었지만 이번에도 독한 마음을 먹고 자기가 키우기로 하였다. 주인에게 들키지 않으려고 아이를 내다버린 척하여 친척 집에 맡기고는 수시로 드나들며 아이를 키워나갔다. 아이가 어느 정도 자라자 방희는 자기가 기거하는 곳으로 아이를 몰래 데리고 와서 하룻밤 옆에 재우고 돌려보내기도 하였다. 그런 때 방희는 아이에게 왜 따로 떨어져 살아야 하는지를 이야기해주곤 하였다.

아이를 전영에게 보여야 할 때가 되었다고 생각한 방희는, 아이를 데려다가 다른 첩들이 낳은 자식들과 친해지도록 해주었다. 아이는 배다른 형들과 뛰어놀며 과자를 얻어먹는 재미로 전영의 집을 드나들었다. 이쯤 되자 아이에 대한 소문이 전영의 귀에 들어가지 않을 리 없었다.

전영은 방희와 아이를 불러들여 그 진위를 확인하였다.

"이 아이가 어떻게 된 아이냐?"

"주인님의 아들입니다."

"무엇이라구? 이 망측한 것. 내가 아이를 낳으면 버리라고 하지 않았느냐?"

전영이 버럭 고함을 질렀다.

"주인님의 명령대로 아이를 버렸습니다."

"버린 아이가 이렇게 자라 내 앞에 있느냐?"

"누가 아이를 대신 길러서 돌려보냈습니다."

"허허, 고이얀지고."

전영은 고개를 설레설레 흔들며 못생긴 아이를 애써 외면하였다. 이때 아이가 나서서 전영에게 말했다.

"아버님, 왜 저를 버리라고 하셨습니까?"

이놈 봐라, 하는 표정으로 전영이 아이를 한 번 쳐다보았다가 고개를 돌리며 대답했다.

"5월에는 자식을 낳지 않는 법인데 네가 5월에 태어났기 때문이다."

"5월에 자식을 낳아서는 안 된다는 이유가 무엇입니까?"

아이가 계속 따지고 들었다.

"5월에 난 자식의 키가 문의 높이만큼 자라면 반드시 집안에 우환이 생기게 된다는 옛사람들의 말이 있느니라. 그리고 실제로 그런 경우를 나도 분명히 보았고."

전영의 얼굴에는 어두운 그늘이 스치고 지나갔다.

"아버님, 인간이 출생할 때 그 운명을 하늘로부터 받는 것입니까, 문으로부터 받는 것입니까?"

아이의 말에 전영은 얼른 대답을 하지 못하고 입을 벌리고만 있었다. 이 아이가 보통이 아니라는 생각이 들어 아이를 다시금 쳐다보았다. 아이는 못생기긴 하였지만 영리하게 보이는 눈을 반짝이며 전영의 대답을 기다리고 있었다.

　전영이 계속 대답을 못하고 머뭇거리자 아이가 말을 이어갔다.

　"인간이 태어나면서 하늘로부터 운명을 받는 것이라면 아버님은 염려하실 것이 없습니다. 만약 그렇지 않고 문으로부터 받는 것이라면 방법을 달리하여야지요."

　전영은 물론 인간의 운명은 하늘로부터 주어진다는 것을 알고 있으나, 5월에 난 아이의 키가 문의 높이만큼 자라면 집안에 우환이 생긴다는 옛날부터의 미신을 쉽게 떨쳐버리지 못하고 있는 터라 아이가 나중에 한 말에 관심을 더욱 나타냈다.

　"방법을 달리하다니. 무슨 묘안이라도 있단 말이냐?"

　"있다마다요. 아이의 키가 문의 높이만큼 자라기를 기다리며 불안해할 것이 아니라, 아예 문의 높이를 높여서 아이가 아무리 자라도 문의 높이에 이르지 못하도록 하면 될 것이 아닙니까?"

　듣고 보니 과연 명안이었다

　"허허, 대단한 아이로군. 이런 아이를 내 아들로 둔 것이 자랑스럽다. 그래, 너의 이름은 있느냐?"

　"아버님이 지어주지 않으셨는데 이름이 있을 리가 있습니까?"

　아이의 눈에는 슬며시 눈물이 고여들었다.

　"이제 너의 이름을 문(文)이라고 하여라. 장차 너는 말과 글에 뛰어난 훌륭한 인물이 될지어다."

　옆에서 듣고 있던 방희도 옷소매로 눈시울을 훔쳤다.

　그날 이후 전영의 집에는 대대적인 수리 공사가 벌어졌다. 대문의 높이부터 시작하여 각 방의 문 높이를 높이고 담벼락들을 보수하였다. 아무리 키 큰 장사가 와도 문을 꼿꼿이 선 채로 통과할 수 있도록 하였다. 그리하여 문이 아무리 자라도 염려가 없게 되었다.

하루는 문이 아버지 전영이 정원에서 한가하게 쉬고 있는 것을 보고 넌지시 다가갔다.

"아버님, 지금 무엇을 생각하고 계십니까?"

"내가 죽고 난 후의 일을 생각하고 있다. 내 후손들이 어떻게 될 것인가 이런 것들을 생각해보고 있다."

아닌 게 아니라, 전영의 얼굴에는 죽음을 예감하고 있는 듯한 기색이 역력하였다.

"아버님, 아들의 아들은 무엇이라 부릅니까?"

문이 전영의 마음을 헤아리며 슬쩍 이렇게 물었다.

"손자라 부른다."

"손자의 아들은 무엇이라 부릅니까?"

"증손자라 부른다."

"증손자의 아들은 무엇이라 부릅니까?"

"현손자라 부른다."

"현손자의 아들은 무엇이라 부릅니까?"

"그것은 잘 모르겠다."

전영이 고개를 갸우뚱하였다.

"그것 보십시오. 인간은 자신들의 후대를 생각할 때도 그 정도까지밖에 생각하지 못합니다. 하물며 몇백 년 후의 자손들까지 생각할 수가 있겠습니까?"

전영은 문이 무슨 말을 하려고 이러나 싶어 문을 새삼 바라보았다.

"그런데 아버님은 그 알지 못하는 자손들까지 염려하고 계십니다."

"그게 무슨 말이냐?"

"그렇지 않고서야 어떻게 그토록 많은 재산을 모아놓으실 수 있읍니까? 아버님이 알지도 못할 현손자 이후까지 먹여 살리기 위하여 부를 축적해놓으시면서, 왜 이 나라가 존속하지 못하리라는 것은 생각하지 않으십니까?"

"이 나라가 존속하지 못하다니. 그런 해괴한 말이 어디 있느냐?"

"아버님과 같은 지도자들이 재산을 축적하는 일에만 몰두하여 자기 자손들의 장래만을 생각하고 나라의 장래는 안중에도 없다면, 나라가 더 이상 존속할 리가 없지 않습니까? 나라가 망하고 난 후에 아무리 자손들이 잘된들 무슨 소용이 있다는 것입니까?"

전영으로서는 찔리지 않을 수 없었다. 그러면서 아들 문이 자신의 논지를 펼쳐가는 수완이 대단하다는 것을 느끼고 한편 대견스럽기도 하였다. 저런 아들을 갖다 버리라고까지 했으니. 아버지에 대한 문의 성토가 계속 이어졌다.

"아버님께서는 제나라 재상으로서 실권을 쥐고 지금까지 세 왕을 섬겨오셨습니다. 그동안 제나라의 영토가 확장되었다거나 부의 축적이 있었던 것도 아닌데, 아버님의 가문은 날로 확장되고 금은보화로 가득하게 되었습니다. 나라가 발전함에 따라 가문도 발전하였다면 모르되, 나라는 점점 피폐하여가는데 아버님의 가문만 융성하고 있으니 이것이 어떻게 된 일입니까? 그리고 아버님의 가문은 점점 부자가 되어감에도 어진 이가 한 사람도 나오지 않으니 이 또한 어찌 된 일입니까? 제가 듣기에 장수의 가문에는 반드시 장수가 나오고, 재상의 가문에는 반드시 재상이 나온다고 하였습니다. 그런데 아버님의 가문에는 장차 재상이 될 만한 인물이 보이지 않습니다."

전영은 아들 문의 질타 앞에 몸둘 바를 몰랐다. 전문은 전영의 치명적인 약점을 찌르고 있는 것이었다. 사실 큰 권세와 부귀를 누리는 집안으로 일으켜 세워놓았지만 볼 만한 인물이 제대로 나오지 않고 있는 실정이었다. 첩들이 많아 아들은 40여 명이나 되지만, 그 아들들은 한결같이 학문은 등한히 하고 사냥질이나 난봉질에 재미를 붙이고 있었다. 그러나 지금 자기를 공격하고 있는 전문만은 그런 아들들과는 다른 성품의 아이가 아닌가. 전영은 전문을 향해 너야말로 우리 가문의 인물이다라고 말하고 싶었지만, 지금 당장은 비난을 당하고 있는 처지라 마음이 편치 않기도 하여 묵묵히 듣고만 있었다.

"아버님 가문의 여자들은 질질 끌리는 비단옷을 걸치고 그 옷자락을 밟으며 다니고 있지만, 이 나라의 선비들과 백성들은 짧은 잠방이 하나 얻어 입지 못하고 있습니다. 아버님의 하인들은 쌀밥과 고기를 실컷 먹고 남기고 있지만, 이 나라의 선비들과 백성들은 쌀겨나 지게미조차 배불리 먹지 못하고 있습니다. 나라가 망하면 아버님의 가문이나 후손들도 다 같이 망하게 되어 있는데, 왜 이런 일들이 벌어지고 있는지 저로서는 기이하게 여겨집니다."

전영은 결국 고개를 끄덕이면서 무릎을 손바닥으로 탁 쳤다.

"이제 이후로 네가 우리 가문의 모든 가사를 주관하고 손님들을 대접하도록 하여라. 나는 이미 늙었으니 네가 나를 대신하도록 하여라."

그 당시 전영은 제나라 민왕으로부터 설(薛) 땅을 봉지로 받아 설공(薛公)으로서 영주 노릇을 하며 제나라 조정에 영향력을 미치고 있었다. 전문이 전영을 대신하여 가사를 돌보기 시작한 이후로 전문의 명성이 널리 퍼졌고, 빈객들은 날로 증가하였다.

전영은 얼마 지나지 않아 급환(急患)으로 별세하고, 전문이 명실공히 설공이 되어 제나라의 인물들 중에서 두각을 나타내기 시작했다. 그 전문이 바로 전국 시대 4공자(公子)의 한 사람인 유명한 맹상군(孟嘗君)인 것이다.

사람을 얻는 비결

맹상군이 하루는 시사(侍史)를 불러 지시를 내렸다. 시사는 옆에서 일을 도와주는 일종의 비서라 할 수 있었다.

"오늘부터는 내가 손님들을 대접할 때 너는 병풍 뒤에 숨어 있어라."

"아니, 제가 병풍 뒤에 숨어 있다니요. 주인님이 저를 부르실 때만 주인님의 방을 출입할 수 있는 몸인데요."

시사는 의아한 표정을 지으며 고개를 갸우뚱거렸다.

"너는 병풍 뒤에 숨어서 손님과 내가 주고받는 대화를 일일이 기록하도록 하여라. 특히 내가 손님에게 가족과 친척에 관한 안부를 묻고 그 주소를 물을 때, 그들의 이름과 주소를 정확하게 적어놓도록 하여라."

"무얼 하시려구요?"

"나에게 다 생각이 있으니 내가 시키는 대로 하여라."

그리하여 시사는 맹상군과 손님이 방에서 은밀하게 이야기들을 주고받을 때 몰래 병풍 뒤에 숨어 그들의 대화를 기록해나갔다.

맹상군이 지시한 대로 손님의 가족들 친척들의 명단과 주소를 정확하게 적어놓기 위해 귀를 곤두세워야만 하였다.

손님이 객실로 물러가자, 맹상군은 시사가 건네주는 기록을 받아들고 다른 가신을 불러 명령을 내렸다.

"여기 이 주소를 가지고 가서 이 사람들에게 안부를 묻고 선물들을 주고 오너라."

맹상군은 시사가 적어준 손님의 친척들 명단과 주소를 가신에게 건네주며 선물들도 수레에 잔뜩 실어주었다. 가신은 밤길을 도와 달려 맹상군의 지시대로 손님의 친척들에게 선물을 전달하였다.

손님이 맹상군의 집에서 자기 집으로 돌아와보니 어느새 맹상군이 보낸 선물들이 도착해 있는 것이 아닌가. 그것도 가족들마다 친척들마다 선물을 안아 들고 있었다.

이런 식으로 용의주도하게 빈객들의 환심을 샀으므로 맹상군의 문전에는 천하 인물들의 발길이 끊이지 않았다.

하루는 귀한 객인이 맹상군을 만나러 왔다. 맹상군은 그 객인에게 밤참을 대접하며 상을 사이에 두고 마주 앉았다. 그런데 등불이 객인 쪽보다 맹상군 쪽을 더 많이 비추어 객인 바로 앞의 식탁은 약간 어둠침침하였다. 객인이 식사를 하려다 말고 벌떡 일어서더니 방을 나가려 하였다.

"아니, 왜 그러십니까?"

맹상군이 당황해하며 같이 일어나 객인을 붙들었다.

"소문에 듣건대 당신은 손님들 대접하는 데 온 정성을 기울인다고 하였소. 그런데 이제 와서 보니 소문과는 딴판이군요."

객인은 분기를 가라앉히지 못하여 어깻숨을 쉬고 있었다.

"그게 무슨 말씀입니까? 저는 정말 손님들 대접하기를 무엇보다 우선으로 생각하여 가산을 아낌없이 손님 대접하는 일에 쓰고 있는 사람입니다. 혹시 무슨 불편한 점이라도 있었습니까?"

"이렇게 자존심을 상하게 하고도 불편한 점이 없었느냐구요?"

객인은 볼멘소리를 계속하였다. 맹상군은 객인의 말을 여전히 잘 이해할 수가 없었다.

"제가 어떻게 손님의 자존심을 상하게 하였다는 말씀입니까?"

"당신은 손님의 귀천을 가리지 않고 당신과 동등하게 식사 대접을 해 준다고 들었습니다. 나 같은 신분의 사람들에게는 더욱 그러하리라고 기대하였습니다. 그런데 이런 식으로 나를 속이다니오?"

객인의 언성이 한결 높아졌다. 등불빛에 비친 객인의 얼굴이 붉으락푸르락하고 있었다.

"제가 속인 것이 무엇입니까?"

"내 쪽에 비치는 등불빛을 어둡게 한 이유가 무어요? 그것은 내 식사에 차등을 둔 것을 감추려고 한 짓이 아니오?"

그제야 맹상군은 객인이 크게 오해한 것을 알아차렸다.

"결코 그럴 리가 없습니다. 등불빛이 그렇게 된 것은 하인들이 등불을 잘못 놓았기 때문입니다. 여봐라, 여기 등불을 하나 더 가지고 오도록 하여라."

맹상군이 고함을 치자 하인이 등불을 가지고 와서 실내를 더욱 환하게 밝혔다. 그러자 객인의 식사를 위해 차려진 음식들이 불빛 가운데 분명히 드러났다.

"보십시오. 여기 제 식사와 무엇이 다를 바 있습니까? 다 똑같은 종류가 아닙니까?"

객인이 맹상군의 식사 차림과 자기 것을 비교해보니 과연 똑같았다. 객인은 자기가 투정을 부린 것을 몹시 부끄러워하며 몸둘 바를 몰랐다.

"사내 대장부로서 이게 무슨 창피인가?"

객인은 옆에 놓아둔 단검을 뽑아 들더니 그만 자기 목을 찌르고 말았다. 순식간에 일어난 일이라 맹상군이 말릴 틈도 없었다. 객인은 그대로 목에서 피를 쏟으며 상 위에 엎어졌다. 하인들이 달려오고 맹상군이 응급 조치를 하였지만 객인은 숨을 거두어버렸다.

"아, 내가 등불을 잘못 놓아 손님으로 하여금 오해하게 하고 목숨까지 끊도록 하였구나!"

맹상군은 비통해하며 그 객인이 엎어져 죽은 상을 그 자리에 항상 두도록 하여 손님 대접의 경계로 삼았다.

맹상군이 이렇게까지 손님 대접에 신경을 쓴다는 소문이 퍼지자 이전보다 더욱 많은 객인들이 모여들었다. 맹상군의 대접을 받은 사람들은 한결같이 맹상군은 누구보다도 자기와 친근하다고 느끼게끔 되었다.

이때 진(秦)나라 소왕(昭王)이 맹상군이 어질다는 소문을 듣고 그를 보기를 원하였다. 소왕은 맹상군에게 친서를 보내 맹상군을 진나라로 초대하였다.

'그대의 덕망에 관한 소문이 여기 진나라에까지 자자하니 짐은 그대 보기를 간절히 원하오. 그대가 신변 안전을 우려하여 진나라에 오는 것을 꺼릴까 싶어 내 아우 경양군(經陽君)을 제나라에 볼모로 보내니, 만약 그대에게 무슨 일이 생기면 경양군의 목숨이 안전하지 못할 것이오.'

이렇게 자상한 초대장을 받은 맹상군은 진나라에 가보고 싶은 유혹을 떨쳐버리기 어려웠다. 그 당시 최강국으로 부상하고 있는 진나라의 실상을 알아보기 위해서도 이번 기회에 진나라에 한번 다녀와야만 할 것 같았다. 맹상군이 진나라에 가기로 마음을 굳히자 주위 사람들이 극구 반대하였다. 맹상군의 집을 드나들거나 아예 거처로 삼고 있는 식객(食

客)들도 자기들 나름대로의 정세 판단을 내세워 맹상군의 진나라 여행을 반대하였다. 그러나 맹상군의 고집을 꺾을 자는 한 사람도 없었다. 이제 맹상군이 진나라로 가는 것은 거의 확정적인 일인 것처럼 보였다.

이렇게 사람들이 맹상군의 진나라 여행을 놓고 염려하고 있을 무렵, 소진의 동생 소대가 제나라에 유세하러 왔다가 맹상군을 만나게 되었다. 맹상군은 소대가 또 진나라 여행 문제를 꺼낼 것 같아 미리 선수를 쳤다.

"인간 세상에 관한 일은 이미 내가 다 안다. 다만 내가 모르는 것은 귀신에 관한 일일 뿐이다."

그러니까 진나라 여행 같은 세상 일에 관한 것을 가지고 자기에게 충고할 생각은 하지 말라는 말이었다. 그러자 소대가 묵직한 음성으로 천천히 대답했다.

"마침 잘되었습니다."

"잘되었다니?"

"제가 여기 온 것은 인간 세상에 관한 일을 말씀드리러 온 것이 아니라 귀신에 관한 일을 말씀드리러 온 것이니까요."

맹상군도 어쩔 수 없이 소대가 하는 말을 들어주어야만 하였다.

"그래, 어떤 귀신에 관한 일인가?"

소대가 제법 길게 이야기할 요량으로 헛기침을 한 번 하고 나서 말을 이었다.

"제가 여기 오는 도중에 치수(淄水)가를 지나게 되었습니다. 거기 진흙으로 만든 토우(土偶)와 복숭아나무로 만든 목우(木偶)가 나란히 서 있었습니다."

"그런 것들이야 마을 입구마다 흔히 보는 것들이지. 마을 수호신으로 세워놓았으니까."

맹상군이 대수롭지 않은 듯이 받아넘겼다.

"나는 거기를 지나면서 토우 귀신과 목우 귀신이 서로 다투며 이야기를 주고받는 것을 엿들었습니다."

"자네가 정말 귀신들의 소리를 들을 수 있는 신령한 귀를 가졌단 말인가?"

"신령한 귀가 아니라도 그 정도야 들을 수 있어야지요."

소대가 짐짓 거드름을 피우며 이야기를 계속하였다.

"목우가 토우에게 이렇게 말하는 것이 아니겠습니까. 너는 원래 서안(西岸)의 진흙이었는데, 사람들이 너를 펴서 인형으로 만든 것이 아니냐. 이제 곧 8월 장마로 접어들어 이 치수가 범람하게 되면 너는 물에 잠겨 그만 풀어져버리고 말 것이다. 그러자 토우가 목우에게 말했습니다. 네가 말한 대로 나는 원래 서안의 진흙이다. 물에 잠겨 풀리게 되면 다시 진흙으로 돌아가 서쪽으로 흐르는 강물을 따라 고향 땅으로 흘러가면 그만이다. 그런데 너는 동국(東國)의 복숭아나무를 깎고 다듬어서 만든 인형이다. 장마가 져서 치수가 범람하면 너는 고향과는 정반대로 정처 없이 떠내려가 어디로 흘러가는지 모르게 될 것이다."

맹상군은 소대의 말을 듣고 완연히 당황스러운 기색을 떠올렸다. 소대가 말하는 토우란 진나라의 경양군을 가리키는 것이고, 목우란 바로 맹상군 자신을 가리키는 것이 아니고 무엇인가.

소대의 말이 계속 이어졌다.

"지금 진나라는 사면이 꽉 막힌 나라로 마치 호랑이 입 속과도 같습니다. 그곳으로 한번 들어간 자는 어디로 나올 수 있을지 모르겠습니다."

결국 맹상군은 소대가 말한 비유로 인하여 마음이 흔들려 진나라로 들어가고자 하는 계획을 일단 뒤로 미루었다.

맹상군의 집에는 끊임없이 식객들이 들락거리고 머물곤 하였는데, 그중에 고하(高下)라고 하는 식객이 맹상군의 부인을 연모하게 되었다. 맹상군의 부인은 그렇게 미모는 아니었으나 복스러운 얼굴과 몸매로 많은 사람들의 호감을 사고 있는 편이었다. 고하는 그녀가 누나나 어머니같이 포근한 점이 마음에 들어 그녀의 얼굴이라도 보려고 그녀가 거처하는 방 주위를 배회하곤 하였다. 어떤 때는 담 너머로 그녀가 마당을 산책하는 것을 훔쳐보기도 하고, 더 마음이 간절해질 때는 열린 방문 틈으로 방 안을 엿보기도 하였다. 심한 경우는 그녀가 목욕을 하는 계곡 숲 속에 숨어 그녀의 벗은 몸을 몰래 바라보며 혼자 애를 태웠다.

이런 고하의 행동거지가 사람들의 눈에 띄지 않을 리 없었다. 맹상군의 가신 중의 한 사람이 이 사실을 알고 맹상군에게 와서 말하였다.

"주인님의 식객이 되어 은혜를 입고 있으면서 마나님을 몰래 흠모하다니, 이런 일은 너무도 불의한 일입니다. 그자를 죽여버리심이 합당한 줄 압니다."

그러나 맹상군은 오히려 가신을 꾸짖으며 이렇게 말했다.

"사람이 서로 마음에 들어 흠모하는 것은 인지상정이다. 그대로 내버려두어라."

가신도 어떻게 할 수 없어 고하가 마나님을 겁간하지 않는 한 무슨 짓을 하든 상관하지 않았다. 고하는 다른 사람들의 눈총을 받고 있다는 사실을 눈치채고 있으면서도, 맹상군 부인에 대한 연모의 정을 이기지 못하여 몰래 훔쳐보는 짓을 그대로 되풀이하였다. 그리고 더 나아가 빨랫줄에 널린 맹상군 부인의 속옷 같은 것을 어루만져보기도 하였다.

고하는 이틀이 멀다 하고 맹상군 부인 꿈을 꾸었다. 꿈속에서 비로소 고하는 맹상군 부인을 안아볼 수 있었다. 몸 구석구석을 만지고 혀로 핥고 드디어 교합하는 단계로까지 나아갔다. 그러나 맹상군 부인의 몸속

사람을 얻는 비결

으로 자신의 물건이 들어가기도 전에 고하는 곧잘 사정을 해버리고 말았다. 말하자면 잠옷을 입은 그대로 몽정을 하는 것이었다. 그런 꿈을 꾸고 난 날이면 맹상군 대하기가 무척 어색하였지만, 고하는 자신의 꿈까지 다스릴 능력은 없었다. 고하는 그래서는 안 된다는 것을 알면서도 맹상군 부인에 대한 연모의 마음을 어찌하지 못해 계속 갈등하였다.

맹상군 부인도 고하가 자기를 바라보는 눈빛에서 고하의 연정을 눈치채고 있었지만, 그러면 그럴수록 더욱 모르는 척하였다. 하지만 맹상군 부인도 간혹 꿈속에서 고하와 잠자리를 함께하기도 하였다. 맹상군과 방사를 즐길 적에도 젊은 고하의 육체가 부인의 눈앞에 어른거리곤 하였다. 결국 맹상군 부인도 고하의 문제로 인하여 견딜 수 없는 지경에 이르게 되었다.

어느 날 밤, 부인이 맹상군과 몸을 합하고 난 후 조용한 목소리로 말했다.

"우리 집 가신 중에 고하라는 자가 있지 않습니까?"

맹상군은 부인이 왜 갑자기 고하의 이름을 들먹거리나 하고 바짝 긴장했다.

"그래, 그런 자가 있지. 그런데 왜 당신이 그자에 대하여 관심을 가지는 거요?"

"글쎄, 아무래도 그자를 우리 집에서 내보내야겠어요. 우리 집에 온 지도 벌써 일 년이 넘지 않았습니까?"

"어디 일 년이 넘은 식객이 한두 사람이오? 왜 그자를 내보내야 한다는 거요?"

맹상군이 고하를 내보내고자 하는 이유를 부인에게 묻자, 부인은 얼른 대답하지 못하고 머뭇거리다가 입을 열었다.

"고하가 나에 대하여 특별한 마음을 품고 있는 것 같아 그럽니다. 그리고 내가 거처하는 방 주위를 맴돌며 나를 훔쳐보는 일이 한두 번이 아닌데, 그냥 내버려둘 수 있겠습니까?"

"음, 그래요? 고하가 젊은 마음에 연상의 여인을 사모할 수도 있는 것 아니오?"

맹상군은 아무렇지도 않은 듯이 덤덤하게 말했다.

"당신은 젊은 친구가 나를 연모하는데도 질투가 나지 않으세요?"

부인이 토라진 음성으로 툭 내뱉었다.

"허허, 대장부가 질투라니. 젊은이가 연모할 정도로 내 아내가 아름답다는 것은 오히려 나의 자랑이지 않소?"

맹상군은 저쪽으로 돌아누우며 잠으로 빠져들려고 하였다.

"여보, 고하를 어떻게 하시겠어요? 말씀 좀 해보세요."

부인이 맹상군의 어깨를 흔들며 잠을 방해하였다.

"허, 내게도 생각이 있소. 그동안 고하가 내 집에 식객으로 머물 수 있었던 것도 고하가 당신을 연모했기 때문이오. 내가 가신들의 말을 듣고 고하로 하여금 당신을 연모하지 못하도록 조처를 취하였다면, 그는 금방 다른 곳으로 떠나가버렸을 것이오."

"당신도 다 알고 계셨구려. 그런데 왜 고하를 우리 집에 계속 머물게 하였던 거예요?"

"고하는 아주 똑똑한 청년으로 장차 유능한 인물이 될 것이오. 언젠가 내가 써먹을 만한 인물이 될 것이란 말이오. 그래서 내 사람으로 만들기 위하여 우리 집에 머물도록 했던 것이오. 당신을 마음껏 연모하도록 하면서 말이오. 허허허."

맹상군이 다시 몸을 일으키며 너털웃음을 웃었다.

"당신은 사람을 얻기 위해서는 자기 아내까지 이용하는 사람이군요."

부인이 어둠 속에서 눈을 흘기며 맹상군의 가슴을 두 손으로 콩콩 두드렸다. 맹상군은 아내의 몸짓이 귀엽다는 듯이 그녀를 와락 껴안아 눕히며 부드럽게 애무해주었다.

"아무튼 고하는 이제 내보내주세요. 제가 견딜 수 없어요."

부인은 맹상군의 애무를 받으며 자신의 갈등은 숨긴 채 이렇게 부탁하였다.

"알았소. 나도 지금쯤은 고하를 내보내야겠다고 생각하고 있었소. 마침 위군(衛君)으로부터 사람을 추천해달라는 부탁이 들어왔고 하니 위군에게로 보내겠소."

다음날, 맹상군은 고하를 불러 다짜고짜 고함을 질렀다.

"네 이놈, 너의 죄를 알렷다."

고하는 자기 죄를 알고 있는지라 고개를 푹 숙인 채 아무 말도 하지 못했다. 이제 죽었구나, 하는 심정이었다. 그러나 다음 순간 맹상군의 목소리가 부드러워졌다. 고하는 웬일인가 하고 눈을 들어 맹상군을 바라보았다.

"너의 죄를 일찍부터 알고 있었으나 너의 재능이 아까워 내가 모르는 척하고 있었느니라."

"백골난망이로소이다."

고하는 진정 맹상군의 은혜에 감사했다. 어떤 주인이 자기 아내를 연모하여 희한한 짓거리까지 한 자를 용서할 수 있겠는가.

"나는 너를 아끼는 마음에서 너를 벼슬자리에 올리기 위해 여러 방면으로 알아보았으나 그동안 마땅한 자리가 나지 않았느니라. 말단직이야 얼마든지 얻어줄 수 있었지만, 너와 같은 유능한 인물이 그런 데 가서 썩을 수는 없는 일 아닌가? 너도 마음이 내키지 않을 것이고 말이야. 그러던 차에 위군으로부터 사람을 추천해달라는 부탁이 들어와서 너를 보내고자 하니, 내가 그동안 너를 위하여 준비해온 거마피폐(車馬皮幣)를 가지고 위군에게 가서 그분과 교제해보도록 하여라. 위군은 나와 포의지교(布衣之交)를 나눈 사이로서 내가 추천하는 사람을 괄시하지는 않을 것이다."

고하는 맹상군의 말을 받아들여 맹상군이 마련해준 선물들을 수레에 싣고 위나라로 떠나가게 되었다. 고하는 마을을 떠나면서 자꾸만 뒤돌아보게 되는 자신을 어찌하지 못했다. 언제 또 이 마을로 와서 맹상군의 부인을 만나볼 수 있을지, 고하의 가슴에는 아련한 슬픔 같은 것이 배어들었다. 그리고 한편으로 어떻게든 출세를 하여 맹상군의 은혜를 갚아야 한다는 결심을 다졌다.

위나라로 들어가 위군을 알현한 고하는 위군의 특별한 총애를 받아 금방 높은 벼슬자리에 올랐다. 고하는 위나라에서 맹상군의 부인을 닮은 아내를 얻고 자식들을 낳으며 가정적인 행복을 누림으로써 맹상군의 부인을 보지 못하는 허전함을 달랠 수 있었다.

이렇게 어느 정도 세월이 흐른 후 주변 정세에 변화가 일어나 위나라와 제나라 사이에 불화가 있게 되자, 위군은 다른 나라들과 동맹을 맺어 제나라를 공격하려고 하였다. 고하가 위군의 군대를 진두지휘해야 할 판이었다. 이때, 고하가 위군에게로 나아가 위군 앞에 무릎을 꿇고 간곡히 아뢰었다.

"맹상군이 내가 얼마나 불초한 인간인 줄을 모르고 왕에게 추천을 하여 왕을 속인 셈이 되었습니다."

"아니, 그게 무슨 말이오? 내가 그대로 인하여 얼마나 큰 도움을 받았는지 모르는데. 우리 나라가 이만큼 자리를 잡게 된 것도 다 그대의 덕분이라 하여도 과언이 아니오."

"정말 그러시다면 왕께서는 저를 추천해준 맹상군의 덕을 본 것이라 할 수 있겠군요?"

"음, 음. 그야 그렇지."

위군이 갑자기 말을 더듬거렸다.

이런 틈을 타 고하는 좀 더 강한 어조로 간언하기 시작했다.

"그런데 어떻게 맹상군이 재상으로 있는 제나라를 치려고 하십니까? 그것은 은혜를 원수로 갚는 것이 아니고 무엇입니까? 그리고 제나라와 위나라는 선조 때부터 말과 양을 죽여 그 피를 뿌리며 맹세한 관계가 아닙니까. 그때 맹세하기를, 제나라와 위나라는 서로 침략하는 일이 없을 것이며, 맹약을 어길 적에는 이 말과 양과 같이 되리라고 하지 않았습니까. 또한 왕과 맹상군은 일찍부터 포의지교를 나눈 사이가 아닙니까? 사소한 이익을 얻기 위하여 큰 도리를 저버릴 수는 없는 법입니다. 만약 왕께서 제 의견을 들어주지 않으신다면 제가 불초한 것으로 알고 경혈(頸血)로 왕의 옷소매를 적시겠습니다."

경혈이란 목의 피를 말하는 것이므로 자신의 목을 찔러 자결하겠다는 의사를 표명한 것이었다. 아니나 다를까, 고하는 허리춤에 찬 단검을 오른손으로 뽑아 들었다.

"아니, 왜 이러시오? 그대를 잃으면 내가 제나라 땅을 조금 얻은들 무엇 하리오."

위군은 결국 제나라를 공격하는 일을 포기하고 말았다. 맹상군이 고하로 하여금 자기 부인을 연모하도록 내버려둠으로써 은혜를 베푼 것이 나라를 살리는 일을 한 셈이었다. 제나라 사람들이 이 소식을 듣고 맹상군을 칭송하였다.

"맹상군은 과연 일을 잘 처리하는 사람이다. 재앙을 돌려 공로가 되게 하였으니까."

맹상군은 이렇게 한 사람의 문객을 잘 대우함으로써 나라를 지키는 일에 기여하기도 하였지만, 어떤 때는 마음에 들지 않는 사람을 감당하지 못해 내쫓으려고 한 적도 있었다. 한번은 맹상군이 술주정이 심한 한 문객을 도저히 참지 못하고 내쫓기로 마음먹었다. 이때 마침 식객으로 와 있던 노련(魯連)이라는 자가 맹상군에게 충고하였다.

"그렇게 기민하게 잘 움직이던 원숭이도 나무를 버리고 물로 가면 물고기나 자라만큼 활동할 수가 없고, 좋은 명마(名馬)도 위험을 많이 겪고 나면 여우만도 못하게 됩니다. 옛날 조말(曹沫)이라는 장군은 삼척지검(三尺之劍)만 가지고도 일군(一軍)을 꼼짝 못하게 하였는데, 그런 장군도 괭이나 삽, 낫 같은 것을 들고 밭두렁에 있게 되면 평범한 농부보다도 일을 못하게 될 것입니다."

"그런 말을 나에게 들려주는 이유가 무엇이오?"

맹상군이 노련의 형형한 눈빛을 바라보다 말고 고개를 숙였다.

"사람의 장점을 살려주면 그는 무한한 가능성을 발휘할 수도 있지만, 그의 단점만을 보고 그것만을 지적하면 그는 점점 더 몹쓸 인간이 될 수밖에 없습니다. 한 사람의 장점을 버리고 단점만을 쓰고자 한다면 요(堯) 임금도 그런 자는 아무 데도 쓸 곳이 없을 것입니다."

노련이 무슨 말을 하려고 하는지 짐작이 가지 않는 바가 아니었다. 맹상군이 무겁게 입을 열었다.

"왜 그러한 말씀을 하시는지 알 수 있을 것 같습니다. 하지만 내가 몰아내고자 하는 문객은 무슨 일을 시켜봐도 능히 해내지 못하고, 아무리 가르쳐주어도 알지를 못합니다. 게다가 술버릇까지 나빠 사람들을 번거롭게 하기만 합니다. 그런 자에게서 무슨 장점을 찾아볼 수가 있겠습니까?"

"무슨 일을 시켜도 해내지 못하는 것을 불초(不肖)라 하고, 가르쳐주어도 하지 못하는 것을 졸(拙)이라고 합니다. 그렇게 불초하고 졸한 자일수록 여기 머물러 있도록 해야지, 내몰아서는 안 됩니다. 그런 자는 내쫓김을 당하면 반드시 다른 나라로 도망을 가서 보복할 기회를 엿볼 것입니다. 그러므로 아무리 불초하고 졸하다 하더라도 그의 작은 장점을 찾아서 써먹도록 해야 합니다."

"알겠소."

맹상군은 다시 마음을 돌려먹고 그 문객을 쫓아내지 않았다. 맹상군에게 이와 같이 충고한 노련이라는 자는 노중련(魯仲連)이라고도 하는 사람으로, 일생 동안 벼슬자리를 거절하고 고고하게 살아간 선비로 유명하다. 그래서 사마천은 《사기》에서 〈노중련 열전〉이라는 항목을 따로 만들어 그의 행적을 기리고 있기도 하다. 이 노중련에 관한 이야기는 차후에 다시 하기로 하자.

맹상군은 제나라 재상 자리에까지 올라 각 나라를 순방하며 외교 활동을 벌여나갔다. 그러한 순방길에 초(楚)나라에 이르자 초나라에서는 맹상군에게 상아로 장식된 화려한 평상(平牀)을 선물하려고 하였다. 초나라 조정에서는 영읍에 사는 등도(登徒)라는 자를 불러 맹상군이 기거하고 있는 처소로 그 선물을 운반하도록 지시하였다.

그런데 등도가 생각할 때 그 화려하고 정교하게 장식된 선물을 운반하는 일이 보통 일이 아니었다. 조금만 수레가 흔들려도 흠집이 생기기 십상이었다. 선물에 흠집이 생기면 그 책임을 어떻게 질 것인가 걱정이 되지 않을 수 없었다. 등도는 고민 끝에 맹상군이 기거하고 있는 곳으로 혼자 가서 맹상군의 문객으로 있는 공손수(公孫戍)를 만났다.

"저는 영읍에 사는 등도라는 사람입니다. 이번에 당신의 주인님에게 상아 상을 실어다 주는 책임을 맡았는데, 이 상아 상의 값은 천금이나 됩니다. 그런데 수레에 싣고 오는 도중에 터럭만큼이라도 흠집이 나는 날에는 집과 처자를 다 팔아도 배상하기에 부족합니다. 당신이 만약 이 책임을 나에게서 면해준다면 조상 대대로 내려오는 보검(寶劍)을 사례로 드리겠습니다."

"허허, 내가 어떻게 책임을 면해준단 말이오? 초나라 조정에 말해서 다른 사람에게 맡기라고 하라는 말이오? 초나라에 손님으로 온 사람이 어떻게 그런 말을 할 수가 있겠소?"

공손수는 곤란하다는 표정을 지어 보였다.

"초나라 조정에 말씀드려달라는 것이 아니라 맹상군께 말씀드려달라는 것입니다."

"맹상군께?"

"네. 맹상군께서 그 선물을 받지 않으시겠다고 하면 저의 책임은 면해지는 것이 아닙니까? 다른 나라 조정에서 주는 선물은 항상 올무가 되기 쉬우니 그 점을 잘 말씀드려주십시오."

공손수는 잠시 생각하다가 등도의 부탁대로 해주기로 약속하였다.

공손수는 맹상군에게 가서 넌지시 물어보았다.

"지금 초나라에서 재상님께 어떤 선물을 주려고 하는지 아십니까?"

"금시초문이오. 도대체 어떤 선물을 준다고 하던가?"

맹상군이 오히려 반문하였다.

"상아로 장식된 평상을 선물하려고 합니다. 재상님이 그 상에 누워 편히 쉬시기도 하라고 주는 모양인데, 기가 막히게 화려한 물건이라고 합니다."

"상아 상이라? 거, 멋있는 상이겠구먼. 마침 그런 평상이 하나 있었으면 했는데."

맹상군이 은근히 그 선물에 대하여 호기심을 나타냈다. 공손수가 약간 긴장된 자세로 말했다.

"재상님이 그 선물을 받으시려고 하는 것은 아니시겠지요?"

"그게 무슨 말인가? 나도 초나라에 선물을 주었는데, 당연히 초나라의 선물을 받아야 하지 않겠는가?"

공손수가 침을 한 번 꿀꺽 삼키고 나서 급히 말을 이었다.

"재상님이 초나라에 드린 선물에 비해 상아 상은 너무 화려하지 않습니까? 터무니없이 좋은 선물은 올무가 되기 십상입니다."

"그럼 자네는 내가 초나라 선물을 받지 말라는 말인가?"

"그렇습니다. 그리고 무엇보다 재상님이 다음에 방문하실 소국(小國)들이 크나큰 부담을 느끼게 될 것입니다."

"소국들이 부담을 느끼다니. 그건 또 무슨 말인가?"

"재상님이 초나라에서 주는 상아 상을 받는다면, 소국들도 자존심 때문에 초나라에 지지 않으려고 상아 상만한 선물을 준비하려고 할 것이 아닙니까? 그만한 선물을 준비하지 못한 나라들은 재상님 대하기가 민망스러울 것입니다. 재상님이 소국들을 방문하는 것은 그 나라의 어려움을 돌아보려고 하시는 것인데, 오히려 부담을 준다면 방문 목적에 어긋나는 것이 아닙니까? 소국들이 재상님을 우러러 존경하며 자기 나라도 재상님이 맡아 다스려주었으면 하고 바라는 것은, 재상님이 제나라에 계실 때 빈궁한 백성들을 구제하고 청렴한 생활을 손수 본보이셨기 때문입니다. 그런데 이번에 화려하기 그지없는 상아 상을 선물로 받으신다면, 재상님에 대한 존경심이 흐려지고 결국 재상님도 재물을 탐하는 자라는 인상을 심어주기만 할 것입니다. 그러니 그 나라들을 위해서나 재상님을 위해서나 초나라의 선물을 받지 않으시는 것이 좋은 줄 압니다. 깊이 사려하셔서 판단하시기를 바랍니다."

공손수가 간곡한 어조로 상아 상을 받지 않아야 할 이유를 개진해나가자 자연히 맹상군의 고개가 끄덕거려졌다.

"알겠네. 내가 자칫했으면 분별없이 행동할 뻔하였군. 내가 이 나라 저 나라 다니면서 선물이나 챙기는 사람이라는 인상을 심어준다면 소국들이 얼마나 실망하겠나? 자네의 말대로 상아 상은 받지 않기로 하겠으니 초나라 조정에 그렇게 통고해주게."

"네. 분부대로 하겠습니다."

공손수가 무척 기뻐하며 급히 물러나왔다. 그런데 공손수가 초나라 조정으로 달려가고 있는 도중에 맹상군이 사람을 보내 공손수를 도로 불러들였다.

"어인 일로 다시 부르셨습니까?"

"아무래도 자네의 행동거지가 수상하다. 내가 초나라 선물을 받지 않겠다고 하자, 자네는 그 선물을 내 대신 받기라도 하는 양 기뻐 뛰며 달려갔다. 도대체 그렇게 희색이 만면한 이유가 무엇인가? 내가 자네의 말을 받아들였다는 이유 때문만은 아닌 것 같은데? 자, 말해 보게."

공손수는 맹상군의 통찰력은 당해낼 재간이 없구나 하고 새삼 놀라며 사실대로 숨김없이 털어놓았다.

"상아 상을 재상님께 운반하는 책임을 맡은 등도라는 자가 그 책임을 면해주면 자기 집 가보인 보검을 저에게 주겠다고 약속하였습니다. 그러나 꼭 그런 이유 때문에 재상님께 간언했던 것은 아닙니다."

"음, 그래? 이제 그 보검을 받아야겠군."

"아, 아닙니다. 보검을 받을 생각은 애초부터 없었습니다."

공손수가 당황해하며 손을 내저었다.

"아닐세. 빨리 가서 그 보검을 받도록 하게."

맹상군이 오히려 공손수를 재촉하여 등도에게로 보냈다. 공손수는 민망스럽기 그지없었으나 맹상군의 명령을 따른다는 핑계로 등도에게 가서 그 집의 가보인 보검을 받아왔다. 공손수가 맹상군의 거처로 다시 돌

아오자 대문간에 다음과 같은 내용의 문판(門板)이 내걸려 있었다

'문(文 : 맹상군의 이름)의 명성을 높여주고 문의 잘못을 막아주면서 사사로이 밖에서 보물을 얻을 수 있는 자는 속히 들어와 간언하라.'

공손수는 문판 앞에서 맹상군의 인품과 덕망을 다시금 기리지 않을 수 없었다.

맹상군은 다른 나라들은 다 방문하였으나 소대의 충고대로 진나라만은 방문을 하지 않고 있었다. 그러나 진나라 소왕(昭王)이 제나라 민왕에게 계속 압력을 넣어 결국 맹상군을 진나라로 오도록 하였다. 맹상군이 진나라로 들어오자, 소왕은 원래 계획했던 대로 맹상군을 진나라 재상으로 삼으려고 설득하였다. 맹상군은 그런 제안이 들어올 것을 예상하고 있었으므로 제나라의 사정을 핑계삼아 완곡하게 거절하였다.
그리고 진나라 조정의 신하들도 소왕의 계획에 반대하고 나섰다.
"맹상군을 진나라 재상으로 앉히는 일은 위험을 자초하는 것이 됩니다."
"위험을 자초하다니? 다 진나라의 발전을 위해서 맹상군과 같은 자를 재상으로 앉히려는 것이 아니오?"
소왕은 신하들의 발언이 불쾌해서 표정을 일그러뜨렸다.
"맹상군은 영리한 자로 제나라의 일족입니다. 그가 지금 진나라의 재상이 되더라도 반드시 제나라의 이익을 먼저 위하고, 진나라의 이익은 뒤로 미룰 것입니다. 그러므로 위험을 자초한다고 말씀드린 것입니다. 그리고 맹상군이 재상 자리를 마다하고 다시 제나라로 간다고 하여도 진나라가 위험하기는 마찬가지입니다."
"그건 또 무슨 소리인가?"

"맹상군은 이곳 진나라에 와서 진나라의 실정을 파악하고 돌아갈 것이므로 도둑에게 곳간을 열어 보여준 셈이 되고 말았습니다."

"그럼 이 일을 어찌하면 좋을꼬."

"일단 맹상군을 가두고 그에게 죽을 죄를 뒤집어씌워 처형해버리는 것이 진나라의 안전에 유리할 것입니다."

"음."

소왕은 신음과도 같은 소리를 발한 후 결국 맹상군을 체포하도록 명령을 내렸다.

난데없이 체포되어 옥에 갇히게 된 맹상군은 어떻게 하면 이 상황을 헤어날 수 있을 것인가 궁리하기 시작했다. 하루는 공손수가 옥으로 맹상군을 면회하러 왔다. 맹상군은 간수가 듣지 못하도록 목소리를 한껏 낮추어 공손수에게 말했다.

"지금 진나라에서 왕의 마음을 움직이는 데 가장 영향력이 있는 자가 누군가?"

"왕의 애첩인 줄 압니다."

"그럼 그 애첩을 만나 선물 공세로 그녀의 환심을 사도록 해보아라."

공손수는 맹상군의 지시대로 소왕의 애첩을 몰래 만나 선물 목록을 제시하였다. 애첩은 공손수가 제시하는 목록들을 들여다보더니 시큰둥한 표정을 지었다.

"아니, 여기 이 선물들이 마음에 들지 않으십니까? 모두 제나라 토산품들로 진귀한 물건들입니다."

공손수가 애첩의 눈치를 살피며 조심스럽게 아뢰었다.

"난 다른 것 필요 없고 호백구(狐白裘)를 가지고 싶은데, 여기 호백구가 없잖아요?"

"호백구라면 흰 여우 겨드랑이 털로 만든 옷 말씀이지요?"

"그래요. 맹상군이 진나라에 올 때 그 옷을 입고 왔잖아요. 그 옷을 보고 얼마나 감탄을 했는지, 그렇게 멋있는 옷은 처음 보았어요."

"아, 그것은 왕께서 하도 감탄을 하시기에 맹상군이 왕에게 선물한 것으로 알고 있습니다."

"왕에게 선물한 호백구 말고 또 다른 한 벌이 있을 거 아니에요?"

진나라 왕의 애첩은 호백구에 대한 미련을 끝내 버리지 못하는 모양이었다. 공손수가 알고 있는 바로는, 맹상군이 소왕에게 선물한 호백구는 값이 천금이나 나가는 것으로 천하에 한 벌밖에 없는 귀중품이었다. 그러나 지금 그 사실을 애첩에게 말하면 맹상군을 구출하려는 계획에 차질이 빚어지기 십상이었다. 어떻게 해서든지 호백구로 애첩의 환심을 사야만 하였다.

"아, 네, 네. 호백구를 정 원하신다면 제가 어찌해서든지 구해보지요. 그런데……."

공손수는 본론을 꺼낼 참이었다.

"그런데 어쨌다는 거예요? 말해보세요."

애첩이 그 예쁜 눈을 동그랗게 뜨고 공손수를 빤히 쳐다보았다. 공손수는 애첩의 얼굴을 바라보며 과연 소왕이 반할 만한 미모라고 속으로 감탄하였다. 나 같은 인생은 저런 미모의 여자를 언제 한 번 안아보나 하는 엉뚱한 생각이 순간적으로 스쳐 지나가기도 하였다.

"그런데 한 가지 청을 들어주시면 호백구를 꼭 구해다 드리겠습니다."

"청이라니. 무슨 부탁을 하려는 거예요? 혹시 벼슬자리라도?"

"제가 왕비님께 드리는 선물은 어디까지나 맹상군의 선물이 아닙니까?"

"그건 그렇지."

"근데 지금 맹상군은 왕비님도 아시다시피 억울하게 누명을 쓰고 옥에 갇힌 신세가 되어 있습니다."

"누명이라구요? 맹상군이 진나라를 정탐하러 왔다는 죄목으로 옥에 갇혔다던데요?"

"그게 아니라, 진나라 신하들이 맹상군이 진나라의 재상이 될까 싶어 모함을 하여 그리 된 것입니다. 맹상군은 아무쪼록 진나라와 친선을 도모하려고 이번에 진나라를 방문한 것인데 말입니다. 정탐을 하려면 몰래 들어와서 하지, 이렇게 대대적으로 수레를 몰고 가신들을 거느리고 왔겠습니까?"

"하긴 그렇군요. 원래 진나라 조정의 신하들은 농간을 부리기로 유명하지요. 그대가 호백구를 구해만 준다면 내가 왕에게 잘 말해서 맹상군의 누명을 벗겨주겠어요."

애첩은 야무지게 생긴 입술을 꽉 다물며 자신의 결심을 표시하였다. 공손수는 갖가지 향료의 냄새로 그득한 애첩의 방을 물러나오면서, 어떻게 호백구를 구하나 걱정이 되지 않을 수 없었다. 공손수는 숙소로 돌아와서 맹상군의 식객들을 모아놓고 호백구 구하는 문제를 의논하였다. 그러나 별 뾰족한 수들이 없는지 머리들만 긁적거렸다. 기껏해야 흰 여우를 한 마리 잡아 겨드랑이 털을 뽑아서 호백구를 새로 한 벌 만들자는 의견이 고작이었다. 그런데 어느 세월에 희귀하기 그지없는 흰 여우를 발견할 것이며, 그 겨드랑이 털을 뽑아 옷을 만들어낼 것인가. 그사이에 맹상군의 목이 달아나도 수십 번은 달아날 판이었다.

다들 묘안이 없어 쩔쩔매고 있는 판국에 맨 말석에 앉아 있는 식객 하나가 퉁명스러운 어조로 입을 열었다.

"이미 만들어놓은 호백구를 두고 어찌 새로 호백구를 구한다고 야단들이오?"

사람을 얻는 비결 **161**

다른 식객들이 모두 그를 주목하였다. 그는 요 근래에 새로 맹상군의 문중으로 들어온 오두(吾斗)라는 식객으로서 뚜렷하게 잘하는 일도 없는 편이었다.

"이미 만들어놓은 호백구는 진나라 왕의 곳간 옷장에 간수되어 있는데 그걸 어떻게 하겠다는 건가? 훔치기라고 하겠다는 말인가."

"바로 그것입니다. 훔치면 그만인 것을 뭘 그리 걱정하고 있습니까?"

"훔치다니? 궁궐 곳간을 파수병들이 지키고 있을 뿐만 아니라 사나운 진나라의 토종 개들이 사방으로 지키고 있단 말이야. 그 개들한테 물리면 뼈도 못 추린다고 하더구먼."

훔친다는 것은 어림없는 수작이라고 다른 식객들이 핀잔을 주었다. 그러자 오두는 갑자기 몸을 웅크리며 소리를 내질렀다.

"커컹 컹컹 컹컹컹."

영락없이 개 짖는 소리였다.

"아니, 난데없이 개 짖는 소리는 왜 내는 거야?"

다른 식객들이 오두를 의아하다는 듯이 바라보며 수군거렸다.

"진나라 왕의 궁궐 곳간을 개들이 지키고 있다고 하지 않았습니까? 내가 이렇게 개 흉내를 내어 곳간으로 가서 호백구를 훔쳐 오겠다 이겁니다. 나는 맹상군의 식객으로 들어오기 전에는 구도(狗盜)로서 먹고 살았는데, 이제 맹상군 밑에서 새로운 인생을 시작한 사람입니다."

"구도가 무엇인가?"

"개의 흉내를 내어 도둑질하는 것을 말하지요."

결국 오두가 밤중에 궁궐 곳간으로 가서 호백구를 훔쳐내기로 하였다. 공손수를 비롯한 다른 식객들은 궁궐 바깥에 숨어 과연 오두가 무사히 호백구를 훔쳐올 것인지 초조하게 기다리고 있었다.

오두는 개 가죽을 뒤집어쓰고 궁궐 담장을 뛰어넘어 곳간으로 접근해

갔다. 아니나 다를까, 여기저기서 개들의 그림자가 달빛 깔린 마당에 어른거리고 개 짖는 소리들이 들려왔다. 오두는 건물 기둥들을 이용하여 몸을 숨기며 곳간으로 한 걸음 한 걸음 조심스럽게 다가갔다. 개들이나 파수병이 다가오는 기척이 느껴지면 "커컹 컹컹" 개 짖는 소리를 내어 그들이 의심 없이 지나가도록 하였다.

 마침내 오두는 옷들을 주로 보관하는 곳간 문 앞까지 왔다. 곳간 문의 자물쇠를 따는 것은 오두로서는 별로 어려운 일이 아니었다. 꼬부라진 쇠꼬챙이 하나면 충분히 열 수 있는 실력을 지닌 오두였다. 오두가 허리춤에 찬 쇠꼬챙이를 꺼내 곳간 자물쇠를 따려고 하는 순간 "컹컹컹 커컹" 어떤 개 한 마리가 요란하게 짖어대며 오두에게로 달려왔다. 그러자 파수병도 그 개를 따라 곳간 문 앞으로 뛰어왔다. 오두는 건물 그림자가 짙게 드리워진 어둠 속으로 얼른 몸을 숨겼다. 그러고는 뒤집어쓴 개 가죽 속으로 더욱 몸을 웅크려 밀어넣으며 "끼깅 낑낑" 약간 소리를 죽여 개 울음을 흉내냈다. 그 개 울음소리는 암캐나 수캐가 발정을 할 때 내는 소리를 닮은 것이었다. 그러자 덮칠 듯이 달려온 개가 슬그머니 멈추어 서더니 웅크리고 있는 오두 주위를 몇 바퀴 천천히 돌았다.

 "끼깅 낑낑."

 오두는 달려온 개가 수캐임을 눈치채고 짐짓 암캐 소리를 내며 엉덩이를 살살 흔들어댔다. 사실 오두가 뒤집어쓰고 있는 개 가죽도 암캐를 죽이고 나서 벗겨낸 가죽이었다. 수캐는 코를 오두의 엉덩이 쪽으로 갖다 대고는 두어 차례 킁킁거리다가, 에라 모르겠다 하는 자세로 오두를 뒤쪽에서 올라탔다. 그러고는 빳빳하게 선 물건으로 구멍을 찾는다고 낑낑댔다. 오두는 항문 쪽이 가려워서 킥킥 웃음이 날 판이었다. 구도를 20년 가까이 해먹은 경험이 있는 오두였지만, 이런 해괴망측한 일을 당하기는 처음이었다.

"히히, 붙었어. 흘레 붙었어."

파수병은 어둠 속에서 벌어지는 상황을 알아차리고 시시덕거렸다.

"에이, 파수 교대 빨리 끝내고 나도 보드라운 짐승이나 올라타러 가야겠다."

파수병도 은근히 사타구니가 불편해지는 모양이었다.

"히잉, 힝."

콧김까지 불어대며 오두의 엉덩이에다 수작을 벌이던 수캐는 구멍을 찾지 못하자 제풀에 시들해져서 오두의 등에서 내려오고 말았다. 그러고는 다른 암캐를 찾으러 가는지 저쪽 어둠 속으로 어슬렁어슬렁 기어 들어갔다.

"어, 벌써 끝났나? 개 흘레는 몇 시간이고 하는 법인데."

파수병은 투덜거리다시피 중얼거리며 그 개를 따라 멀어져갔다.

"후유."

한숨을 토하며 오두는 다시 곳간 문으로 다가가 쇠꼬챙이로 자물쇠를 따기 시작했다. 소리나지 않게 문을 조금씩 조금씩 밀면서 들어가자, 저 안쪽에 호백구가 곳간으로 스며든 달빛을 받아 하얗게 빛을 발하며 걸려 있었다.

오두가 호백구를 들고 나오자, 궁궐 바깥에서 기다리고 있던 식객들이 가만히 환성을 질렀다.

다음날, 공손수는 호백구를 들고 소왕의 애첩에게로 나아가 약속대로 그 선물을 바쳤다.

"어머, 어쩌면 이렇게 맹상군이 입었던 호백구랑 똑같을까? 아유, 멋있어."

애첩은 호백구를 이리저리 살피며 기뻐 어쩔 줄 몰랐다.

"맹상군이 특별히 아끼는 옷인데 왕비님을 위하여 흔쾌히 내놓으셨습니다. 이제 정말 맹상군은 더 이상 호백구를 가지고 있지 않습니다. 맹상군이 왕비님을 생각하는 마음을 가상히 여기셔서 처음에 약속하신 대로 맹상군의 누명을 벗겨주시고 옥에서 풀려나게 해주십시오. 이 은혜는 두고두고 잊지 않겠습니다."

공손수가 무릎을 꿇다시피 하며 엎드렸다.

"알겠소. 내, 오늘 밤 왕에게 말하리다."

애첩은 호백구를 입고 소왕을 모시고도 싶었지만, 뇌물을 받았다는 혐의를 받지 않기 위하여 호백구를 옷장 깊숙한 곳에 감추어둔 채 요즈음 새로 지은 옷을 잘 차려입고 소왕을 맞아들였다.

"허허, 오늘은 더욱 예뻐 보여."

소왕이 애첩의 아름다운 자태를 넋이 나간 듯 한참 바라보고 있다가 손짓으로 가까이 오도록 하였다. 애첩이 애교스럽게 소왕의 무릎에 머리를 얹으며 엎드렸다.

"정말 제가 예뻐 보여요?"

"그럼 예뻐 보이고말고. 눈에 넣어도 하나도 아프지 않겠어."

소왕이 손을 뻗어 애첩의 둥그스름한 엉덩이를 다독거려주었다. 소왕의 손이 엉덩이의 아래쪽을 건드리자, 애첩은 몸을 약간 비틀며 간드러진 목소리로 말했다.

"저, 듣자 하니 제나라에서 온 맹상군이 체포되어 옥에 갇혀 있다면서요?"

"그렇지. 그자는 진나라를 염탐하러 온 첩자야."

"제가 생각할 때는 한 나라의 재상이 첩자 노릇을 할 리 없고, 비록 그가 첩자 짓을 하였다 하더라도 한 나라의 재상을 옥에 가둔다는 것은 나라 간의 분쟁을 일으키는 처사밖에 되지 않는다고 사려됩니다. 그러니 우리 진나라의 안정을 위해서도 맹상군을 관대히 처분하심이 좋을 줄 압니다. 맹상군이 진나라의 재상이 되지 않을까 시기하여 진나라 신하들이 맹상군을 왕에게 참소하였다는 말들도 들립니다."

 평소와는 달리 제법 또렷하게 전후좌우를 재어가면서 말하는 애첩이 여간 귀엽지가 않았다. 호백구 뇌물을 받고 간언하고 있다는 것은 꿈에도 눈치채지 못한 소왕은 애첩의 말이 일리가 있다는 생각이 들기도 하였다.

 "음, 사실 나도 맹상군 문제로 골머리를 앓고 있소. 막상 죽이자니 제나라가 가만히 있지 않을 것이고."

 "그냥 풀어주시지요. 풀어주시되 관문(關門)을 통과하지 못하도록만 조치하면 맹상군은 진나라 땅에 갇혀 있는 꼴이 되는 것이 아닙니까? 그러면 신하들도 맹상군을 옥에서 내놓는 일을 그렇게 반대하지는 않을 것입니다 언제라도 다시 가두어버릴 수가 있으니 말입니다."

 말하자면 출국 금지 조치를 취하는 것이 어떻겠느냐는 것이었다.

 "그것 참 좋은 생각이오. 제나라에서 보기에도 맹상군이 여전히 진나라에서 자유롭게 활동하고 있는 것으로 보일 것이고. 일석이조의 효과가 있는 조치로군."

 소왕은 애첩을 힘껏 껴안아줌으로써 그녀의 청을 들어주겠다는 뜻을 표시하였다.

 "소첩의 말도 어리석다 않고 들어주시니 은혜가 망극하나이다."

 애첩이 소왕의 가슴을 파고들자 소왕은 겹겹으로 입은 애첩의 옷을 허겁지겁 벗기기 시작했다.

 다음날 소왕은 애첩에게 약속한 대로 맹상군을 옥에서 풀어주었다. 맹상군은 풀려나자마자 진나라를 탈출할 계획을 식객들과 함께 짜기 시작했다.

"내가 옥에서 풀려나기는 하였지만 완전히 자유로운 몸이 된 것은 아니다. 언제 또 이곳 신하들의 농간으로 다시 옥에 갇힐지 모른다. 진나라 관문을 통과하는 것이 문제인데 이 일을 어떻게 했으면 좋겠는가?"

식객들은 맹상군이 관문을 통과하는 방법에 대하여 의논하였다.

"지금 관문마다 재상님을 통과시켜서는 안 된다는 공문이 내려가 있을 것입니다. 관문을 통과하시려면 봉전(封傳)에 기록된 이름과 성(姓)을 고치는 수밖에 없습니다."

봉전이라 함은 관문을 통과할 때 제시해야 하는 일종의 여행 증명서인 셈이었다.

"이미 봉전에 씌어 있는 이름과 성을 고치면 고친 흔적이 남을 텐데 탄로가 나지 않을까?"

"그 점은 염려하지 않으셔도 됩니다. 식객들 중에 문서 위조만을 전문적으로 해서 먹고살다가 새로 마음을 잡고 재상님의 문하로 들어온 자가 있는데, 그자라면 봉전을 감쪽같이 고칠 수 있을 것입니다."

공손수가 자신 있는 표정으로 맹상군을 안심시키자, 맹상군은 다소 안도의 기색을 떠올렸다. 사실 여기저기 떠돌아다니다가 맹상군의 문하로 들어와 가신 노릇, 하인 노릇도 하고 사병(私兵) 노릇도 하며 밥을 얻어먹고 있는 식객들 중에는 각양각종의 기술을 지닌 자가 많았다.

맹상군은 봉전을 고친 후 서둘러 진나라의 동쪽 지경으로 수레를 몰아 한밤중에 함곡관이라는 관소(關所)에 이르렀다. 그 무렵, 소왕은 호백구가 없어진 사실을 알고 소란을 피운 끝에 애첩이 그것을 뇌물로 받고 맹상군 구명 운동을 벌인 것을 눈치채게 되었다. 그리하여 곧장 맹상군을 다시 잡아들이도록 군사들을 맹상군의 처소로 보냈으나 이미 맹상군은 도망을 치고 없었다. 군사들은 맹상군을 체포하기 위해 추격전을 벌였다.

　이러한 상황을 예상하고 있었던 맹상군은 어찌해서든지 속히 함곡관을 빠져나가려고 하였다. 맹상군이 제시하는 봉전을 횃불에 비추어보며 주의 깊게 살피던 파수병이 고개를 끄덕거려 통과해도 좋다는 표시를 하였다. 그래서 맹상군의 일행이 관문을 지나가려고 하자 파수병이 얼른 막아서며 고함을 질렀다.

　"여기서 기다리란 말이오. 새벽닭이 울어야 관문을 통과할 수 있는 법이오. 저렇게 관문도 닫혀 있지 않소?"

　아닌 게 아니라, 컴컴한 어둠 속에 버티고 서 있는 관문은 굳게 닫힌 채로 있었다. 맹상군은 금방이라도 진나라 군사들이 들이닥칠 것만 같아 마음이 초조해졌다.

　"새벽닭이 울려면 얼마나 있어야 하는가?"

　맹상군이 나직한 목소리로 중얼거리자, 어둠 속에서 대답이 새어 나왔다.

　"조금만 있으면 새벽닭들이 울 것 같습니다."

　"한시가 급한데 이거 야단났군."

　그때, 한 식객이 맹상군에게로 다가왔다.

　"제가 새벽닭들이 빨리 울도록 하겠습니다."

　그는 소왕의 곳간에서 호백구를 훔쳐낸 오두와 마찬가지로 말석 식객으로 있는 율택(栗澤)이라는 자였다.

　"아니, 어떻게 새벽닭들을 지금 당장 울게 할 수 있단 말인가?"

　"두고 보십시오."

　그러더니 율택은 마을이 있는 등성이 쪽으로 슬그머니 넘어갔다. 잠시 후 그쪽에서 "꼬끼요오" 하는 닭 울음소리가 들려왔다. 물론 율택이 내는 소리였지만 누가 들어도 영락없는 닭 울음소리였다. 그러나 파수병은 닭 한 마리가 우는 정도로 새벽이 왔다고 관문을 열거나 하지는 않았다. 아직 새벽이 오지 않았는데도 미리 울어버리는 사경추니 닭도 한두 마리 정도는 항상 있는 법이니까.

"꼬끼요오."

다시 한번 닭 울음소리가 들리자, 마을 닭들이 일제히 울어대기 시작했다.

"꼬끼요 꼬옥꼬 꼬끼꼬끼요오."

이제 파수병도 새벽이 왔음을 인정하지 않을 수 없었다.

"자, 관문을 통과하시오."

파수병이 관문을 열어주며 맹상군 일행을 통과시켜주었다. 이것이 유명한 계명구도(鷄鳴狗盜)의 고사인 셈이었다.

맹상군 일행이 관문을 통과하고 한 식경(食頃 : 밥을 먹을 만한 시간)이 지난 후, 소왕의 군대가 관소에 도착하였다. 그러나 다른 나라 지역으로 이미 도망가버린 맹상군을 더 이상 쫓아갈 수는 없었다.

맹상군은 개 울음을 흉내내고 닭 울음을 흉내내어 자기를 구해준 오두와 율택을 하객(下客)에서 상객(上客)으로 올려 빈객 대우를 해주었다. 이전에는 오두와 율택을 은근히 멸시하여 동석에 앉는 것조차 꺼려하던 다른 식객들이 그들을 무척 부러워하였다. 그리고 맹상군을 위해서 써먹을 재주가 없나 하고 한 가지씩 특별한 재주들을 익히느라고 부산을 떨기도 하였다.

맹상군은 제나라로 가는 길에 조(趙)나라를 통과하였다. 그때, 조나라에서는 평원군(平原君)이 크게 영향력을 행사하고 있었다. 평원군은 맹상군을 극진히 대접하여 그 식객들까지 평안히 먹고 쉬고 가도록 하였다. 조나라 사람들은 맹상군의 명성을 소문으로 듣고 있었으므로 맹상군이 지나가는 길가로 몰려나와 구경들을 하였다.

어떤 현(縣)을 통과하는데, 그곳 사람들은 낄낄거리며 노골적으로 맹상군을 놀려댔다.

"저것 봐. 제나라 설공(薛公)이라고 해서 체구도 듬직한 장부인 줄 알았는데, 지금 보니 볼품없는 좀팽이가 아닌가."

"그러게 말이야. 제나라에서는 저런 작자도 큰 벼슬자리를 할 수 있는 모양이지."

"히히히, 되게 못생겼다."

"저기 따라가는 식객들 좀 봐. 꼭 거지 떼들 같아. 목욕도 제대로 하지 않나?"

이런 소리들이 계속 들려오자, 맹상군은 분기를 참지 못하고 말을 멈추었다. 그것을 신호로 여겼는지 식객들이 일제히 수레에서 뛰어내려 칼을 뽑아 들고 길가에서 시시덕거리고 있는 사람들을 베어버렸다. 길은 삽시간에 온통 피바다가 되고 말았다.

의를 사가지고 왔습니다

　맹상군(孟嘗君)이 제(齊)나라로 돌아오자, 민왕은 맹상군의 권한을 더욱 강화시켜 국정을 전적으로 맹상군에게 일임하였다. 맹상군은 제나라의 장래를 책임 맡은 사람으로서 어깨가 무거움을 느꼈다. 그래서 열심히 제나라 《사기(史記)》들도 살피며 그런 기록들을 통하여 정책을 결정하는 교훈들을 얻기도 하였다.
　어느 기록을 보니, 순우곤이라는 신하가 제나라 선왕(宣王)에게 현사(賢士)들을 추천하는 대목이 있었다.
　순우곤은 한꺼번에 일곱 명이나 되는 현사들을 추천하였다. 그러자 선왕이 순우곤을 불러서 물었다.
　"과인이 들으니 천 리에 한 명의 현사만 얻어도 그것은 어깨가 서로 부딪칠 만큼 많은 것이요, 백 년에 한 명의 성인만 얻어도 뒤꿈치가 닿을 정도로 빽빽하다고 합디다. 그런데 그대는 한꺼번에 일곱 명의 현사들을 추천하니, 이거 세상에 현사라고 자처하는 자들이 너무 많아진 것 아니오?"

순우곤이 조심스럽게 대답했다.

"그렇지 않습니다. 새를 보십시오. 같은 털을 가진 것들끼리 모여 살지 않습니까. 짐승도 그렇습니다. 같은 발굽을 가진 것들끼리 다니고 있지 않습니까. 지금 시호(紫胡)나 길경(桔梗) 같은 약초를 물가에서 찾으려고 한다면 백날 찾아도 찾지 못할 것입니다. 그러나 고서(睾黍)나 양보산(梁父山) 북쪽 기슭에 가면 그런 약초들을 수레에 가득 실어 올 수 있습니다. 이와 같이 세상의 사물들은 각기 자기가 노는 물이 있게 마련입니다. 바로 이 순우곤이야말로 현사들이 노는 물이라 할 수 있습니다. 그러니 왕께서 현사를 저에게서 구하시는 것은 시냇가에서 물을 긷는 것과도 같고, 부싯돌에서 불을 얻는 것과도 같습니다. 아직도 더 추천할 사람들이 있는데 어찌 일곱 명을 많다고 하십니까?"

선왕은 순우곤을 멀거니 쳐다보며 할 말을 잊은 표정을 지었다.

맹상군은, 기록되어 있는 순우곤의 말 중에서 '세상의 사물들은 각기 노는 물이 있다' 는 인상적인 구절을 마음속에 담아두었다. 도둑들은 도둑들끼리 놀고, 소인배들은 소인배들끼리 놀고, 현사들은 현사들끼리 놀고……. 맹상군은 순우곤처럼 자기도 현사들이 노는 물이 되도록 늘 수양에 힘써야겠다고 마음먹었다.

또 이런 기록도 있었다.

제나라가 위(魏)나라를 치려고 군대를 동원할 무렵, 순우곤이 선왕에게 나아가 아뢰었다.

"임금님은 한자로(韓子盧)에 대하여 들어보신 적이 있습니까?"

"한자로라? 그건 한나라 토종개 이름이 아니오? 털이 새까만 것이 사냥에 적합한 명견이라고들 하더구먼."

"천하에서 제일 빠른 개라고도 하지요."

"거, 한자로를 몇 마리 구입해야겠어. 아무래도 사냥에는 제나라 토종

개보다 한자로가 더 쓸모 있을 거야."

선왕은 사냥 가는 일을 떠올리는지 표정이 밝아졌다. 위나라를 치기 위해 군대를 동원하고 있는 사실을 잊은 것 같기도 하였다.

"임금님은 동곽준(東郭逡)에 대하여도 들어보신 적이 있습니까?"

"그건 잘 모르겠는데."

"동곽준은 천하에 교활한 토끼 종류로, 숨고 도망가는 기술이 대단합니다. 그런데 한자로가 동곽준을 쫓는다고 생각해보십시오. 실제로 한나라에서 한자로가 동곽준을 잡으려고 쫓아간 적이 있는데, 한자로가 산을 세 바퀴나 돌고 다섯 번이나 오르내렸는데도 동곽준을 잡지 못했습니다. 결국 한자로와 동곽준, 둘 다 지쳐서 쓰러지고 말았습니다. 동곽준이 한자로 바로 눈앞에 쓰러져 있는데도 한자로는 꼼짝할 수가 없었습니다. 그러자 지나가던 농부가 힘 하나 안 들이고 천하의 명견과 교토(狡兎)를 양손에 잡아 들고 말았습니다."

"그 이야기를 나에게 하는 이유가 무어요?"

이제야 순우곤이 하는 이야기에 뜻이 담겨 있다고 느낀 선왕이 새삼 순우곤을 주목하였다.

"제나라 군대는 빠르기로 유명한 한자로와 같고, 위나라 군대는 교활하기로 유명한 동곽준과도 같습니다. 지금 제나라가 위나라를 치려고 하는 것은 마치 한자로가 동곽준을 쫓는 형국과 조금도 다를 바 없습니다. 둘 다 지쳐 쓰러지고 나면 진(秦)나라나 초(楚)나라가 그 농부의 이득[田父之功]을 얻고야 말 것입니다."

이 말을 들은 선왕은 정신이 번쩍 나서 위나라를 치려고 했던 일을 중지하고 군사들을 고향으로 돌려보냈다.

여기서 전부지공(田父之功)이라고 하는 것은 어부지리(漁父之利)와 같은 말인 셈이다. 그런데 어부지리는 잘 알려져 있는 고사성어이지만, 전부지공은 그렇게 알려져 있지 않은 편이다. 둘 다 《전국책》에 나오는 고사성어인데, 전부지공 역시 어부지리와 마찬가지로 널리 활용될 만하다. 어부지리라는 말은 순우곤과 동시대의 인물인 소대(蘇代)가 한 말이다.

조(趙)나라가 연(燕)나라를 치려 하자, 소진의 동생인 소대가 연나라를 위하여 조나라 혜왕(惠王)을 만나러 갔다. 혜왕을 알현한 소대가 비유를 들어 말했다.

"오늘 저는 역수(易水)를 지나왔는데, 거기서 큰 조개가 껍질을 벌려 살을 드러내고 햇볕을 쬐고 있는 것을 보았습니다. 그러자 휼(鷸)이라는 새가 먹이를 찾다가 조개의 살을 부리로 쪼아 먹으려 하였습니다. 휼새가 조개의 껍질 속으로 부리를 들이밀자마자, 조개는 얼른 껍질을 닫아 새의 부리를 물어버렸습니다. 워낙 큰 조개가 물었기 때문에 휼새는 꼼짝할 수 없었습니다. 휼새가 조개를 위협하기 위해 이렇게 말하였습니다. '오늘도 비가 안 오고 내일도 비가 안 오면 너는 말라 죽고 만다.' 빨리 부리를 놓아주고 물 속으로 들어가라는 말이었지요. 그러나 조개 역시 지지 않고 응수하였습니다. '오늘도 놔주지 않고 내일도 놔주지 않으면 너도 역시 죽고 만다.'"

"그래, 어찌 되었느냐?"

혜왕이 그 상황이 재미있다고 여겼는지 관심을 나타내며 소대에게 물었다.

"그렇게 서로 놔주려 하지 않자, 마침 그때 지나가던 어부가 그 둘을 한꺼번에 잡아버렸습니다. 지금 조나라가 연나라를 치고자 하는 것은 휼새가 조개의 살을 부리로 쪼는 것과 같아서 연나라 역시 그 부리를 물어버리고 말 것입니다. 이렇게 둘이서 서로 물고 놓아주지 않으면 옆에 있는 진나라가 어부처럼 두 나라를 한꺼번에 취하는 이득을 얻게 될 것입니다. 그러므로 왕께서는 연나라 치는 문제를 심사숙고하여 결정하시기 바랍니다."

이런 식으로 소대가 비유를 들어 말하자, 혜왕은 고개를 크게 끄덕이면서 연나라를 치고자 했던 계획을 취소하였다.

여기서 볼 때, 전부지공이든 어부지리이든 둘 다 한 나라가 다른 나라를 치고자 하는 계획을 막기 위한 책략에서 나온 것임을 알 수 있다.

맹상군은 다시 한번 천하의 지도를 들여다보면서 진나라나 초나라가 전부지공이나 어부지리를 얻도록 해서는 안 된다고 새삼 다짐하였다.

맹상군은 계속 《사기》들을 읽어나가다가 다음과 같은 기록을 발견하고는 속으로 깜짝 놀랐다. 그것은 안촉이라는 자와 선왕의 대화를 기록한 대목이었다.

안촉이 다른 신하들의 안내를 받아 선왕을 만나기 위해 제나라 조정으로 들어섰다. 선왕이 용상에 앉아 안촉을 앞으로 나오도록 불러냈다.

"안촉, 이리 나오시오."

그러자 안촉이 당당하게 맞받아 말했다.

"왕이 이리로 나오시오."

좌우의 신하들이 아연실색할 지경이었다. 붉으락푸르락하고 있는 왕의 표정을 살피며 신하들이 안촉을 꾸짖었다.

"왕은 군주요 당신은 신하인데, 어찌 감히 왕을 보고 나오라 할 수 있는가?"

안촉이 신하들의 꾸중에 눈썹 하나 까딱하지 않고 대꾸하였다.

"제가 앞으로 나아가게 되면 왕의 세력을 사모하는 것이 되고, 왕께서 앞으로 나오시면 선비를 사랑하는 것이 됩니다. 그러므로 차라리 저로 하여금 세력을 좇게 하느니 왕께서 선비를 좇게 하는 것이 낫지 않겠습니까."

그 소리를 듣고 있던 선왕이 노발대발하여 소리쳤다.

"그래, 왕이 귀한가, 선비가 귀한가?"

좌우의 신하들은 안촉이 왕의 질문에 또 어떻게 대답할까 마음을 졸이며 기다렸다.

"물론 선비가 귀하지요. 왕이 뭐 귀합니까?"

"말 다 했어?"

선왕이 자리에서 벌떡 일어났다가 도로 앉았다. 선왕은 하도 화가 나서 숨도 제대로 쉴 수 없는 모양이었다. 씩씩거리는 소리가 계속 들려왔다. 안촉이 왕의 흥분을 가라앉히려는 듯 차분한 어조로 말을 이어갔다.

"저의 말을 좀 들어보십시오. 옛날 진나라가 제나라를 공격해 들어와서 포고문을 내리기를, 유하혜(柳下惠)의 무덤 주위 50보 내에서 나무를 하는 자는 사형에 처한다고 하였습니다. 그리고 또 포고문을 내리기를, 제나라 왕의 목을 베어 오는 자에게는 만호후(萬戶侯)에 봉하고 금(金) 천 일을 내린다고 하였습니다. 이렇게 볼 때, 살아 있는 왕의 머리도 죽어 버린 선비의 무덤만 못하지 않습니까?"

선왕은 할 말을 잊은 듯 분한 기색만 띠고 있고, 좌우의 신하들이 안촉을 다시 꾸짖었다.

"당신이 왕에게로 나오시오. 그리 고집 부리지 말고 나오란 말이오. 우리 왕은 천 승(乘)의 수레를 거느리고 있는 군주로서, 천 석(石)이나 나가는 거대한 종(鐘)을 나무에 달아놓고 있는 분이오. 천하의 선비들과 어질고 의로운 자들이 다 왕의 신하가 되어 있소."

신하들의 말이 계속 이어졌다.

"또한 변론을 잘하는 자들과 지혜 있는 자들이 왕께 나아와 진언하고, 동서남북에 왕께 복종하지 않는 자가 없소. 이렇게 만물이 왕에게 다 구비되어 있고 뭇 백성들이 왕을 존경하며 따르고 있는데, 그대는 고상한 선비이면서도 왕에게 도움을 주기는커녕 왕의 심기를 불편하게만 하고 있지 않소. 그리고 스스로 필부(匹夫)라 칭하며 맨발로 들판을 쏘다니기나 하고, 초야에 묻혀 살면서 고작 감옥이나 지키고 이장 노릇이나 하고 있으니 선비 망신은 그대가 다 시키고 있소."

신하들이 안촉을 나무라자, 안촉은 정색을 하고 대꾸하였다.

"무슨 말씀을 그렇게들 하시오? 옛날 순(舜) 임금은 농사꾼이었지만 후덕한 도리를 따르고 귀한 선비들의 도움을 받아 천자가 된 것이 아니오? 그 다음을 이은 우(禹) 임금 때는 제후라 칭하는 나라가 만국이나 되었소. 그런데 차츰 세월이 지나 탕(湯) 임금 때는 제후가 3천으로 줄어들었고 현재는 24명 정도밖에 되지 않는 형편이오? 이렇게 제후들이 몰락해가는 것은 정책의 득실로 인한 것이 아니겠소. 이런 식으로 나가다가는 제후국으로 남아 있을 나라가 얼마 되지 않을 텐데, 제나라 운명도 어떻게 될지 모르는 것 아니오? 그때 가서는 감옥을 지키는 감문(監門)이나 한 동네를 다스리는 여리(閭里) 같은 관리가 되는 것도 쉬운 일이 아닐 것이오."

제나라가 언제 제후국에서 탈락될지도 모른다는 암시가 깔려 있는 안촉의 발언에 신하들은 일순 긴장하지 않을 수 없었다. 사실 요즈음 시국을 보면 한 나라가 망하는 일은 다반사로 일어난다고 할 수 있었다. 그러나 안촉의 말을 그냥 받아들일 수는 없는 일이었다.

"어찌 제나라에 화(禍)가 미칠 것처럼 말하는 것이오? 무엄하기 그지없는 발언이오."

안촉은 신하들이 부아를 내든 말든 아랑곳하지 않고 말을 이었다.

"역전(易傳)에 보면 화가 미치는 까닭을 이렇게 말하였소. '높은 자리에 있으면서 실제 생활은 그 신분에 미치지 못하고, 헛된 명성만 탐하게 되면 반드시 사치와 교만에 빠지게 되고 그래서 흉화(凶禍)가 뒤따르게 되는 법이다.' 자고로 실속이 없으면서 헛된 명성만을 좋아하는 자는 도리어 그 명성이 깎이게 되고, 덕망이 없으면서 복만을 바라는 자는 오히려 복이 줄어들게 되고, 공로가 없으면서 녹만을 받아먹는 자는 수치를 당하게 되고 말 것이오. 제나라의 형편이 이와 같거늘 어찌 화가 미치지 않을 것이라 생각할 수 있소?"

준엄한 안촉의 경고에 왕과 신하들은 숙연해지는 기분이 되었다. 잠시 침묵이 흐른 후에 선왕이 천천히 입을 열었다.

"그럼 제나라에 화가 미치지 않으려면 어떻게 해야 하겠소?"

"바로 그것입니다."

"바로 그것이라니?"

"바로 그렇게 신하에게 하문(下問)하는 것을 부끄러워 마시고, 자주 물어보셔야 나라에 화가 미치지 않게 되는 것입니다. 왕이라고 해서 모든 것을 다 아는 척하며 묻는 일을 부끄러워하는 나라치고 망하지 않은 나라가 없습니다. 왕이 스스로 자기를 칭하여 고(孤), 과(寡), 또는 불곡(不穀)이라고 하는 이유가 어디 있습니까?"

안촉이 신하들을 한 번 둘러보고 나서 선왕을 올려다보았다.

"고라고 하는 것은 소국지군(小國之君)에 불과하다는 뜻이고, 과라고 하는 것은 덕이 부족하다는 의미이고, 불곡이라고 하는 것은 곡식만큼도 백성들을 이롭게 하지 못하는 존재라는 말이 아닌가?"

"그렇습니다. 노자(老子)가 말하기를 '비록 귀한 신분에 있더라도 반드시 천한 것으로 본을 삼으며, 높은 자리에 있더라도 낮은 것으로 기초를 삼는다'고 하였습니다. 이것이야말로 왕이 자기를 낮추고 선비를 높이는 것이 아니고 무엇이겠습니까?"

이리하여 왕이 귀하냐 선비가 귀하냐 하는 논쟁은 선비가 귀하다는 안촉의 주장 쪽으로 기울어지게 되었다. 안촉이 거기에 대하여 요(堯)·

순(舜)·우(禹)·탕(湯)·주문왕(周文王)들의 실례를 들어가며, 그 임금들이 선비를 귀하게 여김으로써 어떠한 명망을 얻게 되었는가를 설명해 나가자 선왕은 그만 속으로 감탄하고 말았다.

"아, 이제야 내가 어떤 점에서 잘못되었는가를 알았소. 과인을 제자로 삼아주시오. 그러면 당신을 선생으로 모시고 함께 연락(宴樂)하며 음식도 소와 양, 돼지를 두루 갖춘 대뢰(大牢)상으로 차려 드리고, 외출시에는 수레도 마련해드리며, 그리고 선생의 처자에게도 화려한 의복을 제공해드리겠습니다."

선왕의 태도가 완전히 돌변하자, 신하들은 어안이 벙벙해져서 안촉이 선왕의 호의를 어떻게 받아들일 것인가 하고 주목하였다.

안촉은 눈을 지그시 감았다가 뜨며 대답하였다.

"옥(玉)은 산에서 납니다. 잘못 다루면 깨지고 말지요. 그 깨진 것이라도 귀하지 않은 것은 아니나 깨지기 전의 것만 못하지요. 선비는 향야(鄕野)에서 납니다. 한번 추천되어 녹을 받게 되면 그는 존귀하지 않은 것은 아니나, 그땐 이미 선비로서의 품위와 정신은 손상을 입게 되는 것입니다. 그러므로 저는 돌아가서 배고픔으로 반찬을 삼으며, 두 발로 걷는 것으로 수레를 삼고, 자신을 지켜 죄를 짓지 않는 것으로 고귀한 신분을 삼으며, 청정과 정절로써 즐거움을 삼겠습니다."

안촉이 사양의 뜻으로 말하고 있다는 것을 안 선왕은 안절부절못하며 안촉을 붙잡으려고 하였다.

"명령을 내리시는 분은 왕이시며, 마음을 다하여 간언을 하는 자는 저입니다. 제가 간언하고 싶은 말은 이미 다 하였으므로 이제 왕께서 명령을 내리실 차례입니다. 원컨대 저를 평안히 고향으로 돌아가게 해주십시오."

고향으로 돌아가는 것을 허락하는 명령을 내려달라는 안촉의 요청을

의를 사가지고 왔습니다 179

더 이상 거절할 수가 없어서, 선왕은 아쉬운 기색을 감추지 못한 채 안촉으로 하여금 돌아가도록 하였다.

안촉은 재배하고 돌아서면서 말했다.

"저는 제 분수를 아는 자입니다. 진솔한 데로 돌아가면 종신토록 치욕을 당하지 않는 법입니다."

안촉의 말을 요약하면, 실속이 없으면서 헛된 명성만을 탐하는 자는 치욕을 당하고, 자기 분수를 알고 진솔한 데로 돌아가 사는 자는 결코 치욕을 당하지 않으리라는 것이었다. 이런 자세로 사는 자는 왕보다 귀한 선비로서의 자부심을 가지고 왕 앞에서도 떳떳할 수 있는 법이었다.

맹상군은 이렇게 안촉을 통해서도 귀한 교훈들을 얻을 수 있었다. 맹상군이 재상으로서의 자질을 더욱 키우기 위해 노력하고 있을 무렵, 풍훤이라고 하는 자가 맹상군의 식객이 되려고 면담을 신청하였다. 맹상군이 그를 만나 몇 가지 질문들을 던졌다.

"그대가 우리 집 식객으로 들어오게 된 동기가 무어냐?"

"저의 집은 워낙 가난해서 먹거리도 없습니다. 그래서 밥을 먹기 위해 들어왔습니다. 다른 것은 필요 없고 밥만 먹여주면 무슨 일이든 하겠습니다."

"무슨 일이든지 하겠다구! 그래, 특별한 기술이라도 있는가?"

"아무 기술도 없습니다."

"그러면서 무슨 일이든지 하겠다니 말이 되는가?"

풍훤은 고개만 숙이고 아무 대답이 없었다.

"그건 그렇고, 그대의 취미는 무언가?"

"별로 없습니다."

풍훤이 무뚝뚝하게 대답했다. 맹상군은 하도 기가 차서 웃을 수밖에 없었다. 그러나 사람 됨됨이가 소박한 데가 있어 식객으로 들어오는 것을 허락해주었다. 다른 식객들은 풍훤을 천하게 여기며 음식도 형편없는 것으로 대접하였다.

얼마가 지난 후, 하루는 풍훤이 기둥에 기대어 긴 칼을 두드리며 노래를 부르고 있었다.

"장협(長鋏 : 큰 칼)아, 돌아가자. 여기서는 식사때 고기 한 점 없구나!"

다른 식객들이 그 노랫소리를 듣고 분을 내면서 맹상군에게 그 사실을 보고하였다. 그런데 맹상군은 그를 쫓아내기는커녕 오히려 그의 요구를 들어주었다.

"생선을 좀 주어라. 이제부터 그를 고기를 먹을 수 있는 중객(中客)으로 대우해주도록 하여라."

다시 얼마가 지난 후, 풍훤이 또 긴 칼을 두드리며 노래를 불렀다.

"장협아, 돌아가자. 여기는서는 타고 다닐 수레도 없구나!"

이번에도 식객들이 풍훤을 못마땅하게 여기며 맹상군에게 그 사실을 보고하였다.

"수레를 달라고 하는 것은 상객(上客) 대우를 받겠다는 뜻인데, 하객(下客)으로 들어온 지 얼마 되지도 않아서 중객 대우를 받더니 이제 와서는 상객 대우를 해달라고 하니 이건 너무하지 않습니까? 그런 작자는 위계질서를 위해서도 내쫓아야 합니다."

그러나 맹상군은 식객들의 요구를 들어주지 않고 이번에도 풍훤의 요구를 들어주었다.

"수레를 그에게 내주도록 하여 상객으로 대우해주어라."

풍훤은 출입을 할 때 수레를 타고 다니며 장협을 치켜들고 사람들 앞에서 뽐냈다.

"맹상군이 나를 이렇게 상객으로 대우해주고 있다."

이제 더 이상 요구가 없겠거니 했는데, 웬걸 조금 지나자 다시 풍훤은 긴 칼을 두드리며 노래를 불러댔다.

"장협아, 돌아가자. 여기서는 가족들을 먹여 살릴 수가 없구나!"

이를 본 식객들은 풍훤이 미워 견딜 수가 없었다. 맹상군에게 보고하면 또 그의 요구를 들어줄지 모르니까 이번에는 맹상군에게 보고하지도 않고 떼를 지어 풍훤에게 달려들어 주먹질을 하였다.

"이놈 자식, 경우가 없어도 보통 없는 놈이 아니로군."

"탐욕스러운 돼지 같은 놈!"

"고참 식객들도 아무런 불평 없이 꾹 참고 견디고 있는데, 얼마 되지도 않는 녀석이 건방지게 까불어."

이렇게 와자지껄 싸움이 붙어 시끄러워지자 맹상군이 무슨 일인가 하고 나와 보게 되었다.

"왜들 싸움질이냐?"

"글쎄, 이 녀석이 이번에는 자기 가족들까지 먹여 살리겠다고 야단을 피우지 뭡니까?"

맹상군이 피투성이가 된 풍훤을 일으키며 그에게 물었다.

"너에게 가족이 몇이냐?"

"다른 가족은 없고 노모 한 분이 있습니다."

"그래? 늙은 어머니를 그렇게까지 염려하는 너의 효심이 갸륵하다. 네가 지금껏 장협을 두드리며 노래를 불러 하객에서 중객으로, 중객에서 상객으로 올라간 것도 다 노모를 모시기 위해서 그랬던 것이구나."

그러면서 맹상군은 사람을 시켜 풍훤의 노모에게 의복과 음식을 정기적으로 보내 궁핍하지 않도록 해주었다. 그제야 풍훤은 더 이상 긴 칼을 두드리며 노래를 부르는 일이 없었다.

몇 년이 지난 후, 맹상군이 문하의 식객들에게 회람을 돌려 물었다.

"식객들 중에 회계할 줄 아는 자가 있느냐? 나를 위해 설(薛) 땅에 가서 빚을 받아 올 자가 없느냐?"

회람이 한 바퀴 다 돌아가는데도 다들 머뭇거리며 거기에 대답하는 자가 없었다. 드디어 풍훤 차례가 되었을 때, 풍훤이 그 회람에다가 '능(能)'자를 써 넣었다. 회람이 다시 맹상군에게로 돌아와 능자를 쓴 자를 찾았다.

"여기에 능자를 쓴 자가 누구냐?"

맹상군 옆에 있는 식객이 대답했다.

"바로 '장협아 돌아가자' 하고 노래를 불렀던 그 작자입니다."

"그자를 나에게 오도록 하여라."

풍훤이 맹상군 앞으로 왔다.

"그대가 회람에다 능자라고 쓴 자인가?"

"그렇습니다."

풍훤이 조금 무뚝뚝하게 대답했다.

"그대에게 회계하는 재능이 있는 줄 내 미처 몰랐소. 어떻게 그런 재능을 지니게 되었는가?"

"네, 저는 어릴 적부터 저희 집이 부자들에게 빚을 져 쩔쩔매는 것을 보면서 자랐습니다. 아버지와 어머니가 부자들에게 달마다 갚아나가야 할 돈을 계산하느라고 늘 산통(算筒)의 산가지를 놀리는 것을 옆에서 훔쳐보았습니다."

"허허, 그래? 그러면 빚을 받아 오는 일은 누구보다도 잘하겠군."

맹상군은 풍훤의 깊은 속은 잘 헤아리지 못하고 산가지로 계산하는 법을 안다는 그의 말에 솔깃하여 풍훤을 설 땅으로 보내기로 하였다.

"나는 하도 하는 일이 많아 심신이 번거로우므로 설 땅에 가서 빚을 계산하여 받아 오는 일을 할 겨를이 없다. 그러니 회계를 할 줄 아는 그대가 가서 내 대신 빚을 받아 오도록 하여라."

"네, 그렇게 하지요."

풍훤이 허리를 약간 구부려 맹상군의 분부를 따르겠다는 표시를 하였다. 맹상군은 서둘러 수레를 준비하고 여비를 마련하여 풍훤으로 하여금 설 땅으로 떠나도록 하였다. 모든 준비가 다 갖추어진 연후에 맹상군이 풍훤에게 비단 보따리 하나를 조심스럽게 건네주었다.

"이것은 채권 문서이니 잘 보관하여 가져가도록 하시오. 설 땅 사람들이 엉뚱한 소리를 하며 빚을 갚지 않으려 하거든 이 문서를 증거로 제시하고, 이 채권 문서에 적혀 있는 대로 받아 오시오."

맹상군은 이제 풍훤에게 존대하는 어조로 말하고 있었다. 풍훤은 그 채권 문서를 건네받아 소중하게 간직하는 척하며 길을 떠나려 하였다. 그러다가 막 수레가 출발할 즈음, 풍훤이 맹상군을 돌아보며 물었다.

"제가 빚을 다 받으면 무슨 물건을 사가지고 올까요? 필요한 물건이라도 있으면 말씀하시지요."

"그대가 보기에 우리 집에 부족한 것이 있으면 그것들을 알아서 사가지고 오시오."

맹상군은 그런 문제는 별게 아니라는 투로 말하며 빨리 떠나라고 손짓을 해 보였다.

풍훤은 약간 명의 하인들을 데리고 떠나 며칠 후에 설 땅에 도착하였다. 설 땅의 백성들은 언젠가는 맹상군이나 맹상군의 가신들이 빚을 받으러 오리라는 것을 예상하고 있었지만, 막상 빚을 받기 위해 사람이 왔다는 소식을 접하자 태산 같은 근심이 몰려왔다. 몇 년째 흉년이 들어 맹상군에게 진 빚을 갚을 엄두를 못 내고 있는 형편이었다.

"이거 야단났네. 드디어 맹상군이 사람을 보냈군."

"그러게 말이야. 맹상군이니까 몇 년 동안 우리를 그냥 봐준 것이지, 다른 부자들 같았으면 벌써 난리가 났을 거야. 근데 이 일을 어쩐다? 빚 갚을 돈이나 곡식이 없으니."

사람들이 서로 수군거리며 불안해하고 있는 중에 풍훤은 설 땅의 마을 관리들을 한자리에 모이도록 하였다.

"맹상군이 그동안 설 땅 사람들에게 빌려준 돈이나 소작료를 받지 못하고 있었던 것은 여러분도 잘 알고 있을 것이오. 그런데 맹상군도 언제까지나 백성들의 사정만 봐주고 있을 수는 없단 말이오. 맹상군이 자기 집에서 먹이는 식객들만 하여도 3천 명이나 되오. 거기다가 수시로 빈객들이 드나드니 그 경비가 얼마나 들어가겠소. 이제는 맹상군이 다른 사람들에게 돈을 빌릴 판이 되었으니 좀 어렵더라도 설 땅 백성들이 맹상군에게 진 빚을 갚도록 해야 되겠소. 그러니 여러분들이 마을 사람들에게 전달하여 내일 바로 저 앞 들판에 다 모이도록 해주시오. 내가 가지고 온 채권 문서의 내용과 진 빚이 맞는가 확인을 해보아야겠소."

다음날, 마을 관리들의 인솔로 설 땅 백성들이 들판에 모였다. 풍훤이 그들 앞에 나아가 목소리를 높여 외쳤다.

"내가 가지고 온 채권 문서를 보고 각자 자기 빚이 맞게 기재되어 있는지 대조해보시오. 채권 문서에 기록되어 있는 것과 여러분이 가지고 있는 채무 문서의 금액이 맞지 않는 경우에는 나에게 말하시오. 그 말하는 것이 분명하다면 채권액을 고쳐 주겠지만, 그렇지 않은 경우는 혼이 날 줄 아시오. 그리고 채무 문서를 잊어버려 자기 빚이 얼마나 되는지 기억이 없는 사람은 이 채권 문서를 보고 다시 확인을 해두시오."

사람들이 풍훤 앞으로 한 사람씩 나아가 풍훤이 제시하는 문서를 들여다보고, 자기 빚이 맞게 기록되어 있는가, 자기가 앞으로 갚을 금액이 얼마나 되는가 확인해보면서 한숨들을 길게 쉬었다. 채권 문서에는 맞게 기록되어 있지만, 문제는 빚 갚을 돈이 없는 것이었다. 사람들이 풍훤에게 어떻게 또 사정을 봐달라고 부탁을 하나 눈치를 보고 있는데, 풍훤이 다시 사람들 앞에 나아와 외쳤다.

"자, 확인이 끝났으면 여러분이 가지고 있는 채무 문서를 이리로 가지고 와 쌓으시오."

사람들은 풍훤이 무슨 의도로 그런 말을 하나 싶어 의아해하다가 한 사람 두 사람 머뭇거리며 채무 문서들을 풍훤 앞에 쌓기 시작했다. 얼마나 그 문서가 많은지 금방 수북이 쌓여버렸다.

"나도 채권 문서를 이 위에 쌓겠소."

풍훤은 관리들과 함께 채권 문서들을 채무 문서들 위에 쌓기 시작했다. 베나 죽간으로 된 그 문서들은 작은 언덕만큼 높이 쌓였다. 사람들과 관리들은 풍훤이 왜 저러나 하고 지켜보기만 할 뿐, 누구 하나 입을 열어 거기에 대해 묻거나 하지 않았다. 이상한 정적이 온 들판을 가득 덮고 있었다.

어느새 지평선 너머로 해가 지고 어둑어둑 땅거미가 지고 있었다. 이윽고 풍훤이 횃불을 든 채 그 채권 문서와 채무 문서 더미 앞으로 나아갔다. 사람들은 풍훤이 문서의 분량을 헤아려보나 하고 지켜보았지만 꼭 그런 것 같지도 않았다.

"아, 저것 봐!"

사람들이 갑자기 웅성거리며 거의 비명에 가까운 고함을 질렀다.

"문서 더미에다가 불을 붙였어!"

아닌 게 아니라, 풍훤이 횃불을 문서 더미에다 갖다 대어 불을 붙이기 시작했다.

지지직지지직 타악타악.

문서들은 불길을 기다렸다는 듯이 빠른 속도로 타 들어갔다. 어두워지던 들판이 그 불길로 인하여 훤하게 밝아졌다. 풍훤이 그 불길 옆에 서서 큰 소리로 백성들에게 말했다.

"여러분은 그동안 빚을 갚지 못해 걱정들을 많이 하였을 것이오. 그러던 차에 내가 와서 빚 독촉을 하는 게 아닌가 하고 더욱 근심들을 하였소. 그러나 우리 맹상군은 여러분의 어려운 사정을 외면하지 않고 나보고 여러분의 빚을 완전히 탕감해주라고 하였소. 그래서 내가 이번에 여기로 온 것이오. 여러분에게 채권 문서와 대조해보라고 했던 것은, 사실은 여러분이 탕감받는 빚의 금액이 얼마나 되는가, 다시 말하면 맹상군이 여러분에게 베푸는 은혜의 분량이 얼마나 되는가를 확인해보라는 뜻에서 그렇게 하였던 것이오. 자, 이제 여기 채권 문서들과 채무 문서들이 불타고 있소. 여러분은 그동안 매여 있던 빚의 사슬에서 놓여났소. 앞으로는 빚 걱정에 시달리지 말고 열심히 생업에 종사하여 안녕을 누리기 바라오. 그리고 이 모든 것이 맹상군의 은혜임을 잊지 마시오."

풍훤의 말이 채 끝나기도 전에 사람들이 불타고 있는 문서 더미들 주위로 달려나가 덩실덩실 춤을 추기 시작했다.

"맹상군 만세!"

"맹상군 만세!"

사람들은 풍훤을 마치 맹상군이라도 되는 양 싸고돌며 두 손을 높이 들어 환영하는 몸짓을 해 보였다.

풍훤은 그렇게 채권 문서들을 불태우고 곧장 밤길을 도와 제나라 도읍인 임치(臨淄)로 돌아왔다. 새벽녘에 맹상군을 만나 돌아왔다는 보고를 하자 맹상군은 놀라는 표정을 지었다.

"아니, 어떻게 이토록 빨리 돌아올 수가 있었소? 설 땅 사람들이 그렇게 쉽게 빚을 갚지는 못했을 텐데."

"빚은 다 받아 왔습니다."

"그게 정말이오? 설 땅 사람들이 빚 갚을 준비를 하고 있기라도 했단 말이오?"

"그렇습니다. 제가 설 땅에 도착하자마자 사람들이 빚을 갚아버려 독촉할 필요도 없었습니다."

풍훤은 계속 시치미를 떼며 대답하고 있었다.

"허허. 희한한 일도 다 있군. 아무튼 빚을 받아 왔다니 다행이오. 그래, 물건은 어떤 것으로 사왔소?"

"집안에 부족한 것을 사오라고 하셔서 그것을 사왔습니다."

"음, 내가 그렇게 말했지. 집안에 부족한 것이면 무얼까?"

맹상군은 얼른 짚이는 게 없는지 고개를 갸우뚱하였다.

"저도 집안에 부족한 물건이 무얼까 여러 가지로 생각해보아야만 했습니다. 진귀한 보배들을 사가지고 올까 했으나 그런 보물들은 보물 창고에 가득하지 않습니까. 그리고 살진 소와 말들을 사가지고 올까 했으나 마구간과 우리에 실한 가축들이 가득하지 않습니까. 예쁜 여자들이라도 구해가지고 올까 했지만 이 집안에는 미녀들이 우글거리고 있지 않습니까."

풍훤은 요즈음 들어 차츰 호사스러워지고 있는 맹상군의 생활을 은근히 비꼬고 있는 셈이었다. 맹상군도 그러한 풍훤의 의도를 꿰뚫어보고 얼굴이 붉어지기 시작했다.

"그래, 무엇을 사왔다는 말인가? 그렇게 말을 자꾸만 돌리지 말고 빨리 말해보게."

맹상군이 신경질적으로 재촉하자, 그제야 풍훤이 심호흡을 크게 한 번 하고 나서 대답했다.

"의(義)를 사가지고 왔습니다."

"무엇이라구? 의를 사왔다구? 그게 도대체 무슨 말인가?"

"아무리 생각해보아도 집안에 물질적으로는 부족한 것이 없었습니다. 그런데 집안에 의가 조금 부족한 것 같아 그것을 사온 것입니다."

"난 통 무슨 말인지 모르겠군. 그래, 그대가 사왔다는 의라는 것이 어디 있소?"

맹상군은 마치 의라는 물건을 찾기라도 하는 듯이 풍훤의 위아래를 훑어보았다.

"의라는 것은 눈에 보이는 그런 물건이 아니지요. 사람의 마음과 행동을 통하여 이루어지는 무형의 것이지요."

"그럼 도대체 그대가 어떤 의를 이루었다는 건가?"

"그동안 재상님은 설 땅을 봉지로 받아 그 땅 백성들을 이용하여 자신의 이익만을 도모하여왔습니다."

"아니, 내가 설 땅 백성들을 이용해먹었다니. 몇 년 동안이나 소작료 한 푼 받지 못하고 있다가 이제야 그대를 보낸 것이 아닌가?"

"그 이전에는 꼬박꼬박 소작료를 받아 챙기시지 않았습니까? 그리고 고리대금업자처럼 백성들에게 빌려준 돈을 받을 때도 많은 이자를 요구하지 않았습니까?"

"그때는 풍년이 들어 백성들도 그렇게 어렵지 않았단 말이오."

맹상군이 정색을 하고 항의하였다.

"그런데 지금은 백성들이 극한 흉년 중에 있는데 빚을 받아 오라고 저를 보내신 것입니까?"

"몇 년째 흉년이 계속되어 빚을 받지 못하고 있으니 나도 답답하여 그런 것이 아니오?"

"그건 바로 재상님이 백성들을 생각하지 않는 바는 아니나 자식처럼 사랑하지는 않는다는 증거입니다. 백성들을 자식처럼 여긴다면 이런 시기에 빚을 독촉할 수가 있겠습니까?"

풍훤의 말에 맹상군도 할 말이 없는지 입을 다물고 있었다. 풍훤이 계속 말을 이어갔다.

"그래서 제가 재상님을 위하여 의를 사야겠다고 생각하고, 백성들이 가지고 있는 채무 문서와 제가 가지고 간 채권 문서를 한데 모아 불태워버림으로써 그들을 빚에서 해방시켜주고 왔습니다. 이것이 제가 재상님을 위해 이룬 의의 내용입니다. 말하자면 제가 그 백성들에게서 빚을 받아서 그들로부터 의를 사왔다고 할 수 있습니다. 채무 문서가 불타는 것을 본 백성들은 모두 맹상군 만세를 부르며 기뻐하였습니다."

그러나 맹상군은 여전히 기분이 좋지 않은 안색을 하고 있었다.

"재상님이 집안에 부족한 것이 있으면 그것을 사오라고 해서 의를 사온 것인데 그렇게 서운해하십니까? 두고 보십시오. 제가 사온 의가 언젠가는 크게 쓰일 날이 올 것입니다."

"알았소. 설 땅까지 다녀오느라고 수고 많았소. 가서 쉬도록 하시오."

맹상군은 그렇게 말할 수밖에 없었다.

그 무렵, 제나라 조정에서는 한창 권력 암투가 진행되고 있었다. 맹상군을 시기하는 무리들이 어떻게 해서든지 맹상군을 제거하려고 기회를 엿보고 있었는데, 마침 진(秦)나라 소왕(昭王)도 맹상군을 제나라 조정에서 몰아내려는 음모를 꾸미고 있었다. 왜냐하면 맹상군이 제나라 재상으로 있는 한 제나라가 부강해질 것이 확실하고, 그 결과 진나라가 위협을 당할 것이기 때문이었다.

소왕은 맹상군을 시기하는 제나라 조정의 신하들과 결탁하여 맹상군에 관한 나쁜 소문을 퍼뜨리기 시작했다.

"천하의 사람들은 제나라 왕은 몰라도 맹상군은 안다. 불원간에 맹상군이 제나라 왕위를 차지하고 말 것이다."

이런 소문이 제나라 전역에 퍼져나가자 제나라 민왕도 바짝 긴장하지 않을 수 없었다. 아닌 게 아니라, 맹상군의 세력이 제나라에서 엄청나게 커지고 있는 것만은 틀림없었다. 민왕은 이런 소문이 나고 있는 차제에 맹상군을 조정에서 물러나게 해야겠다고 마음먹었다. 그래서 하루는 맹상군을 불러 이렇게 정중하게 말하였다.

"과인은 감히 아버님의 신하를 계속 과인의 신하로 삼고 있을 수가 없습니다."

시국이 어떻게 돌아가고 있는가를 눈치챈 맹상군은 구구한 변명을 늘어놓고 싶지도 않고 하여 왕에게 사직서를 제출하고 재상 자리를 물러나왔다. 그러자 맹상군에게 붙어 있던 많은 식객들이 맹상군을 떠나가 버렸다.

무엇보다 맹상군은 재상 자리에서 물러나자 생명의 위협을 느끼지 않을 수 없었다. 전에는 재상의 권세로써 자신을 보호할 수 있었지만, 이제는 자기 주변 사람들마저 떠나가니 더욱 불안해지기만 하였다.

이때, 풍훤이 맹상군을 위로하며 말했다.

"이제야말로 전에 사두신 의를 써먹을 때입니다."

"의를 사두었다니. 그게 무슨 말인가?"

맹상군은 풍훤이 설 땅 사람들로부터 시의(市義 : 의를 산다는 의미)해온 사실을 잊고 있었다. 풍훤은 다시 한번 그 일을 되살려주고, 지금 곧 설 땅으로 떠날 것을 권유하였다. 그렇지 않아도 맹상군이 발붙일 곳은 설 땅밖에 없었다.

그런데 과연 설 땅 백성들이 맹상군을 환영할지는 의문이었다.

아무리 풍원이 그들의 채무 문서를 불태워주었다고 하더라도 그 은혜를 잊지 않고 있다는 보증은 없는 것이었다.

맹상군은 조마조마한 마음을 가지고 몇몇 남은 가신들과 함께 설 땅으로 내려갔다. 설 땅으로 내려가면서 맹상군이 좀 심각한 어조로 풍훤에게 말했다.

"그동안 나한테 붙어 있던 식객들도 다 떠나가는 판국에 설 땅 사람들이라고 나를 반길 리가 있는가? 내가 빚을 탕감해준 은혜는 별로 기억하지 않고, 나한테 소작료들을 바치느라 고생한 기억만을 가지고 있지 않을지. 설 땅 사람들이 들고일어나서 권세 없는 나를 쫓아낼지도 모르지."

맹상군의 말을 듣고 보니 풍훤 역시 자신감이 점점 없어지는 기분이었다. 인간들의 마음이란 얼마나 간사한 것인가. 은혜를 받을 때는 기뻐 뛰다가도 얼마 있지 않아 그 은혜를 다 잊어버리는 것이 아닌가. 지금 설 땅 사람들도 맹상군이 재상으로 있을 때는 그 은혜를 받고 맹상군 만세를 불렀지만, 이제 맹상군이 그들에게 부담스러운 존재로 돌아오는 것을 과연 환영할 것인지.

그런데 이게 어찌 된 일인가. 아직 설 땅에 도착하려면 백 리 길은 족히 남았는데, 설 땅 사람들이 부로휴유(扶老携幼)하고 몰려 나와 있었다.

"맹상군이시다!"

누가 외치자 사람들이 일제히 환호성을 지르며 맹상군을 환영하였다. 어느새 맹상군의 눈에는 눈물이 글썽거렸다. 옆에 있는 풍훤을 돌아보며 축축이 젖은 음성으로 말했다.

"선생이 나를 위해 의를 사놓은 것을 오늘에야 보는구려."

풍훤은 맹상군으로부터 선생이란 칭호를 듣고 황송한 마음을 금할 길이 없었으나, 아무튼 맹상군과 더불어 인생의 귀한 교훈을 새삼 배우는 느낌이었다. 평소에 의를 사두는 것이 위기를 당하여 얼마나 유용하게 쓰이는 것인가.

맹상군이 설 땅 사람들의 도움으로 자리를 잡아갈 무렵, 풍훤이 맹상군을 찾아와서 은밀히 여쭈었다.

"교토(狡兔 : 영리하고 꾀 많은 토끼)도 굴이 세 개쯤 있어야 죽음을 면할 수 있는 것입니다."

"그게 무슨 말이오?"

맹상군은 풍훤이 왜 갑자기 교토 운운하는지 의아한 표정을 지었다.

"당신은 지금 겨우 굴 하나를 마련하여 몸을 피하고 있습니다. 여기 설 땅 사람들이 아무리 잘 대해준다고 하더라도 아직 베개를 높이 베고 편히 잘 수 있는 처지는 못 됩니다. 당신을 위해 굴 두 개를 더 파드리겠습니다."

"굴을 두 개 더 파주겠다니. 어떻게 하겠다는 말이오?"

"두고 보십시오. 우선 저를 위(魏)나라로 보내주십시오."

맹상군은 풍훤의 계획을 다 알지는 못하였지만 그를 믿고 수레 50승과 금 5백 근을 주어 위나라로 보냈다.

풍훤이 위나라로 와서 혜왕(惠王)을 알현하여 아뢰었다.

"제나라 조정에서 재상인 맹상군을 쫓아냈습니다. 지금 맹상군이 설 땅에서 은둔하다시피 하고 있는데, 어느 나라든지 맹상군을 재상으로 빨리 받아들이는 나라는 반드시 부국강병을 이루게 될 것입니다."

이 말에 혜왕은 눈이 번쩍 뜨였다.

"호, 그래요? 맹상군이라면 소문으로 익히 듣고 있던 인물이오. 제나라 왕도 어리석지, 그런 인물을 내쫓다니. 맹상군을 재상으로 모셔오기만 하면 당신 말대로 부국강병을 이룰 수 있을 텐데."

말은 이렇게 하면서도 혜왕은 뭔가 망설이고 있었다.

"그렇다면 빨리 맹상군을 재상으로 모셔오도록 하십시오. 다른 나라에서 먼저 데려갈까 염려됩니다."

"하지만 우리 위나라에는 직제상 재상 자리가 하나밖에 없는데, 지금 있는 재상을 금방 내쫓을 수도 없고."

"이렇게 하시면 어떻겠습니까? 재상 자리를 하나 더 만드는 것입니다. 진(秦)나라 직제를 보면 좌승상(左丞相), 우승상(右丞相)이라 하여 재상 자리를 두 개 두고 있지 않습니까?"

"하긴 그러면 되겠군. 원래 있던 재상에게는 상장군(上將軍) 직책을 겸임하도록 하여 그 마음을 달래면서 맹상군보다는 약간 아래에 위치하도록 하면 되겠군."

혜왕도 계략을 쓰는 데는 누구에게도 뒤떨어지지 않는 편이었다.

"그럼 지금이라도 당장 맹상군을 모셔오도록 하시지요?"

풍훤이 재촉하자, 혜왕이 급히 사신을 불러 황금 천 근과 수레 백 승을 주면서 맹상군을 모셔오도록 지시하였다. 풍훤은 혜왕 앞을 물러나와 그 사신보다도 더 앞서 제나라로 달려갔다.

제나라로 급히 돌아온 풍훤은 맹상군에게 가서 말했다.

"지금 위나라 임금이 당신을 자기 나라 재상으로 모셔가기 위해 황금 천 근, 수레 백 승과 함께 사절을 보냈습니다. 이제 곧 이곳으로 당도할 것인데 황금 천 근이라 하면 대단한 빙물(聘物)이요, 백 승의 수레가 동원되었다고 하면 어마어마한 사절단이라 할 수 있습니다. 이런 행렬이 제나라 지역으로 들어오는 목적을 조정에서 모를 리가 없습니다. 만약 당신이 위나라 사절의 요청을 받아들이고 제나라를 떠나려 하면 반드시 제나라에서 방해를 할 것입니다. 그러므로 위나라 사절을 정중히 대접하되, 재상이 되어달라는 그들의 요구는 완곡하게 거절하십시오. 그러면 제가 또 방략(方略)을 도모하겠습니다."

풍훤의 말이 끝나기가 무섭게 위나라 사절단이 긴 행렬을 지어 설 땅으로 들이닥쳤다. 맹상군은 풍훤이 말한 대로 사절의 요구를 사양하였다. 사절은 며칠동안 끈질기게 맹상군에게 위나라 재상으로 와달라는 간청을 드렸지만 맹상군의 태도는 변함이 없었다. 이때, 풍훤은 제나라 수도인 임치로 달려가 민왕을 알현하였다.

"임금님, 지금 위나라에서 맹상군을 재상으로 모셔가려고 황금 천 근과 수레 백 승으로 대규모의 사절단을 파견하였습니다. 맹상군이 위나라의 재상이 되는 날, 제나라에 미칠 재앙을 생각해보셨습니까?"

이 말을 들은 민왕은 잔뜩 긴장하였다.

"그래, 맹상군이 위나라 재상이 되기로 수락을 했단 말이오?"

"그럴 리가 있습니까? 위나라 사절들이 끈질기게 요구하고 있지만 맹상군은 계속 거절하고 있습니다. 이 사태를 그냥 내버려두면 언제 맹상군의 마음이 바뀌어 그들의 간청을 받아들일지 알 수 없습니다. 왕께서 속히 조치를 취하셔야 할 것입니다."

"음, 알았소. 내가 조치를 취하겠으니 물러가시오."

민왕은 풍훤을 물러가도록 해놓고 은밀하게 측근 신하를 불러 설 땅으로 가서 과연 위나라 사절들이 와 있는지 알아보도록 하였다. 신하가 정탐을 하고 와서 보고하였다.

"귀중한 빙물과 정성을 다한 예의로 맹상군을 모셔가려고 위나라 사절단이 긴 행렬을 이루고 있었습니다. 들리는 바로는, 진나라에서도 맹상군을 재상으로 모셔가려고 사절을 보낼 것이라고도 합니다."

"이거 안 되겠는데. 맹상군을 다른 나라 재상으로 보낼 수는 없어."

마음이 다급해진 민왕은 급히 봉서(封書)를 써서 사신 편에 맹상군에게로 보냈다. 사신이 전달해주는 봉서를 열어보자 다음과 같은 내용이 적혀 있었다.

'과인의 잘못이 큽니다. 요즘 나라에 재앙이 잦은 것으로 보아 종묘의 제신(諸神)들도 과인의 잘못을 책하는 것 같습니다. 과인이 그동안 아첨

하는 신하들의 꾐에 빠져 그만 당신에게 죄를 지었습니다. 이렇게 과인은 부족한 점이 한두 가지가 아닙니다. 아무래도 당신께서 다시 조정으로 돌아와서 선왕(先王)의 종묘(宗廟)를 돌보며 백성들을 다스려주셔야겠습니다.'

옆에서 봉서를 함께 본 풍훤은 희색이 만면하여 외쳤다.
"이때를 놓치지 말고 왕의 부르심을 수락하시고, 더 나아가 선왕들의 제기(祭器)를 설 땅으로 옮겨 아예 이 설 땅에 종묘를 세우십시오. 그러면 그 누구도 설 땅과 설공을 업신여기지 못할 것입니다."
맹상군은 풍훤의 말대로 민왕의 부름을 받아들여 재상 자리에 다시 오르고, 선왕들의 종묘를 새로 설 땅에 세웠다. 종묘가 다 지어져 완공식을 하는 날, 풍훤이 맹상군을 돌아보며 말했다.
"이제야 세 개의 굴이 다 완성되었습니다."
"세 개의 굴이 완성되었다니?"
맹상군은 풍훤의 말을 얼른 알아차리지 못하고 반문하였다.
"제가 전에 아무리 교토라도 세 개의 굴이 있어야 죽음을 면하고 편안해질 수 있다고 하지 않았습니까?"
"음, 그런 말을 한 적이 있지. 그런데 무엇무엇이 세 개의 굴이란 말인가?"
"네. 하나는 설 땅 백성들이 재상님을 환영하는 것이고, 또 하나는 다시 재상 자리에 오른 것이며, 세 번째는 선왕들의 종묘가 여기 설 땅에 세워진 것입니다. 그러므로 이제야 재상님은 베개를 높이 베고 편히 잠들 수 있게 되었습니다."
"호, 그렇군."
오랜만에 맹상군의 표정에 안도의 기색이 떠올랐다.

맹상군은 서둘러 제나라 조정으로 돌아가 재상 자리에 오를 채비를 차렸다. 도읍인 임치로 돌아가는 맹상군의 행렬은 어마어마하였다. 맹상군이 재상 자리에서 물러나자 맹상군을 떠났던 식객들이 어디서 소식을 들었는지 꾸역꾸역 다시 몰려들었고, 설 땅의 백성들 중에도 아예 맹상군의 식객으로 따라 나선 자들이 많았기 때문이었다. 맹상군이 재상 자리로 복귀하기 위해 임치를 향해 긴 행렬을 이루어 오고 있다는 소식을 들은 제나라 조정의 신하들은 불안한 마음을 떨쳐버릴 수 없었다. 특히 맹상군을 제거하는 데 앞장섰던 무리들은 자신들의 목숨이 풍전등화처럼 여겨지기도 하였다.

아닌 게 아니라, 맹상군은 자기를 시기하여 모함한 신하 5백 명의 명단을 아무도 몰래 목첩(木牒)에다가 칼로 새겨놓고 복수할 날만을 기다렸던 것이었다. 그동안 그 명단들을 얼마나 반복해서 칼로 파내었던가. 칼로 파낼 때마다 마치 그 정적들의 심장을 도려내고 있는 듯한 기분을 느끼기도 하였다. 그리고 어떻게 하면 그들이 길게 고통을 맛보도록 손을 봐줄 것인가 궁리를 하곤 하였다. 조나라를 지나는 길에 조나라 백성들이 맹상군의 볼품없는 용모를 두고 놀리자 한 고을의 사람들을 전멸시키다시피 도륙했던 맹상군이 아니던가. 맹상군은 이렇게 불같이 일어나는 성미를 지니고 있기도 하였다.

맹상군의 행렬이 임치로 점점 가까워질 무렵, 담습자(譚拾子)라고 하는 신하가 맹상군을 맞으러 나와 허리를 구부리며 물었다.

"재상님은 제나라 조정의 신하들에게 원한을 품고 있지 않습니까?"

"그렇소. 원한을 품고 있소."

"그들을 반드시 죽여버릴 작정이십니까?"

"그야 물론이지요."

맹상군은 어금니를 악물었다. 담습자가 잠시 눈을 감고 침묵 속에 잠겨 있다가 무겁게 입을 열었다.

"사유필지(事有必至)라는 말을 아십니까?"

"일에는 반드시 끝이 있는 법이라는 그 문자적인 의미는 알지만, 무슨 뜻으로 그런 말을 하는지는 모르겠소."

"사유필지란 바로 죽음을 말하는 것이 아닙니까? 어떤 인생이나 죽게 되어 있는 법입니다. 재상님이 원한을 품고 죽이기로 작정한 신하들도 다 불쌍한 인생들로 얼마 있지 않아 죽게 되어 있습니다. 재상님이 손수 칼을 들어 죽이지 않더라도 불원간 죽을 운명에 처한 인생들이라는 말씀입니다. 이미 사형 선고를 받은 것과 같은 인생들을 또 죽이시고자 합니까? 재상님께서 복수하지 않고 그대로 내버려두면, 그들은 언제 복수의 칼날이 떨어질지를 몰라 날마다 더욱 불안에 시달리며 죽음을 앞당기게 될 것이 아닙니까? 그러므로 재상님께서 손수 칼을 드실 필요가 없다는 말씀입니다."

"음."

맹상군은 길게 한숨을 쉬면서 입을 악다물었다. 자기를 모함한 신하들에게 될 수 있는 한 고통을 길게 느끼도록 하는 방법을 궁구하고 있었는데, 바로 지금 그것을 발견한 기분이었다. 그것은 복수를 하지 않는 것이었다. 복수를 하지 않음으로써 진정 복수를 하는 역설적인 방법이 과연 일리가 있다고 할 수 있었다. 맹상군이 깊은 생각에 잠겨 있자 담습자가 계속 말을 이었다.

"이유고연(理有固然)이란 말은 아십니까?"

"이유고연이라? 그건 반드시 무슨 일에든지 그럴 만한 이유가 있다는 뜻이 아니오? 어떤 일을 두고 하는 말이오?"

맹상군이 담습자의 표정을 유심히 살폈다.

"재상님이 재상 자리에서 쫓겨나다시피 물러났을 때 식객들이 떠나가지 않았습니까?"

"그랬지요."

"그렇게 식객들이 떠나간 이유가 무엇이라고 사려되십니까?"

"그것은 내가 권세가 없어지고 물질적으로 어려움을 당하게 되자, 나한테 빌붙어 있어보았자 별 볼일이 없다고 생각했기 때문이겠지요."

"바로 그것입니다. 식객들이 그 무렵에 재상님을 떠나간 데도 이유고연, 즉 반드시 이유가 있는 것입니다. 그리고 지금 식객들이 재상님에게로 다시 몰려오는 데도 반드시 이유가 있는 법입니다. 그것은 재상님이 다시 부귀영화를 누릴 수 있게 되었기 때문이 아닙니까?"

맹상군은 가만히 고개를 끄덕였다. 담습자의 말이 계속되었다.

"시장을 보면 잘 알 수 있지요. 시장에는 아침에는 사람들이 들끓지만 저녁 무렵에는 텅 비게 되지 않습니까? 왜 그렇습니까? 사람들이 아침 시장을 좋아하고 저녁 시장은 싫어해서 그렇습니까?"

"그게 아니라 아침 시장에는 구하는 물건들이 많고, 저녁 시장에는 구하는 것이 없기 때문이 아닌가?"

"그렇습니다. 사람들이란 구하는 것이 있으면 몰려오고, 구하는 것이 없어지면 떠나가버리는 법입니다."

"그런 말을 나에게 하는 의도는 무어요?"

"이제 재상님에게는 사람들이 구하는 바가 있게 되었습니다. 그러므로 떠나갔던 식객들이 돌아왔듯이 재상님을 시기하고 모함했던 신하들도 재상님의 편으로 돌아설 거라는 말씀입니다. 끝까지 돌아서지 않는 자들은 복수를 하지 않음으로써 복수를 하시고 돌아서는 자들은 받아들이신다면, 재상님은 이래저래 칼을 들어 피를 흘릴 필요가 없게 되는 것이 아닙니까?"

이제 보니 담습자는 맹상군이 재상 자리로 복귀하는 정치적인 변혁기에 아무쪼록 피를 흘리는 사태가 발생하지 않도록 권유하고 있는 것이었다. 맹상군도 담습자의 간곡한 권유에 마음이 움직였다.

"알았소. 그대가 왜 나를 마중 나와서 이런 말을 하고 있는지 그 의도를 알 것 같소. 사유필지, 이유고연이라는 말을 기억하고 있겠소."

담습자는 안심하는 기색을 띠며 물러났다.

그날 밤, 맹상군은 다른 사람들이 천막을 치고 그 속에서 잠들어 있는 동안 혼자 몰래 천막을 빠져나왔다. 맹상군의 두 손에는 목첩들이 들려 있었다. 물론 그 목첩에는 맹상군이 손을 봐줄 사람들의 명단이 칼끝으로 깊이 새겨져 있었다.

어느 골짜기로 내려선 맹상군은 목첩들을 내려놓고 허리춤에서 긴 칼을 뽑아 들었다.

쩌억 쩌억 쩍.

맹상군이 칼로 내리치자 목첩들은 가죽 조각처럼 잘라져 토막이 났다. 불쏘시개같이 되어버린 목첩 조각들을 맹상군은 한군데로 모아 쌓았다. 그러고는 천막 근방에 세워져 있는 횃불을 들고 와서 목첩 조각 더미에다 불을 붙였다. 그것은 풍훤이 설 땅 백성들의 채무 문서를 불태운 행위와도 같았다. 금방 불길이 목첩 조각들을 삼켜버렸다. 그와 함께 맹상군의 원한과 분노와 억울함도 불타버렸다. 그러자 오히려 맹상군의 마음도 후련해졌다.

그 이후로 맹상군은 자신을 시기하고 모함한 신하들을 일체 거론하지 않았다. 신하들은 두려운 마음으로 맹상군에게로 돌아서기 시작했다. 끝내 돌아서지 않는 신하들도 맹상군은 괘념치 않았다.

차츰 제나라가 안정을 되찾아갔다. 그리하여 합종책을 도모하는 맹주국으로 떠올랐다.

맹상군의 말년

　제(齊)나라가 세력을 얻어 송(宋)나라를 멸하게 되자 민왕은 다시 교만해졌다. 그 무렵, 제나라 도읍인 임치성 밖에서 성을 등지고 사는 사람들 중에 호훤(狐喧)이라는 자가 있었다. 그는 제나라 정국에 대하여 지나치게 바른말을 많이 하여 결국 옥에 갇히는 신세가 되었다. 맹상군(孟嘗君)은 호훤의 충정을 이해하고 그를 살려내려고 백방으로 노력하였으나, 민왕이 워낙 화가 나 있어 어찌할 수가 없었다.

　민왕은 마침내 호훤을 임치성의 중심가인 단구(檀衢) 거리로 끌어내어 뭇 백성들이 보는 가운데 참수형에 처해버렸다. 이로 인하여 민심이 민왕을 떠나게 되었다. 호훤을 죽인 일에 대하여 민왕의 친척 중의 하나인 진거(陳擧)가 항의를 하자, 민왕은 진거마저 임치성의 동쪽 문인 동려(東閭) 근방에서 쳐죽이고 말았다. 그러자 민왕의 친척들의 마음이 민왕을 떠났다.

　이번에는 그 당시의 집정 대신(執政大臣)으로 다른 신하들에게 영향력을 끼치고 있던 사마양저(司馬穰苴)가 민왕이 진거를 죽인 일에 대하여 그 부당성을 들어 직언하였다. 그러자 민왕은 반성을 하기는커녕 사마양저도 죽이고 말았다. 신하들의 마음마저 민왕을 떠나게 되었다. 맹상군도 이런 상황에서는 재상 자리에 더 이상 머물러 있을 수 없다고 판단하고 스스로 물러나 설(薛) 땅으로 내려갔다.

이런 어수선한 제나라 정국을 틈타 연(燕)나라가 악의(樂毅) 장군을 시켜 제를 치게 하였다. 악의 장군은 그 명성 그대로 재빠르게 군대를 몰아 제나라의 중요 지역을 점령해나갔다. 제나라는 향자(向子) 장군을 시켜 연군을 막도록 했지만 대패하고, 향자는 겨우 수레 하나를 얻어 타고 도주하는 신세가 되고 말았다. 향자 장군의 휘하에 있던 달자(達子) 장군이 패잔병들을 다시 규합하여 연나라에 대항해보았지만 역시 역부족이었다.

점점 연나라 군대가 임치성으로 육박해오자, 민왕은 할 수 없이 거읍(莒邑)으로 피신하지 않으면 안 되었다. 민왕은 거읍에 숨어 있으면서 초(楚)나라로 밀사를 보내 원군을 요청하였다. 초왕은 요치(淖齒) 장군을 보내 제나라를 돕도록 하였다.

하지만 요치는 단순히 제나라를 돕기 위해 민왕에게로 간 것은 아니었다. 민왕의 실정(失政)에 관하여 듣고 있던 차라 자기 나름대로 민왕을 바로잡아주고자 하는 마음이 있었다.

초나라 군대를 몰고 거읍으로 들어선 요치는 틈만 있으면 민왕이 스스로 자신의 실책을 깨닫도록 간언하였다.

"천승읍(千乘邑)과 박창읍(博昌邑) 사이의 수백 리 땅에 하늘에서 피가 비 오듯 하는데 왕은 알고 계십니까?"

"모른다."

민왕은 무뚝뚝하게 대답하며 입술 양 끝을 아래로 늘어뜨렸다.

"영읍(嬴邑)과 박읍(博邑) 사이의 땅이 찢어지고 샘물이 솟는 괴변이 일어나고 있는데 그것을 알고 계십니까?"

"모른다."

"그러면 어떤 사람이 궁문 앞에서 슬피 울며 곡읍(哭泣)을 하고 있어 사람들이 그 곡 소리를 듣고 찾아가보면 곡 소리도 들리지 않을 뿐 아니라 곡을 한 사람도 보이지 않는데 그 사실은 알고 계십니까?"

"모른다."

요치는 정색을 하며 민왕에게 심각한 어조로 말하기 시작했다.

"하늘에서 피가 비 오듯 하는 것은 하늘이 경고하는 것이요, 땅이 찢어져 샘이 솟는 것은 땅이 경고하는 것이며, 궁문 앞에서 우는 자가 있는 것은 사람이 경고하는 것입니다. 하늘과 땅과 사람이 다 경고하고 있고 초나라에서 건너온 나까지 그 사실을 알고 있는데, 왕은 어찌하여 그 경고를 모르고 계십니까? 이러하니 어찌 주벌(誅罰)이 없으리오!"

그리고는 요치가 민왕을 거읍성 밖으로 끌고 나가 고리(鼓里)라는 작은 마을에서 죽여버렸다. 제나라를 연나라 군대로부터 구원하기 위한 사명을 띠고 파견된 장군이 오히려 제나라 임금을 살해한 것이었다. 그것은 왕이라는 자가 도망가 숨어 있으면서도 너무도 자신의 잘못을 깨닫지 못하고 후안무치의 상태에 있었기 때문이었다.

요치가 민왕을 죽였다는 소식이 전해지자 민왕의 가족들은 급히 몸을 피하지 않으면 안 되었다. 같이 몰려가면 요치의 군사들에게 들킬 위험이 있으므로 각각 뿔뿔이 흩어져 살 길을 찾았다.

태자인 법장(法章)은 얼른 옷을 바꾸어 입어 평민 차림으로 달아나 어느 마을의 외딴집으로 들어갔다. 그 집의 집주인은 난데없이 들어선 청년을 보고 깜짝 놀랐다.

"어디서 온 젊은이인가?"

"네, 저는 연나라 군사들을 피하여 도망온 임치성 사람으로, 저의 가족들은 도망오는 중에 다 죽고 말았습니다. 저 혼자 남아 어디 밥이라도 얻어먹을 잡일이 없는가 하고 다니고 있습니다. 이 집에는 저에게 시키실 잡일이 없는지요?"

법장은 무슨 일이라도 하겠다는 투로 일을 맡겨달라고 사정하였다.

"쯧쯧, 사정을 들으니 안됐군. 나이를 보아하니 군대에 들어가 적군들과 싸울 나이인데 군대나 들어가지."

"저는 원래 가난한 집안의 장자라고 해서 집안을 돌볼 책임이 막급했기 때문에 군대에 가는 것이 면제되었습니다. 이제 가족들이 다 죽고 나 혼자 남았으므로 군대에 들어가고 싶어도, 군사들이 모두 패주하고 있는 판에 들어가서 무얼 하겠습니까?"

"하긴 그렇군. 이 난세엔 그냥 꾹 숨어 있는 것도 현명한 일이지. 이번 전쟁도 왕의 실정으로 초래된 일이 아닌가 말일세."

아직 민왕이 죽었다는 소식을 듣지 못한 집주인은 민왕이 원망스럽다는 어조로 말하고 있었다.

"저에게 맡기실 일이 없습니까?"

법장이 다시 일을 부탁하자, 집주인은 잠시 생각하더니 손가락으로 마당에 있는 화단을 가리켰다.

"저 꽃밭에 물 주는 일이나 해주게."

그렇게 크지 않은 화단에는 그래도 갖가지 꽃들이 피어 있었다.

그리하여 법장은 그날 이후로 그 집에서 꽃밭을 돌보는 일을 해주며 밥을 얻어먹었다. 궁정 뜰에서 꽃을 가꾼 경험이 있었기에 주인의 마음에 흡족할 정도로 원예사 노릇을 잘할 수 있었다. 주인의 성은 태사(太史)씨로 복성(複姓)이었다. 주인에게는 딸이 하나 있었는데, 그 딸이 법장을 불쌍히 여겨 잘 돌보아주었다.

주인 딸은 법장이 꽃밭에 물을 주고 있으면 종종 다가와 말을 걸곤 하였다.

"어머나, 꽃들이 어쩌면 저렇게 탐스럽게 자랄까! 꽃을 돌보는 솜씨가 보통이 아닌 모양이군요. 아무래도 이전에 꽃들이 많이 핀 큰 저택에서 귀공자로 사신 분 같아요."

주인 딸은 법장의 신분이 궁금하다는 듯이 그 까만 눈을 반짝이며 법장을 유심히 쳐다보았다. 하루는 법장이 가시 있는 꽃가지를 잘라주다가 손가락이 가시에 찔렸는데, 법장의 손가락에서 피가 조금 흘러내리자 주인 딸은 급히 자신의 치마 끝을 찢어서 법장의 손가락을 싸매주었다. 주인 딸의 마음 씀씀이가 그와 같았으므로 법장의 마음이 동하지 않을 수 없었다. 주인 딸에 대한 연정 같은 것이 싹터 법장은 그 어려운 세월을 보내면서도 인생의 행복을 깨달아가는 기분이었다. 주인 딸도 법장을 그냥 불쌍해서 관심을 가지고 도와주다가 귀공자다운 법장의 인품에 점점 이끌려 그를 깊이 존경하고 사랑하게 되었다.

둘은 아무도 몰래 달밤을 이용하여 집 뒤 언덕에서 밀회를 즐기곤 하였다. 하루는 법장이 심각한 얼굴로 입을 열었다.

"지금 전단(田單) 장군이 즉묵(卽墨)성에서 연나라 군사들에 대항하여 마지막 혈전을 벌이고 있다고 하오. 연나라 군대는 기겁(騎劫)이라는 장군이 지휘를 하고 있다는데, 전단 장군이 이길 가능성도 적지 않은 모양이오. 그렇게 되면 연나라 군대를 이 땅에서 몰아낼 호기를 잡을 수도 있는데, 연나라 군대만 이 땅에서 물러나면……."

법장은 어떤 희망에 부푼 얼굴이 되어 마침 둥글게 차오르는 달을 올려다보았다.

"빨리 그런 날이 오면 좋겠어요. 우리 제나라는 자꾸만 쇠약해져가는 느낌이에요."

이렇게 말하면서 주인 딸은 살며시 머리를 법장의 가슴에 기댔다. 주인 딸의 머리카락에서는 법장이 돌보는 갖가지 꽃들의 향기가 뒤섞여 풍기는 것만 같았다. 법장은 그 냄새를 한껏 들이켜면서 주인 딸을 꼬옥 껴안았다. 보름달처럼 차오른 주인 딸의 가슴과 어깨가 한아름 큰 부피로 느껴졌다. 법장은 전단 장군이 이기게 되면 자신이 제나라 왕이 될 것이라는 말을 주인 딸에게 하고 싶었지만, 아무래도 지금은 시기상조인 것 같아 입을 다물었다.

한편, 전단 장군은 즉묵성을 사수하며 연나라 장군 기겁의 군사들을 물리칠 계교를 짜고 있었다. 이때, 연나라 군대의 최고 지휘관이라 할 수 있는 악의 장군은 요성(聊城)을 점령한 뒤 그 성에 틀어박혀 나올 생각을 하지 않고 있었다. 지금껏 연나라 군대가 제나라에서 70여 개의 성을 탈취하였는데, 그 성들을 관할하는 문제로 분주하게 왔다갔다 해야 할 악의 장군이 이상하게도 요성에 칩거하고 있는 것은 연나라 내부의 사정으로 인한 것이었다. 악의 장군이 제나라를 침공하여 혁혁한 전공을 세우자 이를 시기한 연나라 조정의 신하들이 연나라 왕에게 악의가 자신의 공을 믿고 반역을 도모하고 있다고 참소하는 바람에, 악의는 전의를 상실하고 자신이 살아날 방도만을 구하게 된 것이었다.

악의가 전투를 하지도 않고 연나라로 돌아가지도 않으면서 요성에 눌러앉아 있자, 노련(魯連)이 비단 천에 글을 써서 화살 끝에 묶어 요성 안으로 쏘아 보냈다. 그 글은 유명한 문장으로 《사기》나 《전국책》 같은 곳에 제법 길게 인용되어 있다. 하지만 그것을 다 소개할 수는 없고 대강 그 요지만 살펴보면, 지금 연나라에 내분이 일어나 연나라 왕이 갈피를 못 잡고 있는데 속히 연나라로 돌아가서 충성을 다하라는 내용이었다. 그리고 악의가 지금 요성의 제나라 인민들을 방패막이로 써먹고 있는 것은 비굴하기 짝이 없는 병법이라고 꼬집었다. 또한 악의가 연나라로 돌아가면 신하들의 참소로 목숨을 잃지 않을까 두려워하고 있는 점을 간파하여 역사적인 예들을 들어가면서 악의를 안심시켰다.

이런 내용의 글을 받아 읽은 악의는 결국 마음이 움직여 일단은 제나라를 떠나기로 하였다. 악의가 요성에 버티고 있는 연나라 군사들을 불러 모아 외쳤다.

"이제 제나라와의 협상이 이루어져 이 요성을 빠져나가고자 한다. 저들에게 공격 의사가 없음을 알리기 위하여 전통(箭筒)을 거꾸로 세워 화살들을 땅에 쏟아 부어라."

병사들이 각기 어깨에 메고 있는 전통들을 거꾸로 세워 흔들어 화살들을 땅에 쏟아버렸다.

우르르 차악 차악.

화살들이 쏟아져 부딪치는 소리들이 요성 가득히 퍼져나갔다.

이렇게 하여 일단 제나라를 벗어난 악의는 생각 끝에 연나라로 돌아가지 않고 조(趙)나라로 망명하고 말았다. 최고 지휘관이 물러간 상황에서 전투의 결말은 뻔한 것이었다. 제나라 전단 장군은 즉묵성을 수비하는 입장에서 공격하는 입장으로 바꾸어, 연나라 군대를 격파하고 기겁 장군을 죽여버렸다. 전세가 이렇게 되자 연나라 군대들은 각 지역에서 썰물처럼 빠져나가고 말았다.

민왕을 죽이고 연나라와 손을 잡으려 했던 초나라 장군 요치도 다시 초나라 방면으로 도망을 쳐 제나라에서 외국 군대라고는 찾아볼 수 없게 되었다.

제나라를 수습한 전단 장군은 무엇보다 먼저 태자 법장이 어디에 있는지 수소문하여 법장을 제나라 왕으로 세우기에 이르렀다. 법장은 왕위에 오르자 태사씨의 딸을 불러와서 왕비로 삼았다. 이 왕이 곧 제나라 양왕(襄王)인 것이다.

그 무렵, 왕손가(王孫賈)라는 자가 시장 입구에서 사람들을 모집하고 있었다.

"요치가 반역을 도모하여 민왕을 죽였다. 지금 그가 초나라 방면으로 도망을 가고 있는데, 나와 함께 그를 따라잡아 응징할 자는 단우(袒右)하고 나서라."

단우라는 것은 웃옷의 오른쪽 어깨 부분을 찢어 어깨의 맨살을 드러내는 것으로 단호한 결심을 표명할 때 취하는 행동이었다. 왕손가가 이렇게 단우하고 나서는 사람들을 모집하게 된 데는 까닭이 있었다.

원래 왕손가는 민왕을 측근에서 섬기던 대부(大夫)였다. 그런데 민왕이 측근들에게도 잘 알리지 않고 피신을 가버리자 왕손가를 비롯한 신하들은 왕이 어디로 갔는지 알 수가 없게 되었다. 왕손가는 답답한 마음을 안고 어머니가 계신 집으로 돌아왔다. 평소에는 어머니가 반갑게 맞이해주었는데 이날은 차가운 태도로 왕손가를 나무랐다.

"네가 아침 일찍 나가 밤늦게 돌아오면 나는 문에 기대어 너를 기다렸다. 네가 저녁에 나가 돌아오지 않으면 나는 마을 어귀에까지 나가 기다렸다. 그런데 너는 네가 섬기던 임금이 어디로 갔는지 모르는데도, 임금을 기다릴 생각은 하지 않고 어찌 이렇게 홀로 집으로 돌아올 수 있느냐?"

이 말에 충격을 받은 왕손가는 그 길로 임금을 찾아 나서 이곳저곳 수소문하다가, 민왕이 요치의 손에 죽음을 당했다는 비보를 접하게 된 것이었다. 요치를 처치할 때를 엿보던 왕손가는 지금이야말로 가장 적절한 기회임을 알고 사람들을 모집하고 있는 중이었다.

"나도 요치를 죽이는 일에 함께 나서겠소."

"나도요."

사람들이 하나둘 오른쪽 어깨 부분의 옷을 찢으며 왕손가를 따라 나섰다. 이렇게 해서 모집된 사람들이 4백 명이나 되었다. 왕손가는 그 4백 명을 이끌고 초나라 방면으로 쏜살같이 내달아 도망가고 있는 요치의 군대를 뒤쪽에서 덮쳤다. 군사들의 수는 왕손가의 돌격대보다 요치 쪽이 훨씬 많았지만, 용감 무쌍한 왕손가의 돌격대가 요치를 쳐죽이자 요치의 군사들은 혼비백산하여 흩어지고 말았다. 어머니의 말 한마디가 왕손가를 분격시켜 왕의 원수를 갚게 한 셈이었다. 이 소식을 들은 양왕은 왕손가를 높은 벼슬자리에 오르도록 했음은 두말할 나위가 없다.

양왕이 처음 나라를 다스릴 당시, 재상 자리는 구국 충신이라 할 수 있는 전단이 맡았다. 전단이 양왕을 세우는 일에 결정적인 역할을 하였으므로, 어쩌면 그 당시 실권은 전단에게 있다고 하여도 과언이 아니었다. 그래서 차츰 양왕은 전단을 경계하지 않을 수 없었다.

어느 추운 겨울날, 전단의 일행이 치수(淄水)를 건너게 되었다. 치수 맞은편으로 건너가니 마침 한 노인도 강을 건너고는 추위를 이기지 못하여 벌벌 떨고 있었다. 강가 모래밭에 웅크리고 앉아 떨고 있는 모습으로 보아 그대로 내버려두면 동사할 것만 같았다.

"여봐라, 누가 옷을 벗어 저 노인에게 입혀주도록 하여라."

그러자 수행원들이 서로 눈치를 보며 선뜻 옷을 벗으려고 하지 않았다. 이렇게 추운 날 옷을 벗어주었다가는 자신이 얼어죽을 판이었다. 수행원들이 머뭇거리고 있자 전단이 겉옷을 훌쩍 벗어서 노인을 덮어주었다. 수행원들은 얼굴을 들지 못하고 민망해하였다.

이런 이야기가 양왕의 귀에 들어가자, 양왕은 전단을 칭찬하기는커녕 갑자기 화를 내며 소리쳤다.

"역시 전단이라는 작자는 나라를 탈취할 야심을 가지고 있군."

주위에 있던 신하들이 반문하였다.

"그게 무슨 말씀이십니까?"

"전단이 그런 식으로 기회 있을 적마다 백성들에게 은혜를 베푸는 목적이 무엇이냐? 그것은 민심을 자기에게로 돌리려는 수작이 아니냐? 전단을 먼저 처치하지 않으면 내가 당하겠구나."

양왕은 자신도 모르게 자기가 과격한 발언을 한 것을 눈치채고 주위 신하들을 돌아보았다. 그런데 신하들은 양왕의 말을 들은 것 같지도 않게 무덤덤한 표정들을 짓고 있었다. 마침 관주(貫珠)라는 자가 신하들 틈에 끼여 있었다. 양왕이 관주를 앞으로 불러 물어보았다.

"너는 내 말을 들었느냐?"

"네, 들었습니다."

관주가 진지한 얼굴로 대답했다.

"그러면 내 말을 너는 어떻게 생각하느냐?"

"짧은 말이라고 생각합니다."

"짧은 말?"

"네, 짧은 생각에서 나온 말이라는 뜻입니다."

양왕의 표정이 묘하게 일그러졌다.

"그럼 너의 생각을 말해보라."

"차라리 왕께서는 전단의 선(善)을 왕 자신의 선으로 삼으십시오."

"남의 선을 나 자신의 선으로 삼다니. 그건 또 무슨 말이냐?"

"왕께서는 전단의 선행을 칭찬하여 백성들이 다 알 수 있도록 공표하십시오."

"어떤 식으로 공표하란 말인가?"

"이렇게 글을 써서 방(枋)을 붙이면 되겠습니다. '내가 백성들의 굶주림을 걱정할 때 전단이 백성들을 거두어 먹여주고 내가 백성들의 추위를 염려할 때 전단이 스스로 옷을 벗어 백성들을 입혀주었다. 내가 근심하고 있는 백성들을 전단이 역시 걱정해주고 있으니 어쩌면 내 뜻과 이리 똑같을까.' 이렇게 전단이 베푼 선을 기뻐하고 선하게 여김으로써 전단의 선이 왕의 선이 되는 것입니다. 그리고 왕의 선은 전단의 선보다 한 단계 차원이 높은 선이 될 수 있는 것입니다."

관주의 말을 들은 양왕은 백성들에게 선을 베푸는 전단을 시기했던 자신이 얼마나 옹졸했던가 부끄러워하지 않을 수 없었다.

"옳거니."

양왕은 관주의 말대로 전단에게 술과 고기를 내려 그의 선행을 치하해주고, 백성들에게 전단의 선행을 공표하였다.

며칠 후, 관주가 다시 양왕을 찾아와서 아뢰었다.

"왕께서는 전단에게 명을 내려 추위와 굶주림으로 고생하는 백성들을 찾아 곡식을 베풀게 하십시오."

양왕이 관주의 말대로 그러한 명을 전단에게 내려 백성들을 돌보게 하자, 백성들은 이구동성으로 왕을 칭송해 마지않았다.

"전단이 백성들을 돌보는 것은, 그 모두가 왕의 교화와 은택으로 인한 것이구나."

과연 왕의 선이 전단의 선보다 돋보여 백성들의 마음이 왕에게로 더욱 쏠리게 되었다.

그 당시 전단의 영향력이 커지자 전단을 비방하는 무리들이 많이 생기게 되었다. 그중의 대표적인 인물이 초발(貂勃)이라는 자였다. 초발은 조정에서건 시중에서건 전단을 비방하기를 쉬지 않았다.

"안평군(安平君) 전단은 쩨쩨한 소인배에 불과해."

전단은 초발이 자기를 비방하고 돌아다닌다는 소식을 듣고, 하루는 크게 주연(酒宴)을 차려놓고는 초발을 초대하였다. 술잔이 어느 정도 돌고 나서 전단이 초발에게 물었다.

"제가 선생에게 무슨 죄를 졌기에 선생은 항상 조정에서 저를 칭찬해 마지않습니까?"

전단은 지금 반어법을 쓰고 있는 것이었다. 초발은 전단이 항의를 하고 있다는 것을 눈치채고 정색을 하며 대꾸하였다.

"도둑을 주인으로 삼고 있는 개가 요(堯) 임금을 보고 짖는다고 합시다. 그것은 개가 도둑을 귀하게 여기고 요 임금을 천하게 여겨서 그러는 것이 아니지 않습니까? 개라는 것은 그 본성상 주인이 아니면 짖게 마련입니다. 지금 여기에 공손씨(公孫氏)라고 하는 착한 사람과 서씨(徐氏)라고 하는 못된 사람이 있다고 합시다. 공손씨와 서씨가 서로 싸움을 할 때 서씨 집 개는 누구를 물겠습니까?"

"그야, 공손씨를 물겠지요."

"보십시오. 개라는 것은 누가 옳고 그르다는 판단 기준을 가지고 무는 것이 아니지 않습니까? 누가 자기 주인이냐 아니냐 하는 기준밖에 없는 것입니다. 만약 개에게 나쁜 주인을 버리고 착한 주인을 택할 능력이 있다면 함부로 남의 다리를 물고 늘어지는 짓은 하지 않겠지요."

전단은 초발이 무슨 말을 하고 있는지 그 숨은 의미를 알 것 같았다. 지금 초발은 전단이 양왕을 주인으로 모시고 있는 개로서 충성을 다하고 있는 점을 비꼬고 있는 것이다. 양왕을 주인으로 모시는 개 노릇을 하고 있기 때문에 양왕이 옳고 그르냐의 차원을 떠나서 전단이 무조건 양왕의 편을 들고 있는 것을 지적하는 발언인 셈이었다. 이 정도의 비유를 들어 상대방의 잘못을 지적할 줄 아는 자라면 대단한 지략가라고 할 수 있었다.

"알겠습니다, 선생이 무슨 말을 하고 있는지. 제가 선생을 받들어 모시겠습니다."

전단은 결국 초발에게 마음으로 항복을 하고, 더 나아가 양왕에게 초발을 추천하여 벼슬자리를 얻게 하였다. 그런데 양왕의 신하들 중에는 초발과는 다른 의도로 전단을 비방하는 자들이 있었는데, 9명의 총신(寵臣)이라 일컬어지는 신하들이 특히 그러하였다.

총신들이 하루는 양왕에게 초나라와의 외교 관계를 굳게 할 필요성에 대하여 역설하였다.

"초나라는 이전에 우리 제나라가 연나라의 공격을 받아 곤경에 처해 있을 때 원군을 보내준 나라입니다. 그런데 초나라 장군 요치가 선왕(先王)을 살해함으로써 오히려 제나라를 어렵게 만들기도 했지만, 그것은 어디까지나 요치 한 사람의 야심에서 비롯된 것으로 초나라 조정의 뜻은 아니었습니다. 초나라 조정은 어찌해서든지 곤경에 처한 제나라를 돕고자 여러모로 애썼던 것입니다. 이제 요치도 왕손가의 손에 처치되고 우리 제나라도 안정을 되찾았으므로 다시 초나라와 외교 관계를 두터이 할 필요성이 있습니다. 우선 사자를 초나라에 보내 이전에 원군을 보내준 사실에 대해 그 결과야 어떻게 되었든 감사를 표하십시오. 그러면 초나라가 미안해서라도 우리 제나라에 대하여 우호적인 관계를 돈독히 하게 될 것입니다."

총신 9명이 일제히 아뢰므로 양왕은 그 건의를 수락하지 않을 수 없었다.

"좋소. 초나라 장군 요치가 선왕을 죽인 데 대한 감정은 이제 풀기로 하고 초나라에 사신을 파견하겠소. 그런데 어떤 사람이 사신으로 마땅하겠소?"

총신들은 서로 눈짓을 주고받다가 입을 모아 추천하였다.

"초발이 적합한 자인 줄 압니다."

총신들이 초발을 추천한 데는 그들 나름대로의 음모가 있었다.

이렇게 하여 초나라에 사신으로 가게 된 초발은 초나라 왕에게 양왕이 보내는 빙물(聘物)을 전달하고 크게 대접을 받았다. 초나라 왕이 연일

연회를 베풀어 초발을 접대하는 바람에 제나라로 돌아갈 날짜가 애초에 계획했던 것보다 며칠 늦추어졌다.

9명의 총신들은 이 기회를 놓칠세라 초발이 늦어지고 있는 이유를 거짓으로 꾸며 양왕에게 고자질하였다.

"초나라는 만승지국(萬乘之國)입니다. 그런데도 일개 미미한 신하에 불과한 초발을 융숭하게 대접하며 계속 머물게 하고 있는 것은 필시 무슨 곡절이 있기 때문일 것입니다."

"무슨 곡절이 있단 말이오?"

총신들의 생각을 다 헤아리지 못한 양왕은 의아한 표정으로 물었다.

"초나라는 초발을 이용하여 우리 제나라를 넘보려 하고 있음이 틀림없습니다. 초발은 원래 전단이 추천한 인물이 아닙니까? 이번에 초발이 초나라에 갈 때, 전단이 초발에게 초나라 왕에게 보내는 밀서를 건네주었을 것입니다. 그 밀서는 제나라 조정을 뒤엎고 왕을 몰아내는 음모로 가득 차 있음이 분명합니다. 요즈음 전단을 보면 군신지례(君臣之禮)도 지키지 않고 안하무인 격으로 행하고 있습니다. 그리고 장차 반란을 일으키기 위해 민심을 교묘하게 자기에게로 돌리는 일들을 도모하고 있습니다."

"그럼 전단과 초발이 서로 공모한 후 초나라와 결탁하여 우리 제나라를 뒤집어엎으려고 한단 말이지?"

양왕이 안색이 변하기까지 하며 언성을 높였다.

"그렇습니다. 더 나아가 전단은 바깥으로는 융적(戎狄)과 같은 오랑캐들에게도 회유책을 쓰고, 천하의 현사(賢士)들을 은근히 자기 주위로 모으며 영웅호걸들과 자주 친교를 나누고 있습니다. 전단이 이렇게 하고 있는 의도가 무엇이겠습니까? 임금님께서는 잘 살펴서 미리 대비하셔야 합니다."

9명의 총신들을 비롯한 많은 신하들이 일제히 입을 모아 전단을 참소하였다.

"그렇다면 초나라 사신으로 왜 전단과 한패인 초발을 추천하였소?"

양왕은 신하들을 둘러보며 그들의 표정을 살폈다.

"그것은 이번 기회에 그들의 음모를 백일하에 드러내기 위함이었습니다. 초발이 초나라 사신으로 가서 정한 기한에 돌아오지 않고 있는 것은 분명히 반역의 음모가 있다는 증거입니다."

"음, 알았소. 이 문제는 내가 처리하겠소."

며칠이 지난 후, 양왕은 전단을 은밀하게 궁으로 불러들였다. 전단은 이미 사태를 짐작하고는 머리의 관(冠)을 벗고 맨발로 육단(肉袒)을 한 채 왕에게로 나아갔다. 육단이란 어깨를 드러내 스스로 죄인임을 나타내는 옷차림을 가리키는 것이었다. 전단은 이런 모습으로 왕 앞에 엎드려 자기를 죽여달라고만 하였다. 다른 말은 전혀 하지 않고 자기를 죽여달라는 말만을 하면서 5일째 엎드려 있는 전단을 보고는 양왕의 마음도 수그러들지 않을 수 없었다. 결국 양왕은 전단에게 특별한 죄가 없다는 점을 인정하고 그를 용서하기에 이르렀다.

"그대는 내게 아무런 죄가 없소. 그대는 그대 나름대로 신하로서의 예의를 다하면 되고, 나는 내 나름대로 군주로서의 예의를 다하면 되는 것이오."

말하자면 각자 군신의 위치를 잘 지켜나가자는 말이었다.

이럴 즈음, 초나라에서 초발이 돌아왔다. 초발에게서도 어떤 음모의 낌새는 느낄 수 없었다. 양왕은 마음의 의심을 풀고 초발에게 술잔을 하사하여 그 노고를 치하하였다. 주연이 무르익자 양왕이 거나하게 취하여 혀 꼬부라진 소리로 주정을 부렸다.

"야, 단(單)은 왜 안 보여? 단을 불러와!"

재상의 이름을 함부로 부르면서 그를 찾고 있는 것이었다. 그러자 초발이 얼른 그 자리에서 물러나 엎드리며 머리를 조아렸다.

"아니, 왜 갑자기 엎드리고 야단이야?"

양왕이 초발의 행동을 의아하게 여기며 물었다.

"왕께서는 어찌 망국의 발언을 함부로 내뱉으십니까?"

"뭐, 망국의 발언이라구?"

양왕이 벌게진 눈을 더욱 부라렸다. 초발이 차분한 음성으로 말을 이어나갔다.

"왕과 주 문왕(文王)을 비교하면 어떻습니까?"

"그야 내가 주 문왕에 미치지는 못하지."

양왕은 비록 취중에라도 주 문왕과는 비교가 되지 않는 자신을 인정하고 있었다.

"그럼 좀 낮추어 제 환공(桓公)과 비교하면 어떻습니까?"

"제 환공에도 나는 미치지 못하지."

"맞습니다. 저도 그렇게 여깁니다. 그런데 왕보다 몇 배나 위대한 문왕도 여상(呂尙)을 만나자 그를 높여 태공(太公)으로 삼고, 환공도 관중(管仲)을 만나자 그를 높여 중부(仲父)로 삼았습니다. 그러나 왕께서는 안평군(安平君:전단을 가리킴)을 얻고도 그를 존경하기는커녕 어린아이 대하듯 단, 단 하고 부르고 있습니다. 천지가 열려 사람이 생겨난 이래, 신하로서 안평군만큼 나라에 공을 세운 자가 또 있겠습니까?"

그러면서 안평군 전단이 어떠한 공을 세웠는지에 대하여 열거하기 시작했다.

"생각해보십시오. 연나라가 군대를 일으켜 우리 나라를 치자, 왕께서는 선왕들의 사직을 지켜내지 못하고 성양(城陽)의 깊은 산 속으로 도망하지 않았습니까? 그러나 그때 안평군은 풍전등화와 같은 즉묵성을 지켜내지 않았습니까? 즉묵성은 5리밖에 되지 않는 내성(內城)과 7리밖에 되지 않는 외곽(外郭)을 갖추고 있는 초라한 성이지만 군사적으로는 중요한 지역인데, 안평군은 패잔병 7천 명을 규합하여 끝내 그 성을 수비하고, 더 나아가 그 성을 공격하던 연나라 장수 기겁을 사로잡아 제나라 전역을 수복하였습니다. 안평군은 그 무렵 마음만 먹었으면 성양의 백성들과 뜻을 합하여 그곳을 제나라 수도로 삼고, 스스로 왕이 되어 제나라를 다스릴 수도 있었습니다. 안평군이 만약 그렇게 했다 하더라도 아무도 그를 제지하지는 못하였을 것입니다. 그러나 그는 도리에 맞는 일을 계획하고 정의에 기초하여 행동하였으므로 그런 어리석은 짓은 범하지 않았습니다. 그는 나라가 혼란한 틈을 타 대권을 차지하고 싶은 욕심을 버리고, 성양 산 속 깊은 곳에 숨어 있는 왕을 찾아 나서지 않았습니까? 얼마나 깊은 산중이었는지 험준한 곳에는 사다리를 놓아 통행로까지 만들어가며 나아가야 했습니다. 그런 고생 끝에 왕을 찾아 임금으로 즉위하게 하고, 왕이 숨어 있으면서 꽃밭에 물을 주던 집 딸을 왕비로 모시고 왔습니다. 왕이 지금 부귀영화를 누리고 나라가 이만큼이라도 안정되게 된 것은 다 안평군의 덕이라 해도 과언이 아닌데, 그 은인을 어린아이 부르듯 단, 단 하실 수 있는 것입니까? 이것이 망국의 발언이 아니고 무엇이겠습니까?"

초발이 간곡한 음성으로 아뢰자, 양왕은 스스로 부끄러워하며 감동하지 않을 수 없었다.

"오, 내가 잘못했소. 이 일을 어쩌면 좋소?"

기회를 놓칠세라 초발이 급히 간언하였다.

"조정에서 이간질이나 일삼는 9명의 간신들을 죽여 안평군에게 사죄하시기 바랍니다. 그렇지 않고 그 9명의 간신들을 총애하며 그들의 말만 듣다가는 나라가 위태해지게 될 것입니다."

양왕은 초발의 간언을 받아들여 9명의 총신들을 축출하고, 안평군 전단의 권한을 더욱 높여주며 액읍(夜邑) 만 호(戶)를 익봉(益封)하였다. 익봉이란 이미 가지고 있는 봉지에 더 추가하여 하사하는 것을 말한다.

얼마 후, 전단은 북쪽 지역의 적(狄)을 공격할 계획을 세우고 노중자(魯仲子)를 찾아가서 의논하였다. 그러자 노중자는 전단에게 단호하게 말했다.

"장군은 적을 공격해보았자 이기지 못할 것이오."

전단은 의아한 표정을 지으며 되물었다.

"저는 오리지성(五里之城)과 칠리지곽(七里之郭)밖에 되지 않는 즉묵성을 패잔병들을 모아 지키며 만승지국(萬乘之國)인 연나라를 깨뜨려 폐허가 된 제나라를 수복하였습니다. 그런 어려운 지경에서도 전쟁을 승리로 이끌었는데, 적을 공격해 이길 수 없다니 그게 무슨 말씀입니까?"

그러고는 인사말도 제대로 하지 않고 수레에 올라 횡하니 그 자리를 떠났다.

전단은 노중자의 충고가 있었음에도 불구하고 군사들을 몰아 적을 공격해 들어갔다. 그러나 과연 노중자의 말대로 3개월이나 되도록 적을 이기지 못하고 싸움만 질질 끌게 되었다.

이때, 제나라에서는 어린아이들 사이에 이상한 동요가 불리고 있었다.

큰 모자는 마치 키 같고
긴 칼로는 턱만 받치고 있네
적을 공격했으나 이기지 못하고
보루를 낮게 쌓은 채 마른 언덕만 지키고 있네

전단의 군사들을 놀리는 동요인 셈이었다. 전단은 점점 더 초조해지지 않을 수 없었다.

적과의 싸움은 계속 지지부진 시간만 끌었다. 전단은 노중자의 예언이 맞아 떨어지지 않는가 하여 은근히 겁이 나서 결국 노중자를 다시 찾아가게 되었다. 노중자는 전단을 냉담한 표정으로 대하며 무뚝뚝하게 말했다.

"무슨 일로 나를 찾아왔소?"

전단이 무릎을 꿇다시피 하며 다급한 음성으로 용건을 꺼냈다.

"선생께서 지난번에 나에게 말씀하기를, 내가 적을 공격해 들어가도 이기지 못할 것이라고 하였소. 그러나 나는 선생의 말을 듣지 않고 출정을 하였소. 그런데 정말 선생의 말씀대로 적의 군대를 아직껏 이기지 못하고 있으니 어떻게 된 일인지 모르겠소. 선생께서는 왜 내가 이기지 못할 것이라고 하신 것이오? 그 이유를 듣고 싶소."

"그 이유를 정말 알고 싶소?"

"그렇습니다."

전단의 자세가 이전 같지 않고 자못 겸손해진 것을 본 노중자는 천천히 입을 열었다.

"장군이 즉묵성에서 싸울 때는 병사들과 더불어 앉으면 삼태기요, 서면 삽이지 않았소?"

"네? 앉으면 삼태기요, 서면 삽이라니오?"

전단은 얼른 말뜻을 알아듣지 못하고 되물었다.

"아, 앉았다 하면 성곽을 보수하기 위해 흙을 나르는 기구를 만들고, 서서는 삽을 들고 성곽을 보수하는 일에 몰두했다는 말이오. 다시 말해 병사들과 생사고락을 같이했다는 말이오. 그러면서 장군은 병사들에게 이렇게 독려하였소. 이제 더 이상 물러설 땅은 없다. 종묘도 허물어지고 말았다. 돌아갈 곳을 찾기에는 이미 늦어버렸다. 싸우다 죽는 일밖에 남은 것이 없다. 그러자 장군의 말을 들은 병사들은 하나같이 눈물을 흘리며 필사의 각오로 싸움에 임하였소."

전단도 그때의 상황을 마음속에 떠올리는 듯 깊은 감회가 어리는 기색이었다.

"그때, 병사들은 장군의 말이라면 사는 것에 연연하지 않고 복종하였소. 장군과 병사들의 일거수일투족은 무엇 하나 연나라 군대를 쳐서 이기는 일과 관련되지 않은 것이 없었소. 이런 자세로 싸웠으므로 연의 군대를 이겼던 것이오. 그런데 지금은 어떠하오?"

노중자가 말을 잠시 멈추고 전단을 새삼 유심히 바라보았다. 전단은 장군으로서의 화려한 복장을 갖추고 허리에는 황금 띠를 두르고 있었다. 전단은 노중자가 무슨 말을 하려고 뜸을 들이나 하고 긴장된 마음으로 다음 말을 기다렸다.

"요즘 장군은 동쪽으로는 액읍을 봉지로 가지고 있고, 서쪽으로는 안평을 봉지로 가지고 있으면서 동과 서로 다니며 인생의 즐거움을 만끽하고 있소. 허리에는 황금 띠를 두르고 번쩍번쩍 빛나는 수레들을 타고 다니며 여차하면 치수(淄水), 승수 강가로 뱃놀이를 하러 가니 어찌 결사(決死)의 각오 같은 것이 생길 리가 있겠소? 그래서 즉묵에서 연나라 군대를 격파한 장군이지만, 지금은 적과 같은 하찮은 상대조차도 이기지 못하고 있는 것이오."

뼛속을 파고드는 듯한 노중자의 말에 전단은 그만 털썩 주저앉고 말았다.

"이제야 알겠습니다. 왜 내가 적의 군대조차도 이기지 못하고 있는지. 무지한 자를 일깨워주셔서 참으로 감사합니다."

전단은 노중자에게 정중한 작별 인사를 드리고 물러나와 화려하게 꾸민 장군 복장부터 벗어버리고 활동하기에 간편한 복장으로 갈아입었다. 그리고 성곽 구석구석을 순찰하며 병사들을 독려하였다. 또한 전투가 벌어질 때는 화살과 돌이 마구 날아오는 와중에서 전단이 손수 북과 북채를 잡고 진격과 후퇴의 신호를 울렸다.

그러자 그동안 슬슬 눈치나 보며 게으름을 피우던 병사들이 일사불란하게 움직여 적의 군대를 격파해나갔다. 마침내 적은 전단 앞에 항복하고 말았다.

이렇게 전단 장군이 제나라 조정에서 활약하고 있을 무렵, 맹상군은 설 땅에서 세력을 구축하며 거의 독립된 제후국을 형성해나가고 있었다. 제나라 양왕조차도 섣불리 맹상군을 오라 가라고 할 수 없는 처지였다.

이때, 초(楚)나라가 군대를 동원하여 설 땅 지역을 공격해 왔다. 맹상군은 대단히 곤란한 지경을 당하여 어찌할 바를 몰랐다. 할 수 없이 제나라 양왕에게 사람을 보내 도움을 요청하였다. 양왕은 평소에 맹상군이 자신의 말을 잘 듣지 않고 마치 제후국의 군주처럼 행세하는 것이 아니꼬왔으므로 맹상군의 요구를 거절하였다. 이번 기회에 한번 혼이 나보라는 식이었다.

그럴 즈음, 제나라의 사신으로 초나라를 방문하고 돌아오던 순우곤이라는 자가 제나라 도읍으로 들어가는 길에 전쟁 중인 설 땅을 둘러보았다. 순우곤이 설 땅으로 들어온다는 소식을 들은 맹상군은 사람들을 시켜 순우곤을 예의를 다하여 맞이하게 하고는 자기도 곧 채비를 차리고 교외(郊外)로까지 나아가 정성껏 순우곤을 환영하였다. 초나라 군사들이 군데군데 진을 치고 있는 상황에서 그렇게 마중을 나가는 것은 몹시 위험한 일이 아닐 수 없었다.

순우곤을 설성(薛城) 안으로 안전하게 인도한 맹상군은 비장한 음성으로 순우곤에게 말했다.

"초나라 사람들이 설 땅을 노략질하고 있는데도 제나라 조정은 모르는 척하며, 선생과 같은 분들도 걱정해주지 않으니 설 땅이 망하면 이 몸은 다시는 선생을 뵙지 못하게 될 것입니다."

순우곤도 심각한 어조로 대답했다.

"설 땅이 이렇게 곤란을 겪고 있는 줄은 몰랐소. 내가 도읍으로 돌아가면 왕을 알현하여 조치를 취해주도록 간언하겠소."

"이번 기회에 내가 망하기를 바라는 왕의 마음을 어떻게 움직일 수 있단 말이오?"

맹상군이 순우곤의 표정을 유심히 살폈다.

"그건 염려 마시오. 내가 알아서 할 테니."

순우곤은 맹상군을 위로한 후 제나라 도읍으로 들어가 왕을 만났다.

"초나라에 다녀오느라고 수고 많았소. 그래, 초나라에서 무엇을 보았소?"

양왕이 순우곤으로 하여금 초나라 방문 보고를 하도록 하였다.

"초나라가 견고한 것을 보았습니다."

순우곤은 초나라가 얼마나 견고한가에 대하여 일일이 예를 들어 설명하였다. 그리고 나서는 잠시 말을 끊은 후 다시 입을 열었다.

"그런데 설 땅 역시 그 힘을 측량할 수 없습니다."

"갑자기 설 땅 이야기는 왜 꺼내는 것이오? 그리고 설 땅 역시 그 힘을 측량할 수 없다니 그게 무슨 말이오?"

"그 힘을 측량할 수 없다고 하는 것은 그곳에 아주 귀중한 것이 있기 때문입니다."

"귀중한 것이라?"

"선왕(先王)의 제기(祭器)와 종묘가 설 땅에 있지 않습니까?"

"아참, 그렇지."

양왕은 중요한 사실을 잊고 있었다는 듯 당황스러운 안색으로 변했다. 민왕 시절 맹상군이 재상 자리에서 물러났다가 다시 복귀할 때, 식객 풍훤의 말을 따라 선왕의 제기와 종묘를 설 땅으로 옮겼던 것이었다.

"만약 초나라 군대가 설 땅을 점령하여 선왕의 종묘를 더럽힌다면 만고에 수치스러운 일입니다. 왕께서는 비록 맹상군이 미우시더라도 선왕의 종묘를 위하여 설 땅에 원군을 파견하셔야 합니다."

결국 양왕은 설 땅에 원군을 파견하여 맹상군을 돕지 않으면 안 되었다. 여기서 순우곤이 설 땅의 어려운 처지를 내세워 원군을 요청한 것이 아니라, 양왕과 설 땅과의 이해관계를 상기시켜 그것을 기초로 도움을 구하고 있는 점을 주목할 필요가 있다. 애걸복걸해도 도움을 얻을까 말까 할 때에 지혜로운 자는 상대방으로 하여금 남의 고난을 자기의 고난인 것처럼 느끼게 만들어 도움을 얻어내고야 만다. 이 얼마나 대단한 힘인가! 제나라 양왕이 보내준 군대에 힘입어 초나라 군사들을 물리친 맹상군은, 그 이후 설 땅 백성들을 잘 훈련시켜 자체 방위 능력을 높이고, 주변 제후국들이 섣불리 넘보지 못하도록 하였다. 설 땅의 군사력이 차츰 강해지자, 맹상군의 식객들이 맹상군에게 다른 지역의 마을들을 하나씩 점령하여 설 땅에 편입시키자고 충동질을 하였다. 그러나 맹상군은 고개를 저으며 답변하였다.

"그건 사족(蛇足)이야."

"사족이라니오?"

식객들이 맹상군의 말뜻을 잘 몰라 되물었다. 맹상군이 '사족'에 대하여 설명하기 시작했다.

옛날 초나라에 사당을 지키며 제사를 드리는 사자(祠者) 한 사람이 있었는데, 그가 자기 밑에 있는 사인(舍人)들에게 술을 내려주었다. 그런데 사자는 사인들이 얼마나 술을 잘 마시는지 그 주량을 잘 몰라서, 사인들이 충분히 마실 만큼 내려주지 않았다. 사인들이 볼 때 사자가 내려준 술은 여러 사람이 같이 마시기에는 부족하기 그지없었다. 한 사람이 마시면 조금 남을까 말까 할 정도의 양이었다. 사인들이 그 술을 가운데, 두고 의논하였다.

"여러 사람이 마시면 부족하고 한 사람이 마시면 조금 남을 것 같은데 이 술을 어떻게 처리했으면 좋겠소?"

"이 술을 큰 술잔인 치잔에 가득 따라놓고 내기를 합시다."

"어떤 내기를 한단 말이오?"

"뱀 그리기 시합을 합시다. 우리 중에 땅에다 뱀을 먼저 그리는 자가 이 술잔의 술을 차지해서 다 마시는 걸로 합시다."

"좋소. 술잔을 한가운데 놓고 뱀 그리기 시합을 합시다. 그런데 작은 뱀을 빨리 그리고 술잔을 차지할 수도 있으니 적어도 자기 키만한 뱀은 그리도록 합시다. 또한 누가 보아도 뱀이라고 인정할 수 있도록 빠진 부분이 없이 그려야 하오."

사인들은 술이 그득 담긴 치잔을 마당 한가운데 세워두고, 각자 나무 꼬챙이를 한 손에 들고는 땅바닥에 뱀을 그리기 시작했다. 나머지 한 손은 뱀의 그림이 완성되는 순간 술잔을 집으려고 준비하고 있었다. 잠시 후, "다 그렸다!" 하는 외침 소리와 함께 한 사인이 덥석 왼손으로 술잔을 집어들었다. 오른손에는 여전히 꼬챙이가 들려 있는 채로 있었다. 다른 사인들은 뱀을 채 완성하지도 못하고 그 사인을 부러운 듯 쳐다보았다. 술잔을 왼손으로 집어든 사인은 득의양양해하면서 다른 사인들을 둘러보며 말했다.

"난 자네들이 뱀을 그리는 동안 뱀의 다리까지도 그릴 여유가 있단 말이야."

그러면서 그는 오른손에 들린 꼬챙이로 뱀의 다리까지 그리기 시작했다. 그런데 뱀의 다리가 채 완성되기도 전에 다른 사인 한 사람이 얼른 뱀을 다 그리고는 술잔을 뺏어 들면서 외쳤다.

"뱀은 다리가 없단 말이야. 근데 자네가 뱀의 다리를 그릴 수 있다구?"

그러면서 그는 술잔을 기울여 술을 몽땅 마셔버리고 말았다. 결국 사족까지 그린 자는 술을 잃고 만 것이었다.

여기서 바로 '사족'이라는 고사성어가 생겼다는 것은 잘 알려져 있는 사실이다. 그런데 대개 사족이라는 말은 그냥 쓸데없는 것이 붙어 있다는 그런 뜻으로 많이 사용되고 있다. 그러나 고사성어가 생긴 배경을 염두에 둘 때는 사족이라는 말이 좀 더 깊은 의미를 가지고 사용되어야 할 것이다. 즉, 자기 분수를 지키지 않고 욕심을 부린다든지 허세를 부려 이왕에 얻어놓은 것까지 잃어버리는 것과 관련하여 사족이라는 말을 사용해야 할 것이다.

한 사업체를 알차게 이루어 성공을 한 사람이 그 사업만 잘해나가면 더욱 좋은 결실을 맺을 수 있을 텐데도, 허세와 욕심을 부려 다른 사업에까지 손을 대다가 이왕에 이루어놓은 것까지 날려버리는 경우에 그 다른 사업이 바로 사족이 되는 것이다.

또한 군인으로서 성공한 사람이 더욱 욕심을 부려 정치적인 권력까지 장악했다가 이왕에 이루어놓은 성공마저 까먹고 수치를 당하게 되는 경우, 그가 차지한 정치 권력은 사족이 되는 것이다. 이와 마찬가지로 예술가나 학자로서 많은 연구 업적을 쌓으며 명성과 덕망을 떨치던 사람이 정치적인 야심과 유혹에 넘어가 권력 지향적인 인물로 돌변하면서 독재자의 하수인 노릇을 하게 될 때, 그가 차지하고 있는 벼슬은 그가 이루어놓은 모든 것을 무너뜨리는 사족이 되고 마는 것이다.

또한 훌륭한 정치인으로 남을 수도 있는 사람이 독재에 대한 유혹을 이기지 못하고 집권 연장을 도모하다가 지금껏 이루어놓은 업적들을 하루아침에 날려버리고 처형까지 당하는 경우, 무엇이 사족인가 하는 것은 너무도 분명하다 할 것이다.

맹상군은 다른 마을들에 대하여 욕심을 부리도록 유혹하는 식객들의 간언을, 사족을 그리라고 하는 말로 여겨 거절하고는 끝내 자신의 분수를 지키며 말년을 보냈다.

사실 사족이라는 말을 맹상군이 활용할 수 있게 된 것은, 제나라에 와서 벼슬을 하기도 한 진진(陳軫)이 초나라 소양(昭陽) 장군과 담판을 할 때 그 말을 써먹었다는 사실을 알고 있기 때문이었다.

소양 장군이 위(魏)나라를 공략하여 병거들을 깨뜨리고 장수들을 죽이는 대승을 거두어 8개의 성을 점령하였다. 그는 이미 대단한 전과를 세운 셈이었다. 그런데 그는 그것으로 만족하지 않고 방향을 바꾸어 제나라까지 침공해 왔다. 그러자 진진이 제나라를 대신하여 소양 장군을 만나 담판을 벌인 것이었다.

진진은 우선 소양에게 두 번 절하여 전쟁의 승리를 축하해주었다. 그러고는 정중하게 물었다.

"초나라의 법으로는 적군의 병거를 깨뜨리고 적장을 죽여 대승을 거둔 경우, 관작(官爵)을 얼마나 높여줍니까?"

"관(官)은 상주국(上柱國)을 주고 작(爵)은 상집규(上執珪)에 해당하지요."

"그보다 높은 관작은 무엇입니까?"

"오직 영윤(令尹)이 있을 뿐입니다."

소양은 왜 이리 관작에 대하여 자꾸 묻나 하는 표정으로 진진을 바라보았다.

"그렇지요. 초나라에서는 다른 나라의 재상에 해당하는 관작으로 영윤을 두고 있는데, 영윤을 두 사람 둘 수는 없지요. 그러므로 당신이 아무리 제나라까지 침공하여 대승을 또 거둔다고 하더라도 지금 당신이 얻어놓은 관작보다 더 높은 관작은 얻을 수가 없는 형편이지요. 당신으로서는 이제 더 이상 올라갈 수 없는 관작에 올라 있음을 상기하십시오. 무릇 전쟁에 나와 승리를 하고자 하는 것은 관작을 높이기 위함인데, 당신은 이제 쓸데없이 위험한 모험을 하기보다 자기 자신을 돌보는 것이 급선무입니다. 싸움에 자신이 있다 하더라도 그칠 때 그칠 줄 모르는 자는 자기 몸을 죽이고, 이왕에 얻은 관작까지 다른 사람에게 돌아가버리고 말지요. 이것이 사족을 그린 자와 같지 않고 무엇입니까?"

맹상군은, 사족까지 그리다가 완전히 망해버린 대표적인 인물로는 송(宋)나라 강왕(康王)을 꼽고 싶었다.

강왕은 송벽공(宋辟公)의 아들로 이름이 언(偃)이었다. 언은 태어나면서부터 체격이 비정상적일 정도로 장대하였다. 키는 9척 4촌이요, 안면 넓이만 하더라도 1척 3촌이나 되었다. 거기다가 두 눈은 마치 큰 별이 들어앉은 것 같고, 얼굴에는 기이한 빛이 어른거렸다. 특히 팔 힘이 얼마나 센지 굵은 쇠막대기를 구부렸다 폈다 할 수 있을 정도였다.

주나라 현왕(顯王) 41년에 언은 그의 형인 척성(剔成)을 몰아내고 스스로 송나라의 왕이 되었다. 처음에 강왕은 장정들을 훈련시켜 10만 대군을 양성하고 동서남북으로 세력을 뻗치더니 진(秦)나라와 수호조약을 맺기도 하였다. 진나라를 배경으로 업은 강왕은 점점 교만해지고 방자해져 마치 자기가 패왕(覇王)이라도 된 것처럼 행세하였다.

강왕은 밤낮으로 신하들과 더불어 주연을 베풀고 술을 마셨는데, 다른 신하들이 모두 술에 취해 곯아떨어져도 강왕만은 끄떡도 하지 않고 멀쩡한 정신으로 있었다. 그래서 사람들은 강왕의 주량(酒量)이 어마어마하다고 여기지 않을 수 없었다.

그러나 사실은 강왕이 시신(侍臣)을 시켜 주연이 베풀어지는 동안 자기에게는 술 대신 물을 가져오라고 하여 물을 술인 양 마셨던 것이었다. 강왕이 이렇게까지 하여 자신을 과시한 것은 엄청난 주량을 지닌 왕이라는 인상을 심어 신하들과 백성들을 제압하고자 함이었다. 주량으로 다른 사람들을 제압하기 위하여 거짓 연극을 꾸몄으니 그 인물이 얼마나 용렬한가 하는 것은 쉽게 짐작이 가는 일이다. 물론 강왕은 그 체력으로 인하여 물을 술인 양 마시는 연극을 하지 않고 진짜로 술을 마셨어도 다른 신하들을 능히 제압할 수도 있었을 것이었다. 그러나 주량이 무한정하다는 말을 듣기 위하여 짐짓 그런 연극을 꾸몄음에 틀림없다. 그리고 강왕은 자신의 몸을 좀 아낄 필요도 없잖아 있었다. 왜냐하면 강왕은 하루에도 수십 명의 여자와 교접하지 않으면 직성이 풀리지 않는 작자였기 때문이었다. 여자와 교접을 할 때마다 파정(破精)을 했다면 강왕은 며칠 살지도 못했겠지만, 여자의 몸속에 자신의 물건을 담고 절정의 직전까지 가서도 파정을 하지 않는 비결을 터득하고 있었으므로 그렇게 수십 명의 여자와 교접을 할 수 있었던 것이었다. 물론 하루에 여러 차례 파정을 하면서 절정을 맛보기도 했지만, 워낙 체력이 좋아 그 다음날이면 거뜬히 일어나곤 하였다.

강왕은 한번 맛본 여자는 다시 거들떠보지도 않는 습성이 있었으므로 신하들은 매일 새로운 여자들을 골라 왕에게 상납해야만 하였다. 어떤 때는 신하들이 알아서 상납을 하기도 하고, 강왕 자신이 행차를 하다가 눈에 띄는 여자를 골라 데려오도록 하기도 하였다. 좀 반반한 여자가 강왕 눈에 띄기만 하면 "저 여자 내 것"하는 식이었다.

하루는 강왕이 교외로 사냥을 나가다가 우연히 뽕밭에서 뽕을 따고 있는 한 여자를 보게 되었다. 한눈에 반할 만한 미모를 지닌 여자였는데, 알아보니 사인(舍人) 한빙(韓憑)이라는 자의 아내였다. 그러나 강왕은 남편이 있는 여자라는 것도 아랑곳하지 않고 강제로 궁궐로 데려가 강간을 하였다. 여자가 거부하고 반항하면 할수록 더욱 성적인 쾌감은 높아지는 것이었다. 강간의 쾌감을 한번 맛본 강왕은 평민처럼 변장을 하고 민가로 나가 여자를 덮쳐 강간을 하고 궁궐로 몰래 돌아오기도 하였다. 그래서 가정이 파괴되고 자살하는 여자들과 남편들이 늘어났다. 결국 강왕에게 자신의 아내를 유린당한 한빙이 자결하였고, 그 아내 식씨(息氏)도 목욕탕에서 목욕을 하는 척하며 은장도로 자신의 목을 찔러 자살하였다.

이러한 강왕의 만행을 보다 못한 충신들이 강왕을 간곡히 만류하였으나, 간언을 하는 신하들은 사수(射手)들을 매복시켜 암살해버리기 일쑤였다.

간언하는 신하들까지 죽이자 강왕은 사람들로부터 걸송(桀宋)이라는 별명을 얻어듣기도 하였다. 그러나 강왕의 폭정은 그칠 줄을 몰랐다. 이때에 제나라 민왕이 소대의 말을 듣고 초나라, 위나라와 동맹을 맺어 폭군을 징벌한다는 명목으로 송나라를 침공하였다. 송나라와 수호조약을 맺고 있던 진나라 소왕(昭王)은 노발대발하여 곧 구원군을 송나라로 파송할 차비를 차렸다. 이 소식을 들은 민왕은 급히 소대를 불러 계책을 물었다. 소대는 자기에게 맡겨달라고 하고는 진나라로 출발하여 소왕을 만났다.

소왕을 알현한 소대는 허리를 잔뜩 구부리며 말했다.

"진실로 대왕을 위하여 경하하옵니다."

소왕이 의아해하며 되물었다.

"경하하다니? 나에게 무슨 좋은 일이라도 있단 말이오?"

"지금 제나라가 송나라를 토벌하고 있습니다."

그러자 소왕은 화를 벌컥 내며 소리쳤다.

"아니, 내가 그 일로 인하여 부아가 나서 송나라에 원군을 파견할 준비를 하고 있는데 나를 경하하다니, 말이나 되는 소리오?"

소대가 미소를 빙긋 지어 여유를 보이며 말을 이어나갔다.

"제나라가 송나라의 폭정을 징벌한다는 명목으로 초·위와 더불어 공격해 들어갔지만, 사실 제나라 왕도 송왕과 마찬가지로 간교하기 이를 데 없는 폭군입니다. 제나라가 초·위에 약속하기를 송나라를 점령하면 세 나라가 균등하게 나누어 갖자고 하였지만, 간교한 제나라 왕은 틀림없이 초·위를 속이고 자기 혼자 송나라를 차지하려고 할 것입니다. 그러면 어떻게 되겠습니까?"

소대는 소왕에게 생각할 여유를 주려는 듯 잠시 말을 끊고 소왕을 쳐다보았다.

"그야 초나라와 위나라가 제나라에 실망을 하고 돌아서겠지."

"그 다음, 두 나라가 어떻게 하겠습니까? 진나라를 섬기는 방향으로 기울어지는 것은 당연한 일이 아닙니까? 이는 진나라가 송나라 하나를 희생시켜 초나라와 위나라 두 나라를 얻는 셈이니 진나라에 불리할 것은 하나도 없습니다. 대왕은 가만히 앉아서 정세만 관망하고 있으면 됩니다. 그러므로 이 어찌 경하할 일이 아니고 무엇이겠습니까?"

소왕은 그만 무릎을 치며 소대의 계책을 칭찬해 마지않았다. 소대의 꾐에 넘어가 진나라가 원군 파견을 철회한 틈을 타서 제나라와 초·위는 마음껏 송나라를 유린하였다.

무엇보다 제나라와 초·위는 송나라에 빼앗겼던 땅을 도로 찾는 일을 우선으로 하였다. 그 땅으로 진격해 들어가기 전에 첩자를 은밀히 보내 성문에다 송나라 강왕의 죄목 열 가지를 써서 방을 붙이도록 하였다.

그 열 가지 죄목은 다음과 같았다.

첫째, 형을 축출하고 불법적인 방법으로 나라를 차지하였다(이것은 정권의 정통성에 문제가 있다는 말이었다).

둘째, 등나라를 멸하고 그 땅을 합병해버렸으니 계절존망(繼絶存亡)의 원칙에 어긋나는 짓을 범했다(계절존망이란 약한 나라를 보호하여 존속시켜 제사가 이어지도록 하는 전국 시대 기본 원칙을 말하는 것이었다).

셋째, 전쟁을 좋아하여 전쟁을 장난 삼아 일으켰다.

넷째, 공중에 가죽 주머니를 매달고 화살을 쏘아 상제를 모독하였다(이것은 짐승의 피를 담은 가죽 주머니를 공중에 매달고 화살을 쏘아 맞힘으로써 피가 하늘에서 쏟아지는 것처럼 조작을 하여 하늘에도 대항할 수 있는 인물로 자신을 나타내 보인 죄악이었다).

다섯째, 밤새도록 술을 퍼마시고 국정을 제대로 돌보지 않았다.

여섯째, 신하의 처를 겁탈하고 능욕하는 짓을 서슴지 않았다.

일곱째, 간언하는 충신들을 죽이고 그 혀를 묶었다.

여덟째, 왕호를 함부로 사용하고 방자하게 굴었다.

아홉째, 진나라에 아첨하고 이웃 나라들의 원망을 샀다.

열째, 백성들을 학대하는 자로서 왕도가 전혀 없다.

이와 같이 강왕이 저지른 열 가지 죄목들이 방문(枋文)으로 내걸리면서 사람들은 너나 할 것없이 고개를 끄덕이며 강왕을 성토하기 시작했다. 그동안 강왕의 폭압 정치에 눌려 바른말 한마디 제대로 할 수 없었던 백성들은 이제야 말문이 터져 자신들이 억울하게 당한 사정들을 내놓고 강왕의 폭정을 폭로하였다. 민심이 이런 식으로 기울어지자 백성들은 관리들을 내쫓고 자체적으로 성을 지키며, 성 위에 올라가 제나라와 초·위의 동맹군이 오기를 오히려 기다리는 실정이 되었다. 이렇게 강왕의 열 가지 죄목들을 성토하는 방문이 걸리는 지역마다 그야말로 민중 반란이 일어나 관리들은 내쫓김을 당하고 말았다.

강왕은 최후의 항전을 벌였으나 백성들의 호응이 없어 패주할 수밖에 없었다. 결국 온읍(溫邑) 근방에서 강왕은 살해되고 말았다.

이제 제나라와 초·위는 송나라 지역의 분할 작업에 들어갔다. 그런데 소대가 진 소왕에게 말했던 대로 제나라 민왕이 송나라를 다 차지하려고 처음에 했던 약속을 저버렸다. 초·위가 항의를 하자 민왕은 군사력으로 밀어붙여 그들을 송나라 밖으로 몰아냈다. 초·위는 제나라에 실망하고 진나라에 사신을 보내 진나라를 추종하기로 맹약하였다. 소대가 말한 대로 과연 진나라는 가만히 앉아서 두 나라를 얻고, 진나라가 가만히 있는 틈을 타서 제나라는 송나라를 얻은 셈이 되었다. 소대는 진나라와 제나라가 둘 다 이득을 얻도록 계책을 부렸다고 할 수 있었다.

송나라를 정복한 민왕은 점점 교만하여져서 송나라 강왕 못지않게 폭압 정치로 나아갔다는 것은 이미 말한 바 있거니와, 이 일로 인하여 맹상군은 제나라 조정을 떠나게 된 것이었다.

아무리 생각해도 강왕이든 민왕이든 자기의 분수를 알고 자기 본분을 지켰다면 둘 다 그러한 파멸은 막을 수 있었을 것이었다. 그런데 강왕과 민왕은 사족을 그림으로써 파멸을 자초한 셈이 되었다.

맹상군은 민왕을 피하여 위나라로 건너가 있은 적도 있었다. 그때 위나라 공자(公子)인 무기(無忌)의 집에 의탁하고 있었는데, 하루는 맹상군이 무기와 더불어 조반 식사를 하게 되었다. 그때 마침 비둘기 한 마리가 매에게 쫓겨서 밥상 아래로 날아 들어와 숨었다. 무기는 그 비둘기를 밥상 아래에 숨겨주었다가 매가 다른 곳으로 날아가자 날려 보냈다. 그런데 매는 다른 데로 날아가는 척하며 근처에 숨어 있었으므로 비둘기를 얼른 잡아먹을 수가 있었다.

이것을 본 무기는 깊이 한탄하였다.

"저 비둘기는 내가 숨겨주기를 바라고 내 밥상 아래로 날아온 것이었는데, 내가 잘 숨겨주지 못하고 날려 보내는 바람에 그만 매의 밥이 되게 하였으니 내가 비둘기를 저버린 것이 아니냐."

그러면서 종일토록 밥을 입에 대지도 않고 하인들을 시켜 보이는 대로 매를 잡아오게 하였다. 하인들이 백여 마리나 되는 매를 잡아 가지고 왔다.

"비둘기를 잡아먹은 매는 하나뿐인데, 내가 백여 마리의 매를 죽일 수는 없다. 여봐라, 이 매들을 하나씩 조롱에 넣도록 하여라."

하인들이 매들을 한 마리씩 조롱에 넣고 무기가 무엇을 하려고 저러나 지켜보았다. 무기는 조롱 위에다 칼을 얹으며 마치 매에게 말을 하듯이 중얼거렸다.

"비둘기를 잡아먹지 않았으면 비명을 질러라. 그러면 놓아주겠다."

그러자 무기의 말을 알아들은 것처럼 무기가 조롱 위에 칼을 얹을 적마다 매들이 끼익끼익 비명을 질렀다.

"저 매를 놓아주어라."

무기는 비명을 지른 매는 하인으로 하여금 조롱에서 풀어주도록 하였다. 그런데 백번째 가까이 되어 조롱 위에 칼을 얹으니 그 매는 모가지를 푹 떨군 채 무기를 감히 쳐다보지 못하였다. 무기는 그 매를 꺼내어 목을 쳤다.

맹상군은 자신의 말년을, 비둘기 한 마리를 아낀 무기처럼 백성 한 사람을 아끼는 설공(薛公)으로 살아야겠다고 새삼 다짐하였다.

평원군 주머니 속의 송곳들

　조(趙)나라에 평원군(平原君) 조승(趙勝)이라는 공자(公子)가 있었다. 그는 여러 공자 중에서 가장 걸출한 인물이었다. 무엇보다 손님 대접하기를 좋아하여 그의 문간에는 빈객들이 끊이지 않았다. 그의 집에 식객으로 머물고 있는 사람만 해도 수천 명이나 되었다.
　평원군의 집에는 손님들을 접대하고 주연을 즐길 수도 있는 누각(樓閣)들이 여럿 있었다. 그런데 평원군의 첩인 설애(雪愛)는 누각에 올라가서 주변 민가를 굽어보기를 좋아하였다. 근처 민가에서 사는 사람들이 얼마나 초라하게 살고 있는가를 살펴봄으로써 상대적으로 행복감을 더욱 느낄 수 있었기 때문이었다. 사실 설애도 그런 가난한 민가에서 태어나 자라다가 조정의 연회석에서 시중을 드는 여자로 일하던 중 평원군의 눈에 띄어 첩으로까지 신분 상승을 한 것이었다. 자기도 그러한 출신이면 민가의 사람들을 이해하고 동정할 만도 하건만, 설애는 그 사람들의 곤궁을 누구보다도 잘 알기에 오히려 그들을 경멸하는 마음이 일기만 하였다. 다시는 그 사람들 속으로 들어가서 그들과 같이 생활할 수 없을 것만 같았다. 만약 도로 민가로 돌아가는 일이 생긴다면 차라리 자살을 하는 편이 나을 것이었다. 설애는 다시는 그들과 같은 생활을 하지 않겠다는 생각으로 그들을 경계하고 경멸하는지도 몰랐다. 그들을 이해하고 동정하게 되면 금방이라도 그들과 같은 수준으로 떨어지지나 않을까 하는 이상한 피해의식마저 있었다. 설애는 어떻게 해서든지 평원군의 총애를 받으며 이곳의 생활이 주는 안락함과 행복을 놓치지 않아야만 하였다.

그래서 평원군이 자기를 찾아와 잠자리를 같이하게 될 때에는 온갖 기교를 다하여 평원군을 즐겁게 해주려고 노력하였다. 평원군도 늘그막에 설애를 첩으로 얻어 기쁘기 그지없었다. 설애는 웃으면 보조개가 양볼에 패는 게 여간 예쁘지 않았다. 설애가 눈웃음을 사르르 치며 미소를 짓거나 웃을 때는 평원군은 몸과 마음이 녹아나는 기분이기도 하였다. 여러 사람들을 만나고 국사를 처리하느라고 심사가 어수선하다가도 설애의 웃는 모습을 대하며 설애의 몸을 껴안으면 정신적인 긴장이 풀리면서 원기가 되살아났다. 그야말로 설애는 평원군에게 있어 보배와 같은 존재라고 할 수 있었다.

하루는 설애가 누각에 올라가 민간의 사람들이 구질구질하게 살아가는 것을 굽어보면서 스스로 행복감을 느끼며 흐뭇해하고 있었다. 그런데 저쪽 골목에서 꼽추같이 허리가 형편없이 앞으로 구부러진 어느 남자가 한쪽 다리를 절뚝거리며 물지게를 지고 오고 있었다. 물지게 양편에는 물동이가 매달려 있었는데, 그 남자가 뒤뚱거릴 때마다 물이 넘쳐서 길바닥으로 쏟아지고 말았다.

그 모습을 굽어보고 있던 설애는 도저히 웃음을 참지 못하고 그 남자가 들을 정도로 깔깔대며 웃었다.

"호호호, 아이구 우스워라. 병신이 물지게를 지고 가는 모습이 가관이

군. 호호호, 아이구 배야."

"아니, 마님. 왜 그러십니까?"

옆에 있던 하녀가 설애가 배를 움켜쥐는 것을 보고 염려스러운 투로 물었다.

"아니다, 아니야. 하도 웃었더니 뱃가죽이 땅겨서 그런다. 너희들도 저 병신을 좀 보려무나. 물지게랑 물동이가 흔들거리는 것 좀 보란 말이야."

"아이구, 정말 웃기네요. 하하하."

하녀들도 덩달아 웃음보를 터뜨렸다. 자기를 굽어보며 웃어대는 여자들의 간드러진 소리를 들은 남자는 분기 찬 얼굴로 누각 쪽을 올려다보고는 여전히 절뚝거리며 길을 꺾어 들어갔다.

다음날, 그 남자가 평원군 집 앞에 와서 평원군과의 면담을 요청하였다. 평원군이 그 남자를 들어오도록 하자 그는 큰 소리로 항의하였다.

"저는 당신께서 선비를 좋아한다고 들었습니다. 선비들이 불원천리하고 당신의 집으로 달려오는 것은 당신이 계집들보다 선비들을 더 귀하게 여긴다고 알고 있기 때문입니다."

평원군은 당황해하며 자초지종을 물었다. 그러자 남자가 자신의 구부러진 허리와 저는 다리를 보이며 더욱 언성을 높였다.

"저는 보시다시피 척추가 굽어지는 병에 걸려 허리가 구부러질 대로 구부러져 있고, 다리마저 절고 있으니 영락없는 병신입니다. 그런데 당신의 첩이 내가 물지게를 지고 가는 모습을 보고 깔깔 웃으며 비웃었습니다. 불쌍한 백성들을 사랑하고, 선비들을 존귀히 여긴다는 당신의 첩이 어떻게 저와 같은 자를 희롱할 수가 있겠습니까? 이 억울한 사정을 풀어주십사 하고 온 것입니다."

평원군의 얼굴이 굳어져가고 있었다.

"그래, 어떤 식으로 풀어주면 좋겠나?"

"저를 비웃은 여자의 머리를 원합니다."

참으로 당돌하고 대담한 요구라고 할 수 있었다. 그것은 자신의 자존심을 지키기 위한 용기가 없이는 불가능한 요구이기도 하였다. 평원군은 그 용기가 가상했는지 빙긋이 웃으며 "그렇게 합시다" 하고 선선히 대답했다. 남자는 평원군이 역시 훌륭한 인물이라고 생각하며 돌아갔다. 그러나 그 남자가 돌아가자, 평원군은 식객들을 불러 모아 너털웃음까지 웃어가며 능청을 떨었다.

"자네들은 한 번 웃었다는 죄목으로 목이 달아난 경우를 보았나?"

"글쎄요. 임금을 비웃거나 하면 목이 달아날 수도 있지요."

"내가 말하는 건 그게 아니고, 윗사람이 아랫사람을 비웃었는데 아랫사람이 윗사람의 목을 요구할 수 있느냐는 거지?"

식객들은 묵묵부답이었다. 평원군은 식객들의 침묵을 일종의 동의로 알고 여전히 너털웃음을 웃으며 내실로 들어갔다. 내실에는 설애가 예쁘게 단장을 하여 평원군을 기다리고 있었다. 그날따라 설애가 평원군이 보기에 유난히 탐스럽게 여겨졌다. 평원군은 설애의 몸을 애무하며 속으로 이런 아까운 물건을 내버리라니, 하며 다시 한번 절름발이 남자를 비웃어주었다. 거기다가 한술 더 떠서 평원군은 설애에게 다음과 같이 물었다.

"어제 무슨 재미있는 일은 없었나?"

"재미있는 일요? 아, 있었어요. 내가 누각에 올라가 민가를 굽어보고 있는데, 곱사등이에다가 절름발이인 남자가 물지게를 지고 오는 것을 보았어요. 그 모습이 얼마나 우스운지 그만 깔깔대고 웃고 말았어요."

"허허, 그거 참 꼴불견이었겠군."

평원군도 설애를 따라 함께 빙긋빙긋 웃었다.

이런 일이 있고 나서 1년 남짓 지나는 동안 빈객들과 식객들, 문하의 사인(舍人)들이 하나둘 평원군을 떠나가 하루는 보니 반밖에 남지 않게 되었다. 평원군은 이상하게 여겨 측근 가신들을 불러 물어보았다.

"내가 지금껏 손님이나 식객들을 예의 없이 대한 적이 없는데, 어찌 이리 많이 떠나가는 것이오?"

그러자 가신들은 얼른 대답을 하려 하지 않았다. 평원군이 다시 한번 재촉을 하자 가신 중의 하나가 앞으로 나서며 대답했다.

"주인님께서 절름발이 남자를 조소한 자를 죽이지 않았기 때문에, 주인님이 백성들이나 선비들을 사랑하지 않고 여색을 탐한다는 소문이 파다하게 퍼져버렸습니다. 그래서 주인님의 인품에 의심을 품은 자들이 떠나가고 있는 것입니다."

"그럼 내가 어떻게 했으면 좋겠나?"

"절름발이를 비웃은 자의 머리를 베어야 합니다."

"아니, 한 번 비웃은 죄로 목을 베어야 한단 말인가?"

"한 번 비웃은 자를 목 베지 않으면 주인님이 수천 번이나 비웃음을 당하게 될 것입니다."

평원군은 가신들의 말에도 일리가 있어 깊은 고민에 빠졌다. 이제 설애의 목을 베느냐, 자신이 망하느냐 하는 기로에 서게 되었다 하여도 과언이 아니었다. 아무튼 이 문제를 질질 끌고 있을 수는 없었다.

마침내 평원군은 설애의 목을 베기로 결심하고, 가신으로 하여금 설애를 암살하도록 지령을 내렸다. 평원군이 스스로 설애의 목을 치는 일은 차마 할 수 없었기 때문이었다.

평원군은 마지막으로 설애의 몸을 안아보기 위해 설애의 방으로 들어갔다. 설애는 자신의 죽음을 예감이라도 한 듯 슬픈 표정을 지은 채 곱게 단장을 하고 앉아 있었다. 우수의 그림자가 드리워진 설애의 모습을 보자 평원군은 가슴이 찢어질 듯하면서 설애에 대한 애정이 솟구쳐올랐다. 평원군은 와락 달려들어 설애를 껴안고는 정신없이 옷을 벗겨나갔다. 설애는 몸이 달아오를수록 하염없이 눈물을 흘렸다.

새벽이 밝아오고 있었다. 평원군은 주섬주섬 옷을 껴입고 설애의 방을 나서려 하였다. 그러자 설애가 평원군의 아랫도리를 두 팔로 껴안으며 목멘소리로 호소하였다.

"저를 버, 버리지 마세요."

평원군은 설애의 목소리가 심장을 후벼파는 것만 같아 고개를 흔들며 방을 박차고 나왔다. 평원군이 설애의 방을 나가자 마당에 검은 그림자가 어른거리더니 잠시 후 설애의 비명 소리가 가늘게 새어 나왔.

가신이 들고 온 설애의 머리를 평원군은 더운물로 깨끗이 씻어서 하얀 천에다 싼 후 가신에게 지시하였다.

"나의 첩으로부터 조롱을 받았다고 하는 그 절름발이 남자를 데리고 오도록 하여라."

조금 있으니 절름발이 남자가 평원군의 문 앞에 와서 섰다. 평원군은 두 손에 설애의 머리가 들어 있는 하얀 보자기를 들고 대문을 나서 절름발이 남자와 마주 섰다.

"나의 첩이 그대를 놀린 것을 사과하오. 여기 그대가 받아 가지기를 원했던 내 첩의 머리가 있으니 받으시오."

평원군이 하얀 보자기를 들추어 설애의 머리를 조금 내보이며 그 남자에게 내밀자 그는 그만 무릎을 꿇으며 흐느꼈다.

"당신이 이토록 백성들을 아끼는 줄 몰랐소."

그 이후로 평원군의 집에는 이전처럼 빈객들과 식객들이 모여들어 웅성거렸다.

해가 바뀌자 진(秦)나라에서 조나라 도읍인 한단(邯鄲)을 공격해 들어왔다. 조나라 조정은 평원군을 초(楚)나라에 보내 원군을 청하게 하였다. 말하자면 합종을 도모하도록 한 것이었다. 평원군이 왕의 분부를 받들고 물러나려 하자 왕이 평원군에게 넌지시 물었다.

"초나라에 갔다 오려면 여러 가지 난관들을 뚫어내야 할 텐데, 수행원들은 누구를 데려가려고 하오? 여기 조정의 신하들이 필요하면 말하시오."

평원군은 조심스럽게 머리를 조아리며 대답했다.

"외부의 인사들은 필요 없을 것 같습니다. 제 문하에 있는 식객들 중에서 문무(文武)를 겸비하고 용력(勇力)이 있는 자 20명을 수행원으로 데리고 가면 되겠습니다. 외교적인 설득으로 일을 성사시키게 되면 좋으려니와, 그렇지 못한 경우에도 비상 수단을 써서라도 일을 성사시키고야 말겠습니다. 반드시 아름다운 초나라 궁전에서 서로 피를 나누어 마시는 맹약을 하고 오겠습니다."

이렇게 왕에게 자신의 결의를 표명하고 집으로 돌아온 평원군은 식객들 중에서 수행원들을 뽑기 시작했다. 그런데 19명은 뽑았으나 나머지 한 명은 아무리 해도 뽑을 수가 없었다.

"나의 문하에 인재들이 제법 있는 줄 알았는데, 이다지도 인재들이 없단 말인가?"

평원군은 적이 낙망되었다. 그때, 모수(毛遂)라는 식객이 평원군에게로 나아가 말했다.

"주인님에게 추천할 인물이 있습니다."

"그게 누구요?"

"꼭 한 사람이 있습니다. 지금 주인님도 한 사람이 더 필요한 것이 아닙니까?"

"그렇소. 한 사람만 더 있으면 되는데 누구를 추천하겠다는 거요?"

"바로 나 자신을 추천합니다."

모수가 그렇게 자기 자신을 추천하자, 평원군은 그만 기가 막힌 표정이 되었다.

"그대가 내 문하에 있은 지 몇 년이나 되었소?"

"3년입니다."

"3년이나 되었다구?"

평원군은 모수의 얼굴을 처음 대면한다는 듯이 유심히 들여다보았다. 그러고는 신중한 어조로 입을 열었다.

"무릇 현명한 자가 세상에 있는 것은 마치 송곳이 주머니 안에 있는 것과 같아서 금방 그 송곳 끝이 주머니 바깥으로 비어져 나오게 마련이오. 그런데 그대는 내 문하에 있은 지 3년이나 되었는데도 주위 사람들이 그대를 칭송하는 소리를, 한 번도 들어본 적이 없소. 이것은 곧 그대가 재능이 없다는 증거가 아니고 무엇이겠소? 그러니 그대는 이번 초나라 방문 길에 수행할 자격이 없소."

"주인님께서 드신 비유는 지당하신 말씀입니다. 현명한 자는 마치 송곳이 주머니 안에 있는 것과 같아서 당장에 그 모습을 드러내게 되어 있습니다. 그러나 저는 송곳이긴 하지만 주머니 안에 들어 있은 적이 없습니다. 만약 일찍부터 주머니 안에 들어 있었더라면, 끝을 드러내는 데 그치지 않고 아예 송곳 자루째 주머니를 뚫고 나왔을 것입니다. 오늘 제가 주인님에게 청하는 것은 저를 비로소 주머니 속에 있게 해달라는 것입니다."

평원군은 모수가 무슨 말을 하고 있는지 넉넉히 짐작할 수 있었다. 자기 능력을 마음껏 발휘할 수 있는 기회를 달라는 말이 아니고 무엇인가. 평원군은 마침내 나머지 한 사람을 모수로 채워 넣고 초나라로 떠났다. 일찍이 평원군으로부터 인정을 받았던 19명의 식객들은 모수가 수행원으로 끼어들자 은근히 멸시하는 눈초리를 보냈다. 그러나 초나라로 가는 길에 초나라에서 취할 행동들에 대하여 의논하면서 모두들 모수의 지략에 감탄하지 않을 수 없었다. 차츰 모수를 인정해주는 방향으로 기울어졌다.

초나라에 도착한 평원군은 급히 초나라 왕을 알현하여 합종의 필요성에 대해 역설하였다. 그러나 초나라 왕은 조나라와 합종을 하게 될 경우 당하게 될 피해를 우려하여 머뭇거리기만 하였다. 이른 아침부터 시작된 협상이 해가 중천에 떠오르도록 뚜렷한 결말을 짓지 못하고 있었다. 협상 장소 근처에서 협상 결과를 초조하게 기다리고 있던 식객들이 더이상 참지 못하고 모수에게로 모여들어 "당신이 협상 장소로 올라가 협상이 어떻게 진행되고 있는지 알아보고 오시오" 하며 모수의 등을 떠밀다시피 하였다. 모수는 허리에 칼을 찬 채 칼자루를 어루만지며 돌계단을 올라가 협상이 진행 중인 당상(堂上)에 이르렀다. 모수가 초나라 왕과 이야기를 나누고 있는 평원군을 향하여 큰 소리로 외쳤다.

"합종에 관한 협상이라는 것은 그것이 이로우냐 해로우냐 하는 단 두 마디면 결판이 나는 법인데, 이렇게 해 돋을 때부터 정오에 이르기까지 지루하게 이야기하고 있을 필요가 어디 있소? 도대체 이렇게 오래 이야기하여도 결정을 짓지 못하고 있는 이유가 무엇이오?"

초나라 왕이 난데없이 끼어드는 모수로 인하여 당황해하며 평원군에게 물었다.

"저 사람은 누구요?"

"저의 문하에 있는 식객입니다."

그러자 초왕이 버럭 고함을 지르며 나무랐다.

"썩 내려가지 못할까! 내가 지금 너의 주인과 이야기하고 있는데. 너 같은 것이 끼어들다니 무엄하다."

그러나 모수는 내려가기는커녕 칼을 여전히 어루만지며 초나라 왕에게로 더욱 다가가 착 가라앉은 음성으로 말했다.

"왕께서 저를 꾸짖으시는 것은 초나라의 많은 병사들을 믿고 그러시는 줄 압니다. 하지만 지금 왕께서는 저와 열 걸음도 채 안 되는 거리에 있다는 것을 아셔야 합니다. 이 열 걸음 사이에서는 많은 병사들도 소용없습니다. 이제 왕의 생명은 이 모수의 손 안에 있소이다."

칼자루를 쥐고 위협하는 모수 앞에서 초나라 왕은 어찌할 바를 모르며 엉거주춤 뒤로 물러앉았다. 급히 사방을 둘러보았지만 초나라 병사들은 저만치 떨어져 파수하고 있을 뿐이었다. 소리쳐 병사들을 부를 수도 있었으나, 병사들을 부르면 모수의 칼이 먼저 자신의 가슴을 찌를 것이 틀림없었다.

"카, 칼을 거두고 말하시오."

초나라 왕이 두 손을 저어가며 모수의 격한 감정을 가라앉히려 하였다. 모수는 그 자세 그대로 말을 이어갔다.

"나의 주인이 바로 앞에 있는데, 그분을 무시한 채 나를 꾸짖다니 그게 될 말이오?"

"자, 잘못했소. 제발 감정을 푸시오."

초나라 왕은 정말 잘못했다는 표정을 짓기까지 하였다. 모수도 한 번 심호흡을 하며 감정을 자제하는 척하였다.

"그리고 나는 은(殷)나라 탕왕이 70리의 땅을 가지고도 천하의 왕이 되었고, 주나라 문왕이 백 리의 땅을 가지고도 제후들을 신하로 삼았다고 들었습니다. 그것은 병졸들이 많아서가 아니라 정세를 잘 타서 그 위세를 떨쳤기 때문입니다. 아무리 땅덩어리가 크고 병졸들이 많다고 하더라도 정세를 잘 탈 줄 모르면 천하를 얻을 수가 없는 것입니다. 지금 초나라는 사방 5천 리의 어머어마한 땅을 가지고 있고, 백만의 무장 병졸들이 갖추어져 있습니다. 이만하면 능히 패왕(霸王)의 대업을 이룰 수

평원군 주머니 속의 송곳들 243

있는 기초를 지니고 있는 셈입니다. 초나라가 가지고 있는 자원을 잘 활용만 한다면 그 어떤 나라가 초나라를 대적할 수 있겠습니까? 그런데도 초나라는 멍청하게 진나라에게 당하고만 있으니 답답할 노릇입니다. 진나라의 장수 백기(白起)는 한낱 애송이에 불과한데, 그가 수만의 군사들을 끌고 와서 초나라의 영토를 유린하였습니다. 한 번 싸워 언·영 지방을 빼앗고, 두 번 싸워 이릉(夷陵)을 불사르고, 세 번 싸워 선왕의 능묘를 욕보였습니다. 이런 일은 백 대(代)가 지나도 뼈에 사무치는 수치가 아닐 수 없습니다. 그래서 이웃 나라인 조나라마저 초나라를 위하여 그 일을 부끄러워하는 것입니다."

여기까지 이야기한 모수는 초나라 왕의 표정에 일어나는 변화를 놓치지 않고 눈여겨보았다. 초나라 왕도 그 일을 부끄러워하고 있음이 분명했다. 그러나 모수는 시치미를 떼고 말했다.

"하지만 정작 일을 당한 초나라는 도대체 부끄러워할 줄을 모릅니다. 국토가 유린당하고 선왕의 능이 파헤쳐졌는데도 조상들 앞에 복수를 맹세하지도 않고 진나라를 미워하지도 않습니다. 이번에 조나라가 초나라와 합종을 하고자 하는 것도, 조나라를 위해서라기보다 초나라가 진나라에 원한을 갚을 기회를 주고자 하는 것입니다. 이런 충정을 모르고 터무니없이 나를 꾸짖기만 하다니오."

모수가 칼을 거두며 무릎을 꿇고 엎드렸다. 부끄러움으로 얼굴이 벌겋게 달아오른 초나라 왕은 얼른 모수를 일으켜 앉히면서 대답했다.

"이제야 조나라와 합종해야 하는 이유를 알았소. 선생의 충고를 따르기로 하겠소."

"그럼 정말 합종은 결정된 것입니까?"

평원군과 모수가 동시에 물었다.

"결정되었소."

"이제 맹약의 의식을 치릅시다."

모수가 맹약식을 치를 준비를 하였다.

"맹약의 의식이라면?"

"피로써 맹세하는 거지요. 우선 말과 개와 닭의 피를 각각 다른 동반(銅盤)에 담아 오도록 하시지요."

모수의 건의에 따라 초나라 왕은 근신들로 하여금 그 세 동물의 피를 받아 오도록 하였다. 동물들의 피가 각각 동반에 담겨 오자 모수가 의식을 진행하였다.

"왕은 말의 피를 입에 바르면서 맹세하십시오. 그리고 주인님은 개의 피를 입에 바르며 맹세하십시오. 저는 닭의 피를 입에 바르겠습니다."

그리하여 동반에 담긴 피를 차례대로 손으로 퍼서 흠뻑 입에 칠하며 맹세하였다.

"이 맹약을 저버리는 자는 이와 같이 피를 흘리리라!"

합종의 맹약 의식을 마치고 모수는 닭의 피가 아직 남아 있는 동반을 왼손에 들고 내려와, 오른손으로 손짓하여 당하(堂下)에 모여 있는 19명의 식객들을 불렀다.

"여러분들은 당하에서 이 피를 입에 발라 맹세하시오."

19명의 식객들이 서로의 눈치를 보며 주뼛주뼛 동반의 피를 손에 찍어 입에 바르기 시작했다. 그들이 닭의 피로 입 주위를 벌겋게 칠하여 소위 삽혈 의식을 마치자 모수가 그들을 향하여 큰 소리로 외쳤다.

"당신들은 변변치 못한 사람들이오. 왜냐하면 당신들은 소위 다른 사람의 힘을 빌려 일을 성사시키려는 자들이기 때문이오."

이 말은 19명의 식객들이 각자 자기가 나서서 일을 성사시키고자 하는 마음이 없이 모수로 하여금 앞으로 나서서 일을 처리하도록 했다는 말이었다. 일이 닥치면 항상 뒤로 물러나 다른 사람이 앞장서서 처리해주기를 바라며 그 결과만 따먹으려는 자들은, 모수가 볼 때 그야말로 녹록(錄錄)한 자들에 불과한 것이었다. 19명의 식객들은 모수의 말에 아무 말도 못 하고 얼굴이 뜨뜻해져 땅바닥만 내려다보고 있었다.

평원군은 초나라와의 합종을 성공적으로 체결하고 조나라로 돌아와 왕을 알현하였다. 왕은 평원군을 칭찬해 마지않았다.
"참으로 큰일을 치러내었소."
"제가 일을 성공시켰다기보다 저의 수행원이 담대하게 묘략을 써서 성사시켰다고 할 수 있습니다."
"수행원을 골라 뽑은 것도 선생이 한 일이니 모든 게 선생의 공로가 아니겠소? 그리고 그동안 선생이 좋은 인물들을 추천하여 이 조정에 세움으로써 얼마나 나에게 도움을 주었는지 모르오. 인물을 고르는 데 있어 선생만한 통찰력을 지닌 자도 드물 것이오."
지금도 마찬가지이지만 그 당시는 더욱 인물 감별법이 중요시되던 시대로 선비를 감별하여 세우는 소위 상사법(相士法) 내지는 상사술(相士術)에 대한 관심이 지대했는데, 조나라 왕은 평원군의 상사법을 칭찬하고 있는 것이었다. 그러나 평원군은 심각한 얼굴로 천천히 머리를 저으며 말했다.
"이제 승(勝: 평원군 자신의 이름)은 다시는 감히 인물을 감별하지 못하겠습니다."
"아니, 상사(相士)하지 못하겠다니 그게 무슨 말이오? 이번에도 상사에 성공하였기 때문에 초나라와의 합종도 이루어진 것이 아니오?"
"제가 지금껏 상사한 인물의 수효만도 수백, 아니 천 명도 넘을 것입니다. 그리고 나 자신 천하의 선비를 잘못 감별하여 그 인물을 잃은 적이 없다고 자부하고 있었습니다. 그런데 이번 경우는 그렇지가 않았습니다."

"그렇지가 않았다니, 나로서는 통 알 수 없는 말이오."

왕은 연방 고개를 갸우뚱거렸다. 평원군은 왕에게 모수를 수행원으로 뽑게 된 경위를 들려주었다.

"음, 선생이 모수를 뽑은 것이 아니라 모수가 자신을 추천하였다는 말이오?"

"예, 그러하옵니다. 모수가 초나라에 가자, 조나라의 권위가 구정(九鼎)이나 대려(大呂:주나라 조정의 大鐘으로 천자의 권위를 상징함)보다도 무거워졌습니다. 모수의 세 치 혀는 초나라 백만의 군대보다 강대하게 보였습니다. 그런 인물을 일찍 발견하지 못했으니 어찌 선비를 감별할 줄 아는 자라고 할 수 있겠습니까?"

왕을 알현하고 나온 평원군은 모수를 상객(上客)으로 삼아 가신들을 돌보게 하였다. 여기서 모수자천(毛遂自薦)이라고 하는 고사성어가 생긴 것이었다.

초나라에서 약속한 대로 원군을 보내주고 전쟁은 더욱 치열해져갔다. 진나라 군사들이 조나라 도읍인 한단을 에워싸고 총공격을 펼치자 한단성은 심각한 곤경에 처했다. 한단성의 백성들은 땔감이 없어 죽은 자의 뼈를 모아 땔감으로 삼고, 식량이 없어 자식들을 서로 바꾸어 잡아먹기도 하였다.

한단이 진나라 군사들에게 포위되어 함락 직전에 놓이자 평원군은 걱정이 되지 않을 수 없었다. 그때, 한단 관리의 아들인 이동(李同)이라는 자가 평원군에게 와서 말했다.

"당신은 조나라가 망하게 되었는데도 근심하지 않습니까?"

"내가 근심을 하지 않다니, 그게 무슨 말이오? 조나라가 망하면 나도 포로가 되어 함께 망하게 될 것인데 근심하지 않을 리가 있소?"

평원군은 정말 근심스러운 표정을 지어 보였다.

"그런데 당신은 실제 생활에 있어서는 근심하고 있다는 증거를 보여 주지 않고 있소."

"그건 또 무슨 말이오? 실제 생활에 있어서는 그렇지 않다니."

"보십시오. 한단의 백성들은 먹을 것이 없어 자식들을 바꾸어 먹고 있고, 땔감이 없어 죽은 자들의 뼈를 모아 태우고 있소. 이런 위급한 상황인데도 수백 명이나 되는 당신의 후궁들은 비단옷을 입고, 좋은 쌀밥과 고기를 먹으며 빈둥거리며 놀고 있소. 백성들은 무기들이 닳고 낡아서 나무를 깎아 창이나 화살을 만들고 있는 판에 당신의 기물(器物)들과 종경(鐘磬)들은 그대로 있소. 진나라가 조나라를 깨뜨리는 날에는 당신도 이런 것들을 더 이상 가지고 있을 수가 없지 않소?"

평원군은 이동의 말에 무안을 당한 듯 얼굴을 붉히며 물었다.

"그럼 어찌했으면 좋겠소?"

"당신이 부인을 제외한 후궁들을 병사들 가운데로 흩어 보내 군대의 일을 돕도록 하고, 당신이 지니고 있는 물품들을 내놓아 병사들을 먹이면 병사들은 당신의 은혜에 감격하여 능히 이 위기를 극복할 수 있을 것이오."

"그렇게 하겠소."

평원군은 각오를 새롭게 하고 자신이 아끼고 있는 사람들과 물품들을 풀어놓아 병사들의 사기를 드높였다. 그리하여 평원군은 죽기를 불사하고 진나라 진지로 돌격해 들어가고자 하는 결사대 3천 명을 얻게 되었다. 이동과 함께 진나라 진지를 공격해 들어간 결사대는 진나라 군사들을 30리 밖으로 퇴각시키는 데 성공하였다. 그 무렵 초나라에서 원군이 증파되고, 위(魏)나라에서도 원군을 보내줌으로써 전세는 조나라에 유리하게 되었다.

전쟁이 조나라의 승리로 끝나자 조나라 조정에서는 논공행상(論功行

賞)의 문제가 거론되었다. 그때, 상경(上卿)의 지위에 있던 우경(虞卿)이 왕에게 평원군을 익봉(益封)해주도록 청원하였다.

"이번 전쟁에서 평원군이 큰 공로를 세웠습니다. 초나라와 위나라에서 원군이 오게 된 것도 모두 평원군의 공이 아니고 무엇이겠습니까? 그에게 봉토를 더해주심이 가한 줄 아옵니다."

우경이 이런 청원을 올렸다는 것을 들은 공손룡(公孫龍)은 밤중인데도 즉시 수레를 몰아 평원군에게 가서 말했다.

"우경이 당신에게 봉토를 더해 주도록 청원했다는데 그런 일이 있습니까?"

"있소."

"그것은 당치도 않습니다."

"당치도 않다니?"

평원군은 은근히 기분이 상했다.

"원래 왕이 당신을 조나라 재상의 지위에 오르도록 한 것도, 당신의 지모가 뛰어나서가 아니라 왕과 친척지간이었기 때문입니다. 이번에 조나라가 전쟁에서 승리를 한 것 역시 조나라 백성들과 병사들이 혼연일체가 되어 필사의 각오로 막았기 때문에 그러한 것이지, 당신의 공로로 그렇게 된 것이 아니지 않습니까? 그런데도 당신이 시치미를 떼고 백성들의 공을 가로챌 수가 있습니까? 우경이 당신을 위하여 청원을 올린 것은 다 자기 자신의 실속을 차리려고 그러한 것임을 아셔야 합니다. 당신이 봉토를 더 받게 되면 우경은 자기가 청원을 올려 그렇게 된 것임을 내세워 보수를 요구할 것입니다. 그리고 봉토를 받지 않게 된다 하더라도 당신을 위하여 청원했다는 그 자체만으로 뭔가 은혜를 입으려고 할 것입니다."

그러자 비로소 평원군이 크게 고개를 끄덕였다.

오랑캐 옷을 입고

평원군(平原君)의 이야기를 함에 있어 평원군의 아버지인 무령왕(武靈王)에 대하여 언급하지 않고 넘어갈 수 없다. 무령왕 시대에 군사 작전에 있어 중요한 변화라고 할 수 있는 기마 전술이 도입되었기 때문이다.

인류가 말을 사육한 지는 오래되었지만, 정작 말의 등에 올라타서 달리고 전투를 하게 된 것은 그리 오래되지 않는다. 말의 등에 올라타서 달리는 것은 누구라도 착상할 수 있을 것처럼 여겨지는 일이지만 실제로는 그렇지가 않다. 말에 올라타기 위해서는, 다시 말해 기마(騎馬)를 하기 위해서는 말을 길들이는 조교(調敎)가 필요하고, 조교를 하려면 재갈을 비롯한 여러 가지 마구(馬具)가 필요하게 된다. 이런 도구와 기술의 발명은 결코 용이한 것이 아니기에 기마 전술이 발달되기까지는 실로 수천 년의 세월이 걸렸다. 기마 전술은 먼저 중앙 아시아의 유목 민족들 간에 퍼지고, 유목 민족의 손을 거쳐 중국에 들어오게 되었다. 인접한 누번(樓煩) 민족으로부터 기마 전술을 배워 중국에서 최초로 기마 부대를 창설한 것은 바로 무령왕 시대의 일로서 기원전 295년경의 일이다.

누번을 비롯한 중국 북방의 유목 민족들이 기마에 눈을 뜬 시기도 조나라에 그 기술을 전수해준 때보다 그리 오래된 것도 아니다. 북방의 유목 민족들에게 기마 전술이 파급된 데는 알렉산더 대왕의 동방 진출이 결정적인 요인이 되었을 것이다.

조나라는 기마 전술을 도입한 뒤부터 그 세력을 북방으로 더욱 확장하여 이민족들을 영입하고 주변의 여러 나라들과 맞서 싸웠다. 이 기마 전술의 도입으로 인하여 전국 시대의 정치·외교와 군사 작전에 중요한 변화가 일어나고, 소진·장의를 비롯한 유세가들의 시대는 퇴조하는 반면 그 대신 명장(名將) 시대가 도래하게 되는 것이다. 명장들 중에서도 조나라 출신의 명장들이 많았는데 조사(趙奢), 염파(廉頗), 이목(李牧) 등이 유명하다.

진나라가 나중에 중국을 급속도로 통일할 수 있게 된 것도, 조나라로부터 기마 전술을 받아들이고 그것을 최대한 활용하였기 때문이라 할 수 있다.

조나라 무령왕은 기마 전술을 군사들에게 익히게 할 때 제일 문제가 되는 것이 복장 문제라는 것을 알고 고민하게 되었다. 기마에 있어 가장 편리한 복장은 오랑캐라고 여김을 받는 족속들의 복장, 즉 호복(胡服)이라 할 수 있는데, 호복을 착용하라고 할 때 얼마나 심한 반대에 부딪칠 것인가.

하루는 무령왕이 모처럼 한가한 시간을 얻어 궁전 뜰을 거닐면서 이 생각 저 생각을 하고 있었다. 그때, 비의(肥義)라는 대부가 왕을 따르면서 여쭈었다.

"왕께서는 요즈음 무엇을 그리 골똘히 생각하고 계십니까?"

"나는 선왕의 사업을 계승하여 호적(胡狄) 땅을 계속 개척하면서 북방 정책을 추진해나가려고 하지만, 사방을 둘러보아도 나를 도와 북방 정책을 도모할 참모가 없구나. 그리고 세상에서 뛰어난 공적을 이룩하려면 반드시 과거의 인습을 탈피해야 하고, 독특한 사상을 가지려면 반드시 일반 사람들의 원망을 듣게 되는 법, 요즈음 내가 백성들에게 호복을 착용시켜 기마법과 기사법(騎射法)을 익히려고 하자 백성들이 나에 관해 말들을 많이 하는구나."

무령왕의 안색이 눈에 띄게 염려로 차 있었다.

"왕께서는 아무것도 염려하실 필요가 없습니다. 왕께서 확신 있게 일을 밀고 나가시려면 세상 사람들이 무어라 하든 신경을 써서는 안 됩니다. 제가 듣건대 의심하면서 일을 벌이면 공적을 세우기 힘들고, 의심하면서 행동하면 이름을 얻기 힘들다고 하였습니다. 그리고 지극한 덕을 논하는 자는 속인들과 타협하지 않고, 크게 성공을 하고자 하는 자는 대중들과 의논하지 않는다고 하였습니다."

무령왕은 비의의 말에 크게 고무되었다. 비의는 더욱 확신 있는 어조로 말을 이었다.

"옛날 순(舜) 임금은 묘족(苗族) 땅에서 그들의 풍습대로 방패춤을 추었고, 우(禹) 임금은 나국(裸國)에 옷을 벗고 들어갔다고 하지 않았습니까? 이것은 자신의 욕심을 이루기 위하여 그런 것이 아니라 일을 성사시키기 위하여 그런 것입니다. 어리석은 자는 일을 성사시키는 데 어둡고, 지혜로운 자는 싹이 나기도 전에 미리 내다본다고 하였습니다. 그러므로 왕께서는 세인들의 의견에 좌우되지 마시고 확신한 바대로 실행에 옮기십시오."

"내가 그동안 머뭇거렸던 것은 호복의 장점을 의심해서가 아니라 천하 사람들의 비웃음을 살까 봐 그랬던 것인데, 이제 그대의 말대로 소신껏 밀고 나가고자 하오. 미친 자가 즐거워하는 것을 보고 지각 있는 자는 슬픔을 느끼고, 어리석은 자가 웃는 것을 보고 현명한 자는 측은히 여긴다고 하였소. 어리석은 자들이 비웃을수록 나는 그들을 측은히 여길 뿐이오. 내 뜻을 알고 따르는 자라면 호복의 편리함을 상찬할 것이오."

마침내 무령왕은 주위 사람들을 개의치 않고 스스로 먼저 호복을 착용하였다. 조정의 신하들과 백성들은 임금이 호복을 입었다고 수군거리기 시작했다. 무령왕은 숙부인 공자성(公子成)에게 사람을 보내 다음과 같이 전하도록 하였다.

"저는 이제 앞으로 호복을 입고 조회(朝會)에 임하려고 합니다. 그러므로 숙부께서도 호복을 입으시기를 바랍니다. 자고로 가정은 어버이의 말을 듣고, 나라는 임금의 말을 듣는다고 하였습니다. 지금 제가 온 나라에 명하여 호복으로 바꾸어 입으라고 하려 하는데, 만약 숙부께서 호복을 입지 않으시면 저는 천하 사람들의 웃음거리가 되고 말 것입니다. 제가 천하의 웃음거리가 되는 것은 사실 별 문제가 아닙니다. 문제는 법의 권위가 떨어져 나라 전체의 기강이 흔들리는 데 있습니다. 무릇 국가의 법은 백성들을 이롭게 하는 데 그 근본 취지가 있으며, 법이 실행될 때에야 비로소 정치가 바로 서는 것이 아닙니까. 정치를 바로 해나가기 위해서는 숙부님과 같은 원로들의 신뢰를 얻지 않고서는 불가능한 것인 줄 아옵기에, 이렇게 미리 사람을 보내 호복 착용 실시 계획을 알려드리는 것입니다. 제가 듣건대 나라를 위해 이로운 일을 하고자 하는 자는 사심이 없으며, 존귀한 친척들의 후원을 받으며 일을 하는 자는 이름을 떨치지 못하는 경우가 없다고 하였습니다. 저는 지금 숙부님의 후원을 받아 호복 착용 시책을 성공적으로 달성하기를 원하는 것입니다. 다시금 청하옵건대 호복을 입어주시기를 바랍니다."

이 말을 전해 들은 공자성은 엎드려 재배하며 대답하였다. 그것은 왕께 아뢰는 말이었다.

"신(臣)은 이미 왕께서 호복을 입으셨다는 소식을 들었소. 그전에 제가 나아가 진언을 했어야 하는데, 그동안 병이 들어 출입을 잘 할 수가 없었소. 지금 왕께서 저에게 호복을 입으라는 명령을 내렸지만, 이제라도 진언하지 않을 수가 없소. 무릇 중국이라는 곳은 총명과 예지가 거하는 곳이며, 만물과 재물이 모이는 곳이며, 현자와 성인들의 가르침이 있는 곳이며, 인의가 베풀어지는 곳이며, 시서예악이 활용되는 곳이며, 온갖 사상과 기예가 시험되는 곳이며, 원방이 우러러 찾아오는 곳이며, 야만족이 의를 배워 행하는 곳이오. 그런데 지금 왕께서는 이것들을 버리고 오히려 오랑캐의 옷을 입으시고, 옛 성현들의 가르침을 거슬러 중국을 떠나고 있소. 다시 한번 깊이 생각하시어 호복 착용의 시책을 바꾸어주시기를 바랍니다."

숙부 공자성의 간언을 전해 들은 무령왕은 그 길로 직접 숙부의 집을 찾아가서 일단 문안을 드렸다.

"그동안 숙부님께서 아프시다는 소문은 들었으나 일찍 찾아뵙지 못하였습니다."

이렇게 허두를 땐 무령왕은 곧 호복 착용 문제로 들어갔다.

"무릇 옷이란 무엇입니까? 사람이 활동하기에 편리하도록 입는 것이 아닙니까? 예(禮)라는 것도 일을 잘 처리하기 위해서 만들어놓은 절차가 아닙니까? 성인(聖人)들은 마을 풍속을 살펴본 연후에 마땅한 것을 취하여 따르며, 일의 성격에 따라 예를 정하였기 때문에 백성을 이롭게 하고 나라를 부강하게 하였던 것입니다. 그러므로 마을이 다르면 옷의 모양이나 쓰임새도 다르고, 일의 성격이 다르면 예도 달라지는 것이 당연한 것입니다. 머리를 짧게 자르고 몸에 문신을 새기는 축발문신(祝髮文身)은 구월 백성들의 풍속이요, 고기 껍질로 만든 모자를 쓰고 긴 바늘로 대강

꿰맨 옷을 입는 것은 대오(大吳) 백성들의 풍속입니다. 이들 백성들은 중국 사람들이 볼 때는 예복을 전혀 갖추어 입지 않은 것처럼 보이지만, 편리함을 따르는 데는 중국이나 그들이나 마찬가지입니다. 다시 말하거니와, 성인들은 백성들을 이롭게 하기 위해서는 한 가지 옷이나 예절을 고집하지 않았습니다. 경우에 따라서는 옷이나 예절의 종류를 얼마든지 달리할 수 있는 것입니다."

이렇게 간곡히 무령왕이 설득하였지만, 공자성은 좀처럼 자신의 주장을 꺾지 않았다.

"왜 하필 오늘에 이르러 수천 년 동안 지켜온 의복을 벗어버리고 오랑캐의 옷으로 갈아입는 것이오?"

"그것은 선왕들의 염원을 이루기 위함입니다."

"선왕들의 염원이라니, 그게 무슨 말이오?"

"선왕들이 제대로 병력을 양성하지 않고 국경을 경비하지 않았기 때문에 얼마나 주변 나라들로부터 치욕을 당하였습니까? 특히 중산국(中山國)이 제나라의 힘을 믿고 우리 나라를 쳐들어왔을 때 포로로 잡혀간 백성들의 수효가 얼마나 됩니까? 그런 치욕을 당했으면서도 보복할 엄두를 내지 못하고 있지 않았습니까? 이제 백성들이 호복으로 갈아입고 기마술과 기사술을 익히기만 하면 북방의 요새들을 능히 수비할 수가 있으며, 멀리 중산국에까지 쳐들어가서 치욕을 씻을 수도 있게 될 것입니다. 기마에 편리한 복장으로는 호복만한 것이 없는데 숙부께서는 중국의 풍속과 전통만 고집하시면서 선왕들의 염원을 무시하고 계십니다. 호복에 대한 편견 때문에 국가의 치욕은 잊고 계시니 애국심에 투철하시다는 숙부님께서 어인 일입니까?"

공자성은 묵묵히 무령왕의 말만 듣고 있었다. 무령왕은 조금만 더 설득하면 공자성이 호복 착용에 동의할지도 모른다는 기대를 품게 되었다. 그래서 좀 더 강한 어조로 숙부의 마음에 호소하였다.

"알지 못하는 것에 대하여 의심만 하거나 자기 생각과 다른 것에 대해 무조건 그르다고 하기보다 선을 좇는 데 공평하시기를 바랍니다."

그러자 공자성이 천천히 입을 열었다.

"저는 어리석어 왕의 깊은 뜻을 다 헤아리지는 못하겠습니다. 다만 세인들이 어떻게 생각하느냐 하는 것은 알고 있습니다. 왕께서 정말 선왕들의 염원을 이루기를 원하신다면, 호복 착용에 대하여 선왕들이 어떻게 여기실까 한번 생각해본 연후에 그 뜻을 따르기를 바랍니다. 감히 말씀드리거니와 저는 왕의 명령을 따르지 못하겠습니다."

공자성이 재배하며 엎드렸다.

"아무튼 숙부를 위하여 지어 온 호복을 여기 두고 가니 알아서 하십시오."

무령왕은 호복을 숙부에게 억지로 건네주고 궁으로 돌아왔다.

궁으로 돌아오니, 이번에는 조문(趙文)이라는 대부가 호복 착용 문제로 간언할 것이 있다면서 알현을 요청하였다. 무령왕은 여러 사람들의 반대에 부딪쳐 지쳐 있는 자신의 마음을 다시금 다잡으면서 조문을 대면하였다.

조문이 왕께 나아가 아뢰었다.

"농부가 수고하여 군자를 먹여 살리는 것은 정치의 도리이며, 어리석은 자가 의견을 내놓아 현명한 자들로 하여금 토론하게 하는 것은 교화의 도리입니다. 그리고 신하가 충정 어린 말을 숨겨두지 않고, 군주가 언로를 막지 않는 것은 나라의 유익입니다. 제가 비록 어리석은 자이오나 충성을 다하고자 이렇게 나아와 아뢰는 것입니다."

참으로 조문은 진지한 태도를 취하고 있었다. 무령왕도 엄숙한 태도로 조문에게 대답했다.

"잘못을 지적하되 악한 마음이 없으면 소요가 될 수 없고, 지나치지 않으면 죄가 될 수 없으니 그대는 소신껏 말해보라."

"그럼 제가 악한 마음을 품지 않고 지나침이 없이 저의 의견을 솔직하게 말씀드리겠습니다. 시대에 따라 풍속을 보도(輔導)하는 것은 예로부터 내려오는 도리이며, 의복에 정해진 규칙이 있는 것은 예(禮)의 법도이며, 법을 잘 지켜 허물이 없어야 하는 것은 백성들의 본분입니다. 이 세 가지는 성현들이 후세에게 가르쳐온 것들인데, 지금 왕께서는 이런 것들을 버리고 원방의 풍속을 따르려 하시며, 예로부터 내려오는 가르침과 법도를 바꾸려 하고 계십니다. 다시 한번 고려하시기를 바라옵니다."

조문이 간곡한 어조로 말하며 엎드렸다. 무령왕이 천천히 고개를 저으며 대답했다.

"그대는 세상의 일반 사람들이 흔히 하는 그런 말을 옮기고 있구나. 일반 백성들은 습속(習俗)에 매이고 학자들은 뜬소문에 끌린다는 말이 있는데, 이 두 가지는 무사 안일한 것으로 미래를 내다보는 창조적인 태도가 아니다. 무릇 하(夏)·은(殷)·주(周) 3대를 살펴보면 시대마다 의복이 달랐어도 천하를 제패하였고, 춘추 시대 오패(五覇)의 나라들이 그 법도가 달랐어도 정치가 잘 이루어졌다. 지식이 있는 자들은 가르침을 항상 새롭게 하나 무지한 자들은 하나의 가르침에 매이고, 현명한 자들은 풍속을 이용할 줄 아는 반면에 어리석은 자들은 풍속에 구속을 당하는 법이다. 복식(服飾)에 제약을 받는 백성들과 습속에 매인 백성들이 힘을 합해 창조적인 일을 해나가기는 힘들다. 그러므로 풍속은 그 시대에 따라 변화될 수 있는 것이며, 예법 역시 사안에 따라 바뀔 수도 있는 것이다. 이것은 바로 성인들이 행하여온 바이기도 하다. 현시대를 창조적으로 살아가려고 하는 자는 옛 전통을 맹목적으로 따라서는 안 되는 것이다. 그러니 그대는 내가 새로운 복식을 시행하려고 한다 하여 그렇게 염려할 필요는 없다."

무령왕도 논리 정연하게 조문의 말을 반박하고 있는 셈이었다. 그러나 조문은 좀처럼 물러서려 하지 않았다.

"무릇 사람은 어떠한 의복을 입느냐에 따라 그 마음 상태가 영향을 받게 되는 것입니다. 이상야릇한 옷을 입는 자는 그 마음이 음란해지고, 좋지 않은 풍속을 따르는 자는 백성들을 교란시키는 법입니다. 그래서 위정자는 이상한 옷을 입지 않으며 중국은 야만 민족의 풍속을 가까이 하지 않는데, 왕께서는 호복 착용을 손수 본보이시며 백성들에게 강요하시니 이래 가지고는 백성들을 교화시킬 수가 없고, 예(禮)를 세울 수가 없는 것입니다. 제가 듣건대 성인은 백성들을 뜯어고치지 않으면서 교화하고, 지혜로운 자는 풍속을 바꾸지 않으면서 움직이게 한다고 하였습니다. 그러니 왕께서는 심사숙고하여 이번 일을 결정하시기를 바라옵니다."

그러나 무령왕은 자신의 뜻을 꺾으려 하지 않았다.

"옷이 이상야릇하면 마음이 음란해진다고 했는데, 그러면 이상한 옷을 입는 오(吳)·월(越) 같은 데서는 성인군자가 한 사람도 나올 수가 없겠구나. 속담에 이르기를 책에 쓰인 대로만 수레를 몰면 말의 능력을 완전히 알 수 없고, 옛 법만 따르다가는 시대의 변천에 효과적으로 대응할 수가 없다고 하였느니라."

결국 무령왕은 호복 착용을 실시하고 기마 전술을 발전시켜 조나라의 국력을 다져나갔다.

나라를 위해 나라를 배신한 신릉군

위(魏)나라에 무기(無忌)라는 공자(公子)가 있었다. 그는 소왕(昭王)의 막내아들이었다. 소왕이 죽고 무기의 이복 형제인 안희왕(安釐王)이 즉위하자 무기를 봉하여 신릉군(信陵君)으로 삼았다.

그 무렵, 범수(范雎)라는 자가 위나라에서 도망하여 진(秦)나라로 가 재상이 되었다. 범수를 재상으로 삼은 진나라는 위나라를 공격하여 대량(大梁)과 화양(華陽)을 점령하였다. 이 일로 인하여 안희왕은 근심하지 않을 수 없었다.

하루는 안희왕이 신릉군과 함께 바둑을 두고 있었다. 그때, 신하 한 사람이 헐레벌떡 달려와 아뢰었다.

"저, 저, 북방의 변경에……."

"북방의 변경이 어쨌다는 말이냐? 천천히 말해보아라."

"북방의 변경에 봉홧불이 올랐다고 합니다."

"봉홧불이라면?"

안희왕이 긴장된 표정을 지었다.

"조(趙)나라 군대가 지금 막 국경을 넘어 침공을 개시하였다는 전갈이 옵니다."

"드디어 올 것이 왔군. 곧 대신들을 긴급 소집하도록 하여라."

안희왕은 바둑판에서 물러나며 느슨하게 풀린 옷들을 급히 고쳐 맸다. 그러나 신릉군은 계속 느긋하게 앉아 바둑 수를 헤아리고 있었다.

"아니, 방금 조나라 군대가 쳐들어왔다는 전갈이 있었는데도 그리 태평할 수가 있소?"

안희왕이 초조해하며 신릉군을 나무랐다.

"그냥 도로 앉으셔서 바둑을 두시지요."

신릉군은 한술 더 떠서 바둑돌 하나를 바둑판에 놓으며 안희왕이 그 다음 수를 두기를 기다렸다.

"허허, 조나라 군대가 쳐들어왔다지 않소?"

안희왕은 엉거주춤한 자세로 다시 한번 신릉군의 주위를 환기시켰다.

"조나라 왕이 우리 위나라 국경을 넘어 사냥을 하러 왔을 뿐이지, 침공을 한 것은 아닙니다."

신릉군은 너무나 확신 있는 어조로 말하며 안희왕으로 하여금 바둑을 계속 두도록 재촉하였다. 안희왕은 대신들이 몰려올 동안이나마 바둑을 두고 있을 수밖에 없어 신릉군과 수를 주고받고는 있었지만, 마음은 이미 바둑을 떠나 있었다. 진나라가 침략을 한 지도 얼마 되지 않는데 조나라까지 쳐들어오다니. 걱정이 되지 않을 수 없었다. 하지만 신릉군은 정말 조나라 왕이 사냥 길에 나선 것으로 생각하는지 흔들림이 없이 바둑을 두어나갔다.

그렇게 바둑이 어색하게 진행되고 있는데 전령이 달려와 외쳤다.

"북방에서 전언이 있기를, 조나라 왕이 사냥을 나왔을 뿐 군대가 침공한 것은 아니라고 합니다."

"뭣이라구?"

안희왕은 전령을 향해 언성을 높임과 동시에 맞은편의 신릉군을 바라보았다. 신릉군은 그저 희미한 미소만 짓고 있었다.

"공자는 어떻게 해서 이 사실을 알았소?"

"신(臣)에게는 조나라 왕의 비밀을 알아오는 데 귀신 같은 식객 한 사람이 있습니다. 조나라 왕의 일거수일투족을 그 식객이 저에게 와서 보고해 올리고 있으니 조나라 왕은 제 손바닥 안에 있는 것이나 다름없지요. 자고로 승리의 비결은 어떻게 용간(用間)을 하느냐에 달려 있는 것이 아닙니까?"

안희왕은 신릉군의 말을 듣는 순간 온몸에 소름이 끼치는 것을 느꼈다. 안희왕 자신도 신릉군의 식객들에 의하여 일거수일투족이 파악되고 있는 것은 아닌가. 안희왕도 용간을 하여 신릉군의 거취를 파악하고는 있지만, 아무래도 신릉군의 정보망에는 못 당할 것 같았다.

그런 일이 있고 난 이후에는 안희왕이 신릉군에게 섣불리 국정을 맡기려고 하지 않았다. 신릉군은 안희왕의 견제를 받으며 자기 나름대로 세력을 구축해나가야만 하였다. 무엇보다 신릉군은 사람들 앞에서 겸손하도록 노력하는 가운데 빈객들과 식객들이 자기에게로 많이 몰려오게끔 하였다.

신릉군은 빈객들이 자기에게로 오도록 할 뿐만 아니라 어디에 인물이 있다고 하면 손수 찾아 나서기도 하였다.

식객 중 한 사람이 신릉군에게 와서 말했다.

"후영(侯嬴)이라는 은사(隱士)가 있는데, 그 성품이 고고하다고 합니다."

"그래, 그가 어디에 살고 있으며 무슨 일을 하고 있느냐?"

"그는 대량(大梁)의 이문(夷門:동문에 해당) 근방에 살고 있는데, 이문 문지기 노릇을 하고 있습니다."

"나이는?"

"일흔입니다."

"허, 일흔 나이에 문지기라? 어떻게 그런 인물이 나이 일흔이 되도록 문지기 노릇이나 하고 있는가? 이 시대가 이다지도 인물을 알아주지 않는단 말인가?"

"시대가 인물을 알아주지 않는 점도 있지만, 그가 문지기 노릇을 고집하고 있기도 합니다. 가난하고 천한 자기는 문지기 직분에 어울린다고 말입니다."

"내가 그를 빈객으로 모셔오리라."

신릉군은 먼저 사람을 보내 후한 예물을 후영에게 전달하며 빈객으로 모시겠다는 뜻을 표하였다. 그러나 후영은 완강하게 사양하였다.

"저는 몸을 닦고 행실을 조심하면서 지내온 지 수십 년이 됩니다. 그런데 이제 와서 문지기 생활이 곤궁하다고 공자님의 재물을 받고 싶지는 않습니다."

후영이 예물을 사양했다는 말을 들은 신릉군은 더욱 그에 대한 존경심이 우러났다. 신릉군은 후영을 어떡해서든지 모셔오리라 작정을 하고 먼저 자기 집에다 주연을 크게 차린 후 빈객들을 초청하였다. 사방에서 빈객들이 모여들어 주연은 금방 사람들로 웅성거렸다. 한창 분위기가 무르익을 무렵, 신릉군이 사람들 앞에 나서며 큰 음성으로 말했다.

"여러분, 내가 오늘 귀한 인물 한 사람을 이 자리에 모셔올까 합니다. 내가 그 인물을 모셔올 때까지 여러분은 자리를 뜨지 마시고 기다려주십시오."

사람들은 도대체 신릉군이 어떤 인물을 모셔오나 하고 호기심을 가지고 기다리며 술잔을 기울였다.

신릉군은 스스로 수레를 갖추어 이문으로 나아갔다. 신릉군은 어자(御

者)의 자리에 앉아 말고삐를 잡고 상석에 해당하는 왼편 자리는 비워두었다. 신릉군이 이문으로 나아가자 마침 후영이 문지기 노릇을 하며 거기에 서 있었다.

"저는 무기입니다. 감히 선생을 모셔가고자 수레를 몰고 왔으니 상석에 오르시지요."

그런데 이번에는 후영이 전혀 사양을 하지 않고 수레에 올라 상석에 떡하니 앉았다. 후영은 의관이 초라하기 그지없었다. 신릉군은 더욱 겸손하게 후영을 대하며 고삐를 당겨 말을 몰았다. 신릉군이 주연이 베풀어지고 있는 집 쪽으로 말을 몰아 가고 있는데, 갑자기 후영이 신릉군에게 거의 지시를 내리듯이 말했다.

"우리 집에 와 기거하는 손님이 하나 있는데, 그는 도살을 하는 백정입니다. 지금 내가 그자를 만나보고 싶으니 시장으로 말을 좀 몰아주십시오."

신릉군은 아무 말 없이 방향을 틀어 시장 쪽으로 나아갔다. 도살업자들이 모여 있는 시장께로 가니 여기저기 쇠머리, 돼지머리가 널려 있고 피비린내가 진동을 하였다. 파리들도 윙윙거리며 들끓었다. 오고 가는 백정들의 옷에는 검붉은 피가 때처럼 배어들어 있었다.

"아, 저기 내가 만나고 싶은 사람이 있습니다."

후영은 신릉군으로 하여금 수레를 멈추게 하였다. 신릉군은 피비린내로 인해 찌푸려지는 인상을 펴려고 노력하며 수레를 멈추었다. 후영은 수레에서 내려 그 백정에게로 다가가 한참을 이야기하였다. 신릉군이 수레에 앉아 하염없이 기다렸지만 후영의 이야기는 끝날 줄을 몰랐다. 백정도 그 억센 팔과 다리를 이리저리 놀리며 후영과 맞장구를 치기에 여념이 없었다.

후영은 백정과 이야기를 길게 나누면서 종종 신릉군 쪽을 돌아보며 그 표정을 살폈다. 이야기가 길어짐에 따라 신릉군이 언짢은 기색을 띠고 있을 만도 한데, 신릉군은 전혀 그런 기색이 없이 유순한 표정 그대로 말고삐를 잡고 후영이 돌아오기만을 기다리고 있었다. 후영은 신릉군의 인품에 속으로 감탄하며 저 사람이면 상전으로 모실 만하다는 결론을 내리기에 이르렀다.

후영은 마음이 작정되자 백정과 헤어져 신릉군의 수레 상석에 다시 올랐다. 신릉군은 열심히 수레를 몰아 자기와 후영을 기다리고 있는 잔치 자리로 나아갔다. 신릉군이 주연에 참석한 사람들에게 약속한 대로 후영을 데리고 오자, 빈객들은 후영이 과연 어떠한 인물인가 하고 호기심을 가지고 바라보았다. 그런데 신릉군이 인물이라고 데리고 온 작자가 기껏 이문을 지키는 문지기란 말인가. 빈객들은 실망한 기색이 역력하였다. 거기다가 신릉군이 후영을 주연의 상석에 앉히자 어안이 벙벙한 표정들을 지으며 수군거렸다.

"어떻게 된 거야? 저런 문지기를 상석에 앉히다니. 공자의 정신이 좀 이상해진 거 아냐?"

신릉군은 빈객들의 수군거림에는 아랑곳없이 술을 들이켜다가 어느 정도 거나하게 취하자 후영 앞으로 다가가서 술잔을 올렸다.

"선생의 장수(長壽)를 축원하는 뜻으로 이 술잔을 올리니 받으시지요."

후영은 황송하다는 듯 두 손으로 술잔을 받고는 좌중을 한 번 둘러보았다. 빈객들은 여전히 후영을 경멸하는 눈초리로 신릉군과 후영의 수작을 훔쳐보고 있었다. 후영이 술잔을 든 채로 일어서서 좌중이 다 듣도록 큰 음성으로 말하기 시작했다.

"저는 이문을 지키는 비천한 문지기입니다. 그런데 공자께서 친히 찾아오셔서 저를 수레 상석에 태우고 이곳까지 데리고 와 지체 높은 분들 가운데 앉게 하셨습니다. 그리고 오는 도중에 공자로서는 도저히 들르기 힘든 곳까지 저를 위해 들러주셨습니다. 백정들이 모여 사는 시장 거리까지 저를 태우고 가서 우리 집에 와 있는 손님을 만나게 해주셨습니다. 이야기가 한참 길어졌는데도 공자께서는 낯빛 하나 변하지 않고 유순한 표정 그대로 저를 기다려주었으므로, 시장 사람들이 저의 무례함을 욕하면서 공자의 겸손한 성품을 칭찬하였습니다. 제가 그렇게 시장 거리로 가서 백정 한 사람을 만나 한참 이야기를 나눈 것은 공자의 명성을 높여주기 위해서 일부러 그런 것이었습니다. 오늘 제가 공자를 위하여 한 일은 잘한 일이었습니다."

후영의 깊은 뜻을 새삼 헤아리게 된 신릉군은 감격스러운 얼굴이 되었고, 후영을 은근히 깔보고 있던 빈객들은 그제야 고개를 끄덕이기 시작했다. 술자리가 파한 후, 신릉군은 후영을 상객(上客)으로 모셔 잘 대접하였다.

하루는 신릉군이 후영에게로 와서 물었다.

"지난번에 선생이 시장 거리에서 만나 이야기를 나눈 자가 누구입니까?"

"주해(朱亥)라고 하는 자로 이 시대의 현인(賢人)이라 할 수 있습니다."

"현인이 어떻게 소와 돼지를 죽이는 백정 일을 하고 있습니까?"

"세상에 알아주는 사람이 없기 때문에 백정들 사이에 숨어 있는 것일 뿐입니다."

"그렇다면 그자도 우리 집 식객으로 오도록 청하여야겠군요."

"주해가 선뜻 허락을 할지는 모르겠습니다. 아무튼 공자께서 한번 찾아가보시죠."

신릉군은 주해를 찾아가 자기가 후영을 어떻게 대접하였는가를 이야기하고 예물도 전달하였다. 그러나 주해는 예물은 받으면서도 신릉군의 초청에는 응하지 않았다. 그리고 자기가 받은 예물에 대하여 아무런 감사의 표시도 하지 않았다. 신릉군은 주해가 현인이기는커녕 무례하기 짝이 없는 자라고 생각할 수밖에 없었다.

"저런 자를 현인이라 하다니."

신릉군은 어떻게 후영이 주해를 좋게 평가할 수 있었는지 이상하게 여겨지기도 하였다.

그 무렵, 진나라 소왕이 군대를 일으켜 조나라의 장평(長平)을 점령하고 한단성을 포위하였다. 다급해진 조나라에서는 위나라에 구원군을 요청하였다. 신릉군의 누이가 조나라 평원군의 부인으로 시집을 갔기 때문에, 조나라 조정에서는 평원군의 부인을 통하여 신릉군에게 부탁하고 신릉군으로 하여금 위나라 조정에 청원하도록 하였다. 여러 차례 조나라로부터 요청이 있자 마침내 위나라 안희왕은 조나라를 돕기로 하고, 장군 진비(晉鄙)로 하여금 10만 대군을 이끌고 가서 진나라 군대를 막도록 하였다. 막 이러한 결정을 내리고 군대를 파견하였는데, 진나라 사신이 소왕의 밀서를 가지고 들이닥쳤다. 그 밀서에는 다음과 같은 소왕의 친필이 적혀 있었다.

'나는 극히 짧은 기간에 조나라를 쳐서 항복을 받을 것이다. 그런데도 감히 조나라를 구원하려고 덤벼드는 나라가 있다면, 내가 조나라를 함락시킨 뒤에 반드시 군대를 옮겨 그 나라를 칠 것이다'

그 밀서의 글자 하나하나는 위협적인 기운으로 서릿발이 서 있었다. 막상 그 밀서를 받고 보니 안희왕은 마음이 동요하지 않을 수 없었다. 안희왕은 고민 끝에 전령을 급히 진비에게로 보내 군대의 행군을 업(鄴) 지방 근처에서 멈추도록 하였다. 원래는 한단까지 진격하여 한단을 포위하고 있는 진나라 군대를 뒤에서 급습하려는 계획이었으나, 진나라와의 직접적인 마찰을 피하기 위하여 업 지방에 진을 치도록 한 것이었다. 겉으로 볼 때는 조나라를 구원하기 위한 파병으로 여겨지지만, 실상은 그저 구원하는 흉내만 내는 셈이었다.

조나라 조정에서는 위나라에서 구원군이 온다고 마음 든든해했으나, 위나라 군대가 업 지방에 보루를 쌓고 그대로 눌러앉아 있는 것을 보고는 실망이 되지 않을 수 없었다. 이때, 조나라 평원군이 가신을 보내 신릉군에게 친서를 전달하였다. 가신이 얼마나 급하게 달려왔는지 의관이 제멋대로였다.

평원군의 친서는 신릉군을 책망하는 내용으로 가득 차 있었다.

'내가 공자의 누이와 결혼한 것은 공자가 남의 곤경을 보면 그냥 지나치지 않는 의리의 사나이로 알았기 때문이오. 이제 한단성이 진나라 군대에 의해 조석지간에 함락할 지경에 이르렀는데도 위나라 군대가 한단에 도착하지 않고 있으니 어찌 된 일이오? 이러고도 공자가 남의 곤경을 속히 돌아보는 자라고 할 수 있겠소? 이것은 또한 공자가 나를 아주 가볍게 여기는 처사로밖에 볼 수 없소. 그렇지 않고서야 어찌 진나라에 항복하도록 내버려둔단 말이오? 공자의 누이가 불쌍하지도 않소?'

이 친서를 받은 신릉군은 마음이 분격되어 어찌할 바를 몰랐다. 그리하여 온갖 방법으로 위나라 왕에게 간청하였으나, 한번 진나라에 겁을 먹은 왕은 신릉군의 간청을 들으려고 하지 않았다. 할 수 없이 신릉군은 자기와 뜻을 같이하는 빈객들을 모아 병거 백 승(乘)을 준비하여 진나라 군대를 향해 돌격해 들어가고자 하였다. 평원군에게 모욕적인 책망을 듣고 있으니 차라리 조나라 군대와 함께 죽는 편이 나을 것 같은 심정이었다.

이런 비장한 각오로 나서는 길이므로 신릉군은 자기가 대접했던 빈객들이나 식객들은 한결같이 자기를 따라 같이 죽으러 갈 줄 알았다. 그런데 상객으로 대접해준 후영은 신릉군의 출장 길에 따라나서지 않고 다만 이문에서 배웅만 해주었다.

"공자는 분발하여 나아가십시오. 하지만 이 늙은이는 따라갈 수 없습니다."

후영은 이렇게 말하고는 냉정하게 등을 돌려버렸다. 신릉군은 후영의 처사가 못내 서운하고 불쾌하기까지 하였다.

'내가 후영을 극진히 대접했다는 것은 온 천하가 다 아는 사실인데 이럴 수 있단 말인가? 내가 죽으러 가는 길인 줄 알면서 후영이 따뜻한 송별의 말 한마디 하지 않으니, 내가 후영에게 나도 모르게 실수한 적이라도 있단 말인가?'

신릉군은 결사대를 이끌고 조나라 지경으로 가까이 가면 갈수록 후영의 일이 자꾸만 마음에 걸렸다. 후영과의 관계에 오해가 생겼다면 그것을 풀고 나서 전장으로 나가야 제대로 싸울 수 있을 것만 같았다. 다시는 살아서 돌아올 수 없는 길을 가고 있는 것이기에 그러한 마음이 더욱 강하게 일었는지도 몰랐다.

신릉군은 견디다 못해 다시 말 머리를 돌려 이문으로 돌아와 후영을 만나 물었다.

"내가 평소에 선생에게 무례한 짓이라도 한 적이 있습니까? 나의 출정 길에 따라 나서지 않은 것은 노령에 접어든 선생으로서 그럴 수도 있다고 할 수 있겠으나, 어찌 그렇게 따뜻한 송별의 말 한마디 없이 보내시는 것입니까? 내가 부지불식간에 선생을 섭섭하게 한 적이 있으면 지금이라도 나를 책망해주십시오."

신릉군의 표정은 진지했으나 후영은 여유 있게 웃으며 대답했다.

"저는 원래부터 공자께서 이렇게 돌아오실 줄 알았습니다. 아니, 공자께서 돌아오시도록 제가 냉정한 태도로 배웅을 했다고 하는 편이 맞겠습니다."

"제가 돌아오도록 그랬다구요? 저의 출정을 반대라도 하는 것입니까?"

"제가 남의 곤경을 도우러 가는 일을 반대할 리가 있겠습니까?"

"그럼 왜 돌아오도록 일부러 마음을 서운하게 한 것입니까?"

"공자께서 천하에 이름을 얻게 된 연유가 어디에 있다고 생각하십니까? 그것은 다름이 아니라 선비들을 존경하고 선비들 대접하기를 다른 어떤 것보다 좋아하기에 그러한 것이 아닙니까?"

"그것이 저를 돌아오게 한 이유와 무슨 상관이 있다는 말입니까?"

신릉군이 고개를 갸우뚱거렸다.

"그렇게 선비들을 좋아하면서 왜 선비들과는 전혀 다른 행동을 취하시는 것입니까? 지금 조나라에 환난이 닥쳐 진나라 군사들과 싸우러 달려가는 판국에 어찌 아무런 계책도 없이 그저 맹목적으로 달려가는 것입니까? 그것은 마치 굶주린 호랑이의 입에 고깃덩어리를 던지는 것과도 같아서 공을 세울 리가 없습니다. 공자께서 평소에 빈객들과 식객들을 대접하고 기른 목적이 무엇입니까? 바로 이러한 때 계책을 얻기 위하여 그런 것이 아닙니까? 공자께서는 저를 너무나 극진히 대접해주어 거기에 대하여는 아무 유감이 없습니다. 그런데 저를 대접한 은혜를 갚을 기회도 주지 않고 죽을 길로 달려가기만 하니, 따뜻한 송별의 말이 나올 리가 있겠습니까? 오히려 공자께서 저를 원망하도록 하여 다시 돌아오게 한 것입니다."

이제야 모든 것이 분명해지는 기분이었다. 신릉군이 후영 앞에 무릎을 꿇어 두 번 절하며 외쳤다.

"저에게 계책을 말해주십시오. 하마터면 굶주린 호랑이 입 속으로 그냥 뛰어들어갈 뻔하였습니다."

후영이 갑자기 목소리를 낮추더니 좌우를 둘러보았다.

"공자와 저 두사람만 있도록 주위 사람들을 물러가게 해주십시오."

신릉군이 주위 사람들을 물러가게 하자 후영이 더욱 낮은 목소리로 말하기 시작했다.

"제가 들으니, 장군 진비의 병부(兵符)는 항상 왕의 침실에 있다고 합니다."

병부라는 것은 왕이 장군에게 군사 명령을 내릴 때 사용하는 암호패와 같은 것이었다. 그것의 반쪽은 왕이 가지고 있고 나머지 반쪽은 장군이 가지고 있는데, 장군은 전령으로부터 왕의 명령을 받을 때 왕이 가지고 있던 병부의 반쪽을 자기 것과 맞추어봄으로써 정말 왕의 명령인지 아닌지 그 진위 여부를 가늠하는 것이었다. 이렇게 병부의 조각, 즉 부절(符節)을 합하여 보는 것을 합부(合符)라고 하였다.

지금 장군 진비에게 보내는 부절이 왕의 침실에 있다고 후영이 말하고 있는 것은, 그것을 훔쳐내야 한다는 말이 아니고 무엇인가. 신릉군은 순간 바짝 긴장되었다.

"왕의 침실에 있는 병부를 어떻게 손에 넣는단 말이오?"

"침실에 출입할 수 있는 사람을 통하여 훔치는 수밖에 없지요."

후영은 또 한번 주위를 돌아보았다.

"침실에 출입할 수 있는 사람이라면 왕이 총애하는 여희(女姬)밖에 없지 않소?"

"그렇습니다. 바로 여희를 이용하여 병부를 훔쳐내자는 것입니다."

"어떻게 여희에게 그런 부탁을 한단 말이오? 그런 부탁을 했다가는 당장 여희가 왕에게 고자질을 하여 우리의 목이 성하지가 않을 텐데."

신릉군은 난색을 표명하였다.

"그렇지 않습니다. 여희는 어떡해서든지 공자의 은혜를 갚으려고 하고 있습니다."

"나에게 은혜를 갚다니? 내가 여희에게 베풀어준 것이 뭐 있단 말이오?"

"공자께서는 남에게 베풀어준 은혜를 쉽게 잊으시니 이래서 공자의 덕이 더욱 빛나는 것입니다. 몇 년 전에 여희의 아버지가 정적(政敵)에 의해 암살을 당하지 않았습니까? 그래서 여희가 3년 동안이나 돈을 써 가며 아버지의 원수를 갚으려고 하였으나, 워낙 정치적인 이해관계가 얽혀 있어 제대로 되지 않았지요. 그때 여희는 공자에게 와서 눈물로 호소하며 원수를 갚아달라고 하였지요. 공자께서는 가신을 시켜 그 원수 집에 식객으로 가장하여 들어가도록 해서 원수의 목을 베었지요."

"아, 이제 그 일이 기억나는군요. 하도 원수를 갚아달라는 호소들이 많아 여희 아버지의 원수를 갚아준 일을 잊고 있었군요. 그때, 여희의 원수의 목을 베어 식객으로 하여금 여희에게 갖다 주도록 하였지요."

"그 이후로 여희는 공자를 위하는 일이라면 죽음도 사양치 않고 나설 각오로 은혜 갚을 기회만 생기기를 바라고 있다고 합니다. 이런 차제에 공자께서 입을 열어 부탁만 한다면 능히 병부도 훔쳐낼 것입니다."

"음."

신릉군은 신음 소리를 한 번 내고는 어금니를 악물었다.

"그래, 여희가 병부를 훔쳐내면 그걸로 어떻게 하겠다는 거요?"

"병부를 얻게 되면, 업 지방에 그대로 머무르고 있는 장군 진비에게 명령을 내려 조나라 도읍 한단까지 진격하도록 하여 진나라 군사들을 물리치도록 해야지요."

"알았소. 참으로 절묘한 계책이오. 그런데 여희가 내 부탁을 들어주지 않는 날은 우리의 목이 달아나게 되니 이건 목숨을 건 계책이라고도 할 수 있소."

신릉군은 그 다음날 여희를 만나러 궁궐로 들어가 은밀하게 부탁의 말을 꺼냈다.

"지금 왕은 종이 호랑이에 불과한 진나라를 두려워하여 조나라와의 우의를 저버리려 하고 있습니다. 장군 진비로 하여금 군대를 이끌고 가서 조나라를 도우라고 해놓고도 중간에 계획을 바꾸어 엉뚱한 곳에 머무르면서 그냥 돕는 척만 하라고 하고 있습니다. 이것은 우리 위나라의 수치이기도 합니다."

"그럼 어떻게 하는 것이 조나라를 돕고, 우리 위나라의 위신을 세우는 일이 될까요?"

신릉군은 잠시 침묵에 잠긴 후 심각한 어조로 입을 열었다.

"진비 장군에게 보내는 왕의 병부를 훔쳐 거짓 명령을 내려 진나라 군사와 싸우도록 하는 수밖에 없습니다."

그러면서 신릉군은 여희의 두 눈을 뚫어져라 쳐다보았다. 신릉군은 자신의 눈빛으로 죽음을 각오한 부탁임을 암시하고 여희의 눈빛을 통하여 수락 여부를 감지하였다. 여희의 눈빛도 어떤 결의로 차오르기 시작했다. 신릉군의 부탁을 들어주기 위해서는 여희 자신도 죽음을 각오해야만 하는 것이었다.

"이제야 공자가 나에게 베푼 은혜를 갚을 기회가 생기게 되었군요. 내일 아침에 은밀히 나에게 사람을 보내면 왕의 병부를 전달하도록 하겠어요. 오늘 밤, 내가 왕의 침실에 들게 되니까요."

그날 밤, 여희는 그 어느 때보다도 교태로운 화장과 옷차림을 하고 안희왕의 침실로 들었다. 안희왕은 진나라와 조나라의 전쟁으로 인하여 마음이 번거로운 때라 더욱 여희의 몸을 탐하였다. 그러나 여희는 쉽게 안희왕에게 몸을 허락하지 않으면서 안희왕의 애를 태웠다.

"아니, 오늘따라 왜 이러는 건가?"

안희왕이 자신의 머리를 불룩한 여희의 젖무덤 사이에 묻으며 중얼거렸다.

"오늘은 술을 좀 더 마시고 싶군요."

"그래? 그렇다면 나랑 같이 술을 더 마시다가 자리에 들까?"

안희왕은 벗은 몸을 일으켜 침대에서 내려 방바닥에 차려져 있는 주안상으로 다가갔다. 여희도 벗은 몸 그대로 안희왕의 맞은편에 앉아 대작하였다. 공식 석상에서는 생각도 할 수 없는 대작이었지만, 왕의 침실에서는 종종 이런 대작이 이루어지는 것이었다. 그것도 서로 벗은 몸으로 술잔을 주고받는 것을 안희왕은 무척 즐겼다. 어떤 때는 안희왕이 취기가 오르면 술을 아예 여희의 몸에 붓고는 그것을 혀로 핥아 먹기도 하였다. 그리고 여희로 하여금 안희왕 자신의 몸에 술을 붓도록 하고는 혀로 핥아 먹게 한 적도 있었다. 여희는 혀로써 왕의 몸을 애무해주는 기막힌 비법을 익히고 있었다. 안희왕은 여희가 자기 몸을 혀로 애무해주면 온몸 구석구석이 쾌감에 떨리면서 이상한 원기가 차올라오는 것을 느끼지 않을 수 없었다.

오늘 밤도 그런 유희를 즐기고 싶은 마음이 일어 안희왕은 술기운이 오르자 술잔을 기울여 여희의 정수리에 붓기 시작했다. 붉은 빛을 띠고 있는 술은 여희의 정수리에서 얼굴로, 어깨로, 가슴과 배로, 허벅지 사이로 흘러내려갔다. 안희왕은 여희의 허벅지 사이로 붉은 술이 흐르는 것을 보자 잔뜩 흥분이 되어 여희에게로 달려들어 여희의 알몸뚱이를 혀로 핥기 시작했다. 여희도 그런 애무가 싫지 않아 금방 헉헉거리며 짜릿한 쾌감 속으로 빠져들어갔다. 그러나 오늘은 그냥 쾌락을 즐기고 있을 수만은 없다.

"붉은 술을 보니 갑자기 전장에서 흘리는 병사들의 피가 생각나는군요."

여희가 왕의 애무를 받으며 가는 목소리로 중얼거렸다.

"피? 그렇지. 땅은 모름지기 피를 먹어야 기름지거든. 전쟁은 땅에게 피를 먹이는 거대한 수혈인 셈이지. 그건 항시 있는 것이거늘 신경 쓸 필요 없어."

안희왕은 혀 꼬부라진 소리로 여희의 말을 받아주며 계속 여희의 몸을 훑았다.

"근데 장군에게 명령을 내리려면 어떻게 하죠?"

"그거야 병부라는 것을 보내 명령을 전달하지."

"저도 그런 말은 들었지만 한번도 병부를 본 적이 없어요. 한번 보고 싶어요."

여희가 슬그머니 안희왕의 샅으로 그 부드러운 손을 밀어넣으면서 말했다.

"병, 병부? 그게 보고 싶다구? 그야 어려운 일도 아니지. 장군에게 보내는 병부에는 호랑이가 그려져 있는데, 호랑이 허리쯤에서 잘려져 있지. 그 부절을 장군에게 보내면 장군은 호랑이 허리를 맞추어 온전한 호랑이가 되나 보고 명령문을 받는 거지. 호랑이가 그려져 있는 병부를 호부(虎符)라고 하는데, 그 호부가 이 침실에도 있지."

"이 침실에도 있다구요? 그 호부를 빨리 보고 싶어요. 얼른요."

여희가 애교 섞인 목소리를 지어냈다.

"그래, 그래. 보여주고말고."

안희왕이 기어가다시피 하여 서랍에서 병부를 꺼내 가지고 왔다. 여희는 병부를 구경하는 척하며 그것을 얼른 침대 밑에 밀어넣고는 왕의 몸을 진하게 애무해 들어갔다. 안희왕은 병부고 무엇이고 일단 관심 밖에 둔 채 여희 몸의 마력에 끌려 들어갔다.

다음날 아침에 안희왕이 잠자리에서 일어났을 때는 병부를 꺼내 여희에게 보여준 기억조차 없었다. 병부가 여전히 서랍 속에 있겠거니 하고 여길 뿐이었다.

여희는 병부를 훔쳐 가지고 있다가 아침에 은밀히 신릉군이 보낸 사람에게 전달하였다. 신릉군이 보낸 사람이란 다름 아닌 후영이었다.

후영이 병부를 들고 와서 신릉군에게 급히 말하였다.

"이것을 들고 진비 장군에게로 달려가십시오. 그리고 왕의 명령을 전달하시되 원래 계획보다 한 단계 더 나아가십시오."

"원래 계획보다 한 단계 더 나아가다니, 그게 무슨 말이오? 원래는 진비 장군으로 하여금 조나라 한단까지 진격하여 진나라 군사들과 결전을 벌이도록 하는 것이 아니었소?"

"그렇습니다. 그러나 다시 생각해보니 진비 장군이 왕의 명령을 얼마나 성실히 이행할지 의문이고, 또 병부 도난 사건이 언제 발각되어 진비 장군에게 내린 명령이 철회될지 모르지 않습니까?"

"그럼 어떻게 하라는 말이오?"

"진비 장군의 자리를 교체한다는 명령을 내려 공자께서 아예 그 자리를 대신 차지하십시오. 그리고 군사들을 몰고 한단까지 나아가 진나라 군사들과 싸우시면 확실한 것이 아닙니까?"

"하긴 그렇군요. 그런데 진비 장군이 왕의 명령이라고 쉽사리 자리를 내줄까요?"

신릉군의 표정이 어두워지기 시작했다.

"그 점이 염려되긴 합니다. 장수가 나라 바깥에서는 나라의 이익을 위해서 왕의 명령이라도 듣지 않는 경우가 왕왕 있는 법이거든요. 특히 전쟁 중일 때는 조정에 있는 왕이 전황을 제대로 파악하지 못하여 잘못된 명령을 내리는 경우도 있으므로, 직접 전투를 지휘하는 장수가 나중에 불복종의 책임을 질 것을 각오하고 왕의 명령을 받아들이지 않기도 하지요. 그러므로 공자께서 병부를 맞추어 보여도 진비가 자기 자리를 공자에게 내주지 않고, 다시 전령을 왕에게 보내 정말 왕의 명령인가를 확인해보면서 새로운 명령을 청하게 되면 일을 그르치고야 말 것입니다."

"일이 그렇게 꼬여버리면 정말 큰일이군요. 진비가 말을 듣지 않는 경우는 어떻게 하지요?"

신릉군이 염려 가득한 얼굴로 후영의 묘책을 기다렸다.

"전에 시장 거리에서 나와 이야기를 나눈 자가 있지 않습니까? 그 백정 일을 하는 사람 말입니다."

"아, 주해라는 사람 말이지요?"

"그자를 함께 데려가십시오. 그자는 40근이나 되는 철추(鐵椎)를 소매 속에 감추고 다니면서 단번에 그 철추를 휘둘러 사람을 죽일 수 있는 괴력의 역사(力士)입니다. 진비가 공자가 전달하는 왕의 명령을 들으면 다행이려니와, 그렇지 않을 경우는 주해를 시켜 그를 일격에 쳐죽이십시오."

그러자 갑자기 신릉군이 흐느껴 울기 시작했다.

"아니, 왜 우십니까? 공자께서 죽음을 두려워하십니까?"

"나의 죽음을 두려워해서 우는 것이 아니오. 진비의 죽음으로 인하여 우는 것이오. 진비는 오랜 경험을 지닌 용맹한 장수요. 그는 틀림없이 내가 전달하는 왕의 명령을 듣지 않을 것이오. 그러므로 그는 반드시 죽어야 할 것이오. 위나라의 아까운 인물이 죽을 것을 생각하니, 마음이 아파 우는 것이오."

신릉군은 얼마 울고 난 후 시장 거리로 나가 주해를 만났다.

"당신은 그동안 내가 우리 집 식객으로 와서 지내라고 하여도 사양하여왔소. 이제 내가 마지막 부탁을 하니 내 부탁을 들어주시오. 지금 나는 사생결단을 하고 큰일을 치르러 가려 하오. 내가 가는 길에 동행해주시오."

그러자 주해는 미소까지 지으며 선뜻 응낙하였다.

"공자께서 큰일을 위하여 가신다니 기꺼이 따라가겠습니다. 그동안 공자께서 자주 비천한 저를 찾아오셔서 안부를 묻고 예물을 전달하며 식객으로 데려가려 하였습니다. 그러나 저는 한번도 응낙을 하거나 감사의 표시를 하지 않았습니다. 그것은 작은 예(禮) 같은 것은 필요없다고 생각했기 때문입니다. 이제 큰 예를 지킴으로써 작은 예를 지키지 않은 무례를 씻고자 합니다."

드디어 주해가 공자 신릉군을 따라 나섰다. 신릉군은 조나라로 출발하기에 앞서 이문의 후영을 찾아가 작별 인사를 나누었다. 그러자 후영이 비장한 어조로 말하였다.

"저도 마땅히 따라가야 할 일이나 너무 늙어 그렇게 할 수 없습니다. 저는 이 자리에서 죽겠습니다."

"선생께서 죽다니오? 군대를 움직일 묘책까지 내놓으셨는데."

신릉군이 놀라며 반문하였다.

"바로 그것 때문에 제가 죽고자 하는 것입니다. 왕의 침실에서 병부를 훔쳐냈으니 왕을 속인 죄로 죽어 마땅하고, 군대를 움직이기 위해서는 우리 나라의 명장인 진비 장군을 부득이 죽여야 하니 이 또한 죽을 죄에 해당되는 것이 아닙니까? 날짜를 계산하여 공자께서 진비 장군의 병영에 도착하게 되는 날, 북녘을 향하여 그쪽을 바라보고 스스로 목을 찔러 자결하겠습니다."

후영의 허리춤에는 자결하기 위한 칼인 듯 예리한 단검이 하나 꽂혀 있었다. 신릉군은 그 단검이 마치 자기 심장에라도 꽂히는 듯 짧게 신음 소리를 냈다. 신릉군도 진비 장군을 만나 무슨 일을 당할지 알 수 없는 처지라 후영을 어떻게 위로할지 입이 열리지 않았다. 신릉군은 어금니를 악다문 채 후영과 작별하고 조나라 지경으로 들어섰다.

업 지방에 이르자 진비 장군이 신릉군을 마중하러 나와 왕의 명령을 기다렸다.
"여기 왕이 친히 장군에게 내리는 병부가 있소."
신릉군이 호랑이 반쪽이 새겨져 있는 부절을 꺼내 진비에게 보여주었다. 진비는 자기 품속에서 나머지 반쪽 부절을 꺼내 맞추어보고는 왕의 병부임을 확인하였다.
"그리고 이것은 왕의 명령문이오."
신릉군은 비단 두루마리를 진비에게 건네주었다. 진비는 그 두루마리를 펴보고 낯빛이 창백해졌다.
"아니, 이럴 수가. 지휘관의 자리를 공자에게 물려주라니."
진비는 다시금 병부를 확인해보고도 여전히 반신반의하는 표정을 지었다.
"왕의 부절을 맞추어보고도 믿지 못하겠다는 거요? 왕의 명령을 거스를 작정이오? 속히 지휘관의 자리를 나에게 내놓고 장군은 내 명령에 따르시오."
신릉군이 짐짓 언성을 높여가며 윽박질렀다.
"지금 나는 10만 군사들을 거느리고 이 국경 지대에 주둔하고 있는 지휘관입니다. 이 자리가 얼마나 중요한지 아십니까? 그런데 공자께서 한 채의 수레를 달랑 타고 와서 교대를 하겠다고 하니 어안이 벙벙할 따름입니다. 왕의 명령이라는 것을 확인해보지 않고는 이 자리를 아무에게

나 선뜻 내줄 수 없습니다."

"왕의 명령임을 확인해보겠다구요? 왕의 병부를 믿지 않고 사람을 왕에게로 보내 물어보겠다는 것이오?"

"그렇습니다. 왕의 병부를 믿지 않은 죄에 대한 처벌을 받는 한이 있더라도 일단 사람을 보내 왕에게 물어보고자 합니다."

진비의 태도는 예상했던 대로 완강하였다. 신릉군은 재빨리 옆에 있는 주해에게 눈 신호를 보냈다. 주해는 소매 속에 감추고 있던 철추를 꺼내 눈 깜짝할 사이에 진비의 면상을 쳐서 으스러뜨렸다. 골이 빠개진 진비는 그 자리에서 즉사하고 말았다.

그 시각, 위나라에 머물고 있던 후영이 이문 곁에서 북쪽 하늘을 우러러 두 번 절한 후 허리에 찬 단검을 꺼내 자신의 목을 찔렀다. 후영의 입으로 피가 분수처럼 솟구쳐 올랐다.

그리하여 한날 한시에 위나라의 인물 두 사람이 쓰러지고 만 것이었다. 신릉군은 진비 장군의 더운 피가 아직도 흐르고 있는 그 자리에 서서, 지금쯤 후영이 자신의 목을 찔렀을 것을 생각하며 비통한 얼굴로 눈물을 삼켰다. 그러나 언제까지나 슬퍼하고 있을 수만은 없었다. 10만 군사들을 장악하는 일이 급선무였다.

신릉군은 진비 장군의 목을 베어 한 손에 들고 군사들 앞에 나섰다. 군사들 가운데 동요가 일어났다.

"너희들은 잘 들어라! 여기 진비 장군은 왕의 명령을 거역한 죄로 즉결 처분을 받았다. 내가 이렇게 왕의 병부를 가지고 와서 왕의 명령을 전달하여도 믿지 않고 거역하다가 결국 처형을 당하고 말았다."

신릉군은 왕의 병부를 높이 들어 보였다.

"왕께서는 진비 장군이 진나라와의 전투를 미루고 있는 것을 책하여, 내가 진비 장군 대신 군대를 지휘하도록 명령을 내리셨다. 이제부터 내가 너희들을 지휘하여 조나라 도읍인 한단으로 진군하여 진나라 군사들과 전투를 치르게 될 것이다. 그동안 여기 주둔하면서 해이해졌던 마음과 몸을 다잡아 총진군하기 바란다. 만약 왕의 명령과 나의 명령을 거역하는 자가 있으면, 그자의 목은 진비의 목과 같이 되고 말 것이다."

군사들은 침통하고 두려운 표정으로 신릉군의 말을 묵묵히 듣고 있었다. 신릉군은 곧이어 군사들의 사기를 돋워주기 위한 조치를 취했다.

"너희 중에 아버지와 아들이 함께 군대에 들어온 자가 있으면 아버지는 집으로 돌아가 가사를 돌보도록 하여라. 그리고 형제가 함께 군대에 들어왔으면 형이 집으로 돌아가도록 하여라. 독자(獨子)로서 복무하는 자가 있으면 그는 지금 곧 가정으로 돌아가 부모를 공양하도록 하여라."

군사들 사이에 환호성이 일어났다. 아버지와 아들이 서로 껴안고 작별 인사를 나누고, 형과 동생이 서로 부둥켜안고 작별 인사를 나누었다. 독자로서 가정으로 인한 근심에 시달리던 자들도 병영을 떠나갔.

"자, 이제 집 걱정들은 하지 말고 임금과 백성들을 위해 전심전력해라. 이 싸움에서 우리가 지면 진나라 군사들은 우리의 영토까지 짓밟고 말 것이다. 그러므로 이번 싸움은 조나라 백성들을 구하는 일일 뿐만 아니라 우리 위나라를 구하는 일인 것이다. 자, 아직도 두려워하는 자가 있느냐? 싸우기를 두려워하는 자가 있으면 지체 말고 돌아가라. 그는 이 전투에서 아무짝에도 쓸모없는 존재이니라."

신릉군이 눈을 부릅뜨고 군사들을 둘러보았다. 그러자 여기저기서 군사들이 하나둘 빠져나갔다. 빠져나가는 군사들은 대개 병들고 허약해 보이는 자들로 한결같이 흐느껴 울고 있었다.

신릉군이 군사들을 다시 점검해보니 10만 군사들 중에서 2만이 집으로 돌아가고 8만이 남아 있었다. 그렇게 정선된 군사 8만을 거느리고 한단성으로 진군하여 진나라 군사들을 배후에서 치자, 진나라 군사들은 포위망을 풀고 물러갔다.

　신릉군이 군사들을 몰고 와서 한단성을 구했다는 소식을 들은 조나라 왕과 평원군은 신릉군과 그 군사들을 맞이하기 위해 달려왔다. 평원군은 신릉군의 수레 앞에서 선도 역할을 하고, 조나라 왕은 두 번 절하며 신릉군의 공을 치하하였다.

　"자고로 공자만한 현인은 없었소."

　한편, 위나라 안희왕은 신릉군이 병부를 훔쳐 진비 장군을 죽이고 군사들을 제 멋대로 이끌고 가서 전투를 치른 것을 알고는 노발대발하였다. 안희왕의 애첩 여희는 처벌이 내리기 전에 스스로 목을 매어 자결하고 말았다. 신릉군도 위나라로 돌아가 왕의 병부를 훔친 죄로 처형을 당하려고 작정하고 있었지만, 평원군과 그 아내인 신릉군의 누이가 극력 말리는 바람에 그대로 조나라에 머무르기로 하였다. 그 대신 자기 휘하의 장수로 하여금 군사들을 위나라로 데리고 가도록 하였다.

　조나라 조정에서는 신릉군과 그 식객들을 어떻게 대접해야 하는가 하는 문제로 논의가 있었다. 조나라 효성왕(孝成王)은 평원군과 의논하여 신릉군에게 다섯 개의 성을 봉읍(封邑)으로 하사하기로 하였다.

　신릉군은 조나라 왕이 자기에게 다섯 성을 봉읍으로 하사하기로 했다는 말을 듣고는 평소의 그답지 않게 은근히 교만한 기색을 띠기 시작했다. 한단성을 구함으로써 조나라를 보존한 공이 마치 자기에게만 있는 것처럼 말하며, 주위 사람들을 은근히 무시하는 듯한 행동도 서슴지 않았다. 위나라에서부터 신릉군을 보아온 식객들과 빈객들은 신릉군의 인품이 변하고 있다는 것을 느끼지 않을 수 없었다. 어쩌면 신릉군이 위나라에서 선비들을 존경하며 겸손해한 것은 바로 이런 명예와 부를 얻기 위해서 그랬는지도 몰랐다. 이제 그 목적이 달성되었으니 겸손해할 필요가 없는 것이 아닌가. 이런 신릉군의 변신을 누구보다도 가슴 아프게 생각한 사람은 주해였다.

하루는 주해가 신릉군을 찾아가 간곡한 어조로 말하였다.

"일에는 잊어서는 안 될 것이 있고, 반면에 잊어버리지 않으면 안 될 것이 있습니다."

"그게 무슨 말이오? 왜 그런 말을 나에게 하는 것이오?"

신릉군이 불편한 기색을 드러내며 무뚝뚝하게 대꾸하였다.

"무릇 공자에게 베풀어진 은덕은 잊어서는 안 될 것이나, 공자가 남에게 베풀어준 은덕은 잊어버리시기를 바랍니다."

"그대는 지금 내가 잊어서는 안 될 것은 잊고, 잊어버려야 할 것은 잊지 않고 있는 듯이 말하고 있는데 좀 더 구체적으로 말해보시오."

신릉군의 표정에는 고민의 빛이 어려 있었다.

"위나라 왕이 공자에게 베푼 은혜는 잊고 있으며, 공자가 조나라에 베푼 은혜는 잊지 않고 있습니다. 위나라 왕이 공자에게 베푼 은혜가 얼마나 큽니까? 그런데 왕의 병부를 훔쳐내 진비 장군의 군대를 빼앗아 조나라를 구원하였습니다. 조나라의 입장에서는 공자가 크게 은혜를 베푼 것이 되지만, 위나라 왕의 입장에서는 공자가 은혜를 배신한 것이 됩니다."

"그것은 부득이한 일이었소. 나중에는 내가 결국 위나라를 위해 일을 했다는 것을 알게 될 것이오."

신릉군이 황급히 변명하였다.

"아무튼 지금은 위나라에서 공자를 충신으로 여기는 사람은 아무도 없습니다. 조나라에 빌어먹기 위해서 군대를 탈취해 간 역적으로 낙인 찍혀 있습니다. 바로 그렇기 때문에 공자는 여기서 함부로 교만하게 행해서는 안 되는 것입니다. 조나라에서 특권을 누리며 떵떵거리고 사는 것을 위나라 백성들이 안다면, 역시 공자는 조나라에 빌어먹기 위하여 왕의 은덕을 배신한 자라고 여길 수밖에 없습니다. 그러므로 공자께서는 위나라 왕에게 죄를 지은 죄인처럼, 그리고 조나라에 아무런 은혜를 베풀지 않은 자처럼 겸손하게 행하시기 바랍니다."

신릉군은 자기가 그동안 교만하게 행동한 것을 깨닫고 몸둘 바를 몰랐다. 다음날, 조나라 왕이 다섯 성을 봉읍으로 하사하기 위하여 신릉군을 궁궐로 불렀다. 왕은 귀한 손님을 대접하는 주인의 예를 따라 신릉군으로 하여금 서쪽 계단을 오르게 하였다. 그러나 신릉군은 사양하고 동쪽 계단으로 올랐다. 그것도 몸을 정면으로 향하게 하지 않고 옆으로 돌려 측행(側行)하였다. 측행이란 것은 지극한 겸양을 의미하는 걸음걸이였다.

"아, 왜 갑자기 자신을 낮추십니까? 우리 조나라는 공자의 공이 아니었던들 살아남지 못했을 것입니다."

조나라 왕이 분위기를 바꾸며 신릉군을 칭찬하기 시작했다.

"저는 조나라에 아무런 공도 세우지 못했습니다. 모두 조나라 백성들이 피땀 흘려 나라를 지켜낸 덕분입니다. 그리고 저는 위나라 왕의 명령을 따라 행한 것이 아니라, 왕의 병부를 훔쳐내 군대를 끌고 온 것입니다. 역적 죄인일 뿐입니다."

신릉군은 맥이 다 빠진 자세로 자신의 죄과를 고백하였다.

"그 이야기는 다 알고 있는 사실인데, 새삼 꺼내는 이유가 무엇이오? 자, 술이나 듭시다."

조나라 왕은 봉읍 이야기는 하지도 못하고 밤이 깊도록 술잔만 주고받았다.

신릉군이
위나라로 간 까닭은

신릉군은 조나라에 계속 머무르면서 여러 사람들과 사귀었다. 신릉군이 볼 때 인물이라고 생각되는 사람들은 신분의 고하를 막론하고 직접 찾아가서 교우하기도 하였다.

한번은 모공(毛公)과 설공(薛公)이라는 인물들에 관한 소문을 들었다. 신릉군은 그들과 사귀고 싶어 견딜 수 없게 되었다. 신릉군은 어떤 목적이 있어서 사람들을 사귀는 것도 아니었다. 사귐 그 자체를 즐기는 것이라 할 수 있었다.

신릉군은 평민의 복장으로 갈아입고 모공과 설공을 수소문하여 찾아 나섰다. 모공이라는 자는 도박하는 무리들 가운데 숨어사는 선비라고 하였다. 어떤 사람은 모공이 도박꾼에 불과하다는 식으로 이야기하기도 했다. 그리고 설공은 식초 같은 것을 만들어 파는 매장업자(賣漿業者)들 가운데 숨어사는 선비라고 하였다. 둘 다 그 당시 천한 신분의 사람이라 할 수 있었다.

신릉군은 먼저 모공을 만나려고 이 도박판 저 도박판에 함께 어울리며 도박꾼들에게 모공의 거처를 물었다. 마침내 모공이 어디서 도박꾼들과 주로 어울리는가를 알아내고는 그 지역으로 가서 도박판이 벌어지기만을 기다렸다.

어떤 주막집에서 기다리니 어스름이 내리자 도박꾼들이 하나둘 모여들기 시작했다. 대여섯 명이 모인 후에 걸쩍한 도박판이 벌어졌다. 주막집 여자는 연신 술과 안주를 내와 도박판의 분위기를 돋우었다. 신릉군도 거기에 끼어들어 도박을 하다가 슬그머니 옆사람에게 물었다.

"이 근방에 혹시 모공이라는 자가 살고 있지 않습니까?"

그러자 그 사람은 흘끗 신릉군을 쳐다보더니 벌떡 일어나서 문을 박차고 나가버렸다.

"아니, 자네, 판을 벌여놓고 왜 그러는가?"

사람들이 투덜거리며 신릉군을 노려보았다. 신릉군이 무슨 말을 하자 그자가 나갔으므로 이번 판을 깬 책임은 신릉군에게도 있다고 할 것이었다.

"모공이라는 자가 여기 살고 있지 않느냐고 물었더니……."

신릉군이 떠듬거리며 변명하자 사람들이 "우하하하" 하고 웃었다.

"아니, 왜 웃습니까?"

"방금 방을 나간 자가 모공이오."

"예?"

신릉군은 자기도 모르게 모공처럼 벌떡 일어나 방을 나섰다.

"원, 사람들도. 다시 판을 벌이세."

도박꾼들이 투덜거리는 소리가 뒤에서 들려왔다. 신릉군은 주막을 나서 사방을 둘러보았다. 저 앞쪽에서 모공이라는 자가 바삐 걸어가고 있었다.

"저, 여보시오. 당신이 모공이라는 사람이오?"

그러자 그자는 한마디 대꾸도 하지 않고 계속 빠르게 걸어가 어느 집으로 들어가버렸다. 신릉군은 대문도 없는 그 집으로 다가가 문을 두드렸다. 하지만 아무도 나와주지 않았다. 한참 두드리니 한 꼬마아이가 나왔다.

"왜 이리 심하게 문을 두드리십니까?"

꼬마가 앙증맞게 물었다.

"모공이라는 어른을 만나려고 하니 사람이 찾아왔다고 급히 전하여라."

"그런 분은 우리 집에 없으니 돌아가주십시오."

아이는 훈련이 된 듯 신릉군을 따돌렸다. 신릉군은 아이를 밀치고 들어갈 수도 없고 하여 그만 돌아서고 말았다. 일단 모공의 집이라도 알아둔 것이 다행이었다.

그날 이후로 신릉군은 모공의 집 주위를 서성거리며 모공이 나오기를 기다렸다. 하루는 대낮 무렵에 모공이 주변을 살피며 나와 어디론가로 외출을 하였다. 근처의 나무 뒤에 숨어 있던 신릉군은 모공의 뒤를 밟기 시작했다. 그러다가 어느 지점에 와서 모공을 놓치고 말았다. 어디로 갔나 하고 둘러보고 있는데, 우렁찬 목소리가 신릉군의 귓전을 때렸다.

"무얼 그리 찾으시오?"

신릉군이 돌아보니 바로 모공이었다.

"왜 나를 피하는 거요?"

신릉군이 모공을 똑바로 쳐다보며 물었다.

"당신의 신분을 눈치챘기 때문이오. 당신은 아무리 누추한 평복으로 갈아입고 있으나 고귀한 기품을 가릴 수는 없소. 당신 같은 신분의 사람이 나와 같은 도박꾼과 사귀면 사람들로부터 욕을 들을 것이오."

모공이 그윽한 눈길로 신릉군을 바라보았다. 신릉군의 반응을 살펴보고 있음에 틀림없었다.

"당신도 도박꾼 행세를 하고 있으나 본래의 성품을 가릴 수는 없소. 나는 도박을 배우기 위해 노련한 도박꾼을 사귀려는 것이 아니라 이 시대의 현인을 사귀려는 것이오."

"내가 현인이라구요?"

모공의 입가에 희미한 미소가 지나갔다. 그러더니 갑자기 언성을 높여 한 가지 질문을 내놓았다.

"감히 묻건대, 벗을 사귀는 법이 어떠해야 합니까?"

"벗을 사귈 때는 상대방의 덕을 보고 사귀어야지, 거기에 다른 것이 개입되어서는 안 됩니다."

신릉군은 맹자의 제자들로부터 들은 바 있는 교우에 관한 도리를 확신 있게 말하였다. 모공은 그제야 천천히 고개를 끄덕였다.

그리하여 신릉군과 모공의 교우는 이루어지게 되었다.

그 다음, 매장업을 하는 자들 사이에 숨어 지내는 설공과의 교우도 신릉군의 끈질긴 노력 끝에 이루어지게 되었다. 신릉군은 조나라에 와서 사귈 만한 벗들을 만난 것이 기쁘기 그지없었다. 신릉군은 하루가 멀다 하고 도박꾼들이 우글거리는 뒷골목으로, 시큼한 냄새가 코를 찌르는 매장(賣漿) 거리로 다니면서 모공, 설공과 교우하기에 여념이 없었다. 이러한 소문이 신릉군의 매부인 평원군의 귀에까지 들어갔다.

하루는 밤이 이슥하여 평원군이 잠자리에 들기 전에 부인을 불러 앉혀놓고, 화가 잔뜩 난 음성으로 신릉군에 대한 불만을 토로하였다.

"전에 나는 당신의 남동생이 훌륭하기 그지없는 인물이라고 들었는데, 요사이 와서 보니 불량기가 다분히 있는 작자에 불과하더구먼."

"아니, 그게 무슨 말씀이세요?"

부인이 의아한 표정을 지었다.

"글쎄, 소문에 들으니 도박하는 무리들과 어울려 다니며 매장하는 천민들과 사귄다지 않소."

"저는 금시초문인데요. 동생을 불러 알아보겠어요."

부인은 금방이라도 신릉군이 기거하는 집으로 달려갈 태세로 옷을 고쳐 입으려고 하였다.

"내일 이야기해도 되는데 왜 이리 서두르시오? 밤이 늦고 하였으니 이만 잠자리에 듭시다."

평원군이 분기를 삭이며 부인의 어깨를 감싸안았다. 부인은 가만히 흐느끼며 평원군의 가슴에 안겼다.

다음날, 평원군의 부인은 일어나기가 무섭게 신릉군을 불러 따졌다.

"조나라에 망명해 있는 처지에 행동을 조심하지 않고 천민들과 사귀며 돌아다닌다니 이게 어떻게 된 일이냐?"

"누님, 제가 천민들과 사귀며 돌아다닌다니 어디서 그런 말을 들었습니까?"

신릉군이 정색을 하며 누이를 쳐다보았다.

"바깥양반이 그런 소문을 듣고 와 화를 벌컥 내시며 너를 불량한 자라고 욕하지 않겠니."

"나보고 불량한 자라구요? 평원군도 한낱 떠도는 소문에 좌우되는 가벼운 사람에 불과하군요. 내가 이전에 평원군이 현명하고 지혜로운 사람이라는 말을 들었기 때문에, 목숨을 걸고 위나라 왕을 배신하기까지 하며 조나라를 구원하였습니다. 그것은 순전히 평원군의 마음을 편케 해주기 위해서였습니다. 그런데 조나라에 와서 보니 평원군은 내가 생각했던 그런 인물이 아니군요."

"무슨 말을 그렇게 하는가? 평원군이야말로 너와는 달리 사람들을 함부로 사귀지 않고 신중하게 처신하느니라."

신릉군의 누이가 신릉군을 나무랐다.

"평원군이 사귀는 자들은 가만히 보면 사치스러운 귀족들로, 그들은 사냥이나 함께 즐기며 호탕한 생활을 일삼고 있습니다. 그들이 선비일 리가 없는데, 평원군이 그들과의 교우를 계속하고 있으니 평원군도 별수 없는 인물이 아니고 무엇입니까?"

신릉군이 날카롭게 평원군의 교우 관계를 비판하자 신릉군의 누이, 즉 평원군의 아내 얼굴이 붉으락푸르락해졌다.

"네가 사귀는 도박꾼들과 매장쟁이들은 어떻고? 그런 냄새 나는 인간들과 사귀어서 뭐 유익될 게 있다고 그러느냐."

"내가 사귀는 자들은 겉으로 보기에 도박꾼이요, 매장쟁이인 것처럼 보이나 사실은 그렇지가 않습니다. 나는 그들이 그런 무리 속에 있지만 어진 성품의 소유자들이라는 소문을 듣고 직접 그들을 찾아갔습니다. 내가 두려워했던 것은 그런 천한 부류의 인간들과 사귀면 나쁜 소문이 나지 않을까 하는 것이 아니라, 그들이 나를 싫어하여 교우하기를 꺼릴까 하는 것이었습니다. 나는 그들이 나를 벗으로 받아준 것을 자랑으로 여기고 있는데, 평원군은 내가 그들의 벗이 된 것을 오히려 수치로 알고 있으니 평원군이야말로 나와 벗할 인물이 아닙니다."

신릉군이 벌떡 일어나 사람들을 시켜 행장을 꾸리게 하였다.

"아니, 어디를 가려고 이러느냐?"

신릉군의 누이가 당황해하며 신릉군을 쳐다보았다.

"내가 가장 믿었던 인물이 나를 비방한다고 하니 조나라를 떠날 수밖에 다른 도리가 있습니까. 누님, 안녕히 계십시오."

신릉군은 금방이라도 조나라를 떠날 듯이 서둘렀다.

"잠깐만 기다려라. 매부에게 하직 인사라도 하고 가야 할 것이 아닌가?"

누이는 신릉군을 잠시 붙들어둔 후에, 평원군에게로 달려가서 신릉군이 조나라를 떠나려 한다는 사실을 급히 알렸다. 그러자 평원군이 허겁지겁 달려와서 사과하는 표시로 머리의 관을 벗으며 신릉군을 달랬다.

"내가 잘못했소. 뜬소문만 듣고 자네를 비방했으니 제발 용서해주기 바라오. 자네는 이 조나라의 은인인데 여러 가지로 대접이 미진했소. 앞으로 더욱 극진히 대접하도록 하겠소."

매부인 평원군이 잘못했다고 거듭 사정을 하자, 신릉군은 꾸렸던 행장을 풀고 계속해서 조나라에 머무르게 되었다. 이렇게 교우 관계를 두고 신릉군과 평원군이 논쟁을 벌인 끝에 신릉군이 이겼다는 소문이 퍼지자, 평원군의 식객들 중 반수 이상이 신릉군에게로 옮겨갔다. 그리하여 신릉군의 세력이 조나라에서 평원군보다 커지게 되었다.

신릉군은 조나라에 머문 지 10년이나 되어도 위나라로 돌아갈 생각을 하지 않았다. 그 10년 동안 진나라는 신릉군이 위나라에 없는 틈을 타서 자주 동쪽 지경을 쳐들어와 괴롭혔다. 위나라 왕은 진나라의 공격으로 인하여 늘 근심하지 않을 수 없었다.

결국 진나라의 공격을 막는 길은 신릉군을 용서하고 다시 위나라로 데려오는 수밖에 없다고 판단한 안희왕은 사자를 보내 신릉군이 귀국하도록 종용하였다. 그러나 신릉군은 안희왕이 귀국을 종용해놓고는 옛날 죄를 물어 처형하지나 않을까 두려워하여 일단 사태를 관망해보기로 하였다. 그런데도 안희왕은 사자를 여러 차례 보내 신릉군에게 호소하였다. 그러자 신릉군은 식객들에게 명령을 내려 안희왕의 사자를 일체 집 안에 들여보내지 않도록 하였다. 안희왕의 사자를 안내하는 자가 있으면 죽임을 당할 것이라고 위협하였다. 식객들도 신릉군을 따라 위나라 왕을 배반하고 조나라로 몰려와 있는 자들이 대부분이었으므로 신릉군과 같은 두려움을 지니고 있던 터라, 안희왕의 사자를 따돌려보내는 데 의견의 일치를 보았다.

그런데 하루는 모공과 설공이 신릉군을 뵈러 와서 아뢰었다.

"공자께서 조나라에서 귀한 대접을 받고, 제후들 사이에서 이름이 드러나게 되는 까닭은 어디에 있다고 보십니까?"

신릉군은 왜 갑자기 이런 질문을 하나 싶어 모공과 설공을 번갈아 바라보았다. 참으로 자신이 대답하기 힘든 질문이라 할 수 있었다. 조나라에 와서 세운 공로로 인하여 귀하게 여김을 받는다고 대답하면 자기 자랑을 하는 셈이 되는 것이었다. 신릉군이 대답을 하지 못하고 머뭇거리고 있는데 모공이 입을 열었다.

"그 까닭은 바로 위나라가 있기 때문이라고 생각합니다."

얼른 듣기에 무슨 뜻인지 잘 가늠이 되지 않는 말이었다.

"위나라 왕을 배반하고 떠나온 몸인데, 위나라 때문에 존귀히 여김을 받는다니?"

"그 당시 왕의 병부(兵符)를 훔쳐내 거짓 명령을 내림으로써 왕을 배반한 듯이 보였지만, 결과적으로는 위나라를 살리는 셈이 되지 않았습니까? 그때 조나라가 무너졌으면 위나라는 참으로 위태하였을 것입니다. 지금 이나마 위나라가 진나라 공격을 견뎌내고 있는 것도 조나라가 건재하고 있기 때문입니다. 공자께서는 참으로 위나라를 위하여 큰일을 하였습니다. 위나라가 든든히 존재하고 있고, 공자께서 위나라 출신이므로 조나라나 다른 나라 제후들이 감히 공자를 깔보지 못하고 있는 것입니다. 위나라가 망한 가운데 망명을 와 있다고 하면 누가 공자를 귀하게 여기겠습니까? 아무리 조나라에 공을 세웠다고 한들 망한 나라의 백성이라고 멸시하지 않았겠습니까? 그리고 조나라에서는 공자가 위나라로 돌아가버리면 어쩌나 해서 더욱 대접을 잘한 것이므로, 이것 역시 위나라가 배후에 있기 때문에 귀히 여김을 받은 것이 아닙니까? 더군다나 요즘 들어서는 위나라 왕마저 지난 일을 용서할 테니 돌아오라고 하고 있습니다. 그런데도 공자께서는 위나라를 위하여 염려하는 기색은 전혀 없으시니 어찌 된 일입니까? 진나라 군사들이 계속 공격하여 결국 대량을 비롯한 여러 성들을 파괴하고 선왕의 종묘를 유린한다면, 공자께서는 무슨 면목으로 천하 가운데 서시렵니까?"

이렇게 모공과 설공이 번갈아가며 입을 열어 신릉군과 위나라와의 관계에 대하여 간곡하게 개진해자, 신릉군의 눈에는 어느새 눈물이 고여 들었다.

"조상의 뼈들이 묻혀 있는 땅이 훼파되고서야 어찌 내가 천하 가운데 서리오?"

신릉군은 분연히 일어나 위나라로 돌아갈 채비를 차렸다. 이번에는 평원군도 신릉군이 위나라로 돌아가는 것을 끝내 막을 수 없었다.

신릉군이 식객들을 거느리고 재난에 처한 위나라로 들어가서 안희왕을 알현하자, 안희왕은 곤복을 입은 그대로 달려나와 신릉군을 껴안고 통곡하였다. 그것은 신릉군에 대한 증오와 애정이 뒤섞인 울음이라 할 수 있었다. 그동안 자기 마음대로 조나라로 군대를 이끌고 들어가 조나라에 눌러앉아버린 신릉군을 얼마나 마음속으로 원망해왔던가. 그러면서 나라가 위기에 처할 적마다 얼마나 신릉군을 그리워했던가. 그런 복합적인 마음으로 인하여 안희왕은 더욱 서럽게 울었다. 신릉군도 망명생활로 인한 착잡한 심정을 함께 통곡함으로써 풀었다. 그리고 이 함께 흘린 눈물로써 안희왕의 마음을 충분히 읽을 수 있었다.

눈물을 거둔 안희왕은 곧이어 상장군(上將軍)의 인(印)을 신릉군에게 주어 위나라 전 군대를 통솔하도록 하였다. 신릉군은 상장군이 되자 맨 먼저 사자들을 천하의 제후들에게로 골고루 보내 자기가 위나라 상장군이 된 사실을 알렸다.

그러자 주위 나라들에서 장수들이 군대를 이끌고 와서 위나라를 도왔다. 신릉군은 위나라를 포함한 다섯 나라의 연합군을 지휘하여 진나라 장수 몽오(蒙驁)가 이끄는 군대를 격파하고 함곡관 너머로 밀어붙였다.

진나라 군대를 격퇴함으로써 위나라를 구한 신릉군은 위나라에서 막강한 세력으로 자리를 잡아갔다. 여러 제후의 빈객들은 신릉군에게 그동안 자신들이 연구한 병법들을 바쳤는데, 신릉군은 그것들을 한데 모아 두꺼운 병법서 하나를 만들었다. 세상 사람들은 그 책을 가리켜 《위공자 병법(魏公子兵法)》이라고 불렀다.

진나라 왕은 신릉군이 위나라에서 확고한 자리를 잡아가자 근심이 되었다. 진왕은 신하들을 불러 신릉군을 제거할 계책을 의논하였다.

"위나라를 거의 삼킬 뻔하였는데, 조나라에서 신릉군이 위나라로 옴으로써 우리의 계획은 엉망이 되고 말았소. 어떻게 하면 신릉군을 위나라에서 효과적으로 제거할 수 있겠소?"

신하들이 진지한 얼굴들이 되어 묘책을 짜냈다.

"아예 자객을 보내 암살해버리는 것이 어떻겠습니까?"

"그건 쉬운 방법이긴 하지만, 일이 성공하건 실패하건 위나라 백성들이 진나라에 대해 분노하여 사생결단을 하고 쳐들어올 가능성이 많소. 그런 암살 방법보다 더 효과적인 방법은 없겠소?"

"그럼 신릉군에 대해 나쁜 소문을 퍼뜨려 위나라에서 매장시키는 방법이 어떻겠습니까?"

"누구를 시켜서 어떤 소문을 퍼뜨린다는 거요?"

"신릉군에 대한 불만 세력들을 매수하여 신릉군이 왕위를 노리고 있다는 소문을 퍼뜨리는 겁니다."

"신릉군에 대한 불만 세력들이라면?"

"아, 10년 전에 왕의 병부를 훔쳐 군대를 몰고 조나라로 갈 때 신릉군이 죽여버린 장군이 있지 않습니까? 진비 장군이라고, 위나라에서 대단한 인물이었지요. 지금도 진비 장군을 추모하여 따르는 무리들이 있습니다. 그 무리들은 기회만 있으면 신릉군에게 복수하려고 하고 있습니다. 그 진비의 무리들을 매수하는 것입니다."

"그거 좋은 생각이오. 지금 곧 황금 만 근을 가지고 위나라로 들어가서 진비의 무리들을 확실하게 매수하시오. 황금이 더 필요하면 얼마든지 대주겠으니 차질이 없도록 하시오."

그리하여 진나라에서 잠입해 들어간 밀사가 황금으로 진비의 무리들을 하나씩 매수하여 위나라 안희왕에게 신릉군에 관한 나쁜 소문을 내도록 하였다. 진비의 무리들은 왕을 알현할 기회가 있을 적마다 신릉군을 헐뜯으며 고자질하였다.

"공자 신릉군이 다른 나라에 가 있은 지 10년이 지난 후에야 위나라로 돌아왔습니다. 그가 조나라에서 누리던 혜택들을 버려두고 이제 위나라로 돌아온 이유가 무엇이겠습니까? 그것은 신릉군에게 다른 야심이 있기 때문입니다."

"다른 야심이라니?"

"왕께서는 아직도 그것을 눈치채지 못하고 계십니까? 지금 위나라 상장군이 되어 모든 군대를 지휘하자 여러 제후의 장수들도 그 휘하에 들어가게 되었습니다. 병사들은 말할 것도 없고 제후들마저 위나라에 왕이 계신 것은 잘 알지 못하고, 위나라에 신릉군만 있는 것처럼 알고 있습니다. 신릉군도 이런 기회를 틈타 아예 위나라 왕이 되려고 도모하고 있습니다. 신릉군이 거사를 하면 틀림없이 주위의 제후들도 동조할 것이므로, 나라의 안위와 왕의 생명을 위하여 하루속히 신릉군을 제거하는 것이 마땅합니다."

"신릉군이 조나라에서 돌아올 때 우리는 함께 껴안고 울기까지 하였는데, 신릉군이 모반을 할 리가 없소. 그건 신릉군을 모함하기 위한 헛소문에 불과할 것이오."

안희왕은 진비의 무리들이 신릉군에 대하여 나쁘게 말을 하여도 처음에는 잘 믿으려 하지 않았다. 그러자 이번에는 진나라에서 위나라 백성들을 매수하여 어디를 가든지 신릉군을 왕처럼 높이며 경하하는 말들을 하도록 하였다.

"신릉군이야말로 위나라의 왕이 될 만한 인물이다!"

"아직도 신릉군이 왕이 되지 않고 있는가?"

위나라 안희왕은 진비의 무리들이 신릉군을 모함하고 비방할 때는 신릉군을 두둔하는 쪽으로 기울었으나, 백성들이 신릉군을 높이자 차츰 불안해지기 시작했다. 과연 진비의 무리들이 말한 대로 신릉군이 왕위를 노리고 있지는 않은지 의구심이 생기지 않을 수 없었다. 그래서 뚜렷한 증거는 없지만 일단 신릉군을 상장군의 지위에서 물러나도록 하여 더 이상 세력을 키우지 못하게 조처하였다.

신릉군도 자기 자신을 변명하기보다 왕이 자기를 경계하고 있다는 사실을 알고 병을 핑계로 조정 출입을 일절 삼갔다. 자기로서는 위나라를 위하여 헌신한다고 해왔는데, 왕이 다른 사람들의 말에 좌우되어 자기를 믿지 못하고 경계하다니 서운하기 짝이 없었다. 서운하다 못해 인생 자체가 허무하게 여겨지기도 하였다. 권력 무상이요, 인생 무상이라.

신릉군은 할 일을 갑자기 잃게 되어 마음의 허전함이 배가되었다. 그동안 사귐을 나누던 친구들도 하나둘 신릉군 주위를 떠나갔다. 신릉군에게 붙어 있어보았자 출세할 가능성이 보이지 않으니까 그렇게 철새처럼 떠나가는 것이었다. 말년에 접어들어 인생의 결과가 이 모양으로 되고 보니 신릉군은 삶의 의욕을 차츰 잃어갔다. 날마다 허탈한 심정을 달래기 위하여 술을 가까이하였다. 매일 밤 술잔치를 벌여 아직 얼마간 남아 있는 재산을 탕진하였다. 술을 빚되 최고로 좋은 술들을 빚도록 하고, 시중 드는 여자들을 데려오되 최고의 미인들을 데려오게 하였다. 신릉군의 방탕한 생활을 보다 못한 뜻있는 식객들과 빈객들이 신릉군을 만류하며 간언하면 신릉군은 그들을 당장 쫓아버리고 말았다. 그래서 술과 여자를 즐기는 식객들만 남아 신릉군의 술 상대가 되어 주었다.

하루는 신릉군이 술에 잔뜩 취해 주위의 식객들과 여자들에게 명령을 내렸다.

"여봐라, 모두 옷을 벗도록 하여라."

식객들과 여자들은 어리둥절하여 신릉군을 쳐다보았다.

"얼른 벗으라니까. 옷을 어떻게 벗는 줄도 몰라?"

신릉군은 바로 옆에서 시중 들던 여자를 와락 끌어당겨 옷을 벗기며 소리쳤다.

"옷은 이렇게 벗는 거야. 알겠어? 내가 열을 셀 동안 모두 옷을 벗어."

신릉군이 핏발 선 눈을 부라리며 윽박질렀다. 식객들과 여자들은 주춤거리며 옷을 벗을 수밖에 없었다.

"자, 둘씩 둘씩 짝을 짓는다."

나체가 된 식객들과 여자들이 짝을 이룬다고 우왕좌왕하였다.

"하하하, 우하하하."

신릉군은 결국 그들로 하여금 집단 성희를 즐기도록 하여 그 광경을 내려다보며 히죽거렸다. 천하가 흠모하던 현인의 모습은 어디 가고 없고, 추악한 탕아의 모습만이 거기에 있었다. 그렇게 술과 여자에 빠져 방탕한 세월을 보내기를 4년 정도 하자 신릉군의 몸에 이상이 생기기 시작했다. 술기운이 떨어지면 손발이 부들부들 떨렸고, 간이 상한 듯 얼굴이 누렇게 퉁퉁 부었다. 소위 주병(酒病)이 들고 만 것이었다.

그래도 신릉군은 환락에 빠지기를 주저하지 않았다. 그것은 일종의 자살 행위와도 같았다. 안희왕과 진비의 무리들은 신릉군이 폐인이 다 되어가고 있다는 말을 듣고는 회심의 미소를 지었다. 신릉군이 재기할 가능성은 없게 된 셈이었다. 이제는 신릉군으로 인하여 긴장하고 있을 이유가 없었다.

이렇게 되자 안희왕도 슬슬 주연(酒宴)들을 베풀며 즐기기 시작했다. 그것은 승리를 자축하는 잔치였으나 술로 인하여 몸이 상하기는 매일반이었다.

신릉군이 더 이상 거동을 할 수 없을 정도가 되어 자리에 눕자, 희한하게도 안희왕 역시 병이 들어 자리에 눕게 되었다. 일생을 살면서 친구가 되었다가 원수가 되었다가 다시 친구가 되어 지내다 원수지간으로 변하고 하였던 두 사람은, 이제 똑같이 자리에 누워 함께 죽음을 기다리는 신세가 되었다. 신릉군이 먼저, 죽고 몇 달 후 안희왕도 죽고 말았다.

춘신군의 빼어난 외교술

춘신군(春申君)은 초(楚)나라 사람으로 이름은 헐(歇)이었고, 성은 황(黃)씨였다. 그는 어릴 적부터 여러 나라에 유학(遊學)을 하였기 때문에 남달리 견문이 넓었고 언변이 좋았다. 그 당시 초나라는 회왕(懷王)이 진(秦)나라의 꾐에 빠져 진나라와 친선을 맺으러 들어갔다가 억류되어 처형되는 수치를 당하고 비통에 젖어 있었다. 회왕의 아들 경양왕(頃襄王)이 왕위를 이어받았지만 진나라의 세력 앞에 전전긍긍할 수밖에 없었다. 진나라 소왕(昭王)은 백기(白起) 장군을 시켜 한·위·초나라를 마구 공략해서 여러 성들을 빼앗았다. 초나라는 도읍을 진현(陳縣)으로 옮기기까지 하였다.

경양왕은 마음 같아서는 당장이라도 아버지의 원수를 갚으러 진나라로 쳐들어가고 싶었지만, 현실적인 상황을 생각할 때는 함부로 경거망동할 수가 없었다. 우선 진나라와 친선을 맺는 방향으로 정책을 추진해 나가다가 기회를 엿보아 복수를 해야겠다고 마음먹었다. 그래서 경양왕은 춘신군을 진나라에 사신으로 파견하여 진나라의 팽창 정책을 막아보도록 하였다. 춘신군은 진나라로 가서 소왕을 알현하였다. 문안 인사를 드리고 난 춘신군은 조심스럽게 입을 열었다.

"사물은 극에 달하면 다시 반대 방향으로 돌아옵니다."

"그게 무슨 말이오?"

소왕이 제법 호기심을 나타냈다.

"겨울이 다하면 여름이 오지 않습니까? 또한 물건을 겹쳐 쌓을 때도 극에 이르면 위태롭기 그지없는 것입니다. 장기의 말을 한참 쌓다보면 무너지고 마는 것이 아닙니까?"

"그야 당연한 이치이지요. 그런데 그 말을 나에게 하는 의도가 무엇이오?"

소왕이 춘신군에게 빨리 속마음을 털어놓으라고 재촉하였다. 그러나 춘신군은 얼른 속마음을 털어놓지 않고 말을 또 돌렸다.

"《시경(詩經)》에 보면, 시작은 있게 마련이나 끝이 좋은 것은 드물다고 하였습니다. 《역경(易經)》에 보면, 여우가 물을 건너다가 그 꼬리를 적셨다는 구절도 있습니다."

"허허, 그렇게 문장들만 인용하지 말고 나에게 하고 싶은 말을 해보시오."

"네, 그럼 말씀드리겠습니다. 진나라의 세력은 참으로 막강하여 날로 뻗어나가고 있습니다. 마치 장기의 말을 쌓듯 여러 나라들로부터 하나씩 하나씩 성을 빼앗아 그 성들의 수효가 셀 수 없을 지경이 되었습니다. 이제 왕께서는 그 위엄과 권세가 극에 달하였다고 할 수 있습니다. 여기서 더 나아가려고 하다가는 쌓아놓은 장기의 말들이 무너지듯, 물을 다 건넌 여우가 꼬리를 적시듯 낭패를 당하기 쉽습니다. 그러므로 왕께서는 이미 이룩하신 공로를 잘 지켜 관리하셔서 인의(仁義)가 꽃피는 땅을 만드시기 바랍니다."

"음, 나보고 더 이상 욕심을 부리지 말고 다른 나라를 공격하는 일을 삼가라는 말이군."

소왕이 춘신군의 말을 반박하지 않고 그 말뜻을 새기고 있었다.

"그렇습니다. 역사적으로 볼 때도 한계를 지켜 더 이상 나가지 않았으면 크게 흥하였을 나라들이 욕심을 부리다가 오히려 멸망한 예가 적지 않습니다. 옛날 오(吳)나라가 월(越)나라를 믿고 대대적으로 군대를 동원하여 제(齊)나라를 치지 않았습니까. 애릉(艾陵)에서 승리했을 때 곧장 돌이켰어야 했는데, 더 밀고 나가다가 도리어 삼저포(三渚浦)에서 월나라에 당하고 말았습니다. 지금 왕께서도 진나라의 군사력을 믿고 초나라를 더 공격하다가는 한·위 두 나라에게 당하고 말 것입니다. 두 마리의 범이 싸우면 둔하고 느린 개가 범들이 지친 틈을 타 이득을 챙긴다고 하지 않습니까? 그러므로 이 시점에서 왕께서 초나라와 친선을 맺는 것이 한·위 두 나라를 견제하는 데 더욱 효과적이라는 사실을 아셔야 합니다."

"진나라가 초나라를 더 공격해 들어가면 한·위 두 나라가 도리어 진나라를 칠 것이라는 말은 억지인 것 같소. 한·위가 진나라와 친선을 맺은 지 얼마 되지도 않는데 우리 진나라를 친단 말이오?"

소왕이 이해할 수 없다는 표정을 지었다.

"《시경》에 보면, '빨리 뛰어 달아나는 토끼도 개에게 잡힐 때가 있고, 다른 사람이 마음먹고 있는 일 내 마음으로 추측할 수 있네' 라는 구절이 있습니다. 그런데 왕께서는 한·위가 마음먹고 있는 것을 추측하지도 못하고 계십니다."

"도대체 한·위가 어떤 마음을 먹고 있단 말이오?"

"한·위가 진나라와 친선을 맺은 것은 잠시 자신들의 재난을 피하기 위한 궁여지책일 뿐, 진정으로 마음에서 우러나 친선을 맺은 것은 아닙니다."

"그야 나라들 사이의 친선이란 것이 다 그런 것이 아니오? 지금 초나라가 진나라와 친선을 맺고자 하는 것도 마찬가지일 것이오. 한·위가 자신들의 이해관계로 인하여 진나라와 친선을 맺은 이상, 함부로 진나라를 치지는 못할 것이란 말이오."

소왕도 제법 조리 있게 춘신군의 말을 받아내고 있는 편이었다.

"물론 그런 점이 있겠지요. 하지만 한·위가 진나라 영토를 공격한다든지 하는 일은 하지 않을지 몰라도, 자기 나라에 들어온 진나라 군대는 교묘하게 칠 수가 있는 것입니다."

"자기 나라에 들어온 진나라 군대라니, 그게 무슨 말이오?"

"아, 왕께서 군대를 동원하여 초나라를 치시려고 하면 한·위의 땅을 통과해야 할 것이 아닙니까? 한·위로부터 길을 빌리지 않으면 어디로 해서 초나라를 공격할 것입니까?"

"음, 그 말이었군. 그런데 한·위 땅을 빌려 통과한다고 그 나라 백성들이 진나라 군대를 칠 것이라는 예상은 어디에 근거를 두고 있는 것이오?"

춘신군은 길게 말을 이을 요량으로 침을 한 번 꿀꺽 삼켰다.

"왜 그런지 이제 말씀드리겠습니다. 역사적으로 볼 때, 진나라는 여러 대에 걸쳐 한·위에 대하여 덕을 쌓은 일은 없고 원한만 쌓을 일을 해왔습니다. 10대에 걸쳐 한·위의 백성들이 진나라 군사들에 의해 죽음을 당하여왔습니다. 할아버지, 아버지가 죽고 아들이 죽었으며, 형이 죽고 동생이 죽었습니다. 사직은 파괴되고 종묘는 무너져 전 국토가 황폐화되었습니다. 죽음을 당하되 그냥 당한 것이 아니라, 배가 갈라지고 창자가 끊어지고 목이 꺾이고 턱이 깨져 비참하게 죽어갔습니다. 머리가 베어져 없어진 몸뚱이는 허연 해골이 된 채 풀밭이나 늪가에 뒹굴었습니다. 두개골들은 퀭하게 뚫린 눈구멍으로 국경을 바라보고 있습니다. 아버지와 아들, 늙은이와 어린아이들이 줄줄이 목에 끈이 묶이고 손이 묶인 채 진나라 포로가 되어 그 먼 길을 끌려갔습니다. 귀신들은 제사받을 곳도 없이 외롭게 허공을 떠돌고 있고, 가족들은 뿔뿔이 흩어져 노복이 되기도 하고, 첩이 되기도 하였습니다. 이런 자들이 한·위 나라 안에 부지기수입니다. 위정자들은 자신들의 이해관계로 인하여 진나라와 친선을 맺었다 하더라도, 백성들의 마음 가운데에는 진나라에 대한 원한이 사라지지 않고 있는 것입니다. 이런 판국에 한·위 지경으로 진나라 군대를 통과하게 하다니, 왕께서는 군대가 한·위 지경으로 들어갔다가 영영 소식이 끊어짐으로써 크게 근심하게 될 것입니다. 한·위 백성들은 말할 것도 없고, 그 위정자들도 언제 마음이 변하여 자기 지경으로 들어온 진나라 군대를 공략할지 모르는 것입니다."

춘신군이 잠시 말을 멈추고 소왕의 안색을 살폈다.

"음, 그토록 원한들이 사무쳤다면 그럴 가능성도 배제할 수 없군. 그렇다면 한·위 땅을 빌리지 않고 초나라로 막바로 진격하여 수수(隨水)의 오른편 땅을 차지하면 되겠군."

"수수의 오른편 땅은 계곡을 양편에 끼고 큰 강이 흐르는 산악 지대로, 곡식 한 톨 생산되지 않는데 그걸 차지해서 무얼 하시겠습니까?"

소왕은 춘신군의 말에 일리가 있으므로 답변을 제대로 하지 못했다. 춘신군이 더욱 확신 있는 어조로 말을 이었다.

"왕께서 그 땅을 빼앗았다 하더라도 진실로 얻었다고는 할 수 없습니다. 이것은 왕께서 명목상 초나라를 공격한 것에 불과하고, 땅을 얻는 실리는 취하지 못할 것이기 때문입니다."

소왕은 결국 춘신군의 말을 수긍하여 천천히 고개를 끄덕였다. 그러다가 다시금 춘신군을 곤란하게 할 목적으로 질문을 내놓았다.

"그럼 아예 처음부터 한·위를 비롯하여 조나라와 제나라 군대들을 진나라로 집합시켜 동맹군을 결성하여 쳐들어가면 될 것 아닌가? 그렇다면 한·위 지경을 통과한들 누가 넘볼 것인가?"

과연 묘책이라 할 수 있었다. 그러나 춘신군은 머뭇거리지 않고 자신 있는 대답을 하였다.

"물론 그렇게 하면 그 네 나라들이 군대를 몰고 와서 진나라를 돕겠지요. 하지만 초나라는 아무리 동맹군이 쳐들어온다고 하여도 쉽게 무너질 나라는 아닙니다. 그 동맹군들과 팽팽한 접전을 벌이며 꽤 오랫동안 대치하게 될 것입니다. 진나라 군대가 초나라와의 대치 상태에서 도저히 빠져오지 못할 상황이 되면, 그때 한나라나 위나라는 슬슬 자기 욕심들을 차려 차지하고 싶은 땅들을 얻으려고 군대를 빼돌릴 것입니다. 제나라 조나라 역시 마찬가지로 그런 속셈을 가지고 있을 것입니다. 이렇게 되면 진나라는 다른 나라들 좋은 일만 시켜주는 셈이 되고 맙니다. 이럴 바에야 초나라와 친선을 맺는 것이 차라리 낫지 않습니까? 초나라와 진나라가 동맹을 맺어 한나라를 둘러싸면, 한나라는 저절로 복종하여 관내(關內)의 한 제후 정도에 불과하게 될 것입니다. 그러면 위나라와 한나라의 왕래가 끊어져 위나라 역시 얼마 가지 못하여 복종하고 관내의 제후 정도가 될 것입니다. 이렇게 세력을 이루어 제나라를 위협하면 제나라 오른쪽 땅은 팔짱을 끼고 앉은 채 집어삼킬 수가 있습니다."

"그러면 동서로 중국의 허리를 끊는 것이 아니오?"

소왕이 춘신군의 청사진에 마음이 끌리는 듯 군침을 삼켰다.

"그렇습니다. 그렇게 되면 조나라와 연나라는 고립되어 차츰 세력을 잃고 진나라에 복속하게 될 것입니다. 이래도 초나라와 친선하는 것을 택하지 않겠습니까?"

듣고 보니 초나라와 친선을 맺는 편이 다른 나라들과 맺는 것보다 훨씬 유리하였다. 그런데 초나라와 친선을 맺어 중국 전체를 삼킨 후에 초나라는 어떻게 처치해야 하는가. 그것은 그 다음 일이었다. 우선 진나라로서는 초나라를 택하고 볼 일이었다.

"좋소. 초나라 침공 계획을 취소하도록 조처하겠소. 그리고 초나라에 사절을 보내 친선의 뜻을 전하겠소."

소왕은 곧 백기 장군을 불러 초나라 침공을 위한 군대 동원을 취소하였다. 그리고 한·위에도 이 사실을 통고하였다.

춘신군은 진나라 사절과 함께 초나라로 돌아와 경양왕을 알현하였다. 진나라 사절은 경양왕에게 진나라 소왕의 친서를 전달하고 화친의 뜻을 표하였다. 소왕의 친서에는 초나라와 친선을 맺되 서로 인질을 보내 확증을 하자는 내용이 적혀 있었다.

그리하여 경양왕은 태자(太子) 완(完)을 춘신군과 함께 진나라로 보내 인질이 되게 하였다. 춘신군은 태자 완의 스승 노릇을 하며 수년 동안 진나라에 있게 되었는데, 그동안 경양왕이 병들어 눕게 되었다. 태자 완은 아버지 경양왕이 위급하다는 소식을 듣고 초나라로 돌아가려 하였으나 소왕이 허락을 잘 해주지 않았다. 아버지 병환을 핑계삼아 인질에서 놓여나려고 그러는 것은 아닌가 의심을 받았기 때문이었다.

태자 완이 고민하고 있을 무렵에 춘신군이 진나라 재상인 응후(應侯)를 찾아가서 만났다.

"재상께서는 우리 태자와 친밀한 사이라고 하던데 과연 그렇습니까?"

춘신군이 재상 응후에게 넌지시 물었다.

"그렇습니다."

응후는 별 거리낌없이 대답했다.

"그렇다면 왜 태자의 곤경을 돌아보지 않습니까?"

"태자의 곤경이라니오?"

"지금 초나라 왕이 병들어 누워 있습니다. 이번 병은 중병이라 회복될 것 같지가 않습니다. 태자를 돌려보내 왕위 계승을 준비하도록 하는 것이 진나라에도 유리할 것입니다."

"그 문제라면 내가 어떻게 할 수 없는 사항입니다. 왕께서 친히 결정할 일입니다."

"물론 왕이 결정을 내려야 할 문제라는 것은 잘 압니다. 그러나 재상께서 태자를 돌려보낼 때 진나라에 어떤 이득이 있게 되는가를 잘 설명드리면, 왕께서 선한 결정을 내리게 될 것이 아닙니까?"

"진나라가 어떤 이득을 본단 말이오?"

응후가 오히려 춘신군에게 설명을 구하였다.

"보십시오. 태자가 임종을 앞둔 아버지를 뵙고자 하는 간절한 소원이 있는데, 그 소원을 들어주면, 두고두고 진나라에 감사할 것이 아닙니까? 그래서 태자가 왕위에 오르면 더욱 진나라를 섬기게 될 것입니다. 그러나 태자를 적절한 때에 돌려보내지 않아 다른 자가 왕위를 계승하게 되면, 진나라와의 화친을 끊고 더 이상 진나라를 섬기지 않게 될 것입니다."

"태자 이외에 왕위를 계승할 자가 또 있단 말이오?"

응후는 춘신군과 태자가 너무 서두르는 것이 아닌가 하는 어투로 물었다.

"물론이지요. 왕의 형제인 양문군(陽文君)에게 두 아들이 있는데, 그 아들 중 하나가 왕위를 계승할 수도 있습니다. 왕이 승하하였는데도 태자가 초나라에 없으면, 양문군은 필시 자기 아들 중 하나를 왕으로 세우려는 음모를 꾸미게 될 것입니다. 양문군이 진나라에 반감을 지니고 있다는 것은 잘 알려져 있는 사실입니다. 그런 반진(反秦) 세력에게 초나라를 맡기느냐, 태자에게 초나라를 맡기느냐 하는 중대한 시점에 처해 있다는 것을 양지하시기 바랍니다."

"그렇다면 속히 왕에게 보고해야겠군요."

응후는 총총걸음으로 궁으로 가서 소왕을 알현하고 태자를 돌려보내는 문제에 대하여 간언하였다. 그러나 소왕은 딴 생각이 있는지 여유를 부렸다.

"아직 초나라 왕의 병세가 어떠한지도 모르면서 왜 그리 서두르오? 우선 태자의 스승을 먼저 초나라에 보내 왕에게 병문안을 드리게 하고 그 병세가 어떠한지 알아보고 오도록 한 연후에 태자 귀환 문제를 논의하여도 늦지 않으니 그리하도록 하오."

응후로부터 소왕이 끝내 자기 고집을 꺾지 않는다는 말을 들은 춘신군은 심각한 표정을 지으며 생각에 잠겼다.

"알았소. 이제 우리가 알아서 하겠소."

응후가 물러간 후에 춘신군은 태자를 은밀히 만나 계책을 내놓았다.

"진왕이 태자님을 돌려보내는 것을 미끼로 막대한 금액을 뜯어내려 하고 있음이 틀림없습니다. 아직 우리에게는 그만한 재력이 없으니 큰 걱정입니다. 때가 때인만큼 속히 진나라를 탈출하는 수밖에 다른 도리가 없습니다. 어물어물하다가는 왕위가 양문군의 아들에게로 넘어가기 쉽습니다."

"어떻게 진나라를 탈출한단 말입니까?"

태자가 초조한 기색을 띠며 물었다.

"태자님은 마부로 변복(變服)을 하고 관문을 통과해 나가십시오. 진나라에서 초나라로 들어가는 관리 한 사람을 매수하겠으니, 그 관리의 마부 노릇을 하란 말입니다. 나는 여기 남아서 죽음을 각오하고 나중 일들을 처리하겠습니다."

그리하여 태자는 마부로 변장을 하고 진나라를 탈출하는 데 성공하였다. 춘신군은 태자가 집에서 병들어 누워 있기 때문에 바깥출입을 하지 못한다고 소문을 내고 다녔다. 태자를 찾아오는 손님들도 그런 식으로 따돌려 보냈다.

태자가 멀리 달아나 진나라 군사들이 뒤쫓아갈 수 없는 지점에 이르렀다고 생각될 즈음, 춘신군은 소왕에게 가서 그 사실을 자백하였다.

"초나라의 태자는 이미 진나라를 탈출하여 초나라로 돌아갔습니다. 제가 그 일을 도모하였으니 죽어 마땅합니다. 원컨대 스스로 목숨을 끊도록 허락해주십시오."

"무엇이라구. 태자가 탈출하였다구? 이런 고이얀. 여봐라, 이 태자의 스승이란 자를 옥에 가두고 사형 집행을 준비하도록 하여라."

"대왕이시여, 제발 제가 스스로 목숨을 끊을 수 있도록 허락해주십시오."

"어림없는 소리. 그대는 대역죄를 지은 것이나 마찬가지이므로 비참하게 고통을 받으며 죽어야 한다."

결국 춘신군은 자살을 허락받지 못하고 감옥에 갇혀 죽을 날만을 기다리는 신세가 되었다. 이때, 응후가 소왕에게 간곡하게 아뢰었다.

"태자의 스승 헐(歇)은 신하 된 도리를 다하였을 뿐입니다. 임금과 태자를 위하여 죽음을 각오하고 자기 한 몸을 내던진 셈입니다. 이런 신하가 진나라 조정에도 한 사람만 있다면 왕의 이름은 천하에 더욱 빛날 것입니다."

"태자의 스승은 초나라에 충성하였지, 진나라에 충성한 것은 아니지 않소? 그자로 하여금 진나라 조정의 신하가 되도록 회유라도 하라는 말이오?"

"그것이 아니라 그만큼 매사에 충성스럽다는 뜻이지요. 초나라로 탈출한 태자는 반드시 왕위에 오를 것이고, 그러면 자기의 스승을 재상으로 등용할 것이 아닙니까? 그러므로 이때에 은혜를 베풀어 태자의 스승을 살려주면, 그는 평생 은혜를 잊지 않고 충성스럽게 진나라와 친선을 도모할 것이란 말입니다. 그런데 만약 태자의 스승을 사형시키기라도 하면, 왕위에 오른 태자는 두고두고 진나라와 원수 관계를 맺을 것이 아닙니까? 그러면 지금껏 초나라와의 화친을 위하여 노력해온 것이 모두 허사로 돌아가고 맙니다. 부디 은혜를 베풀 만한 때에 은혜 베푸시기를 앙망하옵니다."

응후는 마치 자기가 춘신군의 신세가 되기라도 한 양 엎드려 빌었다.

"음, 태자의 스승이 한 짓을 보면 도저히 용서할 수 없지만, 길게 내다보면 재상이 제안하는 대로 하는 편이 아무래도 낫겠소."

소왕은 마침내 실리 쪽을 택하여 춘신군을 석방하여 초나라로 돌아가도록 조처하였다. 춘신군이 초나라로 돌아온 지 석 달 만에 그동안 앓아 누워 있던 경양왕이 승하하였다. 태자 완이 고열왕(考烈王)이 되어 왕위를 계승하고 춘신군을 재상으로 삼았다.

춘신군이 초나라 재상으로 있을 무렵 제나라에서는 맹상군이 세력을 이루고 있었고, 조나라에서는 평원군, 위나라에서는 신릉군이 세력을 이루고 있었다. 무엇보다 천하 각지에 흩어져 있는 선비들을 누가 더 많이 모으느냐 은근히 경쟁하였다.

한번은 조나라 평원군이 사람을 춘신군에게 보내 문안을 올리게 하였다. 춘신군은 평원군의 사자를 상객(上客)들이 유숙하는 객관(客館)에 들도록 하여 잘 대접하였다. 다음날, 평원군의 사자는 춘신군의 식객들을 만나보러 갔다. 그러면서 그 식객들에게 자랑하기 위하여 대모(玳瑁)라는 값진 재료로 만든 잠(簪)을 머리에 꽂고, 주옥으로 만든 칼집을 허리에 찼다. 그것은 평원군이 얼마나 식객들을 잘 돌보는가 하는 것을 나타내 보이기 위함이기도 하였다.

　그런데 평원군의 사자는 춘신군의 식객들을 만나보고 깜짝 놀랐다. 춘신군의 식객들은 3천 명 가량이었는데, 그중 상객들은 주옥으로 장식한 신들을 신고 있었다. 그리고 그 복장들이 평원군의 사자가 공들여 꾸민 복장보다 훨씬 뛰어났다. 춘신군이 얼마나 식객들을 잘 대우하고 있느냐 하는 것이 그대로 드러난 셈이었다. 평원군의 사자는 부끄러움을 감출 길이 없어 당황해하다 돌아갔다.

기상천외의 씨받이 작전

　춘신군이 재상으로 있는 동안 진나라와 초나라는 얼마간 친선 관계를 계속 유지하였으나, 진나라가 욕심을 부리는 바람에 친선 관계가 흔들리기 시작하더니, 급기야 다른 여러 나라들이 초나라를 맹주로 하여 합종을 하기에 이르렀다. 초나라를 중심으로 힘을 합한 여러 나라들이 함곡관에서 진나라와 맞붙었지만 결국 패배하고 말았다. 초나라 고열왕은 그 패배의 책임을 춘신군에게 물어 책망하였다. 그리하여 고열왕과 춘신군의 사이가 이전 같지 않고 차츰 소원해지게 되었다. 춘신군은 고열왕의 마음을 다시 살 수 있는 길이 없을까 여러모로 궁리하지 않을 수 없었다.
　이때, 이원(李園)이라고 하는 조나라 사람이 춘신군을 섬기겠다면서 식객으로 들어와 사인(舍人) 노릇을 하였다. 그런데 이원은 자기 나름대로 야심이 있었기 때문에 춘신군의 식객으로 들어온 것이었다.
　하루는 이원이 춘신군에게 휴가를 청하였다.
　"집안에 일이 생겨 좀 다녀와야겠으니 한 10일 정도 휴가를 주십시오."

"집안에 무슨 일이 생겼단 말이오?"

"저, 저에게 여동생이 하나 있는데 무척 아리따운 미인입니다. 어떻게 제 여동생에 대한 소문을 들었는지, 제나라 왕이 은밀히 사람을 보내 여동생을 요구하였답니다. 지금 제나라 사자가 우리 집에 와 있다고 하니 그자와 이야기를 나누고자 합니다."

그러면서 이원은 춘신군의 표정을 유심히 살폈다. 춘신군은 이원의 여동생이 제나라에까지 소문이 날 정도로 미인이라는 말을 듣고는 호기심이 발동했다. 그러나 체면상 혼인 이야기가 오가는 처녀를 데려오라고 할 수는 없는 일이었다.

"허허, 그거 반가운 소식이군. 그대의 여동생이 제나라 왕후가 되면 제나라와의 관계도 더욱 돈독해질 것이 아닌가."

말은 이렇게 하면서도 속으로는 제나라 왕과의 일이 제대로 이루어지지 않기를 바랐다.

"그럼 다녀오겠습니다."

이원은 자기 집으로 떠나가고, 춘신군은 이원이 돌아올 때까지 초조하게 기다렸다. 그런데 휴가 기간 10일이 지났는데도 이원이 돌아오지 않았다.

"이원이 돌아왔느냐?"

춘신군은 날만 새면 식객들에게 확인을 해보며 안절부절못하였다. 휴가 기간이 지나고 나흘이 되어서야 이원이 춘신군의 집으로 돌아왔다.

"어찌 이리 늦었느냐?"

휴가 기간을 어긴 것에 대해 우선 이원을 책망하면서 춘신군은 재빨리 이원의 안색을 살폈다. 이원의 표정은 그리 밝은 편이 아니었다. 일이 제대로 성사되지 못한 듯싶어 춘신군은 은근히 기분이 좋아졌다.

"제나라 왕의 사자에게 몇 가지 조건을 제시하고, 그를 설득시키기 위해 그와 연일 술을 마시느라고 이렇게 늦었습니다."

"그래, 일이 잘되었느냐?"

"아직 일이 타결되지 않은 가운데 돌아오게 되었습니다. 다음번에 다시 제나라 왕이 사자를 보내 의논하게 될 것입니다."

"그러니까 아직 납채(納采)는 하지 않았단 말이지?"

납채를 하게 되면 그것은 이미 혼인이 시작된 것이나 진배없는 것이었다.

"납채는 아직 하지 않았습니다."

갑자기 춘신군의 표정에 생기가 돌았다.

"그렇다면 그대가 요구하는 조건을 내가 들어줄 테니까 그대의 여동생을 나에게 데려오도록 하게나. 그럴 수 있겠는가?"

이번에는 이원의 표정이 밝아졌다.

"재상께서 제 여동생을 받으시겠다면 이보다 더 큰 영광이 어디 있겠습니까? 재상이 원하시는데 조건은 무슨 조건입니까, 그저 제 여동생을 총애해주시기만 하면 되지요."

이원은 춘신군에게는 아무 조건도 제시하지 않겠다는 뜻을 분명히 하였다. 춘신군은 그것이 더욱 마음에 들어 이원의 여동생을 기꺼이 받아들이기로 하였다.

마침내 이원이 자기 여동생을 춘신군에게로 데리고 왔다. 소문에 듣던 대로 과연 아리따운 여인이었다. 여인이라기보다 아직 소녀다운 모습이 남아 있는 처녀라고 하는 편이 어울릴 것이었다. 춘신군은 무엇보다 터질 듯이 팽팽한 그녀의 얼굴과 몸매가 마음에 들었다. 그녀를 안으면 그녀가 지니고 있는 젊은 기운이 자기를 감싸 회춘하게 해줄 것만 같았다.

그녀의 용모 역시 초나라에서는 보기 드문 아름다운 자태를 하고 있었다. 춘신군은 제나라 왕이 탐낼 만한 용모라고 속으로 감탄하며, 그녀를 정수리에서부터 발끝까지 유심히 살펴보았다. 그녀는 춘신군의 시선을 느끼는 듯 얼굴에 홍조를 띤 채 가만히 고개를 숙였다.

"호, 지금껏 살아오면서 이런 미인은 만나보지 못하였구나."

그리하여 춘신군은 그녀의 별명을 희미(稀美)라고 지어주었다.

춘신군은 설레는 마음으로 희미를 잠자리에 들도록 하여 옷을 하나씩 벗겨나갔다. 남자 경험이 없는 희미는 춘신군의 손길이 닿을 적마다 가늘게 몸을 떨었다. 희미의 그런 모습이 춘신군의 몸과 마음을 더욱 달아오르게 하였다. 언제나 처녀의 몸을 소유한다는 것은 쾌락 중의 쾌락이었다.

남자의 몸을 경험한 희미는 날이 갈수록 오히려 춘신군보다도 더 방사에 적극적이었다. 춘신군의 기력이 쇠할 정도로 희미는 춘신군의 몸을 탐하였다.

얼마 후, 희미는 임신을 하게 되었다. 하지만 아직은 배가 불러진 것도 아니고 하여 다른 사람들이 임신의 기미를 눈치채지는 못했다.

그러던 어느 날, 이원이 희미를 찾아와 은밀하게 물었다.

"너, 아직 소식이 없느냐?"

"무슨 소식 말입니까?"

"아기가 생기지 않았느냐는 말이다."

희미는 다소곳이 고개를 숙이고 얼굴을 붉히기만 하였다.

"너, 아기를 가졌구나? 그렇지?"

이원이 무척 반가워하며 소리를 높였다가 얼른 낮은 음성으로 속삭이듯이 말하기 시작했다.

"네가 임신한 사실을 재상은 알고 있느냐?"

"아직 말씀드리지 않았습니다."

"알았다. 내가 재상에게 말하겠으니 너는 아무 말 말고 있어라. 너는 이제 재상의 첩이 아니라 왕후가 될 것이다."

"왕후라니오? 그게 무슨 말씀입니까?"

희미가 놀란 얼굴로 이원을 쳐다보았다.

"그렇게 놀라긴. 너만한 미색이면 능히 왕후도 될 수 있어. 아무튼 내가 시키는 대로만 하면 돼. 우선 아무에게도 임신한 사실을 발설하지 않도록 하여라. 알겠느냐?"

"네."

희미 역시 재상의 첩으로 있는 것보다 왕후가 되는 것이 더 좋았다. 왕은 춘신군보다 훨씬 젊고 멋있지 않은가. 하지만 춘신군의 아이를 뱄는데 어떻게 왕후가 된단 말인가.

며칠 후, 이원이 춘신군을 비밀스럽게 찾아와 만났다.

"참으로 아름다운 여동생을 나에게 보내주어 얼마나 기쁜지 모르겠소."

춘신군이 진정 이원에게 고마움을 표하였다. 이원의 얼굴에 야릇한 미소가 번졌다.

"총행(寵幸)이로소이다."

이원이 춘신군 앞에서 천천히 머리를 수그렸다.

"총행이라니?"

"은총을 덧입은 행운 말입니다. 과연 제 여동생은 재상으로부터 총행을 얻었습니다. 그리고 재상은 임금으로부터 총행을 입으셨구요."

그러면서 이원은 슬쩍 춘신군의 눈치를 살폈다. 춘신군의 표정에는 한 가닥 시름의 빛이 드리워지고 있었다.

"임금으로부터 총행을 입기만 하면 무얼 하오? 임금의 시름을 덜어드리지 못하는 신하인데."

이원은 기회를 놓칠세라 눈을 반짝이며 얼른 말을 받았다.

"임금의 시름이라니오? 혹시 임금에게 아들이 없는 문제 말입니까?"

"그렇소. 그동안 임금께서 여러 여자들을 왕비로 맞아들여보았지만, 아들은 고사하고 딸아이 하나라도 잉태하는 여자가 없단 말이오. 내가 아들을 낳을 만한 여자를 왕에게 바쳐올린 적도 수차례나 되는데, 한결같이 잉태하는 데는 실패하였소."

춘신군이 가늘게 한숨을 쉬었다.

"그것은 여자에게 문제가 있다기보다 왕에게 문제가 있는 것이 아니겠습니까? 왕의 몸에 씨가 말라 있는 것이 아닙니까?"

"쉿. 그런 말을 함부로 하지 마시오. 누가 엿들어 왕에게 고자질한다면 그대는 왕을 모독한 죄로 목이 달아나고 말 것이오."

"알겠습니다. 앞으로 주의하겠습니다. 아무튼 왕에게 아들을 낳아줄 여자를 바쳐 왕의 근심을 덜어주는 것이 신하의 도리가 아니겠습니까?"

"말해 무엇 하겠소? 자나깨나 나도 왕의 근심을 어떻게 하면 덜어줄 수 있을까 궁리하고 있는 중이오. 하지만 좋은 여자를 골라 바치면 무슨 소용이 있겠소? 모든 게 다 임금에게 문제가 있다고 하니 말이오."

"묘책이 있습니다."

이원이 다시금 주위를 둘러보며 목소리를 낮추었다.

"어떤 묘책이 있단 말이오?"

"이미 임신한 여자를 임금에게 바치는 것입니다."

"무, 무엇이라구요? 임신한 여자를? 그러면 임금의 씨가 아닌 다른 사람의 씨를 밴 여자를 바치자는 말 아니오? 그랬다가 그 사실이 발각되는 날에는 여자는 말할 것도 없고, 여자를 바친 나까지도 목숨을 부지하기 힘들 것이오."

춘신군은 얼굴빛이 창백하게 질려가고 있었다.

"그러니까 이제 막 임신하여 다른 사람이 볼 때 전혀 눈치를 챌 수 없는 여자를 바치면 됩니다. 그리고 서로 비밀을 지킬 수 있도록 아주 가까운 관계의 여자를 바치면 되는 것입니다."

"그런 여자를 어디서 찾을 수 있단 말이오?"

춘신군은 거의 불가능하지 않느냐는 투로 말하고 있었으나, 그런 여자를 기대하는 기색이 역력하였다.

"재상께서 아껴주시는 제 여동생을 왕에게 바치기를 감히 아룁니다."

이원은 풀썩 주저앉으며 무릎을 꿇었다.

"희, 희미를?"

춘신군의 안면 근육이 파르르 떨렸다.

"네. 여동생이 지금 임신 중인데 그 사실은 아무도 모르고 있습니다. 그리고 여동생이 재상의 집으로 들어와 첩이 된 사실도 제가 처음부터 비밀로 하였습니다. 재상께서도 외부에 아직 드러내지 않았지 않습니까?"

"음, 처음부터 희미를 임금에게 바치기 위하여 계획적으로 꾸민 일이란 말이지?"

춘신군의 음성에 차츰 노기가 스며들었다.

"계획적으로 꾸민 일이라니오? 재상께서 제 여동생을 요구하셨기에 제가 데리고 온 것이 아닙니까?"

춘신군이 여동생을 요구하도록 미리부터 일을 꾸민 이원이었지만 시치미를 뗐다. 춘신군도 자기가 이원의 여동생을 먼저 요구하였으므로 그 점에 대해서는 더 이상 추궁하지 않았다.

"아무튼 희미는 내줄 수 없소. 더군다나 내 아이를 뱄다고 하는데."

춘신군은 완강한 어조로 이원의 계획을 반대하였다. 그러나 이원은 쉽게 물러나지 않았다.

"재상은 지금 임금으로부터 총행을 입고 있다고 말씀하셨지만 실상은 그렇지가 않습니다. 그것을 재상께서도 누구보다 잘 아시고 계실 것입니다. 재상이 합종 동맹군의 사령관이 되어 진나라 군사와 싸우다가 패배한 이래로 임금의 총애는 재상에게서 떠나가고 있는 것이 아닙니까? 재상께서 재상 자리에서 물러나는 것은 이제 시간 문제라고 할 수 있습니다. 그래서 재상은 임금의 환심을 다시 얻을 요량으로 아들을 얻을 만한 여자를 전국 각지에서 바쳐온 것이 아닙니까? 이제 그것마저 실패하자 임금은 더욱 재상을 멀리하고 있는 실정입니다."

"음."

임금과 자기와의 관계를 정확하게 꿰뚫어보고 있는 이원의 말에 춘신군은 이렇다 할 반론을 제기할 수 없었다.

"그리고 보십시오, 임금은 몸이 원래 허약하여 언제 병을 얻어 죽을지 알 수 없습니다. 갑자기 임금이 죽어 태자가 없는 가운데 임금의 친척 중의 하나가 왕위를 이어받게 되면, 재상은 재상 자리에서 물러나는 정도가 아니라 아예 목숨이 위태로운 지경에 처하게 될 것입니다."

"목숨이 위태롭다니, 그게 무슨 말이오?"

"재상은 높은 지위에 있은 지 오래됩니다. 그렇게 권세를 오래 누리게 되면 알게 모르게 많은 정적들을 만들기 쉬운 법입니다. 특히 왕의 친척들 중에는 재상을 기회만 있으면 제거하려고 호시탐탐 노리고 있는 자들이 많습니다. 이런 형편인데, 임금의 아들이 아닌 다른 친척이 왕위를 이어받도록 내버려둘 수가 있겠습니까? 그런데 희미가 왕후가 되어 아들을 낳고 그 아들이 왕위를 이어받는다면, 결국 재상의 아들이 왕이 되는 셈이므로 재상의 권세와 영화는 무궁할 것입니다. 이렇게 좋은 길이 한편으로 열려 있는데 굳이 멸망을 그대로 기다리고 있어야 합니까? 재상의 흥망은 바로 저의 흥망입니다."

이원의 말을 듣고 보니 과연 그럴듯하였다. 희미를 임금에게 바치느냐 바치지 않느냐에 따라 춘신군과 그 가문의 운명이 좌우될 것이 확실하였다. 춘신군은 희미가 아깝기 그지없었지만 더 큰 이익을 위하여 희미를 왕에게 바치기로 결심하였다.

춘신군은 희미와 마지막 밤을 보내기 위하여 희미를 방으로 불러들였다. 임신을 해서 그런지 희미의 젖가슴은 이전보다 더욱 탐스럽게 부풀어올라 있었다. 희미도 이것이 춘신군과의 마지막 밤이라는 것을 눈치채고 소리 없이 눈물을 흘렸다. 왕후가 되는 것도 좋지만, 그동안 이 늙은이와도 정이 들었는데 막상 떠나가려 하니 마음이 착잡해지는 것이었다. 그리고 자신의 과거와 임신 사실을 숨기고 왕궁으로 들어가 왕후가 된다는 것은 목숨을 건 모험이기도 하였다.

"아니, 왜 우느냐?"

뒤늦게 희미의 얼굴에서 두 줄기 눈물을 발견하고 춘신군이 침통한 음성으로 물었다.

"아, 아니옵니다. 너무 행복하여 우옵니다."

"그래? 내가 너를 더욱 행복한 자리에 오르도록 해줄까?"

춘신군은 이 말을 시작으로 하여 희미에게 이원과 모의한 계획을 설명해주었다. 희미는 짐짓 몹시 놀라는 척하며 춘신군의 말에 귀를 기울였다.

"내일 새벽에 오빠를 따라 집을 나가 오빠가 마련해놓은 숙소에 거하도록 하여라. 앞으로 왕후가 될 몸이므로 각별히 조심하도록 하고, 이 비밀은 죽을 때까지 발설해서는 안 되느니라."

"네."

희미는 울먹이는 소리로 대답하고는 춘신군의 품에 쓰러졌다. 춘신군은 다시 희미를 애무하여 마지막으로 몸을 합하였다. 그러면서 희미가 처녀가 아니라는 사실은 왕에게 숨길 수가 없을 텐데 어떻게 하나 걱정이 되었다.

춘신군은 희미를 내보내기 전에 이원을 따로 불러 자신의 걱정을 털어놓았다.

"희미가 나의 첩이었다는 사실과 임신을 한 사실은 우리가 비밀을 지키면 누구에게도 알려지지 않을 것이지만, 희미가 처녀가 아니라는 사실은 왕에게 숨길 수가 없지 않겠소?"

"저도 그 점을 염려하여 계책을 짜놓았습니다."

이원이 자신 있게 대답하였다.

"거기에도 계책이 있단 말이오? 처녀인 것처럼 꾸밀 수 있는 계책이 있단 말이오?"

"그렇습니다. 여자의 몸을 잘 관찰하면 그런 계책도 마련할 수 있습니다."

"점점 궁금해지는데 빨리 말해보시오."

춘신군이 이원에게로 더욱 가까이 다가앉았다.

"여자는 달마다 며칠 동안 피를 흘립니다. 그것이 주기적으로 반복된다는 것은 재상께서도 잘 알고 계시겠지요?"

"월경 말인가?"

"그렇습니다. 그걸 잘 이용하면 처녀인 것처럼 꾸밀 수가 있습니다. 그러니까 월경 기간이 끝나는 날을 골라 혼인식을 올리고, 첫날밤을 보내도록 하면 감쪽같이 속일 수가 있습니다."

"월경 기간이 끝나는 날이면 피가 멎을 텐데 어떻게 처녀의 피로 가장할 수가 있겠소?"

"월경 기간이 끝났다고 하여 피가 완전히 멈추지는 않습니다. 피가 약간씩 흘러나오는데 교합이 있게 되면 더 많이 흘러나올 수도 있지요. 그러면 영락없이 처녀의 몸이 파열되면서 흘린 피로 보이지요. 왜 월경 기간이 시작되는 날 혼인식을 올리지 않고 끝나는 날 올려야 하는지 그 이유를 아시겠지요?"

그러나 한순간 춘신군의 표정이 굳어졌다.

"아니, 왜 그러십니까? 저의 계책이 마음에 들지 않습니까?"

"그대는 중요한 사실을 잊고 있소. 그대의 계책은 임신하지 않은 여자에게는 통할 수 있을지 몰라도 희미같이 임신한 여자에게는 통하지 않는 것이오. 임신한 여자가 월경을 한다는 말을 들은 적이 있소?"

"아참, 그렇군요. 희미는 월경을 할 수 없는 몸이군요. 그렇다면 다른 계책을 마련해보아야지요. 몇 가지 실험을 해보면 금방 어떤 계책이 나은지 알 수 있게 될 것입니다. 그 점은 아무 염려 마십시오. 가령 교합을 하기 직전에 피에 젖은 토끼 털 뭉치나 부드러운 베를 샅 깊숙이 집어넣어 둔다든지 하면 되니까요."

"하여튼 차질이 없도록 하시오. 그리고 이게 참으로 중요한데, 왕은 여러 여자들과 교합한 경험이 있기 때문에, 여자의 물건과 자신의 옥경(玉莖)이 합해지는 감촉으로 처녀인지 아닌지 알아차릴 수도 있단 말이오."

"여자의 구멍 말이지요? 허허, 그건 얼마든지 좁게 만들 수 있습니다."

이원은 춘신군이 무얼 염려하는지 얼른 감지하고 너털웃음까지 웃어가며 춘신군을 안심시켰다.

"허허, 그대는 희한한 비법도 다 알고 있구려."

춘신군은 정말 감탄하며 이원의 대답을 기다렸다.

"이건 조나라 어느 마을에서 오랫동안 내려오고 있는 비방(秘方)입니다. 이 비방을 알기 때문에 그 마을 여자들은 늙도록 남편들의 사랑을 받고 있지요."

"어서 말해보게나."

"네, 말씀드리지요. 쑥과 흰 국화, 그리고 석류 껍질을 말려서 잘 빻아 가루를 만듭니다. 그러고는 꿀을 섞어서 대추 크기만한 환약(丸藥)을 만듭니다. 그 다음, 그 환약 두 알을 고운 베에 싸서 해가 중천에 올 무렵 옥문(玉門) 깊숙이 집어넣습니다. 그러다가 해가 서산에 질 무렵 환약을 빼면 됩니다. 그렇게 하기를 계속하면 옥문이 좁아져 처녀의 그것같이 되는 것입니다. 희미는 아직 젊고 아기를 낳아보지 않았으므로 조금만 비방을 쓰면 처녀의 옥문처럼 될 것입니다."

"그런 비방이 있다니 다행이오. 이제 그대의 여동생을 데리고 나가 왕후가 되기까지 잘 간수해주시오."

희미는 오빠인 이원의 인도로 춘신군의 집을 빠져나가 서문 근처 어느 집에서 머물게 되었다. 이원은 희미에게 여러 가지 비방을 알려주고 그 비방대로 자신의 몸을 잘 관리하도록 당부하였다.

춘신군은 고열왕에게로 나아가 시치미를 떼고 희미를 추천해 올렸다. 고열왕은 이번에도 효과가 없는 것이 아닌가 하고 처음에는 별로 탐탁하게 여기지 않았으나, 춘신군이 희미를 거듭 칭찬해 마지않자 슬슬 호기심이 동하기 시작했다.

"그동안 재상이 나에게 추천해준 여러 여자들과 관계를 맺어보았으나 아이를 가지는 데 성공한 경우는 한 번도 없었소. 그래서 더 이상 재상이 추천하는 여자는 받아들이지 않기로 마음먹었지만, 그토록 간곡하게 권하니 그 정성을 보아서라도 이번만은 재상의 추천을 가납하겠소. 하지만 이번에도 실패하면 다시는 재상의 추천을 받아들이지 않겠소."

"황공하옵니다. 이번에도 실패하면 제 스스로 재상 자리에서 물러나 임금님의 심기를 편케 해드리겠습니다."

드디어 고열왕은 희미를 후궁으로 맞아들였다. 일단 후궁으로 맞아들였다가 아들을 낳게 되면 왕후로 세울 작정이었다. 과연 재상이 추천한 대로 희미는 빼어난 용모와 몸매를 지니고 있었다. 고열왕이 희미의 몸을 애무하며 더듬어나가자 희미는 숫처녀인 것처럼 어깨에 경련을 일으키며 부끄러워하였다. 고열왕은 그 모습이 더욱 마음에 들었다. 고열왕이 희미와 몸을 합하는 순간 "아악" 희미는 비명을 질렀고, 그녀의 샅에서는 붉은 피가 흘러나왔다.

얼마 후, 희미가 임신의 기미를 보이자 고열왕은 기쁨을 감추지 못하였다. 궁중의 약관(藥官)들을 시켜 임산부에 좋다는 약들은 다 지어 먹이도록 하였다. 무엇보다 잉태된 아이가 아들로 변할 수 있도록 하는 약재를 지어 오도록 하여 고열왕 자신이 손수 희미에게 약물을 떠먹이기도 하였다.

마침내 희미가 해산을 하였는데 경사스럽게도 아들이었다. 이제 고열왕의 근심은 눈 녹듯이 사라지고 말았다. 희미는 말할 것도 없이 왕후로 책봉되었다. 그리고 희미의 오라비인 이원도 왕의 총애를 덧입어 권력의 핵심부로 들어오게 되었다.

그런데 이원은 춘신군만 생각하면 불안하여 견딜 수 없었다. 춘신군이 희미와 그 아들 태자의 비밀을 폭로하면서 이 모든 일을 이원이 도모한 것으로 누명을 씌우면, 희미와 이원의 부귀영화는 하루아침에 물거품처럼 사라지고 말 것이었다. 물론 춘신군도 관여되어 있어 그 비밀을 섣불리 폭로할 리는 없다고 생각하면서도, 문득문득 춘신군으로 인한 불안이 밀려오는 것을 어찌하지 못했다. 또한 권력을 행사하는 데 있어서도 춘신군은 이원에게 큰 장애물이 아닐 수 없었다.

이원은 아무래도 춘신군을 암살해버리는 것이 후환을 없애는 길이라는 결론을 내리고, 협사(俠士)들을 몰래 기르기 시작했다. 말하자면 자기 한 몸 내던지기를 두려워하지 않는 암살자들을 키워 기회만 엿보고 있었다. 그러나 춘신군도 자기 경호에 신경을 많이 썼으므로 좀체 암살의 기회가 오지 않았다.

임금은 배요 백성은 물이니
- 순자와의 대화 1

그럴 무렵, 조나라에서 순자(荀子)라는 현인이 초나라로 건너와 춘신군과 교제하게 되었다.

순자는 이름이 황(況)으로서 원래 조나라 태생인데, 제나라나 진나라 등지로 다니며 유세하였으나 제대로 등용되지 못한 가운데 춘신군의 명망을 듣고 초나라로 건너온 것이었다. 순자는 춘신군을 보자 시를 한 수 지어 읊었다.

세상이 어리석어(世之愚)
큰 학자를 미워하고(惡大儒)
배척하여 사귀지 않으니(逆斥不通)
공자도 핍박을 당했네(孔子拘)

순자는 잠시 말을 끊었다가 춘신군을 한 번 쳐다보고는 다시 시구를 이었다.

전금은 세 번 쫓기고(展禽三絀)
춘신군의 말은 무시되어(春申君絀)
초나라 국운도 기울었네(基畢輪)

춘신군은 순자의 시구를 듣고는 깜짝 놀랐다.
"아니, 나의 말이 무시되고 있다는 것을 어떻게 아시오?"
"허허, 재상의 얼굴에 그렇게 씌어 있소. 재상은 형식적으로만 재상일 뿐, 재상의 간언은 왕에게 미치지 못하고 있소. 지금 초나라는 왕후의 오라비가 실권을 장악하고 있지 않소?"
순자는 초나라에 온 지 얼마 되지 않지만 초나라 정국을 꿰뚫어보고 있었다. 이런 순자의 통찰력 앞에 춘신군은 자연히 머리를 숙일 수밖에 없었다. 무엇보다 그동안 재상 일을 보면서 깊은 학문의 세계와는 소원해진 감이 많이 있었는데, 순자를 통하여 학문에 대한 욕구를 새롭게 할 수 있었다.
순자는 춘신군에게 몇 가지 질문을 해보고는 대뜸 책망부터 했다.
"왜 요즈음 학문을 중단하고 있습니까? 학문이란 결코 중단해서는 안 되는 것입니다."
춘신군은 속으로 뜨끔함을 느끼면서도 한편으로 순자에게 반발하고픈 마음도 없잖아 있었다.
"학문을 계속해보았자 이미 성현들이 쌓아놓은 것에 미치지 못할 텐데, 적당하게 하고 그만두는 게 오히려 현명하지 않습니까?"
"남빛은 쪽풀에서 짜냈지만 쪽보다 푸르고, 얼음은 물로부터 생겨났지만 물보다 차갑습니다. 이와 같이 성현들로부터 학문을 계속해서 배우다 보면 성현들의 학문을 능가할 수도 있는 것입니다."
흔히 제자가 스승보다 나은 경우를 일컫는 청출어람(靑出於藍)이라는 고사성어는 바로 순자가 한 말에서 나온 것이었다. 그런데 춘신군은 여기에 대해서도 의문을 나타냈다.

"선생의 말대로 하면 쪽이 푸를수록 더욱 푸른 남빛이 나와야 하는 법인데, 그렇지 않은 경우가 더 많은 것 같습니다. 공자(孔子)의 제자들 중에는 안연(顔淵)과 같은 훌륭한 제자들이 많이 있었지만, 모두 공자보다는 뛰어나지 못하지 않습니까?"

"물론 공자의 제자들의 경우는 그렇지가 못했지요. 하지만 모름지기 학문을 할 때는 스승보다 더 깊은 단계로 나아가고자 하는 목표를 가지고 꾸준히 매진해야 하는 법이지요. 말하자면 학문의 길에는 끝이 없다는 말입니다."

"그럼 학문에 정진하는 선비로서 갖추어야 할 기본 자세는 어떠해야 하겠습니까?"

춘신군은 다시 이전의 선비다운 생활 자세로 돌아가기 위해 제법 진지하게 물었다.

"폭넓게 배우면서 날마다 세 번씩 자신을 돌아보아 반성하는 시간을 가져야 합니다. 그러면 명철한 지혜를 소유할 수 있으며, 행위에는 허물이 없게 될 것입니다. 높은 산에 올라보아야 하늘이 얼마나 높은지를 알고, 깊은 골짜기를 내려다보아야 땅이 얼마나 두꺼운지를 알게 되듯이 학문에 있어서도 높고 깊은 경지로 나아가야 비로소 사물을 이해하는 눈이 열리게 되는 것입니다."

널리 배우고 하루에 세 번 반성하라, 춘신군은 속으로 그 말을 되뇌어 보며 결심을 새롭게 하였다. 그런데 순자는 종종 비유를 들어 질문을 던짐으로써 자신이 말하고자 하는 바를 춘신군에게 전하곤 하였다.

"남방에 몽구(蒙鳩)라는 새가 있습니다. 그 새가 떨어진 날개 깃들을 모아 둥지를 만들고, 긴 털들을 가지고 둥지를 친친 얽어서 갈대에 튼튼하게 매달아두었습니다. 그런데 하루는 먹이를 구하러 멀리 날아갔다가 오니, 둥지가 땅바닥에 떨어져 있고 새끼들은 머리가 깨져 죽어 있었으며 알들은 산산이 부서져 있었습니다. 이렇게 된 이유가 무엇이겠습니까?"

이런 유의 질문은 조금만 생각하면 쉽게 답할 수 있는 것들이었다.

"아마 갈대가 꺾어졌겠지요."

"그렇습니다. 둥지를 튼튼히 짓지 못했기 때문이 아니라 둥지 맬 데를 잘못 골랐기 때문입니다. 이와 같이 선비 역시 실컷 학문을 잘 쌓았다가도 그 학문을 진정 써야 할 곳에 쓰지 않고 엉뚱한 곳에 써버리면, 학문의 성과는 하루아침에 무너지고 마는 것입니다. 그러므로 선비는 사는 곳을 잘 택하여 살아야 하며, 함께 노는 사람도 잘 택하여 어진 선비를 취해야 합니다."

여기서 춘신군은 이원이라는 작자의 음모에 공범자로서 함께 휘말려 들어간 자신을 후회하기도 하였지만 이미 때는 늦었다. 지금이라도 이원이라는 작자를 멀리하고 순자와 같은 어진 선비들을 가까이하는 것이 자신을 조금이나마 바로 세우는 길인 셈이었다.

하루는 순자가 오줌 냄새가 진동하는 이상한 풀뿌리를 들고 왔다. 춘신군이 코를 막으며 뒤로 물러났다.

"아니, 손에 들고 있는 물건이 무엇이오? 이렇게 지린내가 진동하다니."

"자세히 보시오. 이것은 향로로 쓰이는 난괴(蘭槐)라는 약초의 뿌리요."

순자가 빙긋이 웃으며 그 뿌리를 춘신군 가까이 디밀었다.

"아이쿠, 냄새야! 어떻게 지린내가 물씬 풍기는 식물의 뿌리로 향료를 만든다는 것이오?"

춘신군이 고개를 젖히며 의아해했다.

"이 난괴의 뿌리는 원래 향기로운 냄새를 풍기는 것이었소. 그런데 오줌에 푹 적셔져 있었기 때문에 이런 냄새가 나는 것이오. 지금 당신이 이 난괴의 뿌리를 멀리하는 것은 그 본질이 향기롭지 못해서가 아니라 거기에 묻은 것이 더럽기 때문이오."

순자는 이런 견본을 통하여 환경과 교육의 중요성을 새삼 강조하고 있는 것이었다. 여기서 보면 순자도 인간의 본성을 맹자처럼 선(善)한 것으로 보고, 그 환경의 오염으로 인하여 인간의 성품이 악해지는 것으로 이해하고 있는 듯이 여겨진다. 그러면 순자가 평소에 주장해온 성악설(性惡說)과 모순된다고 할 수 있다.

"방금 하신 말씀은 선생이 전에 하신 말씀과 어긋나는 것이 아닙니까?"

"어떤 말 말이오?"

순자는 짐짓 시치미를 떼고 춘신군에게 반문하였다.

"전에 말씀하기를, 인간의 본성이란 원래 악한 것으로 선이라고 하는 것은 모두 인위적인 것에 불과하다고 하지 않았습니까? 그리고 사람은 나면서부터 자기 욕심을 차리며, 남을 미워하고 시기하며 색정적인 것을 추구한다고 하지 않았습니까? 그러므로 태어난 대로 내버려 두면 서로 싸우고 속이고 무절제로 치달아, 결국 사회 질서가 파괴되어버린다고 하지 않았습니까?"

"물론 그렇게 말했지요. 타고난 성품대로 내버려두면 세상은 혼란에 빠질 것이므로, 반드시 스승의 교육이 필요하고 예의 법도가 필요한 법이지요. 세상에 교육이 있고, 예의 법도가 있다는 것 자체가 인간의 성품이 원래 악하다는 것을 증명하고 있는 셈이지요. 맹자의 말처럼 인간의 성품이 원래 선한 것이라면 그런 것이 있을 필요가 없는 것이지요.

인간은 원래 악하지만, 교육을 통하여 학문을 익히고 예의 법도를 지키면 악한 성품이 교정될 수가 있는 법이지요. 이렇게 후천적으로 선한 행실을 한다고 하여 원래 성품이 선했다고는 할 수 없지요. 여기 내가 들고 온 난괴의 뿌리는 바로 후천적으로 교정되고 연마된 선한 부분을 의미하는 것이지요. 그런데 그 선한 부분이 세상의 더러운 환경에 오염된 것을 나타내기 위해 난괴의 뿌리를 오줌에 적셨던 것이지요. 그러므로 내가 여기서 맹자처럼 성선설(性善說)을 말하고 있는 것은 아니지요. 맹자가 난괴의 뿌리를 오줌에 적셔 가지고 왔다면 바로 성선설을 주장하기 위해 그러한 것으로 이해할 수도 있겠지만, 나의 경우는 다르지요. 아시겠습니까?"

순자의 말을 듣고 보니 궤변 같기도 하였지만, 자기 논리를 세우고 있는 말이기도 하여 춘신군은 일단 수긍하기로 하였다.

춘신군은 순자와 개인적으로 만나기도 하였고, 순자의 제자들과 함께 어울려 순자의 강론을 듣기도 하였다. 한번은 순자가 제자들이 모여 있는 곳에 꼬리가 긴 쥐 한 마리를 잡아 가지고 들어와서 물었다.

"자네들은 이 쥐의 이름을 아는가?"

"그 쥐는 석서라고도 하고, 오서라고도 하는 쥐의 종류입니다."

제자 중의 하나가 대답했다.

"그렇다. 이 석서라는 쥐는 날고 기고 뛰고 숨고 달아나는 다섯 가지 재주가 있다고 하여 오기서(五技鼠)라고도 한다. 하지만 다섯 가지 재주를 가지고 있으나 그 재주들이 다 고만고만하여 한 재주도 제대로 써먹을 수가 없다. 이 쥐는 나는 재주가 있어도 지붕에는 오르지 못하고, 기는 재주가 있어도 나무에는 오르지 못한다. 또한 뛰는 재주가 있어도 물은 건너지 못하고, 숨는 재주가 있어도 자기 몸을 다 가리지는 못한다. 달아나는 재주가 있어도 사람을 앞지르지는 못해 이렇게 나에게까지 잡히는 신세가 되었다. 이 쥐의 문제점은 무엇이겠느냐?"

제자들은 잠시 스승 순자의 질문을 곰곰이 생각하였다.

"그것은 한 가지 재주만이라도 잘 키우지 못한 점입니다. 여러 재주들을 다 키우려다가 한 가지도 통달한 지경에 이르지 못한 것입니다."

"바로 그렇다. 눈은 두 가지를 동시에 보지 않아야 밝은 법이고, 귀 역시 두 가지를 동시에 듣지 않아야 밝은 법이다. 두 갈래 길에서 헤매는 자는 아무 데도 갈 수 없을 것이며, 두 임금을 섬기려는 자는 누구에게도 용납되지 않을 것이다. 그러므로 군자는 모름지기 한 가지 길로만 매진할 것이니라."

"그런데 군자가 한 가지 학문의 길로만 매진하여도 세상이 알아주지 않으면 어떻게 됩니까?"

세상의 인정에 관심이 많은 제자들로서는 당연한 질문이었다.

"그것은 염려할 필요가 없다. 옛날에 호파(瓠巴)라는 자가 비파를 타면 얼마나 연주를 잘했던지 물 속에서 놀던 고기들조차도 귀를 기울여 들었고, 백아(伯牙)라는 자가 거문고를 뜯으면 천자가 타던 말도 먹이를 입에 문 채 고개를 들고 그 거문고 소리를 듣고 있었다. 그들의 연주 소리는 아무리 작아도 안 들리는 법이 없었는데, 그와 같이 군자가 아무리 은밀하게 말하고 행동해도 드러나지 않는 법이 없다. 옥이 산에 묻혀 있으면 초목에서도 윤기가 나고, 진주가 깊은 물에 잠겨 있으면 그 옆 벼랑도 마르지 않거늘, 하물며 사악한 것을 멀리하고 착한 덕을 쌓는데 왜 소문이 나지 않겠느냐? 은밀하고 어두운 구석에서 뜻을 세워 힘을 쓴 자치고 밝은 명예를 얻지 않은 자가 없고, 깊은 곳에서 각고의 노력을 기울인 자치고 빛나는 성공을 거두지 않은 자가 없다."

진실한 노력에는 반드시 좋은 결과가 있을 것이라는 순자의 말에 제자들은 한결 밝은 표정들이 되었다.

"그런데 스승님, 학문은 어디서 시작하여 어디서 끝나는 것입니까?"

"《시경》을 읽는 것에서 시작하여 《예기》를 읽는 것에서 끝난다. 그리고 그 사이에 《서경(書經)》과 《춘추(春秋)》, 《악기(樂記)》 들을 읽어야 한다."

"왜 하필 《시경》을 읽는 것에서 시작하여 《예기》에 이르러 마치게 됩니까?"

"《시경》은 정서의 표현이요, 《예기》는 법과 관습의 근원으로 도덕의 극치이다. 이렇게 정서에서 시작하여 도덕으로 마치는 것이 합당하지 아니하냐?"

제자들은 과연 그렇다고 고개를 끄덕였다. 개인의 정서를 계발한 뒤에 사회화의 과정을 밟아 도덕의 극치에 이르는 것이 학문의 순서로 합당하다 할 수 있었다. 사회 도덕 없이 개인 정서의 차원에만 머물러 있는 것도 문제이고, 개인 정서 없이 사회 도덕만 강조되는 것도 문제이다. 개인 정서와 사회 도덕이라는 이 양극 사이에 학문의 길이 놓여 있는 것이다.

"우리가 배워야 할 각 책들의 특징에 대해 말씀해주십시오."

제자 한 사람이 여러 책들에 관한 개략적인 설명을 구하였다.

"《예기》는 경건하고, 《악기》는 우아하며, 《시경》과 《서경》은 광대하고, 《춘추》는 미묘하다. 그리고 《예기》와 《악기》는 원칙적인 규정만 있고 자세한 설명은 없으며, 《시경》과 《서경》은 옛일에 관한 것이라 현실에 있어서는 절실하지 않고, 《춘추》는 워낙 간략하여 빨리 이해가 되지 않는다. 그러므로 사사로이 해석할 수 없고, 훌륭한 스승을 좇아 배워야 하는 법이다."

"훌륭한 스승을 만나지 못할 때는 어떻게 해야 합니까?"

"차선책으로 자기 스스로 연구하며 공부해야 하는데 편벽에 치우치지 않도록 조심하며, 무엇보다 예(禮)를 숭상하는 것을 잊어서는 안 된다. 예를 숭상하지 않으면 아무리 공부해도 잡학(雜學)에 빠질 뿐이다. 예법을 따르지 않고 시서(詩書)만 공부하면, 그것은 손가락으로 바닷물을 재고 창끝으로 곡식을 찧고 송곳으로 병에 든 음식을 먹으려는 것과도 같아 아무것도 얻을 수가 없는 법이다."

"예가 그렇게 중요합니까?"

"그렇다. 예를 숭상하면 비록 지식이 밝지 못해도 어진 선비라 여김을 받겠지만, 예를 숭상하지 아니하면 아무리 아는 것이 많고 말을 잘해도 산유(散儒), 즉 허튼 선비에 불과하느니라."

이 말에 제자들은 속으로 뜨끔하였다. 예를 배우기보다 반짝이는 지식들을 속히 배워 다른 사람들에게 똑똑하다는 소리를 듣고 싶은 제자들이었는데, 결국 자기들은 산유가 되고 싶어한 셈이 되었다.

"허튼 선비를 대할 때는 어떻게 해야 합니까?"

제자들은 자기들 주위에서 기가 질릴 정도로 말을 잘하는 선비들을 자주 대하게 되므로 이렇게 물은 것이었다.

"허튼 질문에는 대답하지 말고, 허튼 대답을 하는 자에게는 묻지 말며, 허튼 말을 늘어놓는 자의 말은 듣지도 마라. 따지려고만 드는 사람과는 변론할 필요가 없고, 도리를 알고 오는 사람하고만 상대할 것이니라. 상대할 필요가 없는 사람과 더불어 말하는 것을 가리켜 오(傲), 즉 실없다 하고, 더불어 말할 만한 사람인데도 말하지 않는 것을 가리켜 은(隱), 즉 인색하다 하고, 남의 안색을 살피지 않고 떠들기만 하는 것을 가리켜 고, 즉 소경 같다 하느니라."

사람을 잘 가려가며 학문을 논하라는 순자의 말은 춘신군에게도 귀한 교훈이 되었다. 춘신군은 무조건 많은 식객들을 모으고 싶은 욕심 때문에 사람들을 제대로 가리지 않은 탓에 이원 같은 자도 받아들여 엄청난 음모에 휘말려 들어간 것이었다. 춘신군은 이원이 음모의 비밀을 영원히 지키기 위하여 자기를 암살하려고 기회를 엿보고 있다는 것을 잘 알고 있었다. 어쩌면 여기 순자의 제자들 중에서도 이원에게 포섭되어 춘신군을 노리고 있는 자가 있을지 몰랐다. 춘신군은 슬그머니 주변을 둘러보았다. 그러나 하나같이 순자로부터 배우고자 하는 열망으로 눈망울들이 빛나고 있을 뿐이었다.

"스승님, 요즈음 학자들은 옛날 같지가 않다는 말들이 많은데 스승님의 생각은 어떠합니까?"

한 제자의 질문에 전체 분위기가 사뭇 엄숙해졌다.

"나도 이 시대의 학자에 속하지만, 요즈음 학자들이라고 하는 자들을 보면 한심하기 짝이 없다. 옛날 학자들은 자기 스스로 수양하기 위하여 학문을 하였는데, 요즈음 학자들은 금방금방 써먹기에 급급하다. 군자의 학문은 귀로 들어와서 마음에 새겨지고 온몸으로 퍼져 행동으로 나타나느니라. 그러나 소인배의 학문은 귀로 들어오자마자 입으로 토해내니, 귀와 입의 사이가 불과 네 치에 불과하느니라."

춘신군과 순자는 함께 수레를 타고 초나라 지경의 명승지들을 유람하며 경치를 구경하면서 세상 돌아가는 이치와 학문에 대하여 이야기를 나누곤 하였다. 멀리 동해가 바라다보이는 회계산(會稽山)으로도 놀러 가고, 저 남쪽의 창오산(蒼梧山), 무당들이 주로 살고 있는 무산(巫山)으로도 놀러 가고, 동정호·심양호 같은 호수들도 구경하였다. 장강(長江)을 따라 펼쳐진 풍광은 저절로 감탄을 자아냈다.

그런데 하루는 북쪽 국경 지역에 있는 초방성(楚方城)을 둘러보려고 가는 길에 그 근방 완읍(宛邑)에 와서 말들이 피곤하여 주저앉아버렸다. 목적지에 거의 다 와서 주저앉아버리니 답답한 일이 아닐 수 없었다. 할 수 없이 말들을 바꾸어야만 했는데, 말들을 바꾸는 동안 춘신군과 순자는 근처의 주막으로 들어가 잠시 쉬었다.

그때, 순자가 춘신군에게 말했다.

"보십시오. 목적지 근방까지 다 와놓고도 거기에 이르지 못하고 주저앉는 말은 아무리 천리를 달려왔어도 좋은 말이라고 할 수 없지요. 백발백중을 목표로 쏘았는데 단 한 번 실수하여 빗나가면, 그 또한 좋은 궁수(弓手)라고 할 수 없지요. 그와 같이 아무리 많이 배웠어도 그 배운바 지식들이 생활과 일치되지 않으면 좋은 학자라고 할 수 없지요. 학문을 하면서도 어떤 때는 선했다가 어떤 때는 악했다가 들락날락거리면, 그는 무식한 범인과 다를 바 없지요. 그리고 선한 것은 적고 악한 것은 많으면 그는 걸(桀)·주(紂)나 도척 같은 놈들이지요. 모름지기 전심전력을 한 연후에야 학자라 불릴 만하지요."

"저도 전심전력하지 않는 것은 아름답지 못하다는 것을 잘 압니다. 그래서 수없이 읽어서 깨달으려고 노력하고, 오래 숙고하여 통달하려고 하지요. 하지만 이것이 얼마나 극기를 요하는 것입니까? 힘들기 그지없습니다."

춘신군은 문득 학문의 길만 생각하면 좋은 경치를 구경하다가도 긴장되었다.

"물론 대단히 어려운 일입니다. 학문의 길을 가기 위해서는 눈으로 하여금 유혹이 되는 것을 보지 못하도록 해야 하며, 귀로 하여금 그런 것을 듣지 못하도록 해야 하며, 입으로 말하지 못하게 해야 하며, 마음으로 생각하지 못하도록 해야 합니다."

"그렇다면 인생의 기쁨이란 어디에 있습니까? 학문의 길을 가기 위해서는 그런 것들을 다 포기해야만 합니까?"

춘신군은 거의 한숨을 쉬었다.

"참된 인생의 기쁨이란 바로 학문에 있습니다. 학문의 기쁨이 최고조에 달하면 눈은 오색 찬란한 빛을 보는 것 같고, 귀는 멋들어진 음악을 듣는 것 같고, 입은 산해진미를 맛보는 것 같고, 마음은 천하를 소유한 것 같을 것입니다. 이 기쁨을 안다면 덕조(德操)를 능히 지킬 수 있습니다."

"덕조라니오?"

춘신군은 처음 듣는 말이라 순자에게 설명을 구하였다.

"권력과 이권에 마음이 쏠리지 않으며, 다수의 의견에도 굴복하지 않고, 천하가 달려든다 하여도 변심하지 않으며, 살아도 학문에 살고 죽어도 학문에 죽는 이런 자세를 가리켜 덕조라고 하는 것입니다. 이렇게 덕조가 있은 연후에야 사람이 안정감이 있게 되고, 안정감이 있어야 비로소 만사에 대응할 능력이 있게 되는 것입니다. 사람이 이쯤 되어야 성인(成人)이라 할 수 있겠지요."

순자의 말을 듣고 있으니 춘신군은 자신도 모르게 얼굴이 뜨뜻해졌다. 자신은 임금의 총애를 입기 위하여 임신한 여자를, 그것도 자기 아들을 임신한 여자를 처녀라고 속여 임금에게 바치기까지 한 소인이 아닌가.

춘신군은 깊은 생각 끝에 순자 같은 현인을 초나라 조정에 등용시키는 것이 나라의 안정에 도움이 될 것이라 여기고 임금에게 순자를 추천해 올렸다. 고열왕은 희미를 바침으로써 태자를 낳는 데 결정적인 역할을 한 춘신군의 말을 기꺼이 받아들여 순자를 등용하고, 그에게 백 리의 난릉(蘭陵) 땅을 봉지로 하사하였다.

그러자 이원은 몹시 불안해지기 시작했다. 춘신군을 제거하려고 하는 판에 순자까지 등용되다니. 춘신군이 순자와 공모하여 이원 자신을 먼저 제거할 것만 같았다. 아무래도 춘신군뿐만 아니라 순자까지도 암살하는 편이 나을 듯싶었다.

초나라에서 드디어 난릉령(蘭陵令)이라는 안정된 벼슬을 얻은 순자는, 춘신군의 영향력을 배후에 업고 자신의 철학을 정치에 반영하려 애를 썼다. 순자는 수시로 춘신군과 회합을 가지며 우선 춘신군에게 먼저 자신의 정치 철학을 풀어놓았다.

"지금 초나라를 보니 남만(南蠻)의 풍속에 물들어 예의 범절이 무너지고 있습니다. 예는 나라의 기둥인 셈인데, 나라의 기둥이 무너지다니 위태롭기 그지없습니다. 어떻게 해서든지 속히 예의 범절을 바로 세워야 합니다."

"나도 그 점을 염려하고 있던 참입니다. 어떻게 하면 예를 세울 수 있겠소? 무슨 방안이라도 있으면 말해보시오."

춘신군은 정말 근심스러운 표정으로 순자를 바라보았다.

"그건 분명합니다. 시냇물이 위가 맑아야 아래도 맑은 법입니다. 이 나라에 예가 무너진 것은 위에 있는 왕공 사대부들에게 그 책임이 있습니다. 그러므로 신분 제도보다도 예를 앞세우는 정책이 필요합니다."

"신분 제도보다 예를 앞세운다면?"

춘신군이 약간 두려운 기색을 띠며 반문하였다.

"비록 왕공 사대부의 자손일지라도 예에 순응하지 않으면 가차없이 서민으로 편입시켜버리는 것입니다. 그리고 아무리 서민의 자손일지라도 학문을 쌓고 그 행실을 바르게 가져 예에 순응하면 과감히 경상 사대부에 등용하는 것입니다."

가히 혁명적인 구상이라 할 수 있었다. 춘신군은 주위에서 누가 들은 사람이 없나 하고 살펴보며 낮은 목소리로 대답하였다.

"서민 출신 중에서 두각을 나타내어 등용되는 경우는 간혹 있을 수지만, 왕공 사대부의 자손이 서민으로 편입되는 경우는 찾아보기 힘듭니다."

"재상도 아직 전통적인 신분 제도에 매어 있군요. 초나라는 고루한 신분 의식을 속히 탈피하지 않으면 나라가 쇄신되기는 틀렸습니다. 기득권을 가진 계층이 정신을 차리지 않고 나라를 어지럽히고 있는데, 그들의 기득권을 언제까지 보호해준단 말입니까? 신분 제도에 일대 개혁이 일어나도록 하는 것이 급선무입니다. 아무 이유 없이 사대부 계층을 타도하자는 것이 아니라, 예를 무시하고 백성들에게 악영향을 끼치는 사대부들을 과감히 잘라내버리자는 것입니다. 비록 왕의 일가 친척이라 하더라도 말입니다. 이러할 때 백성들 가운데 새로운 기운이 감돌아 나라가 쇄신될 수 있을 것입니다. 왕이나 재상이 왕족들이나 사대부들의 눈치나 보고 그들의 비위를 맞추기 위하여 정치를 해나간다면 이 나라에는 아무 희망이 없습니다."

춘신군은 순자가 너무 앞서가지 않나 염려가 되기도 했지만, 사실 초나라의 문제를 정확히 꿰뚫어보고 지적한 것이었다. 이미 진나라에서는 신분 제도의 개혁들이 이루어져 경상 사대부 계층들이 정신을 차리고, 서민들도 신분 상승에 대한 기대를 가지고 활기차게 살아가는 것 같은데, 초나라는 아직도 특권 계층들의 횡포가 심하여 일반 백성들의 사기를 꺾어놓고 있는 셈이었다.

"선생의 뜻은 충분히 알았으니 내가 임금에게 상소해 올리다. 선생의 말대로 한다면 내가 제일 먼저 서민으로 편입될지도 모르겠소. 허허허."

"내 한 몸 던지는 각오 없이는 어떤 개혁도 이룩할 수 없지요. 그리고 초나라의 문제는 백성들이 항심(恒心)이 없는 것이 문제요."

순자가 심각한 표정으로 말하고 있었다.

"항심이라면 맹자가 이야기한 그 항심 말이오? 항산(恒産)이 있어야 항심이 있는 법이라고 설파한 적이 있지 않소?"

"그렇지요. 항산이 있으려면 일정한 직업이 있어야 하는데, 직업 훈련이 시급히 요구된다고 할 수 있소."

"그 대상자들은 어떤 자들로 하면 될까요?"

"우선 헛된 학문에 속아 간사한 말이나 하고 간사한 재주를 피우면서 일은 하나도 하지 않고 정처 없이 떠돌아다니기만 하는 유랑자들을 모아 직업 훈련을 시키는 것입니다. 상으로 권면하고 형벌로 경계하여 안정된 직업을 가지고 살아가게 하면서 그 시책에 잘 따르면 백성으로서 받아주고, 계속 일할 생각은 하지 않고 헛된 변론이나 늘어놓으면 그때는 멀리 추방해버리는 것입니다."

"헛된 학문이라면?"

"맹자도 이야기한 그런 헛된 학문들 말이오. 예를 우습게 여기는 장자, 양자의 무리들이나 묵가들 말이오. 그리고 요즈음은 송자(宋子)를 중심으로 한 송학파들이 평화주의자입네 하면서 빈 소리를 하고 돌아다닌단 말이오."

"송학파의 이론들이 어떠합니까?"

"말하자면 이런 것이지요. 남이 나를 업신여겨도 그것이 욕될 것이 없다는 것을 밝히면 사람들로 하여금 싸움을 하지 않게 할 수 있다, 하는 따위지요. 결국 남이 나를 업신여겨도 욕되게 여기지 말라는 것인데, 그건 말도 되지 않는 소리이지요. 진정 내가 잘못하여 다른 사람들이 나를 업신여긴다면, 나는 그것을 욕되게 여겨서 마음에 분통함을 가지고 스스로를 향상시켜야 하는 것 아닙니까? 나에게 잘못이 없는데도 남이 나를 업신여기면, 그것은 더욱 욕되게 여겨 그런 자들과 변론하여 싸우는 것이 마땅하지요. 또한 욕(辱)에는 자기 내부로부터 오는 의욕(義辱)과 외부로부터 오는 세욕(勢辱)이 있는데, 송자는 그런 구분들도 하지 않고 무조건 어떤 업신여김도 욕되게 여기지 말라 하니 이것은 헛된 이론일 뿐입니다. 그리고 싸움의 원인이 욕되게 여기느냐 욕되게 여기지 않느냐에 있는 것처럼 말하는 것도 인간의 성정을 잘 모르고 하는 소리입니다. 아무튼 그런 자들은 나라에 아무 쓸모없는 자들이니 일정한 기간 동안 돌이킬 기회를 주었다가, 그래도 영 말을 듣지 않으면 나라에서 책임질 필요가 없다는 것입니다. 초나라에서는 당신 같은 사람들이 필요 없으니 다른 나라에나 가보라고 추방을 시켜버리는 것이지요. 사실 초나라 태생들이 그런 짓을 하고 다니는 경우보다도 다른 나라에서 이상한 학문을 해가지고 돌아온 떠돌이들이 그러고 다니는 경우가 많으니 도로 내쫓는 셈이지요."

"또 어떤 자들에게 직업 훈련이 필요합니까?"

"불구자나 폐질자(廢疾者)들도 한데 수용해다가 그 재능에 따라 직업을 가지도록 훈련을 시켜야지요. 직업을 가지고 일을 할 수 없을 정도로 망가진 사람들은 나라에서 책임을 지고 관비로 먹이고 입혀줘야지요. 나라의 법을 따르는 모든 백성들을 책임질 의무가 있는 것이지요. 그리고 시국에 거스르는 생각들을 가지고 과격하게 행동하는 자들은 가차없이 처단해야 합니다."

"거기에는 나도 동감입니다. 그런데 한 가지 묻겠습니다. 신분 제도를 개혁하고, 모든 백성들에 대한 복지 정책을 실시하겠다는 것은 계급 간의 차별을 없애자는 것입니까?"

춘신군이 순자의 속뜻을 알려는 듯 찬찬히 바라보며 물었다.

"그런 것은 아닙니다. 신분이나 계급이 균일하면 다스려지지가 않고, 재능들이 같으면 조화를 이루지 못하고, 대중에 차별이 없으면 부릴 수가 없습니다. 하늘이 있고 땅이 있듯이 위아래의 차등이 있어야만 합니다. 무릇 귀한 이가 둘이면 서로 섬길 수 없고, 천한 이가 둘이면 서로 부릴 수가 없는 것은 자연의 정한 이치가 아닙니까? 세력과 지위가 같고 좋아하고 싫어하는 것이 같으면 그 요구하는 대상물이 같아져서 그것이 넉넉하지 아니하므로 서로 싸울 것이요, 서로 싸우면 혼란에 빠지고 말 것이며 혼란해지면 끝내 망하고 말 것입니다. 《서경》에 이르기를, '모두 일제히 균등한 것은 사실 균등한 것이 아니다'라고 하였습니다."

말하자면 백성들이 각자 제 분수를 알아 알맞은 자리에 위치해야만 전체적으로 통일을 이루며 나라의 발전을 꾀할 수 있다는 뜻이었다.

"그럼 임금과 백성의 관계에 대하여 말씀해주십시오."

춘신군은 순자의 강론에 서서히 빠져들어가는 기분이었다.

"임금은 배요 백성은 물이니, 물은 배를 띄우기도 하고 엎기도 합니다."

통치자와 백성들의 관계에 관한 이 유명한 말은 순자가 강조한 글귀이다.

"좀 더 설명해주십시오."

"수레를 끌고 가던 말이 놀라면 수레에 탄 사람은 편안할 수가 없습니다. 그와 같이 백성들이 정치에 놀라면 통치자도 그 지위에서 편안할 수가 없는 것입니다. 그렇게 되면 출렁거리는 물이 배를 뒤엎듯이 백성이 통치자를 뒤엎는 것이지요."

"그럼 물이 배를 띄우려면 어떻게 해야 합니까?"

"수레가 흔들리면 말을 안정시키는 것이 급선무이듯이, 백성이 놀라면 은혜로 다스리는 것이 제일입니다. 군주 자신이 편안하려면 평화로운 정치로 백성을 사랑하고, 예를 숭상하며 선비를 공경하고, 어진 이를 높이며 유능한 자를 적재적소에 써야 합니다. 이것이 군주가 지켜야 할 대원칙인 셈입니다. 이 대원칙을 지키지 않으면 다른 작은 원칙들은 아무리 잘 지켜도 소용이 없습니다. 그래서 공자는 이렇게 말씀하셨습니다. 대원칙들을 옳게 지키고 작은 원칙들도 옳게 지키는 임금은 최고의 군주요, 대원칙들은 옳게 지키되 작은 원칙들은 지켰다 안 지켰다 하는 임금은 중류의 군주요, 대원칙들을 지키지 않는 임금은 작은 원칙들을 아무리 잘 지킨다 해도 그 나머지는 볼 필요가 없는 엉터리 군주이다."

춘신군이 볼 때, 순자는 정치에 있어서도 뚜렷한 주관이 서 있는 사람으로 든든하게 느껴졌다. 하지만 너무 주관이 뚜렷한 사람치고 빨리 꺾이지 않는 사람이 어디 있는가. 순자는 춘신군에게 있어서도 위협적인 존재임에 틀림없었다. 춘신군의 식객들 중에는 순자의 위험성을 자주 간언하는 자가 있기도 했다. 춘신군이 호랑이 새끼를 들여놓고 키우고 있다는 것이었다. 그러나 순자 같은 현인을 내쫓는다는 것은 소인이나 하는 짓이 아닌가.

"맹자도 왕자(王者)와 패자(覇者)를 자주 구별하였는데, 선생은 어떻게 구별하시겠습니까?"

사실 순자의 사상은 인간의 성품론에 있어 맹자와 차이가 있을 뿐, 대개 비슷하다 할 수 있었다. 성선론이니 성악론이니 하는 것도 따지고 보면 같은 맥락의 논의라 할 수 있다. 다 같이 예를 강조하기 위한 논리적인 방법론인 셈이다.

성선론은 인간이 지니고 있는 인의예지(仁義禮智)가 선천적인 선한 성품에서 우러나온 것임을 강조하면서 그 본래적인 성품을 잘 계발해나가야 한다는 것이고, 성악론은 인간의 성품이 원래 악하기 때문에 인의예지를 강조해서 교육시키고 적극적으로 인간을 개조해나가야 한다는 것이다.

말하자면 본래의 가능성을 끌어내느냐 인위적으로 주입시키느냐 하는 방법론적인 차이가 있을 뿐, 양쪽 다 목표로 하는 바는 같은 것이다.

이것은 지금도 교육론에 있어 논쟁의 초점이 되고 있는 사항인데, 어느 한쪽으로 치우치는 것은 문제성이 있다 할 것이다. 본래의 가능성을 끌어내면서 인위적으로 주입시켜나가야 하는 이중적인 작업이 참된 교육이라 할 수 있기 때문이다. 아무튼 순자는 맹자의 사상을 좀 더 분명한 어조로 말하고 있다고 하여도 과언이 아니다. 지금 춘신군이 왕자와 패자의 차이점에 대하여 물은 것도 바로 그런 이유에서였다.

"왕자와 패자의 차이는 다른 것이 아니라 적미(積微)하느냐, 하지 않느냐에 있습니다."

"적미라고 하면?"

"미소한 작은 덕을 날마다 쌓아나가는 것을 말합니다. 일반적으로 사람들은 작은 일에는 소홀히 하다가 중대한 사건이 일어나면 그제야 대책을 강구하기에 급급합니다. 덕을 쌓아가는 일을 다달이 하는 것보다는 그날 그날 하는 것이 더 낫고, 계절마다 하는 것보다는 다달이 하는 것이 더 낫습니다. 그러므로 왕자는 날마다 덕을 쌓아가는 사람이고, 패자는 계절마다 덕을 쌓아가는 사람입니다. 되는 대로 대충 나라를 꾸려가는 군주는 위험이 닥쳐야 겨우 걱정을 하고, 망한 후에야 망한 줄을 알고, 죽은 뒤에야 죽은 줄을 압니다. 모름지기 작은 것을 착실히 모을 줄 아는 자가 성공하는 데 빠른 법입니다.《시경》에도 말하기를 '덕은 깃털처럼 가벼워서 그것을 들어 메는 자가 드물다' 고 하였습니다."

참으로 감동적인 말이라 아니할 수 없다. 살아가는 데 있어 '적미'의 자세가 얼마나 필요한가. 한꺼번에 큰일이나 선한 일을 하려고 하는 자는 꿈을 꾸고 있는 자라 할 수 있다. 그런 자는 성공하기를 아예 기대해서는 안 될 것이다.

"부디 재상님도 날마다의 생활에서 덕을 쌓도록 하십시오. 덕은 바꾸어 말하면 예와 의에 다름아닙니다. 하늘에 있어서는 해와 달보다 더 밝은 것이 없고, 땅에 있어서는 물과 불보다 더 밝은 것이 없고, 물건에 있어서는 구슬이나 옥보다 더 밝은 것이 없고, 사람에 있어서는 예와 의보다 더 밝은 것이 없습니다. 그러므로 예와 의를 날마다 쌓아 궁창에 영원히 빛나는 별처럼 되십시오."

춘신군은 순자 몰래 가만히 한숨을 쉬었다. 깃털처럼 가벼운 덕을 날마다 꾸준히 쌓는 자세로 살아왔으면 이원의 농간에 놀아나지도 않았을 텐데. 이제 이원이 어떻게 수작을 부리느냐에 따라 춘신군이 쌓아온 인생의 공적들이 결판 나게 되었으니 후회막급이었다. 거기다 이전에 춘신군의 첩이었던 왕후마저 춘신군을 대하는 태도가 오만불손하게 변해가고 있었다. 지금 초나라는 왕후의 친척들이 왕을 좌지우지하면서 나라를 뒤흔들고 있는 꼴이었다. 춘신군은 언젠가는 순자에게 자신의 비밀스러운 고민을 털어놓을 것이라고 생각하고 있었지만 아직은 때가 아닌 것 같았다.

"사람들은 말하기를, 임금의 정치는 누설되지 않게 은밀한 가운데서 행하는 것이 유리하다고들 합니다. 여기에 대해서는 어떻게 생각하십니까?"

춘신군은 자신의 비밀이 있고 하여 이런 질문을 던져보았다.

"그렇지 않습니다. 임금은 백성의 선창자(先唱者)요, 윗사람은 아랫사람의 표본입니다. 만일 임금이 모든 것을 비밀로 하면 백성은 의혹을 품을 것이요, 임금이 은밀히 음흉한 꾀를 부리면 백성들도 서로 사기를 칠 것입니다."

순자의 말은 계속 이어졌다.

"그리고 임금이 편벽되게 사사로운 정에 얽매여 친척들이나 싸고돈다면 백성들 역시 사사로이 패거리를 이루게 될 것입니다. 그러므로 임금의 정치는 명백한 것이 이익이요 어두운 것이 이익이 아니며, 발표하는 것이 이익이요 감추는 것이 이익이 아닙니다."

이 말은 군주가 백성들의 눈을 가리고 권모술수만을 일삼을 때 결국 자기 자신을 망치고 나라를 멸망으로 이끈다는 의미였다.

"이번에는 형벌에 관한 문제인데, 어떤 사람들은 옛날의 형벌과 오늘날의 형벌을 비교하여 오늘날의 형벌이 더 가혹해졌다고들 말합니다. 거기에 대해서는 어떻게 생각하십니까?"

"예를 들면 어떤 말들을 하고 있다는 것입니까?"

"그러니까 옛날에는 육형(肉刑), 즉 체형(體刑)이 없었고 외형으로 표시만 하는 상형(象刑)이 있었을 뿐이라는 것입니다."

"상형이라면 무엇을 말하는 것이오?"

순자는 알 것도 같다는 표정으로 춘신군의 설명을 구하였다.

"가령 경형(黥刑)은 실제로 먹물로 이마에 글자를 새겨 넣은 것이 아니라 그냥 먹수건만 씌웠다는 것입니다. 그리고 의형(劓刑)은 실제로 코를 벤 것이 아니라 관에 흰 끈을 달아서 코를 매기만 했다는 것입니다. 또한 궁형(宮刑)은 실제로 성기를 벤 것이 아니라 창백색의 끈을 성기에 묶기만 했다는 것입니다. 그리고 빈형(臏刑)은 실제로 발뒤꿈치를 자른 것이 아니라 삼으로 엮은 짚신 같은 것을 신고 다니도록 했다는 것입니다. 사형 집행도 정말 목을 벤 것이 아니라 단이 너풀거리는 붉은 옷을 입히기만 했다는 것입니다. 이렇게 체형은 없고 상형만 있었으니, 옛날 정치가 지금보다 훨씬 어질었다고 말합니다."

"물론 옛날 정치가 지금보다 어질었다는 것은 사실이나, 체형이 없이 상형만 있었다는 것은 잘못 알고 그러는 것입니다. 옛날 정치가 어진 이유는 형벌이 완화되었기 때문이 아니라 오히려 더욱 엄격하게 형벌이 시행되었기 때문입니다. 그리하여 백성들은 죄짓기를 두려워하고 임금의 말을 청종하게 된 것이지요. 거기다가 임금도 스스로 덕을 쌓아 백성들을 잘 선도하였지요. 지금 정치가 어지러운 것은 형벌이 무겁기 때문이 아니라 오히려 형벌이 엄격하게 시행되지 않고 있기 때문입니다. 형벌이 제대로 시행되지 않아 살인을 해도 죽지 않고, 사람을 다치게 하여도 벌을 받지 않고, 아무리 죄가 무거워도 가벼운 벌을 받는다면 백성들은 담대한 마음으로 죄짓기를 쉬지 않을 것입니다. 거기다가 범인이 계속해서 죄를 짓고 다니는데도 잡지 못하고 있으면 나라의 기강이 흐려져 백성들은 너도나도 죄를 지으며, 보라 죄를 지어도 잡아가지 않는다, 하고 조정의 권위를 우습게 여길 것입니다. 그러므로 상형이니 하는 말들은 옛날에 있었던 말이 아니라, 오늘날 사회 질서를 문란케 할 목적으로 불순한 자들이 지어낸 말입니다. 물론 정치가 잘 이루어져 죄를 짓는 자들이 없게 되고, 체형이니 상형이니 하는 형벌들이 없어지는 것이 가장 이상적이겠지요."

순자는 힘주어 말하고 있었다. 순자의 말대로 한다면 나라에 경사스러운 일이 있다고 감옥에 있는 죄인들을 무더기로 석방시키고 하는 것은 생각해볼 문제였다. 전과자들이 사회로 나가서 적응하고 살 방도는 마련해주지 않고 무조건 국경일이라고 석방시키고 하는 것은 나라에서 어진 정치를 한다는 생색만 내는 일일 뿐이었다. 감옥에서는 죄인들이 착하게 살리라 결심을 하지만, 막상 사회로 나가면 어디 직장도 제대로 얻지 못하고 전과자라고 냉대를 받기 때문에 금방 다시 죄를 짓게 되는 것이다. 그러면 그만큼 백성들은 피해를 보고, 전과자는 더 큰 형벌을 받는 악순환이 되풀이되는 것이 아닌가. 무엇보다 죄인들을 형벌로 엄격하게 다루어 인간 개조를 시키고, 그들이 사회에 나가서도 적응할 수 있는 여건을 만드는 것이 범죄를 줄이는 첩경이라 할 수 있었다.

물역이냐, 역물이냐
- 순자와의 대화 2

하루는 춘신군이 궁궐에서 이전에 자신의 첩이었던 희미와 그녀 덕분에 권좌에 오른 그녀의 오라비 이원을 만났다. 희미는 원래 춘신군의 자식인 왕자를 데리고 있었는데, 그 태도가 거만하기 이를 데 없었다. 온갖 머리 치장과 얼굴 치장, 몸 치장을 하고 있었지만, 그것은 오히려 추하게 느껴졌고, 춘신군이 보기에 처녀의 몸으로 자기에게 안기던 그녀의 모습이 훨씬 더 아름다웠다고 여겨졌다. 희미가 거만하게 구는 것은 춘신군이 자기의 비밀을 알고 있다는 불안감에서 비롯된 반작용일 것이었다. 그것은 이원도 마찬가지였다. 이원은 잘 먹어서 그런지 개기름이 번지르르 흐르고 배가 튀어나와 있어 동작이 둔하기 그지없었다.

춘신군은 희미 옆에 있는 자기 아들인 왕자를 보면서 애틋한 정 같은 것을 느꼈으나, 희미와 이원에 대해서는 구역질이 날 정도로 불쾌한 감정을 가지지 않을 수 없었다. 그러면서 인간들의 욕망에 관해 생각하게 되었다. 인간의 욕망이라는 것이 얼마나 사람을 추하게 만드는가. 인간은 태어날 때부터 이런 욕망들을 지니고 있는데, 이 욕망의 문제를 어떻게 해결해야 하는가. 백성들이 이런 더러운 욕망들을 가지고 있기 때문에 나라 정치가 제대로 이루어지지 않고 있는 것이 아닌가. 통치자는 백성들이 욕망을 버리도록 어떤 조치들을 취해야 하는가.

이 문제를 춘신군은 순자에게 내놓았다.

"위정자가 아무리 정치를 잘하려고 하여도 백성들이 가지고 있는 욕망들 때문에 잘 되지가 않는 것을 보게 됩니다. 백성들이 이런 방면에서 욕망을 채우는 것을 법령으로 막으면 백성들은 어느새 다른 방면에서 욕망을 채우고 있습니다. 그쪽을 또 급히 만든 법령으로 막으면 백성들의 욕망은 제삼의 길로 쏠립니다. 그러니 아무리 법령을 많이 만든다고 하여도 백성들의 욕망을 막아낼 재간이 없어 나라는 점점 더 어지러워집니다. 어떻게 하면 효과적으로 백성들의 욕망을 억누를 수가 있겠습니까?"

"백성들이 욕망을 버리기를 원하신다는 말씀입니까?"

순자가 춘신군을 가만히 쳐다보며 되물었다.

"그렇습니다."

"왜 백성들의 욕망 때문에 걱정을 합니까?"

"방금 제가 그 이유를 말씀드리지 않았습니까?"

"백성들이 욕망을 버리기를 막연히 기대한다거나, 욕망을 버리도록 강제 조치를 취하는 것을 다반사로 하는 정치가치고 제대로 나라를 다스리는 자가 없습니다. 백성들이 욕망을 버리지 않고 있는 사실로 고민하지 말고 그 욕망을 올바르게 지도할 줄 모르는 자기 자신으로 인하여 고민해야 합니다."

"욕망을 억누르거나 없애려고만 하지 말고, 욕망의 방향을 잘 조정해 주라는 말씀입니까?"

춘신군도 순자가 말하고자 하는 바를 이해할 것 같았다.

"바로 그렇지요. 옛날 우(禹) 임금의 아버지 곤은 황하의 홍수를 막는 방법으로 인장법을 썼습니다. 황하로 들어오는 물줄기들을 차단하고 둑을 쌓아 막는 방법을 썼던 것이지요. 그러나 그렇게 하면 할수록 둑들은 무너지고 홍수는 범람하여, 결국 그 책임을 물어 곤은 옥에 갇히는 신세가 되었습니다. 그러나 우는 아버지와는 반대의 방법을 썼습니다. 그것은 소도법(疏導法)입니다."

"소도법이라면?"

"소도법이란 오히려 통하게 하여 물줄기의 방향을 틀어주는 것을 말하지요. 말하자면 우는 물을 억지로 막지 않고 자연적인 물의 성질을 잘 이용하여 그 물줄기의 방향만 돌려준 것이지요. 백성들의 욕망의 문제도 이렇듯 인장법으로 막기만 하는 방법을 쓰지 말고, 소도법으로 방향을 잘 조정하여 욕망의 물줄기를 바른 길로 틀어주어야지요."

"그건 그냥 막는 것보다 더 어려운 일이 아닙니까?"

"그렇지요. 더 어렵지요. 그렇기 때문에 정치가들이 대부분 인장법 같은 쉬운 방법들을 취하는 것이지요. 소도법 같은 정책을 취하려면 고도의 식견과 인품이 없이는 불가능한 것이지요. 우선 먼저 욕망이 있느냐 없느냐 하는 것은 살았느냐 죽었느냐 하는 문제로, 일단 나라를 다스리는 정치적인 사항과는 무관하다는 것을 인지하여야 합니다. 또한 욕망이 많으냐 적으냐 하는 것도 인간의 성정에 관한 문제로, 정치적인 사항과는 별개의 것입니다. 욕망이라는 것은 그 대상을 얻을 가능성이 있든 없든 본능적으로 일어나는 법이지만, 욕망의 추구는 가능한 쪽으로 기울어지는 것입니다. 어느 쪽이 욕망을 기울여서 얻을 가능성이 있느냐 하는 것은 각자의 마음의 판단에 달려 있습니다. 그러므로 욕망이라고 해서 다 채울 수 있는 것은 아니고, 마음의 여러 생각들에 의해 제약을 받게 되는 것입니다. 사람의 욕망 중에 가장 큰 것은 생(生)에의 욕망이고, 인간이 가장 싫어하는 것은 죽음입니다. 그런데 어떤 사람은 생을 버리고 죽음을 택하기도 합니다. 그것은 생이 싫고 죽음이 좋아서가 아닙니다. 마음의 판단에 의하여 죽음을 선택하는 것입니다. 그러므로 마음의 판단이 도리에 맞기만 하면 아무리 욕망이 많아도 평화로운 정치를 해나갈 수가 있고, 마음의 판단이 도리에 맞지 않으면 아무리 욕망이 적다 하더라도 사회 질서는 혼란에 빠지고 말 것입니다."

순자는 논리 정연하게 욕망과 마음의 판단, 정치와의 상관 관계를 풀어나갔다. 말하자면 욕망이 황하와 같은 강이라면 마음의 판단은 그 강을 마땅한 방향으로 흐르게 하는 둑인 셈이었다. 둑의 상태나 방향이 잘못되어 있으면 아무리 강물의 양이 적어도 범람하여 홍수를 일으켜 여러 가지 피해를 가져오는 것이고, 아무리 강물이 엄청난 양으로 흘러도 둑이 튼튼하고 방향을 잘 잡고 있으면 홍수가 일어나지 않고 오히려 주변 농토를 비옥하게 하는 법이다(여기서 순자는 이미 현대 심리학에서 말하는 리비도와 에고, 슈퍼에고 등과 같은 개념의 원형을 이야기하고 있다 할 것이다).

"그러니까 정치를 잘하려면, 무엇보다 백성들로 하여금 마음의 판단이 도리에 맞게 서 있도록 해야 한다는 말이지요?"

춘신군은 순자의 논리에 감복했다.

"물론이지요. 보십시오. 욕망을 채울 기회가 별로 많지 않은 문지기 천민이라도 여전히 자기 욕망을 없앨 수는 없는 것이고, 욕망을 채울 기회가 많은 천자의 몸이라도 자신의 욕망을 다 채울 수는 없는 법입니다. 하지만 누구나 욕망을 다 채우지는 못해도 어느 정도는 비슷하게 채울 수가 있고, 욕망을 다 없애지는 못해도 어느 정도는 절제할 수가 있는 법입니다. 문제는 문지기가 되었든 천자가 되었든 자신의 욕망을 어떤 마음의 판단으로 다스리느냐 하는 것이지요."

"그럼 욕망을 어느 정도까지 채우도록 하고 어느 정도까지 절제하도록 해야 하는지, 구체적인 기준에 관해 말씀해주시지요."

춘신군도 자신이 어려운 질문을 던지고 있다는 것을 잘 알고 있었다. 과연 순자가 어떻게 대답할 것인가.

"욕망을 다스리는 기준으로 말하면 적극적으로는 최대한 욕망을 채워주도록 하고, 소극적으로는 최대한 절제를 하도록 하는 것입니다."

알 듯 모를 듯한 말로 그것은 일종의 역설이라고 할 수 있었다. 그러나 구체적인 사항으로 들어가서 살펴보면 이것이 무슨 말인지 하는 것을 알 수 있다. 가령 집을 가지지 않은 자들에게는 집에 대한 욕망을 최대한 채워주도록 하고, 집이 남아돌아가는 자들에게는 최대한 집에 대한 욕망을 절제하도록 하여 사회 전체적으로 욕망의 균형을 잡아주어야 한다는 말이다.

"그런데 사람이 순수한 마음으로 좋은 것을 얻는다고 얻었는데 얻어놓고보니 나쁜 것이 끼어들어와 있는 경우도 있고, 나쁜 것을 버린다고 버렸는데 버리고보니 좋은 것들도 끼어 있는 경우가 있습니다. 이런 경우는 어떻게 해야 합니까?"

춘신군은 바로 자신의 형편을 두고 묻고 있는 것이었다. 자기로서는 충성을 다하는 마음에서 자식을 낳지 못하는 임금에게 태자를 선물하기 위하여 자기 아들을 밴 여자를 임금에게 바쳤는데, 거기에 온갖 권력에 대한 탐심들이 함께 끼어들어와 있는 것이었다. 이원과 춘신군은 이런 와중에서 이전투구를 벌이고 있다고 하여도 과언이 아니었다.

이런 경우는 특히 권모술수와 음모가 횡행하는 정치판에서 흔히 일어나는 법이다. 정치가들이 이합집산을 할 때는 항상 고상한 명분을 내세우게 된다. 그리고 자기 자신들도 정말 순수한 마음으로 나라를 위해서 일한다고 생각한다. 그래서 일을 과감히 추진하는데, 일을 이루어놓고 보면 그제야 잘못된 요소들이 많이 끼어들어와 있음을 깨닫게 된다. 또한 어떤 사람들은 고상한 이념을 위하여 나쁜 것들을 버린다고 버린다.

그러나 뒤에 와서 보면 자기가 버린 것들 중에는 좋은 것들도 많이 끼어 있음을 발견하고 뒤늦게 후회하기도 한다. 처음부터 이런 착오가 생기지 않도록 하려면 어떻게 해야 하는가.

"좋고 나쁜 것을 달아볼 수 있는 정확한 저울이 있어야 합니다. 그런데 저울이 바르지 못할 경우, 사람들은 저울추가 올라가면 물건이 무겁다고 생각하고 저울추가 내려가면 물건이 가볍다고 생각합니다. 그래서 마음의 저울이 바르지 못하면 재앙이 좋은 모양으로 가장을 하고 오는데도 복으로 알고, 복이 좀 힘든 형태로 온다고 재앙으로만 여겨버립니다. 이렇게 화복(禍福)을 거꾸로 보지 않기 위해서는 고금에 있어 바른 저울인 도(道)를 기준으로 재보아야 합니다. 도를 경시하는 자는 반드시 물욕에 사로잡히고, 물욕에 사로잡히면 근심 걱정이 따라와 결국 위험한 지경에 빠지게 됩니다. 위험에 빠지면 마음에 공포가 밀려옵니다. 이렇게 되면 입은 아무리 진수성찬을 먹어도 맛을 모르고, 귀는 아무리 좋은 음악을 들어도 소리를 모를 것이며, 눈은 화려한 색채와 문양을 보아도 그 빛을 모르며, 몸은 따뜻한 옷을 입고 푹신한 자리에 앉아도 편안함을 모를 것입니다. 이런 자는 만물의 아름다움을 다 누린다 한들 진정한 기쁨을 모를 것입니다."

춘신군은 순자의 말을 경청하면서 마음이 찔리는 것을 어찌하지 못했다. 바로 자기가 이런 지경에 빠져 있지 않은가. 권력으로 보나 물질로 보나 부족한 것이 없는 삶을 살고는 있는데, 끊임없이 불안한 이유는 무엇인가. 마음의 저울이 잘못되어 재앙과 복을 잘 구별하지 못한 대가라고 할 수 있었다. 순자의 말은 찌르는 칼처럼 계속 이어졌다.

"이런 자는 비록 왕의 자리에 있다 하더라도 쫓기는 도둑과 다를 바 없고, 고급 수레에 면류관을 쓰고 다녀도 길거리의 거지와 다를 바가 없습니다. 이와 같은 자를 가리켜 물역(物役)이라고 합니다. 즉, 물질의 노예란 말이지요. 그러나 마음이 도의 저울에 합당하여 평안하면 보통 색깔도 눈을 즐겁게 하고, 보통 소리도 귀를 즐겁게 하며, 변변찮은 채소 반찬도 입맛을 돋우고, 굵은 베옷과 짚신도 불편함이 없고, 초막에 돗자리를 깔고 자도 즐거운 법입니다."

지금 그윽한 기쁨이 얼굴에 차오르는 순자는 바로 이 즐거움의 비밀을 알고 있음에 틀림없었다.

"이런 자는 권세의 자리에 있지 않아도 명성을 떨칠 수가 있는데, 이런 사람에게 천하를 맡기면 그는 천하 백성들을 위하여 헌신적으로 봉사하며 자기 이익은 적게 구할 것입니다. 이와 같은 사람을 가리켜 역물(役物)이라고 합니다. 물질에 끌려가는 노예가 아니라 물질을 주체적으로 다스릴 줄 아는 자라는 뜻이지요."

사물들에 매여 이끌려가는 물역의 상태가 아니라 사물들을 주체적으로 다스리며 나아가는 역물의 상태를 춘신군 자신도 얼마나 염원해왔던가. 춘신군은 새삼 순자를 우러러보았다.

그런데 춘신군과 순자 사이를 이간질하고, 순자를 초나라 조정에서 제거하려는 음모가 춘신군의 측근들 사이에서 끊임없이 꾸며졌다. 순자가 말은 그럴듯하게 하지만 사실은 야심이 보통 아닌 사람으로 언젠가는 춘신군도 말아먹을 사람이라는 둥, 순자를 비방하는 말들이 계속 춘신군의 귀에 들어왔다. 거기다가 이원이란 자까지 춘신군의 측근들과 의기투합하여 순자를 제거하려고 기회만 엿보고 있었다. 춘신군은 순자를 비방하는 가신들에게 이렇게 말하였다.

"왜 그렇게 순자를 야심가로만 보느냐? 비록 그가 야심을 가지고 있다고 한들, 백 리도 채 안 되는 난릉(蘭陵) 영주로서 무엇을 하겠느냐?"

그러면 춘신군의 가신들은 단호하게 대꾸하였다.

"탕왕(湯王)은 백 리도 안 되는 박 땅으로, 무왕(武王)은 백 리밖에 되지 않는 호 땅으로 천하를 차지하여 다스렸습니다. 천하를 얻는 것은 봉지로 가지고 있는 땅의 크기에 상관없습니다. 그가 얼마만큼 백성들의 민심을 얻어나가느냐에 달려 있지 않습니까? 순자는 말을 무척 잘하므로 백성들을 속여서라도 민심을 자기에게로 돌릴 수 있는 자라는 사실을 잊지 마시기 바랍니다."

춘신군도 가신들의 말을 듣고 보니 순자에 대하여 가지고 있던 두려움들이 저 마음 깊숙한 곳에서 슬그머니 기어올라왔다. 춘신군은 순자를 한편으로 지극히 존경하면서도, 한편으로는 그 존경심에 비례하여 깊은 두려움을 지니고 있던 차였다. 또한 순자를 이대로 내버려두다가는 순자의 목숨이 위협을 당할지도 모를 일이었다. 이원이 춘신군에게로 향하고 있는 칼날을 순자에게로 먼저 돌릴 가능성도 있지 않은가. 춘신군은 언제 닥칠지 모르는 암살에 대비하여 경호원들을 항시 옆에 두고 있지만, 순자는 그런 것에 전혀 신경을 쓰지 않기 때문에 이원이 마음만 먹으면 순자를 암살하기는 쉬운 일이었다. 춘신군은 고민 끝에 초나라 조정의 안정을 위해서도 순자를 다시 조나라로 되돌려보내는 것이 상책이다 싶었다. 그래서 춘신군은 갑자기 순자에게 절교를 통고하고 만나지 않았다.

순자는 사태가 어떻게 되어가는지 금방 눈치를 채고 초나라를 떠날 채비를 차렸다. 순자의 가신들이 순자에게 와서 문의하며 간청하였다.

"주인님, 이게 어떻게 된 일입니까? 어제까지만 해도 춘신군과 친밀하게 지내지 않았습니까? 한번 춘신군에게로 가서 자초지종을 들어보셔서 오해가 있으면 풀고, 사과할 일이 있으면 사과를 하시지요."

"그럴 것 없다. 지금 춘신군이 나에게 절교를 통고한 것은 자신의 뜻에서라기보다 춘신군과 나 사이를 시기하는 무리들이 이간질을 해서 그런 것이다. 춘신군도 그자들의 말을 하도 반복해서 듣다보니 나에 대한 의심을 자기 스스로도 어떻게 감당할 길이 없게 되었다. 그러므로 춘신군에게 가서 사적인 감정 문제들을 풀고 할 성질의 것이 아니다. 내가 원래 권력이나 벼슬에 연연해하지 않는다는 것을 너희가 더 잘 알지 않느냐?"

　가신들은 순자의 성미를 잘 아는지라 더 이상 간언하지 않았다. 순자는 침통한 표정으로 있는 가신들을 불러 모아 초나라에서의 마지막 주연(酒宴)을 베풀었다. 어느 정도 술자리가 무르익자 순자는 덩실덩실 춤을 추며 노래를 불렀다.

　　덩더둥성 덩더둥성
　　이 세상에 제일 큰 재앙
　　간악한 무리가, 간악한 무리가
　　어진 선비를 모함하는 것일세
　　임금이 어진 선비 없으면
　　지팡이 잃은 장님 되어
　　어이 갈꼬 어이 갈꼬

　가신들은 춤추는 순자를 바라보며 그 춤을 어떻게 해석해야 될지 몰라 당황해하였다. 어떤 가신은 순자가 춘신군에게 배신을 당하여 허탈한 마음으로 저런 춤을 춘다고 생각했고, 어떤 가신은 순자가 벼슬이나 권세에 연연하지 않고 내적으로 진정한 자유를 누리고 있음을 나타내기 위하여 저런 춤을 춘다고 생각했으며, 어떤 가신은 그냥 술김에 미친 척하며 춤을 춘다고 생각했다.

　　덩더둥성 덩더둥성

정치하는 방법이 무엇인고
문왕 무왕 본받음일세
신자 묵자 계자 혜자
그네들의 말 듣지 마소
들으면 결딴나네
들으면 결딴나네
다스리는 길은 오직 하나
이 길만이 길한 길일세

 순자의 노래는 어디까지나 선한 정치를 염원하는 그런 내용으로 되어 있었다.

물은 평평하여
기울지 아니하네
마음도 그와 같이 하면
성인 되기 어렵지 않네
권세를 잡았거든
내 몸 먼저 바로잡고
여러 사람 거느리며
하늘 같은 은덕을 내리소서

 순자는 그렇게 춤추고 노래한 후 아무 미련 없이 초나라를 떠나 조나라로 들어갔다. 조나라 왕은 순자를 상경(上卿)으로 대우하여 붙잡아두려 하였다.

순자가 초나라를 떠나가자 춘신군은 적적하기 이를 데 없었다. 서로 마음을 열고 바른 정치에 대하여 이야기를 나눌 친구 하나 없는 형편이 되었다. 이원의 무리들은 순자를 내쫓는 데 성공한 기세를 타고 춘신군까지 제거할 준비를 착실히 꾸며가고 있었다. 춘신군의 가신들 중에는, 사실 위험한 인물은 순자가 아니라 이원이라는 것을 깨닫고, 이원을 경계하기 위해서도 순자가 필요하다고 생각하는 이들도 있었다.

그런 생각을 가진 가신 한 사람이 춘신군에게 와서 말했다.

"옛날에 이윤(李尹)이 하(夏)나라를 버리고 은(殷)으로 가자 은이 흥하고 하나라가 멸망하였습니다. 관중(管仲)이 노(魯)나라를 떠나 제(齊)로 들어가자 노가 약해지고 제가 강해졌습니다. 무릇 현자가 가는 곳이면 임금이 추앙을 받았고 나라가 영화롭게 되었습니다. 지금 이 시대의 현인은 순자인데, 어찌하여 그를 놓쳐버렸습니까?"

춘신군은 또 고민 끝에 사람을 보내 순자를 다시 불러들이려고 하였다. 그러나 순자는 장문의 편지를 써서 사양하였다. 그 편지 내용은 대신(大臣)들에 의해 시해되거나 농락당한 왕들에 관한 이야기로 채워져 있었다.

초나라 자위(子圍)라는 대신이 정(鄭)나라에 사신으로 가는 길에 고국의 왕이 병들었다는 소식을 듣고는, 급히 고국으로 돌아와 왕을 병문안 하는 척하며 앓아누워 있는 왕의 목을 갓끈으로 졸라 죽였다.

진(秦)나라 최저(崔杼)라는 자는 지극히 아리따웠던 자신의 첩으로 하여금 임금인 장공(莊公)과 간통하게 하고는, 그것을 빌미로 삼아 반란을 일으켜 궁궐을 공격해 들어갔다. 다급해진 장공이 최저에게 나라의 절반을 떼어주겠다고 하였으나 최저는 거절하였다. 장공은 마지막으로 종묘(宗廟)에서 자결할 수 있도록 해달라고 간청하였다. 그러나 최저는 그것도 허락해주지 않았다. 결국 장공은 도망을 치려고 담을 넘다가 최저가 쏜 화살에 허벅지를 맞고 나뒹굴어 죽음을 당하고 말았다. 최저는 장공의 동생을 경공(景公)으로 세워 정권을 좌지우지하는 만행을 서슴지 않았다.

조나라 이태(李兌)라는 자는 그 임금을 모래 언덕에 백 일 동안 가두어 굶어죽게 하였고, 요치는 제나라를 쥐고 흔들 때 민왕을 칼로 베어 그 피가 뚝뚝 흐르는 몸뚱어리를 조묘(祖廟)의 기둥에 달아두어 밤사이에 죽게 하였다.

이렇게 신하들에 의해 시해를 당한 임금들의 이야기를 열거한 순자는 '여인연왕(癘人憐王)'이라는 구절을 썼다. 즉, 창병(瘡病)을 앓는 환자도 신하들에게 시해를 당하는 임금을 불쌍히 여긴다는 것이다. 말하자면 신하들에 의해 죽음을 당하는 임금의 신세는 창병에 걸려 죽어가는 자의 신세보다도 더 가련하다는 뜻이다. 창병이라는 것은 온몸에 붉은 악창이 나서 화농하는 병으로, 요즈음 말로 하면 매독이나 나병의 일종이라고 할 수 있다. 이런 비참한 환자의 신세보다 더 가련한 신세가 신하에게 시해 당하는 왕의 신세라고 하니, 그 처지가 어떠한지 짐작이 되고도 남는다.

그런데 순자는 왜 이러한 내용을 적어 보내면서 춘신군의 요청을 사양한 것일까.

"여인연왕이라?"

춘신군은 순자의 편지를 받아 보고 기분이 이상해짐을 어찌하지 못했다. 초나라의 형편을 이 한 구절이 함축해서 나타내고 있다고 하여도 과언이 아니었다. 초나라는 이원을 비롯한 간신배들에 의해 정치가 좌지우지되고 있는 형편이었다. 그러므로 언제 왕이 신하들에 의해 시해를 당할지도 모를 일이었다. 이런 불안한 나라에 순자는 다시 돌아가고 싶지 않다는 것이었다. 춘신군은 왕이 시해되기 전에 자기가 먼저 암살당할 것만 같은 불안에 떨어야만 하였다.

결단의 때에
결단하지 않으면

이때, 한명(汗明)이라는 자가 춘신군을 만나러 왔다가 3개월이 지난 후에야 겨우 만나볼 수 있었다. 한명과 오래 이야기를 하고 난 춘신군은 얼굴에 만족한 기색을 띠었다. 그래서 한명이 더 이야기를 나누고 싶어 하였지만, 춘신군은 이상하게도 거절하며 자리에서 일어나려 하였다.

"내가 이미 선생의 뜻을 밝히 알았소. 그러니 선생은 이제 편히 푹 쉬시오."

그러자 한명이 다급하게 말했다.

"제가 한 가지만 더 묻고자 하는데, 대답을 해주실지 모르겠군요. 재상과 요(堯) 임금 중에서 누가 더 대성(大聖)이라고 생각하십니까?"

춘신군은 기가 막힌 표정을 지으며 얼른 대답했다.

"질문이 지나치시군요. 제가 감히 요 임금과 비교되다니오?"

"그럼 재상의 생각에는 저와 순(舜) 임금 중에서 누가 더 어질다고 생각되십니까?"

춘신군은 잠시 망설이다가 한명을 칭찬하여 빨리 보낼 생각으로 대답을 꾸며 하였다.

"선생은 순 임금에 비길 만하지요."

그러자 한명은 좋아하기는커녕 정색을 하고 춘신군에게 항의하였다.

"어진 순 임금이 성인 요 임금을 섬길 때에도 3년이 지난 후에야 겨우 서로를 알게 되었는데, 지금 재상은 잠시 저를 본 것뿐인데 저를 다 안다는 듯이 말하니 재상은 도대체 요 임금보다 성스럽고 순 임금보다 현명하다는 것입니까?"

춘신군은 스스로 얼굴이 뜨뜻해지는 것을 느꼈다.

"알겠소. 선생과 앞으로 오래 이야기를 나누겠소."

그러고는 객적(客籍)을 맡은 식객을 불러 한명을 객적에 올리도록 하고, 닷새 만에 한 번씩 한명을 만나 이전에 순자와 그리하였던 것처럼 여러 이야기들을 나누었다.

어느 날, 한명이 춘신군에게 진지하게 물었다.

"재상은 기마(驥馬)에 관한 이야기를 아십니까?"

"기마라면 천리마를 말하는 것 아니오? 그 천리마가 어쨌다는 거요?"

"백락(伯樂)이라는 자가 기마로 하여금 소금 수레를 끌게 하여 태행산(太行山)을 넘어가려고 하였습니다. 그런데 기마는 나이가 너무 많이 들어 젊을 때 같지가 않았습니다. 말굽은 늘어지고, 무릎은 꺾이고, 꼬리는 처져서 비틀거렸습니다. 온몸에는 땀이 비 오듯 하고 거기다가 소금까지 녹아내려 땅을 적셨습니다. 이제 더 이상 산을 오를 수 없어 산중턱에서 쩔쩔매고 있는데, 앞쪽의 횡목마저 부러져버리고 말았습니다. 그러자 기마는 그만 무릎을 꿇어버렸습니다."

춘신군은 한명이 말하는 장면을 머릿속에 그리며 눈을 지그시 감았다. 험한 태행산 중턱에서 무릎을 꿇어버린 천리마, 부러진 수레, 오도 가도 못하게 된 백락.

한명의 말이 계속 이어졌다.

"백락이 지칠 대로 지쳐 무릎을 꿇어버린 기마를 보고는 수레에서 내려 큰 소리로 통곡하였습니다. 그러고는 자신이 입고 있던 비단옷을 벗어 말의 등을 덮어주었습니다. 그러자 기마는 땅에 엎드려 숨을 몰아쉬고 있다가 다시 일어나보려고 용을 썼습니다. 그러나 고개만 들 수 있을 뿐 몸뚱어리를 일으킬 수는 없었습니다. 기마는 몸을 일으키려는 노력을 포기하고, 고개만 든 채 하늘을 향해 크게 울었습니다. 그 울음소리는 마치 돌산이 무너지는 소리와도 같았습니다. 왜 기마가 그렇게 소리 높여 울었겠습니까?"

"그야 주인인 백락이 자기의 고통을 알아주고 비단옷까지 벗어 덮어주는데, 주의 은덕에 보답할 수 없는 자신의 신세를 한탄하며 운 것이 아니겠소?"

"그렇습니다. 그것은 주인인 백락이 자기를 알아주었기 때문입니다. 그 기마의 울음에는 감사와 민망함과 안타까움이 섞여 있는 셈이지요. 이러한 이야기로 인하여 흔히 '백락'이라고 하면 자기를 알아주는 자, 즉 지기(知己)라는 뜻이 되지요."

"백락과 기마의 이야기를 나에게 들려주는 이유가 무엇이오?"

춘신군이 넌지시 한명의 의도를 물어보았다.

"백락이 기마를 알았듯이 재상이 저를 알아달라는 뜻이지요. 저는 궁벽한 마을 한구석에서 굴을 파고 살아온 지 오래됩니다. 그동안 수치와 비루함, 끊이지 않는 액운 속에서 살아왔습니다. 이제 저에게 재상의 비단옷을 덮어주어 저로 하여금 고생하며 지내던 시절을 실컷 울게 해주시지 않겠습니까?"

말하자면 자기에게 출세의 기회를 달라는 말이었다.

"나는 백락이 되지 못하여 선생이 천리마인지 어떤지 아직은 잘 알지 못하오."

　춘신군은 한명의 부탁을 완곡한 어조로 거절하였다. 한명은 춘신군의 식객으로 만족할 수밖에 없었다.

　춘신군은 이전에 진나라에 패함으로써 흐지부지되었던 합종 정책을 다시금 추진하여, 조나라를 비롯한 몇몇 나라를 모아 동맹군을 결성하는 데 성공하였다. 이번에는 좀 더 강력한 동맹 체제를 이루어 춘신군은 자신의 기반을 더욱 확고히 하고 싶었다. 그렇게 하는 것만이 이원의 무리들을 제압하고 초나라의 실권을 쥐는 길이기도 하였다. 그런데 연합군의 총사령관이라 할 수 있는 상장군의 직임을 누구에게 맡기느냐 하는 것이 문제였다. 춘신군은 은밀히 임무군(臨武君)이라는 자를 상장군으로 임명할 계획을 짜고 있었다.

　이때, 조나라에서 위가(魏加)라는 사신이 와서 춘신군을 만났다. 위가가 춘신군에게 조용히 물었다.

　"초나라에 상장군으로 임명할 인물이 있습니까?"

　"있다마다요. 나는 임무군을 상장군으로 삼으려 하오."

　"그렇습니까? 제가 어릴 적부터 활 쏘기를 좋아하였는데, 활 쏘기에 비유하여 말씀드려도 되겠습니까?"

　위가가 조심스럽게 말하며 춘신군의 눈치를 살폈다.

　"좋소. 말해보시오."

　위가는 옛날 위(魏)나라에서 있었던 일화를 춘신군에게 먼저 들려주었다. 오래전에 경영(更羸)이라는 위나라 신하가 위왕과 함께 궁궐의 높은 누각 아래에서 활쏘기 놀이를 하고 있었다. 그때 동쪽 하늘로부터 기러기 한 마리가 느리게 날아오면서 끼륵끼륵 울음을 울었다. 그 울음은 어딘지 모르게 처량하기까지 하였다. 경영이 위왕에게 제안을 하였다.

"제가 화살을 헛당겨 저 기러기를 떨어뜨려볼까요?"

"아니, 화살을 기러기에 맞히지 않고도 기러기를 떨어뜨릴 수 있다는 말이오?"

"네, 그런 기술도 있습니다."

"허허, 희한한 기술도 다 있군. 한번 내 앞에서 그 기술을 발휘해보시오."

위왕은 호기심이 가득 담긴 얼굴로 경영을 주목하였다. 경영은 여유 있게 미소를 짓더니 활시위를 당겨 화살을 메기고는 기러기가 날아가고 있는 근방을 향해 되는대로 활을 쏘아버렸다. 물론 화살은 기러기를 맞히지 못하고 엉뚱한 곳으로 비켜 날아갔다. 기러기는 화살이 날아오는 낌새를 느꼈는지 위쪽으로 차고 올라갔다.

"보시오. 기러기가 떨어지기는커녕 저렇게 더 높이 날아오르지 않소?"

화살을 맞히지 않고도 목표물을 떨어뜨리는 기술은 아무래도 무리가 아니냐는 투로 위왕이 빙그레 웃으며 말했다.

"아닙니다. 더 두고 보십시오. 기러기가 곧 떨어질 것입니다."

아니나 다를까, 경영이 말을 마치자마자 기러기가 저 높은 하늘에서 곤두박질을 치더니 땅으로 떨어져 내렸다.

"이럴 수가. 화살을 헛당겨 쏘았는데도 기러기가 떨어질 줄은 어떻게 알았소?"

위왕은 정말 놀란 표정으로 경영을 바라보았다.

"그것은 간단합니다. 저는 기러기가 날아올 때 그 울음소리를 주의 깊게 들었습니다."

"나도 그 울음소리를 들었지. 좀 처량하다고는 느껴지더군."

"그렇습니다. 처량한 울음을 우는 것은 기러기가 무리들로부터 떨어져 혼자된 지 오래되었다는 증거입니다. 무리로부터 떨어져 혼자가 되었기 때문에 마음이 안정되지 못하고 초조와 불안 가운데 있었습니다."

"그런데 그 기러기는 왜 혼자가 되었을까?"

"그것은 기러기가 느리게 나는 것으로 보아 금방 알 수 있습니다. 느리게 난다는 것은 몸에 상처가 있다는 것을 나타냅니다. 기러기는 어디선가 다쳐 상처가 났기 때문에 잘 날지 못하여 무리로부터 떨어지게 되었던 것입니다."

"그건 그렇고, 기러기가 화살을 맞지도 않았는데 떨어진 이유는 무어요?"

위왕이 경영의 통찰력에 감탄하며 계속 물었다.

"그 기러기는 초조와 불안에 젖은 마음과 상처 난 몸으로 날아오고 있었습니다. 그러기에 조금만 자극을 주어도 깜짝 놀라게 되어 있었습니다. 지금 내가 화살을 엉뚱한 방향으로 쏘았는데도, 기러기는 화살이 바람을 가르는 소리만 듣고도 깜짝 놀라 위로 솟구쳤습니다. 그 바람에 몸의 상처가 파열되어 그만 떨어지고 만 것입니다. 이제 화살을 헛당겨 새를 떨어뜨리는 허발법(虛發法)의 비결을 아셨습니까?"

"듣고 보니 과연 그럴듯하군. 허발법으로 새를 떨어뜨리려면 세심한 통찰력이 필요하겠군."

"말하자면 상황 판단만 잘하면 화살을 꼭 맞히지 않고 쏘는 흉내만 내도 상대를 쓰러뜨릴 수 있다는 거지요. 이것은 나라들 간의 외교에서도 그대로 응용할 수 있는 것 아닙니까?"

"허발법이라, 거참 묘한 비법이군."

위왕은 진기한 묘책을 배운 듯이 흐뭇한 표정을 지었다.

위기가 이러한 허발법을 중심으로 한 경영과 위왕의 이야기를, 춘신군에게 들려주고 나서 진지한 어조로 말을 돌렸다.

"재상이 마음에 품고 있는 임무군이라는 인물은 일찍이 진나라와 싸워 패한 경험이 많은 자로, 진나라라고 하면 싸워보기도 전에 겁을 먹고 있는 사람입니다. 이렇게 이미 상처받은 기러기와 같이 놀란 새 가슴을 하고 있는데, 어떻게 동맹군을 지휘하는 지휘관이 될 수 있다는 말입니까? 진나라가 엉뚱한 곳을 공격해 들어와 스스로 패배를 자초하여도, 임무군은 놀란 나머지 군사들을 데리고 도망치다가 자빠져서 죽을 인물에 불과합니다. 임무군을 지휘관으로 임명하면 진나라는 진짜 공격을 하지도 않으면서 허발법만으로도 능히 임무군의 군대를 물리칠 수 있다는 말입니다. 그러므로 동맹군의 지휘관을 임명하는 문제를 다시 한번 숙고해주시기를 바랍니다."

위가의 말을 들으니 임무군을 상장군으로 세우는 것은 아무래도 적합하지가 않았다. 춘신군은 위가의 의견을 받아들여 다른 인물을 물색하였다.

이렇게 춘신군이 합종국의 동맹군을 착실히 다져가고 있을 무렵, 고열왕(考烈王)이 그만 병들어 앓아눕게 되었다. 언제 죽을지 알 수 없는 중병이었다. 왕의 죽음이 임박하였음을 눈치챈 조정에서는 춘신군파와 이원파 사이에 권력 암투가 더욱 치열해지기 시작했다.

춘신군파에 속하는 주영(朱英)이라는 신하가 하루는 춘신군을 은밀히 찾아와서 고했다.

"세상에는 생각하지도 못했던 복이 있고, 생각하지도 못했던 화가 있습니다."

"생각하지도 못했던 복이란 무엇이오?"

춘신군이 의아해하며 되물었다.

"재상은 초나라 재상이 된 지 이십 년이 훨씬 넘습니다. 상국(相國)이라는 직함으로 재상 노릇을 하고 있으나 실은 초나라 왕과 다름없습니다. 지금 왕은 병들어 국정을 돌보지 못하는 실정입니다. 이제 곧 어린 태자가 새 왕으로 서게 될 턴데, 그러면 재상이 왕의 배후에서 섭정을 하게 될 것이 아닙니까? 왕이 장성하면 대권을 왕에게 돌려주어야겠지만, 그동안에는 재상이 왕의 권한을 실제로 쥐고 있을 것입니다. 그리고 또 대권을 왕에게 돌려주기 싫으면 그대로 왕의 자리를 차지하고 스스로 고(孤:왕이 자기 자신을 가리켜 하는 말)라 칭하며 남면(南面)할 수도 있습니다. 그렇게 되면 초나라가 송두리째 재상의 수중에 굴러 들어오니 이것이 생각하지도 못했던 복이 아니고 무엇입니까."

춘신군은 벌겋게 상기된 얼굴로 주영의 말을 부정도 긍정도 하지 않았다.

"그 다음 생각지도 못했던 화(禍)라는 것은 무엇이오?"

주영이 주위를 한번 둘러보고 나서 목소리를 한껏 낮추었다.

"바로 이원의 무리로 인하여 생길 화를 말하는 것입니다. 이원은 왕의 처남이며, 앞으로 왕이 될 태자의 외삼촌입니다. 아직은 나라의 대권을 모두 장악하고 있지는 않지만, 왕이 죽는 날에는 어떤 수를 써서라도 대권을 장악하려고 할 것입니다. 왕이 죽을 때 즉시 궁 안으로 들어가 어새(御璽)를 훔쳐내 거짓 문서를 꾸며서 새로운 왕의 섭정으로 들어설 것입니다. 그런 계략을 도모하는 데 있어 가장 큰 방해물은 재상이므로 이원은 반드시 재상을 죽여 입을 막으려고 할 것입니다. 이것이 생각하지도 못했던 화라는 것입니다."

춘신군이 생각하기에, 그것은 생각하지 못했던 화가 아니라 늘 예상하며 경계하고 있는 화인 셈이었다.

"나도 그 점은 늘 염두에 두고 있소. 어떻게 하면 그 화를 모면할 수 있겠소?"

"지금 재상은 어찌 될지 알 수 없는 세상에서 어찌 될지 알 수 없는 임금을 섬기고 있는데, 어찌하여 생각하지도 못했던 사람을 쓰실 궁리는 하지 않고 있습니까?"

"생각하지도 못했던 사람이라니오?"

춘신군의 눈이 둥그레졌다.

"바로 제가 무망지인(無望之人)이 아니고 무엇입니까? 생각하지도 못했던 화를 면하게 하는 일에, 생각하지도 못했던 이 사람을 써주십시오."

"당신을 어디에 어떻게 쓰라는 말이오?"

"저를 낭중(郎中) 벼슬에 임명해주십시오."

"낭중이라면 궁궐 수위 대장이 아닌가?"

"그렇습니다. 제가 낭중으로서 궁궐을 수위하고 있으면 왕이 죽자마자 이원이 부리나케 궁 안으로 들어올 것입니다. 그러면 그때 이원을 쳐 죽이는 것입니다. 이렇게 생각하지도 못했던 사람을 쓰셔서 생각하지도 못했던 화를 막으시라는 것입니다."

"알겠소. 나를 그렇게 생각해주니 감사하오. 하지만 내가 이원을 먼저 죽이는 짓은 하지 않겠소. 이원이 나를 죽이고자 하는 확실한 증거가 드러나지 않는 한, 나의 안전을 위하여 이원을 먼저 암살하는 치졸한 짓은 하지 않겠다는 것이오."

"이만큼 증거가 드러났으면 충분히 드러난 것이 아닙니까? 속히 선수를 치지 않으면 화를 면할 길이 없습니다."

주영은 안타까운 나머지 언성을 높였다.

"아직은 이원이 자객을 보내 나를 찌르거나 하지는 않았소. 그런 위험을 예상하고 경호원들을 잘 훈련시켜 내 곁에 두고 있으니, 이원이 섣불리 암살을 기도하지는 못할 것이오. 아무튼 내가 먼저 이원을 죽이는 짓은 하지 않겠으니 물러가시오."

춘신군이 단호하게 말하자, 주영은 자신의 의견이 받아들여지지 않음을 알고 급히 물러나와 멀리 도망을 가버리고 말았다. 그것은 주영이 춘신군과 이원의 관계를 의심하여 화가 자기에게 미칠까 두려워했기 때문이었다.

　주영이 춘신군에게 간언하고 멀리 달아난 후 17일이 지나서 고열왕은 죽고 말았다. 왕이 죽었다는 소식을 들은 춘신군은 입궁할 채비를 차려 달려갔다. 주영이 일러준 말도 있고 하여 춘신군은 이원보다 더 먼저 입궁을 하려고 서둘렀다. 그런 바람에 경호원들을 대동하지 않고 수레 모는 어자(御者) 한 사람만 데리고 급히 달려갔다.
　그런데 여동생 희미로부터 왕의 승하 소식을 제일 먼저 들은 이원이 춘신군에 앞서 궁궐로 들어가 자객을 궁전의 출입문인 극문(棘門) 양편에 매복시켰다. 그런 줄도 모르고 극문을 통과하여 궁전으로 들어서던 춘신군은 양편에서 달려드는 자객들의 칼에 양 어깨가 베어지고 심장이 찔렸다. 춘신군의 목은 베어져 극문 밖으로 던져졌다.
　이원은 주영이 예상했던 대로 어새를 훔쳐 문서를 위조하여 섭정의 권한을 차지하였다. 그러고는 전국 방방곡곡에 춘신군이 왕이 죽자 모반을 꾀했다는 방(榜)을 붙였다. 방문(榜文)을 본 백성들은 분기 충천하여 춘신군의 집으로 달려가 이원이 보낸 군졸들과 함께 춘신군의 가족들을 죽였다. 춘신군의 식객들은 각자 목숨을 부지하기 위하여 도망가기에 바빴다. 이리하여 춘신군은 생각하지도 못했던 사람, 주영의 말을 소홀히 들었기 때문에 생각하지도 못했던 화를 당하고 만 것이었다. 어찌 될지 알 수 없는 세상에서 어찌 될지 알 수 없는 통치자를 섬기는 자의 불확실한 장래여, 비극적인 운명이여! 이원은 어린 태자를 왕위에 세웠는데, 그 왕은 다름아닌 춘신군의 아들이 아니던가. 이 왕이 초나라 유왕(幽王)으로, 유왕 재위 당시 초나라 국운은 기울 대로 기울어 멸망을 눈앞에 두게 되었다.

《사기》를 쓴 사마천(司馬遷)은 〈사기열전〉에서 〈춘신군 열전〉을 마감하면서 춘신군이 망한 이유를 다음과 같은 말로 요약하고 있다.

당연히 결단을 내려야 할 때에 결단을 내리지 않으면 도리어 화를 당하게 된다.

일상적인 생활에서도 물론 그렇지만, 권력의 암투가 치열한 정치판에서는 더더욱 결단의 순간을 놓치면 큰 화를 자초하고 마는 법이다.

이상에서 전국 시대를 주름잡던 4공자(公子)들을 살펴보았는데, 왕은 아니면서도 한결같이 그 시대의 실권자로서 식객들을 이끌고 다니며 풍운아적인 삶을 산 것을 볼 수 있다. 어떤 공자는 권력의 중심부에서 밀려나 고독한 말년을 보내다가 죽었고, 어떤 공자는 권력 암투의 와중에서 희생양이 되어 그 울분을 술과 여자로 달래다가 몸이 곯아서 죽었고, 어떤 공자는 비참하게 암살당하기도 하였다.

이 공자들을 중심으로 이루어진 식객 문화는 전국 시대의 한 특징을 이룬다고 하여도 과언이 아니다. 그 당시 식객들은 대부분 경제적인 면에서나 정치적인 면에서 소외된 자들로, 자신들의 학문과 탁견(卓見)을 군주가 받아들여 정책에 옮기고 자신들을 벼슬자리에 등용시켜주기를 바라는 소위 출세 지향적인 유세객들이었다. 그들은 또한 어느 정도 신분을 갖추고 있는 자들이었으므로 고등유민(高等遊民)이라고도 불린다. 그들은 군주를 만나는 것이 그리 쉬운 일이 아니었기 때문에 군주를 알현하기 위한 준비 단계로 그 당시 유력자인 4공자와 같은 자들의 집에 식객으로 들어가 기회를 엿보는 것이었다. 그러니까 4공자들은 식객들이 군주에게로 나아가는 중간 역할을 해주면서 자기들의 세력과 영향력을 키웠다고 할 수 있다.

죽음을 벗어나 출세의 길로

쏴아, 주룩주룩, 똑똑똑.

범수(范雎)는 흐릿해진 의식 속에서도 멍석에 떨어지는 오줌 소리를 듣고 있었다. 어떤 오줌 소리는 기운차게 들렸고, 어떤 오줌 소리는 맥없이 들렸다. 멍석에 쏟아진 오줌은 멍석을 축축이 적시면서 스며들어 범수의 온몸을 적셨다. 범수의 머리카락조차도 오줌에 감은 듯 젖고 말았다. 입 속으로도 오줌이 흘러들어왔다. 그렇지만 범수는 자기가 죽어 있다는 것을 나타내기 위해 신음 소리 한번 내뱉지 않았다.

"허, 이놈이 제(齊)나라와 밀통하여 우리 위(魏)나라를 팔아먹으려고 했다구. 에이, 고이얀 녀석. 끄으윽."

멍석에다 대고 오줌을 누는 대부(大夫)들은 혀 꼬부라진 소리로 각기 한마디씩 하는 것을 잊지 않았다. 대부들이 수시로 변소에 들락거리며 오줌들을 싸대는 것으로 보아 지금 수가(須賈) 어른의 집 누각에서는 연회가 베풀어지고 있는 모양이었다.

갈비뼈가 부러졌는지 양쪽 가슴에서 심한 통증이 몰려왔다. 범수는 신음 소리를 내지 않기 위해 어금니를 악물었다. 이도 대여섯 개는 족히 부러져 있거나 뿌리째 뽑혀 있었다.

"허허, 이놈, 꼴 좋다. 네가 나를 속이고 제나라 첩자 노릇을 해?"

이번에는 수가 어른이 멍석에다 오줌을 누고 있음에 틀림없었다. 그 순간, 범수의 마음속에서 복수심이 와락 타올랐다. 비록 멍석에 말려 있는 몸이지만 벌떡 일어나서 수가의 목을 조르고 싶었다. 그러나 지금은 어디까지나 죽어 있는 척하는 것이 현명할 일이었다. 그렇게 하여야 앞으로 복수할 기회도 생길 것이 아닌가.

밤이 깊었는지 오줌을 누러 오는 대부들의 발길도 끊어졌다. 변소 바깥에서 멍석을 지키는 파수병의 발소리만 간간이 들려오고 있을 뿐이었다. 지금쯤 연회도 다 파하였을 것이라고 확신한 범수는 이제 탈출 계획을 실행에 옮기기로 하고 비로소 신음 소리를 내기 시작했다.

"아아어으윽."

신음 소리를 내자 범수가 예상했던 대로 파수병의 발소리가 가까워졌다. 파수병이 무척 조심조심 다가오고 있음이 분명하였다.

"아악."

범수가 좀 더 크게 신음을 발하였다.

"이크, 귀 귀신이다."

파수병이 놀라서 달아나려 하였다.

"달아나지 마시오. 나는 귀신이 아니라 사람이오. 아직 살아 있단 말이오."

범수가 멍석 속에서 황급히 말하자 파수병이 그제야 안심을 하고 멍석으로 바짝 다가왔다.

"아니, 그렇게 얻어맞고도 여태 살아 있단 말이오? 모두들 당신이 아까 낮에 맞아서 죽은 줄 알고 있는데."

"말로 다 할 수 없이 매를 맞고 구타를 당하였지만 나는 아직 살아 있소. 당신이 나를 이 멍석에서 구해준다면 내가 후히 보답하겠소."

"들키는 날에는 내 목숨이 위태롭소."

파수병이 머뭇거리며 떨리는 목소리로 대답했다.

"결코 당신에게는 위해가 미치지 않을 것이오. 나는 이미 죽은 것으로 취급되고 있으니, 당신은 주인의 허락을 받아서 멍석을 갖다 버리기만 하면 되오."

"알겠소. 한번 해보리다. 그 대신, 나에게 사례하는 것은 잊지 마시오."

"여부가 있겠소? 지금 주인에게 가서 적당히 이유를 붙여 멍석을 버리겠다고 말해보시오."

파수병이 변소에서 나와 주인인 수가에게로 갔다. 수가는 마침 재상인 위제(魏齊)와 함께 술상에 엎어져 있었다. 다른 대부들도 술상에 엎어져 있거나 마루에 누워 있거나 하였다.

"주인님, 주인님!"

파수병이 부르자 수가가 머리를 두어 번 흔들며 치켜들고는 벌게진 눈으로 파수병을 노려보았다.

"무엇 때문에 그러느냐? 무슨 일이라도 생겼다는 게냐?"

"다름이 아니오라, 변소에 버려져 있는 시체를 어떻게 처치할까 하고요?"

"뭐? 시체를 처치한다구? 그건 네가 간여할 일이 아니야. 그놈은 오줌 세례를 더 받아야 돼. 끄윽."

수가의 혀가 잘 돌아가지 않고 있었다.

"지금 날이 덥고 하여 시체가 곧 썩고 말 것입니다. 그러면 변소가 악취로 가득 차서 제대로 출입도 할 수 없게 됩니다. 게다가 워낙 대부님들이 시체를 싼 멍석에다 오줌들을 많이 누셔서 지린내가 진동하고 있습니다."

"음, 그런 점도 있겠군. 그놈 때문에 내 변소가 더러워져서는 안 되지."

"그러믄요. 그놈은 오줌 세례를 톡톡히 받았으므로 이제 갖다 버려도 될 줄로 사려되옵니다."

"음, 그건 나 혼자 결정할 일이 아니고, 가만있자, 재상의 허락을 받아야지. 재상이 어디로 갔나? 아참, 여기 있군."

수가는 바로 옆에 쓰러져 있는 재상을 흔들어 깨웠다.

"왜 이래? 누가 나를 흔들고 야단이야."

재상 위제가 귀찮다는 듯 팔을 휘저어 수가의 손을 뿌리치려 하였다.

"재상, 재상, 범수의 시체를 버려도 되겠습니까?"

"까짓것, 버려버려. 들개들 밥이나 되라지."

위제가 중얼거리듯이 내뱉고는 다시 상 위에 쓰러졌다.

"재상도 허락했으니 멍석째 메고 가서 산골짜기에 버리고 와."

파수병이 절을 한 후 물러나 변소로 다시 왔다. 조마조마하게 기다리던 범수가 낮은 목소리로 물었다.

"어떻게 되었소? 허락을 받았소?"

"아무 소리 말고 죽은 척 있으시오. 내가 멍석을 메고 주인집을 빠져나갈 테니."

파수병이 멍석을 지게에 메고는 대문을 빠져나갔다. 동리 어귀를 지나 한적한 산길로 접어들었을 때, 범수가 멍석 속에서 가만히 속삭였다.

"무거울 테니 나를 풀어주고 멍석에다 짚을 넣어 메고 가시오."

파수병도 그것이 좋겠다 싶어 멍석을 내려, 멍석을 묶고 있는 끈을 풀어서 범수를 끄집어내고는 그 대신 멍석 속에다 마른풀들과 짚들을 집어넣었다.

"혼자 움직일 수 있겠소?"

산길에 엎어진 채 일어나지 못하고 있는 범수를 내려다보며 파수병이 염려스러운 듯 물었다.

"한 가지 부탁만 더 들어주시오. 멍석을 산골짜기에 버리고 나서 산너머 동리에 있는 정안평(鄭安平)이라는 대부 집으로 달려가 내가 쓰러져 있는 곳을 일러주시오. 정안평은 나를 데려다가 치료해주고 잘 숨겨줄 것이오. 그리고 때를 봐서 정안평 집으로 찾아오시오. 정안평에게 말을 해놓겠으니 사례금을 찾아가란 말이오."

"알겠소."

파수병은 급히 멍석을 다시 메고 산길을 달려갔다. 얼마 있으니 정안평이 직접 사람들을 데리고 와서 의식이 혼미해져 있는 범수를 자기 집으로 옮겼다.

구석방에 범수를 내려놓은 정안평은 피투성이, 오줌투성이가 되어 있는 범수의 몸을 닦아내고는 의술을 가진 가신을 불러 범수를 치료하게 하였다.

"목숨을 부지했으니 천만다행이오. 이렇게까지 자네를 두들겨패다니. 갈비뼈가 다섯 대나 부러졌소."

범수가 어느 정도 의식이 돌아오자 정안평이 안쓰럽다는 표정으로 위로하였다.

"얼마쯤 치료를 받아야 기동할 수 있겠소? 내가 살아 있다는 것을 안다면 수가가 가만있지 않을 텐데."

"적어도 두어 달 정도는 치료를 받아야 될 거요. 하지만 그리 염려하지는 마시오. 당신 이름은 장록(張祿)이라 바꾸었소. 우리 집 가신들도

죽음을 벗어나 출세의 길로 373

장록이라는 자가 우리 집으로 오는 도중에 강도를 만나 다친 것으로 알고 있소. 당신 얼굴도 일그러질 대로 일그러졌으니 쉽게 알아보는 자가 없을 것이오. 무엇보다 수가나 재상이 당신이 죽은 줄 알고 찾지도 않을 테니 마음 편히 먹고 여기서 요양이나 잘하시오."

"아무튼 하루속히 일어나서 위나라를 빠져나가야 하오. 그리고 참, 나를 구해준 파수병이 찾아오거든 사례를 해주시오. 내가 나중에 꼭 갚으리다."

"갚기는. 벌써 파수병이 사례금을 챙겨 가지고 갔소."

"언제요?"

"바로 그 다음날 와서 사례금 운운하기에 한 근의 금을 손에 쥐여 보냈소."

"그쪽 동향은 어떻다고 합디까?"

"멍석을 버린 바로 그날 아침에 수가가 술을 깨고는 멍석을 어디다 버렸느냐고 추궁을 해서, 멍석을 버린 산골짜기까지 데리고 가 확인을 시켜주었다고 하더군요. 산골짜기 아래까지 내려가서 확인을 하면 어쩌나 하고 조마조마했는데, 골짜기 위에서 멍석을 내려다보기만 하고 돌아갔대요. 그 골짜기는 평소에도 사람들이 시체를 많이 버리는 곳이라 까마귀들과 독수리들이 날아다니고 있어서 당신이 죽었다는 사실을 의심할 여지가 없었다고 해요. 이제 탈출극은 완벽하게 끝났으니 안심해도 되겠소."

그러나 범수로서는 안심하고 있을 수만은 없었다. 빨리 몸이 치료되는 대로 위나라를 빠져나가야 한다고 다짐하였다.

범수의 몸이 회복되어갈 무렵, 진나라 소왕(昭王)이 알자(謁者)인 왕계(王稽)를 위나라에 사신으로 보냈다. 그 소식을 들은 범수는 정안평에게 왕계를 통하여 진나라로 갈 수 있는 길을 열어보라는 부탁을 하였다.

정안평은 위나라 군사인 것처럼 병졸의 복장으로 위장하여 왕계를 경호한다는 명목으로 옆에서 시중을 들며 기회를 엿보았다.

하루는 왕계가 옆에 서 있는 정안평에게 지나가는 말처럼 한마디 물었다.

"위나라에는 서쪽으로 유세를 갈 만큼 어진 사람이 있는가?"

여기서 서쪽이라 함은 진나라를 가리키는 말이었다. 정안평은 기회를 놓칠세라 진지하게 대답했다.

"제가 사는 마을에 장록이라는 선생이 살고 계신데, 그분이야말로 능히 진나라에 가서도 유세를 할 수 있는 선비입니다. 우리 위나라에서는 널리 알려져 있지 않지만, 우리 동리 사람들은 그분이 얼마나 덕망이 있는가 잘 알고 있습니다. 지식에 있어서도 감히 그분에 미칠 만한 인물이 없습니다. 그분은 오제(五帝)·삼대(三代)의 일과 백가(百家)의 학설들을 모조리 다 꿰고 있습니다. 그리고 그분은 뭇사람들의 변설들을 한마디 촌철(寸鐵)로써 꺾어버리는 대단한 예지의 소유자입니다."

"호오, 그런 인재가 위나라에 있단 말이오? 지금 당장 만나보고 싶소."

왕계가 반색하며 장록 선생을 데려오라고 재촉하였다. 정안평은 약간 머뭇거리며 대답했다.

"그런데 그분의 덕망과 지식을 시기하는 무리들이 그분의 생명을 노리고 있어 낮에는 출입을 삼가고 있습니다."

"그렇다면 밤에 몰래 나의 거처로 데려오시오. 오늘 밤은 아무하고도 만날 약속을 하지 않을 테니까."

정안평은 왕계가 서두르는 모습을 보고 왕계가 위나라로 온 목적을 짐작할 수 있을 것 같았다. 왕계는 위나라와 친선을 도모하기 위해 왔다기보다 위나라의 인재를 구해 가지고 돌아가려는 목적을 갖고 온 셈이었다.

　정안평은 밤이 되기를 기다려 범수를 데리고 왕계가 묵고 있는 처소로 갔다. 범수를 만난 왕계는 범수의 실력이 어느 정도 되는지 여러 가지로 시험을 해보았다. 고대의 일에서부터 현재에 이르기까지 밤이 새도록 질문을 하였다. 그 당시 조나라 혜문왕(惠文王)을 도와 탁월한 외교정책을 펼치고 있던 공손룡(公孫龍)의 지모(智謀)와 이론들에 대해서도 물어 보았다. 왜냐하면 진나라에서 구하고 있는 인물이 공손룡보다 뒤떨어져서는 안 되겠기 때문이었다.

　"공손룡이 천하를 다니며 강조하고 있는 주장은 무엇인가?"
　"군비 감축입니다."
　"공손룡의 군비 감축 주장을 받아들여 실행한 나라가 있었는가?"
　"그 어떤 나라도 공손룡의 주장을 실천한 나라는 없습니다."
　"10년 전에 공손룡이 연나라에 가 있을 때 연나라 소왕(昭王)이 공손룡의 군비 감축 주장을 받아들이고, 조나라로 옮겨왔을 때도 조나라 왕이 군비 감축안을 받아들이지 않았던가?"

　왕계가 범수의 표정을 살피며 그가 어떻게 대답할지 궁금해하였다.
　"물론 연나라 소왕이나 조나라 왕도 군비 감축안에 솔깃하였으나 실제로는 그것을 실행하지 못했습니다. 연왕과 조왕이 공손룡의 주장에 무척 관심을 나타내자, 공손룡은 그 왕들에게 자기 주장을 설득시키려고 하기보다 오히려 그 왕들이 결코 군비 감축을 할 수 없을 것이라고 말해주었습니다."

　"그건 이상하지 않은가? 자기 주장에 동조하는 왕들에게 그런 말을 하다니."

　왕계는 전후 사정을 잘 알면서도 짐짓 모르는 척하며 범수의 대답을 유도하였다.

"그렇습니다. 이상한 일이라 할 수 있습니다. 다른 유세가들 같았으면 자기 주장에 관심을 나타내고 동조하는 왕들로 하여금 어떻게 해서든지 그대로 실행하도록 더욱 강력하게 변술을 펼쳤을 텐데 말입니다. 연나라 소왕이 공손룡을 불러 군비 감축을 어떻게 하면 좋겠느냐고 자문을 구하자, 공손룡은 기뻐하기는커녕 의심스러운 낯빛으로 왕은 군비 감축을 할 수가 없을 것이라고 대답했지요. 그러자 소왕이 당황해하며, 자기도 군비에 낭비되는 재화를 줄여 백성들의 안녕에 보탬이 되도록 하기를 원하는데 어찌하여 군비 감축을 할 수 없다고 말하느냐고 물었지요. 공손룡이 짧게 답변하기를, 그것은 왕이 장군들을 다른 신하들보다 더욱 융숭하게 대접하고 있기 때문이라고 하였지요. 특히 제나라의 도로, 요새, 장애물, 지리 등에 밝아 제나라를 능히 격퇴할 만한 장군들을 크게 예우하고 있다고 하였지요. 나라의 형편에 비추어 군비 감축을 원하면서도 한편으로 영토 확장에 대한 욕심을 버리지 못하고 있는 소왕의 모순된 심리를 지적하는 말이었지요."

"그것은 결국 왕의 모순을 드러내 군비 감축을 하도록 유도하기 위함이 아니었겠는가?"

왕계의 유도 질문에 범수는 고개를 끄덕였다.

"바로 그거지요. 하지만 영토 확장에 대한 욕심과 주변 나라들에 대한 불신과 두려움 때문에 군비를 감축하지 않는 방향으로 소왕은 마음을 굳히고 말았지요. 그러니까 공손룡은 이미 가능성이 없다고 생각되는 사안에 대해서는 기를 쓰고 덤벼들 필요가 없다는 태도로 유세를 한 셈이지요."

"조나라 왕에게도 그런 식으로 유세를 하지 않았는가?"

"그렇지요. 조왕은 군비 감축에 관하여 10년이 넘도록 구상하며 그것을 실천하려고 애를 써왔으나 성취한 바가 없다고 하면서, 공손룡에게 진지하게 자문을 구했지요. 그러나 공손룡은 그때도 조왕에게, 왕은 군비를 감축하는 것이 불가능하다고 대답하고는 그 이유로 제나라를 공격하여 두 개의 성을 취하였다고 크게 경축하며 주연을 베푼 사실을 들었지요."

왕계는 범수가 막힘이 없이 술술 대답하는 것을 보고 은근히 감탄의 기색을 떠올렸다.

"결국 공손룡은 현실에서는 먹혀들기 힘든 이상론을 펼치고 다닌 것이 아닌가? 그렇다면 그런 이상론이 실천되지 못할 것을 알면서도 유세하고 다닌 셈인데, 공연히 시간 낭비만 한 것이 아닌가?"

"그렇지는 않지요. 군비 감축이 가능하려면 겸애지심(兼愛之心)이 있어야 한다고 한 것을 보면, 자신의 주장을 통하여 조금이나마 나라 간에 신뢰와 사랑을 심으려고 노력한 것을 알 수 있지요. 지금 당장은 실현될 수 없는 이상론이라 하더라도, 오랜 세월이 지나 분위기가 성숙되면 그 실현이 가능할 날이 올 거라 내다본 것이지요."

왕계는 범수의 지혜로운 대답에 잠시 수긍하는 빛을 띠었다가 곧 근엄한 표정으로 돌아왔다.

"그렇다면 자네는 공손룡이 주장하는 군비 감축안에 동의한다는 뜻인가?"

범수는 왕계가 그런 질문을 하는 의도가 무엇인가를 생각하고 있는 듯 고개를 숙이고 한동안 말이 없었다. 옆에서 두 사람의 대화를 지켜보고 있던 정안평도 범수의 대답이 궁금해졌다.

"나는 이렇게 생각합니다. 군비를 감축하기 위해서는 군비를 더욱 증강해야 한다고 말입니다."

"그게 무슨 말인가?"

왕계와 정안평이 무척 의아한 듯 서로 시선을 주고받으며 범수의 설명을 구했다.

"지금 현재 중국 전체의 형국을 살펴보면, 군비 감축을 하다가는 금방 주변 나라들에게 잡아먹히기 십상입니다. 그러니까 아직 군비 감축을 운운할 시기는 아니란 말씀입니다. 오히려 어찌해서든지 군비를 증강하여 중국을 통일하고 나면 그 이후에는 중국 내부의 쓸데없는 소모전을 치르지 않아도 될 것이므로, 오랑캐를 막기 위한 적당한 군비만 갖추면 된다 이겁니다. 이것이 군비를 감축하기 위해서는 더욱 증강해야 한다는 의미입니다."

"나도 동감이오."

왕계가 목소리를 높이기까지 하며 반가워하였다.

"그럼 지금 중국 전체를 통일할 만한 나라는 어느 나라라고 생각하오?"

범수에 대한 말투를 달리하며 왕계가 조심스럽게 물었다.

"그건 물론 진나라지요."

범수가 확신 있게 대답하자, 왕계는 덥석 그의 손을 잡았다.

"됐소. 당신이야말로 우리 진나라가 찾고 있는 인물이오. 내일 내가 진나라로 돌아가려 하는데, 술시(戌時: 오후 7시에서 9시까지) 무렵에 위와 진의 국경인 삼정(三亭) 남쪽에서 기다리시오."

이렇게 범수를 진나라로 데려가기로 약속한 왕계는 정안평과 범수를 위해 주연을 은밀하게 베풀었다. 진나라에서부터 왕계 일행을 따라온 진나라 미녀들이 그 세 사람의 술 시중을 들었다. 범수는 이제야 제대로 등용의 길로 들어서는가 싶어 자못 들뜨지 않을 수 없었다. 술기운이 어느 정도 오르자 범수는 그동안 위나라에서 당한 억울한 사정들을 털어놓기 시작했다.

"나는 너무도 가난한 집안에 태어났소. 때마다 끼니 걱정을 하며 살 수밖에 없었소. 부모님들은 열심히 농사를 지었지만 홍수와 가뭄으로 흉년을 맞기가 일쑤이고, 혹 풍년이 되면 세금으로 다 뜯겨야만 하였소. 나는 어린 시절부터 알게 되었소. 부모님들처럼 아무리 열심히 살아보았자 농민으로 머물러 있는 한 빈민층을 벗어날 수 없다는 것을 말이오. 오직 그 멍에를 벗어나는 길은 출세밖에 없다는 것을 일찍부터 뼈저리게 느끼게 된 거요. 그래서 소진·장의를 비롯한 유세가들이 어떻게 천하를 다니며 유세하여 출세를 했는지, 그 비결을 터득하는 데 온 마음을 쏟았소. 그 덕분에 꽤 많은 책들도 읽게 되고, 세상 돌아가는 이치도 알게 되었지요. 마음 같아서는 지금 당장이라도 천하를 두루 다니며 유세를 하면 출셋길에 오를 것 같았지요. 하지만 유세를 하는 데도 밑천이 드는 법, 가까운 나라로 갈 여비조차 없었소. 그래서 할 수 없이 우선 중대부(中大夫)인 수가의 집에라도 들어가 하인으로 일하면서 기회를 엿보자 하고 거기로 들어갔지요. 내가 좀 똑똑하게 보였는지 수가가 제나라 사신으로 갈 때 나를 데리고 갔지요. 무엇보다 내가 제나라 방언을 잘 알아듣고 의사 소통을 제대로 하니까 데려갔을 거요. 어떤 사투리들은 전혀 알아듣기 힘든 것도 있으니까. 수가가 제나라 왕을 알현할 때도 나를 데리고 갔지요. 수가가 제왕의 말을 잘못 알아들으면 내가 설명을 해주곤 하였지요. 그러자 제왕이 나에게 관심을 나타내면서 여러 가지 중원의 정세에 관하여 묻는 것이 아니겠소. 내가 몇 가지 질문에 대답을 해올리자 제나라 왕은 탄복을 하며 무릎을 치기까지 하였소. 그러고는 수가에게는 아무 선물도 내려주지 않으면서 나에게만 황금 10근과 쇠고기, 술을 하사하지 않았겠소. 나는 마치 주인인 수가에게 돌아갈 선물을 가로채는 것 같아서 사양을 하였지요. 그런데 수가가 나에게 선심을 베푸는 척하며 쇠고기와 술은 받도록 하고, 황금은 제왕에게 돌려주겠다며 챙겨갔지요. 그 황금을 수가가 어떻게 처리했는지는 잘 알 수 없소. 위나라로 돌아오자, 수가는 내가 제왕으로부터 선물을 받은 사실이 아무래도 수상스럽다면서 재상인 위제에게 고발을 해버렸지요. 제왕에게 내가 위나라 기밀을 누설하지 않았다면 어떻게 선물을 주었겠느냐는 거요. 아무리 그렇지 않다고 변명을 하여도 소용이 없었지요. 정말 내가 제왕에게 위나라 기밀을 고해바쳤다면 그 사실을 비밀에 부쳐두기 위해서도 제왕이 나를 모르는 척했을 텐데, 선물을 하사한 것을 보면 오히려 내가 결백하다는 증거가 아니냐고 항변하여도 위제와 수가는 바로 그 점까지 노려 제왕이 선물을 하사함으로써 혐의가 없는 것처럼 조작을 했다나요. 위제와 수가는 내가 좀 똑똑하다는 소문이 나니까 자기들의 지위를 넘볼까 싶어 시기가 나고 두렵기도 하여 나를 첩자로 몰기에 급급하였지요. 결국 그들은 나를 죽이기 위해 멍석에 말아 개 패듯이 팼지요. 나도 정말 죽는 줄 알았어요. 머리가 깨지고 갈비뼈와 이들이 부러지고 온몸이 만신창이가 되었지요."

범수가 술기운에 끌려 신세 한탄을 계속하자 정안평이 은근히 불안한 기색을 띠었다. 왕계에게 너무 많은 이야기를 하는 것이 이 시점에서는 위험스러울 수도 있었다. 범수의 이름을 장록으로 바꾼 사실까지 이야기해버리면 장차 범수에게 어떤 위해가 가해질지 알 수 없는 일이었다. 정안평이 눈짓으로 범수에게 암시하며 얼른 화제를 딴 곳으로 돌렸다.

"아까 공손룡 이야기를 하다가 말았는데, 그렇게 이상론을 펼치고 다니는 이상주의자를 왜 조나라 왕은 아직도 자기 조정에 붙들어두고 있는 걸까요?"

"그건 공손룡이 군비 감축을 주장하는 면에서만 이상주의자이지, 다른 면에서는 대단한 술책가이기 때문에 그렇지요. 자신의 이상론이 지

죽음을 벗어나 출세의 길로 **381**

금 당장의 현실에서는 실현 불가능하다는 것을 알고 있는 자는 어떤 의미에서는 이상주의자라 할 수 없지요. 자신의 이상론이 현실적으로 실현 불가능하다는 사실을 냉철히 인식하고 있는 면에서 철저한 현실주의자라고도 할 수 있지요. 자신의 이상론이 현실에서 당장 실현될 것처럼 착각하고 떠벌리며 다니는 자들이야말로 쓸모없는 이상주의자들이지요."

왕계가 공손룡에 대하여 일가견을 가지고 있다는 사실을 은근히 과시하였다. 그러자 범수도 자신의 이야기를 멈추고 왕계와 정안평의 대화로 끼어들었다.

"일전에 진나라와 조나라 사이에 마찰이 생겼을 때, 공손룡이 진나라를 상대로 담판을 벌인 것은 유명한 사건이지요. 그 무렵 진나라와 조나라 사이에는 군사 지원 협정이 맺어져 있었는데, 마침 진나라가 위나라를 침공하게 되었지요. 그런데 조나라는 진나라를 돕지 않고 위나라를 도우려고 했지요. 그러자 진왕이 노발대발하여 이건 협정 위반이라고 하면서 사신을 조나라에 파견하여 항의하였지요. 진과 조의 맹약에 의하면 지금 사태에서 조나라는 응당 진나라를 도와 위나라를 공격해야 하지 않느냐는 거였지요. 이런 항의를 받은 조나라는 어떻게 해야 할지 몰라 전전긍긍하였는데, 이때 공손룡이 진나라를 상대로 담판을 벌인 거지요. 진나라가 하는 일을 조나라가 돕고, 조나라가 하는 일을 진나라가 돕는다는 맹약을 근거로 공손룡은 이렇게 말했지요. 지금 조나라가 위나라를 구하려고 하는데, 맹약에 따른다면 진나라가 조나라 하는 일을 도와 위나라를 구해야 하지 않느냐고 하였지요. 그리고 정말 맹약 위반은 진나라가 저지르고 있다고 뒤집어씌웠지요. 진왕은 공손룡의 항의를 받고 할 말이 없어져 위나라 공격을 철회했다더군요. 그리고 보면 군사 지원 협정이니 방위 조약이니 공동 성명이니 하는 것들도, 코에 걸면

코걸이요 귀에 걸면 귀고리가 되는 셈이지요. 어떤 관점에서 그 협정을 해석하느냐에 따라 전혀 다른 해석이 나올 수 있다 이겁니다. 이렇게 공손룡이 기지를 발휘한 것은 그가 추구하던 명가(名家)의 논리학 덕분이라고도 할 수 있지요."

범수는 자신의 지식을 늘어놓을 기회가 왔다고 생각했는지 신세 한탄을 할 때보다 더욱 달변으로 변했다.

"공손룡 하면 저 유명한 백마비마론(白馬非馬論)을 빼놓을 수 없지요. 하루는 공손룡이 백마를 타고 관문을 통과하려 하는데, 군사들이 백마를 탔으니 통과세인 마세(馬稅)를 내라고 하였지요. 그러자 공손룡은 나는 지금 말을 타고 있지 않다고 말했지요. 얼떨떨해진 군사가 말 잔등을 두드리며 이게 말이 아니고 무엇이오, 반문하였지요. 공손룡의 대답이 가관이었지요. 너희들이 내가 백마를 타고 있다고 하지 않았느냐, 백마는 말이 아니다. 군사는 하도 기가 차서 왜 백마가 말이 아니냐고 따졌지요."

"그래, 공손룡이 군사에게 무어라 대답했소?"

정안평이 호기심을 나타내며 물었다.

"백마는 말의 색깔을 강조한 명색(命色)의 단어로서 말이라는 명형(命形)의 단어와는 엄연히 다른 것이라고 설명해주었지요. 말하자면 백마라는 낱말과 말이라는 낱말은 그 성질이 완전히 다르다는 것을 말한 것이지요. 군사들이 처음부터 공손룡에게 말을 탔으니 마세를 내시오라고 했다면 공손룡도 어쩔 수 없이 마세를 냈을 것이지만, 군사들이 백마를 탔으니 마세를 내시오 했기 때문에 꼬투리를 잡고 물고 늘어졌던 거지요. 어떻게 보면 궤변같이 들리지만. 낱말들의 성격을 엄격히 구분한다는 점에 있어서는 무척 논리적이지요. 더 나아가 공손룡은 물질을 지칭하는 단어가 없으면 물질을 인식할 수 없다고 하는 지칭론(指稱論)을 발전시켰지요. 물질은 그것을 지칭하는 말이 없을 수 없으며, 천하에 지칭하는 말이 없으면 그 물질은 물질이라 부를 수 없다는 거지요. 이것은 곧 이름과 실체의 문제를 다루는 명실론(名實論)으로 연결되지요."

범수의 말은 점점 추상적이 되면서 어려워졌다. 하지만 지칭론이니 명실론이니 하는 것은 평소에 무심코 물건을 지칭하여 부르는 그 이름들에 대하여 새로운 관심을 불러일으키는 학설이라 아니할 수 없었다. 공손룡의 이론을 빌려 신(神)이라는 이름과 신이라는 실체의 관계 같은 것을 논하면 재미있는 논의가 될 것이다. 지금 범수도 자신의 이름이 장록으로 바뀌어 있지 않은가. 그래서 더욱 공손룡의 명실론 같은 것에 관심이 쏠리지는도 몰랐다. 아무튼 범수의 이름이 장록으로 바뀐 사실은 얼마 동안이라도 비밀에 부쳐져야 할 것이었다.

"우리 너무 어려운 이야기만 하지 말고, 새로운 진나라의 인재를 위하여 축배를 듭시다."

왕계가 불쾌해져서 좌중의 분위기를 바꾸었다.

"여봐라, 이분을 잘 모셔야 한다. 이분은 말이야, 공손룡보다도 더 위대한 분이야. 알겠나? 오늘 장록 선생이 이 중에서 마음에 드는 계집을 고르시오. 그동안 가난해서 계집을 사지도 못했을 텐데, 오늘 밤 실컷 즐기시구려."

"네. 알아모시겠습니다."

계집들이 아양을 떨며 장록 선생이 자기를 골라주기를 바라는 눈빛으로 흘끔흘끔 범수의 눈치를 살폈다.

"음, 나는 몸도 아직 덜 회복되었고 하니 계집을 고르는 일은 사양하겠소."

범수는 침을 한 번 삼키며 애써 체면을 차리려고 하였다.

"몸이 빨리 회복되려면 계집을 품에 안는 것보다 더 효과적인 것이 없소. 저 계집, 어떻소? 좋지요? 진나라에서 제일가는 미녀라고 해도 과언이 아닌 아이요. 저 통통한 얼굴하며 몸매를 보시오."

왕계가 억지로 범수에게 계집을 붙여주었다. 이렇게까지 나온다면 구태여 사양할 필요는 없다 싶어 범수는 그 포동포동한 계집을 안았다. 술기운도 있겠다, 무척 오랜만에 계집의 살내음을 맡는 범수는 점점 염치를 잃어갔다.

"허허, 장록 선생도 계집질깨나 하겠소. 우리 진나라로 와보시오, 미녀들이 길거리에 널려 있으니까. 그런데 말이오, 서융(西戎) 오랑캐 피가 섞인 계집 맛이 그만이라니까. 오랑캐들일수록 그 뭐랄까, 원시성 야수성 같은 것이 있어서 그런지 그 맛이 기가 막히다니까."

왕계는 진나라에서 맛본 어떤 계집을 떠올리는지 입맛을 다시기까지 하였다. 이제 출세뿐 아니라 계집 맛도 마음껏 볼 수 있게 된 범수는 이 모든 것이 꿈만 같았다.

진나라에도 왕이 있느냐

다음날 밤, 위(魏)나라와 진(秦)나라 국경 지역인 삼정의 남쪽에서 변장을 하고 기다리고 있던 범수는 과연 왕계가 약속을 지킬 것인가 하고 초조해지지 않을 수 없었다. 왕계가 어젯밤에는 철석같이 약속하였지만 어떤 음모가 깔려 있는지도 몰랐다. 왕계가 수가나 재상인 위제에게 범수의 탈출 사실을 고자질해버린다면 범수는 체포되어 이번에는 영락없이 죽고 말 것이었다.

그렇게 긴장하며 기다리고 있는데, 저쪽 어둠 속에서 수레바퀴 구르는 소리가 들리고 등불들이 흔들리며 다가왔다. 여차하면 몸을 피할 생각으로 몸을 웅크리고 있는데, 왕계가 직접 수레에서 황급히 내려와 범수를 수레에 오르도록 하였다.

"빨리 말을 몰아라."

왕계가 어자(御者)에게 재촉하는 것으로 보아 이제는 왕계를 믿어도 될 것 같았다.

진나라 국경으로 넘어 들어가 호성현(湖成縣)에 이를 즈음, 서쪽에서 수레의 행렬이 흙먼지를 피우며 다가오는 것이 보였다.

"저기 오는 수레의 행렬이 누구의 것입니까?"

범수가 왕계에게 물었다.

"진나라 재상인 양후(穰侯)가 동쪽 현읍(縣邑)들을 순행(巡行)하기 위해 가는 것입니다."

순간, 범수의 낯빛이 변했다.

"듣건대 양후는 진나라 조정을 손에 쥐고 흔들면서 다른 나라의 유세객이 진나라로 들어오는 것을 몹시 싫어한다고 하였습니다. 그가 유세객을 싫어하는 이유는 자기보다 똑똑한 인물이 진나라로 들어올까 싶어서 그러겠지요. 나를 발견하면 필시 체포하여 욕되게 할 것이니, 그가 지나갈 동안 휘장 안에 숨는 것이 좋겠습니다."

범수는 급히 휘장 안으로 들어가 몸을 감추었다.

얼마 있으니 양후의 일행이 왕계의 수레와 스치게 되었다. 양후는 일단 수레를 멈추고 왕계를 향하여 말을 던졌다.

"알자(謁者) 왕계가 아닌가? 위나라에 사신으로 갔다던데 일은 잘되었소?"

"네, 그러하옵니다. 위나라 왕도 진나라에 대하여 친선의 뜻을 표하였습니다."

"수고했소. 임금이 결과를 초조하게 기다리고 있으니 빨리 가서 잘 보고하시오. 나는 동쪽 현읍들을 살펴보러 가는 길이오."

양후는 수레를 몰아 계속 나아가려 하다가 다시 수레를 돌려서 왕계에게로 다가와 물었다.

"관동(關東)에는 무슨 일이 없었소?"

"아무 일도 없었습니다."

왕계의 표정을 슬쩍 살핀 양후가 정말 묻고 싶은 질문을 꺼내놓았다.

"위나라에서 유세객을 함께 데리고 오는 것은 아니겠지요?"

휘장 안에서 엎드려 있는 범수는 왕계가 어떻게 대답할 것인가 하고 귓바퀴를 곤두세웠다.

"재상께서 유세객을 싫어하는 것은 천하가 다 아는 일인데, 제가 유세객을 데리고 올 리가 있습니까? 아무도 데리고 오지 않았습니다."

"좋소. 가보시오. 유세객이란 작자들은 백해무익한 자들이오. 남의 나라에 들어와 혼란만 가중시킬 뿐이오."

양후는 왕계의 말을 믿고 갈 길을 서둘러 가버렸다. 이제 서로 등을 지고 멀어지고 있는 셈이었다.

"양후는 떠나갔소. 안심하고 나오시오. 휘장 안은 몹시 더울 텐데."

왕계가 휘장 안에 있는 범수를 불러냈다.

범수가 여전히 휘장에서 나오지 않고 휘장을 들치기만 하며 왕계에게 말하였다.

"내가 들으니 양후는 지략이 있는 자라고 하였습니다. 그런데 조금 전에 일을 처리하는 것은 서툴렀습니다. 휘장 안에 사람이 있나 의심하여 살피는 일을 잊어먹었습니다."

그러면서 범수는 휘장에서 막바로 뛰어내려 근처의 수풀 속으로 숨으러 달려갔다.

"아니, 왜 이러시오? 양후의 수레는 멀리 갔다니까."

왕계가 의아해하며 달려가는 범수의 등뒤에 대고 소리를 높였다.

"양후는 자기가 일을 잘못 처리한 것을 뒤늦게라도 깨닫고 또 올 것이 분명합니다."

범수는 잠시 뒤를 돌아보며 손짓으로 이곳에 숨어 있겠다는 표시를 하였다. 왕계는 범수가 지나치게 걱정하는 것이 아닌가 하고 고개를 갸우뚱거리며 앞쪽으로 계속 수레를 몰아 갔다.

한 10리쯤 갔을까. 뒤쪽에서 말발굽 소리가 요란하게 들려 뒤를 돌아보니 과연 범수가 말한 대로 양후가 탄 수레가 질주해 오고 있었다.

"거기 멈추어라!"

왕계의 일행을 멈추게 한 양후는 수레 휘장들을 하나하나 들추며 점검해보았다.

"아까 재상에게 드린 저의 말씀을 믿지 못하셔서 이러십니까?"

왕계가 짐짓 서운하다는 표정을 지었다.

"아, 그게 아니라 요즈음 유세객들의 술수가 워낙 신출귀몰하여 그러오."

수레들을 다 뒤져도 의심스러운 점을 발견하지 못하자 양후가 약간 미안해하며 가던 길로 다시 돌아갔다. 양후의 수레가 완전히 시야에서 사라진 후, 왕계는 수레를 돌려 범수가 숨어 있는 수풀로 돌아왔다.

"정말 당신의 예견은 뛰어나오."

왕계는 범수의 지모(智謀)에 감탄하지 않을 수 없었다. 범수가 진나라로 들어가 큰 인물이 될 것은 의심의 여지가 없었다. 그러나 범수를 진나라 임금에게 어떻게 지혜롭게 연결시켜주느냐가 문제였다.

수도인 함양(咸陽)으로 들어온 왕계는 임금을 뵙고 사신으로 위나라에 다녀온 일에 대하여 보고하였다. 보고를 마친 후, 왕계는 넌지시 임금에게 이렇게 말하였다.

"위나라에 장록 선생이라는 인물이 있는데, 그가 말하기를 진왕의 나라는 지금 누란(累卵)의 위기에 처해 있다고 하였습니다. 제가 놀라서, 어떻게 하면 진나라가 위기에서 벗어날 수 있는지 물어보았습니다. 그러자 그는 진왕이 자기 말만 들으면 나라가 편안해질 것이라고 자신 있게 대답하였습니다. 그러면서 이것은 중요한 사안이기 때문에 서면으로는 전할 수 없고, 직접 알현하여 말씀을 아뢰겠다고 하였습니다."

"진나라가 누란의 위기에 처해 있다구? 어떤 근거로 그런 말을 하는 거야?"

소왕은 자기가 통치하고 있는 나라가 누란의 위기에 처해 있다고 하니 기분이 은근히 상하여 반문하였다.

"그는 다른 사람들이 예측하지 못하는 부분까지 꿰뚫어보는 통찰력이 있으므로, 진나라가 겉으로 볼 때는 평안한 것 같아도 그가 볼 때는 위태한 모양이지요."

왕계는 양손으로 받쳐 들고 있는 규(圭)의 구멍을 통하여 슬쩍 임금의 눈치를 살폈다.

"유세객들은 괜히 나라가 위태롭다느니 어떻다느니 해가면서 자기 이론이 먹혀들도록 술수를 부리는데, 난 그런 것이 딱 싫단 말이야."

소왕도 재상 양후의 영향을 받아서 그런지 유세객들을 싫어하는 편이었다. 왕계는 침을 한 번 꿀꺽 삼킨 후 말을 이었다.

"물론 많은 유세객들이 이 나라 저 나라 다니면서 허튼소리를 하며 제후들을 미혹시키고 있는 것은 사실입니다. 하지만 제가 위나라에서 만난 인물은 그런 유의 유세객들하고는 다른 사람입니다. 임금께서 한번 만나보시기만 하면 그의 실력을 금방 알아보실 것입니다."

왕계가 이렇게 간곡하게 추천을 하자 소왕도 마음이 동하지 않는 바는 아니었다. 하지만 일단은 경계할 필요가 있었다.

"그래, 그를 데리고 왔단 말인가?"

소왕의 질문에 대해 어떻게 대답해야 할지 왕계는 순간적으로 당황했다. 재상 양후에게 거짓말을 한 적도 있는 판에 임금도 유세객을 만날 의향이 별로 없지 않은가. 사실 왕계가 장록 선생으로 알고 있는 위나라 인물을 임금에게 추천하고자 하는 것은 임금의 동생인 재상 양후를 제거하려는 의도에서 그러는 면도 있는데, 자칫 잘못하면 양후와 임금에 의해 왕계 자신과 장록 선생이 먼저 제거될지도 몰랐다.
"아, 제가 데려오지는 않았습니다. 그가 제 발로 곧 뒤따라왔을 뿐입니다."

왕계의 대답을 들은 소왕은 애매한 표정을 짓더니 명령을 내렸다.

"그가 제 발로 왔다구? 그럼 여사(旅舍)에 머물게 하고, 최하등의 거친 음식으로 식사 대접을 받도록 조치하오."

그것은 대접이라기보다 박대에 불과하였다. 소왕은 위나라 인물을 박대함으로써 스스로 돌아가도록 유도하려는 것이었지만, 한편으로는 그 인물을 시험한 연후에 만나보고 싶은 마음도 없는 것은 아니었다. 사실 소왕도 양후나 다른 인척들의 농간에 나라가 좌지우지되는 것을 못마땅하게 여겨 내심 쓸 만한 인물을 구하고 있는 참이었다.

"네, 알아서 조치하겠습니다."

왕계는 임금 앞을 물러가면서 장록 선생이 임금을 알현하기는 어렵겠다는 것을 예감하였다.

범수는 허름한 여사에 머물며 거친 음식으로 식사 대접을 받으면서도 위나라로 돌아갈 생각은 하지 않았다. 그렇게 1년을 버텼는데, 그동안 여러 사건들이 일어나는 통에 진나라 왕은 범수가 진나라에 와 있는 사실조차 잊어먹었다. 재상 양후는 점점 더 세력을 확장하여 자신의 봉지(封地)인 도(陶)를 넓히기도 하였다.

범수는 언제까지나 기다릴 수는 없다는 결론을 내리고 장문의 상소문을 써서 왕계에게 부탁하여 소왕에게 올렸다. 그 내용은 한마디로 임금을 단 한 번이라도 만날 기회를 달라고 간청하는 것이었다. 만나보고 자기가 하는 말이 국가에 별로 유익되지 못하다고 여겨지면 자기를 처형해도 좋다고까지 하였다. 그리고 자기를 추천한 왕계의 변함없는 충성심을 보아서라도 알현의 기회를 달라고 간원하였다. 또한 상소문 중간 중간에 범수 자신의 부국 정책과 정치 철학이 들어가도록 하였다.

범수의 간절한 심정이 구구절절이 배어 있는 것을 본 소왕은 슬그머니 마음이 움직여 왕계에게 범수를 불러오도록 하였다. 물론 아직까지도 소왕과 왕계는 범수를 장록 선생으로 알고 있었다.

왕이 보낸 수레를 타고 이궁(離宮)으로 들어선 범수는 짐짓 왕궁의 법도를 모르는 척하며 복도를 성큼성큼 걸어 들어갔다. 왕이 나와 좌정하기도 전에 범수가 궁으로 들어가려 하였으므로 환관들이 황급히 범수를 막았다.

"왕께서 납시오. 여기 서서 기다리시오."

"진나라에도 왕이 있느냐?"

범수가 버럭 소리를 질렀다.

"무례하게도 그게 무슨 소리냐? 진나라에 엄연히 임금이 계신데."

환관들이 범수를 힐난하자 범수는 더욱 언성을 높였다.

"진나라에는 다만 태후와 양후가 있을 뿐, 왕이 어디 있느냐?"

여기서 태후라 함은 소왕의 어머니 선태후(宣太后)를 가리키는 것으로, 혜왕(惠王)이 죽고 소왕이 즉위할 무렵 소왕의 나이가 너무 어려 선태후가 섭정을 하였는데, 위추부(魏醜夫)로 알려진 사내를 비롯한 여러 남자들과 공공연히 간통을 하며 자기 남동생인 양후와 화양군(華陽君)을 요직에 앉히는 등 권세를 마구 휘둘렀다. 그러므로 소왕은 선태후의 그늘에서 허수아비와 같은 위치에 있었기에 범수는 바로 그 점을 비꼬고 있는 셈이었다.

"무엇이 어쩌구 어째? 이 작자가 어디서 굴러 들어와서 망발을 하는 거야."

이렇게 환관들과 범수가 옥신각신하고 있는 동안 소왕이 들어와 그 싸우는 소리를 들었다. 처음에는 소왕의 얼굴이 벌겋게 달아오르더니 조금 후에 평상의 얼굴로 돌아왔다.

"왜 이리 소란들이냐? 귀한 손님이 왔는데 잘 모시지 않고."

소왕이 환관들을 물리치면서 범수에게로 다가가 사과를 했다.

"과인이 진작부터 만나뵙고 가르침을 받았어야 했는데, 그동안 융족(戎族)인 의거국(義渠國)을 치는 일로 몹시 바빠서 도저히 시간을 낼 수가 없었소."

소왕은 그동안 범수를 소홀히 대접하였던 결례까지 변명하고 있는 셈이었다.

"의거국 치는 일에 대해 아침저녁으로 태후의 지시를 받기 위해 거동하시느라 바쁘셨겠지요."

범수가 한술 더 떠서 대꾸하자 소왕은 잠시 당황한 기색을 떠올렸다.

"어떻게 내가 아직까지 태후의 지시를 받고 있는 줄 아셨소? 다른 사람들은 내가 장성하였으므로 태후의 지시를 받지 않고 스스로 판단하여 결정하는 줄로 알고 있는데."

"그야 간단하지요. 진나라에서 행해지는 정책들을 가만히 보고 있으면 추진력이 없이 질질 끄는 적이 많고, 무언가 빨리 결정이 내려져야 할 때 우왕좌왕하고 있는 적이 많지요. 그것은 임금보다 더 높은 자리가 있다는 증거이며, 임금을 간섭하는 세력들이 있다는 증거이지요. 이번에 의거국 치는 일만 해도 갈팡질팡하지 않았습니까. 다행히 의거국을 점령하여 진나라 현(縣)으로 만드는 것으로 일을 마무리지었지만 말입니다."

"선생의 통찰력은 당해낼 재간이 없소. 사실 의거국 치는 일로 인하여 태후의 재가를 받고 어쩌고 하느라고 정신이 없었소."

소왕이 의거국을 치려고 했을 때 처음에는 태후가 강력히 반대를 하였다. 태후는 의거국 융왕(戎王)과도 간통을 하고 있었는데, 심지어 융왕의 씨를 받아 두 아들을 낳기까지 하였다. 융왕이 태후의 세력을 믿고 방자하게 굴자 소왕이 눈엣가시처럼 여기고 제거하려고 하였다. 그러나 태후의 재가가 없이는 꼼짝을 할 수 없었으므로 소왕은 융왕이 신하의 반역으로 죽었다는 거짓 소문까지 내가며 태후의 허락을 받아내 의거국을 쳤던 것이다. 소왕은 범수에게 차마 그러한 속사정까지 밝히지는 못하였다. 범수의 표정을 슬쩍 훔쳐본 후, 소왕은 다시 한번 민망함을 표하였다.

"이제 의거국 사태도 끝났으므로 과인이 비로소 가르침을 받을 수 있게 되었소. 그동안 과인의 어리석고 미련했던 점을 스스로 민망히 여기오. 삼가 빈주지례(賓主之禮:주인과 손님 간의 예절)로써 대하겠소."

빈주지례로써 대하겠다는 것은 군신지례로 대하지 않고 귀빈으로 모시겠다는 의미였다. 범수는 깊이 머리를 조아리며 말했다.

"빈주지례라니오? 저에게는 너무 과분한 말씀입니다."

이렇게 소왕이 범수를 존귀히 대접하는 것을 보고 좌우의 신하들은 한결같이 숙연해져서 옷깃을 가다듬었다. 일찍이 소왕이 다른 나라에서 온 유세객을 이토록 대우하는 것을 본 적이 없었기 때문이었다. 유세객이라 하면 머리를 흔들며 싫어하던 왕이 아니던가.

소왕이 신하들을 한 번 둘러보고 나서 말했다.

"여봐라. 물러들 가거라."

곧 이궁 안은 텅 비게 되었다. 이제 범수와 소왕만이 남게 된 궁중에서 소왕은 왕으로서의 체면도 벗어버리고 덜컥 무릎을 꿇었다.

"선생께서는 과인에게 무엇을 가르치시려고 하오?"

그러나 범수는 함께 무릎을 꿇고 앉아 있을 뿐 아무 말이 없었다. 신음 소리 같기도 하고 헛기침 같기도 한 소리만 발하고 있었다. 소왕은 일어섰다가 꿇어앉았다가 하기를 세 차례나 반복하며 가르침을 구하였다. 그래도 범수가 아무 말이 없자 실망한 듯 중얼거렸다.

"선생께서는 기어이 과인에게 가르쳐주려 하지 않는구려."

그제야 비로소 범수가 입을 열었다.

"그것이 아니라 제가 입을 열어 임금께 아뢴다는 것은 곧 저의 죽음을 의미하기 때문입니다."

"선생의 죽음을 의미하다니오?"

소왕이 무척 의아한 표정을 지었다.

"저는 이전부터 임금과 친밀하게 지낸 자가 아니라 타국에서 온 기려지신(羈旅之臣)으로 임금과는 소원한 가운데 있었습니다. 그런데 지금 임금께 말씀드리고자 하는 것은 모두 임금의 잘못을 바로잡으려는 것으로, 그것도 임금의 골육지간(骨肉之間)에 관한 사항입니다. 저의 말씀에 임금께서 어떤 반응을 보일지 알 수 없는 처지에 있으므로 저의 말이 곧 죽음을 의미한다고 한 것입니다."

순간, 소왕의 인상이 굳어졌다. 그것은 불쾌함의 표시가 아니라 긴장의 표시라 할 수 있었다. 범수의 입에서 어떤 말이 나올지 소왕도 짐작을 하고 있었기 때문이었다. 소왕은 범수가 말을 잇기를 기다리며 경청하는 자세를 취했다.

"그러나 이제 저는 죽음을 두려워하지 않고 말씀을 올리고자 합니다. 죽음이란 사람이라면 누구나 면치 못하는 것입니다. 이 필연의 추세에 직면하여 제가 죽음으로써 진나라에 조금이나마 도움이 된다면 무엇을 걱정하겠습니까. 제가 두려워하는 것은, 충성을 다하고도 죽고 만 신하를 보고 천하의 선비들이 진나라로 향하던 발길을 다른 나라로 돌리지 않을까 하는 것입니다. 그리고 진나라 백성들이 하고 싶은 말이 있어도 입을 다물어버리지 않을까 하는 것입니다."

"그게 무슨 말씀입니까? 진나라에 도움이 되는 말을 하고도 죽음을 당하다니오? 결코 그런 일은 없을 것입니다."

소왕이 간곡한 음성으로 범수의 마음을 달래었다.

"임금께서 저를 감옥에 넣든지 죽이시든지 하더라도 저는 감히 말씀을 올리겠습니다. 혹 저를 살려 주신다면 그보다 더한 은혜가 없겠으나, 저의 죽음으로써 진나라가 제대로 다스려진다면 구차하게 사는 것보다 죽는 편이 훨씬 나을 것입니다."

범수는 계속 비장한 어조로 말을 이어나갔다. 소왕은 몸둘 바를 모르고 무릎걸음으로 다가오며 다시 한번 다짐을 하였다.

"선생이 죽는 일은 결코 없을 것이오."

그러니까 범수가 죽음을 각오한다고 여러 번 말한 것은 소왕으로부터 죽이지 않겠다는 다짐을 받아내기 위함이라 하여도 과언이 아니었다. 소왕이 계속해서 간절하게 범수의 가르침을 구하였다.

"진나라는 궁벽(窮僻)한 곳에 있으며 과인은 어리석기 짝이 없소. 그렇지만 선생께서 치욕을 마다하지 않고 이곳으로 오셨으니, 이것은 하늘이 과인으로 하여금 선생의 가르침을 받도록 도운 것이라 아니할 수 없소. 또한 이것은 하늘이 선왕의 종묘(宗廟)를 보존하기 위해 큰 은총을 베푸는 것이오. 일이 이러할진대 선생은 아무것에도 꺼리지 말고, 위로는 태후에 관한 일로부터 아래로는 신하와 백성들에 관한 일에 이르기까지 죄다 과인에게 가르쳐주시오. 과인을 의심하지 말기 바라오."

범수는 소왕의 말에 감격한 표정을 지으며 소왕을 향하여 절을 올렸다. 소왕도 범수의 절을 받으며 같이 절하였다. 드디어 범수가 마음에 품은 말들을 꺼내놓았다.

"이제 임금의 마음을 알았으니 황공한 심정으로 말씀드리겠습니다. 임금께서는 지금 위로는 태후의 위엄에 짓눌려 있고, 아래로는 간신들의 아첨에 들떠 있습니다. 이렇게 우왕좌왕하며 미혹된 가운데 현신(賢臣)과 간신들을 구별하지 못하고 계시니, 크게는 종묘가 위험하고 작게는 임금의 몸이 위태롭습니다. 패업(覇業)을 능히 이룰 수 있는 진나라가 지금까지 15년이 넘도록 함곡관(函谷關)을 닫고 산동(山東)으로 군대를 내보내지 못하고 있는 것은, 재상 양후가 진나라를 위하여 계책을 세우는 것이 충성스럽지 않고 임금의 정책도 잘못되어 있기 때문입니다."

소왕은 양후와 자신의 잘못에 대해 깊은 관심을 가지고 물었다.

"원컨대 잘못된 정책이란 것이 무엇인지 듣고 싶소."

그때, 궁정 문 바깥에서 사람의 그림자가 어른거리는 것이 범수의 눈에 들어왔다. 범수는 소왕에게로 바짝 다가가 목소리를 낮추었다.

"양후가 한(韓)·위(魏)를 넘어 제(齊)나라의 강수(綱壽)를 치려고 하는 것은 잘못된 계책입니다. 적은 군대를 출동시키면 제나라를 공략할 수가 없고, 많은 군대를 내보내면 진나라가 위험해집니다. 지금 이웃 나라들이 친선을 맺지 않는 것을 보면서도 먼 곳에 있는 나라를 치는 것이 옳은 일이겠습니까? 이전에 제나라 민왕이 남쪽으로 초나라를 공격하여 장수들을 죽이고 많은 성들을 함락시켰지만, 결국에는 한 치의 땅도 얻지 못하였습니다. 그 이유가 무엇이겠습니까?"

범수는 소왕이 스스로 생각해서 대답하도록 잠시 말을 멈추었다.

"그것은 이웃 나라들이 제나라가 멀리 초나라에까지 군대를 파견하느라고 피폐해진 틈을 타 공격을 해왔기 때문이 아니오?"

"그렇습니다. 제나라가 크게 당한 까닭은 초나라를 쳐서 한나라와 위나라를 살찌웠기 때문입니다. 이것을 가리켜 소위 강도에게 무기를 빌려주고 도적에게 양식을 주는 것이라고 합니다. 왕께서 먼 나라와 친교를 나누면서 가까운 나라를 치는 것보다 더 좋은 방책은 없습니다. 옛날에 조나라가 바로 이 원교근공 정책으로 먼 나라들과 친교를 맺어놓은 연후에 바로 위에 붙어 있는 소국 중산국(中山國)을 늘름 병합해버렸는데, 중원의 그 어떤 나라도 방해하지 않았습니다. 오히려 조나라의 명성이 드높아지고, 사방 5백 리 중산국 땅은 천하 각국의 묵인 하에 명실공히 조나라 땅이 되고 말았습니다."

"원교근공이라? 나도 그런 상식적인 책략쯤은 알고 있소. 하지만 근교원공(近交遠攻)도 가능한 것이 아니오? 이전에 제나라 민왕이 초나라를 쳤으나 오히려 이웃 나라의 공격으로 한 치의 땅도 얻지 못한 것은 근교(近交)를 해놓지 않았기 때문이 아니오?"

"그럼 왕께서는 지금 근교를 해놓고 계신단 말입니까? 그렇게 생각하신다면 그건 큰 착각이십니다. 진나라와 국경을 맞대고 있는 한·위·조·초 네 나라들이 호시탐탐 진나라에 틈이 생기기를 기다리고 있다는 사실을 아셔야 합니다. 그 나라들을 절대로 믿어서는 안 됩니다."

범수의 말에 소왕은 자신 있게 반론을 제기하지 못했다.

"선생의 말대로 원교근공 책략을 쓴다면 어떻게 해야 합니까? 멀리 있는 제나라와 화친하면서 가까이 있는 나라들을 치라는 말인데, 가까이 있는 나라만 해도 한·위·조·초, 이렇게 네 나라나 되지 않소? 네 나라 중 어디부터 쳐야 한단 말이오?"

"그렇지요. 근공을 하는 데도 순서가 있는 법이지요. 우선 왕은 중국의 중추라 할 수 있는 한나라와 위나라하고는 친선을 맺어 함께 중추를 이루십시오. 그러고 나서 조나라와 초나라 둘 중 하나를 쳐야 하는데, 그 가운데서도 강한 나라를 쳐두는 것이 좋습니다. 조나라가 강하면 초나라와 연합하여 치고, 초나라가 강하면 조나라와 연합하여 치면 됩니다. 이렇게 조나라와 초나라를 먹어 들어가면 멀리 있는 제나라도 스스로 위험을 느끼고 두려운 나머지 제 발로 걸어와서 진나라를 섬길 것입니다. 그러면 자연히 한·위도 친선의 관계에서 복종의 관계로 바뀌게 될 것입니다. 그러니까 멀리까지 군대를 보내는 무리한 일을 하지 않아도 된다는 말씀입니다."

소왕의 얼굴에는 감탄의 빛이 어렸다. 그러나 다음 순간, 고민스러운 인상으로 변했다.

"선생의 말을 들으니 불원간 진나라가 패자(覇者)의 나라가 될 것 같은 희망이 솟아오릅니다. 그러나 한·위와 함께 중국의 중추를 이룬다는 것은 쉬운 문제가 아닌 것 같습니다."

소왕은 이제야 한·위와의 관계에 있어 문제가 있음을 솔직히 털어놓았다.

"내가 위나라와 화친하려고 노력한 지가 꽤 오래됩니다. 그러나 워낙 합종책에 미혹되어 있는 나라라 나로서는 화친하기가 여간 힘든 것이 아닙니다. 위나라와 화친할 수 있는 묘책이 있으면 가르쳐주시오."

범수는 잠시 생각을 정리하고 나서 대답했다.

"왕께서 말을 겸손하게 하고, 예물을 중후하게 갖추어 일단 위나라를 섬기는 척하십시오. 그래도 듣지 않거든 진나라 땅의 일부를 떼어주십시오. 그렇게 했는데도 듣지 않거든 군대를 동원하여 공격하십시오. 어찌해서든지 한·위를 끼고 중국의 중추를 이루어야 합니다."

소왕은 범수의 지략에 감복하여 그를 객경(客卿)으로 삼았다. 그리고 그의 말대로 위나라에 대하여 예물 작전을 써서 마음을 돌려보려 했으나 실패했다. 그 다음, 땅을 떼어주겠다고 제의하였으나 그것도 먹혀들지 않았다. 마침내 오대부 관으로 하여금 위나라를 치게 하여 회(懷) 땅을 함락시켰다. 2년 후에는 사구(邪丘) 땅까지 공략하였다. 위나라는 울며 겨자 먹기로 진나라와 화친하지 않으면 안 되었다.

이제 한나라와의 친선 문제를 처리할 때가 되었다. 객경으로 왕의 자문에 응하고 있는 범수가 이 문제를 들고 소왕에게로 나아갔다.

범수는 먼저 지도를 꺼내 소왕에게 펼쳐 보였다.

"여기 보십시오. 진나라 속에 한(韓)나라가 있습니다."

소왕은 처음에는 그게 무슨 말인지 이해가 안 서 얼떨떨한 표정을 지었다.

"진나라 속에 한나라가 있다니오?"

"진나라 지형과 한나라 지형을 잘 살펴보십시오. 한나라 지형이 진나라 쪽으로 구부러져 깊숙이 파고들어와 있지 않습니까? 그리고 한나라에 속하는 성읍들이 진나라 동북부 지역에 여기저기 산재해 있습니다."

그 당시는 영토 국가 시기가 아니고 성읍 국가 시기였기 때문에 뚜렷한 국경선이 그어져 있다기보다 성읍들을 중심으로 나라가 이루어져 있었다. 그래서 겉으로 볼 때는 진나라 영토 안에 한나라 성읍들이 들어와 있을 수 있고, 그 반대의 상황도 있을 수 있었다. 그러므로 사람들이 살지 않는 어떤 광활한 지역은 그 어떤 나라에도 속하지 않는 이른바 공지(公地)로 남아 있기도 하였다.

"진나라 성읍들과 한나라 성읍들이 교차되어 있어 마치 서로 다른 색실로 수(繡)를 놓은 것 같지 않습니까?"

"과연 그렇군."

소왕은 새삼 문제의식을 가지고 지도를 들여다보았다.

"진나라 속에 한나라가 있는 것은, 비유컨대 나무에 좀벌레가 있는 것 같고 사람의 뱃속에 회충이 있는 것과도 같습니다. 천하에 변란이 일어나지 않으면 별 탈이 없겠지만, 천하에 변란이 일어날 경우에는 진나라 안에 들어와 있는 한나라보다 더 큰 골칫거리가 어디 있겠습니까? 마치 회충이 요동하는 것과도 같을 것입니다."

"음, 그렇겠소. 이 일을 어찌하면 좋겠소?"

"왕께서는 하루속히 한나라를 끌어들여 한편으로 만드는 것이 좋겠습니다."

소왕의 얼굴에 곤혹스러운 빛이 스치고 지나갔다.

"방금 말했지만, 위나라와 마찬가지로 한나라도 우리 편으로 끌어들이기 위해 무척 애를 썼소. 그러나 한나라 역시 합종책에 혹하여 우리 말을 듣지 않았소. 아무래도 위나라에 한 것처럼 군대를 동원하여 위협하는 수밖에 없는 것 같은데, 어떤 방법으로 작전을 짜는 것이 효과적이겠소?"

"많은 군대를 동원할 필요도 없이 급소를 찌르면 한나라는 말을 듣지 않을 수 없을 것입니다."

"한나라의 급소라면?"

소왕이 기대에 찬 눈빛으로 범수를 바라보았다.

"한나라의 급소는 형양(滎陽) 땅입니다. 왜냐하면 형양을 공략하면 한나라는 세 조각으로 쪼개져 힘을 못 쓰기 때문입니다."

"어떻게 세 조각으로 쪼개진단 말이오?"

두 조각으로 쪼개진다면 몰라도 세 조각으로 쪼개진다니 소왕으로서는 의아하지 않을 수 없었다.

"여기 지도를 잘 보십시오. 형양을 쳐들어가서 막고 있으면 성고(成皐)와 공(鞏) 지방이 고립되어 그쪽으로 통하는 길들이 막히게 됨으로써 동서가 쪼개집니다. 그리고 위쪽으로 몽둥이처럼 비쭉이 올라가 있는 상당(上黨) 지역도 고립되어, 거기 태행로(太行路)가 끊어져 남북이 쪼개짐으로써 상당 지방의 군대들이 남하할 수가 없게 됩니다. 그러니 세 조각으로 쪼개지는 것이 아니고 무엇입니까?"

"옳거니. 선생은 과연 명전략가요. 선생의 말대로 곧장 한나라로 쳐들어가 형양 지역을 봉쇄하겠소."

소왕은 희색이 만면하였다. 금방이라도 한나라를 쳐들어갈 것처럼 서두르는 소왕을 범수가 차분한 어조로 제지하였다.

"그렇게 전쟁을 서두르실 필요는 없습니다. 진정한 승리는 전쟁을 하지 않고도 이기는 것이 아닙니까? 좀 더 한나라에 유화책을 써보다가 정 안 되면 그때 군사를 일으켜야지요. 상대방을 이길 수 있는 비결을 알고 있는데 조급해할 필요가 없지 않습니까? 여유를 가지고 최선의 방법을 강구하시는 것이 더 큰 이득을 얻을 수 있는 길입니다."

소왕은 절호의 기회를 놓치는 것이 아까운 듯 길게 한숨을 쉬고 나서 범수의 의견을 받아들였다.

범수는 날이 갈수록 소왕의 신임을 받아 더욱더 왕과 친근하여졌다. 그렇게 범수가 소왕의 자문 역할을 한 지 벌써 두서너 해가 흘렀다.

이때쯤 되자, 범수는 정말 소왕에게 말하고 싶었던 내용을 꺼내놓기 시작했다. 하루는 소왕과 범수가 유원(?園 : 궁궐 안의 자연 공원)을 한가롭게 거닐며 이런 이야기 저런 이야기들을 나누었다. 범수가 조용히 입을 열었다.

"제가 산동에 있을 때 제나라에 관하여 이상한 소문을 들었습니다."
"무슨 이상한 소문이었습니까?"
"제나라에는 왕이 없다는 소문이었습니다."
"왕이 없다니오? 엄연히 왕이 있는데."

소왕의 얼굴이 불안해지기 시작했다.

"제나라에는 전문(田文)이라는 자는 있어도, 왕은 없다고들 하였습니다."

범수가 슬쩍 소왕의 표정을 살폈다.

"해괴한 소문이군요. 전문이라는 작자가 나라를 좌지우지하였던 모양이지요?"

"그렇습니다. 그런데 그 이상한 소문이 이 진나라 안에서도 퍼지고 있습니다."

"제나라에 왕이 없다는 소문 말입니까?"

소왕은 빠져나갈 구멍을 찾고 있었다.

"그게 아니라, 진나라에도 왕이 없다는 소문 말입니다."

"음. 그건, 음."

소왕이 말을 더듬거렸다.

"전에도 제가 말씀드린 바 있지만, 진나라에는 태후와 양후는 있어도 왕은 없다고들 합니다. 왕께서도 왜 이런 말들이 떠돌아다니는지 잘 아시면서도 아직까지 어떤 조치를 취하지 않고 계십니다."

"물론 그건 나도 잘 알고 있소. 하지만 어머님이며 외삼촌이고 해서 함부로 어떻게 할 수가 없는 입장이오. 그러나 선생이 오고 나서는 전보다 많이 나아졌소."

"뭐가 나아졌다는 말씀입니까? 태후나 양후가 나아졌다는 것입니까? 왕께서 나아졌다는 것입니까?"

"내가 나아졌다는 말이오. 전에는 양후나 태후의 눈치를 많이 보았는데, 지금은 선생의 말을 더 듣는 편이오."

소왕이 궁색한 변명을 늘어놓았다.

"왕께서는 나라를 위하여 저를 택하시겠습니까, 태후나 양후를 택하시겠습니까?"

"아니, 그게 무슨 말이오?"

소왕은 당황한 기색이 역력하였다.

"이제는 양단간에 결단을 하셔야 할 때가 되었습니다. 태후와 양후는 제가 왕에게 영향력을 끼치는 것을 시기하여 기회만 있으면 저를 제거하려고 노리고 있습니다. 전에도 말씀드린 바 있지만 저는 제가 죽는 것을 두려워하거나 하지는 않습니다. 다만 진나라를 위하여 유익된 일을 하지 못하고 죽는 것이 억울할 뿐입니다."

소왕은 긴장했다. 아닌 게 아니라, 태후와 양후가 세력을 잡고 있는 한 범수의 생명이 위태롭지 않을 수 없고, 범수가 다시 위나라나 다른 나라로 떠나버릴 가능성도 많았다. 정말 양단간에 결단해야 할 시기가 온 것만은 틀림없었다.

소왕이 깊은 생각에 잠겨 있자 범수가 차분한 어조로 입을 열었다.

"무릇 나라를 자신의 뜻대로 이끌어가는 자를 가리켜 왕이라 하고, 또한 이해관계를 능히 다스릴 줄 아는 자를 일컬어 왕이라 하며, 죽이고 살리는 권세와 위엄을 갖춘 자를 왕이라 합니다. 그런데 지금 진나라를 자기 뜻대로 이끌어가는 자는 태후이며, 자기 마음대로 외국에 사신들을 보내 나라의 이해관계를 다스리면서도 왕에게 보고조차 하지 않고 있는 자는 양후이며, 사람들을 무단으로 죽이기를 서슴지 않고 있는 자는 화양군과 경양군이며, 벼슬자리에 나아오고 물러감에 있어 왕의 허락도 받지 않고 있는 자는 고릉군입니다. 이렇게 네 종류의 사람들이 두루 갖추어져 있는 나라치고 위태롭지 않은 나라가 아직 없었습니다."

"음."

왕은 신음 소리를 한 번 크게 내고는 얼굴에 결단의 빛을 떠올렸다.

"좋소. 선생의 말을 들으니 내가 어떻게 해야 할지가 분명해졌소. 하지만 그 네 종류의 사람들을 조정에서 물러나게 하려고 하면 반발이 많을 것이오. 조정과 나라가 혼란에 빠질 위험도 있소. 이 일을 어떻게 처리하는 것이 좋겠소?"

"그 네 종류의 사람들을 제거하는 데 있어서도 한나라를 무력화시키는 전략과 같이 그 급소를 찌르는 것입니다."

"급소라면?"

"양후이지요. 양후만 축출되면 그 나머지는 금방 힘을 쓸 수 없게 되어 있습니다. 경양군과 고릉군은 왕의 동생들이지만, 왕을 의지하고 있다기보다 양후를 등에 업고 있는 것이 아닙니까? 그리고 화양군은 양후의 동생이고, 태후는 양후의 누님이 아닙니까? 다들 양후의 권세를 믿고 양후를 중심으로 뭉쳐 나라를 좌지우지하고 있으니 양후만 제거하면 그들 세력은 저절로 붕괴되고 말 것입니다."

소왕은 자기도 그렇게 생각해오고 있었다는 듯이 천천히 고개를 끄덕이다가 조심스럽게 물었다.

"조정과 나라에 별 부작용 없이 양후를 제거할 수 있는 묘안은 없겠소?"

범수가 목소리를 한껏 낮추어 자신의 계략을 아뢰었다.

"양후를 기습적으로 체포하여 반란죄를 뒤집어씌우는 것입니다. 그 증거로 양후가 그동안 전쟁에서 얻은 전리품들을 자신의 봉지인 도(陶) 땅으로 빼돌려 비축해둔 죄를 추궁하십시오. 그러면 그는 변명의 여지가 없을 것입니다."

"그래, 양후를 반란죄로 처형하란 말이오?"

소왕은 몹시 곤혹스러운 표정이 되었다. 그렇게 제거하는 것은 너무 심하지 않느냐는 뜻이었다.

"양후를 반란죄로 처형하면 부작용이 클 테니까, 일단 반란죄로 묶어두고 타협을 하는 것입니다."

"어떻게 타협을 하란 말이오?"

소왕이 약간 안도의 기색을 띠었다.

"반란죄를 용서해줄 테니까 재상 자리에서 물러나 봉지인 도 땅으로 옮겨가 살라고 하는 것입니다. 그러면 양후는 도 땅에 대한 애착이 많으므로 그곳으로 물러가는 데 동의할 것입니다. 양후로 하여금 그 땅에서 세도를 부리며 살도록 내버려두는 것입니다. 도 땅에서 아무리 세력을 키운다 한들 이곳 함양을 넘보지는 못할 것입니다. 그리고 백성들과 신하들에게는 양후가 건강상의 이유로 재상 자리를 내놓고 봉지로 물러간다고 하면 아무 부작용이 없이 모든 일이 마무리될 것입니다."

소왕은 두렵기는 하지만 범수가 일러준 계획대로 하기로 하였다. 다음 날 저녁 무렵, 소왕은 의논할 일이 있다면서 양후로 하여금 별궁으로 오도록 하였다. 양후는 별 의심 없이 별궁으로 갔다가 소왕의 군사들에게 체포되고 말았다. 그 다음 일들은 범수가 계획한 대로 진행되었다.

양후가 도 땅으로 옮겨가는 날, 소왕은 현관(縣官)들을 시켜 양후의 이사를 돕도록 하면서 수레와 소들을 충분히 공급해주었다. 현관들이 양후의 이삿짐을 싸니 수레 천 승(乘)이나 되었다. 어마어마한 행렬이 함양의 중심 거리를 지나 도 땅으로 향했다. 도로로 몰려나와 양후의 이사 행렬을 구경하던 백성들은 저마다 혀를 내둘렀다.

"수레를 셀 수가 없군. 양후 재상이 그동안 얼마나 재산을 모았기에 저렇게 이삿짐이 많을까? 보물들이 왕실보다도 더 많다고 하던데."

양후를 그렇게 이사 보냄으로써 소왕과 범수가 얻게 되는 이익이 한두 가지가 아니었다. 우선 그런 어마어마한 이사 행렬을 보고 양후가 쫓겨간다고 생각할 백성들은 하나도 없을 것이었다. 그리고 백성들로 하여금 양후가 얼마나 부정축재를 일삼았는가 하는 것을 똑똑히 목격하도록 하는 효과를 얻은 셈이었다. 그리하여 백성들은 양후가 건강상의 이유로 재상 자리에서 물러난 것을 무척 다행으로 생각하게 되었다.

은혜 갚는 일과
원수 갚는 일

　소왕은 곧 범수를 재상에 임명하고, 양후로부터 돌려받은 재상의 인수(印綬)를 범수에게 인계하였다. 그러자 양후를 중심으로 하였던 중신들과 태후의 세력은 차츰 약화되었고, 마침내 태후는 폐위되었으며 화양군·경양군·고릉군은 지방으로 좌천되었다. 이때가 진(秦) 소왕 41년, 그러니까 기원전 266년이었다. 41년 동안이나 태후가 인척들과 더불어 세도를 부렸으니 진나라의 발전이 침체할 수밖에 없었다.
　소왕이 범수에게 응(應) 땅을 봉지로 하사하였으므로 범수는 응후(應侯)로 불렸는데, 진나라에서는 여전히 그의 이름이 장록인 줄 알고 있었다. 물론 위(魏)나라에서는 범수가 이미 죽은 줄로 알고 있었지, 그가 진나라 재상이 되어 있는 줄은 꿈에도 알 리 없었다.
　이 무렵, 진나라에 땅을 빼앗겼던 위나라가 서서히 반격을 가하려고 하자 소왕과 범수는 위나라 세력이 회복되기 전에 또 한번 위나라를 치기로 하였다. 그리고 이번에 아울러 그동안 말을 듣지 않고 있던 한(韓)나라도 쳐서 한나라의 급소인 형양 땅을 봉쇄하기로 하였다.

이런 조짐을 눈치챈 위나라 조정에서는 짐짓 진나라와의 화친을 더욱 다진다는 명목으로 사신을 파견하였는데, 그 사신이 다름아니라 범수 재상의 이전 주인이며 범수를 때려죽이려고 했던 수가였다.

수가는 진나라로 들어와서 왕을 만나보기 전에 진나라의 실력자인 재상을 만나볼 요량으로 객관(客館)에서 머물며 기회를 엿보고 있었다. 이때, 범수가 변장을 하고 수가가 머무는 객관으로 몰래 들어가 수가를 만나보았다. 처음에 수가는 범수를 잘 알아보지 못하였으나 범수가 "주인님' 하고 부르자 눈을 둥그렇게 뜨며 범수를 알아보았다.

"아니, 자네는 범숙(范叔:범수의 字)이 아닌가? 난 자네가 죽은 줄 알았는데."

"네, 그렇습니다. 주인님 덕분에 이렇게 생명을 부지하고 있습니다."

범수가 깊이 머리를 숙여 예를 표하자 수가는 몸둘 바를 몰랐다. 수가는 자기가 범수를 체포하여 매질하는 데 주동 역할을 하지 않았음을 변명하기 시작했다.

"나는 자네를 어떻게 해서든지 방면해주려고 하였으나 위제 재상이 자네를 놓아주려고 하지 않았네. 첩자는 당연히 맞아죽어야 한다면서 그렇게 자네를 심하게 매질하였던 것일세."

"네, 주인님은 저를 살리려고 노력한 것을 잘 알고 있습니다. 주인님을 원망하는 마음은 없습니다."

범수는 말도 되지 않는 수가의 변명을 받아주는 체하였다. 수가는 안도의 표정을 지으며 범수의 옷차림과 행색을 훑어보았다.

"보아하니, 자네의 꼴이 말이 아니네. 여기 진나라로 와서는 무슨 일을 하고 있나? 왕에게 유세를 하여 벼슬자리에도 능히 오를 수 있는 자네가 아닌가?"

"과분한 말씀입니다. 저는 그저 남의 집 품팔이나 하면 족하지요."

"여봐라, 거기 명주로 만든 옷을 한 벌 가지고 오너라."

수가는 수행원들에게 명하여 명주 옷을 가지고 오도록 하여 범수에게 입혔다. 그 옷은 제포라고 하는 것으로, 두꺼운 비단으로 만들어 몸을 따뜻하게 해주기에 충분하였다.

"주인님이 아직도 저를 이토록 생각해주시니 그 은혜 백골난망이로소이다."

범수가 짐짓 감사를 올리자 수가는 슬그머니 다가앉으며 범수에게 물었다.

"내가 위나라에서 듣기에, 진나라에는 장록이라는 재상이 막강한 세력을 지니고 있다고 했다. 그가 왕의 절대적인 신임을 받고 있다고 하니, 왕을 만나기 전에 장록 재상을 먼저 만나 위나라의 입장에 대하여 충분히 설명을 드리는 것이 일을 효과적으로 성사시킬 수 있는 길로 여겨진다. 자네가 아는 사람 중에 장록 재상과 친분이 두터운 인물이 있는가?"

범수는 잠시 생각하는 듯하다가 조심스럽게 입을 열었다.

"제가 모시고 있는 주인이 장록 재상과 친분이 두터운 분입니다. 주인에게 부탁하면 재상을 만나는 일쯤은 문제가 되지 않을 것입니다. 그리고……."

범수가 갑자기 목소리를 낮추었다. 수가는 긴장하여 범수의 다음 말을 기다렸다.

"사실 저는 주인의 동태를 재상에게 보고해 올리는 첩자 노릇을 하고 있는 몸입니다. 그래서 정기적으로 재상을 은밀히 만나 주인의 일거수일투족을 알려줍니다. 그러니 제가 직접 재상에게 말하여 만나게 해드릴 수도 있습니다."

범수의 말을 들으면서 수가는 속으로, 너는 진나라에 와서도 별수 없이 첩자 노릇을 하고 있군, 하며 범수를 은근히 멸시하는 마음을 품었다. 그러나 겉으로는 무척 반색하였다.

"호, 그런가? 그것 참 잘되었네. 자네가 직접 주선을 해주게."

그러나 다음 순간, 수가는 범수의 말들이 거짓인지도 모른다는 생각이 들어 정말 범수가 재상과 직접 통할 수 있는지 시험을 해보고 싶었다. 그래서 일부러 거짓 요청을 해보기로 하였다.

"그런데 위나라에서 진나라로 오는 동안 수레가 고장나고 말들이 병들어버렸네. 그래서 재상에게로 나아가려고 하여도 수레와 말들이 없어 곤란하네. 자네가 재상에게 부탁하여 수레와 말들을 좀 보내주게."

"말들이 몇 마리 필요하십니까?"

"네 마리가 필요하네."

"그건 어렵지 않습니다. 제가 재상에게 말씀을 올려 주선해보겠습니다. 주인에게 말해서 빌려와도 되고."

"자네 주인에게는 비밀로 하고 재상에게 직접 부탁하게."

"네, 알겠습니다."

범수가 자신 있게 대답했다.

범수는 돌아가서 으리으리하게 큰 수레와 실한 네 필의 말들을 갖추어 수가에게로 왔다. 그 수레와 말들을 본 수가는 범수가 진나라 재상과 통한다는 사실을 의심하지 않게 되었다.

"그래, 장록 재상에게 내 이야기를 했는가?"

수가가 기대를 품은 표정으로 물었다.

"물론이지요. 지금 곧 모시고 오라는 분부이셨습니다. 재상도 위나라와 협상하는 일을 제일 중요한 사안으로 여기고 있습니다."

"호, 그런가? 잘 되었군."

범수는 수가를 새 수레에 태워 재상의 부중(府中)으로 데리고 갔다. 말하자면 범수가 수가의 어자(御者) 노릇을 하여 수레를 몰고 간 것이었다. 재상의 부중으로 들어서자, 가신들과 하인들은 수레 앞쪽에 앉아 남의 어자 노릇을 하고 있는 범수를 보고 무척 의아해하며 몸들을 피했다. 재상이 남의 수레를 모는 일을 하다니. 수가는 재상의 부중 사람들이 범수를 대하는 모습을 보고 이상한 느낌을 받았으나, 부중 사람들이 수가 자신의 위엄에 눌려 몸을 피하는지도 모른다는 생각이 들기도 하였다.

재상이 기거하는 집 바로 앞에 이르러 범수는 수레를 멈추고 수가를 돌아보며 말했다.

"여기서 저를 기다리고 계십시오. 제가 먼저 들어가서 재상에게 위나라 사신이 왔다고 말씀드리고 나오겠습니다."

"그러지. 속히 다녀오게나."

수가는 의관을 매무시하며 고개를 끄덕였다. 그런데 범수가 재상의 숙소로 들어간 지 꽤 오래되었는데도 영 나오지 않았다. 수가는 혹시 일이 잘못되어가는 것은 아닌지 점점 마음이 불안해지는 것을 어찌하지 못했다. 마침 재상의 숙소에서 사람이 나오기에 수가는 그를 불러 조심스럽게 물었다.

"범숙이라는 자가 아까 재상의 숙소로 들어갔는데 왜 아직까지 나오지 않고 있소?"

"범숙이라니오? 그런 성함은 들어본 일도 없습니다."

그 사람은 고개를 갸우뚱거렸다.

"이름은 수(睢)라고 하는데."

수가는 더욱 당황했다.

"글쎄, 범숙이든 범수든 그런 사람은 여기 부중에 없거니와 출입하지도 않습니다."

순간, 수가는 범수가 재상의 첩자 노릇을 하고 있으므로 딴 이름으로 출입하는지도 모르겠다고 생각하며 그 사람에게 다시 물었다.

"그럼 아까 나의 수레를 몰고 와서 재상의 숙소로 들어간 사람은 누구요?"

그 사람은 희한한 질문도 다 한다 하는 표정으로 수가를 쳐다보았다.

"아, 재상이 직접 수레를 몰고 왔는데 그것도 모르고 수레를 타고 왔단 말이오? 재상이 이상한 비단옷을 입고 어자 노릇을 하고 있는 걸 보고 우리는 너무도 의아해서 입을 다물 줄 몰랐소."

수가는 어찔 혼절할 것만 같은 충격을 받았다.

"그럴 리가. 진나라의 재상은 장록이라는 이름을 가진 걸로 아는데."

"그분이 바로 장록 재상이오."

"뭐, 뭐라구요?"

수가는 몸을 가누지 못할 정도가 되어 차전횡목(車前橫木)을 붙들었다. 간신히 정신을 차린 수가는 몸을 부들부들 떨며 수레에서 내려와 무릎을 꿇고 육단(肉袒)하였다. 육단이란 죄인이라는 표시로 상의를 끌어내려 어깨를 드러내는 것을 가리키는 말이었다.

"나를 좀 인도하여 재상 앞으로 나아가게 하시오."

무릎걸음으로 나아갈 요량으로 뒤뚱거리며 수가는 그 사람에게 간절히 사정하였다.

수가가 무릎걸음으로 재상의 숙소로 들어가자, 범수는 기다렸다는 듯이 마당에 화려한 휘장을 쳐놓고 많은 가신들과 함께 맞이하였다.

"먼 길을 오느라고 수고하였다. 그런데 웬 무릎걸음이냐?"

범수의 어투는 이미 바뀌어 위엄차게 울렸다. 수가는 무릎걸음으로 좀 더 다가와 머리를 깊이 조아렸다.

"소인은 재상께서 청운(靑雲)의 꿈을 이루어 이렇게 높은 자리에 오를 줄 미처 몰랐습니다. 이와 같이 사람 보는 눈이 없으니, 소인은 다시는 천하의 책들을 읽지 않겠으며 천하의 정사(政事)에 다시는 간언하지 않겠습니다. 소인은 탕확의 벌을 받아 끓는 솥에 들어가야 마땅하나, 청컨대 스스로 북쪽의 오랑캐 나라로 물러나게 해주십시오."

북쪽의 오랑캐 나라라고 하는 것은 진의 북쪽에 위치한 위나라를 비하하여 일컫는 말이었다. 한나절 전까지만 해도 범수 위에 군림하던 수가가 비굴해질 대로 비굴해져 살 길을 찾고 있었다.

"탕확의 죄가 있다고 하면서도 살려달라는 말이지?"

범수는 냉소를 머금으며 되물었다.

"그게 아니라, 재상께서 소인을 죽이시든지 살리시든지 마음대로 하십시오."

수가는 범수가 자기를 불쌍히 보도록 하기 위해 머리를 마당의 돌바닥에 짓찧기까지 하였다.

"너의 죄가 얼마만큼 된다고 생각하느냐?"

범수의 자세는 조금도 흐트러지지 않았다.

"소인 가(賈)의 머리털을 죄다 뽑아서 그것으로 소인의 죄를 센다 하여도 오히려 모자랄 것입니다."

수가는 최대한 과장법을 활용하고 있는 셈이었다.

"그렇게 엄살을 떨 필요는 없다. 너의 죄는 세 가지가 있을 뿐이다. 첫째는, 네가 위제 재상에게 나에 관하여 터무니없이 나쁘게 고자질한 죄이다. 내가 위나라의 기밀을 제나라에 팔아먹는 첩자 노릇을 하였다고 고해바치다니. 내 선인들의 분묘(墳墓)가 위나라에 있는데, 어떻게 위나라를 망하게 할 짓을 하겠는가? 옛날 초나라 소왕 때 신포서(申包胥)라는 신하가 형(荊) 지역으로 쳐들어온 오나라의 군대를 물리치자, 초왕은 그에게 5천 호의 땅인 그 지역을 봉읍으로 하사하려고 하였다. 그러나 신포서는 굳이 사양하여 받지 않았다. 그 이유가 무엇인지 아느냐?"

수가는 자기에게 질문을 던진 줄 알고 대답하려는 자세를 취했으나 범수가 곧장 말을 이었다.

"그것은 신포서의 조상들 분묘가 형 땅에 있었기 때문이다. 신포서가 형 지역을 사수하려고 싸운 것은 나라에 공을 세우기 위하여 그랬다기보다 자기 조상들의 분묘를 지키기 위함이었다. 그러므로 신포서는 자기 할 일을 했을 뿐이라면서 봉읍을 사양한 것이었다. 이렇게 사람마다 자기 조상들의 분묘가 있는 땅을 지키려는 마음들이 있거늘, 내가 어찌 조상의 분묘가 있는 땅을 해치는 짓을 할 수 있었겠는가?"

지난날의 억울한 일들을 떠올리는지 범수의 목소리가 떨렸다. 수가는 더욱 머리를 조아렸다.

"두 번째의 죄는 위제 재상이 나를 매질하고 멍석에 말아 변소간에 둘 때도 그런 일을 말리지 않은 것이다. 오히려 나를 매질하도록 위제 재상을 부추긴 것이 아니냐?"

"아이구, 죽을 죄를 지었습니다."

수가는 아예 흐느끼고 있었다.

"세 번째의 죄는 대부들이 교대로 나에게 오줌을 누는데, 너도 함께 동참한 죄이다."

범수가 수가의 죄 세 가지를 열거하자, 이제 수가는 살려달라는 말도 더 이상 하지 못하고 죽기로 작정한 사람처럼 넋이 빠져 있었다.

"너의 죄질로 볼 때는 죽어 마땅하지만, 네가 그래도 옛정을 생각하여 나에게 제포를 선물로 주었으니 그 일을 가상히 여겨 너의 목숨만은 살려준다."

"네에?"

수가는 자기가 잘못 들었는가 싶어 눈을 휘둥그레 뜨며 다시금 확인을 하였다.

"너를 석방하니 위나라로 돌아가라. 그 대신 한 가지 벌을 받도록 하여라."

"한 가지 벌이라면?"

"자, 여봐라! 손님들을 위하여 주연을 베풀도록 하여라."

범수는 수가에게 한 가지 벌에 대한 설명은 해주지 않고 하인들에게 명하여 잔칫상을 내오도록 하였다. 가신들과 귀빈들이 둘러앉은 상에는 진수성찬이 놓여 있었으나, 범수 앞에 차려진 상에는 좌두(莝豆)가 놓여졌다. 좌두라고 하는 것은 말과 소가 먹는 여물로 풀과 콩을 섞어 삶은 것이었다. 범수 양편에는 경형(黥刑)을 받아 이마에 먹물이 새겨진 험상궂은 죄인 둘이 서 있었다.

"너는 죽어가는 나를 멍석에 말아 거기다 오줌을 누었다. 그러므로 너에게 오줌을 퍼먹여야 마땅하나 자리가 자리인만큼 마소의 여물을 먹도록 하는 것으로 그친다. 자, 우리 마음껏 먹고 마십시다."

범수가 좌중을 향하여 술잔을 들어 건배하자, 모두들 함께 술잔을 들며 재상의 만수무강을 축원하였다. 다른 사람들은 맛있게 먹고 마시는데, 수가는 앞에 높인 좌두를 어떻게 먹어야 할지 난감한 표정을 지으며 머뭇거렸다. 그때, 수가 양옆에 서 있던 죄수 두 사람이 각각 한 팔로 수가의 겨드랑이를 끼고, 나머지 한 팔로는 좌두를 한 움큼씩 집어 올려 수가의 입 속으로 밀어넣었다.

"우엑 우엑."

수가는 토할 듯 구역질을 하면서도 억지로 좌두를 먹지 않으면 안 되었다. 진나라의 대부들 앞에서 마소 취급을 받는 치욕을 당하고 있는 셈이었다. 어느 정도 수가가 좌두를 먹고 나자, 범수가 일어나서 수가에게 명령을 내렸다.

"이제 여물을 먹었으니 위나라로 달려가라. 그리고 위나라를 구렁텅

이로 이끌어가는 위제 재상의 목을 속히 가져오도록 하여라. 그러지 않으면 내가 직접 대량(大梁: 위나라 수도)으로 가서 위제의 목을 베겠다."

수가가 혼비백산하여 위나라로 돌아와 그 모든 사실을 위제 재상에게 알리니, 위제 역시 혼비백산하여 조나라로 달아나 평원군의 집으로 들어가 몸을 숨겼다.

그러던 어느 날, 범수를 진나라 왕에게 추천하였던 왕계가 심각한 얼굴을 하고 범수를 찾아왔다.

"무슨 일이 생겼습니까? 안색이 좋지 않으시군요."

범수가 왕계의 표정을 유심히 살피며 물었다.

"일에는 알 수 없는 것이 세 가지 있고, 어떻게도 할 수 없는 것이 또한 세 가지 있습니다."

왕계가 갑자기 무슨 말을 하려고 하나 범수는 의아해지지 않을 수 없었다.

"알 수 없는 일이 세 가지라니오?"

"보십시오. 하루아침에 임금이 승하하실지도 모르는 일 아닙니까? 이것이 알 수 없는 일의 첫째요, 둘째는 재상께서 언제 관저(官邸)를 버릴지 알 수 없는 것이지요."

관저를 버린다는 것은 범수가 벼슬자리에서 물러난다는 의미이기도 하고, 갑자기 죽는다는 의미이기도 하였다. 범수는 이 사람이 갑자기 불길한 이야기를 왜 하나 싶어 기분이 영 언짢아졌다. 그러나 사람의 운명이란 것은 내일 어떻게 될지 모르는 것이므로 왕계의 말을 반박할 수도 없었다.

"그리고 알 수 없는 일의 셋째는 무어요?"

"셋째는 내가 언제 갑자기 쓰러져 구학(溝壑)을 메우게 될지 모르는 것입니다."

구학, 즉 구덩이를 메운다는 말 역시 죽는다는 말이 아닌가.

"왜 난데없이 그런 말을 합니까? 우리 인생의 죽음이 언제 어떻게 닥칠지 모르기 때문에 오히려 마음 편하게 살아가는 것이 아닙니까? 그걸 안다면 정말 살맛이 안 날 것입니다. 그런데 어떻게도 할 수 없는 일 세 가지는 또 무엇입니까?"

범수는 일단 왕계의 말을 다 들어보기로 하고 말을 잇도록 해주었다.

"어떻게도 할 수 없는 일 세 가지는 바로 이것입니다. 임금이 갑자기 승하하고 난 후에 당신이 나를 등용하지 않은 것을 후회하더라도 어떻게 할 수 없으며, 당신이 관저를 버리는 일이 있고 난 후에 당신이 나를 등용하지 않은 것을 후회하더라도 어떻게 할 수 없는 일이며, 내가 갑자기 구학을 메우는 일이 있고 나서 당신이 나를 등용하지 않은 것을 후회하더라도 어떻게 할 수 없는 것이 그것입니다."

이제야 왕계가 무엇을 말하려고 하는지 분명해지지 않을 수 없었다. 범수를 왕에게 추천하여 재상 자리에까지 올라가도록 하였는데, 자신은 여전히 궁궐에서 귀빈들을 안내하는 알자(謁者) 노릇이나 하고 있는 것이 못마땅하다는 말이었다. 범수는 왕계가 알자의 직책에 만족하지 못하고 과분하게 욕심을 부리는 것 같아 언짢기도 하였지만, 왕계의 불만을 모르는 척할 수도 없는 노릇이었다. 자기를 추천해준 은혜를 갚는다는 의미에서도 무언가 혜택이 돌아가도록 해야만 하였다.

범수가 왕에게 나아가 슬그머니 왕계의 문제를 끄집어냈다.

"이제 와서 말씀드리는 것인데, 사실은 왕계의 충성이 아니었으면 제가 함곡관으로 들어오지도 못하였을 것입니다."

"왕계의 충성이 아니었으면 함곡관으로 들어오지 못했다니 그게 무슨 말이오? 왕계가 전에 나에게 말하기를, 재상이 스스로 왕계를 따라 진나라로 넘어왔다고 하였는데."

소왕이 오래 전의 일을 떠올리는 듯 회상에 젖는 눈빛이 되었다.

"그때는 그렇게 말할 수밖에 없는 사정이 있었습니다. 그 당시 재상이었던 양후나 임금께서 다른 나라에서 유세객이 들어오는 것을 몹시 싫어하였기 때문입니다. 그래서 왕계는 저를 자기 수레에 태워 왔으면서도 제가 스스로 뒤따라온 것처럼 보고를 드렸던 것입니다."

"그랬었군. 그런데 그 이야기를 이제 와서 꺼내는 이유가 무엇이오?"

"왕계가 아니었으면 제가 함곡관을 넘어올 수 없었고, 대왕의 성은이 아니었으면 제가 이토록 귀한 자리에 오르지 못하였을 것입니다. 지금 저의 벼슬은 재상에 이르고, 작위는 열후(列侯)에 이르렀습니다. 하지만 저를 임금님께 추천하였던 왕계는 아직도 알자의 직책에 머물러 있습니다."

"그러니까 왕계를 영전시켜달란 말이군. 사람은 모름지기 자기에게 은혜를 베푼 자를 잊지 않고 그 은혜를 갚아야 하는 법이지. 재상이 왕계의 은혜를 갚고자 하는 뜻을 높이 사서 왕계를 하동(河東)의 태수로 임명하겠소."

그리하여 하동 태수로 임명을 받은 왕계는 이상하게도 3년이 지나도록 조정에 보고서 한 장 올리지 않았다.

왕계가 보고서를 올리지 않는 것을 보고, 범수는 자기가 왕계에게 너무 늦게 은혜를 갚았기 때문에 왕계가 아직도 서운한 마음을 품고 그러는 것이 아닌가 생각했다. 그래서 범수는 자기가 살아오면서 은혜를 입었던 사람들을 하나하나 떠올리며, 때가 너무 늦기 전에 그 은혜들을 갚아나가야겠다고 작정하였다.

누구보다 먼저 위나라에서 범수가 거의 죽게 되었을 때 자기 집으로 데려가 숨겨주고 치료해주었을 뿐 아니라, 왕계를 만나도록 주선해주기까지 한 정안평(鄭安平)의 은혜를 어떤 모양으로든지 갚아야만 하였다. 범수는 사람을 위나라로 보내 정안평이 어디 있는지 수소문하여 진나라로 모셔오도록 하였다. 정안평을 진나라로 모셔온 범수는 그를 소왕에게 추천하여 장군의 지위에 오르도록 함으로써 은혜를 갚았다.

그리고 자신이 곤궁하였을 때 신세진 사람들을 일일이 찾아서 범수 자신의 재물을 풀어 보답하였다. 심지어 한 끼의 밥을 먹여준 은혜까지 보답을 받도록 하였다.

그런데 범수는 은혜 갚는 일만 한 것이 아니라, 수가에게 그랬던 것처럼 자기에게 해를 끼친 자들도 찾아내 어떤 모양으로든지 보복을 하였다. 심지어 애자지원, 즉 눈을 한 번 흘긴 행위까지 갚아주었다. 그래서 진나라에서는 '한 끼의 밥을 베푼 은혜도 반드시 보답을 받고, 눈을 한 번 흘긴 행위도 반드시 보복을 받는다'는 말들이 퍼지면서, 이웃 사람들을 대하는 태도들이 눈에 띄게 달라졌다.

그런데 범수의 가장 큰 원수라 할 수 있는 위제는 아직까지 머리털 하나 다치지 않고, 조나라 평원군의 집으로 피신하여 귀빈 대우를 받고 있는 것이 아닌가. 범수는 위제에게 원수를 갚지 못하여 마음이 상할 대로 상한 나머지 안색이 좋지 않았다.

하루는 소왕이 범수의 안색을 살피며 물었다.

"요즈음 어디 몸이 좋지 않은 구석이라도 있소?"

"몸에 병이 있는 것이 아니라 마음에 울화가 차서 그러하옵니다."

"마음에 울화가 차다니. 재상의 말을 듣지 않는 신하라도 있단 말이오?"

"그것도 아닙니다. 제가 갚기를 소원하는 원수를 갚지 못하여 그러하옵니다."

"재상의 권세로 갚지 못하는 원수가 아직까지 있단 말이오? 그자가 도대체 누구요? 나도 재상이 원수 갚는 것을 돕고 싶소."

범수는 기회를 놓칠세라 자기가 위나라 재상이었던 위제에게 얼마나 굴욕을 당했는지 그 자초지종을 이야기하고, 그자가 지금 조나라로 피신하여 평원군 집에 숨어 있는 사실까지 알려주었다.

"알았소. 내가 나서서 위제의 목을 베어 오도록 하여 재상에게 선물로 주겠소."

"황공하옵니다."

범수가 물러간 후, 소왕은 곧장 평원군에게 친선을 위하여 진나라로 초대한다는 내용의 서한을 보냈다.

'과인은 당신이 높은 뜻을 품고 있다는 소문을 듣고 신분에 구애됨이 없이 벗으로서 서로 교제를 나누기를 원해왔소. 이번에 과인은 한 열흘 쯤 당신과 함께 술을 마시며 사귐을 가졌으면 하는데 부디 진나라에 들러주었으면 하오.'

소왕의 친필 서한을 받은 평원군은 진나라 왕의 요청을 함부로 거절할 수도 없고 하여 진나라로 건너와 소왕과 교제를 나누게 되었다. 소왕은 서한의 내용 그대로 평원군을 평소에 존경하여 초대한 것처럼 평원군에 대한 찬사를 늘어놓았으며, 며칠 동안 다른 말은 하지 않고 그저 주연을 베풀어 대접만 해주었다.

융숭한 대접을 받은 평원군이 소왕에 대한 경계심을 풀고 마음이 느슨해져 있을 무렵, 소왕이 슬그머니 위제의 문제를 끄집어냈다.

"듣자 하니 당신의 집에 어떤 유력 인사가 숨어 있다고 하던데 그자가 누구요?"

평원군은 속으로 뜨끔했지만 시치미를 떼었다.

"유력 인사가 숨어 있다니오? 그 사람은 우리 집에 귀빈으로 잠시 들렀을 뿐입니다. 위나라 재상으로 있다가 이제 물러나 천하 각국을 유람하는 중에 평소에 친분이 있던 우리 집을 방문한 것이지요. 지금쯤은 아마 우리 집을 떠나 다른 곳으로 가 있을 겁니다."

"호, 그래요? 그자가 왜 위나라 재상 자리를 그만두고 그렇게 돌아다니는지 아십니까?"

소왕이 평원군의 안색을 슬쩍 살피며 천천히 물었다.

"저는 구체적인 이유는 잘 모릅니다. 다만 위나라 조정의 시기하는 무리들이 모함을 해서 쫓아낸 것이 아닐까 그 정도로 생각하였습니다."

평원군은 자기는 아무것도 모른다는 식으로 발뺌을 하고 있었다.

"그 위제라는 작자가 위나라 재상으로 있을 때 얼마나 나쁜 짓들을 했는지 모른단 말이오? 지금 우리 진나라 재상으로 있는 범군(范君 : 범수를 높여 부르는 말)도 위나라에서 위제에게 말할 수 없는 치욕을 당하고 자칫했으면 죽을 뻔하였소. 이제 범군이 위제에게 원수를 갚고자 한다는 소문을 듣고, 위제가 두려운 나머지 당신 집으로 숨어 들어간 것이오."

"아, 그런 일이 있었군요."

평원군은 여전히 딴전을 부렸다.

"재상이 위제에게 원수를 갚기 전에는 아무 일도 못할 것처럼 울화가 차 있으니, 진나라 조정을 위해서도 재상의 원수를 갚도록 해주어야겠소. 그러니 당신이 진나라와의 친선을 귀중히 여긴다면 위제의 목을 가지고 오도록 하시오."

이제야 평원군은 소왕이 왜 자기를 진나라로 초대하였는지 그 이유를 분명히 알 수 있을 것 같았다. 이 올모에서 벗어나는 길은 일단 거짓말을 하고서라도 진나라 지역을 빠져나가는 수밖에 없었다.

"음, 정 그러시다면 저에게 시간적인 여유를 주십시오. 제가 조나라로 가서 동태를 살핀 후 위제의 목을 가지고 오겠습니다."

그러나 평원군의 술책에 넘어갈 소왕이 아니었다.

"당신은 여기 머물러 있고, 심복을 보내 위제의 목을 베어 오도록 하시오."

"그럼 저를 인질로 잡고 위제의 목과 교환하겠다는 말입니까?"

평원군은 정신이 번쩍 드는 기분이었다. 그제야 평원군은 정색을 하고 자신의 심중을 밝혔다.

"존귀할 때 교제하여 벗을 만드는 것은 비천하게 되었을 때 도움을 받고자 함이요, 부유할 때 벗을 만드는 것은 가난하게 되었을 때 도움을 받고자 함입니다. 위제가 존귀할 때 저를 벗으로 삼았으니, 위제가 비천하게 된 지금 저로부터 도움을 받고자 하는 것은 당연한 일이 아닙니까? 저 또한 언제 비천하게 되어 위제의 도움을 받아야 할지 모르므로 위제를 배신할 수는 없습니다. 지금 위제가 우리 집에 거하지도 않으니 저에게 위제의 목을 요구하심은 무리한 일인 줄 아옵니다."

평원군이 단호하게 나오자 소왕은 더 이상 강요하지는 않았다.

"알겠소. 하지만 위제의 목이 진나라로 들어오기 전까지는 당신이 진나라를 벗어날 수 없다는 것을 아시오."

"그렇게 되더라도 친구의 목을 가지고 올 수는 없습니다."

소왕은 평원군을 연금하여 가둔 후, 평원군의 형인 조나라 효성왕(孝成王)에게 서한을 보냈다.

왕의 아우 평원군은 이곳 진나라에 있소. 우리 진나라 재상의 원수인 위제가 지금 평원군의 집에 숨어 있다고 하니, 왕께서는 사람을 시켜 속히 위제의 목을 진나라로 가지고 오게 하시오. 그렇게 하지 않으면 왕의 아우는 한 발짝도 진나라 관문 밖으로 나가지 못할 것이오. 그리고 더 나아가 군대를 동원하여 조나라를 칠지도 모르니 나의 요구 사항을 들어주기 바라오.

소왕의 편지를 받은 효성왕은 아우의 생명과 조나라의 안전을 위해서 위제의 목을 진나라로 보내지 않으면 안 되었다. 급히 군사들을 평안군의 집으로 출동시켜 위제를 잡아오도록 하였다. 그러나 위제가 먼저 그 사실을 알고 밤을 타서 도망하여, 서로 절친한 사이인 조나라 재상 우경(虞卿)의 집으로 피신하였다. 말하자면 위제는 자신이 어려운 지경에 처할 경우에 대비하여 평소에 여러 나라의 실력자들을 친구로 삼아놓았던 것이다.

위제가 우경에게 다급하게 부탁하였다.

"임금이 나를 체포하고자 하는 것은 필경 진나라로부터 위협을 받았기 때문일 것이오. 일전에 평원군이 진나라 왕의 초청을 받아 가려고 할 때, 아무래도 무슨 음모가 있는 것 같아 내가 평원군에게 진나라로 가지 말라고 몇 번이나 간곡히 당부하였는데, 평원군은 진나라 왕의 초청을 거절할 수 없는 입장이라면서 건너간 것이지요. 틀림없이 진나라 측에서 평원군을 인질로 잡고 내 목을 요구하고 있을 것이므로 임금도 곤란한 지경에 처해 있을 것이오. 그러나 나에게 평원군을 진나라에서 구출해 올 계교가 있으니, 재상이 임금에게 간하여 성급히 내 목을 치려고 하기보다 일단 시간을 끌어보라고 하시오."

우경은 몹시 난처한 표정을 지으며 고개를 저었다.

"지금은 시간을 끌거나 할 수 있는 상황이 아닌 모양이오. 진나라 왕의 독촉이 너무나 심하여 내가 간한다고 해서 임금의 마음이 바뀔 리 없소."

"그럼 어떻게 하는 것이 좋겠소?"

위제가 초조해하며 우경의 눈치를 살폈다. 우경은 고개를 깊숙이 숙인 채 얼마 동안 생각에 잠겼다. 답답해진 위제가 조심스럽게 다시 입을 열었다.

"나를 임금에게 넘겨주지 못해 고민하는 거요? 정 넘겨주고 싶으면 넘겨주시오. 내 한 몸 죽는 것은 억울하지 않으나 친구끼리의 신의가 무너지는 세태를 탄식할 뿐이오."

위제는 자신의 운명을 예감하는지 길게 한숨을 쉬었다. 드디어 우경이 고개를 들고 엄숙한 표정을 지으며 말했다.

"당신을 임금에게 넘겨줄 수는 없소. 나를 친구로 믿고 당신의 몸을 나에게 의탁한 것인데, 어찌 나의 안일을 위하여 친구를 배신할 수가 있겠소?"

"그럼 어찌한단 말이오? 언젠가는 임금도 내가 재상의 집에 피해 있는 사실을 알게 될 텐데."

"내가 재상으로 있으면서 당신을 숨겨두는 것은 임금을 배신하는 일이 되므로, 재상 자리를 내놓고 당신과 함께 이 조나라를 떠야겠지요."

우경은 이미 결심이 선 듯 어금니를 악물었다.

"조나라를 뜨다니오? 나 때문에 부귀영화를 다 버리고 다른 나라로 간단 말이오?"

"꼭 당신 때문에 그러는 것은 아니오. 나도 이제 재상 자리에서 물러날 때가 되었다고 느끼고 있었소. 수치스럽게 물러나느니보다 내 스스로 물러나는 것이 좋을 것이오."

그러면서 우경은 허리에 차고 있던 재상의 인수를 풀었다.

우경은 재상의 인수를 풀어놓고 위제와 함께 조나라를 도망쳐 빠져나왔다. 위나라 지경으로 들어선 두 사람은 어디 몸을 피해 의탁할 곳이 마땅치 않았다. 위제는 이미 위나라에 있는 것이 위험하다는 것을 알고 조나라로 피해 갔던 몸이 아닌가.

"나는 전에 위나라 재상으로 있었던 몸이지만, 여기 위나라에서는 나를 아무도 환영하지 않을 것이오. 나를 숨겨두고 있다는 것을 진나라에게 들키게 되면 위나라가 어떤 화를 당할지 모르기 때문에, 모두들 나를 문둥병자처럼 꺼리고 있을 뿐이오. 위나라 세력가들은 조나라 선비들처럼 의리를 아는 자들이 아니오. 그러니 아예 초나라로 내려가는 것이 좋겠소."

위제의 제안에 우경도 동의한다는 듯 고개를 끄덕이며 자신의 생각을 내비쳤다.

"위나라 세력가들이 의리를 알지 못한다고 하였는데, 내가 소문에 듣기로는 신릉군(信陵君)은 그렇지 않다고 하였소."

"물론 위나라 세력가들 중에서는 신릉군이 제일가는 인격자이지요."

위제는 좀 힘이 빠진 목소리로 우경의 말에 동의를 표하였다.

"그러니 위나라에서 믿고 의탁할 수 있는 인물은 신릉군밖에 없다고 생각되오. 우리가 초나라로 들어가려면 통행증도 구해야 하고 여비도 필요하니, 신릉군의 도움을 빌리도록 합시다. 우리가 위나라에 언제까지나 머무를 것이 아니라 곧 초나라로 들어갈 것이므로 신릉군도 그렇게 박대하지는 않을 것이오."

우경이 어느 정도 희망적인 견해를 표명하자 위제도 제법 기대를 가지는 기색을 띠었다.

"사실 내가 조나라로 도망 가기 전에 신릉군의 집에 들어가 숨어 있을까 생각하기도 하였소. 하지만 마침 그때 신릉군이 위나라에 있지 않고 다른 나라에 가 있었기 때문에, 부랴부랴 조나라로 피신하여 평원군에게 의탁하였던 것이오. 내가 직접 신릉군을 찾아가서 부탁하면, 신릉군이 다른 위나라 세력가들과는 달리 선뜻 도와줄지도 모르오. 그러나 사람들의 눈도 있고 하니, 우경 당신이 내 이야기를 하며 신릉군에게 부탁해보시오. 어쩌면 쉽게 일이 풀릴 수도 있을 것이오. 그런데 신릉군을 대면한 적이 있소?"

"아직 대면한 적이 없소. 하지만 신릉군을 모시고 있는 후영(侯嬴)이라는 자는 이전부터 아는 사이이니 그에게 부탁하여 다리를 놓아달라고 하면 될 것이오."

우경은 후영을 불러내 자신들의 처지를 설명하고는 신릉군에게 잘 말해달라고 부탁하였다.

후영이 신릉군에게 가서 고하였다.

"조나라에서 우경이라는 자가 와서 주인님을 만나고자 합니다."

"우경이라면 조나라 재상이 아니오? 무슨 일로 이리 급하게 왔단 말이오?"

신릉군이 무척 경계하는 표정을 지어 보였다.

"지금은 조나라 재상이 아닙니다. 재상직을 내놓고 초나라로 가는 길에 잠시 주인님의 신세를 질까 해서 들르려고 합니다."

"갑자기 재상직을 내놓고 먼 나라로 가려고 하다니 필시 무슨 곡절이 있을 것이오. 도대체 우경이란 자는 어떤 인물이오?"

후영은 잠시 생각을 정리하는 듯 뜸을 들였다가 입을 열었다.

"남이 나를 알아주는 것은 원래 쉬운 일이 아니며, 내가 남을 아는 일 역시 쉬운 일이 아닙니다."

"내가 우경을 알아주지 않는다는 뜻으로 그런 말을 하는 것이오? 그럼 그대가 아는 우경에 대해 말해보오."

"저도 우경을 다 아는 것은 아니지만 아는 대로 말씀 올리겠습니다. 우경이 짚신을 신고 자루 긴 우산을 멘 초라한 차림으로 조나라 왕을 한 번 만났는데, 조나라 왕은 단번에 그 인물을 알아보고 백벽(白璧) 한 쌍과 황금 일백 일(鎰)을 하사하였습니다. 그리고 두 번째 만났을 때 조나라 왕은 그를 상경(上卿)에 임명하였습니다. 세 번째 만났을 때는 그에게 재상의 인수를 내리고 만호후(萬戶侯)에 봉하였습니다. 그 당시에는 우경이 어떤 인물인가 하고 사람들이 너도나도 그를 알려고 몰려들었습니다. 그러다가 위제가 곤경에 처하여 도움을 구하기 위해 우경에게로 가자……."

"위제라니? 우리 위나라 재상을 지냈던 위제 말이오?"

신릉군이 긴장하며 후영의 말을 막으면서 반문하였다.

"그렇습니다. 위제가 진나라의 위협으로 평원군의 집에도 숨어 있지 못하고 곤란하게 되자 우경에게로 갔던 것입니다. 그러자 우경은 친구와의 신의를 지키기 위하여 재상직도 버리고, 만호후로서의 부귀영화도 버리고 궁지에 빠진 친구를 돕기 위해 여기까지 온 것입니다."

신릉군은 우경의 인격에 감동을 받은 표정이었다. 그러나 위제가 위나라로 들어왔다면 문제는 복잡해지지 않을 수 없었다.

"위제를 받아들이면 곤란한 문제가 한두 가지가 아닌데."

신릉군의 마음을 읽은 후영이 간곡한 어조로 말했다.

"주인님은 위제와 오랜 친구 사이가 아닙니까? 그런데 우경이 위제를 위하여 희생한 것처럼 주인님이 친구를 위하여 희생한 것이 무엇 있습니까? 친구가 영영 주인님의 집에 머물고자 하는 것도 아니고, 초나라로 가는 길에 잠시 묵었다 가려고 하는데 그런 편의도 못 보아준다는 것입니까?"

"진나라가 그 사실을 알면 그걸 꼬투리로 우리를 귀찮게 할까 싶어 그러는 거지, 나 개인적으로야 얼마든지 돕고 싶소."

신릉군이 어물거렸다.

"아직 진나라에서는 위제가 여기로 온 사실을 잘 알 수 없을 것입니다. 그리고 이 일은 어디까지나 비밀로 하면 되는 것 아닙니까? 우경이 어떠한 인물인가 물으시기에 저는 제가 아는 우경에 대하여 말씀드렸습니다. 그런데 다른 사람들이 주인님이 어떠한 인물이냐고 저에게 묻는다면 저는 어떻게 대답해야 합니까?"

후영의 말은 신릉군의 양심을 찌르기에 충분하였다. 얼굴이 벌게진 채 안절부절못하다가 드디어 신릉군이 마음을 정하고 후영에게 말했다.

"그대의 말을 듣고 우경의 인격에 비추어보니 나 자신이 부끄럽소. 지금 당장 우경과 위제를 모시러 갑시다."

그리하여 신릉군과 후영이 수레를 몰고 들판으로 나아가서 우경과 위제를 맞이하여 집으로 모셨다.

그런데 후영으로부터 자초지종을 들은 위제는 낯빛이 달라졌다.

"신릉군이 나를 몹시 꺼려했지만 우경의 인격에 감동을 받아 나를 받아들였단 말이오? 난 신릉군이 나를 보고 우경도 받아들인 줄 알았는데, 아, 내 인격이란 것이 이것밖에 되지 않는구나!"

비통하게 탄식한 후, 위제는 그 자리에서 칼을 뽑았다.

"아니, 왜 이러십니까?"

후영이 당황해하며 소리쳤다.

"내가 어려운 중에도 지금껏 견딜 수 있었던 것은 친구들이 나를 인격적으로 대해주었기 때문이오. 그런데 신릉군은 나를 모독했소."

위제는 칼을 세워 자기 목을 깊숙이 푹 찔렀다.

성공한 곳에는
오래 머물지 말라

    위제가 위나라에서 자결하였다는 소식을 들은 조나라 효성왕은 급히 사람을 보내 위제의 시체를 요구하였다. 위나라에서는 위제의 시체를 처리하는 것이 곤란한 문제였으므로 선뜻 조나라의 요구를 들어주었다. 효성왕은 위제의 시체를 인계받아 그 목을 베어 진나라에 보냈다. 그러자 진나라 소왕은 평원군을 풀어주어 조나라로 돌아가게 하였다.

    우경은 위제의 죽음으로 인하여 깊이 낙담한 나머지, 초나라로 내려가려는 계획도 포기하고 위나라의 시골 구석에 은거하며 쓸쓸한 말년을 보냈다.

    진나라는 범수(范雎)의 계획대로 위(魏)·한(韓)을 끌어들여 중국의 중추를 장악하는 방향으로 정책을 계속 추진해나갔다. 위나라는 수차례에 걸친 진나라의 공격에 한풀 꺾였으나, 한나라는 여전히 진나라의 말을 잘 듣지 않고 있었다. 그래서 진나라는 부득이 군대를 동원하여 한나라의 급소라 할 수 있는 형양 땅을 점령하고, 소곡(少曲)·고평(高平)·분(汾)·형(陘) 등 한나라의 주요 지역들을 침으로써 위세를 떨쳤다.

그 다음, 진나라는 조(趙)·초(楚)를 위압하기 위한 정책의 일환으로 일단 초나라와는 화친을 맺고, 조나라를 무력으로 공격하기로 하였다.

소왕은 조나라 침공 명령을 내리기에 앞서 범수 재상을 불러 의논하면서 염려되는 점들을 털어놓았다.

"무엇보다 조나라에 있는 두 인물이 두렵소."

"누가 두렵다는 것입니까?"

범수는 소왕이 누구를 두려워하고 있다는 것쯤은 다 알고 있었지만 짐짓 모르는 척하며 물어보았다.

"평원군이라는 인물이 조나라에 있는 한 조나라가 쉽게 무너질 것 같지 않단 말이오. 일전에 위제의 목을 가지고 오는 문제로 내가 평원군을 위협한 적이 있지 않소? 하지만 평원군은 눈 하나 깜짝하지 않고, 자기가 연금되거나 죽을지언정 친구의 목을 가지고 오지는 않겠다고 당당하게 버텼소. 그때, 나는 평원군이 보통 인물이 아니라는 것을 알았소."

"또 하나의 인물은 누구입니까?"

"조나라 군대를 지휘하고 있는 염파(廉頗) 장군이오. 그가 조나라 군대를 지휘하고 있는 이상, 조나라 군대가 쉽게 항복할 것 같지 않단 말이오."

"그렇습니까? 그럼 제가 그 두 인물에 대하여 말씀드리지요."

범수는 소왕의 염려를 풀어드리겠다는 듯 자신 있는 표정을 지어 보이며 말을 이었다.

"정(鄭)나라 사람들은 아직 갈지 않은 옥(玉)을 박(璞)이라 부르고, 주(周)나라 사람들은 아직 말리지 않은 쥐고기를 박(朴)이라 부릅니다."

소왕은 범수가 인물평을 한다고 해놓고 왜 엉뚱한 소리를 하는지 의아한 생각이 들었다.

"왜 갑자기 갈지 않은 옥 이야기와 말리지 않은 쥐고기 이야기가 나오는 거요?"

"제 이야기를 좀 더 들어보십시오. 주나라 사람이 박(朴)을 가지고 와서 정나라 상인에게 사겠느냐고 물었습니다. 그러자 정나라 상인은 박(璞)을 사라는 줄 알고 사겠다고 얼른 대답하였습니다. 그런데 주나라 사람이 내놓는 것을 보니 박(璞)이 아니라 박(朴)이었습니다. 정나라 사람은 그 쥐고기를 보고 깜짝 놀라며 이게 무슨 박이냐고 따졌습니다. 주나라 사람은 이게 박이 아니고 무엇이냐고 대들었습니다."

아직까지도 소왕은 범수가 말하려는 의도를 잘 파악하지 못하고 있었다. 범수의 말이 계속 이어졌다.

"정나라 사람이 속은 것은 박(朴)과 박(璞)의 발음이 같았기 때문입니다. 그러나 같은 소리로 들리지만 사실은 물건이 서로 다른 것이었지요. 정나라 사람이 귀에 들리는 소리로만 판단하지 않고, 그 물건을 실제로 보고 실물을 파악했다면 속지 않았을 것입니다. 이와 같이 천하의 사람들이 평원군의 명성에 대해 들리는 소리로만 판단할 뿐, 그 실제를 보지 못하기 때문에 필요 이상으로 높이 평가하고 있는 것입니다."

여기에 대해서는 소왕도 반박할 말이 있었다.

"나는 실제로 평원군을 가까이서 보고 판단을 한 것이란 말이오. 그냥 소문으로만 듣고 판단한 것이 아니오."

"물론 임금께서 평원군을 직접 만나보셨지요. 하지만 여전히 그동안 들었던 소문의 영향에서 벗어나지 못한 채 그를 평가하신 것입니다. 평원군은 자기가 위제의 목을 베지 않아도 누군가의 손에 의하여 위제의 목이 진나라로 굴러 들어올 것을 알고 있었기 때문에, 친구와의 의리를 지키는 척하며 그렇게 당당하게 버틸 수 있었던 것입니다. 임금께서는 평원군이 조금도 두려워하지 않고 친구와의 의리를 택하는 것을 보고, 그동안 그에 대하여 들어온 소문을 상기하고는 미처 그의 의도를 파악해보기도 전에 그를 높이 평가하신 것에 불과합니다. 마치 '박'이라는 소리만 듣고 그 실상은 알아보지 않은 정나라 사람과 같지요. 한 가지 비밀을 말씀드리면, 평원군은 일찍이 자기 아버지 무령왕(武靈王)을 사구(沙丘)의 행궁(行宮)에서 굶어죽게 한 장본인이라는 사실입니다."

"그, 그게 정말이오?"

소왕은 금시초문의 사실에 놀라움을 표시하였다.

"무령왕이 자연스럽게 병으로 죽은 것처럼 꾸몄지만, 사실은 그 자식들이 굶겨 죽인 것입니다. 그러므로 평원군을 조금도 두려워하실 필요가 없습니다. 그는 소문과는 달리 불효자요, 졸장부에 불과합니다."

범수의 말에 소왕은 다소 안도의 기색을 떠올리며 염파에 대해서는 어떻게 생각하느냐고 물었다.

"염파로 말씀드릴 것 같으면, 그 사람이야말로 명장군이지요. 임금께서 말씀하신 대로 염파가 조나라 장군으로 있는 한 우리 진나라가 승리하기는 사실 힘들 것입니다."

"그럼 어떻게 하면 좋겠소?"

소왕의 표정이 다시 어두워졌다.

"그 문제에 대해서도 그리 염려하시지 마십시오. 저에게 계략이 다 있습니다. 반간(反間)을 사용하여 거짓 소문을 흘려 조나라 지휘관을 바꾸면 됩니다. 두고 보십시오. 때가 되면 반간 책략을 쓰겠습니다."

"재상의 지략만 믿을 뿐이오. 그럼 이제 백기(伯起) 장군에게 조나라 진격 명령을 내리겠소."

그리하여 조나라로 쳐들어가 장평(長平)에서 조나라 군대와 대치하게 된 진나라 군대는 애초에 범수가 예상했던 대로 고전을 면치 못하였다. 조나라 염파 장군은 속전속결로 전쟁을 마무리하려는 진나라의 속셈을 꿰뚫어보고, 성안에 틀어박힌 채 지연 작전을 썼다. 멀리 원정을 와서 보급선이 길어진 진나라는 3년간이나 전쟁이 질질 이어지자 지칠 대로 지쳐 퇴각하기 일보 직전에 처했다.

이때, 범수는 반간 책략을 써서 간첩들을 조나라 진중으로 잠입시켜 유언비어를 퍼뜨렸다.

"염파는 늙고 겁이 많아 진나라 군사들과 싸울 생각을 않고 성안에 틀어박혀만 있다."

"진나라 군사들이 제일 두려워하는 조나라 장군은 조사(趙奢)의 아들 조괄(趙括)이다."

"조괄이 조나라 장수가 되면 진나라 군대는 그날로 줄행랑을 칠 것이다."

이런 소문들이 조나라에 퍼지자, 염파 장군이 전쟁을 오래 끄는 것에 불만을 가지고 있던 조나라 효성왕은 진나라 군대를 속히 물리치고자 하는 욕심에서 염파를 면직시키고 대신 조괄을 장수로 세웠다. 이때, 인상여(藺相如)라는 현신이 병석에서 이 소식을 듣고 부랴부랴 사람을 보내 효성왕에게 간하였다.

"왕께서는 명성에만 현혹되어 그 실상을 알지 못하십니다. 조괄은 명성만 있지, 임기응변은 도대체 모르는 꽉 막힌 사람입니다. 비유컨대 조괄은 거문고 바닥에 아교풀을 칠해 줄들을 고정시켜놓고 거문고를 켜는 자와도 같습니다. 조괄이 어릴 적에 아버지 조사로부터 병법을 배웠는데, 조사가 보기에 조괄이 지니고 있는 지식에는 아무 흠이 없었습니다. 그러나 조사는 조괄에게 잘한다는 말은 한마디도 하지 않았습니다. 왜냐하면 조괄은 지식은 완벽하게 갖추고 있지만, 그 지식을 활용하는 지혜는 모자랐기 때문입니다."

그러나 효성왕은 인상여가 조괄을 괜히 시기하여 그런 말을 한다고 생각하고, 자기 고집대로 조괄을 장수로 임명하여 장평으로 보냈다. 그러자 이번에는 조괄의 어머니가 효성왕에게 상소문을 올려 조괄의 장수 임명을 재고해주기를 간곡히 아뢰었다.

"조괄은 조사와 부자지간이지만, 그 마음 쓰는 것은 천양지판입니다. 아버지 조사는 음식을 나누어 먹는 친한 벗이 몇십 명이나 되고, 그냥 벗으로 사귀는 사람들은 수백 명이나 됩니다. 조정에서 상금을 내리면 그것을 자기 혼자 차지하지 않고 휘하의 군사들과 사대부들에게 나누어주었으며, 나라에서 명령을 내리면 그 시각부터 집안일에 대해서는 일절 묻지 않았습니다. 그런데 조괄은 하루아침에 장수가 되자 부하들이 우러러볼 수 없을 만큼 거만하여졌습니다. 그리고 왕께서 하사하신 황금과 비단은 자기 창고에 간수해두었다가 날마다 쓸 만한 전답들을 살펴 사들이는 데 사용하고 있습니다. 전쟁에 힘써야 할 장수가 땅이나 사들이고 있으니, 조괄을 장수로 삼았다가는 나라가 어찌 될지 알 수 없습니다."

어머니까지 나서서 조괄의 장수 임명을 반대하였는데도, 효성왕은 조괄이 땅을 사두는 것도 전술의 일종일 것이라고 가볍게 생각하여 자신의 뜻대로 밀고 나갔다. 자신의 상소가 받아들여지지 않자 조괄의 어머니는 다음과 같은 탄원을 왕에게 올렸다.

"조괄을 장수로 삼음으로써 조나라 군대가 패하여도 저를 비롯한 조괄의 가족들을 연좌시켜 처벌하지는 않겠다고 약속하여주십시오."

효성왕은 이 탄원만은 받아들인다고 통고해주었다.

장평으로 내려간 조괄은 군대의 기풍을 쇄신한다는 명목으로 위관들의 보직을 자기 마음대로 바꾸고, 방어형의 진용을 공격형으로 바꾸었다. 진나라 조정에서 이 소식을 들은 범수는 전령을 백기 장군에게 보내

지시를 내렸다.

"조괄과 같이 교만한 자를 물리치는 데는 위패술(僞敗術)보다 좋은 전술이 없다. 기습 공격을 감행하는 척하다가 조괄이 군사들을 몰고 나오면 거짓 패하여 달아나 뒷길로 돌아 오히려 식량 보급로를 차단하라."

백기 장군이 범수의 지시대로 위패술 작전을 쓰자, 조괄은 그대로 속아넘어가 포위되는 꼴이 되고 말았다. 식량 보급이 끊긴 채 46일 동안이나 포위되어 있게 된 조나라 군사들은 아사 지경에 이르러 서로 잡아먹는 비참한 형국에 처하였다.

조괄은 조나라 군대가 포위된 채 시일을 끌면 끌수록 자멸할 수밖에 없다고 생각하고 포위망을 뚫기 위한 돌파 작전을 시도하였다. 정예군으로 특공대를 결성한 조괄은 자신이 직접 지휘하여 돌격을 감행하다가 진나라 군사들의 화살 세례를 받고 전사하고 말았다. 그러자 나머지 조나라 군사들은 더 이상 버티지 못하고 모두 항복하였다. 무려 40만 명이나 되는 조나라 군사들이 항복하였는데, 진나라 군사들은 항복한 조나라 군사들을 어린 군사 240명만 제외하고 모두 구덩이에 생매장을 시켜 죽여버렸다.

이것이 기원전 260년경에 일어난 장평 40만 생매장 사건으로, 전사(戰史)에 있어 이토록 한꺼번에 많은 군사들이 죽은 예는 그리 흔치 않을 것이다.

장평 전투에서 완승을 거둔 진나라는 조나라 수도인 한단까지 포위하여 압박하였다. 다급해진 조나라 조정에서는 소대(蘇代)를 범수에게 보내 술책을 쓰게 하였다.

진나라로 들어온 소대가 범수를 만나서 심각한 얼굴로 입을 열었다.

"백기 장군이 조사의 아들을 이겼습니까?"

"그렇다."

"이번에는 한단을 삼키고자 합니까?"

"그렇다."

범수는 소대가 어떤 의도로 지금 질문을 하고 있는가 주의하며 대답했다.

"한단이 무너지면 조나라가 망하고, 조나라가 망하면 진나라 왕은 어떻게 됩니까?"

"진나라 왕은 제왕이 되겠지."

"진나라 왕이 제왕이 되면 백기 장군은 어떻게 됩니까?"

범수는 거기에 대해서는 입을 다물었다. 그러자 소대가 자신을 얻어 소리를 높였다.

"백기 장군이 지금껏 전쟁에서 탈취한 성이 무려 70여 개나 됩니다. 역사상 그 어떤 장군의 공적보다도 능가합니다. 진왕이 제왕이 되면 백기 장군은 틀림없이 제왕의 보좌 격인 삼공이 될 것입니다. 삼공이면 재상보다 높은 지위가 아닙니까?"

범수가 시무룩한 얼굴로 눈을 감고 있었다. 소대가 희미한 미소를 흘리며 낮은 목소리로 물었다.

"재상은 백기 밑에 있게 되는 것을 참을 수 있습니까?"

"음."

범수는 자신도 모르게 깊은 신음 소리를 냈다.

"밑에 있는 것을 원하지 않을지라도 어쩔 수 없는 일이지요."

범수는 모독을 받은 때처럼 얼굴이 파리해졌다. 소대는 더욱 자신만만하게 말을 이었다.

"그리고 진나라가 전에 한나라를 침입하여 평고(平皐) 지역을 점령하고 상당(上黨)을 차지하였으나, 상당 백성들은 진나라에 귀속되는 것을 싫어하여 대부분 조나라로 넘어가지 않았습니까? 그래서 진나라가 조나라로 넘어간 백성들을 찾는다는 명목으로 조나라까지 침략하여 장평 전투를 치렀던 것이 아닙니까? 하지만 여전히 한과 조의 백성들은 진나라에 귀속되는 것을 싫어하여 도망가고 있는 실정입니다. 한단을 점령하고 조나라를 통째로 차지한다고 하여도 북쪽의 조나라 백성들은 연나라로 넘어갈 것이요, 동쪽의 조나라 백성들은 제나라로 넘어가고 말 것입니다. 이렇게 되면 비록 땅덩어리는 얻을지언정 백성들은 얻지 못할 것입니다. 백성 없는 땅이 무슨 소용이겠습니까? 그러니 차라리 한단을 빼앗을 계획을 철회하여 백기 장군이 공을 더 세우지 않도록 하는 것이 진나라를 위해서나 재상을 위해서나 나을 것입니다."

평소에 백기 장군이 전공을 너무 많이 세우면 자기 지위보다 더 높아질 것이 아닌가 하고 늘 경계하고 있던 범수는 결국 소대의 의견을 받아들이기로 하였다.

범수가 소왕을 만나 염려스러운 어조로 아뢰었다.

"지금 진나라 군사들이 너무 지쳐 있습니다. 워낙 장평 전투가 오래 끌었는 데다 한단성이 견고하기 이를 데 없어 진나라 군사들에게는 절대적으로 휴식이 필요합니다. 다음 기회에 때를 봐서 한단을 다시 치기로 하고 이번에는 철군을 하는 것이 좋겠습니다. 우리가 철군하겠다고 하면 조나라는 여섯 성을 할양해줄 의사가 있다고 하니, 그 여섯 성으로 만족하고 철군하지요."

소왕도 범수의 말에 일리가 있다고 생각하고, 한단성 공략을 다음 기회로 미루기로 하고 백기 장군에게 철군 명령을 내렸다. 백기는 공을 더 세울 수 있는 기회를 놓친 것에 대해 분한 마음을 품고 철군하지 않을 수 없었다. 그리고 철군 계획에 범수가 깊이 간여한 것을 알고 범수를 미워하게 되었다. 안 그래도 평소에 백기는 자기보다 조정에 늦게 들어온 범수가 자기 위에서 군림하는 것이 못마땅하던 참이었다.

정월에 군대를 철수시킨 소왕은 9월에 이르러 다시 한단을 공격할 계획을 세웠다. 범수가 적극 권유하였는데, 왜냐하면 그때 마침 백기가 병이 들어 출전할 수 없는 처지에 있었기 때문이었다. 소왕은 백기 대신 오대부(五大夫) 왕릉(王陵)을 장군으로 세워 파병하였다. 그러나 왕릉이 이끄는 진나라 군대는 고전을 면치 못하였다.

몇 개월이 지나 백기의 병이 낫자, 소왕은 왕릉 대신 백기를 다시 상장군으로 세워 한단 공략을 성공적으로 이끌고자 하였다. 그러나 백기는 자기의 전공을 범수가 시기하여 뒤에서 방해하고 있다는 것을 알고 상장군으로 세움을 받는 것을 사양하였다. 그리고 무엇보다 이번에는 현실적으로 한단 공격이 용이하지 않음을 잘 알고 있었다.

소왕이 몇 번 출전 명령을 내려도 백기가 한단 공격의 어려움을 들어 움직이려 하지 않자, 범수를 통해서 간청을 하다시피 하였다. 하지만 백기는 다시 병이 도졌다고 핑계를 대며 끝내 출전을 거부하였다.

소왕은 할 수 없이 왕릉 대신 왕흘을 상장군으로 세워 한단 공격에 박차를 가하였다. 이때, 조나라의 평원군이 탁월한 외교술로 초나라의 춘신군과 위나라의 신릉군을 설득하여 초·위의 구원군이 오도록 함으로써 진나라 군대를 격퇴하였다.

백기는 이 소식을 듣고 주위 사람들에게 말했다.

"내가 임금에게 여러 가지 이유를 들어 한단 공격이 어려울 것이라고 했는데 나의 말을 듣지 않았다. 범수를 비롯한 졸신들의 말만 듣고 출병하였다가 지금 그 결과가 어떠한가?"

백기가 이와 같이 말하고 있다는 소문을 들은 소왕은 몹시 노하였다.

"내, 당장 백기를 처단하고 싶은데 어찌했으면 좋겠소?"

소왕이 노발대발하며 범수에게 백기를 처단할 방법을 묻자, 범수는 속으로 회심의 미소를 지으며 차분하게 대답했다.

"백성들의 눈도 있으니 가장 자연스럽게 제거하는 것이 좋지 않겠습니까."

"자연스럽게 제거하다니?"

"지금 패색이 짙은 한단 전투에 장군으로 임명하여 내보내는 것입니다. 그러면 그는 자연히 전사하고 말 것이 아닙니까?"

"지금까지 내가 몇 번이나 백기에게 출전을 권하였소. 그러나 그는 듣지 않고 있으니 어떻게 전쟁터에 보낼 수 있단 말이오?"

"이번에도 출전 명령을 받지 않으면 그야말로 명령 불복종 죄를 물어 처형한다고 해야지요. 그동안 너무 백기를 봐준 셈이 아닙니까?"

범수가 조용한 목소리로 왕의 마음을 부추겼다.

"전에도 명령 불복종 죄를 물으려 하다가 병중에 있다고 해서 그냥 넘어간 것이 아니오? 이번에도 병을 핑계로 삼으면 어떡하오?"

"물론 이번에도 병을 핑계로 삼겠지요. 그러나 이번에는 의원을 데리고 가서 병의 여부를 알아보면서 명령을 내리면 그도 빠져나갈 구멍이 없을 것입니다."

"알겠소. 재상이 궁중 의원을 데리고 가서 확인을 하고 내 명령을 전달하시오."

그리하여 범수와 의원은 백기의 집으로 가서 왕의 출전 명령을 전달하였다.

"나는 병이 점점 심해져서 출입도 못하는 몸인데, 어떻게 한단성 공격을 지휘하라는 거요?"

아닌 게 아니라, 백기는 병색이 완연한 몸으로 누워 있었다. 의원이 백기의 맥을 짚어 보고는 고개를 설레설레 흔들었다.

"병세가 어떻소?"

범수가 짐짓 걱정스러운 표정을 지으며 의원에게 물었다.

"위중한 병세입니다. 도저히 바깥출입을 할 수 없는 몸입니다."

범수도 이번에는 백기가 정말 위독한 병에 걸렸다는 것을 인정하지 않을 수 없었다.

그러나 범수는 궁중으로 돌아오는 길에 의원에게 단단히 당부하여 누가 물으면 백기가 병에 걸리지 않았다고 말하라고 일렀다.

범수가 소왕에게 가서 백기의 일을 보고하였다.

"그래, 이번에도 백기가 또 거절하였소?"

소왕이 심각한 얼굴로 물었다.

"위독한 병에 걸려 바깥출입도 할 수 없다면서 또 거절하였습니다. 그러나 의원이 말하기를, 백기가 꾀병을 부리고 있는 거라고 하였습니다. 그래서 제가 백기에게 꾀병을 부리지 말라고 하니, 백기는 오히려 의원이 엉터리라면서 역정을 냈습니다."

"허허, 그럴 수가."

소왕은 얼굴이 붉으락푸르락해졌다.

"겉으로 볼 때는 병이 완연하여 다른 사람들은 백기가 하는 말이 맞다고 착각을 할 수도 있습니다. 그러므로 지금 당장 명령 불복종 죄를 물어 처형하는 것은 시의적절하지 않은 줄 압니다. 그러니 일단 함양을 떠나도록 했다가 나중에 스스로 자결하도록 하는 것이 좋겠습니다."

소왕은 천천히 고개를 끄덕였다. 그리하여 결국 백기는 함양에서 쫓겨났다. 백기는 사실상 함양에서 추방되는 것이었지만, 백성들이 볼 때는 건강상의 이유로 시골에 요양을 가는 것으로 보였다.

조나라 한단에서는 수시로 전령들이 달려와 패색이 짙은 전쟁 상황과 진나라 군사들의 전사자 숫자를 보고하였다. 아무래도 진나라는 이번에도 퇴각하지 않으면 안 될 처지가 되었다. 그럴수록 소왕은 더욱 화가 북받쳐 백기를 속히 처형해버리기를 원했다.

"지금 백기가 어디에 있소?"

"음밀(陰密)이라는 곳으로 가는 길에 두우(杜郵)라는 성읍이 있는데, 지금 거기 잠시 머무르고 있습니다."

"음밀에 이를 때까지 기다리지 말고 두우에 있을 때 백기를 처형하도록, 아니 백기로 하여금 스스로 자결하도록 하시오."

범수는 사람을 보내 소왕의 칙령과 함께 칼 한 자루를 백기에게 전달하였다.

백기는 임금의 이름으로 보내진 칼자루를 손에 쥐고 하늘을 우러러 탄식하였다.

"내가 하늘에 어떠한 죄를 지었기에 이런 결과에 이르렀는가?"

잠시 후, 그는 자포자기한 음성으로 중얼거렸다.

"나는 역시 죽어야 할 몸이다. 장평 전투에서 조나라 군사들에게 항복하면 살려준다고 해놓고, 막상 그들이 항복하자 수십만 명이나 구덩이에 생매장을 하지 않았던가? 이 죄만으로도 나는 죽어 마땅하다."

백기는 칼을 치켜들어 자신의 목을 찔러 자결하였다.

이렇게 하여 범수로서는 진나라 내에서의 위협적인 경쟁자를 제거한 셈이었다.

진나라 군사들이 결국 조나라 한단에서 철수하게 되자, 조·한·위·연·초·제 여섯 나라들의 책략가들이 조나라에 모여 합종을 더욱 견고히 해서 진나라를 총공격할 계획을 세웠다. 이 소식을 들은 소왕은 불안하여 견딜 수 없었다. 뒤늦게 백기 장군을 처형한 것을 후회하였지만, 이제 돌이킬 수 없는 일이 되고 말았다. 소왕이 범수를 불러 이 사태를 어떻게 했으면 좋겠느냐고 자문을 구하였다. 범수가 초조한 기색으로 가득 차 있는 소왕의 얼굴을 흘끗 바라보고 나서 입을 열었다.

"임금께서는 아무 염려 마십시오. 제가 임금님의 걱정을 덜어드리겠습니다."

"어떤 묘책이 있단 말이오?"

"여섯 나라의 책략가들이 조나라에 모여 진나라 침공을 의논하고 있다지만, 그들이 모두 진나라에 원한이 있어 그러는 것은 아닙니다."

"원한이 없다면 왜 서로 머리를 맞대고 진나라 침공 계획을 세운단 말이오?"

"함께 모여 진나라를 공격하려고 하는 자들의 관심은 서로 자기 이익을 노리는 데 있을 뿐입니다. 예를 들어 임금께서 기르고 계신 개들을 보십시오. 그 개들은 자거나 일어서거나 걷거나 서 있거나 서로 상관하지 않습니다. 그러다가 각자 자기 이익을 위해 서로 모여 겉으로 보기에 정답게 머리를 맞대는 경우도 있긴 있지요. 그때, 그 개들의 회합을 깨는 술책은 이렇지요."

어떤 술책이 범수의 입에서 나오나 하고 소왕은 기대에 찬 표정으로 기다렸다.

"그것은 그들에게 뼈다귀 하나를 던져주는 것입니다. 그러면 금방 그들의 회합은 깨지고 서로 이빨을 드러내며 으르렁거릴 것입니다. 왜 그렇겠습니까?"

"그거야 뼈다귀는 하나밖에 없으니 서로 나누어 가질 수도 없고 하여, 각자 자기가 차지하려고 쟁탈전을 벌이기 때문이지."

"바로 그 투지일골(投之一骨) 술책을 쓰는 것입니다. 임금께서는 두고만 보십시오."

이렇게 소왕을 일단 안심시킨 범수는 위나라 사람 당수를 매수하여 은밀하게 지시를 내렸다.

"지금 조나라 무안(武安)에서 여섯 나라의 책략가들이 모여 진나라 침공 계획을 세우고 있다. 너에게 악대(樂隊)와 무희들을 주고 황금 5천 금을 맡길 터이니, 무안으로 달려가서 그 책략가들을 위하여 성대히 잔치를 벌이도록 하여라. 물론 진나라에서 잔치를 벌이도록 후원을 하였다는 말은 하지 말고, 위나라 사람으로서 개인적으로 잔치를 베푸는 것이라 하여라."

"그렇게 잔치를 베풀기만 하면 됩니까?"

당수는 또 다른 무엇이 있지 않나 하고 범수의 표정을 살폈다.

범수는 주위를 한 번 둘러보고 난 후 당수에게 낮은 목소리로 술책을 일러주었다.

"그리고 너는 잔치가 무르익을 무렵 황금 5천 금을 내놓으며 그 책략가들에게 내기를 걸어라. 씨름을 하여 이긴 자가 5천 금을 갖도록 하든지, 여하튼 그들끼리 쟁투하여 이긴 자가 5천 금을 갖도록 내기를 걸란 말이다."

"알겠습니다. 그러니까 그들끼리 시기와 경쟁이 일어나도록 하란 말이지요?"

당수는 말귀를 잘 알아듣는 편이었다.

당수는 범수가 시킨 대로 악대와 무희들을 이끌고 조나라로 건너가서 책략가들을 위하여 잔치를 베풀어주었다. 잔치가 무르익을 무렵, 당수는 황금 5천 금을 중앙의 상 위에 올려놓았다. 책략가들은 웬 금덩어리인가 하고 눈들을 둥그렇게 떴다.

"여기 이 금덩어리는 5천 금에 해당하는 황금입니다. 여러분들 중에 제일 씨름을 잘하는 분에게 이 황금을 드리고자 합니다. 그러니 지금부터 씨름 시합을 하겠습니다."

잔치는 어느새 씨름판으로 변했다. 책략가들은 서로 황금을 차지하기 위해 온 힘을 다하여 상대방을 넘어뜨리려고 애를 썼다. 그러는 중에 반칙들을 범하게 되고, 서로 삿대질과 욕설을 하며 싸우기까지 하였다.

결국 최후의 승자가 황금을 차지하게 되었다. 그러나 그 씨름 시합으로 인하여 책략가들 사이에 불화와 반목이 싹트기 시작했다. 이 소식을 들은 범수는 사람 편에 황금 5천 금을 급히 또 보내며 당수에게 다시 잔치를 벌여 씨름 시합을 하도록 지시하였다.

이렇게 두 차례의 씨름 시합을 하여 5천 금을 차지하는 내기를 걸자, 자연히 책략가들의 사이가 벌어져 합종 계획은 무산되고 말았다. 문자 그대로 개들 가운데 뼈다귀 하나를 던지는 투지일골 술책을 두 번 반복해서 씀으로써 개들의 회합을 여지없이 결렬시키고 만 것이었다.

이 술책의 성공으로 범수는 더욱더 소왕의 신임을 받아 세력을 굳혀 갔다. 소왕은 조나라 한단에 대한 미련을 버리지 못하고 다시 군대를 일으키고자 하였다. 그런데 백기 장군을 대신할 마땅한 인물이 없는 것이 문제였다. 소왕이 범수를 불러 이 문제를 놓고 의논하였다.

"이번에는 정말 확실한 인물을 장군으로 세워 출병하도록 해야겠는데 어떤 인물이 좋겠소? 전에 백기 대신 세운 인물들은 하나같이 실패하기만 하였소."

범수는 숨을 멈춘 듯 정지된 자세로 있다가 무겁게 입을 열었다.

"제가 추천한 바 있는 정안평을 임금께서 장군으로 임명하셨는데, 이번 조나라 출병에 그를 상장군으로 세우시지요."

소왕은 범수의 말을 받아들여 정안평을 상장군으로 세워 조나라 한단을 치게 하였다. 그러나 정안평은 전세가 불리해져 조나라 군사들에게 포위당하자 병사 2만을 이끌고 조나라에 항복하고 말았다. 항복도 그냥 항복이 아니라 일종의 귀순과도 같은 배신 행위를 하였다.

이 소식을 들은 범수는 마당에 짚을 깔고 꿇어앉은 채 임금이 죄를 묻기를 기다렸다.

"진나라 법에 의하면, 사람을 추천하였는데 추천받은 자가 나라에 죄를 지으면 추천을 한 자도 같은 죄로 처벌을 받게 되어 있다. 조나라에서 정안평이 지은 죄는 삼족이 처벌을 받아야 마땅한 죄이다. 임금께서 나에게도 똑같은 형벌을 내리기를 원하노라."

하지만 소왕은 범수에게까지 죄를 물을 의향은 없었다.

소왕은 범수에게 사람을 보내 죄를 묻지 않겠다는 뜻을 분명히 표하고, 더 나아가 전국에 영을 내려 아무도 정안평의 배신 사건을 입에 올리지 못하도록 하였다.

"감히 정안평 사건을 입 밖에 내는 자가 있으면, 그는 정안평과 같은 죄인으로 처벌받을 것이다."

정안평을 추천한 자가 받아야 할 처벌을 애매한 백성들이 뒤집어쓸 판이었다. 사태가 이런 식으로 발전하자 범수는 더욱 몸둘 바를 몰랐다. 소왕은 범수의 마음을 헤아리고 이전보다 그를 후대하여 기분이 상하지 않도록 배려해주었다.

그러나 2년이 지난 후, 설상가상으로 범수가 추천한 바 있는 또 하나의 인물인 왕계가 다른 나라 제후들에게 진나라의 기밀을 팔아먹은 사건이 발생하였다. 왕계는 그 일이 들통나자 즉시 체포되어 처형을 당하였다. 이번에도 범수는 마당에 짚을 깔고 꿇어앉아 임금이 죄를 묻기를 기다렸다. 하지만 임금은 전과 마찬가지로 범수에게 죄를 묻지 않았다.

하루는 범수가 조정에 나가니 소왕의 얼굴이 어둡기 그지없었다. 한참 동안 말없이 앉아 있으면서 길게 탄식을 하기도 하였다. 범수가 조심스럽게 앞으로 나아가 머리를 조아렸다.

"제가 배운 바로는 군주가 근심하면 신하는 욕을 당하고, 군주가 욕을 당하면 신하는 죽어야 한다고 하였습니다. 지금 임금께서는 조정에 나오셔서 탄식하고 계십니다. 이것은 저에게 잘못이 있기 때문입니다. 제가 사람을 잘못 추천한 죄 이외에 또 다른 죄가 더 있다면 말씀해주십시오."

"무릇 모든 일들은 평소에 준비하지 않으면 화급한 경우를 당하여 대처할 수 없소."

좀 엉뚱해 보이는 임금의 대답에 범수는 잠시 의아해졌다.

"무엇에 대한 준비가 필요하다는 말씀입니까?"

"내가 듣기에 초나라의 철검은 예리하지만, 노래하고 춤추는 배우(俳優)들은 졸렬하다고 하였소."

아직도 임금이 무슨 말을 하려고 하는지 감이 잘 잡히지 않았다.

"초나라 철검이 예리하다는 것은 군사력이 있다는 뜻임을 잘 알겠는데, 배우들이 졸렬하다는 말은 무슨 뜻입니까?"

"노래하고 춤추는 일에는 사람들이 마음을 별로 쓰지 않는다는 것을 의미하는 것이 아니오? 그렇게 노래하고 춤추는 일은 멀리하면서 군사력을 보강하고 있는 초나라가 두렵다는 거요. 지금 백기 장군도 죽어 없고 정안평도 배신하여 나라를 떠났으니, 안으로는 양장(良將)이 없고 밖으로는 적들만 있을 뿐이오. 이러하니 내가 근심하지 않을 수 있소?"

소왕이 이렇게 말한 것은 범수로 하여금 분발하도록 하기 위함이었으나, 여러 가지 마음에 걸리는 게 많았던 범수로서는 두렵고 민망하여 어찌할 바를 몰랐다.

이럴 무렵, 한(韓)나라가 다소 세력을 회복하여 진나라에 빼앗겼던 영토의 일부를 수복하는 데 성공하였다. 그중에는 범수가 봉지로 하사받았던 여남(汝南) 땅도 포함되어 있었다. 말하자면 범수는 자신의 봉지 일부를 잃어버린 셈이었다.

소왕이 범수의 마음을 위로할 겸 범수를 불렀다.

"재상의 봉지를 잃어버렸으니 이걸 어떡하면 좋겠소?"

"괜찮습니다."

"아니, 봉지를 잃어버렸는데도 걱정이 되지 않는단 말이오?"

"전혀 걱정하지 않습니다."

소왕은 너무도 태연자약하게 말하는 범수로 인하여 의아해하며 그 이유를 물었다. 범수는 침착한 어조로 대답했다.

"위나라에 동문오라는 사람이 있었는데, 그가 몹시 사랑하던 아들이 그만 죽고 말았습니다. 그러나 그는 조금도 슬퍼하지 않았습니다. 그래서 이상하게 여긴 하인이 동문오에게 왜 슬퍼하지 않느냐고 물었습니다. 동문오가 그 하인에게 대답하였습니다. '나는 애초에 아들이 없었다. 아들이 없던 그 당시는 아무 슬픔도 없었다. 지금 아들이 죽은 것은 아들을 낳기 전과 똑같은 상태로 돌아간 것이다. 그러므로 슬퍼할 이유가 없지 않느냐.' 제가 봉지를 잃었어도 근심하지 않는 이유 역시 동문오가 슬퍼하지 않는 이유와 마찬가지입니다. 저는 애초에 여남 땅을 가지고 있지 않았습니다."

이렇게 설명하는 범수의 말을 들을수록 소왕은 더욱 미심쩍은 점이 많아졌다. 무엇보다 범수가 한나라를 공격하여 자신의 봉지를 되찾고자 하는 적극적인 의사가 없는 것이 이상스러웠다. 그래서 소왕은 몽오(蒙驁) 장군을 불러 그 점에 대하여 의논하였다.

"나는 내가 소유하고 있는 한 성(城)을 잃으면 밥맛이 없어지고 잠자리도 편하지 않은데, 재상은 자신의 봉지인 여남 땅을 잃었어도 아무 걱정할 것이 없다 하니 그 말이 정말이라고 믿을 수 있겠소?"

몽오는 소왕이 무엇을 미심쩍어하고 있는지 알겠다는 표정으로 고개를 두어 번 끄덕이며 대답했다.

"제가 가서 알아보겠습니다."

그 길로 몽오는 범수를 찾아가서 범수와 대면하자 대뜸 "나, 죽고 싶소" 하고 장탄식을 하였다.

"아니, 왜 그러시오?"

범수는 놀란 기색을 띠며 급히 물었다.

"진나라 왕이 당신을 재상으로 삼아 마치 스승처럼 대하는 것을 온 천하가 다 압니다. 하물며 진나라 사람들이야 그 사실을 모를 리가 있겠습니까? 이렇게 높으신 당신의 봉지를 한나라 군대가 빼앗았으니 진나라 장수 된 제가 몸둘 바를 모르겠습니다. 이 모든 것이 나라를 잘 지키지 못한 저의 책임이 아니고 무엇이겠습니까? 제가 한나라를 쳐서 당신의 봉지를 되찾지 않는 한 차라리 죽는 편이 낫겠습니다."

그러자 범수는 몽오에게 절을 하면서 감격해하였다.

"원컨대 한나라 치는 일을 당신에게 맡기겠소."

몽오는 즉시 소왕에게 달려가서 범수가 말한 내용을 보고하였다.

"그렇다면 범수가 자기 봉지에 대하여 미련이 있다는 말이 아니오? 그런데 왜 나에게는 아무 미련이 없는 것처럼 말했을까?"

소왕의 표정이 묘하게 일그러졌다.

"그것은 임금께서 한나라를 쳐서 잃어버린 땅을 되찾을 의향이 없으시다는 것을 재상이 미리 눈치채고, 임금님의 비위를 맞추어드리기 위해 일부러 그렇게 말한 것에 불과하지요."

"음, 그러니까 범수의 마음 가운데에는 한나라를 치고 싶은 뜻이 많다는 말이지? 그러던 차에 몽오 장군이 한나라를 치지 않으면 죽겠다고 하자 반색을 한 것이구먼. 결국 범수가 나에게는 자신의 본마음을 숨긴 것이고."

그 이후로 소왕은 범수가 무슨 말을 해도 이전처럼 선뜻 믿거나 하지 않고 일단 의심부터 했다. 이렇게 소왕과 범수 사이에 틈이 벌어지고 있다는 소문을 듣고 채택(蔡澤)이라는 연나라 사람이 진나라로 들어왔다.
 채택은 진나라로 들어오자마자 맨 먼저 사람을 사서 이상한 소문을 퍼뜨렸다.
 "연나라에서 채택이라는 사람이 진나라로 왔는데, 그는 천하의 웅변가요 지사(智士)이다. 그가 한번 진왕을 알현하기만 하면, 진왕은 반드시 범수를 폐하고 채택을 재상으로 앉힐 것이다."
 이런 소문이 함양에 퍼져나가자, 범수의 신경을 건드리지 않을 수 없었다.
 "나는 오제(五帝)·삼대(三代)의 일과 제자백가(諸子百家)의 학설들을 이미 다 알고 있다. 아무리 뛰어난 변설도 내 앞에서는 맥을 추지 못하였다. 그런데 어떻게 채택이라는 연나라 졸부가 나의 지위를 탈취할 수 있단 말인가?"
 범수는 사람을 시켜 채택이라는 자를 찾아서 데리고 오도록 하였다. 범수 앞에 선 채택의 모습은 희한하기 짝이 없었다. 코는 맷돌에 짓눌리기라도 하였는지 납작할 대로 납작하여 콧구멍도 제대로 보이지 않을 지경이었고, 어깨는 기형적으로 널따랗게 옆으로 퍼져 있었으며, 이마는 짱구처럼 툭 튀어나와 있었다. 얼굴 전체에 주름살이 빼곡이 들어차 있어 언뜻 보기에 나이가 아주 많은 것 같으나 목소리를 들으면 그렇지도 않았다. 거기다가 무릎까지 앞으로 구부러져 있어 기이한 형상이라 아니할 수 없었다.
 범수는 속으로 생각하기를, 지지리도 못생긴 이 작자가 어떻게 자신의 적수가 되랴 싶었다. 그래서 채택을 멸시하는 마음이 일어난 데다 채택의 태도가 거만하기까지 하여 그만 화를 버럭 내며 언성을 높였다.
 "자네가 장차 나를 대신하여 진나라 재상이 될 것이라고 하였다는데, 그게 정말인가?"

"네, 그렇습니다."

채택이 범수를 똑바로 쳐다보며 대답했다.

"어째서 그렇게 된다는 건가? 그 이유를 말해보아라."

범수는 채택으로 하여금 이유를 늘어놓도록 하여 그 논리를 보기 좋게 꺾어버릴 심산이었다.

"그럼 말씀드리겠습니다. 우선 재상님께 묻겠습니다. 저 진나라의 상앙(商鞅), 초나라의 오기(吳起), 월(越)나라의 대부종(大夫種) 같은 사람을 선비로서 원할 만한 사람들이라고 할 수 있겠습니까?"

채택의 말을 들어보고 그 논리를 꺾으려고 했다가 오히려 채택으로부터 질문을 받자, 범수는 그 질문의 의도가 어디에 있는지 몰라서 순간 당황하였다.

"원할 만한 사람들이고말고."

그러면서 범수는 그들이 나라를 위해 얼마나 훌륭한 일들을 했는가를 설명해나갔다. 그러자 채택이 다시 질문을 던졌다.

"그럼 재상은 상앙·오기·대부종과 비교하여 스스로 그들보다 더 훌륭하다고 생각하십니까?"

"내가 어떻게 그들과 비교될 수 있나? 내가 그들보다 훨씬 못하지."

이번에는 채택이 상앙·오기·대부종이 정적들에 의해 어떻게 비참한 최후를 맞이했는가를 설명해나갔다.

"그리고 상앙이 섬긴 효공(孝公)이나 오기가 섬긴 도왕(悼王), 대부종이 섬긴 구천(句踐)보다 지금 재상이 섬기고 있는 임금이 못하다는 것은 너무나 분명한 사실이 아닙니까? 그렇다면 재상이 상앙·오기·대부종이 당한 재앙보다 더 큰 재앙을 당할 수 있다는 것 역시 분명한 사실이 아닙니까?"

이쯤 되자 오히려 범수가 채택의 논리에 밀리고 있는 형국이 되었다.

채택은 자기가 유리한 위치에 서게 되었다는 것을 느끼고 더욱 확신 있는 어조로 말을 이었다.

"무릇 해가 중천에 오면 그 다음 내려오게 마련이고, 달도 차면 기운다는 말이 있습니다. 사물이 성하면 쇠하게 마련인데, 이 천지의 법칙을 무시하고 물러날 때를 잘 분별하지 못하여 상앙·오기 등이 그렇게 치욕적인 죽음을 당한 것이 아닙니까? 옛 글에 보면 '물을 거울로 삼는 자는 자기 얼굴을 볼 뿐이고, 사람을 거울로 삼는 자는 길흉의 여부를 헤아린다' 고 하였습니다. 상앙·오기·대부종을 거울로 삼는다면 재상은 지금 어디에 있어야 마땅합니까?"

참으로 날카로운 지적이라 아니할 수 없었다. 그렇지 않아도 범수는 요즈음 들어 임금이 자기를 대하는 태도가 이전 같지 않아 위기의식을 순간순간 느끼고 있는 중이었다. 범수가 심각해진 얼굴을 하고 한동안 말이 없자, 채택도 무언가 골똘히 생각하는 듯하다가 드디어 결정적인 말을 꺼내놓았다.

"또한 옛 글에, 성공한 곳에는 오래 머물지 말라고 하였습니다. 재상께서 지금쯤 벼슬자리에서 물러나 재상의 인수를 현자에게 물려준다면, 상앙·오기 등을 능가하여 백이(伯夷)와 같은 청렴의 명예를 얻으실 것입니다. 그리고 화를 면하고 장수하실 것입니다. 재상은 이제 물러나서 깊은 산촌에 앉아 흐르는 냇물을 바라보며 살아가지 않으시렵니까? 부디 숙고하여 결정을 내리시기 바랍니다."

이 말을 남기고 채택은 총총히 물러갔다. 범수는 며칠 동안 자신의 거취에 대하여 고민하다가 다시 채택을 불러들였다.

"며칠 동안 주야로 그대의 말을 되씹어보았는데, 그대의 말이 맞다는 것을 알겠소. 내가 듣건대 '하고 싶은 일을 하되 그쳐야 할 때를 알지 못하면 그 하는 바를 잃어버리고, 가지고 있는 것을 만족하게 여길 줄 모르면 그 가진 바를 잃어버린다'고 하였소. 선생께서 다행히 내가 물러나야 할 때를 가르쳐주어 감사하오. 선생을 상객으로 모시겠으니 우리 집에 유하시오."

얼마 후, 범수가 조정에 들어가 소왕을 알현하여 채택을 추천하였다.

"저희 집에 산동에서 들어온 객인이 한 사람 있는데 채택이라고 합니다. 그는 왕들의 사적과 제후들의 공과를 훤히 꿰뚫어 알고 있을 뿐만 아니라, 풍습의 변천에도 밝아서 진나라의 정치를 맡기기에 적합한 인물입니다. 이전에 제가 추천한 인물들이 임금과 나라에 누를 끼쳐 그동안 인물을 추천하는 일을 가급적 삼가고 있었는데, 채택만은 제가 본 인물 중에서 가장 뛰어납니다."

인물난에 허덕이던 소왕인지라 당장 채택을 불러오도록 하였다. 채택을 만나 이야기를 나누어본 소왕은 그를 흡족히 여겨 객경(客卿)으로 삼았다.

다시 얼마 후, 범수는 신병을 핑계삼아 재상의 인수를 소왕에게 돌려주었다. 소왕은 범수를 대신하여 채택을 재상에 임명하였다.

진나라로 옮겨지는 구정

 채택은 재상이 되자 무엇보다 진나라가 천자국이 되는 원대한 꿈을 이루기 위해 온갖 지혜를 다하였다. 진나라가 천자국이 되기 위해서는 우선 지금 형식적으로 남아 있는 주(周) 왕실을 어떻게 해서든지 폐하여야만 하였다. 그러나 마땅한 명분이 있어야 했으므로 채택은 그러한 기회가 오기만을 기다렸다.
 마침내 주 왕실을 폐할 호기가 다가왔다. 여러 나라들이 진나라를 치기 위해 합종을 맺었는데, 거기에 주 난왕도 끼어든 것이었다.
 그 무렵, 주나라는 주변 나라들의 강요에 의해 동주(東周)와 서주(西周)로 분할되어 있었다. 그리고 각각 주공(周公)을 세워 동주공, 서주공이라 하여 쪼개진 주나라를 다스리도록 하였다. 주 난왕은 형식적으로만 천자의 지위에 있을 뿐, 아무런 권한이 없었다. 그런데 난왕은 동주공보다는 서주공과 통하는 바가 있어 주로 서주공의 도움을 받으며 살아갔다.
 진나라가 주나라를 삼키고자 하는 것을 눈치챈 난왕은 초(楚)의 고열왕(考烈王)이 천자의 이름을 빌려 진나라를 치려 하는 것을 알고 협조를 약속하였다. 고열왕은 나머지 다섯 나라들에게 통고하여 이궐(伊闕)에서 합종을 맺어 진나라를 함께 치자고 하였다. 고열왕은 장군 경양(景陽)을 세워 군사들을 몰고 이궐로 향하도록 하였고, 난왕은 서주공을 설득하여 군사 5천을 지휘하여 이궐로 향하게 하였다.

그런데 연(燕)나라에서 장군 악한(樂閒)의 군대가 도착했을 뿐, 한·위·조·제의 군사들은 두 달 이상을 기다려도 오지 않았다. 결국 연·초의 군사들도 합종 계획을 취소하고 각각 본국으로 철수하고 말았다.

진나라 소왕은 연·초의 군사들마저 철수하였다는 소식을 듣고 채택의 계교를 받아들여 서주를 치게 하였다. 위급하여진 난왕은 다른 나라로 도망치려 하였으나 서주공이 난왕을 말리며 말하였다.

"이제 천하의 기운은 진나라로 쏠리고 있습니다. 다른 나라로 피신을 해보았자, 그 나라도 불원간 진나라에 의하여 망하고 말 것이므로 두 번 욕을 당하게 될 것입니다. 그러니 이번에 차라리 서주 땅을 진나라에 바치고 진왕으로부터 봉지를 받아 여생을 편히 지내는 것이 좋을 줄로 압니다. 진왕은 저에 대한 배려도 해주겠지요."

그리하여 난왕은 군신들을 거느리고 주나라를 창건한 문왕(文王)·무왕(武王)의 사당에 가서 통곡하며 나라를 진나라에 넘기게 된 것을 고한 후, 서주의 지도를 가지고 진나라로 들어가 그 땅을 진왕에게 바쳤다. 이제 서주의 36성, 3만 호가 진나라의 땅이 된 것이었다.

소왕은 천자인 난왕이 친히 지도를 가지고 와서 땅을 바치자 흡족히 여겨 난왕을 양성(梁城)에 봉함과 동시에 주공이라는 작위를 주었다. 원래 주공이라 불리던 서주공은 가신의 위치로 떨어졌다. 난왕은 양성에 봉하여진 지 얼마 후에 그만 지병으로 죽고 말았다.

이리하여 사실상 주나라는 멸망한 셈이었다. 무왕에 의해 나라가 세워진 지 37대의 천자를 거친 후 나라의 기운이 다하고 말았다. 이때가 소왕 52년, 즉 기원전 256년으로 주나라의 존속 기간은 867년이었다.

소왕은 진나라가 명실공히 천자국이 되도록 하기 위하여 낙양(洛陽)에 있는 종묘를 훼파하고 구정(九鼎)을 함양으로 옮기는 계획을 세웠다. 그런데 구정을 배에 실어 옮기는 도중에 그중의 하나가 배에서 떨어져 강물에 잠기고 말았다.

소왕은 구정을 완전히 갖추지 못한 것을 안타까워하였지만, 강물에 잠긴 한 개의 정(鼎)을 찾을 길이 없었다. 구정이 다 갖추어지지 않고 한 개가 없어진 것은 진나라 운명과 관련하여 무언가 불길한 예감을 주는 사건이었다. 사실 진나라는 천하를 통일하기는 하였지만, 3대도 채 되지 못하여 쪼개지고 마는 것이 아닌가.

그러나 소왕이 일단 구정을 함양으로 옮김으로써 천하의 대세는 진나라로 기울어졌고, 나머지 여섯 나라들이 속속 진나라에 굴복였다.

소왕은 구정을 옮긴 다음해에 노환으로 죽었다. 소왕의 뒤를 이어 그 아들 효문왕(孝文王)이 왕위에 올랐다. 그런데 효문왕은 즉위한 그해에 바로 죽고 말았다. 여기에 대해서는 그 당시 객경(客卿)으로 진나라 조정에 들어와 있던 여불위(呂不韋)가 효문왕의 아들인 자초(子楚)를 왕으로 세우기 위해 효문왕을 독살했다는 소문이 파다하게 퍼졌으나, 누구도 확인을 해볼 수는 없었다.

여불위와 자초의 긴밀한 관계는 자초가 조나라에 갔다가 인질로 잡혀 지내던 시절부터 시작되었다.

그 무렵 여불위는 조나라 한단에 와서 큰 장사를 하고 있었는데, 진나라 왕의 아들이 조나라에 잡혀 있다는 소문을 들었다. 하루는 여불위가 집으로 돌아와 자기 아버지에게 물었다.

"농사를 지으면 몇 배의 이익이 남습니까?"

"열 배 정도 남지."

아버지는 무덤덤하게 대답하였다.

"주옥과 같은 보석들을 팔면 몇 배의 이익이 남습니까?"

"백 배는 되겠지."

"그럼 장차 임금이 될 사람을 사두면 이익이 몇 배로 남겠습니까?"

"그야 이루 헤아릴 수 없지."

여불위가 결연한 기색을 띠며 말했다.

"농사를 지어서 얻는 이익은 겨우 추위에 떨지 않고 배를 곯지 않는 정도에 불과하고, 보석들을 팔아서 얻는 이익은 집을 한 채 세우는 정도에 불과하니, 저는 이익이 헤아릴 수 없이 많이 남는 기화(奇貨)를 사두겠습니다."

"기화라니?"

"방금 말씀드리지 않았습니까? 장차 나라의 임금이 될 사람이 기화가 아니고 무엇입니까?"

바로 여기서 유명한 '기화' 라는 말이 나오게 된 것이었다. 우리말에서는 무엇무엇을 기화로 횡재를 만났다라는 식으로 쓰이고 있다.

여불위는 그 길로 인질로 잡혀 있는 자초를 찾아가서 위로하고, 많은 금은보화로 그의 마음을 샀다. 그리고 무엇보다 자초가 진나라로 돌아가도록 할 수 있는 계책을 내놓았다.

"지금 당신의 이복형 자혜가 태자로 책봉되어 있는데, 그것은 그의 어머니가 살아생전 왕으로부터 사랑을 받았기 때문입니다. 그런데 당신이 이런 고초를 당하는데도 진왕이 모르는 척하고 있는 것은, 당신의 어머니가 왕으로부터 총애를 별로 받지도 못하고 일찍 죽었기 때문입니다. 만약 진나라와 조나라 사이가 악화되어 전쟁이라도 벌어진다면, 조나라에서는 맨 먼저 당신을 죽여 분토(糞土)처럼 던져버릴 것입니다. 그러므로 당신은 속히 이 조나라를 빠져나가 진나라로 돌아가야 합니다."

"나도 그걸 모를 리 있소? 하지만 뾰족한 수가 없으니 이러고 있지 않소."

자초는 침통한 표정이 되었다.

"저의 계략대로 하기만 하면 곧 진나라에 돌아가실 수 있으며, 더 나아가 왕이 되실 수도 있습니다."

"계략이라니, 어떤 계략이오?"

"지금 다 말씀드릴 수는 없으나 요점만 말씀드리면, 현재 왕후로 있는 화양부인(華陽夫人)이 왕으로부터 지극한 총애를 받고 있으나 자식이 없는 점을 이용하는 계략입니다."

여불위는 곧 진나라로 들어가 왕후인 화양부인의 남동생 양천군(陽泉君)을 만났다. 그러고는 대뜸 호통을 치듯이 언성을 높였다.

"그대의 죄는 사형에 해당된다."

"무엄하게도 그게 무슨 말인가?"

양천군은 화를 내면서도 얼떨떨한 얼굴이 되었다.

"지금은 아무 죄가 없는 것처럼 부귀영화를 누리고 있지만, 이제 얼마 있지 않아 그대의 목숨은 아침에 피었다 저녁에 지는 조생화와 같은 형국이 되고 말 것이오. 보시오. 그대의 문하에 있는 사람들은 고관대작의 벼슬에 오르지 않은 자가 없지만, 태자인 자혜의 문하에 있는 자들은 귀하게 된 자가 하나도 없소. 게다가 그대의 창고엔 온갖 보물들이 가득하고, 그대의 마구간에는 준마들이 들어차 있으며, 뒤채에는 미녀들이 득시글거리고 있소. 지금 임금이 연세가 많아 언제 돌아가실지 알 수 없는데, 별안간 임금이 죽고 난 후 태자가 왕위에 오르면 그대의 지위는 위태하기가 누란(累卵)과도 같을 것이오. 그래서 그대의 죄가 사형에 해당한다고 말한 것이오."

여불위의 말을 듣고 난 양천군은 사색이 되다시피 해서 여불위에게 자문을 구하였다.

"그럼 어떻게 해야 그 죄를 면할 수 있겠소?"

"하나의 계책이 있소. 그 계책대로 하면 후환이 없어져 그대의 부귀가 천만세에 이를 것이오."

그러면서 여불위는 자신의 계책을 설명해나갔다.

"왕은 이미 늙었고, 왕으로부터 총애를 받는 그대의 누이 화양부인은 아이가 없소. 아까도 말했지만 태자로 책립된 자혜가 왕위에 오르고 태자가 신임하는 사창(士倉)이 보좌관으로 임명되면, 사창은 평소에 그대를 몹시 미워하고 있는 인물이므로 그대뿐만 아니라 그대의 누이도 온전하지 못할 것이오. 그러니 어떻게 해서든지 화양부인에게 아들이 있도록 하여 그 아들이 태자로 책립되도록 해야 하오."

"태자 책립을 번복한다 이 말이지요? 하지만 화양부인은 임신을 못하는 몸인데 어떻게 아들을 얻는단 말이오?"

"지금 조나라에 잡혀 있는 자초 왕자가 있지 않소? 자초는 참으로 어진 인물이오. 그런 인물이 진나라의 왕이 되어야 마땅하오. 그러니 자초를 화양부인의 양자로 들여 그를 태자로 옹립하면, 그대의 부귀와 생명은 온전히 보존될 것이오."

양천군은 여불위의 계획에 동의하고 화양부인을 만나 의논하였다. 화양부인도 자신의 장래가 불안하던 차에 잘 되었다 싶어 즉각 승낙을 하고, 조나라에 사람을 보내 자초를 귀국시키도록 교섭하였다.

그러나 조나라 왕이 자초를 쉽게 놓아주려 하지 않았다. 여불위는 조나라 효성왕을 만나 담판을 벌였다.

"자초는 그의 어머니가 이미 죽었기 때문에 진왕으로부터 별로 관심을 받지 못하고 있는 실정입니다. 그러므로 진나라가 자초의 생명을 아깝게 여겨 조나라 치는 일을 망설일 리가 있겠습니까? 이렇게 볼 때, 조나라는 가치 없는 인질을 붙잡고 있는 셈입니다. 그러나 지금 자초를 놓아주면 조나라는 큰 이득을 얻게 될 것이 분명합니다. 왜냐하면 자초가 돌아가면 진왕의 총애를 받는 화양부인의 양자가 되어 다음 왕위를 계승할 가능성이 많기 때문입니다. 아무쪼록 왕께서는 자초를 후히 대접하여 돌려보냄으로 장차 자초가 왕이 된 후에 조나라의 은혜를 잊지 않도록 하십시오. 바로 이런 것을 두고 덕으로 강화한다고 합니다."

여불위의 말에 일리가 있다고 생각한 조나라 효성왕은 자초에게 많은 예물을 안겨주며 진나라로 돌아가도록 조처하였다. 진나라로 돌아온 자초는 여불위와 양천군의 계략대로 화양부인의 양자가 되고, 화양부인은 효문왕에게 자초를 태자로 책립하도록 끈질기게 간언함으로써 드디어 효문왕은 자혜 대신 자초를 태자로 세우기에 이르렀다.

효문왕이 왕이 된 지 1년 남짓밖에 되지 않아 급사하자, 자초가 왕이 되어 여불위를 정식 재상으로 삼았다. 여불위는 그야말로 자초를 기화로 삼아 헤아릴 수 없는 이득을 남긴 셈이었다.

더 나아가 여불위는 자초에게 이미 왕후가 될 여자까지 짝지어주었는데, 그 여자는 여불위가 몰래 애첩으로 데리고 있던 여자로서 자초와 결혼할 무렵 여불위의 애를 배어 임신 2개월의 몸이었다. 그런 사실을 알 리가 없는 자초는 아내가 낳은 아들을 태자로 책립하고 사랑해 마지않았다. 그 아들이 바로 저 유명한 진시황이 된 정(政)이었다. 그러니까 진시황은 진나라 왕족의 씨가 아니라 여불위의 씨로서 일종의 사생아인 셈이었다.

자초, 즉 장양왕(莊襄王)도 효문왕처럼 왕이 된 지 얼마 되지 않아 급사하였는데, 장양왕의 죽음에도 여불위의 음모가 도사리고 있는지 모를 일이었다. 장양왕의 뒤를 이어 기원전 246년에 왕이 된 정은 고작 나이가 13세밖에 안 되었기 때문에 그 어머니 태후와 재상 여불위가 뒤에서 섭정을 하며 나라를 다스렸다. 말하자면 내연의 관계에 있던 두 사람이 그 아들을 좌지우지하게 된 셈이었다.

여불위는 이왕에 추진되고 있던 천하 통일 작업을 한층 가속화하여 다른 나라의 땅들을 병합하고 태원군(太原君), 동군(東君) 같은 여러 군들을 새로 설치하였다. 그러나 정이 성장함에 따라 여불위와 마찰이 있게 되자, 자신의 죄상이 폭로될까 불안해진 여불위는 일단 태후와의 관계를 청산하기 위해 색욕이 강한 태후에게 대음인(大陰人)을 붙여주기로 하였다. 대음인이란 음경이 유난히 큰 자로, 뭇 여자들이 탐을 내는 남자를 일컫는 말이었다.

여불위는 전국에서 음경이 가장 큰 자를 골라 자기 하인으로 삼아 주연이 베풀어질 적마다 나체로 시중을 들게 하였다. 어떤 때는 발기된 음경으로 오동나무 수레바퀴를 굴리도록 하여 손님들에게 그 음경의 크기와 강함을 과시하게 하였다.

그 대음인에 관한 소문은 삽시간에 퍼져 태후의 귀에까지 들어갔다. 태후가 대음인의 소문을 듣고 몸이 달아 있다는 것을 안 여불위는, 그 하인을 궁형(宮刑)에 처한다고 거짓 선고를 하여 가짜 환관을 만든 후 태후에게 바쳤다. 주위에서 볼 때는 환관이 태후를 시중 드는 것으로 보였지만 그 내막은 전혀 그렇지 않았다.

태후는 밤마다 대음인의 거대한 음경을 자신의 몸 안으로 받아들이며 쾌감의 절정에서 비명을 질렀다. 그 대음인은 노애(奴毐)라는 사람이었는데, 태후의 총애를 받아 장신후(長信侯)로 봉해져 태원군을 봉지로 받기까지 하였다.

그런데 정이 나이 22세가 되어 관례(冠禮)를 행하게 되면 조정이 친정(親政) 체제로 돌아서 태후의 권한이 약해지고 그에 따라 자연히 노애 자신의 권력도 약해질 것을 알고는, 정이 관례를 행할 즈음 군사들을 움직여 반란을 일으켰다. 그러나 정을 암살하려고 하였던 그 계획은 실패로 돌아가고 말았다.

정은 노애를 체포하여 처형하는 과정에서 태후와 여불위의 죄악들도 알게 되어 그들을 변방으로 옮겨버렸다. 여불위는 얼마 있지 않아 처형당할 것을 알고 미리 스스로 독약을 마시고 자결하였다.

이제 친정 체제를 확고히 굳힌 정은 초나라 사람 이사(李斯)와 위나라 사람 위료(尉繚)를 등용하고, 왕전(王翦) 장군 같은 유능한 장수들을 기용하여 주변 나라들을 하나씩 먹어 들어갔다. 그 기본 전략은 이사의 책략대로 상대국의 내부를 혼란시키면서 전면전을 벌이는 것이었다.

원래 진나라는 한나라를 먼저 치기로 하였으나, 기원전 236년에 조나라와 연나라 사이에 전쟁이 일어나 조나라에 틈이 생겼기 때문에 조나라를 먼저 쳐서 큰 타격을 가하였다.

기원전 231년에는 잠시 조나라 공격을 멈추고 군대를 돌려 한나라와 위나라를 공격하였다. 그리하여 그 다음해인 기원전 230년에 한나라를 멸망시키고 안왕(安王)을 포로로 잡았다.

기원전 229년에는 다시 조나라를 공격하여 그 다음해에 한단을 점령하고 천왕(遷王)을 포로로 잡았다. 이리하여 조나라는 사실상 멸망하였는데, 천왕의 아들 가(嘉)가 무리를 이끌고 대군(代郡)으로 피신하여 대왕(代王)으로 자처하였다.

이때 사태의 위급함을 느낀 연나라 태자 단(丹)은 진나라 정책을 바꾸는 길은 정을 암살하는 방법밖에 없다고 결론을 내리고 자객 형가(荊軻)를 진나라로 보내 정을 살해할 계획을 세웠다.

그런데 문제는 형가가 어떻게 정에게 접근하느냐 하는 것이었다. 형가가 거기에 대한 계책을 내놓았다.

"제가 진나라로 갈 때에 진나라 왕의 마음을 살 만한 물건을 가지고 가지 않으면 왕을 친근히 할 수 없으며, 그렇게 되면 암살 계획도 수포로 돌아갈 것입니다. 그래서 어떤 물건이 가장 진나라 왕의 마음을 살 만한가 하고 생각해보았습니다."

태자 단은 형가가 무슨 물건을 말할까 하고 긴장해서 기다렸다.

"지금 진나라 왕의 마음을 가장 살 만한 물건은 바로 번오기(樊於期) 장군의 목입니다."

"번오기의 목?"

태자는 놀라서 눈을 부릅떴다.

"그렇습니다. 번오기는 진나라 왕에게 죄를 짓고 우리 연나라로 피신해와 있지 않습니까? 진나라 왕은 번오기를 잡아오는 자에게는 황금 천 근과 만 호의 고을을 상으로 주겠다고 방까지 붙여놓고 천하 방방곡곡을 뒤지고 있습니다. 이때 제가 번오기의 목을 가지고 진나라로 들어가 왕을 알현하면 반갑게 저를 맞아줄 것이 아닙니까? 또한 연나라에서 가장 비옥한 독항(督亢) 땅 지도를 가지고 가서 그 땅을 바치겠다고 하면 진나라 왕은 매우 흡족해할 것입니다."

"음, 독항 땅을 바치는 것은 별 문제가 없으나 번오기의 목은 곤란하오. 번오기는 나를 믿고 찾아와 몸을 맡기고 있는데 어떻게 그의 목을 자른단 말이오?"

태자는 난색을 표명하였다.

"그것은 제가 알아서 처리하겠습니다. 태자님을 조금도 곤란하게 하지 않으면서 번오기의 목을 얻는 방법이 있습니다."

태자는 부정도 긍정도 하지 않고 묵묵히 있었다.

형가는 기회를 엿보고 있다가 번오기를 찾아가서 말했다.

"진나라에 있는 장군의 가족들은 지금 어떻게 되었습니까?"

번오기의 가족들이 어떻게 되었는가 하는 것을 훤히 알고 있는 형가였지만 짐짓 모르는 척하였다.

"내가 도망치자 진나라 군사들이 나의 인척들을 모두 체포하여 처형했다고 하더군요."

"쯧쯧, 안됐군요. 그리고 지금 들으니, 장군의 목에 황금 천 근과 만 호의 고을을 현상금으로 걸었다고 합니다. 장차 어찌하시렵니까?"

"그 일을 생각할 적마다 원한이 골수에 사무칩니다. 하지만 원수를 갚을 길이 없어 막막할 뿐입니다."

"원수를 갚을 길이 있습니다."

형가가 번오기의 말허리를 자르다시피 하며 단호한 어조로 말했다.

"어떤 방법으로 갚는단 말이오?"

"당신의 목으로 진나라 왕의 목을 얻는 것입니다."

그러면서 형가는 진나라 왕 암살 계획을 번오기에게 털어놓았다.

"좋소. 내가 목을 내놓음으로 진왕의 목을 얻을 수 있다면 기꺼이 내놓겠소."

번오기는 그 자리에서 칼을 뽑아 자신의 목을 찔렀다. 그 소식을 들은 태자는 급히 달려와서 번오기의 시체에 엎드려 통곡하였다.

형가는 번오기의 목이 든 함과 독항 지도가 들어 있는 상자를 들고 진나라로 향하였다. 지도 안에는 독이 묻은 예리한 비수가 감추어져 있었다. 진나라와 경계를 이루고 있는 역수(易水)강을 건너면서 형가는 자기가 가는 행로가 살아서 돌아오기 힘든 길임을 알고 마지막 떠나가는 노래를 불렀다.

바람은 쓸쓸하고(風蕭蕭兮)

역수 강물은 차가워라(易水寒)
장사 한 번 가면(壯士一去兮)
다시 돌아오지 못하리(不復還)

　형가가 번오기의 먹을 가지고 왔다는 소식을 듣자, 진왕은 몹시 기뻐하며 형가의 일행을 환대하기 위해 그들을 궁으로 불러들였다. 드디어 형가는 번오기의 목이 들어 있는 함을 들고, 수행원으로 온 진무양(秦舞陽)은 독항 지도가 든 상자를 들고 진왕에게로 나아갔다.
　진왕이 앉아 있는 당상(堂上)으로 오를 즈음, 진무양이 자신도 모르게 부들부들 몸을 떨었다. 진왕의 신하들이 이상하게 여겨 수군거리자, 형가가 진무양을 돌아보고는 빙긋이 웃으면서 신하들에게 말하였다.
　"이자는 북번(北蕃)의 만이족(蠻夷族)으로 일찍이 천자나 왕을 뵌 적이 없어 이리 떨고 있는 것이니 괘념치 마십시오."
　형가가 먼저 당상에 올라 번오기의 목이 든 함을 열어 보이자, 진왕은 크게 형가를 칭찬하며 상금을 내렸다. 그리고 아직도 당하에서 떨고 있는 진무양을 흘끗 내려다보더니 형가에게 분부하였다.
　"저자는 이리로 다 올라오기도 전에 쓰러질 것 같으니 당신이 대신 상자를 받아 가지고 올라오오."
　형가가 진무양에게서 상자를 받아 들고 당상으로 올라가 상자를 열었다. 그리고 상자에서 지도를 꺼내 들어올리며 진왕에게 설명하였다.
　"이 지도는 연나라에서 가장 비옥한 땅인 독항의 지도입니다. 이 땅을 진나라에 바치고자 합니다."
　"허허, 듣던 중 반가운 일이로고."
　진왕이 기뻐하는 중에 지도의 두루마리가 다 풀리고 비수가 드러났다. 형가는 잽싸게 비수를 오른손으로 잡고 왼손으로는 진왕의 옷소매를 잡아당기며 진왕을 찔렀다. 그러나 진왕이 놀라서 몸을 뒤로 젖히는 바람에 소매가 찢어지면서 비수가 빗나가고 말았다. 형가는 다시 비수를 꼬나들고 진왕을 찌르려 하였다. 진왕은 달아나면서 허리춤에 찬 칼집에서 칼을 뽑으려 하였으나 워낙 당황하여 칼이 잘 뽑혀지지 않았다. 형가는 몸을 날리다시피 하여 거듭 비수로 진왕을 찔렀으나, 진왕은 구리 기둥들 뒤로 몸을 숨기며 비수를 피하였다.

당하의 신하들은 갑자기 벌어진 사태에 어찌할 바를 몰랐다. 무엇보다 당상에서는 진왕 이외에는 그 누구도 무기를 사용할 수 없도록 법에 규정되어 있으므로, 왕이 당하고 있는 것을 뻔히 보면서도 손을 쓸 수가 없었다.

형가가 다시 비수로 진왕을 막 찌르려 할 무렵, 근방에 있던 진왕의 시의(侍醫)인 하무저(夏無且)가 받들고 있던 약낭(藥囊)을 던졌다. 약낭에 얼굴을 얻어맞은 형가가 잠시 멈칫하자 좌우의 신하들이 진왕을 향하여 외쳤다.

"왕이시여, 칼집을 등에다 짊어지십시오!"

진왕이 신하들의 말대로 칼집을 등에다 짊어지고 칼을 뽑자 칼이 쑥 뽑혀 나왔다. 진왕은 칼을 뽑음과 동시에 형가의 왼쪽 발목을 내리쳤다. 발목이 잘린 형가가 쓰러지면서 비수를 진왕에게로 던졌으나, 비수는 구리 기둥에 맞고 떨어졌을 뿐이었다. 진왕은 이제 여유를 가지고 형가에게로 다가가 난도질을 하였다.

진왕은 사건이 수습된 후 시의 하무저에게 황금 2백 일(鎰)의 상금을 내리며 칭찬하였다.

"하무저가 나를 사랑하여 위기의 순간에 약낭으로 형가를 쳤도다!"

그리고 진왕은 군대를 대규모로 동원하여 연나라를 치게 하였다. 그때가 기원전 226년이었는데 연나라는 진나라의 공격에 곧 허물어지고 말았다. 연왕 희(喜)와 태자 단은 정병들만을 이끌고 요동으로 피신하여 나라의 명맥을 유지하려 하였다.

  연왕은 태자의 목을 진왕에게 바치면 진나라의 노여움이 덜어질까 싶어 태자 단의 목을 베어 바치기까지 하였지만, 진나라의 공격은 늦추어지지 않았다. 이제 연나라가 멸망하는 것은 시간 문제인 셈이었다.

  기원전 225년에는 왕전의 아들 왕분(王賁)이 군대 15만을 이끌고 위나라를 공격하여 도읍인 대량을 함락시키고, 위왕 가(假)의 항복을 받아냄으로써 위나라는 멸망했다.

  그 다음, 진나라는 초나라를 공격하였다. 처음에 진왕은 군사 20만이면 능히 초나라를 정복할 수 있다는 이신(李信)의 말을 믿고 그에게 초라 공격을 맡겼으나 이신은 패하고 말았다. 그러자 적어도 군사 60만은 있어야 초나라를 정복할 수 있다고 한 왕전의 말을 뒤늦게 받아들여 그로 하여금 초나라를 치게 하였다. 이 전쟁은 워낙 대규모였으므로 진왕 정이 초나라로 가서 직접 지휘하기도 하였다. 그리하여 기원전 222년 초나라는 멸망하고, 장강(長江) 유역이 진나라 수중에 다 들어왔다. 그 여세를 몰아 요동에 피해 있던 연왕 희를 사로잡고, 대군에서 대왕으로 자처하고 있는 가(嘉)도 사로잡음으로써 연나라와 조나라의 찌꺼기까지 깨끗이 쓸어버렸다.

  이제 마지막으로 남은 나라는 제나라뿐이었다. 그동안 제나라는 주변 나라들이 진나라에 의해 하나하나 정복을 당하는데도 그 나라들을 도울 생각은 하지 않고 오히려 사신을 진나라에 보내 승전을 축하하기에 바빴다. 그것은 제나라 건왕(建王)이 전쟁을 체질적으로 싫어하는 왕이었기 때문이기도 하지만, 무엇보다 재상 후승(後勝)이 진나라에 매수되어 제나라의 정책을 그런 방향으로 몰고 갔기 때문이었다.

진나라는 제나라 사신이 승전을 축하하기 위해 올 적마다 풍성히 대접하여 보냄으로써 제나라에 대하여 대단한 우의를 가지고 있는 것처럼 꾸몄다. 그러자 제나라는 더욱 진나라에 대한 경계를 게을리하여 군비 증강에 힘쓰지 않았다.

드디어 기원전 221년 진나라 군대가 어머어마한 규모로 제나라로 진격해 오자, 제나라는 제대로 한번 싸워보지도 못하고 항복하고 말았다. 진나라 장군 왕분이 진왕에게 승전 보고를 하자, 진왕은 사자를 보내 제나라 왕을 어떻게 처리할 것인가에 대하여 명령을 내렸다.

"제나라는 이제 진나라에 항복하였으니 그들의 종묘 사직을 불태워버려라. 그리고 제나라 조정의 신하들은 모조리 죽이되, 제나라 왕만은 지난 40여 년 동안 진나라와 친선을 맺어온 것을 가상히 여겨 살려주도록 하여라. 그러므로 제나라 왕 건(建)은 처자를 데리고 공성(共城)으로 가서 여생을 마치도록 하여라."

그동안 진나라에 매수당하여 진나라에 유리하도록 제나라 정치를 이끌었던 재상 후승은 다른 신하들과 마찬가지로 처형당하고 말았다. 진나라에 의해 이용당할 대로 이용당하다가 쓸모없게 되자 처참히 버림을 받은 셈이었다.

공성 땅에 유폐되다시피 한 건은 먹을 양식도 별로 없이 식구들과 함께 굶주리며 외로움에 시달리면서 죽어갔다. 나라를 잃은 왕의 비참한 최후였다.

이리하여 기원전 403년에 막을 연 전국 시대는 근 180여 년 동안 온갖 파란만장한 역사를 엮어오다가 기원전 221년에 일단 대단원의 막을 내린 것이었다.

재위 26년 만에 천하를 통일한 진왕 정은 왕이라는 칭호가 만족스럽지 않아 삼황오제(三皇五帝)를 본떠 황제라는 칭호를 사용하게 되었다. 그리고 자신은 최초의 황제이므로 시황제(始皇帝)라 부르도록 하였다.

"이제부터 나는 시황제가 될 것이오. 나의 자손들은 2세, 3세라 일컬음을 받으며 황제의 나라가 영원하리라!"

그러나 3세도 채 넘기지 못하여 황제의 나라는 붕괴되고 말았으니 진시황의 헛된 꿈이여! 그리고 또다시 전국 시대와 같은 상황이 벌어졌으니 어리석게 반복되는 역사의 무상함이여! 하지만 이러한 역사의 흐름 가운데서 귀한 교훈을 얻어 인생의 밑거름을 삼는 자들도 없지 않으니, 그들이야말로 캄캄한 역사의 등불 역할을 한다고 할 수 있도다.

이제 전국 시대의 사건들과 이야기들은 옛날 중국에서 일어난 고사(故事)에 불과한 것이 아니라, 바로 이 시대를 사는 우리와 직결된 것임을 알 수 있지 않은가.

여기서 채택이 진나라 재상 범수에게 말한 다음과 같은 구절을 새롭게 상기하게 되는 것은 당연한 일이리라.

'물을 거울로 삼는 자는 자기 얼굴을 들여다볼 뿐이지만, 사람을 거울로 삼는 자는 길흉의 여부를 알게 된다.'

물을 거울로 삼듯이 지나온 역사를 그저 생각 없이 대하면 아무런 교훈을 얻을 수 없지만, 장구한 역사를 통하여 부침을 거듭한 무수한 인간들을 거울로 삼으면 과거와 현재, 미래에 대한 안목이 생겨 앞으로 나아갈 방향을 바르게 선택하고 결단할 수 있는 법이다. 지금껏 우리가 전국 시대 역사를 살펴본 이유도 바로 여기에 있다 할 것이다.

저 전국 시대 최고의 시인 굴원이 열망하였던 삶을 우리도 동경하며 부단히 자기와의 싸움을, 갈수록 혼탁해져가는 시대와의 싸움을 싸워야 하지 않겠는가.

  뿌리 깊고 단단해 옮기기 어렵고(深固難從)
  마음을 비워 욕심부리는 것 없어라(廓其無求兮)
  세상 가운데 홀로 깨어 우뚝 서서(蘇世獨立)
  이리저리 지조 없이 흘러다니지 않노라(橫而不流兮)

〈끝〉